오만과 편견

Pride and Prejudice

세계문학전집 **88**

오만과 편견

Pride and Prejudice

제인 오스틴

윤지관, 전승희 옮김

민음사

차례

1부

1

재산깨나 있는 독신 남자에게 아내가 꼭 필요하다는 것은 누구나 인정하는 진리다. 이 진리가 사람들의 마음속에 워낙 굳게 자리 잡고 있는 까닭에 이웃에 이런 남자가 이사 오면 그의 감정이나 생각을 모르더라도 다들 그를 자기네 딸 가운데 하나가 차지해야 할 재산으로 여기게 마련이다.

"여보, 네더필드 파크에 세 들 사람이 정해졌다는 소식 들었어요?" 어느 날 베넷 부인이 남편에게 물었다.

베넷 씨는 못 들었다고 대답했다.

"정해졌답니다." 베넷 부인이 곧이어 말했다. "롱 부인이 방금 다녀갔는데 죄다 이야기해 주더라고요."

베넷 씨는 대꾸하지 않았다.

"어떤 사람이 들어오는지 알고 싶지 않아요?" 부인은 조바심

내며 목소리를 높였다.

"말하고 싶은 모양이니 못 들어 줄 거야 없소."

이 정도 반응이면 충분했다.

"글쎄 여보, 당신도 알아 둬야 해요. 롱 부인 말로는, 네더필드 파크에 세 들 사람은 잉글랜드 북부 출신 청년인데, 대단한 재산가래요. 월요일에 사두마차를 타고 와서 집을 둘러보고는 흡족해하면서 바로 모리스 씨와 계약했대요. 미카엘 축일[1] 전에 입주하기로 했고, 다음 주말이면 하인 몇 명이 먼저 와 있을 겁니다."

"이름은 뭐랍디까?"

"빙리래요."

"기혼이오, 미혼이오?"

"아유, 여보! 미혼이래요, 미혼! 갑부 총각이라고요. 연수입이 사오천은 된대요. 우리 애들한테 얼마나 잘된 일이에요!"

"아니, 왜? 그게 그 애들하고 무슨 상관이 있다고?"

"아이고, 참 한심한 양반이네!" 부인이 대꾸했다. "그 청년이 우리 애들 중 하나랑 결혼할 거라는 말이지요, 뭘."

"그럴 속셈으로 여기로 이사 온다는 거요?"

"속셈이라뇨! 세상에, 무슨 말씀을 그렇게 하세요! 어쨌거나 우리 애들 중 누구하고 연애할 수도 있는 일이잖아요. 그러니까 그 청년이 이사 오는 즉시 방문하도록 하세요."

---

1) 서구 몇몇 나라들에서 대천사들을 축성하는 날로 9월 29일이다.

"꼭 내가 방문해야 한다는 법은 없지. 당신이 애들을 데리고 가 봐도 되겠고, 아니면 애들끼리 보내든가 하구려. 그래, 그게 훨씬 낫겠군. 당신 미모가 애들 못지않아서 빙리 씨가 당신을 제일 마음에 들어 하면 곤란하지 않겠소?"

"괜히 치켜세우지 마세요, 여보. 나도 뭐, 예쁜 축에 들기는 하지만, 이제 빼어난 미모라고까지야 할 수 있나요, 어디? 다 큰 딸이 다섯이나 되는 여자가 미모 내세우는 것도 우습고요."

"그쯤 되면 대개는 내세울 미모도 없어질 테니 말이오."

"아무튼 여보, 빙리 씨가 이사 오면 꼭 찾아가 인사를 해야 해요."

"그런 약속은 못 하겠으니 그리 알고 있어요."

"아니, 여보, 딸아이들을 생각해야지요. 그 애들한테 얼마나 좋은 혼처인지 한번 생각해 봐요. 윌리엄 루커스 경 내외도 방문할 작정입니다. 순전히 그런 이유로 말이에요. 당신도 알잖아요, 그분들이 새로 이사 온 사람을 구태여 찾아가지 않는 거 말이에요. 정말 가야 돼요, 당신이 안 가는데 우리끼리 찾아갈 순 없잖아요."

"그렇게 소심하게 굴 것 없소. 내 장담하건대, 빙리 씨는 당신을 보면 반가워할 거요. 그리고 내가 당신 편에 몇 자 적어 보내겠소. 우리 딸과 결혼하는 데 진심으로 동의한다, 그중 누구든 골라잡아도 좋다고 말이오. 귀염둥이 리지를 추천하는 말 한마디쯤 더 끼워 넣겠지만."

"제발 그러지 마세요. 리지가 다른 애들보다 나은 데가 어디 있어요? 제인 반만큼도 예쁘지 않고, 리디아 반만큼도 사근사근하지 않잖아요. 그런데도 당신은 그저 리지만 편애하시니."

"그 애들한테 어디 뛰어난 데가 하나라도 있어야 말이지. 하나같이 다른 집 애들과 매한가지로 어리석고 무식하지 않소. 그에 비하면 리지는 영리한 데가 있거든." 베넷 씨가 대답했다.

"여보, 어쩜 자기 자식들을 두고 그런 험담을 해요? 날 화나게 하는 게 재미있어요? 내 약한 신경이 불쌍하지도 않나 봐."

"아니, 무슨 말을 그렇게 하오, 부인? 내가 당신 신경을 얼마나 존중하는데. 나한테는 오랜 벗이라고 할 수 있소. 신경증이 도진다는 소리에 측은해한 지도 어언 20년은 되었지, 아마."

"아! 당신은 몰라요, 내가 어떤 고통을 겪는지."

"하지만 부디 그 고통을 이겨 내고 오래오래 살아요. 그래야 연 수입 사천짜리 청년들이 근처로 수두룩하게 이사 오는 걸 볼 수 있을 테니 말이오."

"그런 청년 스무 명이 와도 무슨 소용이 있어요, 당신이 방문하지도 않을 텐데?"

"그럼 내 분명히 말해 두겠는데, 스무 명이 되면 한꺼번에 방문하겠소."

베넷 씨는 재기, 냉소적인 기질, 내성적 성격, 변덕 등이 워낙 기묘하게 뒤섞여 있는 사람이라 스물세 해를 겪어 보고도 그의 부인은 남편의 성격을 이해할 수 없었다. 부인의 마음을 헤아리기는 그다지 어려울 것이 없었다. 그녀는 이해력이 떨어지고, 아는 것도 없고, 기분이 들쭉날쭉한 여자였다. 못마땅한 일이 있을 때는 신경증이 도진다고 제멋대로 생각했다. 그녀의 평생 사업은 딸들을 출가시키는 것이고, 이웃집을 방문해서 수다 떠는 것이 낙이었다.

2

베넷 씨는 빙리 씨를 가장 먼저 방문한 사람들 중 하나였다. 실은 진작부터 찾아가 볼 생각이었지만 아내에게는 마지막 순간까지 가지 않을 것처럼 굴었다. 그래서 베넷 부인은 그가 방문한 날 저녁까지도 그 사실을 까맣게 모르고 있었다. 방문을 다녀온 사실은 그날 저녁 이런 식으로 드러났다. 둘째 딸이 모자에 장식을 달고 있는 것을 보다가 베넷 씨가 불쑥 말했다.

"빙리 씨가 그걸 좋아하면 좋겠구나, 리지."

"방문도 안 할 텐데, 빙리 씨가 무얼 좋아하는지 알아낼 재간이 없지." 어머니가 골이 나서 말했다.

"잊어버리셨나 봐요, 엄마. 정기 무도회 때 만나게 될 테고, 롱 부인께서 소개해 주시기로 약속했잖아요." 엘리자베스가 말했다.

"롱 부인은 소개를 해 줄 위인이 아니야. 자기 조카도 두 명이나 있는데. 이기적이고 위선적인 여자야. 기대할 일을 기대해야지."

"나도 그렇게 생각하오." 베넷 씨가 말했다. "당신이 그 부인에게 빌붙지 않을 거라니 기쁘오."

베넷 부인은 대꾸할 생각조차 없었지만, 부아가 치민 나머지 딸 하나를 야단치기 시작했다.

"그렇게 기침 좀 해 대지 마라, 키티. 제발 빈다! 내 신경 좀 생각해 주렴. 신경을 아주 갈기갈기 찢어도 유분수지."

"키티가 기침을 조심성 없이 하네. 때를 못 가리는군그래." 아버지가 말했다.

"누군 뭐 재미로 기침하나요?" 키티가 짜증 내며 대꾸했다.

"다음 무도회가 언제지, 리지?"

"보름 후예요."

"맞아, 그렇다니까." 어머니가 목청을 높여 말했다. "롱 부인은 그 전날에나 돌아올 텐데 무슨 수로 그 사람을 소개해 줄 수 있겠냐고. 인사를 틀 만한 시간도 없을 텐데 말이야."

"그렇다면 여보, 당신 쪽에서 롱 부인한테 빙리 씨를 소개해 주면 되잖소."

"말도 안 돼요. 여보, 나도 그 사람을 모르는 판에 그게 말이나 돼요? 어쩜 그렇게 사람 약을 올리세요?"

"당신이 사려 깊은 것은 알아 모셔야겠소. 보름 정도 알고 지낸 거야 분명 약소하지. 보름 만에 그 사람이 어떤 사람인지 다 알 수는 없으니까. 하지만 우리가 소개하지 않아도 누군가 다른 사람이 할 테고, 결국 롱 부인과 그 조카들도 기회를 얻게 되겠지. 그러니 당신이 마다하면 내가 직접 나서겠소. 롱 부인에게 친절이나 베풀 겸."

딸들은 눈을 동그랗게 뜨고 아버지를 바라보았다. 베넷 부인은 "말도 안 돼, 말도 안 돼!"라고만 되풀이했다.

"말도 안 된다니, 도대체 무슨 뜻이오?" 베넷 씨가 목소리를 높였다. "소개의 절차가 그렇다는 거요, 아니면 그렇게 절차를 따지는 게 그렇다는 거요? 여하간 난 절대 동의할 수 없어요. 너라면 뭐라고 말하겠니, 메리? 넌 생각이 깊은 데다 두툼한 책도 많이 읽고 중요한 구절은 따로 베껴 두지 않니."

메리는 뭔가 그럴싸한 말을 하고 싶었지만 떠오르지 않았다. 아버지가 말을 이었다.

"메리가 생각을 정리하는 사이에 우린 빙리 씨 이야기로 돌아갑시다."

"빙리 씨 이야기라면 이제 신물이 나요." 부인이 소리쳤다.

"거참 유감이구려. 그렇다면 왜 진작 말해 주지 않았소? 오늘 아침에만 알았더라도 절대로 그 사람을 방문하지 않았을 텐데. 일이 꼬여 버리긴 했지만, 어쩌겠소, 벌써 방문했으니. 이제는 어쩔 수 없이 알고 지내야겠소."

그가 바란 대로 식구들은 깜짝 놀랐다. 그 가운데서도 가장 크게 놀란 사람은 아마도 베넷 부인일 것이다. 그럼에도 환희의 소용돌이가 한바탕 몰아치다 잦아들자, 그녀는 진작부터 그럴 줄 알았다고 했다.

"여보, 당신은 참 좋은 사람이에요! 당신이 결국 내 말대로 할 줄 알았어요. 당신처럼 딸들을 사랑하시는 분이 그런 사람과 알고 지낼 기회를 나 몰라라 하지는 않을 테니까요. 정말이지 너무너무 기뻐요! 어쩜 그렇게 사람을 감쪽같이 속이세요. 오늘 아침에 다녀와 놓고 지금까지 한마디도 안 하다니."

"그럼 키티, 이제 마음대로 기침하렴." 베넷 씨는 이 말을 하고, 아내가 기뻐 날뛰는 모습에 넌더리를 내며 방을 나갔다.

"얘들아, 너희는 참 훌륭한 아버지를 두었어." 문이 닫히자 그녀가 말했다. "너희가 아버지의 자애로운 마음에 보답이나 할 수 있을지 모르겠구나. 뭐, 그 점에서는 나한테도 마찬가지고. 우리 나이쯤 되면 새로운 사람을 사귀는 게 그다지 즐겁지만은 않단다. 그렇지만 너희를 위한 일이라면 언제든 발 벗고 나서야지. 우리 귀여운 리디아, 네가 제일 어리긴 해도 엄마가 보기엔 다음 무도회에서 빙리 씨가 틀림없이 너하고 춤을 출 것 같아."

"아이! 난 겁나지 않아. 제일 어리긴 해도 키는 내가 제일 크거든." 리디아가 씩씩하게 말했다.

그날 저녁에는 빙리 씨가 베넷 씨의 방문에 얼마나 빨리 답례할지 추측하고, 언제 식사 초대를 하는 것이 좋을지 의논하면서 남은 시간을 보냈다.

3

베넷 부인이 다섯 딸과 합세하여 아무리 물어보아도 남편에게서 빙리 씨에 대한 속 시원한 설명을 끌어내기에는 역부족이었다. 그들은 다양한 방식으로 베넷 씨를 공략했다. 노골적인 질문을 하기도 하고, 기발한 추측을 하기도 하고, 빙 돌려서 떠보기도 했다. 그러나 그는 그들의 갖은 기술을 요리조리 피했다. 그래서 결국 이웃 루커스 부인으로부터 간접적인 정보를 얻는 수밖에 도리가 없었다. 루커스 부인이 전해 준 소식은 아주 좋은 쪽이었다. 윌리엄 경은 빙리 씨를 무척 마음에 들어 했다는 것이다. 그는 젊고 굉장한 미남인 데다 대단히 상냥했으며, 금상첨화로 다음 무도회에 많은 사람들을 데리고 올 작정이라는 것이었다. 이보다 더 신나는 일이 어디 있을까! 춤을 좋아한다는 것은 사랑에 빠지는 길에 발을 한 발짝 들여놓는 것과 진배없었다. 다들 빙리 씨의 마음을 사로잡으려는 희망에 부풀었다.

"우리 딸들 중 하나가 네더필드에 행복하게 가정을 꾸리고, 다른 아이들도 모두 좋은 데 시집가는 걸 볼 수만 있다면, 더 바랄 게 없어요." 베넷 부인이 남편에게 말했다.

며칠 후 빙리 씨가 답례차 베넷 씨를 방문해서 10분 정도 서재에 머물렀다. 그는 미인으로 소문난 이 댁 딸들을 한번 보았으면 하는 기대를 품었으나, 그들의 부친만 뵀다. 아가씨들 쪽은 조금 더 운이 좋았다. 위층 창문을 통해 그가 푸른색 외투 차림으로 검은 말을 타고 왔다는 것을 확인할 수 있었기 때문이다.

곧이어 정찬 초대장을 보냈다. 베넷 부인은 벌써 자기 살림 솜씨를 뽐낼 수 있는 식단까지 짜 놓았는데, 답장으로 인해 모두 연기되고 말았다. 빙리 씨가 다음 날 런던에 갈 일이 있어 영광스러운 초대를 받아들일 수 없어 죄송하다는 내용이었다. 베넷 부인은 당혹스러웠다. 하트퍼드셔에 오자마자 곧바로 런던에 무슨 볼일이 있다는 것인지 도무지 납득이 가지 않았다.

마땅히 이곳에 눌러살아야 할 텐데, 그러기는커녕 혹시 늘 이곳저곳 돌아다니는 사람이 아닐까 걱정하기 시작했다. 루커스 부인이 그의 런던행은 순전히 사람들을 무도회에 데려오기 위해서라고 해서 조금 마음을 놓았는데, 과연 빙리 씨가 숙녀 열두 명과 신사 일곱 명을 데리고 올 것이라는 소문이 바로 뒤따랐다. 아가씨들은 여자 수가 너무 많다고 걱정했으나, 무도회 전날 들려온 소식에 다들 안도했다. 그가 런던에서 데려온 사람은 열둘이 아니라 여섯뿐으로 자기 누이 다섯과 사촌 한 명이라는 것이었다. 그리고 막상 무도회장에 들어설 때 보니, 모두 합해 다섯뿐이었다. 즉 빙리 씨, 그의 누이 둘, 큰누이의 남편 그리고 다른 젊은 남자 한 명이었다.

빙리 씨는 잘생기고 신사다웠다. 유쾌한 용모에 편안하고 가식 없는 태도를 지녔다. 그의 누이들도 상류층 티가 나는 세련된 여성들이었다. 그의 매부인 허스트 씨는 그저 보통 신사처럼 보였다. 그러나 그의 친구인 다아시 씨는 멋지고 훤칠한 몸매와 잘생긴 이목구비, 고상한 태도로 금방 사람들의 주목을 끌었다. 그가 실내로 들어온 지 5분이 지나지 않아 그의 연 수입이 만 파운드나 된다는 말이 온 방 안에 퍼졌다. 남자들은 그의 인물이 출중하다고 했고, 여자들은 빙리 씨보다 훨씬 미남이라고 내놓고 말했다. 그는 그날 저녁 시간이 절반 정도 지날 때까지 찬양의 시선을 한 몸에 받았으나, 이윽고 그의 태도가 혐오감을 자아냈고 인기도 잦아들었다. 그가 거만하고 남을 무시하고 까다롭다는 사실이 드러난 것이다. 더비셔에 있다는 그의 거대한 영지도 아무 도움이 안 되었던지 그는 너무나 역겹고 불쾌한 인물로 전락했고, 친구와는 비교할 가치조차 없는 인물이 되어 버렸다.

빙리 씨는 인사를 차려야 할 사람들과는 곧바로 기꺼이 인사를 나누었다. 그는 활발하고 스스럼없었으며, 한 곡도 빼지 않고 춤을 추었고, 무도회가 너무 일찍 끝난다고 화를 냈으며, 자신이 네더필드에서 무도회를 열겠다는 말도 했다. 이런 사랑스러운 자질들은 자연스럽게 드러나는 법이다. 그와 그의 친구는 얼마나 대조적인지! 다아시 씨는 허스트 부인과 한 번, 빙리 양과 한 번 춤을 추었을 뿐 다른 여자를 소개받기를 거부했고, 그날 저녁 남은 시간 동안 방 안을 왔다 갔다 하면서 가끔 자기 일행에게만 말을 걸었다. 그의 성격은 더 볼 것조차 없었다. 그는 세상에서 가장 거만하고 불쾌한 인간이었고, 모두들 그가 다시는 그 고장에 나타나지 않기를 바랐다. 그에게 격한 혐오감을 드러낸 사람 중 하나가 베넷 부인이었다. 도대체 그의 태도 자체가 싫기도 했지만 딸 하나가 그에게 무시당해 앙심까지 품게 되었다.

신사 수가 부족해 엘리자베스 베넷은 춤이 두 번 진행되는 동안 자리에 앉아 있을 수밖에 없었는데, 마침 가까이 서 있던 다아시 씨와 빙리 씨 사이의 대화를 엿듣게 되었다. 빙리 씨가 춤추는 무리에서 잠시 빠져나와 친구에게 같이 추자고 권하던 차였다.

"자, 다아시, 춤을 춰야 해." 빙리 씨가 말했다. "자네가 혼자 이렇게 따분한 표정으로 서 있는 거 보기 싫네. 아 글쎄, 춤을 춰야지."

"안 추겠네. 내가 춤을 얼마나 싫어하는지 알잖나. 잘 아는 파트너하고가 아니면 말이야. 이런 무도회에서는 춤추기가 힘들지. 자네 누이들한테는 벌써 파트너가 있고, 이 방에 있는 다른 여자하고 춤추는 건 정말이지 고역이야."

"원, 세상에, 자네처럼 까다로운 사람은 처음 봐!" 빙리가 소리쳤다. "정말이지 내 평생 이렇게 괜찮은 아가씨들을 오늘 저녁만큼 많이 만나 본 적이 없어. 그리고 드물게 예쁜 아가씨도 몇 명 있고 말이야."

"이 방에서 미녀는 단 한 명밖에 없어. 자네와 춤추는 아가씨 말이야." 다아시 씨가 베넷 집안의 맏딸을 바라보며 말했다.

"아! 저렇게 아름다운 사람은 지금까지 본 적이 없어! 그렇지만 저 아가씨 동생 하나가 바로 자네 뒤에 앉아 있는데, 퍽 예쁘게 생겼고, 성격도 아주 좋아 보여. 내 파트너한테 자네를 소개하라고 부탁할게."

"누구 말이야?" 그러고는 몸을 돌려 잠시 엘리자베스를 바라보다 눈이 마주치자 눈길을 거두고 냉정하게 말했다. "그럭저럭 봐 줄 만은 하군. 그렇지만 춤추고 싶은 마음이 날 만큼 예쁘진 않아. 그리고 난 지금 다른 남자들이 거들떠보지 않는 여자들을 우쭐하게 해 줄 기분이 아니네. 자넨 돌아가서 파트너의 미소나 즐기라고. 괜히 나하고 시간 낭비하지 말고 말이야."

빙리 씨는 친구의 충고를 따랐다. 다아시 씨는 다른 데로 갔고, 그에 대한 엘리자베스의 감정은 그리 좋을 리 없었다. 그렇지만 그녀는 주변 사람들에게 그 이야기를 신이 나서 해 주었다. 무엇이든 우스꽝스러운 일이 있으면 재미있어 못 참는 활기차고 장난스러운 성격이었던 것이다.

그날 저녁은 베넷 집안사람들 모두가 대체로 즐거워하는 가운데 지나갔다. 베넷 부인은 네더필드 사람들이 자기 맏딸을 무척 좋아하는 것을 두 눈으로 보았다. 빙리 씨는 그녀와 두 번 춤을 추었고, 그의 누이들도 그녀에게 남다른 관심을 표했다. 어머니처럼 내놓고 떠들지는 않았지만 제인도 만족스러워하는 기색이 엿보였다. 엘리자베스는 제인이 기뻐한다는 것을 느낄 수 있었다. 메리는 누가 빙리 양에게 자신에 대해 말하는 것을 들었는데, 이 근방에서 가장 교양 있는 여성이라는 것이었다. 캐서린과 리디아는 파트너가 없었던 적이 없을 만큼 운이 좋았는데, 무도회에서 그들의 관심사는 그것뿐이었다. 그래서 베넷 집안사람들은 자기들 집을 중심으로 이루어진 마을인 롱본으로 신이 나서 돌아왔다. 베넷 씨는 아직 잠자리에 들지 않고 있었다. 책에 몰두하면 워낙 시간 가는 줄을 모르는 데다, 이번 무도회는 굉장한 기대를 불러일으킨 행사인지라 어떻게 되었는지 꽤나 궁금하기도 했다. 그는 새로 이사 온 사람에 대한 아내의 기대가 깡그리 무너지기를 바라는 편이었는데, 전혀 다른 이야기를 들어야 했다.

"아유! 여보, 너무너무 즐거운 저녁이었어요, 무도회가 아주 훌륭했다고요." 그녀가 방에 들어오면서 말했다. "당신도 갔더라면 좋았을 텐데. 모두들 제인을 칭찬했고, 하여간 최고였어요. 다들 제인이 정말 예쁘다고 한마디씩 했으니까요. 빙리 씨도 제인이 너무 아름답다고 생각하고 춤을 두 번이나 췄어요. 여보, 한번 생각해 봐요. 글쎄, 정말 두 번이나 췄다니까요. 그 사람이 춤을 두 번 신청한 사람은 그 방에서 제인뿐이에요. 처음에는 루커스 양에게 춤을 신청했어요. 그 애하고 춤을 추려고 일어서는 걸 보고 열통이 터졌는데, 뭐 전혀 좋아하는 건 아니더라고요. 하긴 그 애를 좋아할 사람이 어디 있겠어요. 그러다 제인이 춤 열로 내려오는 것을 보고 그 사람 눈이 번쩍 뜨이는 것 같더라고요. 사람들한테 누군지 물어보고는 소개를 받은 후 다음 춤을 신청하더라고요. 그러고 나서 세 번째는 킹 양과, 네 번째는 머라이아 루커스와, 다섯 번째는 다시 제인과, 그리고 여섯 번째는 리지와 췄고, 불랑제 춤은……."

"그 사람이 나를 딱하게 여겼더라면 그 절반도 안 췄을 텐데!" 남편은 참지 못하고 소리쳤다. "제발 부탁이니, 그 사람 파트너를 더는 읊어 대지 말아요. 에이! 첫 번째 춤에서 발목이라도 삐어 버리지 않고서!"

"아유! 여보, 그 사람 정말 마음에 꼭 들더라고요." 베넷 부인이 계속했다. "너무너무 잘생겼고, 누이들도 매력적이고. 내 평생에 그들의 옷차림새보다 더 우아한 것은 본 적이 없어요. 허스트 부인의 드레스에 달린 레이스 말인데요……."

그녀는 너 말을 잇지는 못했다. 베넷 씨가 옷차림에 대해서는 입도 벙긋하지 말라고 말을 자른 것이다. 그래서 다른 이야깃거리를 찾을 수밖에 없게 되자, 다시 씨의 충격적일 성도로 무례한 행동에 대해 무척 분개하면서, 과장까지 조금 섞어서 이야기했다.

"그러나 이거 하나는 확실해요." 그녀가 이렇게 덧붙였다. "리지가 그 사람 마음에 들지 않았다고 해서 손해 볼 건 별로 없다는 거 말이에요. 아주 불쾌하고 고약한 인간이라 그런 사람 마음에 들어 봤자 좋을 것 하나 없지. 너무 고고하시고 너무 잘나셔서 누가 배겨 내겠어! 이리 갔다 저리 갔다, 무슨 대단한 인물이나 되는 것처럼! 같이 춤출 만큼 예쁘지 않다니! 여보, 당신이 그 자리에 있어서 당신식으로 한번 쏘아 줬어야 하는데. 그 인간 정말 마음에 안 들어."

4

단둘이 있게 되자 그동안 빙리 씨를 내놓고 칭찬하지 않던 제인이 엘리자베스에게 그가 정말 마음에 들었다고 말했다.

"젊은 남성의 모범이라고 할 수 있는 분이야." 제인이 말했다. "분별 있고, 성격 좋고, 쾌활하고 말이야. 그렇게 예의 바르고 반듯한 사람은 여태 본 적이 없어! 어쩌면 그렇게 스스럼없으면서도 교양이 몸에 배어 있니!"

"게다가 미남이기도 하잖아, 젊은 남성의 모범답게 말이야." 엘리자베스가 말을 받았다. "누구나 미남이 될 수 있는 건 아니겠지만 이왕이면 뭐. 그러니 완벽한 인물인 거지."

"그분이 두 번째 춤을 신청하셨을 때는 정말 기뻤어. 그런 남다른 대우는 기대도 하지 않았거든."

"그랬어? 난 언니한테 당연히 그럴 거라고 생각했는데. 우리 둘 사이의 차이가 바로 그거야. 남다른 대우를 받으면 언니는 늘 놀라지만, 난 그러지 않아. 그 사람이 언니한테 춤을 다시 신청하는 것보다 더 자연스러운 일이 어디 있어? 언니가 그 방에 있던 다른 여자들에 비해서 다섯 배쯤 더 예쁘다는 걸 모를 리 없지. 그러니 잘해 줬다고 감지덕지할 건 없어. 아무튼 그분 아주 괜찮은 사람이야. 그러니까 좋아해도 된다고 허락해 줄게. 언닌 더 멍청한 남자들도 여럿 좋아했으니까."

"얘도 참!"

"쯧! 언니도 알잖아, 언니는 아무나 다 좋아하는 경향이 다분하다는 거. 어떤 사람에게서든 결점을 보는 일이 없어. 언니 눈엔 세상 사람들이 모두 선하고 좋아 보이지. 내 평생 언니가 남 험담하는 걸 들어 본 적이 없어."

"성급하게 남을 비난하고 싶지 않을 뿐이지, 나도 늘 내가 생각하는 대로 말한다고."

"나도 알아. 그러니 놀랍지 뭐야. 언니 정도의 양식을 가졌으면서 사람들이 어리석고 터무니없게 구는 걸 어쩌면 그렇게 까맣게 모를 수 있냐고! 순수한 척하고 너그러운 척하는 경우는 아주 흔해. 사방에 널렸지. 그렇지만 아무 가식이나 속셈 없이 순수하고 너그럽기란, 어떤 사람에 대해서건 좋은 점만 취해서 그걸 더 좋게 봐 주고 나쁜 점에 대해선 한마디도 안 하는 거 말이야, 그러는 사람은 언니뿐이야. 그래서 말인데, 언니는 그분 누이들도 좋게 보고 있지, 안 그래? 솔직히 누이들 매너는 그 사람에게 못 미치던데."

"그야 그렇지, 언뜻 보기엔 말이야. 그렇지만 대화를 나눠 보니 아주 좋은 여자들이야. 빙리 양은 오빠하고 함께 살면서 살림을 맡아 할 작정이래. 앞으로 아주 멋진 이웃이 될 테니까 두고 봐. 아마 내 말이 틀리지 않을걸."

엘리자베스는 말없이 듣고 있었지만, 수긍이 가지는 않았다. 무도회 날 그 여자들의 행동에서는 남들을 배려하는 태도가 전혀 보이지 않았다. 그녀는 자기 언니보다 관찰력이 예리하고 성격도 더 깐깐한 데다 누가 관심을 가져 준 탓에 판단력이 흐려진 상황도 아니었으니, 그 여자들을 좋게 봐 줄 마음이 별로 없었다. 사실 그들은 매우 세련된 숙녀들로, 기분 좋을 때는 싹싹하게 굴고 마음만 먹으면 언제든 상냥해질 수 있었다. 그러나 거만하고 잘난 체했다. 그들은 예쁜 편이었고, 런던의 일류 사립 기숙 여학교에서 교육받았으며, 2만 파운드의 재산이 있었다. 또 늘 분수에 넘치게 소비하며 지체 높은 사람들하고만 어울렸다. 그러다 보니 자신들이 모든 면에서 우월하다고 생각하고 남들을 천대할 자격이 있다고 여겼다. 사실 그들 집안의 재산은 장사로 형성된 것인데, 그들의 뇌리에는 이 점보다 그들이 원래 잉글랜드 북부의 양갓집 출신이라는 배경이 더 깊이 박혀 있었다.

빙리 씨는 부친에게 거의 10만 파운드에 달하는 재산을 물려받았다. 그의 부친은 살아생전 시골에 토지가 딸린 큰 저택을 구입할 작정이었으나 뜻을 이루지 못하고 세상을 떠났다. 빙리 씨도 부친과 같은 생각이었고, 때때로 적당한 지역을 물색했다. 그러나 이제 좋은 저택도 빌린 데다 수렵권까지 얻었으니, 그의 느긋한 성격을 잘 아는 사람들은 그가 네더필드에서 여생을 보내고 저택 구입하는 문제는 자식들에게 넘겨 버리지 않을까 싶었다.

그의 누이들은 그가 자기 저택을 소유하기를 간절히 원했다. 그러나 이제 세입자로 정착했을 뿐인데도 빙리 양은 그의 식탁을 관장하는 일을 마다할 생각이 없었다. 허스트 부인 또한 재산보다 지위를 보고 결혼한 탓에 형편에만 맞는다면 그 집에 눌러살지 않을 까닭이 없었다. 빙리 씨는 성년이 된 지 채 2년이 되지 않아 누가 우연히 추천하는 바람에 네더필드 저택을 보게 되었다. 그는 반 시간 동안 그 집 안팎을 둘러보고는 주변 환경과 주요 방들이 마음에 들었고, 집 주인의 자랑에도 솔깃해서 즉시 그 집을 얻어 버렸다.

그와 다아시는 성격이 매우 다름에도 불구하고 꾸준하게 우정을 지속하고 있었다. 다아시는 빙리의 성격이 시원스럽고 솔직하고 유연하다는 점이 마음에 들었다. 물론 이런 성격은 자기 자신과는 딴판이었지만, 그렇다고 다아시가 자신의 성격에 무슨 불만이 있어 보이지는 않았다. 한편 빙리는 다아시의 우정을 굳게 믿었으며 그의 판단력을 더없이 존중했다. 지적인 면에서는 다아시가 더 뛰어났다. 빙리도 결코 부족한 것은 아니었으나, 다아시는 총명했다. 동시에 그는 콧대 높고 드레지고 까다로웠으며, 예의 바르기는 했지만 친근감을 주지는 않았다. 그 점에서는 그의 친구가 훨씬 나았다. 빙리는 어디를 가나 늘 사람들의 호감을 사는 반면, 나아시는 끊임없이 사람들의 기분을 상하게 했다.

메리턴 무도회를 두고 두 사람이 대화하는 모습을 보아도 이런 점이 여지없이 드러났다. 빙리는 여태껏 이렇게 기분 좋은 사람들이나 아름다운 여자들을 만나 본 적이 없다고 했다. 모든 사람이 그에게 무척 친절했고 관심을 기울여 주었으며, 지나치게 격식을 차리거나 어색하게 굴지도 않아서 그도 금세 그 자리의 모든 사람과 친해진 느낌이었다는 것이다. 그리고 베넷 양[2]으로 말하자면, 천사도 그만큼 아름답지는 않으리라고 했다. 반대로 다아시는 거기 모인 사람들 가운데서는 인물이 괜찮은 사람이 별로 없고 매너는 더욱 보잘것없다는 것이었다. 자기 쪽에서 조금이라도 관심 가는 사람은 한 명도 없었고 상대 쪽에서도 자기에게 관심을 보이거나 즐거움을 주는 일이 없었다는 것이다. 베넷 양은 예쁘기는 하지만 웃음이 헤프다고 했다.

허스트 부인과 빙리 양은 그런 점은 인정하면서도 그녀를 칭찬하고 마음에 들어 했다. 사랑스러운 여자라면서 더 사귀어도 좋을 사람이라고 했다. 그리하여 베넷 양은 사랑스러운 여자로 낙착되었고, 빙리는 이런 찬사를 얼마든지 그녀를 좋아해도 된다는 재가로 받아들였다.

---

2) 여기서는 제인을 지칭한다. 대개 장녀를 이를 때 성에 양(Miss)이라는 호칭을 붙이고 장녀가 자리에 없는 경우 손위를 이른다.

5

롱본에서 걸어서 얼마 안 걸리는 곳에 베넷 집안과 각별히 가까운 한 가족이 살고 있었다. 한때 메리턴에서 상업에 종사했던 윌리엄 루커스 경은 상당한 재산을 모은 후 시장이 되었고, 재직 중에 국왕을 환영하는 축사를 해서 기사 작위를 받았다. 그는 이 영예에 지나치게 깊은 감명을 받은 듯하다. 자신의 사업체와 작은 장터 마을에 있던 거처가 싫어졌으니 말이다. 결국 그는 이 모든 것에서 벗어나 가족과 함께 메리턴에서 1마일가량 떨어진 저택으로 옮겼고, 그 저택을 루커스 로지라고 명명했다. 그 후로는 일에 매이지 않은 채 자신의 지체를 느긋이 즐기며 세상 사람들에게 예의 바르게 처신하는 일에만 전념했다. 그는 신분이 높아져 우쭐하기는 했지만, 거만을 떨지는 않았다. 오히려 누구에게나 예의를 차렸다. 원래부터 원만하고 다정하며 자상한 데다 세인트 제임스 궁[3]에서 국왕을 알현한 것을 계기로 극히 정중한 태도를 갖게 되었다.

루커스 부인은 사람은 선한 편이지만 그리 영리하지 못한 덕에 베넷 부인에게는 오히려 소중한 이웃이 되었다. 그들에게는 자식이 여럿 있었다. 그중 맏이는 분별 있고 똑똑한 스물일곱 살의 처녀로 엘리자베스와 아주 친한 사이였다.

루커스 집안 딸들과 베넷 집안 딸들이 만나서 무도회에 대해 이야기를 나누는 것은 필연적인 일이었고, 무도회 다음 닐

---

3) 런던에 있는 왕궁.

아침 루커스 집안 딸들이 롱본으로 건너와 이야기판이 벌어졌다.

"너 어제저녁엔 시작이 참 좋더라, 샬럿." 베닛 부인이 짐짓 루커스 양을 추겨 주는 척 싹싹한 말투로 말했다. "빙리 씨의 첫 춤 상대가 바로 너였잖아."

"맞아요…… 그렇지만 그분은 두 번째로 선택한 파트너를 더 좋아하는 것 같던데요."

"으응! 제인 말이구나. ……하긴 제인하고 두 번이나 춤을 췄으니 말이지. 그걸 보면 분명히 제인에게 호감을 가진 것 같긴 했어……. 사실이 그렇다고 해도 뭐 딱히…… 내가 들은 말도 있고…… 나도 뭔지 자세히는 잘 모르지만…… 로빈슨 씨와 관련된 무슨 얘기던데."

"아마 그분이 로빈슨 씨와 나누는 대화를 제가 엿들은 걸 말씀하시는 것 같은데요, 그 말씀 안 드렸던가요? 로빈슨 씨가 그 사람한테 우리 메리턴 무도회가 어떠냐, 또 이 자리에 미인들이 가득하지 않느냐, 이 중에서 누가 제일 예쁘다고 생각하느냐고 물으니 마지막 질문에 대한 대답이 바로 나오더라고요. 아! 말할 것도 없이 베닛 양이죠. 그 점에 대해서는 이견이 있을 수 없습니다."

"세상에! ……그렇다면 그건 정말 분명하게 생각을 밝힌 건데…… 그게 혹시…… 뭐 그렇다고 꼭 무슨 일이 일어나란 법은 없는 거니까."

"일라이자, 네가 엿들은 거보다 내가 엿들은 게 더 쓸 만하다, 얘." 샬럿이 말했다. "다아시 씨 말보단 그분 친구의 말이 더 귀 기울일 가치가 있어, 그렇지 않니? 세상에, 안됐다 애…… 겨우 그럭저럭 봐 줄 만한 신세가 됐으니."

"그 사람이 한 괘씸한 소리를 들먹여서 리지가 속 끓이게 하지 않으면 좋겠구나. 아주 밉상이라서 그런 사람한테 호감을 얻는다면 오히려 재수가 사나운 거지. 어젯밤에 롱 부인 말이, 그 사람이 자기 곁에 반 시간 동안이나 앉아 있었는데, 글쎄, 입도 한번 벙긋하지 않았다는구나."

"제대로 알고 하시는 말씀이세요, 엄마? 잘못 아신 것 같은데요?" 제인이 말했다. "다아시 씨가 롱 부인에게 말을 건네는 걸 제가 분명히 봤는데요."

"그래…… 참다못해 롱 부인이 먼저 네더필드가 마음에 드느냐고 물어보니 할 수 없이 대답했다더라. 말을 걸었다고 화가 난 듯이 말이다."

"빙리 양 말로는, 그분은 친한 사람들 사이에서가 아니면 별로 말을 안 한대요." 제인이 말했다. "친한 사람들한테는 무척 사근사근하대요."

"난 그런 말 하나도 안 믿는다, 애야. 그렇게 사근사근한 사람이라면 롱 부인한테 말을 걸었을 거다. 그렇지만 왜 그랬는지 짐작은 가. 다들 그 사람이 거만으로 똘똘 뭉쳐 있다고 하던데, 롱 부인이 마차가 없어서 무도회에 전세 마차로 왔다는 얘기를 어디서 들은 게 틀림없어."

"롱 부인한테 말을 건네지 않은 거야 상관없지만 일라이자하고 춤을 추었더라면 좋았을 텐데 싶어요." 샬럿이 말했다.

"다음번에, 리지." 어머니가 말했다. "나라면 그딴 인간하고는 춤추지 않을 거다."

"그 사람하고는 절대 춤 같은 거 안 출 테니까 염려 마세요, 엄마."

"대개 오만한 걸 보면 거슬리는데, 그분이 그런 것은 별로 거슬리지 않아." 샬럿이 말했다. "그럴 만한 근거가 있으니까 말이야. 가문이니 재산이니, 모든 것을 다 갖춘, 그렇게 멋진 젊은이가 자기를 높이 본다고 해서 이상할 것은 없잖아. 이런 표현을 써도 된다면, 그 사람은 오만할 권리가 있어."

"그건 맞는 말이야." 엘리자베스가 말을 받았다. "내 자존심을 건드리지만 않았다면 나도 그 사람의 오만을 쉽게 용서할 수 있 겠지."

"내가 보기에 오만은 가장 흔한 결함이야." 메리가 생각이 깊다는 것을 과시라도 하듯이 말했다. "내가 지금까지 읽은 바로 미루어 볼 때, 오만이란 사실 아주 일반적이고, 인간 본성은 오만에 기울어지기 쉬우며, 실재건 상상이건 자신이 지닌 이런저런 자질에 대해 자만심을 품고 있지 않은 사람은 우리 가운데 거의 없다고 봐야 해. 허영과 오만은 종종 동의어로 쓰이지만 서로 달라. 허영심이 없으면서도 오만할 수 있지. 오만은 자기 자신을 어떻게 보느냐의 문제이고, 허영은 남이 나를 어떻게 생각해 주기를 바라느냐의 문제거든."

"내가 다아시 씨만큼 부자라면, 오만하니 뭐니 하는 건 신경 쓰지 않을 거야." 누나들과 같이 온 루커스 집안 아들이 소리쳤다. "사냥개를 여러 마리 키우고, 매일같이 포도주를 한 병씩 마실 거야."

"술을 그렇게 많이 마셔 대면 안 되지." 베넷 부인이 말했다. "내 눈에 띄기만 해 봐라, 곧바로 병을 뺏어 버릴 테니까."

소년은 그러면 안 된다고 항변하고, 베넷 부인은 그럴 거라고 계속 을러댔다. 결국 이 옥신각신으로 두 집안의 만남은 막을 내렸다.

6

롱본의 숙녀들은 곧 네더필드의 숙녀들을 방문했다. 답례 방문도 적절하게 이루어졌다. 베넷 양의 반듯하고 붙임성 있는 태도를 보고 허스트 부인과 빙리 양은 그녀에게 더욱 호의를 갖게 되었다. 어머니는 참을 수 없고 동생들은 말을 건넬 가치도 없다고 생각했지만, 맏딸과 둘째 딸에게는 더 친하게 지내고 싶다는 희망을 표했다. 제인은 그 관심을 더할 나위 없이 기쁘게 받아들였다. 그러나 엘리자베스는 그 두 자매가 모두에게 거만을 떨고 있다는 느낌을 지울 수 없었고, 심지어 언니까지도 그 점에서 예외가 아님을 간파하고서, 그들을 좋아할 수 없었다. 제인에게 이 정도라도 친절하다는 사실에 무슨 긍정적인 측면이 있다면 그런 태도가 빙리 씨의 칭찬에 영향을 받았을 가능성이 매우 높다는 점이었다. 만날 때마다 그가 제인을 각별히 생각하고 있다는 것은 누가 봐도 확연했고, 엘리자베스의 눈에는 제인도 처음부터 그에게 호감을 품었을 뿐더러 어느 정도는 사랑에 빠져 있는 것이 분명했다. 제인의 이런 마음을 세상 사람들이 눈치채지 못하리라는 것이 그나마 다행으로 여겨졌다. 제인은 감성이 풍부하지만 침착한 성격과 언제나 변함없이 쾌활한 태도 때문에 남 일에 참견하기 좋아하는 사람들이라도 여간해서 낌새를 채기가 어려웠다. 엘리자베스는 친구인 루커스 양에게 이런 생각을 털어놓았다.

"이런 일에서 사람들의 눈을 속일 수 있다는 것이 재미있을 수는 있겠지." 샬럿이 대답했다. "그렇지만 그렇게 눈치채지 못하게 하는 것이 불리할 수도 있어. 여자가 그런 기술로 자기 감정을 상대에게까지 숨기면 그를 붙잡을 기회를 잃을지도 몰라. 그렇게 되고 나서야 세상 사람들도 그 상대와 마찬가지로 아무것도 모르겠거니 해 봤자 별 위안이 안 될 거야. 대부분의 경우 애정이라는 감정에는 감사하는 마음이나 허영심이 상당 정도 끼어들기 때문에 애정이 저절로 커 가도록 두는 것은 안전하지 않아. 모두들 시작은 별 부담 없이 하지. 약간의 호감을 갖는 것은 자연스러운 일이야. 그러나 그 호감을 전혀 북돋워 주지 않는데도 진정한 사랑을 키울 수 있는 용기를 가진 사람은 우리 가운데 별로 없을 거야. 열에 아홉의 경우 여자는 자기가 느끼는 감정 이상을 보여 주는 게 낫지. 빙리가 네 언니를 좋아하는 것은 의심할 여지가 없어. 그렇지만 그 사람이 계속 좋아하도록 네 언니 쪽에서 도와주지 않으면, 그냥 좋아하기만 하고 끝나 버릴지도 몰라."

"그렇지만 언니도 도와줄 만큼은 돕고 있어. 나도 언니가 호감이 있다는 걸 알 수 있는데 그걸 모른다면 그 사람은 바보 멍청이지."

"일라이자, 그 사람은 제인의 성격을 너만큼 잘 알지 못한다는 점을 생각해야지."

"하지만 여자가 남자한테 호감이 있고 그걸 애써 숨기려고 하지도 않는데, 남자가 그걸 알아채지 못할 리가 없잖아."

"남자가 여자를 자주 만난다면 그야 그렇겠지. 하지만 빙리와 제인은 그런대로 자주 만나기는 해도, 몇 시간씩 같이 있을 정도는 아니야. 그것도 늘 여러 사람들이 모인 자리에서 만나기 때문에 서로 이야기를 나누기도 어려워. 그러니 제인은 그 사람의 관심을 잡아 둘 수 있을 때, 이를테면 춤을 같이 추는 반 시간 정도를 최대한 이용해야 해. 일단 사람을 꼭 잡아 놓고 나면, 얼마든지 여유 있게 사랑에 빠질 수 있을 거야."

"결혼을 잘하고 싶은 욕심밖에 없는 경우에는 그런 계획이 좋긴 하겠네." 엘리자베스가 대답했다. "부자 남편을 골라잡을 생각이라거나 어찌 되었든 결혼은 꼭 해야겠다는 생각이라면 나도 그런 방법을 택할 수밖에 없을 거야. 하지만 제인 언니의 감정은 그런 게 아니야. 계획에 따라 움직이는 게 아니라고. 언니는 아직 자신의 호감이 어느 정도인지, 그게 얼마나 이치에 닿는지 확신하지 못하고 있어. 그분을 안 지 보름밖에 안 돼. 메리턴에서 네 번 춤을 같이 췄고, 그분 집에서 아침에 한 번 봤고, 그러고선 정찬 자리에서 같이 식사를 네 번 했지. 그 정도 가지고 상대가 어떤 사람인지 다 알 수는 없어."

"그거야 그렇겠지. 네 언니가 그분과 그냥 식사만 했다면 식욕이 좋은지 어떤지 말고 뭘 더 알 수 있었겠니? 하지만 저녁 시간을 네 번이나 함께 보냈다는 것을 생각해야지. 저녁 시간 네 번이면 대단한 거 아냐?"

"그래, 저녁 시간을 네 번 함께 보내면서 둘 다 코머스보다 뱅팅[4]을 좋아한다는 걸 알게 되었지. 그렇지만 그것 말고 진짜 성격이 어떤지 대체 어떤 사람인지 별로 알게 된 것 같지 않거든."

"글쎄." 샬럿이 말했다. "난 진심으로 제인의 성공을 기원해. 그리고 제인이 내일 그분과 결혼해서 행복해질 확률이나 열두 달 동안 성격을 연구한 뒤에 결혼해서 행복해질 확률이나 마찬가지일 거라고 생각해. 행복한 결혼이냐 아니냐는 순전히 운에 달려 있어. 상대의 성향을 서로 잘 알거나 성향이 서로 흡사하다고 해서 결혼 생활의 행복이 더 커지는 건 절대 아니야. 성향이야 변하기 마련이어서 나중엔 서로 화가 날 정도로 달라질 수도 있어. 평생을 함께 살 사람의 결점은 적게 알수록 좋지."

"웃자고 하는 소리로 이해할게, 샬럿. 그건 옳다고 할 수 없지. 너도 잘 알 거야. 너부터도 그렇게 처신할 리 없을 테고."

엘리자베스는 빙리 씨가 언니에게 관심을 기울이는 것을 지켜보는 데 정신이 팔려서 정작 자신이 그의 친구의 눈길을 끌고 있을 줄은 짐작도 못 했다. 애초에 다아시 씨는 그녀가 예쁘다고 인정할 마음이 별로 없었다. 무도회에서 처음 보았을 때 미인이라는 생각은 전혀 들지 않았다. 다음번에 만난

---

4) 둘 다 카드놀이의 이름이며, 당시 영국의 몇몇 지방에서 코머스가 크게 유행했다.

자리에서도 흠만 눈에 띄었다. 그러나 자신과 주변 사람들에게 그녀의 이목구비에 특별히 뛰어난 데가 없음을 분명히 해두기가 무섭게 검은 눈에 어린 아름다운 표정으로 인해 그녀의 얼굴이 남달리 지적으로 보인다는 것을 깨달았다. 이어서 그에 못지않게 체면을 구기는 또 다른 깨달음이 뒤따랐다. 몸매의 균형을 무너뜨리는 부분을 한 곳 이상 예리하게 찾아냈음에도 불구하고, 그는 그녀의 모습이 발랄하고 보기 좋다는 것을 인정하지 않을 수 없었다. 그리고 그녀가 상류 사회의 예절에 어긋나게 행동한다는 것을 의식하면서도, 오히려 자연스러운 장난기에 매혹되고 말았다. 이런 사실을 엘리자베스는 전혀 모르고 있었다. 그녀에게 그는 어디서나 불쾌하게 굴고 자기를 함께 춤출 만큼 아름답지 않다고 생각한 남자일 뿐이었다.

다아시는 엘리자베스에 대해 더 알고 싶고 언제 한번 직접 말을 걸어 볼 요량으로 그녀가 남들과 나누는 대화에 귀를 기울였다. 그의 이런 행동이 그녀의 눈에 띄었다. 윌리엄 루커스 경의 집에 많은 사람들이 모였을 때였다.

"내가 포스터 대령과 나누는 대화를 열심히 듣다니 다아시 씨가 왜 그러는 걸까?" 그녀가 샬럿에게 물었다.

"그거야 다아시 씨만 답할 수 있는 질문이지."

"어쨌든 자꾸 그러면 무슨 수작인지 내가 알고 있다는 걸 분명히 해 주겠어. 워낙 빈정대는 눈빛이어서 내 쪽에서 선수 치지 않으면 곧 그 사람 눈치를 보게 될 테니까."

이 말이 끝나자마자 다아시가 그들에게 다가왔는데, 말을 걸려는 생각은 그다지 없어 보였다. 루커스 양이 그런 말을 꺼내지 말라고 했는데 그 때문에 도리어 자극을 받은 엘리자베스가 그를 향해 돌아서서 말했다.

"다아시 씨, 방금 제가 포스터 대령께 메리턴에서 무도회를 열어 달라고 졸랐는데 정말 기가 막히게 잘하지 않던가요?"

"정말 열의가 대단하시더군요. 하기야 숙녀분들이 대개 그런 화제에 열심이지요."

"저희한테 가혹하시군요."

"이제 얘를 조를 차례예요." 루커스 양이 말했다. "피아노 뚜껑을 열 거야, 일라이자. 그다음엔 뭘 해야 되는지 알고 있겠지."

"넌 친구치고는 참 이상한 애야! 틈만 나면 아무 데서나 누구 앞에서나 연주하고 노래하라고 하니 말이야! 내가 음악 쪽으로 허영심이 있었다면, 너야말로 나한텐 너무 소중한 존재였겠지. 하지만 지금 상황을 좀 봐. 평소 일급 연주자들의 연주를 듣는 데 익숙한 분들 앞에서 노래한답시고 피아노 앞에 앉기는 정말 싫어." 그래도 루커스 양이 계속 권하자, 그녀는 이렇게 덧붙였다. "좋아, 꼭 그래야 한다면 하지, 뭐." 그리고 다아시 씨를 엄숙한 눈빛으로 힐끗 보고는 이렇게 말을 이었다. "멋진 속담이 있는데 여기 계시는 분들도 다 아실 거예요. '죽을 식히려면 숨을 죽여라.' 그러니 저도 목청을 틔우려면 숨을 죽여야겠지요."

뛰어나다고까지 하기는 모자랐지만 그녀의 노래는 그만하면 훌륭했다. 한두 곡 부른 뒤 한 곡 더 해 달라는 몇 사람의 요청에 답하기도 전에 그녀의 동생 메리가 얼른 나서서 피아노 자리를 이어받았다. 메리는 자매들 가운데 유일하게 못생긴 편이라 지식과 교양을 쌓으려 열심히 공부했고 언제나 그것을 과시하고 싶어 안달이었다.

메리는 재능도 소양도 없었다. 허영심이 있어 열심히 하기는 했지만, 아는 티를 내고 잘난 척했다. 그런 태도로는 더 뛰어난 연주도 망칠 지경이었다. 연주 실력에서야 엘리자베스가 그녀의 반도 못 따라갔지만, 자연스럽고 과장이 없어서 다들 훨씬 더 즐겁게 경청했던 것이다. 메리는 긴 협주곡 연주를 마치고 동생들의 청에 따라 스코틀랜드와 아일랜드 민속 음악을 연주하여 기분 좋은 찬사와 감사를 받아 냈다. 그사이에 그녀의 동생들은 루커스 집안 자녀들 몇 명과 두세 명의 장교와 함께 방 한쪽에서 열심히 춤을 추고 있었다.

다아시 씨는 그들 가까이에 서 있었는데, 말은 안 했지만 이런 식으로 대화를 일절 나누지 않고 시간을 보내는 것에 화가 나 있었다. 그는 자기 생각에 너무 몰두한 나머지 윌리엄 루커스 경이 말을 걸어올 때까지 그가 옆에 있는 것도 의식하지 못했다.

"젊은이들에게 얼마나 매력적인 오락입니까, 다아시 씨! 결국 춤만 한 것은 없지요. 춤은 세련된 사교계에서 첫째가는 고상한 오락 중 하나라고 봅니다."

"물론입니다. 그리고 별로 세련되지 못한 사회에서도 성행할 수 있다는 게 춤의 이점이기도 합니다. 야만인도 춤은 출 줄 아니까요."

윌리엄 경은 미소만 지었다. 그는 잠시 말을 멈추었다가 빙리가 춤추는 무리에 합류하는 것을 보고 말을 이었다. "친구분이 춤추는 게 보기 좋군요. 다아시 씨도 춤에 조예가 깊다는 걸 의심치 않습니다."

"제가 메리턴에서 춤추는 걸 보셨나 봅니다."

"보다마다요. 그걸 보고 적잖이 즐거웠답니다. 세인트 제임스궁에서도 자주 춥니까?"

"아니, 전혀요."

"춤이야말로 왕궁에 바치는 적절한 찬사라고 생각하지 않습니까?"

"피할 수만 있다면 그런 찬사는 어느 곳에도 바치지 않습니다만."

"에, 물론 런던에 저택을 가지고 계시지요?"

다아시 씨는 그렇다는 뜻으로 고개를 숙였다.

"저도 한때는 런던에 정착할까 생각했습니다. 상류 사회를 좋아하니까요. 그렇지만 런던의 공기가 집사람한테 좋을지 자신이 없더군요."

그는 답변을 기대하며 말을 멈추었으나, 상대는 별로 그럴 의사가 없었다. 그때 엘리자베스가 다가오자, 윌리엄 경은 신사다운 행동을 해야겠다는 생각이 불쑥 들었는지 그녀를 불렀다.

"일라이자 양, 왜 춤을 추지 않아요? 다아시 씨, 이 젊은 숙녀를 아주 괜찮은 파트너로 소개하고 싶소. 눈앞에 이런 미인이 있는데 춤추기를 거절하지는 않을 거라고 확신합니다만." 그리고는 그녀의 손을 잡고 다아시 씨에게 건넬 태세였다. 다아시 씨는 깜짝 놀랐지만 손잡기를 마다할 생각은 아니었는데, 엘리자베스가 얼른 물러나 좀 뾰로통한 표정으로 윌리엄 경에게 말했다.

"저는 춤출 생각이 전혀 없어요. 제가 파트너를 구하려고 이쪽으로 왔다고는 생각하지 마세요."

다아시 씨가 정중하고 예의 바르게 함께 춤출 영광을 달라고 청했지만 소용없었다. 엘리자베스는 요지부동이었다. 윌리엄 경의 설득도 그녀의 마음을 조금도 움직이지 못했다.

"일라이자 양, 춤 솜씨가 훌륭하면서 춤추는 모습을 바라보는 기쁨을 주기를 거절하다니 정말 무정하네그려. 또 여기 이 신사분은 보통은 춤추는 걸 별로 좋아하지 않지만, 반 시간 정도 우리를 기쁘게 해 주는 것을 마다하진 않을 것 같은데."

"다아시 씨는 아주 예절 바른 분이니까요." 엘리자베스가 미소를 지으며 말했다.

"그야 그렇지……. 그렇지만 일라이자 양, 파트너도 파트너 나름이고, 이분이 선뜻 받아들이는 것도 놀랄 일은 아니지. 누가 이런 파트너를 거절하겠어?"

엘리자베스는 짓궂은 표정으로 한번 쳐다보고는 가 버렸다. 그렇게 거절당했지만 다아시 씨로서는 그다지 기분이 상하지 않았고 오히려 흔쾌한 마음으로 그녀를 생각하고 있던 참인데, 빙리 양이 다가왔다.

"무슨 생각에 잠겨 있는지 짐작할 수 있어요."

"모를 거라고 생각합니다만."

"하루이틀도 아니고 수많은 저녁을 이런 식으로 보내는 것이 참을 수 없다는 생각이겠지요. 이런 사람들과 어울려서 말이에요. 저도 같은 의견이에요. 이렇게 짜증 난 적이 없어요! 따분한 데다 시끄럽고, 하나같이 별 볼 일 없는 주제에 자기가 최고인 줄 알고! 가차 없는 비난의 말씀 기꺼이 들어 드리겠어요!"

"짐작이 완전히 빗나갔습니다. 더 즐거운 생각을 하고 있었거든요. 어여쁜 얼굴의 아름다운 두 눈이 베푸는 큰 즐거움에 대해 명상하고 있었습니다."

빙리 양은 즉시 그의 얼굴을 쳐다보면서, 그런 생각을 불러일으킨 여자가 누구인지 말해 달라고 했다. 다아시 씨는 대담하게도 이렇게 대답했다.

"엘리자베스 베넷 양입니다."

"엘리자베스 베넷 양이라고요!" 빙리 양이 되뇌었다. "정말 놀라운데요. 언제부터 그 아가씨를 그렇게 특별히 좋아하게 되셨나요? 언제 축하를 드리면 될까요?"

"그런 질문이 나올 줄 알았습니다. 여성분들의 상상력은 참 빠르기도 합니다. 찬양에서 사랑으로, 사랑에서 결혼으로 한순간에 건너뜁니까요. 축하해 주리라고 생각했습니다."

"아니, 정말 진심이신가 본데 그쯤이면 아예 확정되었다고 여겨도 되겠네요. 이제 매력 있는 장모님도 생길 테고, 그 장모님께선 펨벌리에서 늘 당신과 함께 사시겠네요."

그녀가 이런 식으로 놀리는 동안 그는 초연하게 듣고 있었다. 담담한 표정으로 미루어 보아 걱정할 것 없겠다는 확신이 들자 그녀의 재치는 길게 이어졌다.

7

베넷 씨의 재산은 연 수입 2000파운드의 토지가 거의 전부였는데, 아들이 없는 탓에 딸들에게는 불운하게도 먼 친척에게 한정 상속5) 되도록 묶여 있었다. 부인의 재산은 그녀의 신분으로 보면 적다고 할 수 없지만 남편 재산의 부족분을 메우기에는 턱없이 모자랐다. 그녀의 아버지는 메리턴의 사무 변호사였는데, 딸에게 4000파운드를 물려주었다.

그녀에게는 여동생과 남동생이 하나씩 있었다. 여동생은 아버지의 서기였다가 나중에 일을 물려받은 필립스라는 사람과 결혼했고, 남동생은 런던에 정착해서 꽤 괜찮은 사업에 종사하고 있었다.

롱본은 메리턴에서 불과 1마일 떨어진 마을에 자리해 있었다. 메리턴은 베넷 집안 처녀들이 나들이하기 안성맞춤인 거리여서, 대개 일주일에 서너 번은 그곳 이모 댁을 찾아가거나 양품점에 들르곤 했다. 넷째 캐서린과 막내 리디아가 특히 열심이었는데, 언니들보다 머리가 빈 터라 더 나은 오락거리가 없을 때는 메리턴까지 산책 가는 일이 아침나절을 즐겁게 보내고 저녁 시간의 얘깃거리를 제공하는 데 필수였다. 시골에서 새 소식이라고 해 봐야 대개 별것이 없지만, 그들은 언제나 이모인 필립스 부인에게서 뭔가 소식을 끌어냈다. 사실 지금

---

5) 재산을 물려줄 때 현 소유자의 의사와 관계없이 그다음 상속인을 미리 법적으로 지정해 놓는 제도.

은 얼마 전 인근에 군부대가 도착한 덕분에 새 소식과 더불어 즐거움도 누렸다. 군부대는 겨우내 머물기로 되어 있었고, 메리턴이 본부였다.

필립스 부인을 방문하면 바야흐로 가장 흥미진진한 정보가 쏟아져 나왔다. 매일 장교들의 이름이라든가 신상에 대해 하나씩이라도 더 알게 되었다. 얼마 지나지 않아 그들의 처소도 알게 되었고, 마침내 장교들을 직접 만나게까지 되었다. 필립스 씨가 그들을 모두 방문했고, 장교들과의 만남은 조카들에게 전에 없던 행복을 끝없이 선사했다. 그녀들은 장교들 이야기만 했다. 어머니에게는 신나는 화제인 빙리 씨의 막대한 재산도 그녀들의 눈에는 소위의 군복에 비하면 아무것도 아니었다.

어느 날 아침 캐서린과 리디아가 장교들에 대해서 왁자지껄 떠들어 대는 걸 듣고 베넷 씨가 냉정하게 말했다.

"말하는 꼬락서니를 보니 너희야말로 이 마을에서 제일 어리석은 아이들이다. 혹시나 했는데 역시나군그래."

캐서린은 풀이 죽어서 입을 다물었으나 리디아는 아랑곳하지 않고 카터 대위를 찬양하면서 그가 내일 아침 런던에 가니 오늘 중에 한번 봐야겠다고 지껄였다.

"여보, 난 놀랐어요." 베넷 부인이 말했다. "자기 자식들을 보고 어리석다는 말을 그렇게 쉽게 하다니, 당신도 참. 누굴 흉보고 싶으면 다른 집 애들이나 흉보지 우리 애들을 흉보다니요."

"우리 애들이 어리석다면, 그걸 알고는 있어야 할 거 아니오."

"그래요. 그렇지만 뭐, 우리 애들은 하나같이 똑똑하니 하는 말이에요."

"우리 의견이 서로 맞지 않는 게 이것뿐이어서 다행이오. 완벽하게 일치하면 좋겠소만 나야 아래로 두 딸이 바보 중에 바보라고 생각하니 당신 생각과 너무 다르다는 걸 인정할 수밖에 없구려."

"여보, 저렇게 어린 애들한테서 어떻게 우리 부모들 같은 분별력을 바라겠어요. 애들도 우리 나이가 되면 장교들은 쳐다보지도 않을 텐데요. 나도 붉은 군복을 정말 좋아하던 시절이 있었고요. 사실 마음속으로는 아직도 그래요. 1년에 오륙천 수입이 있는 젊고 멋진 소령이 내 딸들 가운데 하나를 원한다면, 난 거절하지 않을 거예요. 그리고 그날 밤 윌리엄 경 댁에서 보니 포스터 대령이 군복을 입은 모습이 참 잘 어울려 보였어요."

"엄마." 리디아가 큰 소리로 말했다. "이모가 그러는데, 포스터 대령하고 카터 대위가 처음 왔을 때만큼 왓슨 양 집에 자주 가지 않는대요. 클라크 순회 도서관[6]에 종종 들른대요."

베넷 부인이 뭐라고 대꾸하려는 찰나 하인이 베넷 양에게 전할 쪽지를 들고 들어왔다. 네더필드에서 온 쪽지였고, 하인은 답장을 받아 가려고 기다렸다. 베넷 부인의 눈은 기쁨으로 반짝였고, 딸이 쪽지를 읽는 동안 안달하며 연신 물었다.

"얘, 제인, 누가 보낸 거야? 용건이 뭔데? 그 사람이 뭐래? 얘, 제인, 빨리 말해 줘. 어서, 얘."

---

6) 당시 순회 도서관에서는 책과 함께 잡화를 팔았다.

"빙리 양한테서 온 거예요." 그러고 나서 제인은 쪽지를 소리 내어 읽었다.

친애하는 친구에게

루이자 언니와 저의 처지를 동정해서 오늘 우리와 정찬을 같이 해 주지 않으면 우리 둘은 앞으로 평생토록 서로를 미워하게 될지도 몰라요. 두 여자가 하루 종일 머리를 맞대고 있으면 싸움으로 끝나지 않기가 힘드니까요. 이 편지를 받자마자 가능한 한 빨리 오세요. 저희 오빠와 신사분들은 장교들하고 식사하러 나갈 거랍니다. 그럼 총총.

캐롤라인 빙리

"장교들하고라니!" 리디아가 소리 질렀다. "어째서 이모가 말해 주지 않았는지 모르겠네."

"식사하러 나간다니." 베넷 부인이 말했다. "참 운이 없구나."

"마차 좀 써도 돼요?" 제인이 물었다.

"안 된다, 얘야. 말을 타고 가는 게 낫겠다. 비가 올 것 같은데, 그러면 밤새 머물러야 될 테니까."

"그거 좋은 계책이네요." 엘리자베스가 말했다. "그 댁에서 언니를 집에 데려다주지 않을 게 확실하다면 말이에요."

"하긴! 그렇지만 신사분들이 빙리 씨의 마차로 메리턴까지 갈 테고, 허스트 부부한테는 자기네 마차용 말이 없잖아."

"전 마차로 갔으면 하는데요."

"그렇지만 얘야, 아버지가 말들을 내주시지 못할걸. 농장에서 필요할 테니 말이야. 안 그래요, 여보?"

"농장에서야 늘 말이 필요한데 겨우겨우 대 줄 때가 많지."

"하여간 아버지께서 오늘 이미 말들을 대셨다면, 어머니 목적은 달성되는 거네." 엘리자베스가 말했다.

결국 엘리자베스는 아버지에게 마차용으로 쓸 만한 노는 말들이 없다는 것을 인정하게 만들었다. 그리하여 제인은 말을 타고 갈 수밖에 없었고, 어머니는 날이 궂을 징조가 한둘이 아니라는 사실에 즐거워하며 딸을 문까지 배웅했다. 어머니의 소망은 이루어졌다. 제인이 떠난 지 얼마 되지 않아 비가 심하게 쏟아졌다. 동생들은 걱정했으나 어머니는 기뻐 날뛰었다. 비는 저녁 내내 쉬지 않고 내렸고, 제인이 돌아올 수 없다는 것은 분명해 보였다.

"참 기가 막힌 생각이었어!" 베넷 부인은 비가 온 것이 자기 공이라도 되는 양 몇 번이고 말했다. 그러나 다음 날 아침때까지는 그녀도 자신의 계책이 진짜로 얼마나 기가 막히게 적중했는지 알지 못했다. 아침 식사가 끝나기도 전에 네더필드에서 온 하인이 엘리자베스에게 다음과 같은 쪽지를 전달했다.

　　사랑하는 리지에게

　　오늘 아침 몸이 너무 안 좋아. 어제 흠뻑 비를 맞은 탓인가 봐. 이곳 분들이 친절하게도 낫기 전엔 못 돌아가게 하는구나. 부득부득 존스 의사 선생님도 봐야 한다 하고. 그러니 어디서 그분이 여길 다녀갔다는 소식을 들더라도 놀라지 마. 목이 아프고 두통이 있는 것 외에는 별문제 없으니까.

　이만 줄일게.

"자, 여보." 엘리자베스가 쪽지를 소리 내어 읽고 나자 베넷 씨가 말했다. "만일 당신 딸이 위험한 병에 걸려 죽기라도 하면, 그게 다 당신이 시켜서 빙리 씨를 쫓아다녔기 때문이라는 것이 퍽 위안이 되겠구려."

"흥! 죽기는 왜 죽어요? 감기 좀 걸렸다고 죽는 사람 못 봤어요. 간호도 잘 받을 테고. 오래 머물수록 좋다고요. 마차만 있다면 내가 보러 갈 텐데."

엘리자베스는 정말 걱정이 되어서 마차가 마련되지 않아도 언니를 보러 가야겠다고 마음먹었다. 그녀는 말을 탈 줄 모르기 때문에 걷는 것이 유일한 대안이었다. 엘리자베스는 이런 결심을 밝혔다.

"아니, 너 제정신으로 하는 소리니?" 어머니가 소리쳤다. "길이 온통 진흙투성이일 텐데 그런 생각을 하다니! 거기 도착할 땐 네 꼴이 말이 아닐 거다."

"제인 언니를 보는 데는 지장이 없을 거예요. 제가 원하는 건 그것뿐이고요."

"마차를 쓰게 해 달라는 말이냐, 리지?" 아버지가 물었다.

"아니에요. 걷는 게 어때서요. 그럴 만한 이유가 있는데 거리가 문제겠어요? 고작 3마일인데요, 뭐. 정찬 때까지는 돌아올게요."

"언니의 자비심이 발동한 것은 존경하지만……." 메리가 한

마디 하고 나섰다. "모든 감정의 충동은 이성으로 통제되어야 해. 그리고 내 견해로는 행동은 늘 상황이 요구하는 것과 비례해야 하고."

"우리가 메리턴까진 같이 가 줄게." 캐서린과 리디아가 말했다. 엘리자베스가 그러자고 했고, 셋은 함께 출발했다.

"서둘러 가면 카터 대위가 떠나기 전에 잠깐이라도 볼 수 있을지 몰라." 같이 걸어가면서 리디아가 말했다.

그들은 메리턴에서 헤어졌다. 두 동생은 어느 장교 부인의 숙소를 향했고 엘리자베스는 혼자서 계속 걸어갔다. 빠른 걸음으로 들판을 하나하나 가로지르고, 스타일[7]을 훌쩍 뛰어넘고 웅덩이를 건너뛰어서 마침내 그 집이 보이는 곳에 도착했을 때는, 발목이 아파 오고 양말은 더러워졌으며 얼굴은 열기로 달아올라 있었다.

그녀는 조찬실로 안내되었는데, 제인을 제외한 모든 사람이 거기 모여 있었다. 그녀가 방으로 들어서자 다들 놀라는 표정을 감추지 못했다. 그렇게 이른 시각에, 그것도 이 험한 날씨에, 더욱이 혼자 3마일을 걸어왔다는 것은 허스트 부인과 빙리 양에게는 거의 믿을 수 없는 일이었다. 그런 이유로 그들이 자신을 경멸하고 있다는 것을 엘리자베스는 느낄 수 있었다. 그렇기는 해도 매우 정중한 응섭을 받았다. 특히 빙리 씨의 태도에는 정중함 이상의 무언가가 있었으니, 바로 선의와 친절함이었다. 다아시 씨는 의례적인 인사 외에는 별말이 없었고,

---

7) 짐승은 못 넘고 사람만 넘어 다닐 수 있게 만든 울타리.

허스트 씨는 한마디도 하지 않았다. 다아시 씨는 신체 활동 덕분에 발그스름하게 달아오른 그녀의 얼굴을 마음속으로 찬미하는 한편 과연 혼자 그렇게 먼 길을 걸어서 올 만한 일이었나 자문하고 있었다. 허스트 씨는 자신의 아침 식사 생각뿐이었다.

엘리자베스가 언니에 대해 물었는데 대답은 그다지 신통치 않았다. 베넷 양은 잠을 잘 못 잤고, 아침에 일어나서도 열이 나고 몸이 좋지 않아서 방을 떠날 수 없었다는 것이다. 엘리자베스는 즉시 언니가 있는 방으로 안내되었다. 와 주면 좋겠다고 하고 싶었지만 괜스레 놀라게 하거나 부담을 줄까 봐 삼갔던 터라 제인은 그녀가 방에 들어가자 기뻐했다. 그렇지만 많은 대화를 나누기는 어려웠고, 빙리 양이 두 사람만 남기고 나갈 때 친절하게 보살펴 줘서 감사하다는 말이나 가까스로 할 수 있는 정도였다. 엘리자베스는 말없이 언니 곁을 지켰다.

아침 식사를 끝낸 빙리 자매가 들어왔다. 그들이 제인에게 애정 어린 위로를 아끼지 않는 것을 보고 엘리자베스는 그들이 좋아지기 시작했다. 의사가 와서 진찰하고는 예상대로 심한 감기에 걸렸고 회복에 도움이 되도록 다들 힘써야 한다면서, 제인에게 침대에 누워 있으라고 권하고 약을 좀 지어 주겠다고 했다. 열이 더 오르고 머리가 심하게 아팠기 때문에 제인은 즉시 그 권고를 따랐다. 엘리자베스는 잠시도 언니 방을 떠날 수 없었고, 빙리 자매도 자리를 자주 비우지는 않았다. 남자들이 외출한 터라 사실 달리 할 일이 없기도 했다.

시계가 세 시를 알리자 엘리자베스는 갈 시간이 되었기에 너무도 내키지 않았지만 그만 가 보겠다고 말했다. 빙리 양이 마차를 내주겠다고 해서 엘리자베스가 거의 응낙하려던 참이 었는데, 제인이 동생과 헤어지는 것을 너무 불안해했다. 그 바람에 빙리 양은 마차를 제공하겠다는 말을 접고 네더필드에 더 머물러 달라고 부탁할 수밖에 없었다. 엘리자베스는 고마운 마음으로 응낙했고, 하인이 롱본으로 가서 그녀가 머물게 된 사정을 알리고 옷가지를 챙겨 가지고 돌아왔다.

8

다섯 시가 되자 빙리 자매는 옷을 차려입기 위해 제인의 방을 떠났고, 여섯 시 반에 엘리자베스에게 정찬을 하러 오라는 전갈이 왔다. 엘리자베스가 식당에 들어서자 언니의 상태를 묻는 질문들이 쏟아졌고, 그 가운데서도 빙리 씨의 염려가 가장 두드러졌지만 좋은 소식을 전할 수는 없었다. 제인이 조금도 나아지지 않았기 때문이다. 그 말을 들은 빙리 자매는 정말 안타깝다고, 독감을 앓는 건 너무나 끔찍하다고, 병에 걸리는 것은 정말 싫다고 서너 번쯤 되풀이해 말하고는, 그에 대해서는 더 이상 생각조차 하지 않았다. 엘리자베스는 제인이 면전에 없을 때 그들이 얼마나 무관심한지 확인했으니 이제 다시 원래대로 이들을 싫어해도 되겠구나 싶었다.

그들 중 엘리자베스가 마음 편하고 즐겁게 대할 수 있는 사람은 빙리 씨뿐이었다. 그가 제인을 진심으로 걱정한다는 점은 명백했고 엘리자베스에게도 배려를 아끼지 않아서, 그 덕분에 그녀는 자신이 불청객이라는 느낌을 덜 가질 수 있었다. 빙리 씨를 제외하면 아무도 그녀에게 신경 쓰지 않았다. 빙리 양은 다아시 씨에게 푹 빠져 있었고, 그녀의 언니도 덜하지 않았다. 엘리자베스 바로 옆에 앉은 허스트 씨로 말하자면, 오로지 먹고 마시고 카드놀이를 하기 위해 사는 한량으로, 그녀가 라구[8]보다는 담백한 음식을 더 좋아한다고 하자 입을 다물었다.

엘리자베스는 식사를 마치자 곧바로 제인에게 돌아갔고, 그녀가 식당에서 나가자마자 빙리 양이 흉을 보기 시작했다. 매너가 형편없는 것이 오만하고 건방질뿐더러 대화도 할 줄 모르고, 스타일도 미적 감각도 없으며, 예쁘지도 않다는 것이었다. 허스트 부인이 동의하며 덧붙였다.

"요컨대 걷는 데 선수라는 사실을 빼면 장점이라곤 하나도 없어. 오늘 아침의 그 꼬락서니는 뭐야 대체. 거의 막돼먹은 여자 같았어."

"정말 그랬어, 루이자 언니. 아무렇지도 않은 척하느라고 얼마나 혼났는지, 원. 도대체 여기 온 것부터가 말이 안 돼! 언니가 감기에 걸렸다고 왜 자기가 들판을 깡충거리고 다녀? 머리는 다 헝클어져 산발을 해 가지고!"

"그러게 말이야. 게다가 페티코트는 또 어떻고. 너도 봤겠지만, 진흙에 빠져 밑에서부터 6인치 정도까지 더러워졌더라고.

---

8) 고기, 채소, 향료를 섞어 만드는 프랑스식 스튜 요리.

내가 분명히 봤어. 드레스 자락을 내려서 감추려고 했지만 그렇게 해서 될 일이야?"

"그게 사실에 부합하긴 하겠지, 루이자." 빙리가 말했다. "그렇지만 내 눈엔 그런 게 하나도 들어오지 않았어. 엘리자베스 베넷 양이 오늘 아침 이 방에 들어왔을 때 멋지다고 생각했어. 더러운 페티코트는 정말로 눈에 띄지 않았다고."

"당신은 보셨겠지요, 다아시 씨." 빙리 양이 말했다. "누이 동생이 그런 모습을 보이기를 바라지는 않으실 것 같은데요."

"물론이지요."

"3마일이나 되는 거리를, 아니 4마일, 아니 5마일인가, 도대체 몇 마일이든 그렇게 먼 거리를 걸어오다니, 그것도 발목까지 진흙탕에 빠져 가면서, 게다가 혼자, 진짜로 혼자 말이야! 도대체 뭘 어쩌자는 거야? 독립심이니 뭐니 하지만 그런 독립심은 정말 끔찍한 오만이야. 촌뜨기라 격식을 무시한다 해도 정말 너무했고."

"언니를 얼마나 아끼는지 보여 주는 셈이니까 보기 좋기만 하던데." 빙리가 말했다.

"그런데 다아시 씨." 빙리 양이 반쯤 속삭이는 목소리로 말했다. "이런 모험이 그 아가씨의 아름다운 눈에 대한 당신의 경탄에 다소 영향을 수지는 않았는지 염려되는데요."

"천만에요." 다아시가 대답했다. "걷기 운동을 한 덕분인지 더욱 반짝이딘길요."

잠깐 대화가 끊겼다가 허스트 부인이 다시 입을 열었다.

"나는 제인 베넷이 참 괜찮은 아이라고 생각해. 정말 귀여운 애야. 좋은 데 시집가기를 진심으로 바라. 하지만 부모가 다 그렇고 친척들도 천하니, 결혼 잘하기는 틀린 것 같아."

"이모부가 메리턴에서 사무 변호사를 하고 있다던데."

"맞아, 그리고 외삼촌은 치프사이드[9] 어디에 살고 있다지."

"정말 끝내주네." 빙리 양이 맞장구쳤고, 자매는 신나게 한바탕 웃어 젖혔다.

"만일 그 아가씨들에게 치프사이드를 몽땅 채울 만큼 많은 삼촌이 있다 해도 그 아가씨들의 매력이 조금도 줄어드는 건 아니지." 빙리가 큰 소리로 말했다.

"하지만 실질적으로 괜찮은 신분의 남자와 결혼할 가능성이 많이 줄어드는 건 사실이겠지." 다아시가 대꾸했다.

빙리는 아무런 대답도 하지 않았다. 그러나 그의 누이들은 다아시의 말에 십분 동의한다면서 자기들 친구의 천한 친척들을 소재로 삼아서 한동안 희희낙락했다.

그러나 그들은 문득 다정한 마음이 되살아났는지 정찬실을 떠나 제인의 방으로 향했고, 커피가 준비되었다고 부르러 올 때까지 그녀 곁에 앉아 시간을 보냈다. 제인의 상태가 여전히 나빴기 때문에 엘리자베스는 저녁 늦도록 언니 곁을 떠나지 않다가 제인이 잠드는 것을 보고서야 재미를 위해서라기보다는 예의를 차리느라 아래층으로 내려갔다. 엘리자베스가 응접실에 들어서니 모두들 루[10]를 하고 있다가 그녀를 보자마자 함께 하자고 청

---

9) 런던 상업 지구에 딸린 주거지. 당시 장사에 기반해서 사는 것은 천하게 여겨졌고 가게 근처에 사는 것도 마찬가지였다.

10) 열두 명까지 함께 할 수 있는 카드놀이로 당시에 유행했다.

했다. 그러나 그녀는 그들이 꽤 큰 판돈을 걸고 내기를 하는 것 같아서 언니에게 언제 또 가 봐야 할지 모른다는 핑계로 사양하고서, 그사이 독서나 좀 할까 한다고 말했다. 허스트 씨가 눈이 휘둥그레져서 그녀를 쳐다보았다.

"카드놀이보다 독서를 더 좋아하십니까? 그것 참 특이하군요." 그가 말했다.

"일라이자 베넷 양은 카드놀이를 경멸한답니다." 빙리 양이 말했다. "굉장한 독서가이다 보니 독서 말곤 아무것도 즐기지 않아요."

"저는 그런 칭찬을 들을 자격도, 그런 비난을 들을 이유도 없는데요." 엘리자베스가 목소리를 좀 높였다. "굉장한 독서가도 아니고, 독서 말고도 즐기는 게 많으니까요."

"언니 간호하기를 즐기시는 건 틀림없는 것 같더군요." 빙리가 말했다. "언니가 얼른 회복되어서 그 즐거움이 한결 커지면 좋겠습니다."

엘리자베스는 그에게 진심에서 우러나온 감사를 표한 뒤, 책이 몇 권 놓여 있는 탁자를 향해 걸어갔다. 그러자 그가 다른 책들, 자기 서재에 있는 책들을 모두 가져다주겠다고 했다.

"제게 책이 더 많았더라면 당신에게도 좋고 저도 좀 더 자랑스러웠을 텐데요. 그렇지만 워낙 게을러서요. 아무튼 책이 많지는 않아도 제가 실제로 펼쳐 본 것보다는 더 많습니다."

엘리자베스는 응접실에 있는 책만으로도 충분하다고 그를 안심시켰다.

"나도 정말 놀랐어." 빙리 양이 말했다. "아버지께서 책을 이렇게 조금밖에 물려주지 않으셔서. 펨벌리에 있는 서재는 정말 멋져요, 다아시 씨!"

"그 서재야 좋을 수밖에 없습니다." 그가 대답했다. "몇 대에 걸쳐서 꾸며진 것이니까요."

"다아시 씨도 많이 보탰잖아요. 늘 책을 사들이기도 하고."

"요즘처럼 책이 쏟아지는 시기에 가문의 서재를 챙기지 않아서야 곤란하겠지요."

"챙기지 않다니요! 당신은 그 훌륭한 저택을 더 멋있게 만드는 일이라면 무엇이든 마다하지 않겠지요. 찰스 오빠, 집을 직접 짓게 되면 펨벌리의 반만큼이라도 훌륭하게 꾸미면 좋겠어요."

"나도 그러면 좋겠다만."

"나라면 펨벌리 근처에 대지를 구하고, 집도 펨벌리를 본떠서 지으라고 진심으로 권하고 싶어요. 잉글랜드 지역에서 더비셔보다 좋은 고장은 없으니까요."

"물론이지. 다아시가 펨벌리를 팔겠다고만 하면, 아예 그걸 사 버릴 용의도 있어."

"나는 가능성이 있는 얘기를 하는 거예요, 찰스 오빠."

"하지만 캐롤라인, 내 생각에는 펨벌리를 갖고 싶다면, 모방하는 것보다 구입하는 편이 단연 더 가능성 있는 방법 같은데."

그들의 대화에 정신을 팔다 보니 엘리자베스는 자신이 집어 든 책에 주의를 기울일 수 없었다. 그래서 아예 책을 내려놓고 카드 테이블 곁으로 다가가 빙리 씨와 그의 누이 허스트 부인 사이에 자리 잡고 카드놀이를 구경하기 시작했다.

"다아시 양은 지난 봄 이후로 많이 자랐어요? 키가 앞으로 나만큼 클까?" 빙리 양이 말했다.

"그럴 것 같습니다. 지금도 엘리자베스 베넷 양 키 정도, 아니더 큰지도 모르겠네요."

"다아시 양을 다시 만나고 싶어 죽겠어요! 그렇게 마음에 꼭 드는 사람은 한 번도 만나 본 적이 없어요. 그 생김새하며 몸가짐하며! 게다가 그 나이에 어쩜 그렇게 교양을 갖추었는지! 피아노 연주 실력도 정말 뛰어나고."

"놀라운 일이야." 빙리가 말했다. "젊은 아가씨들한테 그런 교양을 다 갖출 만한 참을성이 있다는 게. 교양을 갖추지 않은 아가씨가 하나도 없잖아."

"교양 없는 아가씨가 한 명도 없다니! 세상에, 오빠, 그게 무슨 소리야?"

"맞잖아, 내가 보기엔 다들 교양 있던데. 모두들 식탁에다 그림 정도는 그릴 수 있고, 차단막도 장식하고, 손지갑도 짜고. 내가 아는 아가씨들 중에서 그런 걸 할 줄 모르는 사람은 거의 없었다고. 게다가 어떤 아가씨가 처음 화제에 오를 때면 굉장한 교양을 갖추고 있다는 말을 듣지 못한 적이 없는걸."

"자네가 예로 든 정도를 가지고 교양을 갖추었다고들 한다면 그건 틀린 말이 아니지." 다아시가 말했다. "손지갑이나 짜고 차단막을 장식하는 것 말고 다른 교양을 갖추지 못한 대다수 여성들에게도 보통 교양이 있다고들 하니까. 그렇지만 난 아가씨들 전반에 대한 자네의 평가에는 전혀 동의하지 않아. 내가 아는 아가씨들을 다 따져 봐도, 그중에 진정으로 교양을 갖춘 사람은 여섯 명도 채 안 되니까."

"저도 그렇게 생각해요, 정말." 빙리 양이 말했다.

"그렇다면……." 엘리자베스가 끼어들었다. "당신은 교양 있는 여성이라는 말에 상당히 많은 것을 포함시키는군요."

"맞습니다. 당연히 많은 것이 포함됩니다."

"물론 그래야죠." 그의 충실한 조수라고 할 빙리 양이 외쳤다. "진정으로 교양 있는 여성이라고 불리려면 보통 사람들의 수준을 훨씬 뛰어넘지 않으면 안 되니까요. 그런 말을 들으려면 적어도 음악, 노래, 그림, 춤 그리고 외국어 두어 가지 정도는 완벽하게 알아야 해요. 그리고 이 모든 것 외에도 걸음걸이, 목소리의 높낮이, 말하는 방식이나 표현에 품위랄까 하는 게 있어야 하고요. 그렇지 않다면 교양을 반밖에 못 갖춘 거죠."

"그것으로도 다 충족되지는 않습니다." 다아시가 덧붙였다. "거기다 다방면에 걸친 독서를 통해 지성을 계발함으로써 실속 있는 내면을 갖춰야 합니다."

"그 말씀을 듣고 보니 교양 있는 여성을 여섯 명밖에 모른다는 게 놀랍지 않네요. 오히려 그런 여성을 한 사람이라도 안다는 것이 신기한데요."

"이 모든 요건을 갖춘 여성의 존재 가능성을 의심하다니, 동료 여성들에게 너무 가혹한 것 아닙니까?"

"저는 그런 여성을 한 번도 본 적이 없어서요. 적어도 그런 능력에 그런 취향, 그런 학구열에 그런 품위까지 전부 갖춘 사람은 한 번도 본 적이 없어요."

허스트 부인과 빙리 양은 한목소리로 엘리자베스의 회의적인 태도가 부당하다고 외쳤으며, 자신들은 그런 묘사에 걸맞은 여성들을 많이 안다고 항변했다. 그때 허스트 씨가 카드놀이에 집중하지 않는다고 심하게 투덜대는 바람에 그들은 잠잠해졌다. 대화가 중단됐고 엘리자베스도 곧 응접실을 떠났다.

그녀가 나가고 문이 닫히자 빙리 양이 말했다. "일라이자 베넷은 남자들한테 잘 보이기 위해 다른 여자들을 무시하는 부류의 아가씨로군요. 모르긴 몰라도 그게 통하는 남자도 많겠죠. 하지만 내가 보기엔 그건 형편없는 수작에 비열한 술책이에요."

"틀림없는 사실은 이것일 겁니다." 빙리 양이 이런 말을 건넨 주된 상대였던 다아시가 대답했다. "아가씨들이 신사들의 관심을 끌기 위해 구사하기도 하는 술책은 뭐가 되었든 비열하다고 할 수 있습니다. 교활한 행위라면 그 비슷한 것이라도 경멸을 받아 마땅하겠지요."

이 대답이 빙리 양에게 딱히 만족스럽지는 않아서 대화는 더 이상 이어지지 않았다.

엘리자베스가 다시 응접실에 들러 제인의 상태가 더 악화되어서 언니 곁을 떠날 수 없다고 말했다. 빙리 씨가 즉시 존스 씨를 불러오자고 했고, 그의 누이들은 시골 의사는 별 도움이 안 될 거라며 런던의 저명한 의사를 급히 불러오자고 했나. 엘리사베스는 그럴 것까지는 없다고 선을 그었지만, 빙리 씨의 제안이라면 굳이 따르지 않을 이유도 없었다. 그리하여 베넷 양의 상태가 크게 호전되지 않으면 다음 날 아침 일찍 존스 씨를 불러오기로 합의를 보았다. 빙리는 안절부절못했고, 그의 누이들은 정말 걱정이라고 했다. 그러나 빙리 씨가 하녀장에게 환자와 그 여동생을 최대한 잘 보살펴 드리라고 지시하는 이상으로 마음을 달랠 방법을 찾을 수 없었던 반면, 누이들은 저녁 식사 후의 이중창으로 시름을 달랬다.

9

엘리자베스는 그날 밤을 언니 방에서 꼬박 새우다시피 했다. 다음 날 아침 일찍 빙리 씨가 먼저 하녀 편에 언니의 안부를 물어왔고 조금 지나 그의 누이들의 시중을 드는 세련된 여자 둘이 안부를 물어왔을 때 그럭저럭 괜찮다는 답변을 전할 수 있어 다행이었다. 그렇긴 해도 그녀는 어머니가 직접 와 보시고 판단해 주면 좋겠다는 뜻의 쪽지를 롱본에 보내 달라고 부탁했다. 쪽지는 즉시 전달되었으며, 그녀의 뜻은 바로 실행에 옮겨졌다. 빙리 집안의 아침 식사가 끝난 지 얼마 되지 않아 베넷 부인이 넷째와 막내를 대동하고 네더필드에 도착했다.

제인의 상태가 정말 위중했다면 베넷 부인은 걱정이 컸을 것이다. 그러나 다행히도 병세가 심각하지는 않았기 때문에 그녀는 제인이 빨리 회복되기를 조금도 바라지 않았다. 건강이 회복되면 바로 네더필드에서 나가야 할 테니까 말이다. 따라서 그녀는 집에 데려가 달라는 제인의 부탁을 들은 체도 하지 않았다. 하기는 거의 같은 시각에 도착한 의사도 그것이 권할 만한 일이라고 생각하지 않았다. 어머니와 세 딸은 한동안 제인의 곁에 앉아 그녀를 지켜본 후, 빙리 양의 청에 따라 다 함께 조찬실로 갔다. 빙리가 그들을 맞이하며 따님의 병세가 어머님께서 예상했던 것보다 더 나쁘지 않기를 바란다고 했다.

"실은 훨씬 더 나쁘군요." 이것이 그녀의 대답이었다. "너무 심해서 집에 데려갈 수 없겠어요. 존스 씨도 그런 생각은 하지도 말라고 하고요. 염치없지만 좀 더 신세를 져야겠어요."

"데려가시다니요!" 빙리가 외쳤다. "그런 생각은 하지 마십시오. 제 누이도 틀림없이 그런 말씀은 꺼내시지도 못하게 할 겁니다."

"걱정하지 마세요, 부인." 빙리 양이 예의 바르지만 쌀쌀한 태도로 말했다. "베넷 양이 여기 머무는 동안 저희가 최대한 잘 돌보겠습니다."

베넷 부인의 감사 인사가 늘어졌다. 그리고 이렇게 덧붙였다.

"이렇게 훌륭한 친구분들이 아니었다면 그 애가 지금쯤 어떻게 되었을지 모르겠어요. 그 애 상태가 정말 너무너무 나쁘고 본인도 엄청나게 힘들어하고 있으니 말이에요. 물론 누구보다도 잘 참고 있긴 하지만. 그 애는 언제나 그래요. 난 그 애처럼 성격이 좋은 아이를 단 한 번도 만나 본 적이 없답니다. 다른 애들한테노 틈만 나면 큰언니에 비하면 너희는 아무것도 아니라고 말해요. 방이 참 예쁘군요, 빙리 씨. 정원의 자갈길이 내다보이는 전망도 멋지고. 내가 아는 한 이 부근에서 네더필드만 한 집은 없어요. 단기로 세를 든 걸로 알지만, 서둘러 떠날 생각은 아니시기를 바라겠어요."

"제가 무슨 일이든 서두르는 버릇이 있어 놔서요." 빙리가 대답했다. "그러니까 네더필드를 떠나야겠다는 생각이 들면, 아마 5분 내에 떠나 버릴 겁니다. 하지만 지금으로선 아주 자리 잡은 것과 다름없다고 생각하고 있습니다."

"제가 짐작한 그대로네요." 엘리자베스가 말했다.

"제 속을 꿰뚫어 보기 시작하신 거군요, 그렇지요?" 빙리가 그녀를 향해 돌아서며 말했다.

"아, 물론이지요! 당신을 훤히 이해하고 있답니다."

"그 말씀을 칭찬으로 받아들이고 싶긴 하지만, 생각을 그렇게 쉽게 간파당한다는 건 딱한 일이기도 하네요."

"그렇긴 해요. 그렇다고 깊고 복잡한 성격이 당신 같은 분의 성격보다 짐작하기가 꼭 더 어렵지는 않겠지만요."

"리지." 베넷 부인이 목청을 높였다. "여기가 어디라고 집에서처럼 함부로 구니?"

"미처 몰랐습니다." 빙리가 엘리자베스의 말을 받았다. "당신이 사람들의 성격을 연구하고 있는 줄은. 그거 아주 재미있겠는데요."

"맞아요. 그런데 사실 재미로 치면 복잡한 성격이 제일이죠. 성격이 복잡한 분들은 최소한 재미있다는 이점이 있어요."

"시골에서는 대체로 성격을 연구할 대상이 별로 없을 겁니다." 다아시가 말했다. "시골에서 이웃 사이의 모임이란 게 뻔하고 변화가 없으니까요."

"그렇지만 사람들이 워낙 잘 변하기 때문에 새로운 관찰거리는 끝없이 나타나지요."

"그럼, 그렇고말고." 시골 이웃에 대한 다아시의 언사에 기분이 상한 베넷 부인이 큰 소리로 말했다. "그딴 일이 일어나는 건 시골이나 런던이나 마찬가지라고요."

모두들 뜨악해했다. 다아시는 잠시 그녀를 바라본 후 아무 말 없이 돌아섰다. 베넷 부인은 그에게 완벽한 승리를 거두었다고 착각하고는 의기양양하게 말을 이었다.

"런던이 시골보다 뭐가 특별히 더 나은지 모르겠어요. 상점이라든가 공공장소 같은 것들을 빼면 말이에요. 시골이 훨씬 더 재미있다고요, 안 그래요, 빙리 씨?"

"저는 시골에 있을 때는 시골을 떠나고 싶지 않답니다. 런던에 있을 때는 또 런던을 떠나고 싶지 않고요. 시골이든 런던이든 나름대로 다 장점이 있어서 저는 어디서나 똑같이 행복합니다."

"맞아요. 그런데 그건 당신이 바른 품성을 갖고 있어서 그런 거예요. 그렇지만 저분은…… (다아시를 바라보며) 시골은 영 별 볼 일 없는 데라고 생각하는 것 같군요."

"엄마, 사실은 엄마가 오해하신 거예요." 엘리자베스가 어머니 때문에 얼굴을 붉히며 말했다. "다아시 씨의 말씀을 잘못 들으신 거라고요. 다아시 씨는 그냥 시골에서는 런던에서만큼 다양한 사람들을 만날 수 없다고 말한 것뿐이에요. 그 점은 인정해야지요."

"얘, 누가 뭐랬어? 하지만 우리 고장에 이웃이 많지 않다니까 하는 말인데, 내 생각엔 우리 고장보다 이웃이 많은 곳도 드물어. 우리랑 정찬을 함께 할 수 있는 데가 스물네 집이나 되니까 말이야."

빙리가 웃지 않은 것은 순전히 엘리자베스에 대한 배려 때문이었다. 그런 배려심이 부족한 그의 누이는 의미심장한 미소를 띤 채 다아시 씨 쪽을 쳐다보았다. 엘리자베스는 어머니의 주의를 다른 데로 돌려 보려고 자신이 여기 온 뒤 샬럿 루커스가 롱본을 방문했는지 물어보았다.

"그래, 어제 자기 아버지와 함께 들렀어. 윌리엄 경은 얼마나 좋은 분인지! 그렇지 않아요, 빙리 씨? 멋쟁이이신 데다 사람이 품위가 있고, 또 그렇게 스스럼없으시니! 누구한테든 늘 상대에게 맞는 화제를 찾아 말을 걸고. 그런 게 바로 예의범절이 몸에 배었다는 거지. 나는 중요한 사람이니까 하고 입을 꼭 다물고 있는 사람들은 예의범절에 대해 뭔가 크게 오해하고 있는 거라고."

"샬럿도 함께 정찬을 했어요?"

"그러지는 못했지. 샬럿이 집에 돌아가야 한다고 해서. 민스파이[11]를 만들러 가야 하는 모양이더라. 저로 말하면, 빙리 씨, 항상 할 일을 알아서 하는 하인들을 두고 있답니다. 딸들이 직접 요리를 하게 키우지는 않았어요. 생각이야 다 다를 테지만요. 루커스 댁 딸들 정도면 괜찮은 처녀들이죠, 뭐. 인물이 많이 빠지는 게 딱하긴 해요! 그렇다고 샬럿이 굉장히

---

11) 다진 고기를 넣은 파이.

못생겼다고 생각하는 건 아니지만…… 뭐 그 애야 우리랑 각별한 사이니까."

"아주 좋은 아가씨라는 인상을 받았습니다." 빙리가 말했다.

"아유! 저런, 그렇고말고요. 하지만 그 애가 너무 못생겼다는 건 인정해야지요. 모친인 루커스 부인도 자주 그렇게 말하면서, 제인이 예쁘다고 저를 부러워한답니다. 자식 자랑을 하고 싶진 않지만, 확실히 제인은…… 아무튼 제인 이상의 미인이 흔한 건 아니니까요. 모두들 그렇게 말해요. 제가 어미라서 이러는 건 아니지요. 제인이 겨우 열다섯 살일 때 런던에 사는 제 남동생 가디너 집에 한 신사가 머물렀는데 제인한테 완전히 반해서 제 올케는 그 신사가 우리 식구가 떠나기 전에 제인한테 틀림없이 청혼할 거라고 생각했어요. 실제로 그러지는 않았지만요. 아마 아직 너무 어리다고 생각했겠죠. 그 신사가 제인에 대한 시를 몇 편 지었는데, 참 멋진 시였어요."

"그리고 그 시들과 더불어 그분의 사랑도 끝났죠." 엘리자베스가 참다못해 말했다. "그런 식으로 사랑이 끝나 버린 예는 많을 거라고 생각해요. 시가 사랑을 몰아내는 데 효과적이라는 걸 누가 처음 발견했는지 모르겠어요!"

"저는 시가 사랑의 양식(糧食)이라고 늘 생각해 왔습니다만." 다아시가 말했다.

"훌륭하고 굳건하며 건강한 사랑의 경우에는 그럴 수 있겠죠. 원래 강한 사랑이라면 무엇이든 흡수해서 살찔 수 있을 테니까요. 하지만 얄팍하고 일시적인 기분일 뿐이라면, 훌륭한 소네트 한 편 짓는 것으로 고갈되고 마는 게 당연하겠지요."

다아시는 아무 말 없이 미소만 지었다. 이어서 침묵이 흐르자 엘리자베스는 어머니가 또 사람들의 웃음거리가 될 소리를 할까 봐 조마조마했다. 그녀는 무슨 말이든 하고 싶었지만 딱히 떠오르지 않았다. 잠시 침묵이 흐른 뒤 베넷 부인은 빙리 씨에게 제인에게 친절을 베풀어 주어서 고맙고, 리지까지 신세를 끼쳐 미안하다는 말을 되풀이했다. 빙리 씨는 진심으로 예의 바르게 이에 답했고, 누이동생에게도 그렇게 하도록 했다. 실제로 빙리 양은 주어진 역할을 그리 격조 있게 수행하지는 않았지만, 베넷 부인은 흡족했고, 곧이어 마차를 준비시켰다. 이 지시를 신호 삼아서 베넷 집안의 어린 두 딸이 앞으로 나섰다. 그녀들은 네더필드를 방문하는 내내 자기들끼리 속닥거리고 있었는데, 결국 막내 리디아가 처음 이사 왔을 때 네더필드에서 무도회를 열겠다고 한 약속을 지키라고 빙리 씨를 졸랐다.

리디아는 피부가 곱고 싹싹해 보이고 튼튼하고 발육 좋은 열다섯 살 소녀로 베넷 부인이 애지중지하는 딸이었고, 그 덕분에 어린 나이에 사교계에까지 나오게 되었다. 그녀는 기가 펄펄 넘치는 데다 일종의 자만심을 타고났는데, 이모부가 훌륭한 식사를 제공한 데다 스스로도 헤프게 처신해서 장교들의 관심을 얻었고, 그 결과 뻔뻔해지기까지 했다. 그런 그녀가 빙리 씨에게 불쑥 무도회 얘기를 꺼내고 약속을 지키라고 졸라 댄 것은 당연한 일이었다. 나아가 그녀는 만일 그가 약속을 지키지 않으면 세상에 그보다 더 수치스러운 일은 없을 것이라는 말까지 덧붙였다. 이런 급습을 받은 빙리 씨의 답변은 그녀 어머니의 마음에 꼭 드는 것이었다.

"분명히 말하지만, 약속은 꼭 지킬 것입니다. 아가씨의 언니가 다 나으면, 아가씨가 원하는 바로 그날 무도회를 열기로 하지요. 혹시 언니가 몸져누워 있는 동안 춤추기를 원하는 건 아니겠지요?"

리디아는 만족했다. "아이, 물론이죠! 언니가 나을 때까지 기다리는 게 훨씬 낫죠. 그때쯤이면 카터 대위도 메리턴으로 돌아올 테고. 그리고 빙리 씨가 무도회를 열면……." 그녀가 덧붙였다. "그다음에는 그분들에게 무도회를 열라고 조를 거예요. 그러지 않으면 그건 정말 수치스러운 일이라고 포스터 대령께 말할 거예요."

이윽고 베넷 부인과 두 딸들은 집으로 돌아갔고, 엘리자베스는 자신과 가족들의 행동을 두 숙녀와 다아시 씨의 화젯거리로 남겨 놓은 채 즉시 제인에게 돌아갔다. 그러나 빙리 양이 아름다운 눈이라는 표현을 두고 갖은 재치를 동원해 놀렸음에도 자매는 엘리자베스에 대한 험담에 다아시 씨를 동참시키지 못했다.

10

그날은 전날과 별다를 것 없이 지나갔다. 아침나절에는 허스트 부인과 빙리 양이 올라와 제인 옆에서 몇 시간을 보냈는데, 환자는 조금씩이나마 회복되고 있었다. 저녁에는 엘리자베스가 응접실로 내려가 그들의 모임에 끼었다. 이날은 루 게임을 하고 있지 않았다. 다아시 씨는 편지를 쓰고 있었고, 빙리 양은 가까이에 앉아 그가 편지를 써 내려가는 모습을 지켜보면서 그의 누이동생에게 이런저런 소식을 전해 달라며 계속 그의 주의를 흩트리고 있었다. 허스트 씨와 빙리 씨는 피케[12]를 하고 있었으며, 허스트 부인은 그것을 지켜보고 있었다.

엘리자베스는 뜨개질거리를 손에 잡았는데, 다아시와 빙리 양 사이에 오가는 대화에 귀를 기울이는 것만으로도 재미가 쏠쏠했다. 숙녀 편에서 신사의 필체라든가 고른 행이라든가 편지의 길이 등을 끊임없이 칭찬했지만 신사 편에서 이런 칭찬에 일체 무관심했으므로, 아주 기묘한 대화가 이루어졌다. 그 대화의 양상은 두 사람에 대한 엘리자베스의 견해와 정확히 일치했다.

"이런 편지를 받으면 다아시 양은 정말 기쁘겠어요!"

묵묵부답.

"편지를 굉장히 빨리 쓰시네요."

"잘못 보셨는데요. 좀 느리게 쓰는 편입니다."

"연중 때맞춰 쓸 편지가 얼마나 많으실까! 사무적인 편지까지 있고! 저라면 그런 편지는 생각만 해도 골치가 아파요!"

"그렇다면 그런 편지를 써야 하는 게 당신이 아니고 저라서 다행입니다."

---

12) 두 사람이 하는 카드놀이.

"누이동생에게 제가 정말로 보고 싶어 한다고 써 주세요."

"그렇게 해 달라고 해서 벌써 한 번 그렇게 썼습니다."

"펜의 상태가 마음에 안 드시는 것 같아요. 제가 손봐 드릴게요. 펜 손질하는 데에는 일가견이 있거든요."

"고맙습니다만, 스스로 손봐 가며 쓰는 게 습관이라서요."

"어떻게 그렇게 쪽 고르게 잘 쓰실 수 있지요?"

침묵.

"하프 솜씨가 늘었다는 소식을 듣고 제가 기뻐한다고 누이동생에게 좀 전해 주세요. 또 아름답고 조그만 탁자 도안은 정말 황홀할 정도라고, 제가 보기엔 그랜틀리 양의 도안과는 비교할 수도 없을 만큼 뛰어나다고요."

"다음 편지까지 그 황홀한 심경을 전하는 걸 미루도록 허락해 주겠습니까? 지금으로선 그 말씀을 제대로 전할 만한 공간이 남아 있지 않아서요."

"어머! 별로 중요한 얘기도 아닌걸요. 1월에 만나기도 할 테고. 하여간 누이동생에게 언제나 그렇게 길고 매력적인 편지를 쓰나요, 다아시 씨?"

"제 편지가 보통 길기는 합니다만, 그게 늘 매력적인지는 제가 판단할 문제가 아니겠지요."

"긴 편지를 수월하게 쓰는 사람은 절대 못 쓸 수 없다는 게 제 지론이거든요."

"그건 다아시에 대한 칭찬으로는 안 맞아, 캐롤라인." 그녀의 오빠가 큰 소리로 말했다. "다아시는 편지를 쉽게 쓰는 사람이 절대 아니거든. 네 음절짜리 단어[13]를 쓰려고 아주 노심초사한다고. 안 그래, 다아시?"

"나하고 자네는 글 쓰는 방식이 아주 다르지."

"아유!" 빙리 양이 외쳤다. "이 세상에 찰스 오빠만큼 마구잡이로 편지를 쓰는 사람은 정말 없을 거예요. 낱말을 다 쓰지도 않고 반쯤은 빼먹고 나머지도 잉크 얼룩이 번져서 알아보기 힘들고요."

"생각이 너무 빨리 흘러나와서 미처 쓰기도 전에 지나가 버리는 거야. 그래서 가끔은 편지 받는 사람한테 아무 생각도 전달하지 못하기도 해."

"아주 겸손하게 다 인정해 버리시니 무슨 비난을 하기도 어렵네요, 빙리 씨." 엘리자베스가 말했다.

"겸손한 척하는 것보다 더 기만적인 것도 없지. 겉으로 겸손해 보이는 것도 때론 무성의에 지나지 않거나 간접적인 자기 과시이기도 하니까." 다아시가 말했다.

"그렇다면 방금 내가 보인 겸손은 둘 중 어느 쪽이지?"

"간접적인 자기 과시지. 실은 자네는 글 쓰는 습관에서의 결함을 도리어 자랑스럽게 생각하거든. 생각은 빠른데 표현은 대충대충 하는 탓이라고 여기고, 그게 멋있다고 하지는 않더라도 최소한 흥미를 불러일으킬 정도는 되지 않나 자부하는 거지. 어떤 일이든 신속하게 처리할 수 있는 사람은 그런 능력을 늘 자랑스럽게 생각하고, 실행하는 과정이 좀 불완전하더

---

13) 라틴어 투의 어려운 단어.

라도 별로 개의치 않기 마련이야. 자네는 오늘 아침 베넷 부인께 만일 자네가 네더필드를 떠나기로 마음먹으면 그 결심과 더불어 5분 이내에 떠나 버릴 거라고 말했어. 그때도 자네는 그 말을 일종의 찬사로, 자화자찬으로 한 거라고. 하지만 그렇게 서두른다면 꼭 처리해야 할 일들을 그냥 내버려 둔 채 떠날 테고, 그래서야 자신이나 남들에게 별로 이득이 될 리가 없을 걸세. 그러니 그렇게 서두르는 걸 어떻게 칭찬할 수 있겠나?"

"아이고." 빙리가 외쳤다. "이건 너무하네. 아침에 한 어리석은 말을 저녁때까지 귀에 담아 두었다가 나무라다니. 하지만 난 나 자신에 대해 있는 그대로 말한 것이고, 지금도 그렇게 믿고 있어. 그러니까 적어도 여자분들 앞에서 잘난 척하려고 괜스레 급한 성격을 가장한 건 아니란 말일세."

"나도 자네가 소신대로 말했을 뿐이라고 생각하네. 그렇지만 자네가 그렇게 황급히 떠날 거라고는 생각하지 않아. 자네의 행동도 다른 사람의 경우와 마찬가지로 우연에 좌우될 수 있거든. 그래서 만일 자네가 말에 올라타는 중인데 친구가 '빙리, 다음 주까지 머물러 주게나.'라고 하면 십중팔구 그 말에 따르고 떠나지 않을 거야. 자네 친구가 한마디만 더 하면 한 달 더 머물지 모르지."

"그 말씀으로 증명하신 건 빙리 씨가 자신의 성격을 부당하게 폄하했다는 것뿐인데요. 본인의 자화자찬보다 빙리 씨를 훨씬 더 치켜세운 셈이잖아요." 엘리자베스가 목소리를 좀 높여 말했다.

"대단히 고맙습니다." 빙리가 말했다. "제 친구의 말을 제 성격이 좋다는 칭찬으로 바꾸어 주어서. 그렇지만 제가 보기엔 저 친구의 말을 완전히 곡해하신 것 같은데요. 다아시는 제가 그런 상황에서 친구의 권유를 단호히 뿌리치고 부리나케 말을 달려 떠나야만 저를 더 높이 평가할 게 틀림없으니까요."

"그렇다면 다아시 씨는 경솔한 결정을 내렸더라도 그걸 고집스레 밀고 나가야 그나마 봐줄 수 있다는 생각인가요?"

"저로서야 정확하게 설명할 능력이 없습니다. 본인이 밝혀야지요."

"내가 인정한 적도 없는데 자네가 멋대로 내 의견이라고 해 놓고 그걸 지금 나더러 설명하라는 셈이군그래. 그렇지만 베넷 양, 상황이 지금 말씀하신 대로라도, 빙리의 친구가 붙잡으면서 자신이 그러길 원한다고만 했지 왜 그런 부탁을 하는지 말하지 않았다는 걸 염두에 두기 바랍니다."

"친구의 설득을 이유도 묻지 않고 선뜻 받아들이는 것이 미덕이라고는 생각하지 않으시나 보네요."

"친구의 말이라고 무조건 따른다면 양쪽 다 판단력에 뭔가 문제가 있지 않나 합니다."

"제가 보기에 다아시 씨는 우정이나 애정의 힘을 전혀 인정하지 않으시는 것 같군요. 자신이 존중하는 사람의 요청이라면 때로는 이유를 묻지 않고 따를 수도 있지 않을까 하는데요. 꼭 빙리 씨 경우만 두고 하는 말은 아니에요. 빙리 씨가 신중한지 그렇지 않은지 따지려면 실제로 그런 일이 발생할 때까지 기다리는 편이 나을지도 모르지요. 하지만 일반적인 상황에서 어떤 사람이 친구에게 그다지 중요하지 않은 결심을 바꿔 달라고 부탁했는데, 그 부탁을 받은 친구가 이유도 듣지 않고 즉각 그걸 들어주는 데 무슨 문제가 있다고 보시나요?"

"논의를 계속하기 전에 그 부탁을 들어주면 크게 달라질 일이 있는지, 또 그 두 친구가 어느 정도로 가까운 사이인지부터 확실히 해 두는 것이 좋지 않을까요?"

"그럼 어디 한번 조목조목 다 따져 보자고." 빙리가 외쳤다. "두 친구의 키와 몸집이 상대적으로 어떻게 다른지도 빼면 안 될 테고. 베넷 양, 사실 그게 생각보다 훨씬 더 중요하거든요. 솔직히 다아시의 키가 제 키보다 저렇게 훨씬 크지 않았더라면, 저는 다아시를 지금의 반만큼도 존경하지 않았을 겁니다. 이거 하나는 분명히 말하지요. 때와 장소에 따라서, 이를테면 다아시의 집에서, 다아시에게 별로 할 일이 없는 일요일 저녁엔 제게 다아시만큼 무서운 상대는 없습니다."

다아시 씨가 미소를 지었다. 그러나 엘리자베스는 그가 좀 언짢아하는 것도 같아서 웃음을 자제했다. 빙리 양은 오빠가 다아시 씨를 모욕했다고 열을 올리면서 말도 안 되는 소리를 한다고 오빠를 나무랐다.

"자네가 무슨 속셈으로 그런 말을 하는지 다 아네, 빙리." 다아시가 말했다. "자네는 토론을 싫어하거든. 그래서 이 토론을 중단시키려는 거야."

"그 말이 맞을 걸세. 토론과 논쟁은 너무나 비슷하거든. 자네와 베넷 양이 내가 이 방에서 나갈 때까지 토론을 미뤄 준다면 대단히 고맙겠네. 내가 나간 다음엔 날 두고 무슨 말을 해도 상관없지만."

"그 부탁을 들어드리는 건 제겐 조금도 어렵지 않아요. 다아시 씨도 편지를 마저 끝내셔야 할 테고요." 엘리자베스가 말했다.

다아시 씨는 그녀의 충고를 받아들여 편지 쓰기를 끝냈다.

편지를 다 쓰자 다아시 씨는 빙리 양과 엘리자베스에게 노래를 좀 들려주면 고맙겠다고 청했다. 빙리 양은 얼른 피아노 앞으로 가서는 엘리자베스에게 먼저 연주해 달라고 예절 바르게 부탁했다. 엘리자베스가 예절은 차리면서도 한사코 사양하자 빙리 양이 피아노 앞에 앉았다.

허스트 부인과 빙리 양이 함께 노래를 불렀다. 엘리자베스는 그들이 노래를 부르는 동안 피아노 위에 놓인 노래 책을 뒤적거리고 있었는데, 다아시 씨의 눈길이 수시로 자신을 향하는 것을 의식하지 않을 수 없었다. 그녀는 자신이 그렇게 대단한 사람의 찬미의 대상이 될 수 있다고는 도저히 생각할 수 없었다. 그렇다고 그녀를 싫어하기 때문에 바라본다는 것은 더더욱 이상할 터였다. 주의를 끄는 이유로 그녀가 마침내 생각해 낸 것은, 그의 기준에 비추어 그 자리의 다른 사람들보다 자신에게 무언가 잘못되고 비난할 만한 점이 많은 모양이라는 것이었다. 그렇다고 속상해하지는 않았다. 그를 좋아하는 마음이 전혀 없었기 때문에 자신을 인정해 주건 말건 아무 상관도 없었던 것이다.

빙리 양은 이탈리아 노래를 몇 곡 연주한 뒤에, 경쾌한 스코틀랜드 민요로 분위기를 바꾸었다. 곧이어 다아시 씨가 엘리자베스의 곁으로 다가와 말을 걸었다.

"베넷 양, 릴[14]을 출 좋은 기회라고 생각하지 않습니까?"

그녀는 미소만 짓고서 아무런 대답도 하지 않았다. 그는 그녀의 침묵에 다소 놀라 다시 같은 질문을 했다.

"아!" 그녀가 말했다. "아까 질문하신 건 들었어요. 그렇지만 즉답을 하기가 좀 주저되었어요. 제가 '예'라고 대답하기를, 그래서 제 취향을 경멸하는 즐거움을 누리시려는 걸 아니까요. 하지만 저는 늘 그런 계략을 뒤엎어서 경멸의 기회를 슬쩍 박탈해 버리는 걸 즐긴답니다. 그러니까 저는 릴을 출 마음이 전혀 없다고 대답하기로 했어요. 자, 이제 어디 한번 절 경멸해 보세요."

"전혀 그럴 마음이 없습니다."

엘리자베스는 이만하면 상대가 한 방 먹었다고 느낄 줄 알았는데, 그가 신사답게 대답하는 바람에 놀랐다. 그러나 그녀의 태도에는 상냥함과 장난기가 함께 섞여 있어서 상대가 누구라도 진짜 모욕을 느끼기는 어려웠다. 더욱이 다아시는 지금까지 어느 누구에게도 그녀에게만큼 매혹된 적이 없었다. 그는 그녀의 집안이 그렇게 열등하지만 않았더라면 자칫 고백하고 말 위험에 처해 있다고 믿을 정도였다.

빙리 양은 그런 모습을 목격도 하고 일이 어떻게 돌아가는지 짐작도 되어 질투심이 일었다. 엘리자베스가 어서 사라지기를

---

14) 스코틀랜드 하일랜드 사람들이 추는 경쾌한 춤.

바라는 마음이 커질수록 다정한 친구 제인의 회복을 간절히 바라는 마음도 되살아났다.

그녀는 틈만 나면 다아시가 엘리자베스를 싫어하게 만들려고 애썼다. 두 사람이 앞으로 결혼할 테니 그가 어떻게 하면 행복하게 살 수 있을지 조언하겠다는 식이었다.

"제가 할 수 있는 말은 이거예요." 다음 날 그들이 함께 관목 숲을 걷고 있을 때 그녀가 말했다. "아니 뭐, 그런 경사가 생긴다면 말이지만, 당신의 장모님께 입을 다물고 계시는 편이 나을 거라고 귀띔해 드리는 게 좋을 것 같아요. 또 만일 그러실 수 있다면 계집애들이 장교들 뒤를 졸졸 따라다니는 것도 고치도록 해 주세요. 그리고 이런 민감한 주제를 건드리기는 뭣하지만, 당신의 부인이 지닌 그 사소한 결점, 뭐랄까, 우쭐하고 잘난 체하는 성격도 고치도록 노력하시고요."

"제 가정의 행복에 대해 더 제안하실 게 있습니까?"

"아 참, 그래요! 펨벌리의 화랑에 처이모와 그 남편인 필립스 씨의 초상화를 꼭 걸어 놓으세요. 판사이셨던 당신 증조부의 초상화 바로 옆에 거셔야죠. 아시다시피 계통이야 다르지만 같은 법조계에 있는 셈이니까요. 당신의 엘리자베스로 말할 것 같으면, 그분의 초상화는 그릴 생각도 하지 마셔야 해요. 어떤 화가가 그 아름다운 눈을 제대로 그릴 수 있겠어요?"

"사실 그 사람의 눈의 표정을 포착하기가 쉽지는 않을 겁니다. 그렇지만 색깔과 모양 그리고 그 기막히게 아름다운 속눈썹 등을 똑같이 그리는 거야 가능하겠지요."

바로 그 순간 그들은 다른 쪽 산책로를 걸어오던 허스트 부인과 엘리자베스를 마주쳤다.

"산책하고 있을 줄은 몰랐어요." 빙리 양이 자신의 말이 들렸을까 봐 다소 당황하며 말했다.

"두 사람, 우리한테 무지무지 잘못한 거예요." 허스트 부인이 말했다. "산책 나온다는 말도 없이 둘이서만 살짝 빠져나오다니."

그러고 나서 그녀는 다아시 씨의 비어 있는 쪽 팔에 자신의 팔을 끼었고, 엘리자베스는 혼자 걷게 되었다. 길은 세 사람이 간신히 걸을 수 있는 너비였다. 다아시 씨는 자신들이 무례를 범하고 있다고 느끼고 즉시 말했다.

"이 오솔길은 다 같이 걸을 수 있을 만큼 넓지 않군요. 더 넓은 길로 나가는 게 좋겠습니다."

그러나 그들과 함께 있고 싶은 마음이 조금도 없던 엘리자베스가 웃음 섞인 목소리로 대답했다.

"어머, 아니에요. 계속 그쪽으로 가세요. 그렇게 함께 계시니 잘 어울려요. 구도도 너무 좋고요. 거기다 네 번째 인물을 추가하면 그림을 망칠 거예요. 먼저 갈게요."

그런 후 그녀는 쾌활하게 뛰어 달아났고, 하루 이틀 후면 집으로 돌아갈 수 있다는 희망에 부풀어 한가하게 산책을 즐겼다. 제인은 꽤 많이 회복되어 저녁에는 두어 시간 응접실에 합류할 예정이었다.

11

정찬 후 숙녀들이 물러갈 때가 되자[15] 엘리자베스는 언니 방으로 뛰어 올라가 언니가 춥지 않게 단단히 옷을 입혀 응접실로 데리고 갔다. 빙리 양과 허스트 부인은 연신 기쁘다며 제인을 반가이 맞았다. 빙리 자매는 그 방에 신사들이 합류할 때까지 엘리자베스가 일찍이 한 번도 본 적이 없을 정도로 유쾌하게 굴었다. 그녀들의 화술은 상당했다. 무도회의 모습을 정확하게 묘사할 줄 알았고, 익살스럽게 일화를 들려줄 수 있었으며, 주변 사람들을 생기발랄하게 비웃을 줄도 알았다.

그러나 신사들이 들어오자 제인은 곧바로 그들의 관심에서 멀어졌다. 빙리 양은 즉시 다아시를 향해 눈길을 돌렸고, 그가 몇 발짝 다가오자 바로 말을 건넬 태세였다. 정작 다아시 씨는 베넷 양에게 다가가 정중하게 축하의 인사를 건넸다. 허스트 씨 또한 그녀에게 가볍게 고개를 숙이며 "굉장히 기쁩니다."라고 말했다. 역시 장황하고 열렬한 인사는 빙리의 몫이었다. 그는 기쁨과 배려로 넘쳤다. 우선 그녀가 방을 바꾼 바람에 추위를 탈까 해서 장작을 높이 쌓아 올려 불을 더 지피느라 반 시간을 보냈다. 또 그녀가 문에서 좀 더 멀리 떨어져 있도록 벽난로의 다른 쪽 옆으로 자리를 옮기게 했다. 그런 뒤 그는 그녀의 곁에 앉아서 거의 그녀하고만 대화를 주고받았

---

15) 식후 신사들이 와인을 즐기며 잠시 담소를 나누도록 숙녀들은 먼저 식당을 떠나는 것이 관례였다.

다. 엘리자베스는 뜨개질거리를 잡고 반대편 구석에 앉아 기쁜 마음으로 두 사람을 지켜보았다.

다들 차를 마시고 나자 허스트 씨는 처제에게 카드놀이 준비를 하자고 귀띔했으나 그녀는 들은 척도 하지 않았다. 빙리 양은 다아시 씨가 카드놀이를 할 마음이 없다는 것을 남몰래 알아낸 터였다. 그렇다 보니 그녀는 허스트 씨의 곧 이은 공개적인 제안에도 응하지 않았다. 그녀는 카드놀이를 하고 싶어 하는 사람이 아무도 없다고 했는데, 모두들 침묵을 지킴으로써 그 말의 타당성이 입증되는 듯했다. 허스트 씨는 할 일이 없어져 남은 일이라고는 소파에 편안히 기대앉아 잠드는 것뿐이었다. 다아시는 책을 집어 들었고, 빙리 양도 똑같이 했다. 허스트 부인은 자기 팔찌와 반지들을 만지작거리는 일에 주로 몰두하는 틈틈이 빙리와 베넷 양의 대화에 끼어들었다.

빙리 양은 자기 책을 읽는 것 못지않게 다아시 씨와 그가 읽는 책의 진도에 주의를 집중했다. 그녀는 그에게 잇달아 질문을 던지다가 그의 책을 넘겨다보다가 했다. 하지만 그를 대화로 이끄는 데는 성공하지 못했다. 그가 간단한 대답만 하고서 계속 책을 읽었기 때문이다. 오로지 다아시가 읽는 책의 둘째 권이라는 이유만으로 선택한 책을 즐겨 보려고 용을 쓴 나머지 지칠 대로 지쳐 버린 그녀가 드디어 크게 하품을 하며 말했다. "이렇게 저녁 시간을 보내니까 얼마나 좋은지! 뭐니 뭐니 해도 독서만 한 오락은 없어요! 책만큼 싫증이 덜 나는 것도 없고! 이다음에 집을 갖게 될 때 훌륭한 서재가 없다면 정말 견디기 어려울 거예요."

아무도 대꾸하지 않았다. 그러자 그녀는 다시 하품하고 책을 옆으로 치운 채 다른 오락거리를 찾아 방을 이리저리 둘러보았다. 그러다 오빠가 베넷 양과 무도회 이야기를 하는 걸 듣고 불쑥 돌아보며 말했다.

"그런데, 찰스 오빠, 정말 네더필드에서 무도회를 열 생각이에요? 결정을 내리기 전에 여기 모인 사람들의 의견을 들어 보라고 충고하고 싶어요. 우리 중에 몇 명은 무도회를 오락보다는 벌처럼 생각하는 것 같은데, 제가 잘못 알았나요?"

"다아시 얘기인 모양인데……." 그녀의 오빠가 큰 소리로 받았다. "그러고 싶다면 무도회가 시작되기 전에 자러 가면 되지 뭘. 하지만 무도회를 여는 건 이미 정해졌어. 니콜스가 흰 수프를 충분히 만드는 즉시 초대장을 돌리려고 해."

"무도회를 좀 다르게 진행한다면 훨씬 더 나을 텐데." 빙리 양이 말했다. "대개의 무도회 진행 방식이 너무 지루해서 참을 수 없을 정도예요. 춤추는 대신 대화를 위주로 한다면 훨씬 더 건전할 텐데 말이에요."

"분명히 훨씬 더 건전하겠지, 캐롤라인. 하지만 그러면 무도회라고 할 순 없겠지."

빙리 양은 아무 대답도 하지 않았다. 그리고 곧 일어나서 방을 이리저리 걸어 다녔다. 그녀의 자태는 우아했고 걷는 맵시도 훌륭했다. 그러나 이 모든 것을 봐 주어야 할 다아시는 여전히 책에만 몰두하고 있었다. 절박한 심정이 된 그녀는 한 가지 방법을 더 시도하기로 결심하고 엘리자베스를 향해 돌아서면서 말했다.

"일라이자 베넷 양, 저와 함께 방금 제가 한 것처럼 이 방을 한 바퀴 도는 게 어떻겠어요? 한 자세로 오래 앉아 있다가 걸어 다니면 정말 상쾌하거든요."

엘리자베스는 그 제안이 다소 의외다 싶었지만 즉시 일어섰다. 빙리 양은 그런 친절을 베푼 진짜 목표물을 끌어들이는 데에도 성공했다. 다아시 씨가 고개를 들고 그녀들을 쳐다보았다. 엘리자베스만큼이나 빙리 양의 배려가 뜬금없다고 여긴 그가 자기도 모르게 책을 덮었던 것이다. 즉시 그도 함께 걷자는 제안이 있었지만 그는 거절했다. 그러면서 그녀들이 함께 방 안을 왔다 갔다 하기로 한 이유를 두 가지 정도로 짐작할 수 있는데, 자신이 함께 걸으면 그 두 가지 목적에 다 방해가 될 거라고 말했다. "도대체 무슨 말이야? 무슨 뜻인지 알고 싶어 죽겠네." 빙리 양이 엘리자베스에게 무슨 말인지 알겠냐고 물어보았다.

"저도 모르죠."가 그녀의 대답이었다. "그렇지만 틀림없이 우리를 비판하는 말일 테니, 다아시 씨를 실망시키는 가장 확실한 방법은 아무것도 묻지 않는 거예요."

그러나 무슨 일에서든 다아시 씨를 실망시킬 수 없었던 빙리 양은 그 두 가지 이유가 뭔지 설명해 달라고 졸랐다.

"감출 것 없이 기꺼이 설명드리지요." 그녀가 말할 틈을 주자마자 그가 말했다. "두 분이 함께 걷기로 한 건 두 분끼리 은밀히 논의할 일이 있기 때문이거나 두 분이 본인들의 자태가 걸을 때 가장 아름답다는 걸 의식하고 있기 때문입니다. 만일 첫째 경우라면 저는 전적으로 방해가 되겠죠. 그리고 둘째 경우라면 난롯가에 앉아 두 분의 자태를 감상하는 편이 훨씬 나을 테고요."

"아이, 망측해!" 빙리 양이 외쳤다. "저렇게 흉한 소리는 여태 한 번도 못 들어 봤어요. 저런 말을 입에 담다니 어떻게 응징해야 할까요?"

"마음만 먹으면 그보다 더 쉬운 일도 없잖아요." 엘리자베스가 말했다. "괴롭히거나 혼내 주는 건 누구나 할 수 있는 일이니까. 약을 올리든지 비웃어 주든지, 친한 사이시니까 어떻게 하는 게 제일 좋은 방법인지 잘 알겠네요."

"하지만 정말 모르겠어요. 그것까지 알 만큼 잘 아는 것도 아니고요. 저렇게 냉정하고 침착한 사람을 약 올리다니요! 아이, 안 돼요. 그래 봤자 아무 소용 없을걸요. 그리고 비웃어 준다고 하지만, 그럴 일도 없는데 비웃다가는 우리 꼴이 우스워질 테고요. 다아시 씨만 속으로 좋아 죽겠지요."

"다아시 씨는 웃음의 대상이 될 수 없다고요?" 엘리자베스가 외쳤다. "그건 드문 장점이네요. 저야 그런 사람이 앞으로도 드물면 좋겠지만요. 그런 사람을 많이 알면 저로선 손해가 막심하죠. 저는 웃는 걸 굉장히 좋아하거든요."

"빙리 양은 현실적으로 가능한 것 이상의 능력이 제게 있다고 하시는군요." 다아시가 말했다. "이 세상에서 가장 현명하고 가장 훌륭한 사람, 아니 그런 사람의 행동 중에서도 가장 현명하고 가장 훌륭한 것이라도 인생의 첫째 목표가 농담이나 우스개인 사람한테는 웃음거리가 될 수 있는 법이지요."

"물론 그런 사람들도 있겠지요." 엘리자베스가 대답했다.

"하지만 제가 그런 사람이 아니면 좋겠어요. 현명하거나 훌륭한 걸 조롱하고 싶지는 않아요. 어리석은 행동이나 터무니없는 짓, 변덕이나 모순을 보면 즐거워지는데, 그건 제가 인정할게요. 저는 비웃을 기회가 오면 놓치지 않죠. 그런데 당신에게 없는 것이 바로 그런 약점들일 테니 저도 어쩔 수 없네요."

"그렇게 약점이 전무한 사람은 없지 않을까 합니다. 그러나 제 평생의 과제가 있다면 머리가 좋다는 걸 과시하다 웃음거리가 되는 약점만은 피해야겠다는 것입니다."

"허영이나 오만 같은 것 말씀이군요."

"맞습니다. 허영은 두말할 것 없는 결점입니다. 그러나 오만은…… 진정으로 뛰어난 마음의 소유자가 잘 통제하기만 하면 오만이라기보다 자긍심이 될 수도 있지 않을까 합니다."

엘리자베스는 미소를 감추기 위해 돌아섰다.

"다아시 씨에 대한 검토가 끝나신 것 같은데요." 빙리 양이 말했다. "결과가 어떻게 나왔는지 궁금하네요."

"검토 결과 저는 다아시 씨에게는 결점이 하나도 없다는 확신에 도달하게 됐어요. 다아시 씨 자신도 감추지 않고 인정하고 계시고요."

"아닙니다." 다아시가 말했다. "그렇게 주장한 적은 없어요. 저도 물론 결점이 있습니다. 그러나 그게 지적인 능력과 관계된 건 아니기를 바란다는 겁니다. 제 성격에 대해서는 저도 감히 좋다고 말하지 못합니다. 고집이 너무 세니까요. 세상을 살아 나가기에 불편할 만큼 말입니다. 다른 사람들의 어리석은 행동이나 결점, 저한테 잘못한 일 따위는 빨리 잊는 게 좋은

데 그러지를 못합니다. 마음에 앙금이 생기면 좀처럼 가라앉지 않습니다. 성격이 꽁하다고 해도 뭐, 틀린 말이 아닐 겁니다. 저한테 한번 잘못 보이면 그것으로 영원히 끝이니까요."

"그거야말로 진짜 결점이네요!" 엘리자베스가 외쳤다. "한번 틀어지면 항상 꽁하다는 건 확실히 성격적 결함이죠. 하지만 결점을 아주 잘 고르셨는데요. 그런 성격을 어떻게 비웃어야 할지 정말 모르겠어요. 안심하셔도 되겠어요."

"누구의 성격에든 무언가 나쁜 쪽으로 몰아가는, 아무리 교육을 잘 받아도 극복할 수 없는 어떤 타고난 결점 같은 것은 있다고 믿습니다만."

"그러니까 당신의 결점은 모든 사람을 싫어하는 경향이죠."

"그리고 당신의 결점은……." 그가 미소를 지으며 말했다. "남의 말을 곡해해서 듣는 것이고요."

"노래나 좀 들어요." 빙리 양이 자신이 끼지 못하는 대화에 싫증이 나서 외쳤다. "루이자 언니, 형부를 깨워도 괜찮지?"

허스트 부인은 아무 상관 없다고 했고, 피아노 뚜껑이 열렸다. 다아시는 잠시 마음을 가다듬은 뒤 대화가 중단되어 차라리 잘됐다고 생각했다. 엘리자베스에게 너무 관심을 보이는 게 아닌가 걱정이 되기 시작했던 것이다.

12

다음 날 아침 엘리자베스는 언니와 의논해 어머니께 그날

중으로 마차를 보내 달라는 편지를 보냈다. 그러나 베넷 부인은 딸들이 제인이 간 지 딱 일주일이 되는 다음 화요일까지는 네더필드에 머물 것으로 기대했기 때문에, 그 이전에 돌아오는 것이 그리 달갑지 않았다. 그녀의 회답은 하루라도 빨리 집에 가고 싶어 초조한 엘리자베스의 입장에서는 기쁜 소식이 아니었다. 베넷 부인이 화요일 이전에는 마차를 보낼 수 없다는 답을 보내왔던 것이다. 게다가 만일 빙리 씨와 누이가 더 있으라고 하면 자신은 기꺼이 양보할 용의가 있다는 추신까지 덧붙였다. 그러나 더 이상 머물지 않겠다는 엘리자베스의 결심은 단호했고, 사실 더 있어 달라고 청할 것 같지도 않았다. 오히려 불필요하게 오랫동안 남의 생활을 침범하는 불청객으로 여겨질까 두려웠고, 그래서 즉시 빙리 씨의 마차를 빌리자고 제인을 끈질기게 설득했다. 그리하여 마침내 자매는 그날 아침 네더필드를 떠나려던 자신들의 원래 계획을 빙리 씨에게 알리고 그의 마차를 빌려 보기로 했다.

그런 의사를 전달하자 모두들 요란하게 걱정을 표했다. 모두들 입을 모아 적어도 하루는 더 네더필드에 머물러야 한다고 말했기 때문에 제인의 결심이 흔들렸다. 결국 다음 날까지 그들의 출발이 연기되었다. 그러자 빙리 양은 더 있어 달라고 한 걸 후회했다. 자매 중 하나에 대한 질투와 싫은 감정이 다른 한 사람에 대한 애정보다 훨씬 강했기 때문이다.

빙리 씨는 다음 날도 너무 빠르다고 진심으로 아쉬워했다. 제인에게 시시때때로 그건 안전하지 않고, 그녀가 아직 충분히 회복되지 않았다고 설득하려 했다. 그러나 제인은 자신이 옳다고 믿는 바를 실행에 옮기는 데에는 단호했다.

　다아시 씨로서는 반가운 소식이었다. 그가 보기에 엘리자베스가 네더필드에 머무는 기간은 그것으로 충분했다. 그는 자신이 원하던 것 이상으로 그녀에게 마음을 빼앗겼다. 게다가 빙리 양이 엘리자베스에게 좀 불손하게 굴었고, 자신에 대해서는 여느 때보다 더 심하게 놀려 댔다. 현명하게도 그는 이제부터는 엘리자베스에게 호감을 품고 있다는 사실을 암시할 만한 어떤 행동도 하지 않아야겠다고, 행여 그녀가 자신과 결혼할 희망을 키우게 될지도 모를 어떤 행동도 하지 않아야겠다고 단단히 결심했다. 만일 그녀가 그런 희망을 품고 있다면, 마지막 날 자신의 행동이 그것을 확인시키거나 좌절시키는 데 결정적일 수밖에 없다는 것을 깨달았기 때문이다. 그 각오를 충실하게 지키느라고 그는 토요일 내내 그녀에게 채 열 마디도 건네지 않았다. 그리고 한 번은 단둘이서만 반 시간가량을 보냈음에도 아주 성실하게 독서에만 몰두한 채 그녀를 쳐다보려고도 하지 않았다.

　일요일 아침 예배 후에 일부만 빼고 거의 모두가 그다지도 고대하던 작별이 이루어졌다. 빙리 양의 경우 마침내 제인에 대한 애정뿐 아니라 엘리자베스에 대한 공손한 태도마저 매우 빠른 속도로 회복되었다. 그리하여 작별의 순간이 오자, 제인에게는 롱본에서든 네더필드에서든 다시 만나는 건 언제나 자신의 기쁨이 될 거라고 힘주어 말하면서 그녀를 매우 다정하게 껴안은 뒤, 엘리자베스와도 악수까지 나누었다. 엘리자베스는 모든 이와 더할 나위 없이 명랑하게 작별 인사를 나누었다.

어머니는 자매가 집에 돌아온 것을 그다지 반기지 않았다. 벌써 돌아온 것이 뜻밖이고, 빙리 씨한테 마차까지 빌리다니 너무 많은 폐를 끼쳤으며, 제인은 감기가 재발했을 것이라고 했다. 반면 기쁨의 표현은 간결했지만 아버지는 그들을 진정으로 반겼다. 그들이 가족 사이에서 얼마나 중요한 존재인지 새삼 느꼈으며, 저녁에 모여서 대화를 나눌 때는 그들의 부재로 대화의 생기가 거의 사라졌을뿐더러 의미조차도 상실되다시피 했다는 것이다.

메리는 늘 그러듯이 통주저음(通奏低音)법과 인간 본성에 대한 공부에 깊이 몰두해 있었다. 좋아할 만한 새로운 인용문을 몇 개 찾아낸 모양이고 진부한 교훈을 전하는 몇몇 새로운 구절에 솔깃해했다. 캐서린과 리디아가 마련한 소식은 다른 종류였다. 지난 수요일 이래 연대에서 많은 일들이 일어났고 이야깃거리도 많았는데, 최근 장교들 몇 명이 이모부와 정찬을 들었고, 졸병 하나가 매질을 당했으며, 포스터 대령이 곧 결혼할 거라는 구체적인 언질이 있었다는 것이다.

13

다음 날 아침 식사를 하면서 베넷 씨가 아내에게 말했다. "여보, 오늘 정찬을 잘 준비해 놓으면 좋겠소. 우리 식구 말고 올 사람이 있을 것 같으니 말이오."

"누구 말이에요, 여보? 올 사람이 아무도 없을 텐데. 어쩌다 샬럿 루커스가 들른다면 모를까. 그 애한테야 우리 집 평소 정찬 정도면 훌륭할 거예요. 자기 집에서는 그런 식사를 자주 못 할 테니까."

"내가 말하는 사람은 숙녀가 아니라 신사고 동네 사람이 아닌걸."

베넷 부인의 눈이 반짝거리기 시작했다. "신사고 동네 사람이 아니라고요! 틀림없이 빙리 씨로군요. 얘, 제인, 너 어쩌면 한마디도 미리 얘길 안 했니? 요런 엉큼한 것! 아유, 빙리 씨가 온다면 정말로 환영이지요. 하지만…… 맙소사! 이거 야단이네! 오늘은 생선이 한 마리도 없는데. 리디아, 얘야, 벨 좀 울려라. 당장, 힐한테 얘기해야겠다."

"빙리 씬 아니오." 그녀의 남편이 말했다. "여태까지 살면서 단 한 번도 본 적이 없는 사람이니까."

이 말에 가족 모두가 놀랐고, 베넷 씨는 아내와 다섯 딸들이 궁금해서 쏟아 내는 질문들을 한꺼번에 받는 즐거움을 누렸다.

잠시 동안 이들의 호기심 어린 질문 공세를 즐긴 후, 그는 다음과 같이 설명했다. "내가 한 달 전쯤 이 편지를 받았거든. 그리고 보름 전쯤 답장을 보냈지. 내 보기엔 사안이 다소 미묘한 데다가 빠른 회답을 요하는 것이기도 해서 말이야. 내 친척인 콜린스 씨가 보낸 편진데, 그 사람은 마음만 먹으면 내가 죽는 즉시 당신과 아이들을 모두 이 집에서 쫓아낼 수도 있잖소."

"아이고, 여보!" 그의 아내가 외쳤다. "그 얘기라면 도저히 가만히 듣고 있을 수가 없어요. 제발 그 가증스러운 사람에 대해선 말도 꺼내지 마세요. 세상에 당신의 재산을 당신 자식을 빼놓고 한정 상속 해야 하는 것보다 더 가혹한 일은 없을 거예요. 내가 만일 당신이라면 진작 무슨 수를 썼을 텐데요."

제인과 엘리자베스가 어머니에게 한정 상속의 성격상 무슨 수를 쓰기가 불가능하다는 점을 설명해 주려고 했다. 전에도 종종 그런 설명을 했지만 베넷 부인에게는 도저히 이해가 가지 않는 일이었다. 그녀는 다섯 명의 딸을 가진 가족에게서 재산을 빼앗아 아무 상관도 없는 사람에게 물려주는 일이 얼마나 잔인한지 푸념하기를 멈추지 않았다.

"그것이 정당하지 않다는 것은 분명하오." 베넷 씨가 말했다. "콜린스 씨가 롱본을 상속받는 죄를 모면할 길이 없는 것도 그렇고. 하지만 이번 편지에서 자기 입장을 밝혔으니 잘 들어 보면 당신 화가 좀 누그러질지도 모르겠소."

"천만에요. 절대 그럴 리 없어요. 그리고 그 사람이 당신한테 편지를 쓰다니, 그것부터가 아주 주제넘고 위선적인 짓이라고요. 난 그렇게 가짜로 친구인 척하는 사람은 정말 싫더라. 왜 자기 아버지가 하던 대로 당신하고 앙숙으로 지내지 않겠다는 거죠?"

"글쎄, 사실은 그 사람도 그 점은 아들로서 다소 부담을 느끼는 것 같습디다. 들어 봐요."

친애하는 베넷 씨께

　어르신과 제 선친 사이에 있었던 견해의 차이로 인해 언제나 제 마음이 불편하던바 불행히도 선친을 잃은 후 저는 줄곧 그 불화를 치유하기를 희망해 왔습니다. 다만 선친께서 소원하게 지내는 편을 택하셨던 분과 잘 지내는 것이 그분의 유지(遺志)를 존중하지 않는 것이 될 수도 있다는 염려 때문에 자제해 왔을 뿐입니다. ("바로 이 부분이오, 여보.") 그러나 현재는 그 문제에 관해 확고한 결심을 하게 되었습니다. 다름 아니라 제가 지난 부활절에 성직 안수를 받고 영광스럽게도 루이스 드 버그 경의 미망인이신 캐서린 드 버그 영부인 마님의 후원을 받는 행운을 누리게 되었기 때문입니다. 영부인의 관대하심과 은혜 덕분으로 그 교구의 귀중한 목사직에 발탁되었으니, 그분에 대한 감사와 존경심에 맞게 처신하고, 언제라도 국교회에서 제정한 의례와 의식을 수행할 수 있도록 진심으로 노력하고자 합니다. 또한 성직자로서 저는 제 영향력 범위 안에 있는 모든 가족 내에 평화의 은총을 수립하고 증진시키는 것을 제 의무로 느끼고 있습니다. 이런 이유로 저는 이 선의의 제안이 매우 칭찬할 만한 것이라고 자부하고 있으며, 어르신께서도 제가 롱본 저택의 상속자라는 사정을 너그럽게 봐 주시고 제가 내민 올리브 가지를 거부하지 않으시리라 믿어 의심치 않습니다. 제가 어르신의 사랑스러운 따님들께 피해를 주는 위치가 된 점이 안타까울 뿐이오며, 그에 대한 사과를 받아 주셨으면 합니다. 또한 추후에 더 말씀드리겠지만, 가능한 모든 방법으로 기꺼이 따님들께 보상할 생각임을 분명히 말씀드리고 싶습니다. 만일 저를 댁으로 맞아들이는 데 어르신의 반대가 없으시다면, 11월 18일 월요일 네 시경까지 어르신과 어르신의 가족을 뵈러 가는 행복을 누렸으면 하오며, 아마도 그다음 주 토요일까지 염치없이 폐를 끼치게 될 것 같습니다. 캐서린 영부인께서는 다른 성직자가 저 대신 일요 예배의 의무를 수행하도록 조정만 된다면 제가 가끔 일요일에 자리를 비우는 것에 전혀 괘념치 않으신다고 하시니까 그렇게 하는 데 아무 문제도 없습니다. 그럼 아주머님과 따님들께도 제 경의를 전해 주시기 바라오며 이만 줄이겠습니다. 어르신 하시는 일이 모두 잘되기를 빌면서.

윌리엄 콜린스 올림

"그러니까 이 화해의 신사가 네 시에 온다고 봐야겠지." 베넷 씨가 편지를 접으며 말했다. "두고 봅시다. 아주 양심적이고 예의 바른 젊은이인 것 같으니. 알아 두면 좋은 사람인 것도 사실이고. 캐서린 영부인께서 관대하게도 다시 방문하는 것을 허락하실 경우에 그렇다는 얘기지만."

"어쨌든 우리 딸들에 대한 소리는 웬만큼 말이 되네요. 우리 애들한테 어떤 식으로든 보상하겠다면, 내가 나서서 말릴 생각은 없고요."

"우리한테 무얼 어떻게 보상해 주겠다는 건지 짐작하긴 어렵지만, 그런 의도만큼은 분명히 훌륭하네요." 제인이 말했다.

엘리자베스에게 가장 강한 인상을 준 것은 그가 캐서린 영부인에 대해 유별난 존경을 표한 것과 필요할 때는 언제라도 자기 교구민들에게 세례와 결혼식과 장례를 주관해 주겠다는 의사를 밝힌 것이었다.[16]

"제가 보기엔 틀림없이 이상한 사람이에요." 그녀가 말했다. "도무지 앞뒤가 맞지 않잖아요. 어투도 어딘가 젠체하는 데가 많고. 그리고 자기가 상속자라는 걸 사과한다니 대체 무슨 뜻이죠? 설혹 그럴 수 있다 해도 상속을 포기할 건 아니잖아요. 도대체 사리분별이 있는 사람일까요, 아버지?"

"아니, 그렇지 않은 것 같구나, 얘야. 정반대일 것이 틀림없어 보인다. 이 편지를 보면 지나친 자기 비하와 과장된 자신감이 섞여 있으니까 기대해도 좋겠어. 한시라도 빨리 만나 보고 싶구나."

"작문의 수준으로 보면 흠잡을 데는 없어 보여." 메리가 말했다. "올리브 가지라는 비유는 그리 독창적이지 않아. 그렇지만 적절하게 잘 쓰인 것 같아."

캐서린과 리디아에게는 그 편지도, 편지를 쓴 사람도 전혀 흥밋거리가 아니었다. 사촌이 진홍빛 상의를 입고 올 가능성[17]은 전무한데, 그녀들은 최근 몇 주 동안 진홍빛이 아닌 색 옷을 입은 사람과 함께 있어서 즐거워 본 적이 없었다. 베넷 부인은 편지 덕분에 콜린스 씨에 대한 불쾌감이 많이 가셨는지

---

16) 목사의 당연한 직무임에도 특별한 배려인 듯 말한 점을 지적한 것이다.
17) 여기서 사촌은 친척을 통칭하는 말이며, 진홍빛 상의는 군복을 뜻한다.

아주 담담히 그를 맞을 채비를 했는데, 이것이 그녀의 남편과 딸들을 꽤 놀라게 했다.

콜린스 씨는 자기가 말한 시간을 정확히 지켰다. 가족 모두가 대단히 정중하게 그를 맞았다. 베넷 씨는 거의 침묵을 지켰으나 숙녀들은 얼마든지 대화를 나눌 용의가 있었고, 콜린스 씨도 누가 부추기지 않아도 침묵을 지킬 기색은 없어 보였다. 그는 키가 크고 진중해 보이는 스물다섯의 젊은이였다. 태도는 엄숙하고 근엄했으며 거동에 매우 격식을 차렸다. 자리에 앉아서는 이내 베넷 부인에게 이렇게 훌륭한 따님들을 두어 좋으시겠다고 했고, 따님들의 미모는 익히 듣던 바지만 만나 보니 소문이 실물을 못 따른다고 하면서, 모두 제때에 좋은 혼처를 얻게 되리라는 걸 의심치 않는다고 덧붙였다. 이 정중한 인사말은 그 자리에 있던 몇몇의 취향과는 잘 맞지 않는 것이었지만, 칭찬이라면 무조건 환영인 베넷 부인은 즉시 기분 좋게 대답했다.

"정말 고마운 말씀이에요. 나도 진심으로 그렇게 되기를 바라고요. 안 그러면 딸아이들이 형편없이 가난해질 테니까요. 일이 정말 엉뚱하게 정해져 있어서 말이에요."

"댁의 재산이 한정 상속 되는 것에 대해서 말씀하시는 것이겠지요."

"아유! 맞아요. 그쪽도 알고 있겠지만 솔직히 내 불쌍한 딸들한테 너무 가혹한 처사가 아닌가 해요. 그쪽을 탓하자는 것이 아니라 살다 보면 별일이 다 있는 것 아니겠어요. 재산이 한정 상속 되기로 일단 정해지면 그게 누구한테 갈지는 아무도 모르지요."

"저도 아름다운 사촌들에게 어떤 곤란이 닥치게 될지 아주 잘 알고 있습니다. 그래서 지금은 제가 너무 나서고 조급히 구는 것처럼 보일까 봐 조심하고 있습니다만, 곧 그 문제에 대해 많은 말씀을 드리려고 합니다. 우선은 사촌들에게 찬사를 드릴 마음의 준비를 하고 왔다는 점만큼은 확실히 말씀드릴 수 있습니다. 지금으로선 그 이상은 말씀드리지 않겠습니다만, 아마 우리가 서로 더 잘 알게 되면……."

식사를 하러 오라고 부르는 소리에 그의 말이 중단되었다. 처녀들은 서로 마주 보며 미소를 지었다. 콜린스 씨가 경탄한 대상은 그들만이 아니었다. 현관, 식당 그리고 그곳에 있는 모든 가구와 실내 장식품들이 관찰과 칭찬의 대상이 되었다. 그가 그 모든 것을 미래의 소유물로 여기고 있을 거라는 짐작으로 분하지만 않았더라면 베넷 부인은 그의 칭찬에 마음이 흡족했을 것이다. 정찬을 들 때는 음식이 대단한 감탄의 대상이 되었으니, 그는 그 탁월한 요리 솜씨가 아리따운 사촌 중 누구의 것인지 알고 싶다고 말했다. 그러나 이 부분에서는 베넷 부인에게 그가 잘못 알고 있다는 지적을 받았다. 다소 퉁명스러운 목소리로 자기 집에서는 좋은 요리사를 둘 능력이 충분하고 딸들은 부엌일과는 아무 상관이 없다고 말했던 것이다. 그가 불쾌하게 해 드린 점을 용서해 달라고 하자 그녀는 다소 부드러워진 목소리로 화가 난 것은 아니라고 했지만, 그는 거의 15분 동안이나 사과를 하고 또 했다.

14

베넷 씨는 정찬을 먹는 동안 거의 침묵을 지켰다. 그러나 하인들이 물러가자 손님과 담소를 나눌 시간이 되었다고 생각해서 콜린스 씨가 후원자를 아주 잘 만난 것 같다고 그가 우쭐댈 만한 화제를 꺼냈다. 베넷 씨는 그의 소망에 대한 캐서린 드 버그 영부인의 관심과 그의 편의를 위한 배려가 특별해 보인다고 말했는데, 그보다 더 좋은 화제를 선택하기란 불가능했을 것이다. 그 귀부인 이야기가 나오자 콜린스 씨는 청산유수로 칭찬을 쏟아 냈다. 그는 여느 때보다 한층 더 엄숙한 태도로 무게를 잡으면서 자신은 지체가 높은 분한테서 캐서린 영부인이 보여 주는 바와 같은 태도, 그런 온화하심과 겸허하심은 일찍이 한 번도 본 적이 없다고 열을 올렸다. 그분께서는 자신이 이미 그 앞에서 두 차례나 행하는 영광을 누린 설교가 모두 잘되었다고 너그러이 칭찬해 주셨다, 또한 로징스에서 정찬을 같이 하자고 두 번이나 그를 부르셨고, 바로 지난 토요일 저녁에는 카드리유[18]를 할 사람의 숫자를 맞추느라 그를 부르러 보내셨다, 많은 사람들이 그분이 오만하다고 하지만 적어도 자신에게만큼은 상냥하지 않게 대하신 적이 없었다는 것이다. 또 언제나 다른 신사들을 대하는 것과 똑같은 태도로 그에게 말씀하신다, 그가 이웃 사람들과 어울리는 데 대해서

---

18) 네 사람이 하는 카드놀이로 이 무렵에 구식이 되고 대신 휘스트가 유행했다.

나 친척을 방문하느라 가끔 한두 주일 교구를 비우는 데 대해서도 조금도 반대하지 않으셨고 심지어 신중히 선택하기만 한다면 빨리 결혼할수록 좋겠다는 충고까지 해 주실 정도로 마음을 써 주신다. 그리고 한번은 보잘것없는 그의 목사관까지 왕림하셔서 마침 그가 진행하고 있던 건물의 개조를 전폭으로 인정해 주셨으며, 몸소 2층 벽장에 선반을 몇 개 놓으면 어떠냐는 제안까지 해 주셨다는 것이다.

"정말 하나같이 지당하고 친절하게 배려해 주시네요." 베넷 부인이 말했다. "아주 좋은 분이 틀림없는 것 같아요. 지체 높은 부인들이 다 그분 같지 않은 게 안타까운 일이지요. 그분이 가까이에 사시나요?"

"제 보잘것없는 처소를 둘러싸고 있는 정원과 영부인의 저택인 로징스 파크 사이에는 오솔길이 하나 있을 뿐입니다."

"그분이 미망인이라고 하셨죠? 가족도 있나요?"

"무남독녀 외동딸을 두셨는데, 로징스의 상속녀이시며, 그 외에도 아주 많은 재산을 상속받으실 분이죠."

"오, 굉장하군요!" 베넷 부인이 머리를 좌우로 흔들며 외쳤다. "그렇다면 다른 처녀들보다 훨씬 유복한 분이네요. 그 아가씨는 어떤 분인가요? 미인인가요?"

"정말 대단히 매력적인 아가씨이십니다. 진정한 미(美)라는 관점에서 보자면 드 버그 양이야말로 어떤 절세미인보다 훨씬 더 낫다고 캐서린 영부인께서도 말씀하십니다. 그분의 얼굴에는 좋은 집안에서 태어난 아가씨만이 지니는 귀티 같은 게 있으니까요. 불운하게도 병약한 체질인지라 많은 재주를 익히지는 못하셨습니다. 그동안 그분의 교육을 담당해 왔고 지금도 그 댁에 함께 살고 있는 숙녀분께 듣기로는, 건강만 나쁘지 않으셨더라면 그런 재주쯤 습득하지 못할 분이 결코 아니라고 합니다. 하지만 정말 참한 분이셔서, 친절하시게도 수시로 조랑말들이 끄는 쌍두 사륜마차를 타고 저의 보잘것없는 처소에 잠깐씩 들르시지요."

"폐하를 배알하신 아가씨인가요? 궁정을 출입하는 귀부인들 사이에서 이름을 들은 기억이 없는데."

"건강이 그리 좋지 않아서 불행히도 런던에는 못 가신답니다. 제가 캐서린 영부인께 말씀드린 적이 있지만, 바로 그렇기 때문에 영국 궁정은 가장 빛나는 장식품 하나를 잃은 거지요. 영부인께서는 제가 그렇게 생각한다는 데 흐뭇해하시는 것 같았습니다. 짐작하시겠지만 저는 언제나 기회만 있으면 그런 섬세한 칭찬의 말씀으로 귀부인들을 즐겁게 해 드리려고 한답니다. 캐서린 영부인께도 그분의 매력적인 따님이 공작 부인이 되기 위해 태어난 분 같고, 최고의 지위도 그분의 품격을 높여 드린다기보다는 오히려 그분 덕분에 돋보이게 될 거라고 여러 차례 말씀드렸습니다. 바로 이런 말들이 사소하지만 그분을 기쁘게 해 드리기 때문에 그런 말씀을 드리는 것이야말로 제가 각별히 신경 써야 할 일이 아닌가 생각합니다."

"아주 잘 생각했소." 베넷 씨가 말했다. "세심하게 남의 비위를 맞추는 말을 하는 재주를 가졌으니 정말 좋겠소. 그런 붙임성 있는 배려가 순발력 덕분인지 미리 익혀서 외워 둔 결과인지 물어봐도 되겠소?"

"보통은 그 자리에서 떠오르는 대로 얘기합니다. 더러는 누구에게나 잘 맞을 만한, 사소하지만 우아한 칭찬의 말들을 골라서 머릿속에 담아 두기도 합니다만, 현장에서야 늘 될수록 미리 준비한 게 아닌 것처럼 말하고 싶습니다."

베넷 씨의 기대는 충족되었다. 친척은 기대한 만큼 우스꽝스러운 사람이었다. 베넷 씨는 그의 말에 속으로는 우습기 짝이 없었지만 전혀 내색하지 않았고, 가끔 엘리자베스에게 눈길을 주는 것 외에는 그런 재미를 나눌 친구도 필요로 하지 않았다.

그러나 다과를 나눌 시간이 되자 그 정도 재미로 충분하다 싶었으므로, 베넷 씨는 선선히 손님을 다시 응접실로 인도했다. 또 다과가 끝나자 역시 선선히 그에게 숙녀들을 위해 책을 읽어 달라고 청했다. 콜린스 씨가 선뜻 그 청을 받아들이자 그에게 책 한 권이 주어졌다. 그러나 그는 그 책을 보는 순간 놀라 물러서며(어느 모로 보나 순회 도서관에서 빌려온 책이 틀림없었던 것이다.) 자신은 소설은 읽지 않는다고 양해를 구했다. 키티는 그를 빤히 쳐다보았고, 리디아는 놀라움의 탄성을 질렀다. 다른 책들이 건네졌고, 약간의 심사숙고 끝에 그는 포다이스의 설교집[19]을 골랐다. 리디아는 그가 책을 펼쳐 들자 바로 하품을 했고, 그가 대단히 단조롭고도 엄숙한 목소리로 채 세 쪽도 다 읽기 전에 불쑥 끼어들어 그의 낭독을 중단시켰다.

---

19) 1766년 발간된 제임스 포다이스의 『젊은 여성을 위한 설교』로 추정된다.

"엄마, 필립스 이모부가 리처드를 해고하려 하시고, 그렇게 되면 포스터 대령이 그를 쓰려고 한다는 거 아세요? 토요일에 이모한테 들었거든요. 내일은 메리턴에 산책 가서 그 소식도 더 듣고, 데니 씨가 언제 런던에서 돌아오는지도 물어볼래요."

두 언니가 그녀에게 입을 다물라고 했으나, 이미 기분이 많이 상한 콜린스 씨가 책을 내려놓고 말했다.

"아가씨들에게 도움이 되라고 쓴 진지한 주제의 책을 정작 당사자들이 얼마나 외면하는지 저도 자주 목격하곤 합니다. 솔직히 말해 참으로 경악스럽습니다. 아가씨들에겐 그런 교훈보다 더 이로운 것은 없을 텐데 말입니다. 그렇지만 어린 사촌을 더 이상 괴롭히지는 않겠습니다."

그런 뒤 그는 베넷 씨를 향해 돌아서며 주사위 놀이의 상대가 되어 주겠다고 제안했다. 베넷 씨는 그 도전을 받아들이면서, 아가씨들이 그들만의 사소한 오락을 즐기도록 한 것은 아주 현명한 처사라고 말했다. 베넷 부인과 딸들은 리디아의 방해에 대해 정중히 사과하면서, 책을 계속 읽어 주신다면 다시는 그런 일이 없도록 하겠다고 다짐했다. 그러나 콜린스 씨는 어린 사촌한테 무슨 악감을 가진 것은 아니며, 그녀의 행동에 모욕을 당했다고 분개한 것도 아니라고 했다. 그러고 나서 다른 테이블 앞에 베넷 씨와 마주 앉아 주사위 놀이를 준비했다.

15

콜린스 씨는 분별력 있는 사람이 아니었는데, 교육이나 교제를 통해 타고난 결점을 개선할 기회도 별로 없었다. 무식한 구두쇠 아버지의 지도를 받고 자란 탓이기도 하고, 비록 대학을 다니기는 했지만 졸업에 필요한 학점만 땄을 뿐 도움이 될 사람을 사귈 위인이 못 됐던 탓이기도 했다. 그의 아버지는 그를 키울 때 무조건 복종만 요구했는데, 이것이 그를 아주 비굴한 인간으로 만들었다. 그러나 이제 그런 비굴한 성격은 머리가 나쁜 데다 사람들과 별 교제마저 없는 사람 특유의 자만심과 예기치 않게 일찍 성공한 사람으로서 갖게 된 자부심에 의해 상당한 정도로 상쇄되었다. 그는 헌스퍼드의 목사 자리가 비었을 때 때마침 운 좋게도 캐서린 드 버그 영부인에게 추천을 받았다. 그 바람에 그는 영부인의 높은 지위에 대한 존경심과 후원자인 그녀에 대한 숭배에 자만심, 성직자로서의 권위 의식 그리고 교구 목사로서의 권리 등이 마구 뒤섞여 오만과 아첨, 잘난 체와 비굴함의 혼합물이 되었다.

그는 이제 좋은 집과 충분한 수입이 있으니 결혼을 해야겠다고 작정했다. 결혼은 또한 롱본 집안과 화해하는 좋은 방법인 듯했다. 만일 직접 확인해 보아서 그 집안의 딸들이 풍문처럼 예쁘고 참한 것이 확실하면, 그들 중 하나를 선택해 결혼할 계획이었다. 이것이 그 부친의 재산을 자신이 상속받는 데대해 그가 계획한 시정, 즉 보상의 내용이었다. 그가 보기에 이것은 적절하고 바람직할 뿐 아니라 더할 나위 없이 관대하고 공평하기도 한, 아주 훌륭한 계획이었다.

그녀들을 만나 본 지금 그의 계획에는 변함이 없었다. 베넷 양의 미모는 그의 견해가 타당함을 확인시켜 주었고, 어떤 경우에도 서열은 엄격하게 지켜야겠다는 다짐을 하게 해 주었다. 그리하여 그는 첫날 저녁부터 제인을 신붓감으로 점찍었다. 하지만 그 선택은 바로 다음 날 아침 바뀌었다. 그와 베넷 부인은 아침 식사 전 15분간 단둘이 앉아 대화를 주고받았는데, 그가 목사관에서 시작하여 자연스럽게 그곳의 여주인을 롱본에서 찾고 싶다는 쪽으로 화제를 발전시키자, 베넷 부인이 상냥한 미소를 띠고 부추기면서도 그가 마음속으로 정한 바로 그 제인에 대해 이렇게 주의를 주었기 때문이다. "다른 딸들에 대해서는 뭐라고 딱히…… 그러시라는 말은 못 해도…… 무슨 임자가 있지는 않은 것 같지만…… 맏딸에 대해서는 짚어 두어야 할 것이…… 참 난감하기는 해도 꼭 알려드릴 수밖에 없는 것이…… 그 애가 곧 약혼을 할 것 같다는 거예요."

콜린스 씨로서는 단지 제인에서 엘리자베스로 바꾸기만 하면 되었다. 그리고 잠깐 사이에(베넷 부인이 벽난로의 불을 살피는 동안) 그럴 수 있었다. 제인 바로 다음에 태어났을 뿐 아니라 예쁘기도 제인 다음가는 엘리자베스가 제인의 자리를 승계하는 것은 당연한 일이었다.

베넷 부인은 그가 넌지시 비친 속내를 소중히 가슴에 새기고 곧 두 딸을 시집보내게 될 거라고 굳게 믿었다. 그리하여 바로 전날만 해도 이름만 들어도 참을 수 없었던 사람을 이제는 굉장히 좋게 생각하게 되었다.

리디아는 메리턴으로 산책 가려는 계획을 잊지 않았다. 메리를 제외한 모든 자매가 그녀와 함께 가는 데 동의했다. 콜린스 씨도 동행하게 되었는데, 그를 쫓아 보내고 혼자 서재를 차지하고 싶어 죽을 지경인 베넷 씨의 권유를 그가 받아들인 것이다. 콜린스 씨는 아침 식사 후 바로 베넷 씨를 따라 서재로 들어가서는, 명목상으로는 독서를 한다며 서가에서 가장 큰 책 중 하나를 꺼내 놓고, 실제로는 헌스퍼드에 있는 자기 집과 정원에 대해 쉴 새 없이 떠들어 댔다. 그런 언동이 베넷 씨를 극도로 불편하게 했다. 그는 서재에서만큼은 언제나 한가롭고 평온하게 지내 왔기 때문에, 엘리자베스에게 늘 이야기하듯 비록 집 안의 다른 방에서는 어디서나 어리석고 잘난 체하는 꼴을 마주칠 각오가 되어 있었지만, 적어도 자기 서재에서만큼은 그런 방해를 받지 않는 데 익숙해 있었다. 그가 즉각 콜린스 씨한테 자기 딸들이 산책하는 데 동행해 달라고 정중하게 청한 것은 바로 그런 연유에서였다. 콜린스 씨로서는 실제로 독서보다 걷기가 훨씬 더 적성에 맞았던 까닭에 대단히 만족해하며 베넷 씨의 큰 책을 덮고 나갔다.

메리턴에 들어설 때까지 콜린스 씨는 별것 아닌 일을 크게 떠벌렸고 그의 사촌들은 공손히 동의를 표하면서 시간을 보냈다. 일단 메리턴에 들어서자 그는 더 이상 어린 두 사촌들의 관심사가 아니었다. 그들의 눈은 즉시 장교들을 찾아 거리를 두리번거렸고, 가게 진열장에 내걸린 아주 멋진 보닛이나 최신 모슬린 정도가 아니면 그 무엇도 장교를 찾는 그들의 시선을 되돌릴 수 없었다.

그러나 베넷 집안 아가씨들의 시선은 곧 길 건너에서 장교한 사람과 함께 걸어가는, 전에는 한 번도 본 적이 없는 대단히 신사답게 생긴 한 젊은이에게 사로잡혔다. 장교는 바로 리디아가 런던에서 언제 돌아올지 궁금해하던 데니 씨였는데, 그들이 지나가는 것을 보고 고개 숙여 인사했다. 모두 처음보는 사람에게 강한 인상을 받았고, 그가 도대체 누구일까 궁금해했다. 키티와 리디아는 그가 누구인지 알아낼 심산으로반대편 가게에서 살 물건이 있다는 핑계를 대고 길을 건너갔다. 그들이 건너편 보도에 들어서자 운 좋게도 두 신사 또한가던 길을 되돌아와 같은 장소에 도달했다. 데니 씨가 그들에게 말을 걸면서 어제 같이 런던을 떠나 이곳에 도착했으며 이번에 자기 부대의 장교로 임관되어 온 친구 위컴 씨를 소개하고 싶다고 말했다. 그것은 정말 너무나 바람직한 소식이었다. 그 젊은이는 장교복만 입혀 놓으면 완벽히 매력적일 터였기 때문이다. 그의 외모는 누구에게나 호감을 줄 만했다. 미남이라고 불릴 수 있는 모든 최선의 조건들, 즉 잘생긴 이목구비와훌륭한 몸매 그리고 상대를 기분 좋게 해 주는 언변을 구비하고 있었다. 그는 소개에 이어 바로 대화를 시도하는 성의를 보였는데, 그러면서도 경우가 바르고 주제넘지 않았다. 그들이거기 서서 아주 기분 좋게 서로 대화를 나누고 있을 때 말발굽 소리가 들려와 그들의 시선을 끌었다. 다아시와 빙리가 말을 타고 길을 따라 내려오고 있었다. 두 신사는 모인 사람들중에서 숙녀들의 모습을 알아보고 곧바로 그들을 향해 다가와 여느 때처럼 정중한 인사말을 건넸다. 말을 건넨 것은 주로 빙리였고, 베넷 양이 주된 상대였다. 빙리 씨는 마침 그녀의 건강이 어떤지 알아보려고 롱본으로 가던 길이라고 말했다. 다아시 씨는 고개를 숙이는 것으로 그 말을 시인하고서 눈길을 엘리자베스에게 고정시키지 않으려고 고개를 돌리는 찰나에 문득 위컴 씨의 모습에 시선을 사로잡혔다. 엘리자베스는 두 사람이 눈을 마주친 순간 우연히 그들의 표정을 목격하고서 대단히 놀랐다. 두 사람 모두 안색이 변했는데, 한 사람은 하얗게 질렸고 다른 사람은 벌겋게 상기되었던 것이다. 몇 초가 지난 뒤 위컴 씨가 모자에 손을 올렸고, 이 인사에 다아시 씨가 마지못해 응대했다. 도대체 이 상황은 무슨 뜻일까? 상상도 안 됐다. 그리고 궁금하지 않을 수가 없었다.

빙리 씨는 곧바로 작별 인사를 하고 친구와 함께 말을 몰아 떠났는데, 그사이에 무슨 일이 있었는지 전혀 눈치채지 못한 듯했다.

데니 씨와 위컴 씨는 아가씨들과 함께 필립스 씨의 집 문 앞까지 걸어갔다. 거기서 리디아가 들렀다 가라며 조르듯이 청했고, 필립스 부인까지 나서서 거실의 창문을 열어 올리고 큰 소리로 그렇게 하라고 했음에도 그들은 작별 인사를 하고 돌아섰다.

필립스 부인은 조카딸들을 언제나 반겼다. 첫째와 둘째 조카딸은 최근에 집을 비웠던 탓에 더욱 환영받았다. 그녀는 조카딸들이 예기치 않게 집으로 돌아왔다는 소식을 듣고 깜짝 놀랐다고 호들갑을 떨었다. 조카들이 자기 집 마차를 이용하지 않았기 때문에 존스 씨의 가게에서 일하는 소년을 우연히 거리에서 만나 베넷 양 자매가 집으로 돌아가서 가게에서 네 더필드로 약을 보내지 않게 되었다는 말을 듣지 않았더라면 그 소식도 모를 뻔했다는 것이다. 그녀가 이렇게 수다를 떨고 있을 때 제인이 콜린스 씨를 소개해서 그녀는 콜린스 씨와 인사를 나누었다. 그녀는 최대한 예의를 갖춰 그를 맞이했고 그도 그녀 이상으로 정중하게 답례했다. 초면에 이렇게 불쑥 찾아온 점 용서를 바란다, 그렇지만 자신과 자신을 소개해 준 젊은 숙녀들이 친척 관계이기 때문에 용납될 것이라 자위한다고 했다. 필립스 부인은 그의 극히 예의 바른 태도에 압도되었지만 이 새로운 인물에 대해 오래 생각하고 있을 수는 없었다. 그녀의 조카딸들이 곧 또 다른 새로운 인물에 대한 감탄과 질문을 퍼부었기 때문이다. 그러나 이 새로운 인물에 대해서는 그녀도 데니 씨가 그를 런던에서 데려왔고 ○○부대에서 중위로 임관될 거라는, 조카들도 이미 아는 것 외에는 전해 줄 소식이 없었다. 그녀는 그가 방금 전까지 한 시간 동안이나 거리를 왔다 갔다 하는 것을 지켜보았다고 말했는데, 만일 위컴 씨가 또 나타났더라면 키티와 리디아도 분명히 똑같이 지켜봤을 것이다. 하지만 불행하게도 그 순간 창밖을 지나가는 사람들은 위컴 씨에 비하면 "멍청하고 보기 싫은 사람들"이 되어 버린 몇몇 장교들뿐이었다. 그들 중 몇 사람이 다음 날 필립스 씨 집에서 성찬을 들 예정이었고, 이모는 롱본의 언니네 식구들이 저녁 시간에 오겠다고 하면 이모부에게 위컴 씨를 방문해서 초대하라고 부탁하겠다고 약속했다. 조카들이 그러겠다고 하자 필립스 부인은 와자지껄하게 즐거운 제비뽑기 놀이를 한바탕 하고 나서 따끈한 저녁을 거하게 먹자고 했다.[20] 그들은 즐거운 저녁을 보내리라는 기대에 매우 신이 나서 흐뭇한 기분으로 헤어졌다. 콜린스 씨는 현관을 나오면서 다시 사과했고, 사과는 무슨 사과시냐는 정중한 응답을 받았다.

집으로 걸어오는 동안 엘리자베스는 제인에게 자신이 목격한 것, 즉 두 신사 사이에 있었던 어색한 장면에 대해 이야기했다. 제인은 그들의 행동이 뭔가 이상해 보였다면, 둘 중 한 사람이나 둘 다에게 그럴 만한 이유가 있었을 거라고 생각했지만, 이유를 알 수 없기는 동생과 마찬가지였다.

집에 돌아온 뒤 콜린스 씨는 필립스 부인이 예의 바르고 공손하다고 칭찬해서 베넷 부인의 마음을 흐뭇하게 했다. 그는 캐서린 영부인과 그의 딸을 제외한다면 그녀보다 더 우아한 여성을 본 적이 없다고 단언했다. 무척 정중하게 맞아 주었을 뿐 아니라 다음 날 저녁의 손님 명단에 생전 처음 만난 자신을 구태여 포함시킨 걸 봐도 그렇다는 것이었다. 자신과 베넷 집안의 관계 덕분에 그런 배려를 한다고 짐작하지만, 그래도 여태 살아오면서 그렇게 너그러운 마음 씀씀이를 한 번도 접한 적이 없다고 했다.

---

20) 당시 정찬이 오후 4~5시로 늦어지고 있어서 저녁은 간단히 하는 쪽으로 바뀌었는데, 필립스 부인은 이런 유행에 둔감한 편임을 말해 준다.

16

베넷 씨 부부는 딸들이 이모와 한 약속에 별로 반대하지 않았고, 손님으로 와서 단 하루 저녁이라도 두 분만 남겨 두고 나가기가 마음에 걸린다는 콜린스 씨에게는 누차 괘념치 말라고 한 끝에, 다음 날 저녁 콜린스 씨와 다섯 명의 사촌들은 시간에 맞춰 마차를 타고 메리턴에 갔다. 응접실에 들어선 아가씨들에게는 위컴 씨가 이모부의 초대를 받아들였고 이미 도착해 있다는 기쁜 소식이 기다리고 있었다.

그 소식을 전해 듣고 모두들 자리에 앉자 콜린스 씨는 주위를 둘러보고 감탄을 표할 여유가 생겼다. 그는 방이 정말 크고 가구나 실내 장식도 너무 훌륭해서 로징스의 자그마한 여름용 조찬실에 앉아 있는 듯한 착각이 들 정도라고 말했다. 필립스 부인에게는 이런 비교가 딱히 반가울 까닭이 없었다. 그러나 콜린스 씨가 로징스가 어떤 저택이고 그 주인이 어떤 사람인지 설명하고, 그곳 거실 중 하나를 묘사하면서 벽난로 앞장식 하나에만도 800파운드가 들었다고 하자, 필립스 부인은 그의 비교가 얼마나 대단한 칭찬인지 알았고 그가 자기 응접실을 로징스에 있는 가정부의 방과 비교했대도 불쾌하지 않을 정도가 되었다.

콜린스 씨는 캐서린 영부인과 그녀의 저택을 묘사하는 한편 자신의 보잘것없는 처소와 그곳을 얼마나 더 멋지게 개조했는지 자랑하느라 이따금 옆길로 새기도 하면서 다른 신사들이 합류할 때까지 행복한 시간을 보냈다. 필립스 부인은 그의 말을 귀를 세우고 들었는데 듣고 나서 그를 더욱 높이 평가하게 되었고, 이웃에게도 될수록 빨리 퍼뜨려야겠다고 마음먹었다. 사촌의 말을 계속 들어 줄 정도로 참을성이 많지 않던 아가씨들은 이모 집에 피아노가 있으면 하고 바라기도 하고, 벽난로 위에 놓인 볼품없는 복제 도자기들을 살펴보기도 했는데 그 도자기들은 모두 자신들이 만든 것이었다. 그 외에는 달리 할 일이 없었기 때문에 기다리는 시간이 매우 지루했다. 그러나 마침내 기다림의 시간은 끝이 났다. 신사들이 다가왔던 것이다. 엘리자베스는 위컴 씨가 걸어 들어오는 모습을 보면서 전날 그를 본 이후 줄곧 참 멋있는 사람이라고 생각한 것도 당연하다고 새삼 느꼈다. ○○부대의 장교들은 일반적으로 평판이 매우 좋은 신사풍의 남자들이었고 그 자리에는 그 중에서도 가장 나은 사람들이 모였다. 그러나 위컴 씨는 체격이나 얼굴, 태도와 걸음걸이에 이르기까지 단연 군계일학이었다. 그는 다른 장교들에 비해서 현격하게 더 멋있었다. 그 차이는 넓적한 얼굴에 뚱뚱한 몸매로 숨을 쉴 때마다 포트와인 냄새를 풍기면서 다른 장교들 뒤를 따라 들어온 이모부 필립스 씨와 그 장교들 사이의 차이에 비할 정도였다.

위컴 씨가 거의 모든 여성들의 시선을 한 몸에 받은 행복한 남성이었다면 엘리자베스는 그가 마침내 옆으로 다가와 앉기로 한 행복한 여성이었다. 그는 옆자리에 앉자마자 아주 붙임성 있게 대화를 시작했다. 대화라야 고작 밤비가 오고 장마가 시작될지도 모르겠다는 것뿐임에도, 그녀는 아무리 평범하고 닳고 닳은 주제도 말솜씨에 따라 얼마든지 흥미로워질 수 있다는 것을 깨달았다.

위컴 씨를 비롯한 장교들이 경쟁자로 등장하면서 콜린스 씨는 숙녀들의 주의를 끌지 못하는 보잘것없는 존재로 전락해 버린 듯했다. 그는 아가씨들에게는 없는 것이나 마찬가지였다. 그러나 필립스 부인이 여전히 친절하게 그의 이야기를 들어 주었고 그녀가 꾸준히 관심을 가져 준 덕분에 커피와 머핀도 꽤 마시고 많이 먹을 수 있었다.

카드 테이블이 펼쳐지자, 콜린스 씨는 휘스트에 끼기로 함으로써 그녀의 배려에 보답할 기회를 잡았다.

"지금으로서는 어떻게 하는지 잘 모릅니다마는 기꺼이 배울 용의가 있습니다." 그가 말했다. "왜냐하면 저 같은 처지에서는……." 필립스 부인은 대단히 감사하다고 인사하기는 했으나, 그가 이유를 설명하는 것까지 다 듣고 있을 여유는 없었다.

위컴 씨는 휘스트 놀이에 끼지 않고 다른 테이블로 가서 엘리자베스와 리디아 사이에 앉았다. 모두들 그가 온 것을 즐거워했다. 처음에는 리디아가 그와의 대화를 독점할 위험이 있어 보였다. 그녀가 일단 말을 시작하면 누구도 끼어들 수 없었기 때문이다. 그러나 그녀는 제비뽑기 또한 수다만큼 좋아했기 때문에 점차 카드놀이에 빠져들었고, 베팅을 하고 이기겠다고 소리 지르느라 어느 한 사람에게 주의를 집중할 여유가 없었다. 그래서 위컴 씨는 카드놀이를 그럭저럭 따라가면서 엘리자베스와 대화를 나눌 겨를이 생겼다. 엘리자베스는 그의 말이라면 기꺼이 들을 용의가 있었다. 그렇다고 자신이 가장 궁금해하는 것, 즉 그가 어떻게 다아시 씨를 아는지에 대해서 들을 수 있으리라는 기대는 하지 않았다. 그녀로서는 다아시라는 이름을 입 밖에 내기도 어려웠다. 그러나 뜻밖에도 그녀의 호기심은 충족되었다. 위컴 씨 쪽에서 먼저 그 이야기를 꺼냈던 것이다. 그는 네더필드가 메리턴에서 얼마나 멀리 떨어져 있느냐고 물었다. 또 그녀의 대답을 듣자 망설이는 태도로 다아시 씨가 그곳에 얼마나 오래 머물렀는지도 물어보았다.

"한 달가량 되는 것 같군요." 엘리자베스가 말했다. 그러고는 그 이야기를 그만두고 싶지 않아서 덧붙였다. "듣자니까 그분은 더비셔에 굉장한 재산을 소유하고 있다던데요."

"예." 위컴이 대답했다. "어마어마한 자산 보유자이지요. 일 년에 에누리 없는 만 파운드 수입이니까요. 그 사람에 관해 저보다 더 정확하게 아는 사람을 만나기는 어려울 겁니다. 저는 소싯적부터 그 집안과 특별한 관계였거든요."

엘리자베스는 놀란 표정을 감출 수 없었다.

"어제 우리가 마주쳤을 때 서로 냉랭하게 대하는 걸 목격했을 테니 제 말을 듣고 놀라는 것도 무리는 아닙니다, 베넷 양. 다아시 씨와 잘 아는 사이신가요?"

"알 만큼은 알지요." 엘리자베스가 열을 내며 목소리를 높였다. "같은 집에서 나흘을 보냈는데 굉장히 불쾌한 사람이더라고요."

"제게는 그 사람이 불쾌한 사람인지 아닌지 말씀드릴 권리가 없습니다. 그럴 자격이 없다고 해야겠지요. 너무 오래전부터 알았고 잘 아는 사이로 지내 온 터여서 공정하게 판단하기가 어렵네요. 사심 없이 보기가 불가능합니다. 하지만 당신의 그런 평가를 들으면 대개의 사람들은 깜짝 놀랄지도…… 뭐 다른 데서라면 그런 생각을 그렇게 강하게 토로하진 않으실 테지요. 여기서야 가족끼리니까 그러시겠지만."

"분명히 말씀드리지만 네더필드라면 몰라도 이 근방 어느 집에서도 제가 방금 이곳에서 한 얘기를 삼갈 까닭이 없어요. 하트퍼드셔에서 그 사람을 좋아하는 사람은 단 한 명도 없거든요. 다들 그의 오만에 불쾌해하고 있어요. 좋게 말해 줄 사람은 아무도 없을걸요."

"다아시 씨뿐 아니라 누가 되었든 간에 이것 하나는 분명합니다." 위컴이 잠시 사이를 두고 말했다. "실제의 사람 됨됨이보다 높게 평가되어서는 안 된다는 것 말입니다. 그런데 다아시 씨를 두고서는 그런 일이 드물지 않게 일어나는 것 같아요. 그 사람의 재산과 지위에 눈이 머는 것인지 아니면 그 고고하고 고압적인 태도 때문에 겁을 먹는 것인지, 세상은 그 사람이 원하는 대로 봐 주는 것 같아요."

"아주 조금밖에 알지 못하지만 그 사람 성격이 좋지 않다는 정도는 말할 수 있어요." 위컴은 고개를 설레설레 젓기만 했다. 그러다 다시 말할 기회가 오자 이렇게 말했다.

"그 사람이 이 고장에 더 오래 머물 건지 궁금하군요."

"전혀 모르겠어요. 제가 네더필드에 머무는 동안 떠난다는 얘기는 한 번도 못 듣긴 했어요. 그 사람이 가까이 있다는 게 ○○부대에 들어가려는 당신의 계획에 영향을 미치지 않으면 좋겠군요."

"아, 천만에요. 제가 다아시 씨 때문에 쫓겨 갈 일은 없습니다. 나를 만나고 싶지 않다면 그가 떠나야지요. 우리가 우호적인 사이는 아니고 저로서는 그와 부딪치기가 괴롭기는 하지만, 그렇다고 제가 그를 피해야 할 이유는 없으니까요. 한 가지 있다면 온 세상에 떳떳이 밝힐 수 있을 이유입니다. 그에게 그야말로 부당하게 취급당한 점이라든가 그의 사람 됨됨이가 그런 것이 참으로 마음 아프다는 심정 말입니다. 그의 선친인 고(故) 다아시 씨께서는, 베넷 양, 이 세상에서 가장 선한 분 중 한 분이셨고 제겐 누구보다도 진실한 벗이었답니다. 저는 다아시 씨와 함께 있으면 그의 선친께서 남기신 그 많은 애정 어린 기억 때문에 뼈에 사무치게 슬퍼지곤 합니다. 그가 제게 한 짓은 말도 못 하게 수치스러웠습니다. 하지만 저는 그가 어떤 짓을 했든 그 모든 것을 용서할 수도 있었을 겁니다. 그의 행동이 선친의 유지를 저버리고 그 기억을 욕되게 하는 일만 아니었어도 말입니다."

화제는 점점 더 흥미진진해졌고 엘리자베스는 귀를 쫑긋하며 그의 말을 들었다. 그러나 워낙 민감한 문제인지라 더 캐물을 수는 없었다.

위컴 씨는 메리턴과 이웃, 사교계 등 더 일반적인 주제에 대해 이야기하기 시작했는데, 이 고장이 무척 마음에 드는 모양이었다. 특히 사교계에 대해서는 점잖고도 눈에 띄게 신사다운 관심을 표명했다. 그리고 이렇게 덧붙였다.

"제가 ○○부대로 오기로 결정한 가장 중요한 이유는 이곳 사교 모임이 꾸준하고 훌륭할 것이라는 기대 때문입니다. 이 부대가 매우 평판이 좋고 지내기도 괜찮다고 알고 있던 차에 친구인 데니가 현 주둔지에 대해 설명해 줬거든요. 메리턴 주변에 훌륭한 분들이 많고 장교들에게 지대한 관심을 보여 주신다고요. 그래서 더욱 이곳에 끌리게 되었지요. 솔직히 말해서 제게는 사교가 꼭 필요합니다. 워낙 큰 좌절을 겪은 뒤라 외로움을 견딜 기운이 남아 있지 않아서요. 직장도 있어야 하고 사교도 필수입니다. 원래 군인이 되려고 한 건 아니었지만, 여건상 그래야 하게 되었습니다. 차선책이라고 할까요. 원래는 목사직을 얻기로 되어 있었습니다. 교육도 그렇게 받았고요. 방금 우리가 이야기하던 그 신사만 허락했다면 전 지금 성직자로서 상당한 고정 수입을 가지고 있었을 겁니다."

"설마 그럴 리가!"

"그렇습니다. 고 다아시 씨의 유언에 따르면 당신께 증여권이 있던 직위 중 최상의 것을 제가 물려받도록 되어 있었습니다. 제 대부이시기도 한 그분은 저를 끔찍이 사랑해 주셨습니다. 그분의 친절한 배려를 이루 다 말로 표현할 수 없지요. 그분은 저를 위해 넉넉한 수입을 남겨 줄 생각이셨고 실제로 그런 조치를 했다고 여기셨지요. 그런데 예정된 자리가 났을 땐 다른 사람의 차지가 되었답니다."

"맙소사!" 엘리자베스가 외쳤다. "아니, 어떻게 그런 일이 가능하죠? 어떻게 유언을 무시할 수 있어요? 왜 재판을 해서라도 찾지 않으세요?"

"유언장에 명시된 게 아니라서 법의 도움을 받기는 힘들었습니다. 명예를 존중하는 사람이라면 고인의 의도를 의심할 수 없겠지만, 다아시 씨는 의심하기로 했거나 그걸 단지 조건부 권고 사항 정도로 취급하기로 한 겁니다. 그러고는 제가 무절제하고 무분별한 생활을 했다는 식으로, 요컨대 적당히 아무 이유나 갖다 붙이고는 제가 그 자리에 대한 모든 권리를 상실했다고 선언해 버린 겁니다. 그 자리는 분명히 2년 전 때마침 제가 그걸 맡을 수 있는 나이가 되었을 때 났는데, 저 아닌 다른 사람에게 주어 버렸지요. 그리고 또 하나 분명한 것은 아무리 생각해도 제가 그 자리를 잃어 마땅할 어떤 행동도 한 적이 없다는 겁니다. 제가 흥분을 잘하고 앞뒤를 재지 않는 성격이라 그에 대한 제 생각을 너무 솔직하게 대놓고 이야기한 적은 있을 겁니다. 그 이상 무슨 나쁜 짓을 한 기억은 없습니다. 요는 그 사람과 제가 너무 다른 종류의 인간이고, 그 사람이 저를 끔찍이도 싫어한다는 겁니다."

"세상에, 너무 충격적이네요! 만천하에 망신을 당해 마땅한 사람이군요."

"언젠가 그렇게 되긴 할 겁니다. 다만 제가 나서서 망신을 줄 수는 없어요. 그 부친의 은혜를 잊는다면 모를까, 그러지 않는 한 그와 다툰다거나 그의 만행을 폭로한다거나 하지는 못합니다."

엘리자베스는 그의 그런 마음 씀씀이를 칭찬했고, 내심 그런 마음씨를 드러낼 때 그가 그 어느 때보다 멋지다고 생각했다. 잠시 후 그녀가 말했다.

"도대체 왜 그렇게까지 하는 걸까요? 무엇 때문에 그렇게까지 잔인한 행동을 하게 되었을까요?"

"저를 철두철미 싫어하거든요. 저를 싫어하는 이유는 질투심 때문이라고밖에는 생각되지 않습니다. 돌아가신 다아시 씨께서 저를 조금이라도 덜 사랑해 주셨더라면 그 아들이 저하고 더 잘 지냈을 수도 있을 겁니다. 그러나 그분께서 저를 각별히 아껴 주신 것이 아주 어린 시절부터 그분의 아들을 화나게 했던 것 같습니다. 그의 성격으로는 우리 사이의 일종의 경쟁이랄까, 혹은 저한테로 종종 쏠린 일종의 편애를 용납할 수 없었던 거죠."

"다아시 씨가 그렇게까지 나쁜 사람인 줄은 정말 몰랐어요. 좋게 본 적은 한 번도 없지만 그래도 그렇게까지 질이 나쁘리라고는 생각하지도 못했는데……. 사람들을 우습게 보고 무시한다고는 생각했지만 그런 악의에 찬 복수와 부당한 처사, 그런 비인간적인 행동을 할 정도로 저열한 사람이라고는 짐작도 못 했어요!"

그녀는 잠시 생각에 잠겨 있다가 계속해서 말했다. "그러고 보니 그 사람이 언젠가 네더필드에서 한 이야기가 이제 기억나네요. 자신은 일단 화가 나면 풀어지지 않고 절대 용서 못 하는 성격이라고 으스댔거든요. 성격이 정말 못된 사람인 게 틀림없군요."

"저는 판단하지 않겠습니다." 위컴이 대답했다. "그 사람한테 공정해지기가 힘든 처지니까요."

엘리자베스는 다시 한번 깊은 생각에 잠겼다가 잠시 후 외쳤다. "선친의 대자이자 벗이며 각별한 사랑을 받던 사람을 그런 식으로 취급하다니!" 그리고 '그것도 당신처럼 얼굴만 봐도 좋은 사람임이 분명한 젊은이를!'이라고 덧붙이고 싶었지만, 그냥 "그것도 당신의 말처럼 어린 시절부터 가장 가깝게 지낸 친구를!" 하고 말았다.

"우리는 같은 교구, 같은 장원에서 태어났고, 어린 시절 많은 시간을 함께 보냈습니다. 같은 집에서 살며 놀고, 둘 다 각자의 훌륭한 부친의 보살핌을 받았고요. 제 부친께서는 당신의 이모부인 필립스 씨가 빛내 주고 계시는 바로 그 직업으로 인생을 출발하셨지요. 그러나 돌아가신 다아시 씨의 재산 관리를 도와드리기 위해 모든 것을 포기하고 평생을 펨벌리의 재산을 돌보는 데 바치셨습니다. 고 다아시 씨는 제 부친을 대단히 높이 평가하셨고, 가장 가까운 친구로서 신임하셨답니다. 제 부친의 능동적인 재산 관리에 보답해야겠다고 입버릇처럼 말씀하시곤 했고요. 그분은 제 부친께서 돌아가시기 직전에 아들인 저의 생계를 보장해 주겠다고 약속하셨지요. 저에 대한 애정의 표현이기도 하고 제 부친의 수고에 대한 보답이기도 했지요."

"어떻게 그럴 수가!" 엘리자베스가 외쳤다. "정말 말도 안 돼요! 다아시 씨라면 오만, 아니 자존심 때문에라도 그런 불공정한 짓은 못 해야 마땅한데 말이에요! 그거야말로 부정직한 행위라고 할 수 있을 텐데, 아무리 미덕하고는 담을 쌓은 사람이라도 자존심이 있는 사람이 어떻게 그럴 수 있는지 모르겠네요."

"참 놀랍긴 합니다." 위컴이 대답했다. "그 사람이 하는 거의 모든 행동에는 오만이나 자존심 같은 것이 깔려 있다는 것 말입니다. 바로 그 오만 내지 자존심이 그 사람의 둘도 없는 벗이었던 것도 사실이지요. 그것이 어떤 다른 감정보다 그나마 선한 행동 비슷한 거라도 하도록 해 주었거든요. 그러나 사람인 이상 완벽하게 일관될 수는 없겠지요. 더구나 그 사람이 제게 한 짓 뒤에는 자존심보다 더 강한 충동이 따로 있기도 했고요."

"그런 끔찍한 오만이나 자존심이 본인한테 어떻게든 득이 된 적이 있기는 하나요?"

"그럼요. 그 사람은 자존심 때문에 사람들을 후하게 대할 때가 많습니다. 아낌없이 돈을 주고, 따뜻하게 대접하기도 하고, 소작인들을 도와주기도 하고, 빈민들을 구제해 주기도 합니다. 가문에 대한 긍지, 또 훌륭한 부친의 자식이라는 자부심 덕분에 그런 행동이 가능한 거죠. 그 사람도 자기 부친이 생전에 하신 일에 대해서만큼은 자부심이 대단하니까요. 가문의 명예를 실추시키거나 사회의 관행에서 벗어나거나 펨벌리 저택의 영향력을 잃어버리는 일만은 하지 않아야 한다는 것, 그것이 강력한 동기라고 해야겠지요. 하나뿐인 여동생의 오빠라는 자존심도 대단해요. 자존심만이 아니라 오빠로서의 애정도 어느 정도 있다 보니 여동생에게는 아주 친절하고 사려 깊은 후견인이 되어 주고 있어요. 그러니 여동생을 그렇게 잘 챙겨 주는 좋은 오빠도 보기 힘들다는 칭찬이 자자할 수밖에 없지요."

"다아시 양은 어떤 사람인가요?"

그는 고개를 저었다. "상냥한 아가씨라고 말할 수 있으면 저도 좋겠습니다. 다아시 집안 사람을 나쁘게 이야기하자니 저로서는 고통스럽군요. 하지만 그 아가씨도 오빠하고 너무나 비슷합니다. 굉장히, 아주 굉장히 오만하지요. 어렸을 땐 다정하고 붙임성이 있었고, 저를 무척 따랐어요. 저도 몇 시간이고 함께 놀아 주곤 했지요. 그러나 이제 저하고는 아무 상관도 없습니다. 나이는 열대여섯쯤이고, 교육을 잘 받아서 교양 수준이 높다고 알고 있어요. 부친께서 돌아가신 뒤로 런던에서 그 아가씨의 교육을 챙기는 부인과 함께 살고 있고요."

여러 차례 말을 멈추기도 하고 다른 이야기를 하기도 하다가 엘리자베스는 자기도 모르게 다시 앞의 화제로 돌아가 이렇게 말했다.

"그 사람이 빙리 씨와 친구 사이라는 사실이 놀랍군요! 어떻게 빙리 씨처럼 착하디착한 성품을 지니고 정말이지 사근사근하기 짝이 없는 사람이 다아시 씨 같은 사람하고 친구로 지낼 수가 있는 걸까요? 어떻게 서로 맞을 수가 있을까? 빙리 씨를 아세요?"

"전혀 모릅니다."

"그분은 너무나 착하고 친절하고 다정한 분이거든요. 다아시 씨의 사람 됨됨이를 모르는 게 틀림없겠네요."

"그럴 가능성이 다분하다고 봐야겠지요. 하지만 다아시 씨도 경우에 따라선 좋은 친구가 되기도 합니다. 그럴 능력이 없는 사람이 아니니까요. 그럴 가치가 있다고 판단되는 사람한테는 얼마든지 좋은 말벗이 될 수 있습니다. 신분이 동등한 사람들 사이에서는 신분이 자기보다 못한 사람들을 대할 때와 전혀 다른 사람이 되기도 하고요. 오만한 성격이 어디 가기야 하겠습니까만, 그래도 부자들을 상대할 때에는 관대하고 공정하며 성실하고 합리적인 데다가 명예를 중시하고, 심지어 사근사근하기까지 할걸요. 재산과 지위가 있으면 일단 인정하고 보니까요."

곧이어 휘스트 놀이가 끝나서 사람들이 다른 테이블로 모여들었다. 콜린스 씨는 엘리자베스와 필립스 부인 사이에 자리를 잡았다. 필립스 부인이 콜린스 씨에게 얼마나 많이 땄느냐고 의례적인 질문을 건넸다. 그는 별로 신통치 않았고 매번 잃기만 했다고 대답했다. 필립스 부인이 유감을 표하자 그는 대단히 진지하고 엄숙한 태도로 자신은 조금도 개의치 않고 그 정도 돈은 별것 아니라고 생각한다고 했다. 그러니 제발 미안하게 생각하지 말아 달라면서 이렇게 말했다.

"일단 카드놀이를 하면 돈을 잃을 각오는 해야 하지 않나 합니다, 부인. 다행히도 제 처지는 5실링 정도 잃은 게 무슨 대단한 손해가 되지 않습니다. 물론 그렇지 않은 사람도 많겠습니다만, 저는 캐서린 드 버그 영부인의 은덕으로 얼마 되지 않는 돈 때문에 노심초사해야 할 필요는 전혀 없습니다."

그 말에 위컴 씨가 고개를 돌렸다. 그리고 콜린스 씨를 잠시 바라본 후 엘리자베스에게 낮은 목소리로 그가 드 버그 집안과 가까운 사이인지 물었다.

"캐서린 드 버그 영부인이 바로 얼마 전에 저분을 목사직에 임명해 주셨다나 봐요. 콜린스 씨가 어떻게 그분을 알게 되었는지는 모르지만, 오랫동안 알던 사이는 아닌 게 분명하고요."

"캐서린 드 버그 영부인과 앤 다아시 영부인이 자매간인 건 물론 아시지요? 그러니까 그분은 다아시 씨의 이모시죠."

"아니, 전혀 몰랐어요. 캐서린 영부인의 집안에 대해선 아무 것도 몰라요. 그저께까진 그런 분이 있는지도 몰랐는걸요."

"그분의 따님이신 드 버그 양은 엄청난 유산을 상속받을 예정입니다. 다들 그 아가씨와 사촌인 다아시 씨가 두 집안의 재산을 합치게 될 거라고 믿고 있지요."

이 말에 엘리자베스는 불쌍한 빙리 양을 떠올리고 미소를 지었다. 그가 다른 사람과 결혼할 작정이라면, 빙리 양의 관심은 모두 수포로 돌아갈 테고 그의 여동생에 대한 애정과 그에 대한 칭찬이 모두 허사가 될 것임이 분명하니까 말이다. 엘리자베스가 말했다.

"콜린스 씨는 캐서린 영부인과 그 딸을 아주 좋게 말하는데, 잘 들어 보면 고마워하는 마음 때문에 판단력이 흐려진 것이 아닌가 싶어요. 영부인이 그분의 후견인이기는 해도 거만하고 안하무인인 사람이 아닌지 의심이 들더군요."

"바로 그렇습니다." 위컴이 대답했다. "그분을 못 뵌 지 여러 해 되긴 했지만 기억은 납니다. 제가 한 번도 그 부인을 좋아해 본 적이 없다는 것과 그 부인의 태도가 오만불손했다는 것 말이지요. 대개 사리 판단이 뛰어나고 머리가 탁월하게 좋다고 알려진 분인데, 제가 보기에 그분의 능력의 원천은 딴 데 있는 것이 아닌가 합니다. 더러는 지위와 재산에서 나오겠고, 더러는 권위적인 태도에서 나올 테지요. 그리고 머리가 좋다느니 하는 세평은 자기 친척이라면 당연히 최상의 지적 능력을 가지고 있다고 여기는 그분 조카의 오만에서 비롯된 것이 아닌가 합니다."

엘리자베스는 그의 설명이 무척 타당한 것 같다고 말했고, 그들은 상대방에 대해 서로 만족해하며 대화를 이어 갔다. 마침내 카드놀이가 끝나고 저녁 식사를 하기 위해 자리를 옮겼는데, 그 덕분에 다른 아가씨들도 위컴 씨의 관심을 나눠 갖게 되었다. 필립스 부인 집에서 하는 저녁 식사 특유의 시끌벅적한 분위기 때문에 대화를 나눌 수는 없었지만, 그의 예절 바른 태도를 보고 모두들 그를 마음에 들어 했다. 그의 말은 하나같이 아주 적절했고, 그의 행동은 하나같이 품위가 있었다. 이모 댁을 떠날 때 엘리자베스의 머릿속은 그에 대한 생각으로 꽉 차 있었다. 집으로 가는 내내 위컴 씨와 그가 한 말 외에는 아무런 생각도 할 수 없었다. 그러나 집을 향해 가는 동안 그의 이름조차 입 밖에 낼 기회가 없었다. 리디아와 콜린스 씨가 잠시도 입을 다물지 않았던 것이다. 리디아는 제비뽑기 표라든가 자신이 잃은 피시[21]와 딴 피시에 대해 끊임없이 이야기했다. 콜린스 씨는 필립스 부부의 예절 바름을 이것저것 주워섬겼고, 자신은 휘스트에서 돈 잃은 걸 조금도 개의치 않는다고 강조했으며, 저녁 식사에 나온 요리를 하나하나 열거했다. 또 자신이 함께 타는 바람에 사촌들의 자리가 비좁아진 것은 아닌지 염려를 거듭하느라 마차가 롱본 저택에 도

---

21) 카드놀이에서 점수 계산에 쓰이는 생선 모양의 작고 납작한 상아나 뼈로 된 조각.

착할 때까지도 하고 싶은 말을 다 하지 못했다.

17

다음 날 아침 엘리자베스는 전날 저녁 위컴 씨와 나눈 대화를 제인에게 전했다. 제인은 놀라고 걱정도 하면서 이야기를 들었다. 그녀는 다아시 씨가 빙리 씨의 우정에 못 미치는 사람이라고는 믿기 힘들다고 했다. 그렇다고 위컴처럼 그렇게 착해 보이는 사람이 하는 말이 사실인지 의심하는 것도 그녀의 성격에 맞지 않았다. 그가 실제로 그렇게 매정한 취급을 당했을 수도 있다는 가능성만으로도 동정심이 일었다. 따라서 그녀에게 남겨진 유일한 해결책은 그들을 둘 다 좋게 생각하고 두 사람의 행동을 모두 옹호하되, 달리 설명할 수 없는 일은 우연이나 실수 탓으로 돌리는 것뿐이었다. 제인은 이렇게 말했다.

"내 짐작에는 두 사람 다 우리로선 알 수 없는 어떤 이유 때문에 속고 있는 걸 거야. 누군가가 자신들의 이해관계 때문에 두 사람 사이를 이간질하고 있는지도 모르지. 두 사람만 두고 사이가 틀어지게 한 원인이나 사정을 생각하다 보면, 어느 한 사람에게 책임을 묻지 않기가 불가능해지니까 말이야."

"지당한 말씀. 그렇다면 언니, 자신들의 이해관계 때문에 두 사람을 갈라놓은 사람들은 어떻게 변명해 줄 거야? 그 사람들도 옹호해 줘야 할 거 아냐? 그러지 않으면 어쨌든 나쁜 사람이 있기는 있는 거니까."

"날 비웃고 싶으면 얼마든지 비웃어도 좋아. 그렇지만 그런다고 내 생각이 변하지는 않을 거야. 애, 리지, 생각 좀 해 봐. 선친께서 특별히 아끼셔서 생계를 책임져 주기로 약속한 사람을 그렇게 취급한다면 얼마나 수치스러운 일이겠니? 말도 안돼. 적어도 인간이라면, 자기 인격을 존중하는 마음이 조금이라도 있는 사람이라면 그럴 순 없어. 그분과 가깝게 지내는 친구들이 그렇게까지 터무니없이 속아 넘어갈 수 있을까? 그럴 순 없어!"

"그런데 어제저녁 위컴 씨가 들려준 개인사는 이름들이며 사실들이며 모든 것을 가식 없이 털어놓은 것이거든. 그 모든 걸 위컴 씨가 꾸며 냈다고 생각하느니 빙리 씨가 속고 있다고 생각하는 편이 훨씬 더 쉽지 않을까 해. 만일 그게 사실이 아니라면 다아시 씨더러 증명해 보라지. 게다가 위컴 씨 표정은 그렇게 진실해 보일 수 없었어."

"정말 어려운 문제야. 너무 안타깝기도 하고. 어떻게 생각해야 할지 모르겠어."

"미안한 말이지만, 내가 보기엔 어떻게 생각해야 할지 너무나 분명해."

그러나 제인에게 분명한 것은 오직 한 가지뿐이었다. 만일 빙리 씨가 진짜로 속아 온 것이라면 진실을 알고 나면 몹시 괴로우리라는 것이었다.

관목 숲에서 그런 대화를 나누고 있을 때 호랑이도 제 말 하면 온다고 대화에서 이야기되던 사람들이 방문해 두 아가

씨는 숲에서 불려 나왔다. 빙리 씨와 그 누이들이 모두들 고대하던 네더필드의 무도회 날짜가 잡힌 것을 알리고 초대의 뜻을 직접 전하기 위해 찾아온 것이다. 빙리 자매는 제인을 향해 소중한 친구를 다시 만나 반갑고, 지난번 헤어진 뒤 오랜 세월이 지난 기분이라며 그동안 어떻게 지냈는지 궁금하다고 거듭 물었다. 다른 식구들에게는 거의 관심을 보이지 않았다. 베넷 부인은 되도록이면 피하려 했고, 엘리자베스에게는 형식적으로 몇 마디 건넸을 뿐이며, 다른 사람들과는 아예 말을 섞지도 않았다. 그녀들은 빙리 씨가 흠칫 놀랄 정도로 급작스럽게 자리에서 일어나 베넷 부인의 정중한 인사말을 피하고 싶어 안달이 난 모습으로 서둘러 그 집을 떠났다.

네더필드의 무도회는 베넷 집안의 모든 여성들에게 대단히 즐거운 기대를 불러일으켰다. 베넷 부인은 그것이 제인을 염두에 두고 열리는 것이라고 생각하며 좋아했다. 특히 의례적인 초대장을 보내는 대신 빙리 씨 본인이 와서 직접 초대했다는 사실에 우쭐했다. 제인은 그날 저녁 두 친구를 만나고 빙리 씨와 더 많은 시간을 보내리라는 기대에 행복했다. 엘리자베스는 위컴 씨와 춤을 한껏 추는 한편 다아시 씨의 표정과 행동에서 모든 사실을 확인하리라는 생각에 즐거웠다. 캐서린과 리디아가 기대하는 즐거움은 어떤 한 가지 일이나 어떤 특정한 사람에 달려 있지는 않았다. 둘 다 엘리자베스처럼 그날 저녁의 반은 위컴 씨와 춤을 출 작정이었지만, 그가 그녀들이 원하는 유일한 파트너는 아니었다. 무도회는 어디까지나 무도회 아닌가 말이다. 심지어 메리조차도 그 무도회라면 조금도 싫어할 이유가 없다고 가족들에게 말할 정도였다. 그녀는 이렇게 말했다.

"아침나절[22]만 확보할 수 있다면, 나한테는 그걸로 충분해. 저녁에 가끔 파티에 가는 걸 희생이라고 보지는 않으니까. 사교는 누구에게나 필요한 거고. 나로 말하면 누구나 이따금씩 오락과 놀이를 즐기는 게 바람직하다고 생각하는 사람인걸."

엘리자베스는 무도회에 대한 기대로 들뜬 나머지 가급적이면 불필요한 대화는 피해 오던 콜린스 씨에게까지 빙리 씨의 초대를 받아들일 건지, 받아들인다면 다른 사람들처럼 춤을 추고 노는 게 옳다고 생각하는지 물어보았다. 그리고 다소 놀랍게도 그가 그런 일을 조금도 꺼리지 않고 춤을 좀 춘다고 대주교나 캐서린 드 버그 영부인에게 견책을 당할까 봐 두려워하지도 않는다는 것을 알게 되었다. 그는 이렇게 말했다.

"분명히 말씀드리지만 저는 평판이 좋은 젊은 신사가 신분이 점잖은 분들께 베푸는 이런 무도회가 도무지 나쁠 까닭이 없다고 생각합니다. 그리고 저 자신도 춤추기를 싫어하지 않기 때문에 그날 저녁에 제 아리따운 사촌들과 다 한 번씩 돌아가며 춤추는 영광을 누리고 싶습니다. 그리고 이 기회에, 엘리자베스 양, 특히 당신께 처음 두 번의 춤을 춰 달라고 청하고 싶습니다. 그리고 제인 양도 제가 제인 양을 제쳐 두고 당신께 춤을 청하는 게 타당한 이유가 있기 때문이지 언니 되시

---

22) 당시 시골 생활에서 'morning'은 대개 아침 식사 후부터 오후 정찬 때까지를 지칭하므로 낮 시간도 포함된다.

는 분을 무시해서가 아니라는 걸 이해하시리라 믿습니다."

엘리자베스는 완전히 궁지에 몰린 느낌이었다. 바로 그 첫 두 번의 춤을 위컴과 추려고 단단히 벼르고 있었기 때문이다. 그런데 위컴 씨 대신 콜린스 씨와 춰야 하다니! 발랄한 기질을 발휘하다 아주 폭삭 망한 꼴이었다. 그러나 지금으로선 어쩔 도리가 없었다. 위컴 씨와 자신의 행복은 부득이 잠시 미뤄 둘 수밖에 없게 되었으니, 그녀는 어쩔 수 없이 최대한 상냥하게 콜린스 씨의 청을 수락했다. 엘리자베스는 콜린스 씨의 춤 신청에 무언가 그 이상의 뜻이 담겨 있다는 생각이 들자 심기가 더 어지러웠다. 그녀는 그제야 언뜻 베넷 집안 자매들 중 하필이면 자신이 헌스퍼드 목사관의 여주인이 될 자격이 있는 사람으로, 그리고 로징스에 더 마땅한 손님이 없을 때 넷이 하는 카드놀이의 머릿수를 채울 자격이 있는 사람으로 선발되었다는 생각이 든 것이다. 콜린스 씨가 그녀에게 더욱 친절하게 대하고, 그녀의 지혜와 활달한 태도를 칭찬하려고 기를 쓰는 것을 보고 이 생각은 곧 확신으로 바뀌었다. 자신의 매력이 가져온 이 같은 효과에 만족하기보다는 경악을 금치 못하는 참인데, 곧 어머니가 그들이 결혼한다면 자신으로서는 너무나 기쁘겠다는 의사를 넌지시 표했다. 그러나 엘리자베스는 그 말을 못 들은 척하기로 했다. 대답하려고 했다가는 자칫 심각한 언쟁이 벌어질 게 뻔했다. 콜린스 씨가 청혼을 안 할지도 모르는 일인데, 실제로 청혼할 때까지야 굳이 다툴 필요는 없다 싶었다.

네더필드의 무도회에 갈 준비를 하고 그 이야기를 하며 시간을 보낼 수 없었더라면 베넷 집안의 아래 두 딸들은 아주 딱한 처지에 빠질 뻔했다. 초대받은 날부터 무도회 날까지 계속 비가 와서 단 하루도 메리턴으로 산책을 나갈 수 없었기 때문이다. 이모나 장교를 만날 수도 새로운 소식을 들을 수도 없었다. 네더필드에 신고 갈 구두를 장식할 장미꽃 모양의 리본도 하인을 보내 사 와야 했다. 심지어 엘리자베스조차도 날씨 때문에 자신의 참을성이 시험당하고 있다고 생각할 정도였다. 위컴 씨와 더 친분을 쌓는 일이 날씨로 인해 일체 중단되었으니까 말이다. 그러니 화요일에 무도회라는 대사건이 없었다면 키티와 리디아가 그처럼 끔찍한 금요일과 토요일과 일요일과 월요일을 참아 내기란 불가능했을 것이다.

18

위컴 씨가 초대받지 않았을지도 모른다는 생각이 엘리자베스에게 떠오른 것은 네더필드의 응접실에 들어가 그곳에 모인 붉은 군복 가운데 위컴 씨가 보이지 않는 것을 확인하고서였다. 그와 나눈 대화를 돌이켜 보면 그런 염려가 당연했음에도 그녀는 무도회에 가면 그를 만나리라는 사실을 한 번도 의심하지 않았다. 그날 그녀는 평소보다 훨씬 더 공들여 옷을 입었고, 그의 마음 중 자신에게 제압되지 않고 남아 있는 부분을 그날 저녁에 모조리 정복하리라는 각오를 다지고 있었다. 그러나 빙리가 장교들을 초대하면서 다아시 씨의 기분을 고려해 위컴만 고의로 빼놓았을지도 모른다는 끔찍스러운 생각이 순간 스쳤다. 비록 그 의심은 사실과 달랐지만 위컴이 오지 않는 건 분명한 사실임이 그의 친구인 데니 씨에 의해 밝혀졌다. 리디아가 흥분해 묻자 데니 씨는 위컴은 볼일이 있어 바로 전날 런던으로 가야 했고 아직 돌아오지 않았다고 대답하면서 의미심장한 미소를 띠고 다음과 같이 덧붙였다.

"여기서 만날지도 모르는 어떤 신사를 피하고 싶어서가 아니라면 하필 바로 이때 볼일이 생기지는 않았겠지만요."

리디아는 이 말을 듣지 못했지만 엘리자베스는 놓치지 않았다. 그리고 위컴이 오지 않은 이유가 짐작과는 다를지라도 어쨌든 다아시 때문이라는 건 분명했기 때문에, 당장의 실망 탓에 불쾌감이 치밀어 올라 곧이어 다아시가 다가와 정중하게 인사할 때 웬만큼 공손하게 대꾸하기조차 어려웠다. 다아시에게 주의를 기울이고 그를 받아들이고 참아 내는 것은 위컴을 모욕하는 것과 같았다. 그래서 그녀는 다아시와는 어떤 대화도 나누지 않기로 결심하고 그에게서 돌아섰는데, 기분이 그리 좋을 리 없었다. 이런 언짢은 기분은 빙리 씨와 대화하는 동안에도 완전히 가시지 않았다. 다아시에 대한 빙리 씨의 맹목적인 우정을 생각하니 기분이 나빴기 때문이다.

그러나 엘리자베스는 언짢은 마음을 그대로 둘 성격이 아니었다. 기대가 모두 어그러지기는 했지만 그렇다고 자신의 기분까지 잡쳐 버릴 수는 없었다. 일주일 동안 한 번도 못 만났던 샬럿 루커스에게 속상한 마음을 모조리 털어놓고 나서는 곧 사촌 콜린스 씨의 기이한 언행으로 화제를 옮겨 그에 대해서만 이야기했다. 그러나 처음 두 번의 춤을 추고 나서 그녀는 다시 기분이 우울해졌다. 그 두 번의 춤은 고행(苦行)이었다. 콜린스 씨는 서투르면서도 근엄하게 굴었고, 배려하는 대신 변명을 늘어놓았으며, 잇달아 실수하면서도 눈치조차 채지 못하는 등 불유쾌한 파트너와 두 차례 춤을 추는 동안 들 수 있는 온갖 창피하고 참담한 기분을 다 맛보게 해 주었던 것이다. 그에게서 해방되는 순간은 황홀 그 자체였다.

그녀는 이어 한 장교와 춤을 추었고 그와 위컴에 대해 이야기하면서 위컴이 모든 사람의 호감을 사고 있다는 말을 듣고는 어느 정도 기분이 풀렸다. 춤이 끝나고 샬럿 루커스에게 돌아가서 이야기를 나누고 있을 때 다아시 씨가 불쑥 춤을 신청해 왔다. 그녀는 너무나 뜻밖이어서 엉겁결에 승낙하고 말았다. 그는 즉시 자리를 뜨고 그녀는 그 자리에 남아 자신이 그렇게 정신없었다는 사실에 짜증을 내고 있었다. 샬럿이 위로하면서 말했다.

"그분도 알고 보면 괜찮은 사람일 거야."

"맙소사! 그렇다면 그거야말로 불운 중에서도 최악의 불운이게! 미워하기로 마음먹은 사람이 알고 보니 괜찮은 사람일 거라니! 아예 악담을 하지그래."

다시 춤이 시작되고 다아시가 그녀와 춤을 추기 위해 다가오자, 샬럿은 엘리자베스에게 바보같이 굴지 말라고, 위컴을 좋아한다고 해서 그보다 열 배는 더 중요한 사람에게 불쾌하게 굴지 말라고 충고 삼아 속삭였다. 엘리자베스는 아무 대답도 하지 않은 채 쌍쌍의 남녀들 속에 자리를 잡았는데, 다아시 씨와 춤 상대로 마주 서는 영광 덕분에 자신의 지위가 격상된 것에 놀랐고 그와 동시에 그 광경을 목격한 주위 사람들의 얼굴에서도 놀라는 표정을 읽을 수 있었다. 그와 그녀는 한동안 대화를 한마디도 나누지 않았다. 그녀는 그런 침묵이 춤을 두 번 추는 동안 내내 지속될 거라는 생각이 들었다. 처음에는 자신이 침묵을 깨지는 않을 작정이었으나, 그가 대화할 뜻이 없다면 말을 하게 만드는 것이 더 큰 벌이 아닌가 하는 생각이 문득 들어, 춤에 대해 의례적인 인사말을 몇 마디 건넸다. 그는 그 말에 대답한 뒤 다시 입을 다물었다. 몇 분 동안 침묵이 흐르고 나서 그녀가 재차 말을 건넸다.

"다아시 씨, 이제 당신이 뭔가 말씀하실 차례인데요. 제가 춤에 대해 이야기했으니, 이번에는 당신이 방의 크기라든지 춤추는 사람의 숫자라든지 뭔가에 대해 한마디 하셔야죠."

그러자 그가 미소를 지으며 뭐든 그녀가 하라는 대로 이야기하겠다고 말했다.

"좋아요. 당분간은 그 대답으로 족해요. 아마 조금 있다가 제가 개인이 베푸는 무도회가 공적인 무도회보다 더 재미있다고 말할지도 몰라요. 그렇지만 지금은 아무 말 안 해도 되겠어요."

"그렇다면 춤을 추는 동안에 무슨 규칙 같은 것에 따라 말씀하시나요?"

"때로는요. 조금은 말을 해야 되잖아요? 반 시간 동안 함께 춤추면서 내내 입을 다물고 있어도 보기에 이상할 테니까요. 하지만 사람에 따라서는 될수록 말하는 수고를 덜도록 대화를 잘 조절하는 게 도움이 되겠죠."

"지금 이 경우는 당신의 기분을 따르는 건가요, 아니면 제 기분에 맞춘다고 생각하는 건가요?"

"둘 다죠." 엘리자베스가 장난기 어린 표정으로 대답했다. "왜냐하면 전 늘 우리 두 사람의 성향이 비슷한 데가 있다고 봤거든요. 둘 다 사교적이지 않고 말하기를 좋아하지도 않는 성격이고, 우리가 말을 했다 하면 적어도 방에 모인 사람들이 모두 감탄할 정도는 되고 명언이라는 박수갈채 속에서 후손에게 전해질 정도는 되어야 한다고 생각하고요."

"제가 보기에 당신의 성격하고는 별로 맞지 않는 묘사로군요." 그가 말했다. "제 성격에 얼마나 가까운지는, 글쎄, 제가 뭐라고 하고 싶진 않습니다. 당신이 그걸 제 성격에 대한 충실한 묘사라고 생각하는 건 틀림없습니다만."

"제가 입 밖으로 낸 말에 대해서 저 스스로 가타부타하지는 않겠어요."

그는 아무런 대답도 하지 않았고, 다시 말없이 계속 춤을 추던 중 다아시가 그녀의 자매들이 메리턴에 자주 산책을 가지 않느냐고 물었다. 그녀는 그렇다고 대답하고서, 궁금증의 유혹을 이기지 못하고 "지난번 그곳에서 뵈었을 때, 저희는 막 어떤 분을 소개받던 참이었지요."라고 덧붙였다.

즉시 그 말의 효과가 나타나 보통 때보다 더 오만한 표정이 그의 온 얼굴에 퍼져 나갔다. 그러나 아무런 대꾸도 없었다. 그렇다고 더 알아보려고 밀어붙이기에는 엘리자베스로서도 역부족을 느꼈다. 이윽고 다아시가 입을 열어 좀 거북해하면서 다음과 같이 말했다.

"위컴 씨는 타고난 인상이 워낙 좋아서 친구를 잘 사귀기는 합니다만 그만큼 우정을 잘 유지하는지는 미지수입니다."

"불운하게도 당신의 우정을 잃은 건 어김없는 사실이지요." 엘리자베스가 힘주어 말했다. "그 때문에 평생 고통받아야 할 것 같고요."

다아시는 아무 대답도 하지 않았고 화제를 바꾸고 싶어 하는 기색이었다. 바로 그때 윌리엄 루커스 경이 춤추는 사람들 사이를 뚫고 방의 반대쪽으로 가다가 그들 곁을 지났는데, 다아시 씨를 알아보고 깍듯한 인사와 함께 멈춰 서서 다아시 씨의 춤과 파트너에 찬사를 보냈다.

"정말 너무나 보기 좋습니다, 다아시 씨. 이렇게 멋진 춤을 자주 볼 수 있는 건 아니지요. 이보다 춤을 잘 추는 사람은 별로 없을 겁니다. 그렇지만 파트너도 춤 솜씨가 조금도 꿀리지 않는 것 같으니, 앞으로도 자주 이런 즐거움을 누리면 좋겠습니다. 특히 앞으로 뭔가 좋은 일이 (그녀의 언니와 빙리를 힐긋 바라보며) 생기면 말이지요, 일라이자 양. 그러면 얼마나 큰 경사겠습니까! 다아시 씨께 부탁 하나 드리자면…… 더 이상 방해는 않겠습니다. 숙녀분의 매력적인 이야기를 지체시키는 걸 반기지 않으실 테고, 일라이자 양의 반짝이는 눈도 저를 나무라고 있으니."

다아시에게는 윌리엄 경이 나중에 한 말은 거의 들리지 않았다. 그러나 윌리엄 경이 자기 친구를 두고 한 암시에는 강한 인상을 받은 듯했고, 함께 춤을 추고 있는 빙리와 제인을 심각한 표정으로 바라보았다. 그러나 그는 곧 정신을 차리고 파트너를 향해 눈길을 돌리며 말했다.

"윌리엄 경이 방해하시는 바람에 우리가 무슨 이야기를 하고 있었는지 잊어버렸군요."

"아무 이야기도 안 하고 있었던 것 같은데요. 윌리엄 경께서 이 방에서 우리보다 더 서로 할 이야기가 없는 사람을 훼방 놓진 못하셨을걸요. 이미 두세 가지 화제를 시험해 보았는데 실패했고, 무슨 이야기를 더 해야 좋을지 모르겠군요."

"책에 대해서는 어떻게 생각하십니까?" 그가 미소를 지으며 말했다.

"책이라고요? 어머, 그건 안 되죠! 당신과 제가 같은 책을 읽지도 않았을 테고, 혹 같은 책을 읽었더라도 소감은 전혀 다를 거라고 생각하는데요."

"그렇게 생각하신다니 유감입니다. 그러나 만일 그렇다면 최소한 화제가 달리지는 않을 텐데요. 서로의 의견을 비교할 수 있을 테니까요."

"사양하겠어요. 무도회장에서 책 이야기를 할 수는 없어요. 제 머리는 언제나 다른 것으로 꽉 차 있거든요."

"이런 장소에선 언제나 현재에 몰두하시다, 그런 말씀인가요?" 그가 미심쩍다는 표정으로 말했다.

"그래요, 언제나요." 엘리자베스는 그 순간 화제와는 상관없는 생각이 떠오른 터라 대충 내답하고 밀었다. 그녀가 딴생각을 하고 있었다는 것은 곧 느닷없는 추궁 조의 질문으로 드러났다. "다아시 씨, 언젠가 자신이 용서를 잘 못하는 성격이라고, 일단 화가 나면 쉽게 누그러지지 않는 성격이라고 말씀하신 게 기억나는데요, 그렇다면 애초에 화를 낼 때는 아주 신중하시겠죠?"

"물론입니다." 그가 단호한 목소리로 말했다.

"그리고 결코 편견에 눈이 어두워지지 않도록 하시고요?"

"그러기를 바랍니다만."

"자신의 견해를 절대 바꾸지 않는 사람들은 애초에 판단을 잘할 의무가 있지요."

"어떤 의도로 이런 질문을 하시는지 물어봐도 될까요?"

"그냥 당신의 성격을 그려 보려고 그러는 거예요." 그녀는 진지한 태도를 떨치려고 노력하며 말했다. "그걸 한번 밝혀 보려고 노력하는 중이거든요."

"그렇게 노력해서 얻으신 결론은요?"

그녀는 고개를 저었다. "아무런 결론도 얻지 못했어요. 당신에 대해 너무나 엇갈리는 설명을 들어서 아주 헷갈려요."

"저에 대해 상반된 평가가 존재한다는 걸 짐작하기는 어렵지 않습니다." 그가 정색하며 말했다. "그리고 저로서는, 베넷양, 지금 당장은 제 성격의 윤곽을 그리지 마시기를 바랍니다. 어느 쪽에게도 좋을 것이 별로 없지 않나 걱정됩니다."

"하지만 지금이 아니라면 영영 기회가 오지 않을지도 모르는데요."

"정 그러시다면 막을 생각은 전혀 없습니다." 그가 냉랭하게 대답했다. 그녀는 더 이상 아무 말도 하지 않았고, 그들은 말없이 두 번째 춤을 마저 추고 헤어졌다. 두 사람 모두 기분이 좋지 않았는데, 그 정도가 같지는 않았다. 다아시는 엘리자베스에게 상당한 호감을 품고 있었기 때문에, 곧 다른 사람에게 화를 돌리고 그녀를 용서했던 것이다.

얼마 후 빙리 양이 엘리자베스에게 다가와 예의는 차렸지만 경멸하는 표정으로 말을 걸었다.

"저, 일라이자 양, 조지 위컴을 아주 마음에 들어 하신다면서요! 제인이 그 사람에 대해 자꾸 얘기하면서 수도 없이 많은 질문을 했거든요. 그런데 듣다 보니까 그 사람이 다른 얘기는 다 했으면서 자기 아버지가 고 다아시 씨의 청지기였다는 사실은 잊어버리고 말을 안 했더라고요. 하지만 친구로서 충고하는 건데, 그의 말을 무조건 신뢰하지는 않는 게 좋을 거예요. 다아시 씨가 그를 부당하게 대우했다는 얘기는 전적으로 틀린 거니까요. 오히려 조지 위컴이 다아시 씨한테 너무나 파렴치한 짓을 했는데도 다아시 씨는 늘 대단한 친절을 베풀어 온 거라고요. 자세한 내막은 모르지만, 다아시 씨는 잘못이 전혀 없고 조지 위컴의 이름을 듣는 것조차도 못 참는다는 것 그리고 제 오빠도 그를 빼고 다른 장교들만 초대할 순 없었지만 그가 알아서 자리를 피해 준 걸 무척 다행으로 여겼다는 건 알고 있지요. 그 사람이 이 고장에 나타난 것부터가 정말 너무나 후안무치한 일이에요. 어떻게 감히 그런 짓을 하는지 기가 막히죠. 정말 안타깝군요, 일라이자 양, 당신 마음에 꼭 든 사람의 죄질이 이렇게 심각한 것으로 드러나서. 하긴 태생을 생각하면 더 나은 행동을 기대하기도 힘들지요."

"말씀을 듣다 보니 그의 잘못과 그의 태생이 동의어가 아닌가 싶군요." 엘리자베스가 화가 나서 말했다. "제가 듣기엔 그의 잘못 중 가장 질 나쁜 게 그분이 다아시 씨 청지기의 아들이라는 사실이라는 것 같으니까요. 분명히 말씀드리지만 그런 사실은 본인 입으로 제게 털어놓았답니다."

"죄송하군요." 빙리 양이 경멸하는 미소를 띠고 돌아서며 말했다. "공연히 참견한 걸 용서해 주세요. 선의로 그런 거니까."

"건방진 계집애!" 엘리자베스가 혼잣말을 했다. "그렇게 빈약한 공격으로 내 생각을 바꿀 수 있다고 기대했다면 오산이지. 너 자신의 외고집과 무지 그리고 다아시 씨의 심술밖에 보여 준 게 없잖아." 그러고 나서 그녀는 그 문제에 대해 빙리에게 질문하는 임무를 맡았던 언니를 찾았다. 제인은 너무나 흡족하고 달콤한 미소를 지으며 행복이 가득한 표정이었고, 그것만 보아도 그녀가 얼마나 만족스러운 저녁을 보내고 있는지 잘 알 수 있었다. 엘리자베스는 즉시 언니의 마음을 알아차렸고, 바로 그 순간 위컴에 대한 동정과 그의 적들에 대한 분개 그리고 그 밖의 모든 것에 대한 생각이 사라지고, 대신 제인의 일이 잘 풀리면 좋겠다는 희망이 솟았다.

"언니가 위컴 씨에 대해 무슨 얘기를 들었는지 궁금해." 그녀가 언니 못지않게 활짝 웃는 얼굴로 말했다. "하지만 언니 일이 아주 잘되고 있으니 제삼자에 대해선 생각할 겨를이 없었겠지. 그렇다고 해도 용서해 줄게."

"아니야." 제인이 대답했다. "잊지는 않았어. 하지만 네 궁금증을 풀어 줄 얘기는 별로 없어. 빙리 씨도 그의 배경에 대해서는 그다지 아는 것이 없대. 특히 무슨 일 때문에 다아시 씨의 노여움을 샀는지, 그 정황에 대해선 전혀 모른다는 거야. 그렇지만 다아시 씨의 훌륭한 처신과 정직함과 명예에 대해서는 보증할 수 있대. 그리고 다아시 씨가 위컴 씨의 소행에 비하면 과분한 친절을 베풀어 왔다고 철석같이 믿고 있더라. 빙리 씨나 누이의 설명으로 미루어 볼 때 안타깝지만 위컴 씨는 괜찮은 사람이 아닌 모양이야. 아주 경솔하게 행동해서 다아시 씨의 신뢰를 잃을 수밖에 없었던 것 같아."

"빙리 씨가 직접 위컴 씨를 아는 건 아니지?"

"응, 지난번 아침에 메리턴에서 처음 봤대."

"그렇다면 빙리 씨가 아는 건 다아시 씨한테 들은 게 전부로군. 그만하면 알조네. 목사직을 주지 않은 것에 대해선 뭐라고 해?"

"어떤 사정이었는지는 정확히 기억이 안 난대. 다아시 씨한테서 여러 번 듣기는 했다는데. 그렇지만 그 자리를 물려받는데 조건이 있었던 것 같대."

"난 빙리 씨의 진실성에 대해선 추호도 의심이 없어." 엘리자베스가 열을 내며 말했다. "그렇지만 그분의 확신만 가지고 내 생각을 바꿀 수 없다는 것도 이해해 줘야겠어. 빙리 씨 같은 분이 친구를 변호한다면, 그건 상당한 것이긴 해. 하지만 빙리 씨가 직접 알지 못하는 부분이 많은 데다 아는 부분도 다아시 씨한테 들은 게 전부니까, 나로서는 위컴 씨와 다아시 씨에 대한 내 생각을 바꿀 수 없어."

그런 후 그녀는 두 사람 모두에게 만족스럽고 둘 사이에 견해 차이가 있을 수 없는 화제로 옮아갔다. 제인은 빙리의 관심으로 인해 생겨난 행복한 희망을 조심스럽게 피력했고, 엘리자베스는 기쁜 마음으로 그 희망을 들어 주고 갖은 말로 언니의 자신감을 북돋우려고 애썼다. 그때 빙리 씨가 그들의 대화에 끼어드는 바람에 엘리자베스는 루커스 양에게 갔다. 바로 전의 파트너가 어땠는지 묻는 루커스 양의 질문에 엘리자베스가 미처 대답하기도 전에 콜린스 씨가 그들 쪽으로 다가와서 대단히 흥분한 어조로 너무나 운 좋게도 굉장히 중요한 사실을 알아냈다며 이렇게 말했다.

"방금 너무나 신기하게도 이 방에 제 후원자분의 가까운 친척이 계시다는 걸 알게 되었습니다. 정말 우연히도 그 신사분이 이 댁의 여주인이신 아가씨[23]께 자신의 사촌인 드 버그 양과 그 모친이신 캐서린 영부인의 존함을 언급하시는 걸 들었습니다. 정말 굉장한 일이에요! 제가 이곳에서 캐서린 드 버그 영부인의 조카분을 만나게 될 줄 누가 알았겠습니까! 그 사실을 마침 지금 알고 인사를 드릴 수 있게 되었으니 정말 고마운 일입니다. 이제 가서 인사를 드려야죠. 진작 인사드리지 못한 걸 틀림없이 용서해 주시겠죠. 제가 까맣게 모르고 있었다는 게 충분한 변명이 될 테니까요."

"다아시 씨께 직접 자신을 소개하실 생각은 아니겠지요?"

"아니, 물론 그럴 작정입니다. 진작 인사 못 드린 걸 용서해 주십사고 해야지요. 그분이 캐서린 영부인의 조카이신 게 틀

---

23) 빙리 양을 지칭한다. 빙리 씨가 미혼이므로 누이가 여주인의 역할을 맡았다.

림없습니다. 영부인께서 일주일 전까지 안녕하셨다는 걸 알려 드리는 것이 제 도리겠지요."

엘리자베스는 제발 그러지 말라고 말렸다. 다아시 씨라면 그렇게 누구의 소개도 없이 직접 인사하는 행동을 자기 이모님에 대한 경의의 표시라기보다 무례한 짓으로 여길 게 틀림없고, 서로 인사를 나눠야만 할 무슨 필연적인 이유도 없으며, 그리고 설령 그럴 필요가 있다 해도 신분이 높은 다아시 씨가 먼저 아는 척을 하는 것이 당연한 순서라면서. 콜린스 씨는 엘리자베스의 말을 경청했지만 그녀가 뭐라 해도 자기 계획을 바꾸지 않을 태세였고, 그녀가 말을 마치자 이렇게 대답했다.

"친애하는 엘리자베스 양, 당신이 아는 범위의 일이라면 세상에서 가장 훌륭한 판단을 내리시리라는 것을 믿어 의심치 않습니다만, 일반인들 사이의 예의범절과 성직자들에게 허용되는 것 사이에는 엄청난 차이가 있다는 사실을 지적하지 않을 수 없군요. 이런 말씀을 드려도 좋다면, 저는 성직의 위엄이 우리 왕국 내 최상의 지위와 맞먹는다고 봅니다. 물론 분수에 맞는 겸손한 태도도 동시에 갖추어진다면 말입니다. 그러므로 이 경우만큼은 제 양심이 명하는 대로 제 의무라고 생각하는 바를 행하도록 허락해 주셔야겠습니다. 다른 모든 문제에 대해서는 당신의 충고가 저의 한결같은 인도자가 될 테지만, 이번에는 당신의 충고를 따르지 않을까 하니 부디 용서해 주십시오. 당신 같은 아가씨보다는 교육으로 보나 경험으로 보나 옳고 그름을 판단하는 데 제가 더 적격이 아닌가 합니다." 그는 고개를 깊이 숙여 그녀에게 절하고 다아시 씨를 공략하러 나섰다. 엘리자베스는 다아시 씨가 콜린스 씨를 어떻게 대하는지 유심히 관찰했는데, 그런 식으로 말을 거는 데에 뜨악해하는 모습이 역력했다. 그녀의 사촌은 먼저 엄숙하게 고개를 숙인 뒤 인사말에 들어갔는데, 엘리자베스에게는 한마디도 들리지 않았지만 모든 말을 다 들은 기분이었다. 또 그의 입 모양을 보고 '죄송'이니 '헌스퍼드'니 '캐서린 드 버그 영부인'이니 하는 말들을 읽어 낼 수 있었다. 그가 다아시 씨 같은 사람 앞에서 그런 바보짓을 하는 것이 그녀로서는 정말 난감했다. 다아시 씨는 황당한 표정을 조금도 감추지 않은 채 그를 빤히 바라보고 있다가, 마침내 콜린스 씨가 말을 마쳐 자기에게도 말할 기회가 오자 예절은 지켰지만 냉랭한 태도로 응대했다. 그러나 콜린스 씨는 그 정도로 낙담하여 할 말을 안 할 사람이 아니었고, 그의 말이 길어지면 길어질수록 다아시 씨의 경멸이 더욱더 커지는 것이 눈에 보였다. 콜린스 씨가 말을 마치자 다아시 씨는 살짝 고개만 숙인 후 다른 쪽을 향했다. 그러자 콜린스 씨가 엘리자베스에게로 돌아와 이렇게 말했다.

"다아시 씨가 저의 인사에 응대하시는 걸 보고 제가 만족하지 않을 이유가 조금도 없다고 말씀드릴 수 있겠습니다. 제가 인사드린 걸 대단히 기뻐하시는 것 같았습니다. 지극히 공손하게 대답하셨고, 심지어는 캐서린 영부인의 신중한 성격을 잘 알기 때문에 그분이 호의를 베푸셨다면 제게 그럴 만한 자격이 있을 거라는 칭찬까지 하셨답니다. 정말 너그러우시더군요. 대체로 말해서 만나 뵙길 정말 잘한 것 같습니다."

엘리자베스는 이제 더 신경 쓸 일이 없었기 때문에 언니와 빙리 씨를 관찰하는 데 거의 모든 주의를 기울였고, 그에 따른 일련의 즐거운 기대로 제인에 버금가게 행복했다. 그녀는 언니가 지금 파티가 벌어지고 있는 이 집에 정착하여 진실한 애정에서 비롯된 결혼이 선사하는 온갖 행복을 누리며 사는 모습을 상상해 보았다. 그런 상황에서라면 빙리의 두 누이를 좋아하려는 노력까지 할 수 있을 것 같았다. 어머니도 비슷한 생각을 하고 있는 것이 눈에 띄었고, 주책맞은 수다를 피하기 위해 어머니 곁에 가지 말아야겠다고 생각했다. 그런데도 그녀와 어머니가 오직 한 사람만 사이에 두고 나란히 저녁 식탁에 앉게 된 건 너무나 불운한 운명의 장난이라고 해야 할 것이다. 그녀는 어머니가 둘 사이에 앉은 바로 그 한 사람(즉 루커스 부인)에게 제인이 곧 빙리 씨와 결혼할 것 같다는 말을 아무 거리낌 없이 내놓고 할뿐더러 줄곧 그 이야기 한 가지만 하는 것을 보고 정말 곤혹스러웠다. 베넷 부인에게 그것은 정말 신나는 화제였으니, 그녀는 그 결혼의 이점을 나열하기에 지칠 줄 모르는 듯했다. 빙리 씨가 그렇게 자상한 젊은이인 데다 그렇게 부자이며, 겨우 3마일밖에 떨어지지 않은 곳에 살고 있다는 사실이 자축의 첫 번째 이유였다. 게다가 그의 두 누이들이 제인을 정말로 좋아하고, 그들 또한 자신 못지않게 그 결혼을 원하는 게 분명하니 또 얼마나 다행한 일인지 모른다며 그 결혼으로 동생들의 장래도 유망해질 테니, 제인이 그렇게 훌륭한 집안으로 시집가는 덕분에 동생들도 다른 돈 많은 집안의 젊은이들을 만날 기회가 많아지리라는 것이었다.

그리고 마지막으로 자신의 연배에 벌써 큰딸에게 다른 딸들을 딸려 보내고 자신은 가고 싶지 않은 파티에는 안 가도 되니 얼마나 좋으냐고 했다. 그녀가 그렇게 말한 것은 순전히 그러는 게 의례였기 때문이다. 실은 베넷 부인은 아무리 나이를 먹더라도 집에 머무르기를 좋아할 사람은 아니었다. 그녀는 여러 차례 루커스 부인에게도 곧 자신처럼 행운이 찾아오기를 빈다면서 말을 마쳤는데, 속으로는 그런 일이 있을 리 없다고 생각하며 의기양양해하는 게 빤히 보였다.

엘리자베스는 어머니가 좀 천천히 말하고 목소리도 낮춰서 남들에게 들리지 않게 하라고 설득하느라 애를 썼다. 당황스럽기 짝이 없게도 마침 다아시 씨가 맞은편에 앉아 어머니가 하는 말을 대부분 듣고 있는 것을 알아챘기 때문이다. 그러나 허사였다. 어머니가 보인 유일한 반응은 말도 안 되는 소리라며 그녀를 나무라는 것뿐이었다.

"도대체 다아시 씨가 나하고 무슨 상관이기에 내가 그 사람의 눈치를 봐야 한단 말이냐? 우리가 뭘 잘못했다고 그 사람이 싫어할지도 모르는 소리를 해서는 안 된다는 건지, 내 참."

"엄마, 제발 좀 조용조용히 말씀하세요. 다아시 씨의 기분을 상하게 해서 무슨 이득이 있다고 그러세요? 그래 봤자 저이의 친구가 안 좋아할 게 뻔하잖아요."

그러나 무슨 말을 해도 소용없었다. 어머니는 주위 사람이 다 듣거나 말거나 큰 소리로 자신의 기대에 대해서 떠들었다. 엘리자베스는 창피하고 당황스러워서 얼굴을 붉히고 또 붉혔다. 그녀는 자기도 모르게 자꾸 다아시 씨 쪽으로 눈길을 돌렸는데, 그때마다 자신의 염려를 사실로 확인할 수 있었다. 그녀의 어머니를 계속 바라보지는 않았지만 그가 귀를 기울이고 있는 것은 분명했다. 그는 처음에는 분노 어린 경멸의 표정을 짓더니 점차 차분하지만 심각한 표정으로 바뀌어 갔다.

마침내 베넷 부인도 할 말이 떨어졌다. 그리하여 자신과는 무관한 행운을 거듭 과시하는 장광설에 진작부터 하품을 하고 있던 루커스 부인은 그제야 차가운 햄과 닭고기를 먹을 수 있게 되었다. 엘리자베스도 기운을 차리기 시작했다. 그러나 평온의 시간은 길지 않았다. 간단한 저녁 식사가 끝나고 모두들 이제 노래를 들을 시간이라고 하자, 메리가 사람들이 청하기도 전에 나서서 엘리자베스를 창피하게 만들었기 때문이다. 메리가 허영심을 과시하는 걸 막아 보려고 의미심장한 눈빛을 보내며 갖은 애를 썼지만 허사였다. 메리는 그녀의 눈치를 읽어 낼 생각조차 없었다. 그렇게 행복한 자기 과시의 기회를 놓칠 수는 없었던 그녀는 노래를 부르기 시작했다. 엘리자베스는 괴로운 심정에 동생이 여러 절을 부르는 동안 초조한 표정으로 지켜보고 있었는데, 유감스럽게도 그 노래가 끝이 아니었다. 사람들이 감사를 표하는 가운데 한 곡조 더 해 주면 고맙겠다는 의례적인 소리가 언뜻 나오자 30초나 쉬었을까, 곧 다시 노래를 시작했기 때문이다. 메리의 노래 솜씨는 결코 과시할 만한 것이 못 되었다. 성량은 부족하고 태도는 과장되었다. 엘리자베스에게는 너무나 고통스러운 시간이었다. 제인은 어떻게 견뎌 내는지 보려고 그녀 쪽을 바라보았으나 그녀는 빙리와 편히 이야기를 나누고 있었다. 엘리자베스는 다시 빙리의 두 누이들 쪽으로 눈길을 돌렸는데, 그들이 서로 조롱의 눈짓을 교환하면서 다아시에게도 같은 눈짓을 던지는 것을 보았다. 다아시는 반응을 보이지 않은 채 줄곧 속을 짐작할 수 없는 심각한 표정을 짓고 있었다. 엘리자베스는 메리가 저녁 내내 노래를 부를까 봐 아버지가 좀 나서 달라는 뜻으로 아버지를 바라보았다. 아버지가 그녀의 의중을 알아채고는 메리의 두 번째 노래가 끝나자 큰 소리로 말했다.

"정말 굉장히 잘했다, 얘야. 그만하면 충분히 즐거웠구나. 다른 아가씨들한테도 자랑할 기회를 주자꾸나."

메리는 못 들은 척하면서도 다소 당황스러운 표정이었다. 엘리자베스는 메리도 안쓰럽고 그런 말을 한 아버지도 안쓰러워, 자신의 조바심이 아무 도움도 못 된 게 아닌가 싶었다. 이제 모두들 다른 사람들에게 노래를 청하기 시작했다. 그러자 콜린스 씨가 말했다.

"만일 제가 노래에 소질이 있었다면, 사람들에게 기꺼이 노래 한 곡 정도는 선사했을 겁니다. 음악은 매우 순결한 오락이며, 목사라는 직업과 완벽하게 양립 가능하다는 게 제 생각이기 때문입니다. 물론 그렇다고 저희 성직자들이 음악에 지나치게 많은 시간을 바쳐도 된다고 주장하려는 것은 아닙니다. 분명히 달리 돌볼 일들이 많으니까요. 교구 목사에게는 할 일이 많습니다. 첫째로 자신에게 도움이 되면서도 후견인이 불쾌하시지 않을 정도의 십일조를 거둬야 합니다. 또 설교용 원고를 작성해야 합니다. 그리고 나서 남는 얼마 되지 않는 시간은 교구민을 위한 의무를 수행하거나 자기 자신의 처소를 가꾸고 개선하는 데 써야 합니다. 처소는 마땅히 가능한 한 안락한 곳으로 만들어야지요. 또한 모든 사람들에게, 특히 자신을 임명해 주신 분들께 주의를 기울이고 협조적인 자세를 보이는 것도 결코 가벼운 일이라고 생각하지 않습니다. 그것은 교구 목사에겐 빼놓을 수 없는 의무입니다. 후견인의 가족과 친척분께 존경을 표할 기회를 놓치는 사람을 좋게 생각할 수도 없을 것입니다." 그는 다아시 씨에게 고개를 숙이며 말을 마쳤는데, 그의 목소리는 그곳에 있던 사람들 중 반이 들을 만큼 컸다. 많은 사람들이 그를 빤히 쳐다보았고 미소를 짓는 사람도 많았다. 가장 재미있어한 사람은 다름 아닌 베넷 씨였던 반면, 그의 부인은 콜린스 씨의 말이 정말 타당하다며 진지하게 그를 칭찬했고, 루커스 부인에게 반쯤 속삭이는 목소리로 정말 아주 영리하고 훌륭한 젊은이라고 말했다.

엘리자베스가 보기에는 자기 가족이 그날 저녁 최선을 다해 망신당할 짓만 하기로 미리 약속을 하고 왔던들 그날 저녁보다 더 신나게 각자의 역할을 수행하거나 더 훌륭한 성공을 거두기는 불가능했을 것 같았다. 그나마 빙리가 그런 어리석은 행태를 대개 못 보고 지나쳤으며 볼 수밖에 없었던 경우에도 별로 괘념치 않았고, 그런 성격이 언니를 위해 얼마나 다행인지 모른다고 생각했다. 그러나 빙리의 두 누이와 다아시 씨에게 자기 가족과 친척을 조롱할 기회를 주었다는 것만으로도 충분히 언짢은 일이었고, 신사 쪽의 말없는 경멸과 숙녀들의 무례한 조소 중 어느 것이 더 참기 어려운지 판단하기 어려웠다.

엘리자베스에게는 그날 저녁 남은 시간 동안에도 즐거운 일이 일어나지 않았다. 콜린스 씨가 끈질기게 그녀 곁을 지키면서 귀찮게 굴었다. 그는 그녀가 자신과 다시 춤추게 하지 못했지만, 다른 사람과 춤추는 것도 불가능하게 만들었다. 그에게 다른 사람과 추라고, 그 방에 있는 다른 아가씨를 소개해 주겠다고 했으나 소용없었다. 자신은 춤 자체에는 아무런 관심도 없고 자신의 진짜 목표는 그녀에게 성의를 다함으로써 좋은 인상을 주는 것이고, 따라서 저녁 내내 그녀의 곁을 지킬 작정이라는 것이었다. 그렇게 작정했다는 데야 따질 여지도 없었다. 최대의 구원자는 친구인 루커스 양이었는데, 그녀가 자주 끼어들어 콜린스 씨를 사람 좋게 상대해 주었기 때문이다.

다아시 씨가 더 이상 다가오지 않았다는 것이 그나마 다행이었다. 그는 가까이에 혼자 서 있는 일이 많았지만 그녀에게 말을 걸 만큼 다가오지는 않았다. 그녀는 위컴 씨를 들먹거렸기 때문인가 보다고 생각하며 회심의 미소를 지었다.

롱본의 가족은 그곳에 가장 마지막까지 남아 있었다. 베넷 부인이 꾸며 낸 교묘한 계책으로 다른 사람들이 모두 떠난 뒤 15분이나 더 마차를 기다리고 있어야 했고, 그 덕분에 네더필드의 가족 가운데 몇몇이 그들이 떠나기를 얼마나 진심으로 바라는지 볼 수 있었다. 허스트 부인과 그녀의 여동생은 입만 벌렸다 하면 피곤하다고 불평하면서 자기들끼리만 있고 싶어 조바심이 난다는 것을 감추지 않았다. 베넷 부인이 여러 차례 대화를 시도했지만 번번이 무산되었고, 그 바람에 모두 지루한 기분을 어쩌지 못했다. 여기에 콜린스 씨까지 끼어들어 파티에 격조가 있었고 빙리 씨와 그의 누이들의 손님 접대가 후하고 공손했다며 아무 도움도 안 되는 긴 인사말을 늘어놓았다. 다아시는 입을 꾹 다물고 있었다. 베넷 씨도 마찬가지로 침묵을 지키며 그 장면을 즐기고 있었다. 빙리 씨와 제인은 다른 사람들과 약간 떨어져 자기들끼리만 이야기를 나누었다. 엘리자베스도 허스트 부인이나 빙리 양만큼 끈질기게 침묵을 지켰다. 심지어 리디아마저도 너무 지친 나머지 가끔씩, "아휴, 정말 피곤하네!"라고 말하며 찢어지게 하품을 할 뿐이었다.

마침내 그들이 떠나려고 일어섰을 때 베넷 부인은 빙리의 가족 모두를 곧 롱본에서 만나기 바란다고 말했는데, 예절은 차렸지만 거의 강요하는 것처럼 들렸다. 특히 빙리 씨를 향해 그가 공식적으로 초대받지 않더라도 아무 때나 찾아와 가족끼리 하는 정찬에 동석해 준다면 정말 기쁠 거라고 힘주어 말했다. 빙리는 정말 고맙고 기쁠 뿐이라면서, 다음 날 볼일이 있어 잠시 런던에 가는데, 돌아온 뒤 틈나는 대로 제일 먼저 찾아뵙겠다고 약속했다.

베넷 부인은 더할 나위 없이 흡족했다. 그리고 결혼식에 필요한 준비, 새 마차며 결혼식에 입을 옷 따위를 마련하는 데 필요한 시간을 고려해서 앞으로 서너 달이면 제인이 네더필드의 안주인이 되리라는 즐거운 확신과 더불어 그곳을 떠났다. 그녀는 또한 둘째 딸을 콜린스 씨와 결혼시킬 것이라는 데 대해서도 확신했는데, 비록 제인만큼은 아니라도 무척 기뻤다. 엘리자베스는 그녀가 가장 덜 예뻐하는 딸이었다. 그러니까 그만한 남자와의 그만한 결혼이 엘리자베스에게는 썩 괜찮겠지만, 빙리 씨와 네더필드에는 댈 것도 아니었다.

19

다음 날 롱본에는 새로운 볼거리가 생겼다. 콜린스 씨가 정식으로 청혼을 한 것이다. 휴가가 다음 토요일에 끝나기 때문에 시간을 허비하지 않기로 결심했고, 청혼하는 바로 그 순간까지 머뭇거리거나 어려워하는 마음은 전혀 없었으므로, 그런 용무 수행에 정상적인 절차라고 생각되는 바에 따라 차근차근 순서를 밟았다. 아침 식사 후 베넷 부인과 엘리자베스 그리고 여동생 하나가 함께 있을 때, 그가 베넷 부인에게 다음과 같이 말을 건넸다.

"아주머님, 제가 오늘 오전 아리따운 따님 엘리자베스와 사적인 대화를 나누는 영예를 청하고자 하는데, 허락해 주실 수 있으시겠습니까?"

엘리자베스가 놀란 나머지 얼굴이 붉어진 채 입도 떼기 전에, 베넷 부인이 즉각 대답했다,

"아이고! 그럼요. 되고말고요. 리지도 틀림없이 좋아할 거예요. 거절할 리가 없지요. 자, 키티, 넌 2층에 올라가 있어라." 그러고는 뜨개질거리를 챙겨 서둘러 자리를 뜨려는 참인데 엘리자베스가 큰 소리로 말했다.

"어머니, 가지 마세요. 부탁이니 함께 계세요. 콜린스 씨께서

양해해 주셔야겠어요. 다른 사람을 빼놓고 제게만 하실 말씀이 있을 리가 없어요. 저도 나가겠어요."

"아니, 안 된다, 말도 안 돼, 리지. 너는 여기 그대로 있어라." 그런 후 엘리자베스가 짜증 나고 당황한 표정으로 정말로 일어나서 나가려 하자, 그녀는 "리지, 엄마 명령이니 여기 남아서 콜린스 씨 말씀을 듣도록 해라." 하고 덧붙였다.

그렇게까지 말하니 엘리자베스도 거역할 수 없었다. 또 이런 일은 가능한 한 신속히, 조용하게 끝내는 편이 제일 현명하겠다는 생각이 이내 들어서 다시 자리에 앉아 속상함과 우스움 사이를 오락가락하는 마음을 감추기 위해 열심히 뜨개질을 계속했다. 베넷 부인과 키티가 방을 나가자마자 콜린스 씨가 말을 시작했다.

"엘리자베스 양, 얌전하신 탓에 무슨 손해를 보시기는커녕 그 덕에 다른 장점들까지 더 돋보이는군요. 이렇게 약간 주저하지 않으셨더라면 당신이 제 눈에 덜 사랑스러워 보였을 겁니다. 그러나 제 말씀은 존경하옵는 자당의 허락하에 드리는 것임을 명심해 주십시오. 제 뜻을 모르는 체하시는 게 겸허하신 성품에 맞겠지만 그렇다고 제 말의 취지까지 의심할 수는 없으시겠지요. 제가 워낙 드러날 정도로 당신에게 관심을 표했으니 무슨 오해의 여지가 없을 것입니다. 저는 댁에 들어서자마자 이내 당신을 제 미래의 동반자로 선택했습니다. 그러나 감정에 휩쓸리기 전에 제가 결혼하려 하는 이유를, 나아가 제가 하트퍼드셔에서 아내를 선택하려 하는 이유를 먼저 말씀드리는 편이 더 나을 것 같습니다."

엘리자베스는 그 근엄하고 점잔 빼는 콜린스 씨가 감정에 휩쓸리는 모습을 생각만 해도 웃음이 터지려 해서, 그가 잠시 뜸을 들이는 틈을 타서 그의 말을 중단시킬 기회조차 놓치고 말았다. 그는 이렇게 말을 이었다.

"제가 결혼하고자 하는 이유는 첫째로, 저처럼 생활에 걱정이 없는 성직자라면 누구나 훌륭한 결혼 생활의 모범을 교구민들에게 보여 줄 의무가 있다고 생각하기 때문입니다. 둘째, 결혼이 저의 행복을 훨씬 더 증진시키리라는 것을 확신하기 때문입니다. 그리고 셋째, 이 말씀을 제일 먼저 드려야 했을지 모르겠습니다만, 영광스럽게도 제가 후견인으로 모시는 귀부인께서 친히 충고하고 권유해 주시기 때문입니다. 그분께서는 친절하시게도 이 문제에 대해 두 번씩이나 의견을 피력하셨답니다. 그것도 제가 여쭈어보지 않았는데도 말입니다! 헌스퍼드를 떠나기 전 토요일 밤, 카드리유 카드놀이를 잠시 쉬는 사이에 젠킨슨 부인이 드 버그 양의 발판을 놓아 드리고 계실 때 그분께서 말씀하셨습니다. '콜린스 씨, 결혼을 해야 하네. 자네 같은 성직자는 당연히 결혼을 해야지. 신붓감을 잘 고르게. 나를 위해서 양갓집 규수를 고르게. 그리고 자네를 위해서는 일 잘하고 유능한 여자, 너무 부유한 환경에서 자라지 않고 적은 수입으로도 살림을 잘 꾸릴 수 있는 여자여야겠지. 이것이 내 충고야. 그런 여자를 될 수 있는 한 빨리 구해서 헌스퍼드로 데리고 오게. 그러면 내가 한번 보러 가겠네.' 말이 나왔으니 말이지만, 엘리자베스 양, 캐서린 드 버그 영부인의 배려와 친절은 저와의 혼인으로 누리실 수 있는 작지 않은 이

점이라는 게 제 생각입니다. 만나 보시면 알겠지만 그분은 제가 말로 다 형용하지 못할 품격을 갖추신 분이라 당신의 재기발랄함을 용납하실 겁니다. 그렇게 지체 높은 분 앞에 서면 입이 떨어지지 않고 존경심이 우러나와서 당신의 재치와 발랄함도 순화될 테니 말입니다. 대강 이런 것들이 제가 결혼하고자 하는 이유입니다. 이제 제가 왜 제 이웃에도 괜찮은 아가씨들이 상당히 많은데, 그곳을 놔두고 롱본으로 눈을 돌렸는지 말씀드릴 차례입니다. 사실대로 말씀드려 당신의 훌륭하신 부친께서 돌아가신 뒤에(물론 만수무강을 빕니다만) 이 댁의 재산을 제가 상속하게 되어 있는지라 그분의 따님들 중에서 제 아내를 선택하기로 작정하지 않고는 마음이 편치 않았습니다. 그렇게 함으로써 그 슬픈 일이 닥쳤을 때(이미 말씀드렸듯이 앞으로 몇 년 사이의 일은 아니겠습니다만) 따님들에게 닥칠 상실을 최소화할 수 있을 것이기 때문입니다. 아름다운 사촌 엘리자베스 양, 이것이 제 청혼의 동기입니다. 그리고 이것으로 당신의 눈에 제 가치가 낮아지지는 않을 것이라고 자부합니다. 이제 당신께 가장 생생한 언어로 제 애정의 강도를 확인시켜 드리는 일만 남았습니다. 저는 재산에 전혀 관심이 없으며, 당신 부친께 어떤 요구도 하지 않을 것입니다. 그분께서 그런 요구를 들어줄 능력도 없으시거니와 연 4퍼센트 이율의 1000파운드짜리 공채가 당신이 앞으로 갖게 될 유일한 재산임을 너무나 잘 알기 때문입니다. 그것도 그나마 자당께서 고인이 되신 후에 당신의 것이 될 테지요. 그러므로 저는 재산 문제에 대해서 한결같이 침묵을 지킬 것입니다. 그리고 우리가 결혼한 뒤 그 문제에 대해 어떠한 너그럽지 못한 비난도 입 밖에 내지 않을 것임을 약속드립니다."

여기서 그의 말을 중단시키는 것이 절대적으로 필요해졌다.

"너무 서두르십니다, 콜린스 씨." 그녀가 큰 소리로 말했다. "제가 아무 대답도 안 드렸다는 걸 잊으셨습니다. 더 이상 시간을 허비할 것 없이 말씀드릴게요. 그렇게 저를 높이 평가해 주시는 점 정말 감사하게 생각합니다. 당신의 청혼을 받는 것이 얼마나 영광스러운 일인지 저도 잘 압니다. 그렇지만 저로서는 거절할 수밖에 없겠습니다."

그러자 콜린스 씨가 자못 의젓하게 손을 내저으며 대답했다. "아가씨들이 처음 청혼을 받을 때 속으로는 수락할 작정이라도 겉으로는 거절하는 일이 비일비재하다는 걸 저는 이미 잘 압니다. 그리고 때로는 두 번이나 심지어 세 번까지도 거절한다는 걸 말입니다. 그러니 방금 하신 말씀 때문에 용기를 잃는 일은 없을 것입니다. 그리고 머지않아 당신을 결혼의 제단으로 인도하리라는 희망을 품습니다."

"세상에, 콜린스씨, 거절한다고 말씀드렸는데도 계속 희망을 가지신다니 얼핏 납득이 안 가네요." 엘리자베스가 목소리를 높였다. "분명히 말씀드리지만 저는 재차 청혼을 받을 가능성에 자신의 행복을 맡길 만큼 무모한 아가씨들과는 달라요. 그런 아가씨들이 있기나 한지도 모르겠고요. 제 거절은 정말 진지한 거예요. 당신과 결혼해서 제가 행복할 수 없다는 걸 아니까요. 또 이 세상에서 저만큼 당신을 행복하게 해 드리지 못할 여자도 없을 거라고 확신합니다. 그래요, 당신의 후견인이

신 캐서린 영부인께서 아신다면, 제가 어느 모로 보나 그 자리에 적격이 아니라고 생각하실 게 틀림없습니다."

"캐서린 영부인께서 그렇게 생각하실 게 분명하다면야 문제가 되겠습니다만." 콜린스 씨가 아주 심각한 어조로 말했다. "그렇지만 영부인께서 당신을 마뜩잖아하실 거라고는 상상할 수 없습니다. 그리고 제가 다음에 영부인을 만나 뵙게 되면 당신의 겸손함과 알뜰함, 여타의 좋은 점들을 최상의 찬사와 함께 말씀드릴 테니 그 점은 염려하지 않아도 될 겁니다."

"정말이에요, 콜린스 씨, 저를 그렇게 칭찬하실 필요가 없으시다니까요. 저에 대해서는 저 스스로 판단하도록 해 주시면 좋겠군요. 그리고 저를 대접하려면 제발 제 말을 믿어 주세요. 저는 콜린스 씨가 아주 행복하고 부유하게 잘 사시기를 진심으로 바라는데, 그걸 위해 제가 할 수 있는 일이라고는 이 청혼을 거절하는 것밖에 없어요. 저한테 청혼하신 걸로 더 이상 저희 가족에 대해 미안한 감정을 안 느끼셔도 되고, 훗날 언젠가 롱본의 재산을 소유하게 되더라도 자책하실 필요도 없어요. 그러니 이 문제는 여기서 일단락하는 것이 좋겠습니다." 그녀는 이렇게 말하는 동안 어느새 몸을 일으키고 있었고, 말을 마치고 막 방을 나가려고 하는데 콜린스 씨가 다시 시작했다.

"다음에 이 문제에 대해 말씀드릴 수 있는 영광이 주어지면 그때는 좀 더 호의적인 대답을 듣게 되기를 바랍니다. 물론 지금도 심하게 구신다고 비난하는 건 아닙니다. 첫 번째 청혼은 일단 거절하는 게 상례라는 것쯤은 저도 아니까요. 그리고 지금도 거절이라기보다는 여성다운 겸양의 미덕을 발휘하셔서 제 청혼에 격려의 말씀을 주신 거라고 볼 수 있지 않을까 합니다.”

“아니, 콜린스 씨.” 엘리자베스가 다소 화난 목소리로 외쳤다. “정말 어떻게 해야 할지 난감하네요. 지금까지의 제 말이 격려로 들리셨다면, 도대체 어떻게 말씀을 드려야 제 거절이 진심이라는 걸 납득시켜 드릴 수 있을지 모르겠군요.”

“친애하는 사촌 엘리자베스 양, 당신의 거절이 의례적인 과정에 불과하다고 믿고 넘어가고자 하니 그렇게 이해해 주십시오. 제가 그렇게 믿는 이유를 간단하게나마 밝히겠습니다. 우선 아무리 생각해도 제 청혼이 받아들일 가치가 없어 보이지 않습니다. 더 구체적으로는 결혼을 통해 당신이 제공받으실 수 있는 것들이 그만하면 꽤 괜찮지 않나 하는 것입니다. 제 사회적 지위, 저와 드 버그 가족의 친밀한 관계 그리고 당신의 가족과 저의 관계 같은 것들도 대단히 유리한 조건들입니다. 더구나 당신은 여러모로 매력적인 분이지만 앞으로 청혼을 영영 못 받을지도 모른다는 점도 고려해야겠지요. 불행히도 물려받을 재산이 너무 적어서 당신의 사랑스러움이라든가 상냥한 성품 같은 것이 주는 매력을 모두 상쇄시킬 것이 분명하니까 말입니다. 그러니까 저로서는 당신이 저를 진심으로 거부하시는 게 아니라고밖에 생각할 수 없고, 품격 높은 여성들이 보통 그러듯 조바심을 일으켜 제 사랑을 더욱 증폭시키려는 소망 때문에 제 청혼을 거절하시는 거라고 생각할 겁니다.”

“분명히 말씀드리는데요, 콜린스 씨, 저는 멀쩡한 남자를 고문하는 그런 식의 품격에는 전혀 관심이 없습니다. 저를 칭찬하시려거든 차라리 제 진심을 믿어 주시면 감사하겠어요. 청혼이라는 영예를 베풀어 주신 것에는 거듭 감사드려요. 그렇지만 당신의 청혼을 받아들이는 것은 절대로 불가능하군요. 제 감정이 도저히 그걸 허락하지 않으니까요. 이보다 더 명백하게 말씀드릴 수 있을까요? 이제부터는 저를 당신을 괴롭히기로 작정한 품격 있는 여성으로 생각하지 마시고, 가슴속에서 우러나오는 진실을 말하는 이성적인 존재로만 생각해 주세요."

"무슨 말씀을 하셔도 매력적이십니다!" 그가 신사답게 군답시고 어색하게 외쳤다. "그리고 당신의 훌륭하신 양친께서 부모로서의 명명백백한 권위로 제 청혼을 허락해 주신다면, 그때는 당신도 받아들이실 수밖에 없을 거라고 확신합니다."

그같이 자기기만적인 외고집을 상대해 보았자 소용없다고 판단되어 엘리자베스는 아무런 대답도 하지 않고 즉시 물러났다. 한사코 자신의 반복되는 거절을 아양 떠는 격려로 받아들인다면, 이제는 아버지께 부탁드릴 수밖에 없겠다는 심정이었다. 아버지는 더 단호하게 거절하실 수 있을지 모르고, 아버지의 거절을 두고서야 적어도 품격 있는 여성의 가식과 애교로 오해하지는 못할 테니까.

20

콜린스 씨가 그의 성공적인 사랑을 두고 조용히 사색에 잠길 수 있는 시간은 그다지 길지 않았다. 면담의 결과를 고대하면서 거실 입구에서 서성대고 있던 베넷 부인이 엘리자베스가 문을 열고 잰걸음으로 자기 앞을 지나쳐 계단 쪽으로 가는 걸 보자마자 조찬실로 들어가 그와 자신이 머지않아 더욱 가까운 사이가 된다며 열렬한 축하 인사를 퍼붓고 자축해 댔기 때문이다. 콜린스 씨는 기쁘게 인사를 받으면서 그녀에게 똑같은 축하 인사를 건넸다. 그런 뒤에 그는 엘리자베스와 자신 사이에 오간 대화를 전했는데, 그러면서 사촌의 한결같은 거절이 그녀의 수줍고 얌전한 성격과 티 없는 겸손함에서 자연스럽게 우러나온 것이라고 믿기 때문에 그 결과에 대해 충분히 만족한다고 말했다.

그러나 그 말은 베넷 부인을 깜짝 놀라게 했다. 딸이 거절한 이유가 상대방의 애정을 북돋우려는 데 있다고 믿었다면 그녀도 똑같이 만족스러워하며 기뻐했겠지만, 그것이 사실과 다름이 너무 분명했기 때문에 이렇게 말하지 않을 수 없었다.

"그렇지만 콜린스 씨." 그녀가 덧붙였다. "리지는 틀림없이 제정신을 차릴 거예요. 내 직접 이야기해야겠어요. 그 애가 아주 고집불통인 데다 어리석어서 자기 이익이 뭔지도 모른답니다. 하지만 내가 알아듣게 이야기할게요."

"말씀 중에 죄송합니다만, 아주머님." 콜린스 씨가 소리쳤다. "만일 사촌이 정말로 그렇게 고집불통에다 어리석은 사람이라면, 그저 행복한 결혼 생활을 바라는 저 같은 사람에게 과연 바람직한 아내가 될 수 있을지 모르겠군요. 그러니까 만일 엘리자베스 양이 마냥 제 청혼을 거절한다면, 어쩌면 강요하지 않는 편이 더 나을 것 같습니다. 그런 성격적 결함이 있는 사람이라면, 제 행복에 별 보탬이 안 될 테니까요."

"콜린스 씨, 그건 정말 오해세요." 베넷 부인이 놀라서 말했다. "리지는 이런 일에만 고집이 세요. 이것 말고 다른 일에서는 더할 나위 없이 온순한 아이라고요. 지금 당장 남편한테 말해서, 우리가 곧 그 아이와 이 문제를 매듭짓겠어요. 정말이에요."

그녀는 그에게 대답할 틈을 주지 않겠다는 듯 즉시 서둘러 서재로 갔다. 그리고 서재 문턱을 넘어서면서 큰 소리로 남편에게 외쳤다.

"아유! 여보, 지금 당장 당신이 필요해요. 큰일이 났어요. 당신이 와서 리지가 콜린스 씨와 결혼하게 만들어야 해요. 그 애가 그 사람과 절대 결혼하지 않겠다고 그러니까요. 당신이 서두르지 않으면 그 사람 마음이 변해서 결혼할 생각이 사라질 거란 말이에요."

베넷 씨는 책을 읽고 있다 고개를 들어 그녀의 얼굴을 빤히 쳐다보았는데, 아무 말도 못 들은 듯 무심한 표정이었다.

"무슨 말을 하는 건지 전혀 이해가 안 가는군." 그녀가 말을 마치자 그가 말했다. "도대체 뭐가 문제요?"

"콜린스 씨와 리지 말이에요. 리지가 콜린스 씨와 결혼하지 않겠다고 선언했고, 그러자 콜린스 씨도 리지와 결혼하지 않겠다고 밀하기 시작했다고요."

"그래서 나보고 어떻게 하라는 거요? 가망 없는 일인 것 같은데."

"당신이 직접 리지한테 말해 주세요. 그 애더러 그 사람과 꼭 결혼해야 한다고, 그게 당신이 원하는 거라고 말이에요."

"그 애를 부릅시다. 그 애한테 내가 무얼 원하는지 말해 주겠소."

베넷 부인이 벨로 하인을 불러 엘리자베스 양을 모셔 오라고 했다.

"어서 오너라, 애야." 그녀가 나타나자 아버지가 큰 소리로 말했다. "중요한 일로 너를 불렀다. 콜린스 씨가 네게 청혼한 걸로 아는데 그게 사실이냐?" 엘리자베스가 그렇다고 대답했다. "좋다. 그런데 그 청혼을 거절했단 말이지?"

"그랬어요, 아버지."

"좋다. 이제 진짜 중요한 이야기를 할 차례다. 네 어머니께서는 네가 그 청혼을 수락해야 한다고 주장하신다. 그렇지 않소, 여보?"

"그럼요. 그렇게 하지 않으면 다신 저 애를 보지 않겠어요."

"아주 불행한 선택이 네 앞에 놓여 있다, 엘리자베스. 오늘 이후로 너는 부모 중 한 사람과 남남이 되어야 한다. 네가 콜린스 씨하고 결혼하지 않으면 어머니가 너를 다시는 안 볼 테고, 네가 그 사람하고 결혼을 한다면 내가 다시는 너를 보지 않겠다."

엘리자베스는 아버지가 시작과는 딴판으로 이야기를 끝내는 것을 보고 미소를 짓지 않을 수 없었다. 그러나 남편이 이 문제를 자신과 똑같이 생각한다고 믿고 있던 베넷 부인은 이만저만 실망이 아니었다.

"어쩌자고 말씀을 그렇게 하세요, 여보? 저 애가 꼭 그 사람과 결혼해야 한다고 하기로 약속했잖아요."

"여보." 그녀의 남편이 대답했다. "두 가지 작은 부탁이 있소. 첫째, 지금 이 경우에 내 판단력을 내 마음대로 사용하도록 허락해 주는 것이고, 둘째, 내가 내 방을 내 마음대로 사용하도록 허락해 주는 것이오. 내 서재에서 가능한 한 빨리 나가 주면 고맙겠소."

그러나 베넷 부인은 남편에 대한 실망에도 불구하고 자기주장을 관철시키는 것을 완전히 포기하지는 않았다. 그녀는 한 번은 구슬렸다 한 번은 윽박질렀다 하면서 엘리자베스를 설득해 보려고 줄기차게 시도했다. 또한 제인을 자기편으로 만들려고도 노력했으나, 제인은 그 문제에 개입하고 싶지 않다며 아주 완곡하게 거절했다. 엘리자베스는 그녀의 공격에 때로는 아주 진지하게, 때로는 장난스럽게 저항했다. 그녀의 태도는 다양했지만 결심만큼은 확고했다.

한편 콜린스 씨는 혼자서 방금 있었던 일을 곰곰 되새겨 보았다. 자신이 너무나 훌륭한 사람이라고 생각했기 때문에 그로서는 도대체 무슨 이유로 그녀가 자신의 청혼을 거절했는지 이해할 수 없었다. 그래서 자존심이 좀 상하기는 했지만, 다른 고통은 전혀 없었다. 그녀에 대한 호감은 상상일 뿐이었고, 그녀가 자기 어머니의 꾸지람을 들어 싸다는 생각에 안타까운 마음조차 들지 않았다.

온 가족이 이와 같은 혼란에 빠져 있을 때, 샬럿 루커스가 놀러 왔다. 그녀는 현관에서 리디아와 마주쳤는데 리디아가 그녀에게 뛰어가 반쯤 속삭이는 소리로 외쳤다. "언니가 와서 정말 잘됐어. 우리 집에서 지금 정말 재미있는 일이 벌어지고 있거든! 오늘 아침에 무슨 일이 있었는지 알아맞혀 봐! 콜린스 씨가 리지 언니한테 청혼을 했는데 언니가 거절했어."

샬럿이 미처 대꾸하기도 전에 키티가 나타나서 다시 같은 소식을 전했다. 또한 그들이 응접실에 들어서자마자, 그곳에 혼자 있던 베넷 부인도 같은 이야기를 하기 시작했다. 그녀는 샬럿의 공감을 구하면서 리지가 가족 모두의 소망을 들어주 도록 친구로서 설득해 달라고 부탁했다. "제발 그렇게 좀 해 줘, 샬럿. 내 편이 되어 줘. 내 편은 아무도 없어. 다들 정말 나 한테 너무해, 내 약한 신경을 누가 알아주누."

마침 그때 제인과 엘리자베스가 들어와서 샬럿은 대답을 하지 않아도 되었다.

"마침 당사자가 나타나셨네." 베넷 부인이 계속했다. "아주 시치미를 딱 떼고, 우리 같은 건 어디 요크[24]에라도 가 있다 는 듯 눈에 보이지도 않지. 자기 마음대로 하면 된다 이거 아 냐. 그렇지만 한마디 일러 주겠는데, 리지 아가씨, 이런 식으 로 청혼이 들어오는 족족 거절한다면, 절대로 시집은 못 갈 줄 알아. 그러면 아버지께서 돌아가신 다음 누가 너를 먹여 살릴 지 난 정말 모른다고. 내가 널 계속 데리고 있을 능력도 없고 말이다. 그렇게 알고 있어라. 오늘 이 순간부터 너와 나는 아 무 상관도 없어. 너도 들었지, 내가 서재에서 다시는 너하고

---

24) 잉글랜드 북부의 도시.

말하지 않겠다고 한 거. 이제 내가 한번 말한 건 그대로 지키는 사람이라는 걸 보여 주겠다. 부모를 몰라보는 자식과 무슨 재미로 이야기를 하겠니. 그렇다고 내가 사람들하고 이야기하는 걸 좋아하는 것도 아니지만. 나처럼 신경이 약해서 고생하는 사람에게 말을 하는 게 뭐 그리 좋겠어. 내 고통이 얼마나 큰지 아무도 몰라! 하긴 뭐 항상 그런 식이지. 불평을 안 하는 사람은 아무도 동정해 주지 않으니까."

어머니를 설득하거나 달래려는 어떤 시도도 화만 돋울 뿐임을 잘 알기 때문에 딸들은 그녀의 이런 넋두리를 아무 말 없이 듣고만 있었다. 따라서 그녀는 어느 누구의 방해도 받지 않고 불평을 계속하고 있었는데, 그때 콜린스 씨가 평소보다도 더 위엄을 부리며 들어왔다. 그가 들어온 것을 안 그녀가 딸들에게 말했다.

"자, 어서, 너희, 너희 모두, 입을 다물고, 이제 콜린스 씨와 내가 잠깐 동안 이야기를 나누도록 해 줘야겠다."

엘리자베스는 조용히 방을 나갔고, 제인과 키티가 그 뒤를 따랐다. 그러나 리디아는 들을 수 있는 데까지 듣기로 작정하고 있던 곳에 남아 있었다. 샬럿은 처음에는 콜린스 씨가 공손하게 자신과 가족들에 대해 아주 세세히 안부를 물어 오는 바람에 붙잡혀 있었는데, 나중에는 약간 호기심이 발동해 창문 쪽으로 걸어가 짐짓 듣지 않는 척 서 있기로 했다. 베넷 부인은 마음먹은 대화에 들어가기 위해 애처로운 목소리로 이렇게 말문을 열었다. "오! 콜린스 씨!"

"친애하는 아주머님." 그가 대답했다. "이 문제에 대해서는 서로 더 이상 언급하지 않는 게 좋겠습니다." 그는 이어서 불쾌한 기색이 역력한 목소리로 말했다. "저는 따님의 태도에 전혀 불쾌하지 않습니다. 나쁜 일이 불가피할 때는 포기하는 게 우리 모두의 의무입니다. 특히 저처럼 운이 좋아 일찍 출세한 젊은이가 꼭 배워야 할 의무입니다. 저로서는 완전히 포기했습니다. 엘리자베스 양이 제 청혼을 받아들이는 영광을 베풀어 주셨더라도 제가 과연 진정으로 행복했을지 회의를 느끼게 되었기 때문에도 그렇지요. 모름지기 포기라는 행위는 거절당한 축복이 별것이 아닌 것으로 여겨지기 시작할 때 완벽해지지 않나 합니다. 아주머님과 어르신께 부모의 권위를 사용해 개입해 주십사고 요청하는 예를 다하지 않고 이렇게 따님에 대한 제 청혼을 철회한다고 해서, 친애하는 아주머님, 제가 아주머님 가족에게 응분의 존경심을 보이지 않는다고 생각하지 말아 주시기 바랍니다. 두 분이 아닌 따님의 말만 듣고 그 거절을 수용했다는 점이 마음에 걸리기는 합니다. 그러나 우리 인간들은 누구나 실수를 하기 마련이니까요. 제가 처음부터 끝까지 좋은 의도로 이 일을 추진해 왔다는 것만큼은 자신 있게 말씀드릴 수 있습니다. 제 목적은 저 자신을 위해 사랑스러운 동반자를 얻되 댁의 가족 모두의 이익도 적절하게 고려하려는 것이었습니다. 그리고 만에 하나 제 태도에 조금이라도 잘못된 점이 있었다면, 이 자리에서 용서를 구하는 바입니다."

21

콜린스 씨의 청혼을 둘러싼 왈가왈부는 이제 거의 끝났고, 엘리자베스는 그에 불가피하게 따르는 거북한 감정과 이따금 씩 튀어나오는 어머니의 불퉁거림만 견뎌 내면 되었다. 신사 양반으로 말할 것 같으면, 그의 감정은 당혹스러운 표정이나 풀이 죽은 모습 혹은 그녀를 피하려는 노력이 아니라 주로 뻣뻣하고 꽁하니 입을 다문 태도로 표현되었다. 그는 엘리자베스에게는 거의 말을 건네지 않았고, 그날의 나머지 시간 동안은 그 자신도 십분 의식한 예의 그 지칠 줄 모르는 관심을 루커스 양에게로 돌렸다. 루커스 양이 그의 말을 예의 바르게 경청해 준 덕분에 식구들 모두가, 특히 그녀의 친구인 엘리자베스가 한시름 덜게 되었다.

다음 날도 여전히 베넷 부인의 심기는 불편했고 지끈거리는 몸 상태도 호전되지 않았다. 콜린스 씨 또한 자존심이 손상돼 화가 나 있었다. 엘리자베스는 그가 불쾌한 나머지 방문 기간을 단축하지 않을까 은근히 기대했으나, 그의 일정은 감정의 영향을 조금도 받지 않는 것 같았다. 애초에 토요일에 떠날 예정이었기 때문에 그때까지 머물 작정이었다.

아침 식사 후 베넷 집안의 딸들은 위컴 씨가 돌아왔는지 알아보기도 하고 그가 네더필드의 무도회에 참석 못 한 것을 애석해하며 수다도 떨 겸 메리턴으로 산책을 갔다. 그들이 메리턴에 들어서자 때마침 위컴 씨가 나타나서 직접 이모 댁까지 동행해 주었다. 이모 댁에서 그들은 위컴 씨가 얼마나 안타깝고 속상했는지, 그리고 아가씨들이 얼마나 실망했는지 실컷 이야기했다. 그러나 엘리자베스에게는 런던에 가야 했다는 것은 자리를 피하기 위해 스스로 꾸며 낸 구실에 지나지 않았음을 그가 먼저 인정했다.

"무도회 날짜가 다가오면서 아무래도 다아시 씨와 만나지 않는 것이 좋겠다는 생각이 들었습니다. 그 사람과 장시간 같은 공간에서 같은 파티에 참석해야 하는 상황은 저로서는 감당하기 힘들 것 같았고, 더구나 불쾌하기로 말하자면 저 하나에 그치지 않았을 테니까요."

엘리자베스는 안 오시기를 잘했고 그의 금도를 높이 평가한다고 했다. 롱본으로 돌아갈 때는 위컴과 다른 장교 한 사람이 동행했다. 위컴이 그녀 곁에서 걸으면서 둘이서만 대화했으므로, 그들은 그 문제를 두고 충분히 이야기하고 예의 바른 찬사를 마음껏 주고받을 수 있었다. 그가 집까지 바래다준 것에는 두 가지 좋은 점이 있었다. 우선 엘리자베스 자신에 대한 경의의 표시임을 분명히 느낄 수 있었고, 부모님께 그를 소개할 수 있는 아주 좋은 기회도 되었다.

그들이 집에 도착하자마자 곧바로 베넷 양 앞으로 편지 한 통이 배달되었다. 그 편지는 네더필드에서 온 것이었으며, 즉시 개봉되었다. 그 봉투 안에는 조그맣고 우아한 광택지가 있었고 그 위에는 숙녀 특유의 아름답고 유려한 필체의 글자가 가득했다. 편지를 읽어 가던 언니의 표정이 변하고 어떤 구절은 찬찬히 뜯어읽는 것이 엘리자베스의 눈에 띄었다. 제인의 표정은 곧 평정을 되찾았고, 그녀는 편지를 한쪽으로 밀어 놓은 채 평소처럼 명랑하게 사람들의 대화에 끼려고 애썼다. 그러나 뭔가 심상치 않은 느낌에 엘리자베스는 위컴에게마저도 주의를 기울일 수 없었다. 위컴과 그의 동료가 떠나자마자 제인은 엘리자베스에게 위층에서 보자고 눈짓을 했다. 방에 들어가 문을 닫고 제인이 편지를 꺼내면서 말했다.

"캐롤라인 빙리로부터 온 거야. 편지 내용을 보고 꽤 많이 놀랐어. 지금 이 시각엔 네더필드의 모든 일행이 이미 그곳을 떠나서 런던으로 가고 있대. 그리고 다시 돌아올 계획도 없대. 뭐라고 썼는지 한번 들어 봐."

그러고 나서 그녀는 편지의 첫 문장을 소리 내어 읽었다. 그 내용은 그들이 방금 오빠를 따라 곧장 런던으로 가기로 했으며, 허스트 씨의 집이 있는 그로스브너가에서 저녁을 먹을 계획이라는 것이었다. 그다음 문장은 다음과 같았다. "솔직히 말씀드려서, 나의 소중한 벗인 그대와의 만남을 제외한다면, 하트퍼드셔를 떠나는 아쉬움은 전혀 없어요. 오로지 훗날 언젠가 예전같이 즐거운 만남을 자주 가질 수 있기를 바랄 뿐이지요. 그때까지는 자주 서신으로 마음을 주고받으며 떨어져 있는 아픔을 달랬으면 해요. 그대도 당연히 그래 주리라 믿고요." 유난스러운 이런 표현들은 엘리자베스에게 냉담한 불신만 불러일으켰다. 그들이 갑작스럽게 떠난 것이 놀랍기는 했지만, 애석할 것은 전혀 없다는 게 그녀의 생각이었다. 그들이 네더필드에 체류하지 않는다고 해서 빙리 씨까지 오지 말라는 법은 없으니까. 그리고 제인이 그들과 자주 만나지 못함으로써 생기는 손실은 빙리를 자주 만나는 즐거움으로 상쇄

되지 않겠는가. 잠시 후 그녀는 이렇게 말했다.

"떠나기 전에 언니가 친구들을 못 만난 게 안타깝긴 해. 그렇지만 훗날 다시 만날 기약이 빙리 양의 생각보다 더 빨리 올 수도 있지 않을까? 친구 사이의 우정에서 시누이와 올케 사이의 우애로 발전하게 될지도 모르니 말이야. 빙리 씨가 누이들 때문에 런던에 붙잡혀 있어야 하는 것도 아닐 테고."

"캐롤라인은 단정했어. 올겨울에 하트퍼드셔로 돌아올 사람은 아무도 없을 거라고. 내가 읽어 줄게.

'어제 런던으로 떠나면서 찰스 오빠는 사나흘 내로 볼일을 마치리라 생각하고 있었어요. 그러나 우리는 그 일이 그렇게 빨리 끝날 수도 없거니와 오빠는 한번 런던에 갔다 하면 느긋하게 눌어붙어 있는 성격이라서 빈 시간 동안 오빠가 호텔에서 혼자 적적하지 않도록 뒤따라가기로 했답니다. 제가 아는 많은 사람들이 겨울을 지내려고 벌써 그곳에 가 있기도 하고요. 나의 소중한 벗이여, 그대도 런던에서 겨울을 나기로 한다면 얼마나 좋을까요. 하지만 아무래도 그럴 가망은 없겠지요. 하트퍼드셔에서 맞이할 그대의 크리스마스가 계절다운 활기로 넘치기를, 그리고 그대의 숭배자가 너무 많아서 우리가 빼앗아 가는 세 친구 때문에 상실감을 느끼지 않기를 진심으로 바라요.'

이걸 보면 그분이 이번 겨울엔 이곳에 다시 돌아오지 않을 게 분명해." 제인이 덧붙였다.

"분명한 건 빙리 양이 자기 오빠가 이곳에 돌아와선 안 된다고 생각한다는 것뿐이지."

"무슨 근거로 그렇게 생각하니? 안 돌아오기로 한 건 그분 스스로 결정한 일이 틀림없어. 자기 일은 스스로 알아서 하는 사람이니까. 그렇지만 지금 네가 들은 게 다가 아니야. 다음 대목을 읽고는 더 마음이 상했어. 너한테 뭘 감추겠니.

'다아시 씨는 동생을 못 견디게 보고 싶어 하세요. 그리고 솔직히 말하자면, 우리 또한 다아시 씨 못지않게 그녀를 다시 만나고 싶답니다. 정말이지 미모와 우아함, 재능에서 조지애나 다아시와 견줄 여자는 어디에도 없으니까요. 그리고 그 아가씨가 루이자 언니와 저의 마음에 심어 준 애정은 앞으로 그녀가 우리의 올케가 되면 좋겠다는 희망 때문에 훨씬 더 비중 있는 기대로 발전하고 있답니다. 그 이야기를 전에도 한 적이 있는지 모르지만, 떠나는 마당이니 털어놓는 거예요. 그대도 그게 가당치 않은 생각이라고는 하지 않으리라고 믿어요. 오빠가 그 아가씨를 대단히 찬미하고 있는 데다 아주 가까이에서 서로 자주 만날 기회가 온 거니까요. 그쪽 집안에서도 우리만큼이나 그런 결합을 원하고요. 그리고 제가 누이라서가 아니라 누가 봐도 오빠에게는 여성들이 반할 만한 매력이 있지요. 이처럼 모든 조건이 두 사람의 애정에 우호적이고 방해되는 것이 아무것도 없는데, 나의 친애하는 제인, 그렇게 많은 사람들을 행복하게 해 줄 경사를 바라는 게 잘못일까요?'

리지, 바로 이 문장을 어떻게 생각하니?" 읽기를 멈추고 제인이 물었다. "이 정도면 분명하지 않니? 캐롤라인은 내가 올케가 되기를 기대하지도 바라지도 않는다는 말이지 뭐겠니? 또 자기가 보기에 오빠가 나한테 관심이 없는 것이 분명한데,

혹시라도 내가 그분에게 호감을 품고 있다면 일찌감치 포기하라고 말해 주려는 것 아니겠어? 친절하게도 말이야! 이걸 달리 해석할 수 있니?"

"그럼, 할 수 있지. 내 의견은 완전히 다르니까. 들어 볼래?"

"아주 기꺼이."

"몇 마디 말이면 충분해. 빙리 양은 자기 오빠가 언니를 사랑하고 있는 걸 알지만, 오빠가 다아시 양과 결혼하기를 바라는 거야. 그래서 오빠를 런던에 붙잡아 둘 목적으로 뒤따라가면서 그분이 언니한테 조금도 관심이 없다고 언니를 설득하려는 거야."

제인은 머리를 설레설레 흔들었다.

"정말이야, 언니, 내 말을 믿어야 해. 두 사람이 함께 있는 모습을 본 사람이라면 누구도 언니에 대한 그분의 사랑을 의심할 수 없었거든. 빙리 양이라고 다르지 않겠지. 그 정도로 바보는 아니니까. 만일 자신이 다아시 씨에게서 그 반만큼의 사랑이라도 보았다면 벌써 웨딩드레스를 주문했을걸. 문제는 따로 있어. 우리 집 재산이라든가 신분이 마뜩지 않은 거야. 또 자기 오빠가 다아시 양과 결혼했으면 하고 안달하는 데는 더 중요한 이유가 있어. 일단 두 집안 간에 혼사가 성립되면, 두 번째 혼사는 더 수월하게 이루어질 수 있으리라는 계산인 거지. 확실히 머리는 꽤 굴리는 편이네. 뭐, 드 버그 양이 방해만 하지 않는다면야 성공할 가능성도 없지는 않겠지. 그렇지만 언니, 한번 생각해 봐. 빙리 양은 자기 오빠가 다아시 양을 굉장히 찬미하고 있다고 말하지만, 지난 화요일 언니와 헤어질 때 언니의 매력에 흠뻑 빠져 있던 빙리 씨가 그사이에 마음이 식었다고 할 순 없지 않을까. 또 빙리 양이 아무리 용을 쓰더라도 언니를 사랑하는 사람한테 다아시 양을 깊이 사랑한다고 믿게 만들 수는 없는 노릇이지."

"빙리 양에 대한 우리 생각이 같다면야 네 설명을 듣고 마음이 한결 편해질 수도 있겠지." 제인이 대답했다. "하지만 네 기본 전제부터 옳지 않거든. 캐롤라인은 누구를 고의적으로 속일 사람이 아냐. 그러니까 그저 캐롤라인이 뭔가 잘못 알고 있는 것이기를 바랄 뿐이야."

"그 말이 맞아. 절묘한 생각이긴 하네. 내 설명으로는 마음이 편하지 않을 테니 부디 그 여자가 잘못 알고 있다고 믿으시라고. 자, 이제 언니는 친구로서 최선을 다했으니까 더 이상 고민하지 마."

"그렇지만 엘리자베스, 모든 일이 잘 풀린다 해도 말이야, 누이들과 친구들 모두가 다른 사람과 결혼하기를 바라는 사람하고 내가 결혼해서 과연 행복할 수 있을까?"

"그야 언니 손에 달렸지." 엘리자베스가 말했다. "심사숙고해 보아서 두 누이의 뜻을 거역함으로써 겪을 불행이 그분의 아내가 됨으로써 얻을 행복을 훨씬 능가할 거라는 판단이 들면, 단연코 그분을 거부해야 하지 않을까."

"무슨 말을 그렇게 하니?" 제인이 보일락 말락 미소 지으며 말했다. "누이들이 반대한다는 게 너무너무 슬프기야 하겠지만, 그렇다고 내가 결혼을 주저할 리 없다는 걸 잘 알면서."

"나도 그렇게 생각했어, 언니가 그럴 거라고. 그러니 언니 처지를 딱하게 여길 필요도 없는 것 같아."

"그렇지만 그이가 이번 겨울에 돌아오지 않는다면 내가 선택해야 할 일도 없겠지. 여섯 달이면 아주 많은 일들이 일어날 수 있어!"

그가 돌아오지 않을지 모른다는 염려는 일고의 가치도 없다는 것이 엘리자베스의 입장이었다. 그녀가 보기에 그것은 단지 캐롤라인의 이기적인 소망이 반영된 추정일 뿐이며, 대놓고 말하든 돌려서 말하든 누구의 구속도 받을 이유가 없는 젊은이가 그런 소망에 휘둘릴 것이라고는 상상도 할 수 없었다.

그녀는 이런 생각을 언니에게 강하게 피력했고, 그것이 어느 정도 효과가 있었다. 제인은 쉽게 비관하는 성격이 아니었으므로, 빙리가 네더필드로 돌아와 그녀가 마음 깊이 바라는 소망을 모두 충족시켜 주리라는 희망에 점점 더 이끌렸다. 때로는 빙리의 애정이 얼마나 단단한지 불안한 나머지 그 희망이 무너지기도 했지만 말이다.

두 자매는 베넷 부인에게는 그들이 떠났다는 소식만 전하고 빙리 이야기를 해서 그녀를 놀라게 할 필요는 없다는 데 합의했다. 그러나 어머니는 부분적으로만 알린 소식에도 걱정이 태산 같았고, 하필 두 가족이 긴밀하게 맺어지려는 찰나에 그들이 런던에 가야 할 일이 발생하다니 너무 운이 없다며 우는소리를 했다. 그러나 그녀는 얼마 동안 애석해한 후, 빙리 씨가 곧 다시 내려와 롱본에서 정찬을 같이 하게 되리라 생각하며 마음을 달랬다. 그리고 이 모든 난리법석은 그녀가 비록 빙

리 씨를 가족끼리의 정찬 자리에 초대하는 것이지만 정식 코
스를 두 가지나 준비할 작정이라고 호기롭게 밝히는 것으로
끝이 났다.

22

베넷 집안은 그날 루커스 집안과 정찬을 함께 하기로 했는
데, 이번에도 루커스 양은 대부분의 시간을 콜린스 씨의 말
을 경청하며 보내는 친절을 베풀었다. 엘리자베스는 기회를 보
아 그녀에게 감사를 표했다. "네 덕분에 그분의 기분이 좋아졌
어." 엘리자베스가 말했다. "정말 너무너무 고마워." 샬럿은 도
움이 되어 기쁠 뿐이고, 자신의 시간을 조금 희생해서 친구에
게 도움이 된다면 그것으로 충분하다고 말했다. 참으로 상냥
한 대답이었다. 그러나 샬럿이 베푼 친절은 엘리자베스가 꿈
에도 생각하지 못한 목적을 위한 것이었다. 그녀의 목적은 콜
린스 씨가 엘리자베스에게 다시 청혼하는 대신 자신에게 청
혼하게 하는 것이었다. 이것이 바로 루커스 양의 계획이었다.
그리고 그 계획대로 일이 되어 가는 것처럼 보였다. 그들이 그
날 밤 헤어질 때쯤엔 그가 이틀 후면 하트퍼드셔를 떠나야 하
는 사정만 아니라면 샬럿으로서는 거의 성공을 확신할 정도
였다. 그러나 아무래도 샬럿이 콜린스 씨의 열정과 소신을 과
소평가했다고 해야겠다. 콜린스 씨가 다음 날 아침 놀랍게도
누구의 눈에도 띄지 않고 롱본 저택을 빠져나갔고, 서둘러 루

커스 로지로 찾아가 그녀의 발밑에 자신을 던졌기 때문이다. 롱본 저택을 빠져나가는 동안 그는 사촌들의 주의를 끌지 않으려고 고심했는데, 만일 누군가가 목격한다면 틀림없이 자기 계획을 눈치챌 거라고 생각했기 때문이다. 그로서는 자신의 청혼이 성공하기 전에 알려지기를 바라지 않았다. 비록 성공이 보장된 것이나 다름없다고 느꼈고, 그것은 샬럿의 호의적인 반응으로 미루어 근거도 없지 않았지만, 그럼에도 수요일의 사태 이후로 이전에 비해 자신감을 잃었기 때문이다. 그러나 그는 더할 나위 없이 융숭한 대접을 받았다. 루커스 양은 2층의 자기 방 창문을 통해 그가 집을 향해 걸어오는 것을 보고 즉시 샛길로 달려 내려가 우연인 척 그와 마주쳤다. 그러나 그녀도 그토록 엄청난 사랑의 열변이 그곳에서 자신을 기다리고 있을 줄은 짐작조차 못 했다.

콜린스 씨의 일장 연설이 끝나기 무섭게 순식간에 모든 일이 두 사람 모두에게 만족스럽게 결정되었다. 그리하여 콜린스 씨는 집 안으로 발을 들여놓으면서 자신을 이 세상에서 가장 행복한 남자로 만들어 줄 날을 언제로 정할지 말해 달라고 열렬히 간청하기에 이르렀다. 아직 그런 문제를 결정하기에는 너무 이른 것이 사실이었지만, 그렇다고 그의 행복을 두고 시시콜콜 따질 생각은 숙녀 편에서도 아예 없었다. 우둔함을 타고난지라 콜린스 씨의 구애는 매력과 아예 담을 쌓았고, 그러니 여자 쪽에서도 구애 기간을 좀 연장해 볼까 고민할 필요도 없었다. 루커스 양의 경우는 순전히, 그리고 아무 사심 없이, 단지 결혼에 따르는 안정된 생활만 바라고 그의 청혼을 수락했기 때문에 아무리 빨리 이루어져도 상관없었던 것이다.

그들은 신속하게 윌리엄 경과 루커스 부인의 동의를 구했다. 양친은 이게 웬 떡이냐 하며 촌각도 지체하지 않고 동의했다. 콜린스의 현재 조건만으로도 물려받을 유산이 별로 없는 샬럿에게 대단히 훌륭한 신랑감이었으며, 그에 더해 장차 부자가 될 가능성까지 있으니 금상첨화였다. 루커스 부인은 즉시 베넷 씨가 앞으로 몇 년이나 더 살지 전보다 훨씬 더 진지하게 따져 보기 시작했다. 윌리엄 경은 언제든 콜린스 씨가 롱본 땅을 소유하는 날에는 그와 그의 아내가 세인트 제임스 궁에서 국왕을 알현해 마땅하다는 의견을 피력했다. 요컨대 온 가족이 각기 나름의 이유로 기뻐했다. 여동생들에게는 이 결혼 덕분에 한두 해 먼저 사교계에 나설 희망이 생겼다. 남동생들은 누나가 노처녀로 자신들에게 얹혀살다 죽으면 어쩌나 하는 부담감에서 벗어났다. 당사자인 샬럿은 비교적 침착했다. 일단 목적을 달성한 터라 그에 대해 생각할 여유가 생겼다. 그리고 결과는 대체로 만족스러웠다. 콜린스 씨는 똑똑한 사람도, 함께 있으면 즐거운 사람도 분명 아니었다. 그와 함께 있으면 지루했고, 그녀에 대한 그의 애정도 상상 속에나 존재하는 것임에 틀림없었다. 그렇지만 어찌 됐든 그녀는 남편을 갖게 될 터였다. 남자나 혼인 관계 그 자체를 중시하지는 않았지만, 결혼은 언제나 그녀의 목표였다. 교육을 잘 받았지만 재산이 없는 아가씨에게는 오직 결혼이 명예로운 생활 대책이었고, 결혼이 행복을 가져다줄지 여부가 아무리 불확실하다 해도 결혼만이 가장 좋은 가난 예방책임이 분명했다. 이제 마침

내 그 예방책을 손에 넣었으니 스물일곱의 나이에 한 번도 예뻤던 적이 없는 여자로서는, 이번만큼은 정말 운이 좋았다고 느꼈다. 이번 일에서 가장 마음에 걸리는 것은 누구보다도 소중한 친구인 엘리자베스 베넷이 경악하리라는 사실이었다. 엘리자베스는 놀랄 테고 그녀를 나무랄 터였다. 그렇다고 결심이 흔들리지는 않겠지만 마음에 상처를 받을 것이 틀림없었다. 그녀는 직접 엘리자베스에게 이 사실을 전하기로 마음먹고 콜린스 씨에게 정찬 시간에 롱본에 돌아가더라도 베넷 집안의 어느 누구에게도 오늘 있었던 일에 대해 말하지 말아 달라고 신신당부했다. 물론 그는 충실한 연인답게 비밀을 지키기로 약속했지만 그것을 지키기가 쉽지만은 않았다. 오랜 시간 안 보인 까닭에 모두들 궁금해하다가 그가 돌아가자 어디 있었느냐고 바로 물어왔기 때문에, 직접적인 대답을 피하느라 딴에는 약간의 재치까지 발휘하지 않으면 안 되었던 것이다. 게다가 사랑이 성공한 것을 과시하고 싶은 마음까지 굴뚝같았으니, 그로서는 엄청난 자제력을 발휘했던 셈이다.

그가 다음 날 아침 베넷 집안 가족에게 인사를 하기에는 너무 이른 시간에 떠날 예정이었으므로, 고별식은 숙녀들이 자러 가기 전에 있었다. 베넷 부인은 깍듯이 예의를 차리며 다정한 태도로 사정이 허락해 그가 다시 롱본을 방문하게 된다면 정말 언제라도 환영한다고 말했다.

"친애하는 아주머님." 그가 대답했다. "이렇게 초대해 주시니 듣던 중 정말 반가운 말씀입니다. 내심 바로 그런 초대를 받기를 바라고 있었답니다. 가능한 한 빨리 기회를 만들겠다고 약속드립니다."

모두들 깜짝 놀랐다. 그가 그렇게 신속하게 재방문하는 것을 결코 바라지 않던 베넷 씨가 즉시 말했다. "뜻은 좋지만 캐서린 영부인께서 불허하실 것 같은데 괜찮을지? 후견인의 비위를 거스르기보다 친척들을 소홀히 하는 편이 낫지 않을까 하네만."

"어르신." 콜린스 씨가 대답했다. "그렇게 자상하게 염려를 해 주시니 진심으로 감사드립니다. 제가 그렇게 중요한 일을 영부인의 동의 없이 행하지는 않으리라는 것을 믿으셔도 좋습니다."

"돌다리도 두드려 보고 건너라고 했소. 영부인을 불쾌하게 하느니 차라리 어떤 일이라도 감수하는 편이 낫지. 괜스레 우리를 다시 방문해서 그분을 불쾌하시게 할 수도 있다고 판단되면 집에 가만히 머무는 것이 낫겠소. 내가 보기엔 영부인께서 마뜩잖아하실 듯한데. 그렇다고 우리가 섭섭해하지는 않을 테니 마음 푹 놓고."

"다시 한번 말씀드리지만, 어르신, 그렇게 애정 어린 염려를 해 주시는 데 대해 심심한 감사를 드립니다. 그리고 분명히 말씀드리지만 곧 그렇게 염려해 주신 데 대해서뿐만 아니라 제가 하트퍼드셔에 머무는 동안 성의껏 돌보아 주신 데 대한 감사 편지를 신속히 올리겠습니다. 저의 아리따운 사촌들에게는, 비록 저의 부재가 이런 인사를 드려야 할 만큼 길지 않을지 모르지만, 어쨌든 엘리자베스 사촌도 포함해서 모두들 건강하고 행복하시기를 비는 것으로 인사를 대신하겠습니다."

숙녀들도 예를 갖춰 인사하고 물러났다. 그가 금방 다시 올 생각을 하고 있다는 사실에 모두가 하나같이 놀랐다. 베넷 부인은 그가 엘리자베스의 동생들 가운데 하나를 고를 작정일 것이라는, 이미 메리를 설득해 놓았을지도 모른다는 생각까지 했다. 메리는 다른 딸들보다 그의 능력을 훨씬 높이 평가하며, 종종 그의 생각이 건전하다는 데 주목했고, 비록 자기만큼 똑똑하지는 않지만 책이 있는 데다 자신을 모범으로 삼아 향상시켜 나간다면 그도 매우 유쾌한 동반자가 될 수 있다는 식의 희망을 품기도 했다. 그러나 이런 희망은 다음 날 아침에 무너지고 말았다. 아침 식사 직후 그들을 찾아온 루커스 양이 엘리자베스와 단둘이 이야기하는 가운데 전날 있었던 일의 전모를 밝혔기 때문이다.

콜린스 씨가 샬럿을 사랑한다고 착각할지도 모른다는 생각이 최근 하루 이틀 사이에 엘리자베스의 머리를 스친 적이 있기는 했다. 그러나 샬럿이 그의 구애를 부추긴다는 것은 자신이 그러는 것만큼이나 불가능한 것 같았다. 그런 만큼 엘리자베스는 너무나 놀란 나머지 기본적인 예의조차 지키지 못한 채 자신도 모르게 이렇게 소리치지 않을 수 없었다.

"콜린스 씨하고 약혼했다고! 세상에, 샬럿…… 말도 안 돼!"

이야기하는 내내 루커스 양이 유지한 담담한 표정은 이 같은 직접적인 비난에 순식간에 허물어져 당혹스러운 빛이 역력해졌다. 그러나 예상하지 못한 반응은 아니었으므로, 그녀는 곧 냉정을 되찾고 침착하게 대답했다.

"뭣 때문에 그렇게 놀라니, 일라이자? 콜린스 씨가 네게 구애해서 성공하지 못했다고 다른 여자의 호감도 못 살 거라고 생각하니?"

그제야 엘리자베스는 정신을 차리고서, 두 사람이 맺어진 것이 대단히 기쁘고 친구가 더할 나위 없이 행복하기를 진심으로 바란다고 비교적 침착하게 말할 수 있었다.

"나도 네가 어떻게 생각하는지 알아." 샬럿이 대답했다. "놀라는 것도 당연해. 무척 놀랍겠지. 콜린스 씨가 너하고 결혼하고 싶어 한 게 바로 엊그제니까. 그렇지만 시간을 두고 다시 생각해 보면 너도 내가 잘했다고 할 거야. 그러길 바라. 너도 알지만 난 낭만적인 사람이 아니야. 한 번도 그런 적이 없었지. 내가 원하는 건 단지 안락한 가정이야. 그리고 콜린스 씨의 성격과 집안 배경, 사회적 지위 등을 고려해 볼 때, 내 생각엔 우리에게도 다른 어느 커플 못지않게 행복할 가능성이 있다고 믿어."

엘리자베스가 담담하게 대답했다. "그야 말할 것도 없지." 그러고 나서 어색한 침묵이 흐른 후 그들은 다른 가족들과 합류했다. 샬럿은 그리 오래 머무르지 않았고 엘리자베스는 그제야 비로소 샬럿의 말을 곰곰이 생각해 볼 수 있었다. 그런 어울리지 않는 결혼을 현실로 받아들이는 데에만도 많은 시간이 걸렸다. 콜린스 씨가 사흘 사이에 두 사람에게 청혼했다는 사실이 황당하기는 했지만, 그것은 샬럿이 실제로 그의 청혼을 받아들였다는 사실에 비하면 아무것도 아니었다. 샬럿의 결혼관이 자신과 꼭 같지 않다는 것은 그녀도 늘 느끼고 있었다. 그러나 실제로도 그녀가 세속적인 이익을 위해 더 중요한 것들을 희생시킬 수 있으리라고는 상상도 못 했다. 콜린스 씨의 아내인 샬럿, 정말로 창피스러운 그림이었다! 그리고 친구가 그렇게 자진하여 추락해 간 것도 가슴이 아팠지만, 샬럿이 자신이 선택한 그 삶에서 웬만큼이라도 행복할 수 없을 것이라고 생각하니 더더욱 슬펐다.

23

어머니와 언니, 동생들과 같이 앉아 있던 엘리자베스가 자신이 들은 말을 곱씹으며 과연 이 소식을 이 자리에서 전해야 할지 자문하고 있을 때, 마침 윌리엄 루커스 경이 샬럿의 부탁을 받고 베넷 집안에 그녀의 약혼을 알리기 위해 찾아왔다. 그는 장차 두 가족이 결합하게 된 데 대해 그들에게 감사하는 동시에 자축하면서 소식을 전했는데, 듣는 이들은 놀라는 데 그치지 않고 아예 믿으려 들지도 않았다. 베넷 부인은 예의가 아니다 싶을 정도로 줄기차게 뭔가 완전히 잘못 알고 있는 게 틀림없다고 말했다. 언제나 제멋대로인 데다 버릇없이 굴기 일쑤인 리디아는 큰 소리로 호들갑스럽게 외쳤다.

"하느님 맙소사! 윌리엄 아저씨, 어쩜 그런 얘기를 다 지어내세요? 콜린스 씨가 리지 언니하고 결혼하고 싶어 하는 거 모르세요?"

궁정 신하의 정중한 태도가 몸에 배었기에 망정이지 보통 사람이라면 그런 대접에 화를 내지 않기가 불가능했을 것이다. 그러나 워낙 덕망이 높은지라 윌리엄 경은 그것을 끝까지 잘 참아 냈다. 사실이니 믿어 달라고 부탁하면서도, 엄청난 인내심을 발휘해 그들의 주제넘은 소리를 모두 예의 바르게 들어 주었다.

엘리자베스는 이렇게 불쾌한 상황에서 그를 구해 주는 것이 자신의 의무라고 느꼈기 때문에 얼른 나서서 샬럿에게 이미 들어 알고 있었다며 그의 말이 사실임을 확인해 주었다. 그러고는 어머니와 동생들의 아우성을 그치게 하기 위해 윌리엄 경에게 열렬한 축하의 인사를 건넸고 제인도 곧바로 그녀의 예를 따랐다. 엘리자베스는 이 결혼으로 기대할 수 있을 행복이며, 콜린스 씨의 훌륭한 인품이라든가, 헌스퍼드가 런던에서 지근거리에 있다는 것 등 좋은 점들을 이것저것 꼽았다.

베넷 부인은 사실 너무나 큰 충격을 받아서 윌리엄 경이 머무는 동안 입도 제대로 떼지 못했다. 그러나 그가 떠나자마자 급기야 감정이 폭발하고 말았다. 첫째, 그녀는 그게 다 거짓이라고 끝까지 우겼다. 둘째, 콜린스 씨가 계략에 넘어간 게 틀림없다는 것이었다. 셋째, 그들의 결혼은 결코 행복할 수 없으리라고 확신한다고 했다. 그리고 넷째, 그 혼인은 파기될 수도 있다는 것이었다. 그리고 어쨌든 이 모든 일은 결국 두 가지로 귀결되는데, 하나는 엘리자베스가 이 모든 불상사의 화근이라는 것이었고, 다른 하나는 모두가 자신을 너무나 학대한다는 것이었다. 그녀는 이 두 가지 불평을 그날 내내 되씹었다. 그 무엇도 그녀에게 위로가 되지 않았고, 그 어떤 말로도 그녀의 화를 달랠 수 없었다. 그녀의 화를 누그리뜨리기에는 그날 하루로는 모자랐다. 일주일 동안 엘리자베스가 눈에 띌 때마다 나무랐고, 윌리엄 경이나 루커스 부인에게 무례하게 대하지 않을 때까지 한 달이 걸렸으며, 샬럿을 용서할 수도 있다고 생각하기까지는 여러 달이 걸렸다.

이번 일에 대해 베넷 씨는 훨씬 더 담담했고, 오히려 대단히 유쾌하게 여겼다. 꽤 지각 있는 아이라고 생각한 샬럿이 자기 아내만큼이나 어리석고 자기 딸보다 더 어리석다는 것을 알게 되어 재미있다는 것이었다!

제인은 자신도 이 결혼에 좀 놀랐다고 털어놓았다. 그러나 놀랐다는 말보다는 그들의 행복을 진심으로 기원하는 말을 더 많이 했다. 엘리자베스의 회의적인 관점도 제인에게 두 사람이 행복할 가능성이 별로 없다는 것을 믿게 하기 어려웠다. 키티와 리디아는 자신들은 루커스 양이 하나도 부럽지 않고, 고작 목사와 결혼하는 게 뭐가 좋으냐고 했다. 그들에게 이 사건은 메리턴에 퍼뜨릴 소식 한 가지에 지나지 않았다.

루커스 부인은 딸이 시집을 잘 가게 되어 기쁜 마음을 보란 듯이 자랑함으로써 베넷 부인에게 보복할 기회를 놓칠 사람이 아니었다. 그녀는 평소보다 더 자주 롱본을 방문해서 자신의 행복을 과시했다. 베넷 부인의 찌무룩한 표정과 심술궂은 대꾸가 그녀의 행복을 쫓아내기에 충분할 정도였는데도 말이다.

엘리자베스와 샬럿은 그 일에 대해 언급하기를 서로 자제했다. 엘리자베스는 샬럿과 자신 사이에 이제 다시는 진정한 신뢰가 있을 수 없으리라고 느꼈다. 그리고 샬럿에 대한 실망 때문에 전보다 더한 애정과 존경심을 가지고 언니를 대하게 되었다. 언니의 정직함과 섬세함에 대해서는 자신의 신뢰가 흔들릴 수 없음을 깨달았기 때문이다. 그녀는 언니의 행복을 바라는 마음에 하루하루 더 조바심이 났다. 빙리가 런던에 간 지 일주일이 지났지만 돌아온다는 소식이 전혀 들려오지 않았던 것이다.

제인은 캐롤라인에게 일찌감치 답장을 보내고 다시 답장이 올 날을 손꼽아 기다리고 있었다. 콜린스 씨가 약속한 감사의 편지는 화요일에 아버지 앞에 도착했다. 편지는 그곳에서 열두 달 정도는 식객 노릇을 한 사람에게서나 기대함 직한 온갖 정중한 감사의 말로 가득 차 있었다. 그렇게 자신의 양심을 만족시킨 콜린스 씨는 이어 온갖 열렬한 표현을 동원해 자신이 그들의 다정한 이웃 루커스 양의 애정을 얻는 행복을 누렸다는 사실을 알렸다. 그러고 나서 롱본에 다시 오기를 바란다는 친절한 초대에 자신이 그리 기꺼이 응한 것은 오로지 루커스 양을 만나는 즐거움에 대한 기대 때문이었다고 해명하면서, 두 주 후 월요일에 다시 방문하기를 희망한다고 말했다. 그러면서 덧붙이기를, 캐서린 영부인께서 자신의 결혼을 쾌히 승인하면서 가능한 한 빨리 식을 올리라고 하시는데 자신의 다정한 샬럿이라면 그런 소망에 이의를 제기하지 않고 기꺼이 자신을 이 세상에서 가장 행복한 남자로 만들어 줄 빠른 날짜를 잡아 주리라고 믿는다고 했다.

콜린스 씨가 하트퍼드셔를 다시 방문한다는 것은 베닛 부인에게 더 이상 즐거운 소식이 아니었다. 오히려 그녀는 남편 못지않게 반가워하지 않았다. 콜린스 씨가 루커스 로지에 가지 않고 롱본으로 온다는 건 말이 안 된다, 너무 불편하고 힘이 들 것이다, 자기 건강이 이렇게 썩 좋지 않을 때 손님이 오는 건 정말 싫다, 게다가 연인들이란 세상에서 제일 못 봐 줄 족속들이다, 이렇게 중얼중얼 불만을 털어놓았다. 불평하지 않을 때는 그보다 더한 걱정거리, 즉 빙리 씨가 집을 비우고 있다는 사실에 심란해할 때뿐이었다.

제인도 엘리자베스도 이 때문에 마음이 편치 않았다. 그가 겨울 동안 다시 네더필드에 돌아오지 않을 것이라는 소문만 온 메리턴에 퍼졌을 뿐 그와 관련된 아무런 기별도 없이 하루하루가 지나갔다. 그런 소문은 베넷 부인의 화를 치밀게 했고, 그녀는 소문을 들을 때마다 너무나 말이 안 되는 중상이요, 거짓이라고 대꾸하는 것도 잊지 않았다.

심지어 엘리자베스까지도 걱정이 되기 시작했다. 빙리가 무심해지지 않았나 하는 걱정이 아니라, 그의 누이들이 그들 사이를 떼어 놓는 데 성공한 게 아닐까 싶어서였다. 혹 그렇다면 제인의 행복은 무너질 것이고 그녀의 애인의 사랑도 부실하다는 것이 드러나기 때문에 그럴 가능성조차 인정하고 싶지 않았지만, 그럼에도 자꾸 그쪽으로 생각이 미치는 것을 막을 수는 없었다. 무정한 두 누이와 영향력이 강한 친구가 함께 공작하는 데다 다아시 양의 매력과 런던의 재미까지 더해지면, 그의 애정이 아무리 강하다 해도 당해 내지 못할지 모른다 싶기도 했다.

물론 이런 어중간한 기다림 때문에 초조하고 고통스럽기는 제인이 엘리자베스보다 훨씬 더했다. 그러나 제인은 자신의 감정을 내비치지 않으려 했고, 따라서 그녀와 엘리자베스 사이에서는 그 문제가 언급조차 되지 않았다. 그러나 그런 세심함과는 담을 쌓은 어머니는 한 시간이 멀다 하고 빙리의 이름을 입에 올리고, 그가 오지 않는다고 투덜거렸으며, 심지어 만일 빙리가 안 온다면 제인을 갖고 논 거 아니냐며 다그치기까지 했다. 제인처럼 온순하고 참을성 있는 성격이 아니었더라면 그런 무차별 공격을 꾹 참고 넘기기 힘들었을 것이다.

콜린스 씨는 떠난 지 정확히 두 주가 되는 월요일에 다시 롱본을 방문했는데, 첫 방문 때만큼의 환대는 받지 못했다. 그러나 그는 그저 행복에 취해 있어서 그다지 주위의 관심을 필요로 하지 않았다. 그리고 연애 사업 덕분에 다행스럽게도 그가 롱본의 식구와 함께 보내야 하는 시간이 상당히 줄어들었다. 그는 매일같이 루커스 로지에서 대부분의 시간을 보냈고, 더러는 가족들이 잠자리에 들기 전, 집을 오래 비워 미안하다고 사과할 정도의 시간만 남기고 돌아왔다.

베넷 부인은 그야말로 비참해졌다. 그 혼사에 대해 누가 무슨 소리를 해도 기분이 상하고 극심한 고통에 빠졌는데, 문제는 어디를 가든 그 얘기를 듣지 않을 수 없었다는 것이다. 루커스 양이라면 보기만 해도 끔찍했다. '저 애가 내 뒤를 잇다니.' 하면서 질투 어린 증오심으로 그녀를 바라보았다. 샬럿이 롱본으로 놀러 오기만 해도 롱본을 차지할 날만 고대하고 있다고 여겼다. 샬럿과 콜린스 씨가 낮은 목소리로 속삭이기만 해도 롱본의 저택과 토지에 대해 이야기하고 있으며 베넷 씨가 죽으면 바로 자신과 딸들을 내쫓으려고 모의한다고 믿었다. 그녀는 이런 말들을 늘어놓으며 남편에게 푸념했다.

"정말이지, 여보." 그녀가 말했다. "샬럿 루커스가 이 집의 안주인이 될 거라니, 내가 그런 애 때문에 쫓겨나고, 그 애가 내 자리를 차지하는 날을 보게 된다니 해도 해도 너무해요!"

"여보, 그렇게 비관적으로 생각하지 말구려. 더 좋은 방향으로 생각합시다. 내가 당신보다 더 오래 살지도 모른다고 말이오."

이 말은 베넷 부인에게 별 위안이 되지 않았기 때문에 그녀는 대꾸하는 대신 불평을 계속 이어 갔다.

"그 사람들이 우리 재산을 통째로 차지한다고 생각하면 정말 끔찍해요. 한정 상속만 아니라면 상관 않을 텐데."

"뭘 상관 않는다는 거요?"

"뭐든 상관 않겠다고요."

"덕분에 그렇게 무심할 수 없게 된 거나 감사히 여깁시다."

"여보, 한정 상속에 대한 거라면 뭐가 됐든 감사히 여길 수가 없어요. 세상에 양심이라는 것이 있는데 어떻게 우리 딸들한테서 재산을 뺏어 가도록 할 수가 있는지 이해가 안 간다고요. 죽 쒀서 개 준다고, 그걸 콜린스 씨 같은 사람한테 넘기다니! 도대체 왜 다른 사람도 아니고 하필 그 사람이 우리 재산을 가져야 한다는 거죠?"

"대답은 당신 좋을 대로 하구려." 베넷 씨가 대꾸했다.

2부

1

빙리 양의 편지가 도착해서 그동안의 의문에 종지부를 찍었다. 편지는 그들 모두가 런던에서 겨울을 보내기 위해 자리를 잡았음을 알리는 첫 문장으로 시작해 오빠가 하트퍼드셔를 떠나오기 전 친구들에게 인사를 못 한 것을 아쉬워한다는 말로 끝났다.

희망은 사라졌다. 완전히 끝난 것이다. 제인이 정신을 차리고 편지를 마저 읽어 보았지만 글쓴이의 입에 발린 우정을 제외하고는 위안이 될 어떤 내용도 찾아볼 수 없었다. 다아시 양에 대한 칭찬이 편지의 대부분을 차지했다. 그녀의 여러 가지 매력이 다시금 자세히 언급되어 있었다. 캐롤라인은 그들 사이의 교분이 깊어 간다며 희희낙락 자랑했고 지난번 편지에서 털어놓은 소망이 이루어질 것이라는 예상까지 했다. 또한 그녀는 오빠가 다아시 씨의 집에서 머물고 있어서 정말 기쁘다면서 새 가구를 들여놓기로 한 다아시 씨의 계획을 황홀해하며 전했다.

제인은 곧 편지 내용의 대부분을 엘리자베스에게 들려주었고, 엘리자베스는 입을 다문 채 분노를 삭였다. 그녀의 마음은 언니에 대한 염려와 다른 모든 사람들에 대한 분개로 나뉘었다. 오빠가 다아시 양을 좋아한다는 캐롤라인의 단정 따위는 애당초 믿지 않았다. 그가 정말로 제인을 좋아한다는 점은 전과 마찬가지로 손톱만큼도 의심하지 않았다. 그러나 언제나 그를 좋게 생각하고 싶었지만 그의 순해 빠진 기질이랄까 지나치게 우유부단한 성격에는 화가 나고 경멸감도 생겼다. 바로 그런 성격 때문에 그는 지금 주위 사람들의 계략에 넘어가 그들의 노예가 되고, 그들의 뜻에 놀아나 자기 행복을 걷어차 버리고 있었다. 걷어차 버리는 것이 단지 자신의 행복뿐이라면 무엇이든 자기 좋을 대로 해도 그만일 것이다. 그러나 그것은 언니의 행복과도 관련된 일이었고, 빙리도 그것을 모를 리 없었다. 요컨대 아무리 머리를 굴려 보아야 신통한 결론이 나오지 않는 문제였다. 그녀는 다른 생각은 전혀 할 수 없었다. 빙리의 애정이 정말로 식었는지 아니면 주위의 방해 때문에 억눌린 것인지, 또 빙리가 제인이 자신을 좋아한다는 걸 알았는지 아니면 제인의 애정을 미처 알아채지 못했는지, 그중 어떤 경우인지에 따라 빙리에 대한 자신의 생각이 크게 달라질 터였다. 하지만 어느 쪽이든 언니의 처지는 변함없었고 그와 마찬가지로 자기 마음의 평화도 회복될 리 없었다.

제인이 엘리자베스에게 심정을 털어놓기까지는 하루 이틀 더 걸렸다. 베넷 부인이 네더필드와 그 주인에 대해 유난히 더 짜증을 부린 뒤 둘만 남게 되자 그녀가 마침내 입을 열었다.

　"참 답답해! 어머니가 좀 더 자제력을 가지셨으면 좋으련만. 끊임없이 그 사람 이야기를 하는 게 내게 고통을 준다는 걸 전혀 모르셔. 그렇지만 불평은 말아야지. 오래가진 않겠지. 그 사람은 잊힐 테고, 우리 모두 예전으로 돌아갈 거야."

　엘리자베스는 반신반의하는 표정으로 언니를 걱정스레 바라보면서 아무 말도 하지 않았다.

　"내 말을 안 믿는구나." 제인이 약간 얼굴을 붉히며 목소리를 높였다. "정말이야, 못 믿을 이유가 없어. 그분이 그동안 만난 사람들 중에서 가장 마음에 든 사람으로 기억될 수는 있겠지. 그렇지만 그게 다야. 바랄 것도 겁낼 것도 없고 그를 욕할 일도 없어. 천만다행이야! 배신의 고통 같은 건 없으니까. 그러니까 조금만 시간이 지나면 돼. 극복하려고 노력해야지."

　목소리에 더 힘을 주며 그녀가 곧 덧붙였다. "이것 하나는 정말 다행이야. 내 쪽에서 착각한 것 이상은 아니라는 거 말이야. 그리고 나 자신 이외에는 어느 누구에게도 피해를 안 줬다는 것도."

　"언니!" 엘리자베스가 큰 소리로 말했다. "언니는 너무 착해. 마음씨 곱고 딴마음이 없는 게 정말 천사 같아. 무슨 말을 해야 좋을지 모르겠어. 언니가 이 정도까지 착한 사람인 줄은 몰랐던 것 같아. 진짜 제대로 언니를 생각해 준 적도 없는 것 같고."

베넷 양은 그 말이 터무니없는 과찬이라며 오히려 동생의 따뜻한 마음을 칭찬했다.

"아니야." 엘리자베스가 말했다. "이건 공평하지 않아. 언니는 세상 사람들이 모두 도덕적으로 훌륭하다고 생각하고 싶어 하고, 그래서 내가 누구에 대해 나쁘게 말하면 마음이 상해. 난 언니야말로 완벽하다고 생각하고 싶어. 언니는 동의하지 않겠지만. 내 생각이 극단으로 흐르지는 않을까, 내가 무슨 언니라도 된 것처럼 누구나 다 착하다고 생각하게 되지는 않을까 걱정하지는 마. 그럴 필요 없어. 내가 진정으로 사랑하는 사람은 몇 안 되고 훌륭하다고 생각하는 사람은 더 적어. 세상은 보면 볼수록 더 못마땅해. 그리고 사람의 성격이 참 일관성이 없고 겉으로 드러난 미덕이나 분별력이 믿을 것이 못 된다는 걸 날마다 확인하고 있어. 최근에 그런 예를 두 가지 볼 수 있었지. 하나는 그냥 넘어가고 싶고, 다른 하나는 샬럿의 결혼이야. 설명이 안 돼! 어떻게 봐도 설명이 안 된다고!"

"얘, 리지, 그렇게 생각하지 마. 그럼 네가 불행해져. 사람마다 조건이 있고 성격도 다르다는 걸 고려해야지. 콜린스 씨의 사회적 지위와 샬럿의 신중하고 무던한 성격을 생각해 봐. 샬럿네 집안은 딸린 식구들이 많은데, 재산으로 보자면 그만하면 훌륭한 결합이라는 것도 생각해야겠고. 그리고 샬럿이 그분한테 애정이나 존경심 같은 것을 느꼈을지 모른다고 믿어 보자. 그게 모두에게 좋지 않겠니."

"언니를 기쁘게 해 주기 위해서라면 그보다 더한 것도 믿고 싶지. 하지만 내가 그렇게 믿은들 좋을 게 없어. 만일 샬럿이 콜린스 씨를 조금이라도 존경한다고 믿는다면 그 친구의 지적 능력을 폄하하는 셈이 돼. 내가 지금 그 친구의 감성에 대해 나쁘게 생각하는 것 이상으로 말이야. 언니, 콜린스 씨는 터무니없이 우쭐해하고 잘난 척하는, 편협하고 우둔한 사람이야. 언니도 그걸 나만큼 잘 알지. 그러니 그런 남자와 결혼하는 여자라면 생각이 제대로 박혔을 리 없다는 걸 나만큼 절실하게 느낄 테고. 제아무리 샬럿 루커스라도 변호해선 안 돼. 한 사람을 변호하겠다고 원칙과 도덕적 성실성의 의미를 바꿀 수는 없잖아. 또 이기심을 신중함이라고 하고, 무모한 짓을 행복의 확보라고 포장해서도 안 되겠고. 언니 스스로도 그렇게 넘어가지 말고 나를 설득할 생각도 하지 마."

"두 사람에 대해 너무 심하게 말하는 것 같아." 제인이 대답했다. "두 사람이 행복하게 사는 걸 보게 돼서 내 말이 옳다는 걸 확인할 수 있게 되면 좋겠다. 그 얘기는 이 정도로 해 두자. 넌 다른 것도 거론했지. 아까 두 가지 예가 있다고 했는데, 네가 무슨 얘기를 하는지 알겠어. 하지만 제발 부탁이니, 리지, 그분을 비난하거나 그분한테 실망했다고 말하지 않으면 좋겠어. 그런 말을 들으면 괴로울 뿐이니까. 상대가 고의적으로 우리한테 상처를 주었다고 쉽사리 단정 지을 일이 아니야. 혈기 왕성한 젊은 남자가 언제나 그렇게 신중하고 조심스럽게 행동하기를 기대할 수도 없고. 사실 자기 자신의 허영심에 속아 넘어가는 경우가 많거든. 여자들은 남자들이 보이는 관심에 그 이상의 의미가 있다고 상상하곤 하니까."

"여자들이 그런 상상을 하도록 만드는 건 남자들이지."

"계획적으로 그러는 거라면 옳다고 할 수 없어. 그렇지만 세상엔 계획해서 되는 일이 생각만큼 많지는 않을 거야."

"나도 빙리 씨의 행동이 계획적이었다고 생각하진 않아." 엘리자베스가 말했다. "하지만 일부러 해를 끼치거나 남을 불행하게 만들려고 계획하지 않았다 해도 과오도 생기고 안 좋은 일도 일어나거든. 아예 생각이 없거나 남의 감정을 살피지 못하거나 우유부단하거나 할 때 말이야."

"그럼 넌 이번 일의 원인이 그 세 가지 가운데 하나라고 생각하니?"

"그래. 가장 나중 것이라고 봐. 그렇지만 계속 이야기하다 보면 언니가 좋게 생각하는 사람들을 깎아내릴 테고, 그러면 언니 기분이 나빠지겠지. 지금이라도 그만두라면 그만둘게."

"그렇다면 넌 아직도 그분이 누이들 손에 놀아난다고 생각하는 거구나."

"맞아, 그분의 친구와 한 패가 되어서 말이야."

"그건 말이 안 돼. 그 사람들이 그분을 좌지우지할 이유가 어디 있어? 모두 그분의 행복을 바랄 텐데. 그분이 나를 사랑한다고 치면 다른 여자가 행복을 가져다줄 수는 없잖아."

"언니의 첫째 가정이 틀린 거야. 그 사람들이 그분의 행복 말고 다른 많은 것들을 바랄 수도 있다는 거지. 재산을 더 늘리고 사회적 지위가 상승하기를 바랄 수도 있고, 돈과 대단한 연줄과 거만함까지 두루 갖춘 여자와 결혼하기를 바랄 수도 있고."

"물론 그 사람들은 그분이 다아시 양을 선택하기를 바라지." 제인이 대답했다. "그러나 네가 생각하는 것만큼 나쁜 동기로 그러는 것은 아닐 거야. 누이들은 나보다야 그 아가씨를 훨씬 더 오래 알고 지냈으니까 그녀를 더 좋아한다 해도 놀랄 일은 아닐 테고. 하지만 자기네 생각이 그렇다 해서 오빠의 뜻을 꺾으려고 들진 않을 것 같아. 상대방 여자에게 무슨 큰 하자가 있다면 또 모르지만 그렇지 않은 다음에야 어떤 누이가 감히 오빠가 원하는 걸 막고 나서겠니? 누이들이 보기에 오빠가 나를 사랑한다면 우리를 떼어 놓으려고 들진 않았을 거야. 정말 사랑한다면 누이들이 그런다고 바뀌겠어? 넌 그분이 나를 사랑한다고 생각하니까, 모두 몰인정하고 그릇된 행동을 하는 사람이 되고, 나도 아주 불행한 처지가 되고 말아. 그렇게 생각하지 말아 줘. 그러면 내가 괴로우니까. 난 오해했다는 거 부끄럽지 않아. 아니, 그건 적어도 그분이나 그 누이들을 나쁘게 생각할 때 느끼는 부끄러움에 비하면 아무것도 아냐. 내가 이번 일을 좋게 받아들이도록 해 줘. 그래야 이해될 테니까."

엘리자베스는 그 같은 소망에 맞설 수는 없었기 때문에 그 순간부터 둘이 있을 때는 빙리 씨의 이름을 거의 입에 올리지 않았다.

베넷 부인은 그가 어떻게 돌아오지 않을 수 있냐며 끊임없이 투덜거렸다. 엘리자베스가 거의 하루에 한 번씩 그 이유를 또박또박 설명했음에도 기가 막혀 하는 어머니의 심사는 풀릴 길이 없었다. 엘리자베스는 빙리 씨의 관심은 늘 있는 일시적인 호감에 불과했고, 제인을 안 보게 되자 사라져 버린 거라고 자신도 믿지 않는 논리로 어머니를 납득시키려 애썼다. 그러면 어머니는 그 자리에서는 그럴 수도 있겠다고 인정하다가도 결국은 도루묵이 되고 말았다. 베넷 부인에게 가장 큰 위안이라면 빙리 씨가 여름이면 꼭 다시 내려오리라는 기대였다.

베넷 씨가 이 문제를 대하는 방식은 부인과는 사뭇 달랐다. "그래, 리지." 어느 날 그가 말했다. "언니가 버림을 받았다지. 축하할 일이구나. 아가씨들이 결혼 다음으로 좋아하는 게 이따금 실연당하는 거니까. 생각할 거리도 생기고 친구들 사이에서 뭔가 특별한 존재가 되기도 하고. 네 차례는 언제냐? 네가 제인이 앞질러 가도록 오래 놔둘 애가 아닌데. 이제 네 차례야. 메리턴엔 이 동네의 모든 아가씨들을 실연시킬 만큼 많은 장교들이 있지. 위컴이 네 상대로 어떻겠냐? 그만하면 인물도 괜찮고 확실하게 차 줄 것 같은데."

"고맙습니다, 아버지. 그렇지만 그보다 모자란 남자라도 괜찮아요. 아무나 언니 같은 행운을 기대할 순 없으니까요."

"맞는 말이다." 베넷 씨가 말했다. "어쨌든 어떤 남자가 너를 차든 네 다정한 어머니가 언제든 그 효과를 극대화해 줄 거라고 생각하니 안심이 되는구나."

위컴 씨와의 교제는 일이 꼬이기만 해 침울해져 있던 롱본의 여러 식구들을 밝게 비추어 주는 한 줄기 빛이었다. 그들은 자주 그를 만났는데 그의 다른 장점에 그가 누구에게나 솔직하다는 장점이 보태졌다. 다아시 씨에게 받은 부당한 대접, 그로 인해 그가 받은 고통 등 엘리자베스가 이미 들은 모든 이야기가 이제 공공연히 인정되었고 공개적으로 말밥에 올랐다. 모두들 위컴에 관련된 일을 전혀 모를 때부터 다아시 씨를 얼마나 싫어했는지 떠올리며 흐뭇해했다.

정상을 참작할 만한 무슨 사정이 있을 것이라고, 하트퍼드셔 사람들에게는 알려지지 않은 어떤 사정이 있을 수 있다고 생각한 사람은 베넷 양뿐이었다. 그녀는 온화하고 절대 함부로 남을 판단하지 않는 성격이었기 때문에 어떤 사정이나 오해가 있었을지 모르니 쉽게 단정하지 말자고 했다. 하지만 다른 사람들은 모두 다아시 씨보다 더 나쁜 인간은 없을 거고고 낙인찍었다.

2

토요일이 오자 콜린스 씨는 사랑을 토로하고 행복을 설계하며 보낸 일주일을 마감하고 그의 다정한 샬럿의 곁을 떠나야 했다. 그러나 그로서는 신부를 맞을 준비를 하는 것으로 이별의 고통을 완화할 수 있을 터였다. 그가 다음번에 하트퍼드셔로 돌아오면 바로 자신을 이 세상에서 가장 행복한 남자로 만들어 줄 날이 잡히리라는 전망이 있었기 때문이다. 그는 롱본의 친척들에게 지난번 못지않게 엄숙한 작별 인사를 했다. 사촌들에게는 건강과 행복을 다시 한번 기원했고, 그녀들의 아버지에게는 한 번 더 감사 편지를 보내겠다고 약속했다.

그다음 월요일에 베넷 부인은 남동생과 올케를 손님으로

맞이했다. 동생 부부가 예년처럼 크리스마스를 롱본에서 지내려고 온 것이다. 가디너 씨는 천성으로 보나 교육받은 정도로 보나 누이보다 월등히 뛰어난, 지각 있고 신사다운 사람이었다. 네더필드의 숙녀들이 그를 보았더라면 자신의 점포들만 왔다 갔다 하는 장사꾼이 어떻게 그렇게 예의 바르고 싹싹할 수 있냐며 믿기 어려워했을 것이다. 베넷 부인이나 필립스 부인보다 몇 년 손아래인 가디너 부인은 상냥하고 총명하며 우아한 여성이었고 롱본의 조카딸들 모두 외숙모를 많이 따랐다. 특히 맏이와 둘째 조카딸과는 서로 각별하게 아끼는 사이였다. 두 조카딸들은 전부터 자주 런던을 방문하여 외숙모 댁에 머무르곤 했다.

그녀가 도착해서 가장 먼저 한 일은 준비해 온 선물을 나누어 주고 최신 유행을 얘기해 주는 것이었다. 그 일을 마치고 나서는 구태여 나설 필요가 없었다. 그녀 쪽에서 이야기를 들어 줄 차례였다. 베넷 부인한테는 원망할 일도 수두룩하고 불평할 일들이 많았기 때문이다. 그녀는 지난번 올케를 만난 이후로 자기 가족 모두가 다른 사람들에게 지독히 몹쓸 취급을 당했으니, 두 딸들이 결혼 직전까지 갔는데 결국 하나도 성사되지 않았다고 했다.

"제인에겐 잘못이 없어." 그녀가 계속했다. "제인은 할 수만 있었으면 빙리 씨를 붙잡았을 거야. 그렇지만 리지 고것이! 아이고 올케! 그 애의 쓸데없는 고집만 아니었다면 지금쯤 콜린스 씨의 아내가 될 수도 있었다고 생각하면 정말 너무 속이 상해. 그 사람이 바로 이 방에서 청혼을 했는데, 리지가 기절했어. 그 결과 루커스 부인이 나보다 먼저 딸을 시집보내게 되었고, 롱본의 재산은 전과 마찬가지로 한정 상속이라나 뭐라나 하는 상태야. 올케, 루커스 집안사람들은 정말 아주 교활해. 잡을 수 있는 건 무슨 수를 써서라도 안 놓쳐. 그 사람들을 두고 이런 말을 해서 안됐지만 그게 사실인 걸 어떡해. 내 가족은 이렇게 내 뒤통수를 치고 이웃은 자기 생각만 하니 정말 내 신경과 건강이 견뎌 내질 못해. 그렇지만 올케가 때마침 와 줘서 얼마나 위로가 되는지 모르겠어. 그리고 긴 소매가 요즘 유행이라는 소식 들으니 너무너무 좋아."

가디너 부인은 이미 제인과 엘리자베스의 편지를 통해 대강의 사정을 들었으므로 시누이에게는 적당히 대답해 넘기고 조카들의 심란한 마음을 생각해서 말머리를 돌렸다.

그녀는 나중에 엘리자베스와 단둘이 있게 되자 그 문제에 대해 좀 더 이야기를 나누었다. "제인에게는 좋은 혼처였던 것 같구나." 그녀가 말했다. "그냥 끝나 버렸다니 안됐고. 그렇지만 그런 일들은 비일비재해! 네 설명으로 미루어 볼 때 빙리 씨는 예쁜 여자하고 몇 주 동안 너무 쉽게 사랑에 빠졌다가 어쩌다 떨어져 있게 되면 또 너무나 쉽게 잊어버리는 남자인 것 같거든. 그런 사람한텐 그런 식의 변덕이 아주 흔해."

"나름대로 훌륭한 위로의 말씀이네요." 엘리자베스가 말했다. "그렇지만 우리한테는 도움이 안 돼요. 결코 어쩌다 당하는 일이 아니거든요. 독립적인 재산까지 가진 멀쩡한 남자를 주변 사람들이 끼어들어서 바로 며칠 전까지만 해도 열렬하게 사랑하던 여자를 더 이상 생각하지 않도록 하는 건 그리 흔한 일이 아니잖아요."

"그런데 그 '열렬하게 사랑하던'이라는 표현은 너무나 진부하고 미심쩍고 막연해서 감이 잘 안 잡혀. 진정으로 탄탄한 애정뿐 아니라 단 반 시간 동안의 만남에서 생겨난 감정에도 종종 그런 표현을 쓰곤 하니까 말이야. 빙리 씨의 사랑이 도대체 얼마나 열렬했는데?"

"그만큼 확실해 보이는 경우는 본 적이 없어요. 빙리 씨는 다른 사람들한테는 점점 더 소홀해지면서 온전히 언니한테만 빠졌거든요. 만날 때마다 그게 더 확연해지고 티가 났어요. 그분 집 무도회에서는 그분이 춤을 신청하지 않아서 기분이 상한 아가씨들도 두세 명 있었고, 저도 말을 걸었다가 두 번이나 대답을 듣지 못했어요. 그보다 더 뚜렷한 증후가 있을까요? 다른 사람에 대한 예의를 잊어버리는 것이야말로 사랑에 빠졌다는 확실한 증거가 아닐까요?"

"그래, 맞아! 내가 생각해도 그래. 그 사람이 제인한테 느꼈던 사랑이란 것이 그런 거지. 불쌍한 제인! 정말 안됐구나. 걔의 성격으로는 쉽게 극복하지 못할 텐데. 리지, 너한테 그런 일이 있었더라면 차라리 나을 뻔했는데. 너라면 더 빨리 웃어 넘겨 버릴 테니까. 그런데 내가 런던에 돌아갈 때 제인더러 함께 가자고 하면 어떨까? 장소를 바꿔 보면 도움이 될 수도 있을 테니까. 집에서 좀 벗어나 보는 것도 괜찮을 것 같아."

엘리자베스는 그 제안에 대단히 기뻤고, 언니가 쾌히 동의할 거라고 확신했다.

"제인이 그 사람 때문에 망설이는 일은 없었으면 좋겠구나." 가디너 부인이 덧붙였다. "같은 런던이라도 사는 지역이 전혀 다르고 알고 지내는 사람도 전혀 다르니까. 또 너도 알다시피 우리는 외출도 거의 안 하니까 그 사람 편에서 제인을 찾아오지 않는 한 두 사람이 만날 일은 없을 거야."

"아니, 그분 쪽에서 찾아오는 일은 없을 거예요. 그분은 지금 친구의 감호하에 있는 셈이에요. 다아시 씨는 친구가 제인을 찾아 그런 지역에 가도록 절대 내버려 두지 않을 거예요! 아이, 외숙모, 정말이지 어림도 없는 일이에요. 다아시 씨는 그레이스처치가[25]라는 이름을 들어 본 적은 있을지 몰라도, 그 동네에 한번 갔다가는 아마 한 달 동안 목욕재계를 해도 그 불결함을 다 씻어 낼 수 없다고 생각할걸요. 그리고 빙리 씨는 다아시 씨 없이는 아무 데도 안 다닐 것이 뻔해요."

"그렇다면 더 잘됐구나. 아예 만나지 않는 게 좋을 것 같은데. 그런데 제인이 그 사람의 여동생과 편지를 주고받지 않니? 그렇다면 그 여자로서는 방문을 안 할 수 없을 텐데."

"그 여자는 교제를 아주 끊을 거예요."

그러나 그들이 절교하게 되리라고, 그리고 무엇보다도 빙리 씨가 주위의 방해 때문에 언니를 못 만나리라고 단정적으로 말하긴 했지만 엘리자베스는 실은 반신반의하는 마음이었고, 다시 생각해 보니 그 반대의 가능성이 전혀 없지도 않다는 생각이 들었다. 그의 사랑이 다시 살아나고 친구들의 영향력이 제인의 매력이라는 더욱 자연스러운 영향력에 성공적으로 제

---

25) 런던의 상업 지역 근처의 고급스럽지 않은 주택가.

압될 수도 있는 일이었고, 생각하기에 따라서는 그럴 가능성이 꽤 높다고까지 느껴졌다.

베넷 양은 외숙모의 초대를 흔쾌히 받아들였다. 빙리 집안 사람들과의 관계는 별문제가 되지 않았다. 캐롤라인이 오빠와 함께 살고 있지 않기 때문에 그와 마주칠까 봐 걱정할 필요 없이 가끔 그녀와 아침 시간을 보낼 수도 있으리라는 기대 외에 다른 생각은 없었다.

가디너 부부는 일주일 동안 롱본에 머물렀는데, 필립스 집안과 루커스 집안에 장교들까지 해서 하루도 연회가 없는 날이 없었다. 베넷 부인이 동생과 올케를 위해 연회를 베푸는데 너무나 신경을 써서 식구끼리 오붓하게 정찬을 든 적은 한번도 없었다. 집에서 연회가 있을 때는 언제나 장교들 몇 명이 함께했고 그때마다 위컴 씨가 빠지지 않았다. 가디너 부인은 엘리자베스가 매번 그를 열렬히 칭찬하는 것을 보고 그들의 관계를 미심쩍게 여겨 두 사람을 주의 깊게 관찰했다. 두 사람이 심각하게 사랑에 빠진 것 같지는 않았지만, 서로 호감을 가졌다는 것이 너무나 명백해서 다소 걱정될 정도였다. 그녀는 하트퍼드셔를 떠나기 전에 엘리자베스와 그 문제에 대해 이야기를 나누고, 그런 호감을 키우는 게 얼마나 경솔한지 말해야겠다고 마음먹었다.

위컴은 다른 여러 능력 외에도 가디너 부인을 즐겁게 해 줄 밑천을 하나 더 가지고 있었다. 그녀가 처녀 시절이던 10년 전 위컴이 살던 더비셔의 바로 그 지역에서 꽤 오랫동안 지낸 적이 있었기 때문이다. 따라서 두 사람이 다 아는 사람들이 많왔다. 위컴은 5년 전 다아시의 부친이 작고한 이후 그곳에 간 적이 거의 없었지만 그럼에도 그녀의 옛 친구들에 대한 더 최근의 소식을 전해 줄 수 있었다.

가디너 부인은 펨벌리를 구경한 적이 있고 고 다아시 씨의 평판을 익히 들어 알고 있었다. 따라서 그것은 무궁무진한 화제가 되었다. 자신이 기억하는 펨벌리와 위컴의 자세한 묘사를 비교하고, 이제는 고인이 된 그 저택 주인의 인품을 칭찬하면서 그녀는 스스로도 즐거웠고 상대도 즐겁게 했다. 위컴을 통해 현재의 다아시 씨가 그를 어떻게 대우했는지 알게 되자 그녀는 그가 아직 어린 소년일 때 그런 행동과 합치하는 소문을 남긴 것이 없는지 조금이라도 기억해 내려고 애썼는데, 마침내 예전에 분명히 피츠윌리엄 다아시 씨가 아주 오만하고 심술궂은 소년이라는 소문을 들은 기억이 난다고 했다.

3

가디너 부인은 엘리자베스와 단둘이 이야기할 기회를 타서 알아들을 수 있게 충고했다. 자신의 생각을 솔직하게 밝힌 후 그녀는 이렇게 계속했다.

"리지, 넌 주의를 주면 더 자극받아서 사랑에 빠질 만큼 분별 없는 애는 아니니 내놓고 말할게. 진지하게 하는 말인데, 단단히 조심하면 좋겠다. 재산이 없기 때문에 경솔하다고밖에 할 수 없는 사랑에 스스로 휘말려 들거나 상대를 끌어들여서는 안 돼. 사람만 본다면 나도 나무랄 데가 전혀 없다고 생각해. 오히려 아주 호감이 가는 젊은이지. 그리고 언기로 되어 있었다는 수입만 있다면 나도 그보다 더 좋은 상대도 없다고 생각하겠어. 그렇지만 현실이 현실이니만큼 감정에 휩쓸려서는 절대 안 돼. 너는 지각 있는 아이니 우리 모두 네가 분별 있게 행동하기를 기대하고 있어. 네 아버지도 분명 너의 분명한 성격과 방정한 품행을 신뢰하고 계실 테고. 아버지를 실망시켜서는 절대 안 돼."

"어머, 외숙모, 이거 정말 진지해지는데요."

"그래, 그리고 너도 나처럼 진지하게 생각하길 바라."

"글쎄, 그렇다면 외숙모, 조금도 염려하실 필요 없어요. 제가 저도 챙기고 위컴 씨도 챙길게요. 위컴 씨가 저를 사랑하게 하지는 않을게요. 저한테 막을 능력이 있다면 말이에요."

"엘리자베스, 진지해지겠다더니."

"죄송해요. 다시 말해 볼게요. 지금 당장은 위컴 씨를 사랑하지 않아요. 그건 확실해요. 그렇지만 제가 만난 남자들 중에서 그만큼 마음에 드는 사람은 없었어요. 그리고 만일 그이가 저를 진짜로 사랑하게 된다면……. 음……. 저도 그런 일이 생기지 않는 게 낫다는 건 알아요. 경솔한 게 맞아요……. 어유! 저 가증스러운 인간 다아시! 아버지께서 저를 신뢰하신다는 사실은 제 자랑이고, 그 믿음을 저버린다면 정말 괴롭겠죠. 그래도 아버지께선 위컴 씨를 좋아하세요. 외숙모, 요컨대 외숙모든 아버지든 어른들을 불행하게 만드는 일만은 피하고 싶긴 하네요. 그렇지만 사랑하는 젊은이들이 당장 재산이 없다고 해서 약혼을 주저하지는 않는 걸 매일 보다시피 하는데, 사랑을 하게 되면 저라고 해서 제 또래 다른 사람들보다 지혜롭게 처신할 거라고 어떻게 장담할 수 있겠어요? 아니, 제 감정에 저항하는 게 과연 지혜로운 일인지조차 어떻게 알 수 있겠어요? 그러니까 외숙모한테 약속할 수 있는 건 오로지 서두르지 않겠다는 것뿐이에요. 저야말로 그이가 가장 사랑하는 여자라고 성급하게 생각하지 않을게요. 함께 있을 때 그걸 바라지도 않을 거고요. 어쨌든 최선을 다할게요."

"그 사람이 지금처럼 너희 집에 자주 오지 않도록 하는 것도 좋은 방법일 거야. 최소한 어머니께 그 사람을 초대하자고 상기시키지는 말아야지."

"지난번에 제가 그러기는 했어요." 엘리자베스가 겸연쩍은 미소를 띠고 말했다. "정말 맞는 말씀이에요. 그런 짓은 삼가는 편이 현명하겠네요. 하지만 그이가 늘 그렇게 자주 저희 집에 온다고 생각하시면 오해예요. 이번 주에 그이를 자주 초대한 건 외숙모 때문이었거든요. 어머니가 친지들이 우리 집에 머물 때 항상 손님이 있어야 한다고 생각하는 걸 외숙모도 아시잖아요. 그렇지만 진심으로, 그리고 제 명예를 걸고 앞으로 가장 현명하다고 생각하는 대로 행동하도록 노력할게요. 자, 이만하면 이제 만족하셨겠지요."

외숙모는 그렇다고 말했다. 그러자 엘리자베스가 친절한 충고에 고맙다고 인사한 후 두 사람은 헤어졌다. 기분 상하게 하지 않고서 이런 문제에 대해 충고한 훌륭한 본보기였다.

가디너 부부와 제인이 하트퍼드셔를 떠나고 얼마 안 있어 콜린스 씨가 왔다. 그러나 이번에는 루커스 가족의 집에 머물렀으므로 베넷 부인에게 불편을 끼치지는 않았다. 결혼 날짜는 성큼성큼 다가왔다. 그녀도 마침내 어쩔 수 없다고 포기해서 빈정대는 어조로나마 "행복하기라도 하면 좋으련만."이라고 되풀이해서 말하기까지 했다. 결혼식은 목요일에 거행될 예정이었고 수요일에는 루커스 양이 작별 인사차 방문했다. 그녀가 인사를 마치고 일어서자 엘리자베스는 어머니의 인색하고 마지못한 인사치레가 부끄러웠고 뭉클한 마음도 일어서 샬럿을 배웅하려고 방을 나섰다. 함께 계단을 내려가며 샬럿이 말했다.

"자주 소식을 전해 줄 거라고 생각할게, 일라이자."

"물론 그렇게 하고말고."

"그리고 부탁이 하나 더 있어. 나를 만나러 와 주겠니?"

"하트퍼드셔에서 자주 만날 수 있을 거야, 그러기를 바라."

"한동안 켄트를 못 떠날 것 같아. 그러니 헌스퍼드에 오겠다고 약속해 줘."

엘리자베스는 그 방문이 즐거우리라 생각할 수 없었지만 거절할 수도 없었다.

"우리 아버지가 3월에 머라이아를 데리고 오실 거야." 샬럿이 덧붙였다. "그때 함께 오겠다고 약속해 줘. 일라이자, 정말 아버지나 머라이아 못지않게 환영할게."

결혼식이 거행되었다. 신랑 신부는 교회 문을 나서 켄트로 향했고, 늘 그렇듯이 그 결혼에 대해서도 모두들 이런저런 이야깃거리가 많았다. 엘리자베스는 곧 샬럿에게서 편지를 받았다. 그들의 편지 왕래는 다시 규칙적이고 빈번해졌지만 역시 예전만큼 솔직할 수는 없었다. 엘리자베스는 샬럿에게 편지를 쓸 때마다 모든 이야기를 터놓고 마음 편하게 하기는 더 이상 불가능하다고 새삼 느꼈다. 편지 쓰기를 게을리하지 않으려고는 했지만, 현재보다는 과거의 좋았던 관계를 위해서였다. 샬럿이 처음에 보낸 편지들을 읽을 때에는 상당한 호기심도 있었다. 그녀가 자신의 새 집에 대해 뭐라고 말하는지, 캐서린 영부인을 얼마나 마음에 들어 하는지, 그리고 얼마나 행복하다고 자처하는지 궁금하지 않을 수 없었던 것이다. 그런데 편지를 읽고 나자 엘리자베스는 샬럿의 편지에는 예상을 넘어서는 것은 일절 담겨 있지 않다는 생각이 들었다. 그녀의 어조는 쾌활했고 안락을 누리는 듯했고 무엇에 대해서건 칭찬 일색이었다. 집, 가구와 실내 장식, 이웃과 도로 등이 모두 그녀의 취향과 일치했고 캐서린 영부인의 태도도 정말 격의 없고 친절하다고 했다. 그것은 헌스퍼드와 로징스에 대한 콜린스 씨의 묘사를 그럴 법하게 완화한 모습이었다. 엘리자베스는 샬럿이 말해 주지 않는 것을 알려면 직접 그곳을 방문할 때까지 기다릴 수밖에 없겠다 싶었다.

제인은 이미 짤막한 편지로 동생에게 런던에 무사히 도착했음을 알린 터였다. 엘리자베스는 다음 편지에는 빙리 집안 사람들에 대해 쓸 말이 있기를 바랐다.

그녀가 애타게 기다린 이 두 번째 편지는 세상사가 그렇듯이 역시 실망만 안겨 주었다. 제인은 런던에 간 지 일주일이 다 되도록 캐롤라인을 만나지 못했고 아무 소식도 듣지 못했다고 했다. 그러나 제인은 자신이 롱본을 떠나기 전 캐롤라인에게 보낸 마지막 편지가 어쩌다가 분실된 게 아니겠냐는 추정을 덧붙였다. 편지는 이렇게 이어졌다.

"외숙모가 내일 시내의 그쪽 지역으로 가실 예정이니 나도 그 기회에 그로스브너가[26]를 찾아가 볼까 해."

그녀는 그 방문 이후, 그러니까 빙리 양을 만난 후 다시 편지를 보내왔다.

"캐롤라인은 기운이 없어 보였어. 그렇지만 나를 보자 몹시 반가워했고 왜 런던에 온다는 연락을 하지 않았냐고 나무랐어. 그러니까 내 추측이 맞았던 거지. 지난번 내 편지가 아직까지 전달되지 않은 거야. 물론 오빠의 안부도 물어보았어. 그분은 잘 지내는데, 다아시 씨와 대부분의 시간을 보내서 자기들도 거의 만나지 못한대. 그날 저녁엔 다아시 양이 정찬을 같이 하러 오기로 되어 있었고. 나도 한번 보았으면 싶긴 해. 캐롤라인과 허스트 부인이 외출할 예정이어서 오래 있지는 않았어. 이제 곧 그 두 사람이 나를 보러 이리로 오겠지."

엘리자베스는 이 편지를 읽고 고개를 저었다. 빙리 양의 태도로 보아 우연이 아니고서는 언니가 런던에 있다는 것을 빙리 씨가 알게 될 가망은 없어 보였기 때문이다.

넉 주가 흘러갔지만 제인은 그의 그림자도 보지 못했다. 그녀는 서운해하지 않으려고 애썼다. 그러나 빙리 양의 무관심에 대해서는 그녀도 더 이상 눈을 감고 있을 수 없었다. 보름

---

26) 가디너가 있는 곳보다 더 상류 계층의 사람들이 사는 런던의 동네.

동안 매일 아침부터 낮 동안 집에서 기다리고 저녁마다 무슨 일이 있어 못 왔겠지 하며 변호하기를 거듭한 후, 마침내 그 방문객이 나타났다. 그러나 그녀는 나타나기가 무섭게 돌아가 버렸을뿐더러 태도가 눈에 띄게 달라졌기 때문에 제인은 더 이상 스스로를 기만할 수 없었다. 그녀가 다녀간 직후 동생에게 쓴 편지가 그녀의 기분을 잘 말해 준다.

　사랑하는 리지, 내가 그동안 빙리 양의 태도를 전적으로 잘못 판단한 것 같다고 고백한다고 해서 나를 비웃고 네 판단이 옳았다고 의기양양해하지는 않겠지. 그렇지만 리지, 결과적으로 네가 옳았다는 게 드러나긴 했지만, 그녀의 행동만 놓고 본다면 네가 의심한 만큼이나 내가 신뢰한 것도 당연하지 않았나 싶어. 이렇게 말한다고 고집쟁이라고 생각하지 말아 줘. 그녀가 대체 왜 나하고 친해지고 싶어 했는지 도통 이해가 안 되지만, 같은 상황이 다시 벌어진다 해도 나는 또 속고 말 거야. 캐롤라인은 어제서야 찾아왔어. 그동안 글 한 줄, 쪽지 한 장 안 보냈지. 와서도 기꺼운 마음이 아니라는 게 너무나 명백했어. 진작 찾아오지 못해 미안하다고 가볍고 형식적인 사과를 했을 뿐이고, 다시 만나고 싶다는 말은 꺼내지도 않았어. 그리고 너무나 완벽하게 딴사람처럼 굴어서 그녀가 돌아간 후 난 더 이상 교제를 지속하지 않기로 결심했어. 그녀를 비난하지 않을 순 없지만 딱하다는 생각도 들어. 나를 그런 식으로 선택한 것부터가 그녀의 잘못이지. 나와 더 친해지고 싶어 한 것이 늘 그녀 쪽이었다는 것도 얼마든지 밝힐 수 있어. 그래도 나는 캐롤라인이 안됐다고 생각해. 그녀도 자기 행동이 잘못됐다는 걸 느낄 게 틀림없고, 오빠에 대한 염려 때문에 그러는 게 확실하니까. 더 설명할 것도 없는 것 같아. 우리야 그게 전적으로 불필요한 걱정이라는 걸 알지만, 그녀로서는 걱정거리일 수 있을 테니 그런 태도도 이해가 돼. 오빠를 소중히 여기는 거야 인지상정이고 염려하는 마음도 그게 무엇이든 동기간의 자연스러운 우애가 아닐까 싶어. 그렇다고 그녀가 지금까지도 그런 염려를 한다면 놀라지 않을 수 없어. 그이가 나를 조금이라도 좋아했다면 우리는 진작 만났어야 하니까 말이야. 그녀의 말로 미루어 그이도 내가 런던에 있다는 걸 아는 게 분명하거든. 그런데 그녀의 태도에는 참 묘한 것이 있었어. 오빠가 다시 양을 좋아한다고 밝히는 것이 아니라 자기가 그렇게 믿고 싶어 하는 것 같은 느낌을 주거든. 이해가 안 돼. 좀 심하게 말해도 된다면 이번 일에는 뭔가 속임수가 있는 것 같다고 말하고 싶을 정도야. 그렇지만 그런 고통스러운 생각들은 깡그리 몰아내기 위해 노력할래. 그리고 나를 행복하게 해 주는 것들, 네 사랑과 외삼촌과 외숙모의 한결같은 배려만 생각할 거야. 곧 소식 전해 줘. 빙리 양은 그이가 다시는 네더필드에 돌아가지 않을 거라고, 그 집을 해약할 거라고 말했어. 그렇지만 그것도 확실하게 말한 건 아니고. 그 얘기는 더 이상 안 하는 게 낫겠지. 헌스퍼드의 친구에게서 그렇게 즐거운 편지를 받았다니 아주 기뻐. 윌리엄 경과 머라이아가 갈 때 꼭 같이 가서 그들을 만나 봐. 거기서 마음 편히게 잘 지낼 거라고 믿어.

언니가

엘리자베스는 이 편지를 읽고 마음이 조금 아팠다. 그러나 최소한 언니가 더 이상 빙리 양에게 속지 않게 되었다는 생각에 다시 기운을 찾았다. 빙리 씨에 대한 기대도 이제 완전히 사라졌다. 그의 관심이 되살아나는 것조차 바라지 않았다. 하나하나 따져 볼수록 그의 사람됨에 신뢰가 가지 않았다. 그리고 제인을 돋보이게 할 뿐 아니라 그를 징벌하기 위해서라도 그가 다아시 씨의 여동생과 진짜로 결혼하면 좋겠다고 바랄 지경이었다. 위컴의 설명대로라면 다아시 양은 빙리가 어떤 복을 걷어차 버렸는지 깨닫게 해 줄 테니까 말이다.

바로 이즈음 가디너 부인이 엘리자베스에게 위컴에 대한 약속을 상기시키면서 소식을 물어왔다. 엘리자베스가 전할 소식은 자신보다는 외숙모가 더 좋아할 것이었다. 그의 호감은 눈에 띄게 식어 갔고 관심도 사라졌다. 그는 다른 여성에게 구애하고 있었다. 엘리자베스도 지켜본 셈이라 그 과정을 다 알 수 있었는데, 그런 상황을 바라보는 것이나 편지에 그 이야기를 쓰는 것에 큰 고통이 따르지는 않았다. 마음의 고통은 가벼웠고 재산만 있었더라면 자신이야말로 그의 유일한 선택이었을 거라고 믿음으로써 그녀의 허영심도 충족되었다. 지금 그가 잘 보이려고 노력하는 아가씨의 가장 두드러진 매력은 최근에 갑자기 만 파운드의 재산을 얻었다는 사실이었기 때문이다. 그러나 샬럿의 경우를 대할 때보다 총기를 잃었는지 엘리자베스는 재정적 독립을 확보하겠다는 위컴의 욕망은 비난하지 않았다. 오히려 그보다 더 당연한 행동은 없다고 생각했다. 그리고 그가 그녀를 포기하기까지 다소 심적 갈등이 있었을 것이라고 짐작하면서도 그런 선택이야말로 두 사람을 위해서 현명하고 바람직하다고 너그럽게 이해했고 진심으로 그의 행복을 빌었다.

그녀는 가디너 부인에게 편지로 그사이 있었던 일들을 전했다. 자초지종을 설명하고 나서 이렇게 썼다. "외숙모, 그러고 보니 그리 대단한 사랑에 빠졌던 건 아닌 것 같아요. 제 감정이 진짜 순수하고 고결한 열정이었다면 저는 지금 그 사람의 이름조차 혐오하고 이 세상의 증오란 증오는 다 퍼붓고 있어야 할 테니까요. 그러나 저는 그 사람에 대해서 좋은 감정을 가지고 있을 뿐만 아니라 킹 양에게도 전혀 유감이 없어요. 그 아가씨를 미워한다거나 그녀가 꽤 괜찮은 여자라고 인정하고 싶지 않은 마음이 조금도 없거든요. 사랑했다면 이럴 순 없겠지요. 조심한 효과가 있었나 봐요. 그리고 제가 정신없이 사랑에 빠졌다면 틀림없이 주변 사람들에게 더 중요한 존재가 되었겠지만 지금처럼 별 주목을 받지 못한 게 아쉽지도 않네요. 중요한 인물이 되려면 비싼 대가를 치러야 하는가 봐요. 그의 변절에 저보다 키티와 리디아가 더 상심했답니다. 그 애들은 아직 세상 물정을 몰라서 못생긴 남자뿐 아니라 잘생긴 남자도 먹고살 재산이 필요하다는 안타까운 진실을 받아들이지 못하는 거지요."

4

롱본 집안에는 1월과 2월이 지나는 동안 별다른 일이 없었다. 때로는 질척거리기도 하고 때로는 춥기도 한 산책로를 따라 걸어 메리턴을 다녀오는 정도가 고작이었다. 3월에는 엘리자베스가 헌스퍼드에 갈 예정이었다. 처음에 그녀는 그곳 방문을 그다지 진지하게 고려하지 않았다. 그렇지만 샬럿의 기대가 크다는 것을 곧 알게 되었고 그녀 자신도 마음을 굳히면서 그 방문을 더 기쁘게 받아들이게 되었다. 오랫동안 못 만나다 보니 샬럿을 보고 싶은 마음이 더 커졌고 콜린스 씨에 대한 혐오감은 줄어들었다. 워낙 이런 계획 자체가 색다른 데다 어머니나 동생들과는 말이 안 통해 집에 있는 것이 좋기만 하지도 않았으므로 약간의 변화라도 환영이었다. 게다가 그 여행길에서 언니도 만날 수 있을 터였다. 요컨대 그녀는 여행을 떠날 날이 다가옴에 따라 출발이 지체된다면 오히려 안타까워할 정도가 되었다. 모든 일이 순조롭게 진행되어 결국 샬럿이 처음 세운 일정대로 확정되었다. 엘리자베스는 윌리엄 경과 그의 둘째 딸과 동행하게 되었다. 거기에 런던에서 하룻밤 보내자는 안이 추가되었으니 계획으로서는 더할 나위 없게 됐다.

단 한 가지, 아버지를 말벗도 없이 두고 가는 것이 마음에 걸렸다. 자신이 없으면 아버지가 많이 허전해하실 것은 분명했다. 떠날 날이 닥치자 그는 아쉬운 마음에 딸에게 편지를 보내라면서 답장을 주겠다는 약속까지 마다치 않을 태세였다.

위컴 씨와는 서로 좋은 마음으로 헤어졌는데 남자 쪽에서 더욱 그랬다. 현재 다른 사람한테 구애하고 있다고 해서 그가 엘리자베스야말로 자신의 관심을 불러일으키고 받아 마땅한 첫 여인, 자신의 이야기에 귀를 기울여 주고 딱하게 여겨 주었으며 자신이 경모한 첫 여인임을 잊을 수는 없었을 테니까. 그는 아무쪼록 즐거운 여행이 되기를 바란다고 작별 인사를 하면서, 캐서린 드 버그 영부인한테서 기대할 만한 것이 무엇인지 상기시키고 영부인에 대한 두 사람의 의견이, 아니 모든 사람들에 대한 두 사람의 의견이 항상 일치하리라고 확신한다고 말했다. 그의 태도에는 깊은 배려와 관심이 깃들어 있었고 그녀는 앞으로도 늘 그를 마음에 두고 높이 평가할 것 같았다. 그녀는 그가 결혼하든 독신으로 있든 그를 항상 다정하고 기분 좋게 상대할 수 있는 남성의 모범으로 기억하리라 확신하면서 헤어졌다.

그녀가 다음 날 같이 여행하게 된 두 사람은 위컴과의 좋았던 기억을 조금이라도 잊게 해 줄 인물들이 못 되었다. 윌리엄 루커스 경과 마음씨는 곱지만 머리가 자기 아버지 못지않게 텅 빈 머라이아는 들어 줄 만한 말은 한마디도 하지 않았고 마차가 덜컹거리는 소리 이상의 즐거움을 주지 못했다. 엘리자베스가 어리석은 소리 듣기를 즐기기는 했지만, 윌리엄 경의 것은 오래 묵어도 너무 묵었다. 그는 자신의 알현식과 기사 작위 수여식 때의 경이로움에 대해 하나도 새롭지 않은 이야기를 되풀이했고 이야기의 형식 또한 그 내용만큼이나 낡아 빠진 것이었다.

그날 여행은 거리가 겨우 24마일이었고, 더욱이 워낙 아침 일찍 출발했기 때문에 정오경에는 그레이스처치가에 도착할 수 있었다. 그들의 마차가 가디너 씨 집 문을 향해 가고 있을 때 응접실 창문으로 그들의 도착을 지켜보고 있던 제인이 현관에서 반갑게 맞아 주었는데, 언니의 얼굴을 유심히 살펴본 엘리자베스는 언니가 전과 다름없이 건강하고 아름다운 것을 확인하고 기뻤다. 계단 위에는 사내아이들과 계집아이들이 주르르 나와 있었다. 그들은 사촌을 얼른 만나고 싶은 마음에 응접실에서 기다리지 못하고 밖으로 나오기는 했지만, 열두 달 동안이나 보지 못했기 때문에 서먹해져서 아래로 더 내려오지는 못했던 것이다. 모두들 기쁨과 친절이 넘쳤다. 하루가 아주 즐겁게 지나갔다. 낮에는 부산을 떨면서 쇼핑을 했고, 저녁에는 극장에 갔다.

극장에서 엘리자베스는 일부러 외숙모의 옆자리에 앉았다. 첫 번째 화제는 언니였다. 그녀는 이것저것 자세히 물어보았는데, 언니가 비록 항상 즐거워하려고 애쓰고는 있지만 때로 우울해한다는 말을 듣고 놀라기보다는 마음이 아팠다. 그런 상태가 오래 지속되지 않기를 바랄 수밖에 없었다. 가디너 부인은 또한 빙리 양이 그레이스처치가를 방문한 일과 제인과 자신이 나눈 대화를 자세히 들려주면서 제인이 마음속으로 빙리 양과의 교분을 완전히 포기한 것 같다고 전했다.

그리고 나서 가디너 부인은 엘리자베스가 위컴한테 차였다고 놀리면서 그래도 잘 받아들이고 있다고 칭찬했다.

"그런데 엘리자베스." 그녀가 덧붙였다. "킹 양은 어떤 아가씨지? 우리의 친구가 돈만 밝히는 사람이라고 생각하고 싶지는 않은데."

"근데 외숙모, 결혼에 있어 돈만 밝히는 것과 신중한 것 사이에 어떤 차이가 있죠? 신중함이 끝나는 지점은 어디고 탐욕이 시작되는 지점은 어딘가요? 지난 크리스마스엔 그 사람과 제가 결혼하게 될까 봐 걱정하셨잖아요. 경솔한 일이라고요. 그런데 지금은 겨우 만 파운드의 재산을 가진 아가씨와 결혼하려 한다고 돈만 밝히는 사람이라고 생각하고 싶어 하시네요."

"킹 양이 어떤 사람인지만 말해 주면 내가 알아서 판단할게."

"상당히 좋은 아가씨일 거예요, 아마. 나쁜 얘기는 못 들어봤어요."

"하지만 조부의 별세로 그만한 재산을 상속받기 전엔 그 사람이 그 아가씨에게 아무런 관심도 안 보였잖아."

"그건 맞아요. 하지만 왜 관심을 보였어야 하죠? 제게 돈이 없어서 그이가 제 애정을 구해서는 안 되는 거였다면, 좋아하지도 않고 저처럼 돈도 없던 여자에게 구애할 이유가 어디 있어요?"

"하지만 재산을 상속하자마자 그 아가씨한테 관심을 돌리다니 좀 천박한 것 같아."

"궁핍한 처지에서는 남들처럼 우아한 예의범절을 모두 지킬 여유가 없는 거지요. 그 아가씨한테 괜찮다면 우리가 왜 문제 삼아야 하나요?"

"그 아가씨한테 괜찮다고 그의 행동이 정당화되는 것은 아니지. 그건 오히려 그 아가씨에게 뭔가 부족하다는 걸 보여 줄 뿐이야. 분별력이나 감성 같은 거 말이야."

"그렇다면 외숙모 마음대로 생각하세요." 엘리자베스가 목소리를 높였다. "그 사람은 돈만 아는 사람이고, 그 아가씨는 바보 같은 여자라고."

"아니야, 리지, 내 마음대로 하라면 당연히 그렇게 생각하고 싶지 않지. 더비셔에서 그렇게 오래 산 젊은이를 나쁘게 평가해야 한다면 기분 좋을 리 없다는 거 너도 알 거야."

"아! 단지 그게 문제라면, 전 현재 더비셔에서 지내는 청년들을 별로 좋지 않게 생각하거든. 하트퍼드셔에 사는 사람들도 더 나을 게 별로 없고요. 그 사람들 모두 넌더리가 나요. 천만다행이에요! 제가 내일 가는 곳에서는 좋은 점이 한 가지도 없는, 매너도 지각도 내세울 게 없는 남자를 만나게 될 테니까요. 결국 알고 지낼 만한 남자들은 우둔한 사람들밖에 없네요."

"조심해라, 리지. 아주 낙심했다는 소리로 들리니까."

연극이 끝나기 바로 전 외숙모는 리지에게 뜻밖의 선물을 안겼다. 자기 부부가 계획하고 있는 여름 관광 여행에 동반해 달라고 초대한 것이다.

"얼마나 멀리 갈지는 아직 확정하지 않았어." 가디너 부인이 말했다. "하지만 아마 호수 지방[27]까지는 갈 거야."

---

27) 잉글랜드 북부의 더비셔 위쪽에 있는 관광 명소.

어떤 계획도 그보다 더 엘리자베스를 기쁘게 할 수는 없었을 것이다. 그래서 그녀는 그 초대를 아주 기꺼이, 그리고 감사하는 마음으로 받아들였다. "오, 고마운 외숙모님." 그녀가 황홀한 목소리로 외쳤다. "너무 기뻐요! 이렇게 좋을 수가! 외숙모 덕분에 새로운 생기와 활력을 얻게 되었어요. 실망스럽고 울적한 일이여, 모두 안녕! 바위와 산들에 비하면 남자들이 다 뭐예요? 아! 얼마나 황홀할까요! 우리가 여행에서 돌아올 때는 자기들이 뭘 보았는지 정확히 설명하지도 못하는 여행자가 되지는 않을 거예요. 우리가 가 본 곳에 대해 훤히 알고 싶고 우리가 본 걸 죄다 기억하고 싶어요. 호수와 산과 강 들이 우리의 상상력 안에서 마구 뒤섞이지도 않게 할 테고, 경치를 하나하나 묘사할 때에도 무엇이 어디 있었는지를 가지고 입씨름하지 않도록 해야겠죠. 우리가 처음에 터뜨리는 기쁨의 토로도 대개의 다른 여행자들보다는 더 그럴 만해야겠고요."

5

다음 날 여행길에 오른 엘리자베스는 모든 것이 새롭고 흥미롭게 느껴졌다. 즐거운 일을 받아들일 여유가 생겼기 때문이다. 언니의 얼굴이 밝아서 건강 걱정이 싹 가셨고, 북부 지방 여행을 기대하는 마음에 그저 흐뭇한 기분이었다.

큰길을 벗어나 헌스퍼드로 가는 소로로 들어서자 모두들 목사관을 찾느라 두리번거렸으며, 모퉁이를 돌 때마다 이제 나타나겠지 했다. 길 한편으로는 로징스 파크의 울타리가 이어졌다. 엘리자베스는 로징스의 식구들에 대해 들은 이야기들을 떠올리며 미소를 지었다.

　마침내 목사관이 눈에 들어왔다. 길 쪽으로 경사진 정원과 그 안에 서 있는 집, 초록색 말뚝 울타리와 월계수로 두른 담, 그 모든 것이 그들이 목적지에 도착했음을 알려 주었다. 현관문 앞에 콜린스 씨와 샬럿의 모습이 보였고, 마차는 작은 대문 앞에 멈추어 섰다. 거기서 집까지 걸어갈 수 있는 자갈길이 나 있었다. 모두들 눈인사를 하며 미소 지었다. 이윽고 일행은 마차에서 내려 서로 해후의 기쁨을 나눴다. 콜린스 부인은 친구를 맞으며 반가워서 어쩔 줄 몰라 했고, 엘리자베스는 그녀가 그토록 좋아하는 것을 보고 더욱 오기를 잘했다고 생각했다. 사촌의 태도는 결혼 이후에도 달라진 것이 없었다. 정중하게 격식을 차리는 태도는 전과 하나도 다르지 않아서 그는 그녀를 대문 앞에 몇 분 동안 세워 놓고 가족들의 안부를 일일이 묻고 대답을 들었다. 그러고 나서 그들은 입구의 깔끔함을 짚고 넘어가는 그의 말을 듣느라 잠시 지체했을 뿐 바로 집으로 안내되었다. 그들이 응접실에 들어서자마자 그는 다시 한 번 누옥을 방문해 주셔서 감사하다며 지나치게 격식을 갖춘 인사말을 되풀이했고, 아내가 손님들에게 마실 것을 권할 때마다 아내의 말을 착실하게 반복했다.

　엘리자베스는 그가 의기양양해하리라고 각오하고 있었다. 실제로 그가 방의 반듯한 외관이라든가 실내 구조와 가구 등을 보여 주면서 유독 그녀를 향해 설명을 하고 있다는 느낌을 받지 않을 수 없었다. 마치 그의 청혼을 거절함으로써 그녀가 무엇을 잃었는지 느껴 보라는 것 같았다. 모든 게 깔끔하고 안락해 보인 것은 사실이었지만, 그렇다고 후회의 한숨을 내쉬어서 그를 흡족하게 해 줄 까닭도 없었다. 오히려 그런 남편과 살면서 그토록 쾌활한 태도를 지닐 수 있다는 것이 놀라워 친구가 다시 보였다. 콜린스 씨는 아내가 창피하게 여길 수밖에 없는 말을 꽤 자주 했는데 그럴 때마다 엘리자베스는 자기도 모르게 샬럿 쪽으로 시선을 돌리곤 했다. 샬럿은 한두 번 살짝 얼굴을 붉히기도 했으나, 대개는 현명하게도 아예 듣지 않았다. 거실에 한참 동안 앉아 벽장부터 벽난로 앞의 불똥막이에 이르기까지 그곳에 있는 가구 한 점 한 점에 대해 찬탄하고 그들의 여행과 런던에서 있었던 일까지 모두 이야기되고 나자 콜린스 씨는 정원을 한번 둘러보자고 했다. 정원은 널찍하고 구획되어 있었으며, 콜린스 씨가 정성 들여 손수 가꾼 것이었다. 그는 정원을 가꾸는 것이 자신의 가장 고상한 취미 중의 하나라고 했다. 이어 샬럿이 정원 가꾸기가 운동도 되고 건강에도 좋아서 가급적 남편에게 정원 일을 많이 하도록 권한다고 말했는데, 엘리자베스는 그 말을 하는 샬럿의 차분한 표정에 감탄하지 않을 수 없었다. 정원에서 콜린스 씨는 여기저기 오솔길과 갈림길로 그들을 안내하면서 남들이 칭찬의 말로 끼어들 틈도 주지 않고 모든 것에 대해 세세히 설명하는 통에 정작 그 아름다움을 감상하는 것은 완전히 뒷전이 되었다. 그는 사방에 있는 들판을 하나하나 가리키면서 가장 멀리 떨어져 있는 수풀의 나무가 몇 그루인지까지 말해 주었다. 그러나 그에 따르면 자기 집 정원이나 그 고장 혹은 나라 전체에서 내로라하는 어떤 전망도 로징스의 전망과는 비교할 바가 못 된다고 했다. 그의 집 바로 맞은편에 장원의 경계를 이루는 나무들 사이로 전망이 확 트여 있다는 것이었다. 로징스는 완만한 언덕 위에 터를 잡고 있는, 대단히 멋진 현대식 건물이었다.

정원을 다 보여 준 뒤 콜린스 씨는 목초지가 두 군데 있다면서 손님들을 그곳으로 데려가고 싶어 했다. 그러나 숙녀들의 신발로는 하얀 서리가 남아 있는 길을 걸어가기에 무리여서 그들은 집을 향해 돌아섰고 윌리엄 경만 콜린스 씨를 따라갔다. 두 사람이 목초지를 둘러보는 동안 샬럿은 동생과 친구를 집으로 데리고 갔다. 남편 없이 혼자서 집을 보여 줄 기회가 생겨서인지 샬럿은 대단히 기분이 좋아 보였다. 집은 다소 작았으나 튼튼하고 편리했다. 모든 것이 깔끔하고 조화롭게 배치되고 정돈되어 있었는데, 엘리자베스가 보기에는 모두 샬럿의 솜씨였다. 콜린스 씨만 머리에서 지울 수 있다면 정말 아늑한 분위기였다. 그리고 샬럿이 정말 집을 아늑하게 느끼는 것으로 봐서 실제로도 콜린스 씨가 종종 머리에서 지워지지 않나 했다.

캐서린 영부인이 아직 런던에 가지 않고 그곳에 머물고 있다는 것은 엘리자베스도 들어 알고 있었다. 저녁 식사 중 콜린스 씨가 합석해서 다시 한번 그렇다고 확인해 주었다.

"그렇습니다, 엘리자베스 양. 오는 일요일 교회에서 캐서린 드 버그 영부인을 만나 뵐 수 있을 겁니다. 당신도 좋아할 만한 분이라는 건 말씀드릴 필요도 없겠지요. 그분께선 정말 다정하고 친절하시니 예배가 끝나면 당신께도 어떤 식으로든 인사를 건네는 영광을 베풀어 주시리라고 믿어 의심치 않습니다. 당신과 제 처제 머라이아가 이곳에 머무는 동안, 저희를 초대하실 때마다 당신과 머라이아도 함께 초대하실 거라고 스스럼없이 말씀드릴 수 있습니다. 그분께서는 제 아내 샬럿에게 정말 잘 대해 주십니다. 우리는 매주 두 번 로징스에서 정찬을 드는데, 그분께서는 우리가 귀가할 때 절대 그냥 걸어오도록 놔두지 않으신답니다. 그때마다 우리를 위해 당신의 마차를 준비해 주시지요. 당신의 마차 중 하나라고 해야 옳겠습니다. 마차를 여러 대 갖고 계시니까요."

"캐서린 영부인은 정말 아주 점잖고 사려 깊은 분이세요." 샬럿이 덧붙였다. "그리고 이웃들에게 늘 신경을 써 주시고."

"그렇고말고, 여보, 그게 바로 내 말이오. 그런 분께는 아무리 많은 존경을 바쳐도 모자라오."

그들은 그날 저녁의 대부분을 이미 편지에서 주고받은 하트퍼드셔의 소식에 대해 이야기하며 보냈다. 그런 후 엘리자베스는 자기 방에 혼자 앉아 샬럿이 과연 얼마나 행복할지 차분히 생각해 보았다. 집을 안내하면서 샬럿이 한 말이라든가 남편을 대하는 그녀의 침착한 태도를 이해하고 모든 것이 잘 돌아가고 있다는 것을 인정할 수밖에 없었다. 또한 그녀는 이곳에서 머무는 동안에 시간을 어떻게 보내게 될지도 짐작해 보았다. 보통은 조용히 지낼 것이고, 더러는 콜린스 씨가 끼어들어 당혹스럽게 만들 것이며, 로징스에 간다고 들떠서 법석을 떨 것이라고 생각했다. 그녀의 활발한 상상력은 순식간에 이 모든 것을 그려 낼 수 있었다.

다음 날 정오경 엘리자베스가 산책을 나가기 위해 방에서 준비하고 있을 때 아래층이 갑자기 소란스러워지면서 온 집 안에 소동이 벌어지는 듯했다. 그녀가 잠시 귀를 기울이고 있으니까 곧 누군가가 헐레벌떡 계단을 뛰어 올라오면서 크게 그녀의 이름을 부르는 소리가 들려왔다. 엘리자베스가 문을 열자 머라이아가 층계참에 서서 흥분한 나머지 숨 가쁜 소리로 외쳤다.

"오! 일라이자! 어서 서둘러서 식당으로 가 봐. 정말 볼만한 광경이 있어! 뭔지는 말 안 할래. 어서 당장 내려와."

엘리자베스가 무슨 일이냐고 물어보았지만 소용없었다. 머라이아가 더 이상 아무 말도 하지 않으려 들었기 때문에 그들은 아래층으로 뛰어 내려갔고 오솔길이 바라보이는 식당으로 들어가 이 놀라운 광경을 내다보았다.

"그래, 이게 다야?" 엘리자베스가 외쳤다. "최소한 누가 돼지 떼라도 정원으로 몰고 들어온 줄 알았더니 겨우 캐서린 영부인과 그 딸이잖아!"

"저런, 일라이자." 머라이아가 그녀가 잘못 알고 하는 말에 놀란 표정으로 말했다. "캐서린 영부인이 아니야. 나이 든 부인은 그 댁에서 함께 사는 젠킨슨 부인이라고. 같이 있는 사람이 드 버그 양이고. 좀 잘 봐. 너무너무 조그맣지. 저렇게 마르고 작은 사람일 거라고 누가 상상이나 했겠어!"

"이렇게 바람이 센데 샬럿을 집 밖에 세워 놓다니 무례하기 짝이 없네. 왜 안 들어온대?"

"아이! 언니가 그러는데, 그 아가씨는 집 안에 들어오는 일
이 거의 없대. 드 버그 양이 집 안에 들어오는 건 최고로 호의
를 베푸는 거래."

"생긴 게 마음에 드는걸." 마침 다른 생각이 떠오른 엘리자베
스가 말했다. "병약하고 신경질적으로 보여. 그래, 그 사람과 아
주 잘 맞을 것 같아. 그의 부인으로 아주 적격이겠는데."

콜린스 씨와 샬럿이 함께 정원 입구에 서서 손님들과 대화
를 나누고 있었다. 그리고 윌리엄 경은 현관에 서서 앞에 계시
는 고귀한 분을 열심히 바라보며 드 버그 양이 그가 있는 쪽
으로 고개를 돌릴 때마다 연신 굽실거리는 모습이 엘리자베
스에게는 무척 우스웠다.

마침내 대화가 끝났다. 두 숙녀는 마차를 타고 떠났고 남은
사람들은 집 안으로 들어왔다. 콜린스 씨는 두 아가씨를 보
자마자 운이 좋다며 축하 인사를 하기 시작했다. 샬럿의 설명
에 따르면 그들 모두가 다음 날 로징스의 정찬에 초대를 받았
다는 것이다.

6

콜린스 씨의 의기양양함은 그 초대로 인해 절정에 달했다.
손님들에게 후견인의 고귀한 신분을 자랑해서 감탄을 자아내
고, 그 귀부인이 자기 부부에게 얼마나 친절을 베푸는지 보여

줌으로써 자신의 능력을 과시하는 일이야말로 바로 그가 바라 마지않던 것이었다. 그리고 그런 기회를 이렇게 빨리 주었다는 사실부터가 입에 침이 마르도록 칭송해도 모자랄 캐서린 영부인의 너그러운 배려를 보여 주는 예였다.

"솔직히 말해서……." 하고 그가 말을 시작했다. "영부인께서 일요일 저녁 때 로징스에 와서 차나 들자고 하셨다면 별로 놀라지 않았을 겁니다. 그분의 다정하신 성품을 익히 알기 때문에 오히려 그러실 거라고 기대하고 있었지요. 그렇지만 이 같은 배려야 누가 감히 예상할 수 있었겠습니까? 여러분이 도착하고 이렇게 금방 정찬에 초대해 주실 줄이야, 더욱이 일행 모두를 초대해 주실 줄이야 누가 감히 상상이나 할 수 있었겠습니까!"

"내게는 이번 일이 그다지 놀랍진 않다네." 윌리엄 경이 대답했다. "내 신분 덕분에 진짜 귀족들의 매너가 어떤지 좀 알고 있으니까 말일세. 궁정 주변에서는 그런 기품 있는 태도를 드물지 않게 볼 수 있다네."

그날 내내, 아니 다음 날 아침까지도 그들은 로징스 방문 외에 다른 얘기는 거의 하지 않았다. 콜린스 씨는 로징스에서 어떤 일을 경험할지 세심히 가르쳐 줌으로써 손님들이 그렇게 대단한 방들과 그렇게 많은 하인들과 그렇게 훌륭한 정찬에 압도당하지 않도록 하느라 애썼다.

숙녀들이 옷을 갈아입으러 가려고 일어서자 그가 엘리자베스에게 말했다.

"옷차림에 대해 부담스럽게 생각하지 마세요, 엘리자베스.

캐서린 영부인께서는 결코 그분 자신이나 따님께나 어울리는 우아한 옷차림을 우리가 해야 한다고는 생각하지 않으십니다. 그냥 가진 옷 중에서 다른 것보다 조금 나은 걸로 입으면 됩니다. 더 나은 옷을 입을 이유가 없으니까요. 캐서린 영부인께서는 옷차림이 소박하다고 좋지 않게 보실 분이 아닙니다. 그분께서는 신분 차이를 지키는 것을 좋아하시지요."

그들이 옷을 입는 동안 콜린스 씨는 두세 차례나 이 방 저 방을 두드리며 캐서린 영부인께서는 손님이 늦게 와서 정찬이 늦어지는 걸 몹시 싫어하신다며 빨리 옷을 입으라고 독촉했다. 그 귀부인과 그녀의 생활 태도에 대한 그 같은 어마어마한 설명은 사교에 익숙하지 않은 머라이아 루커스를 겁주기에 충분했다. 따라서 로징스에 선보이는 순간을 기대하는 그녀의 마음은 아버지가 세인트 제임스 궁에서 알현식에 참석했을 때만큼이나 떨렸다.

날씨가 화창해서 반 마일 정도 장원을 가로지르게 되어 있는 그들의 산책길은 유쾌했다. 장원은 어떤 장원이든 나름의 아름다움과 경치를 가지게 마련이다. 엘리자베스도 그 장원의 경치가 이곳저곳 꽤 아름답다고 생각했다. 그러나 콜린스 씨가 바라는 수준만큼 그 아름다움에 황홀할 정도는 아니었다. 또한 그가 저택 전면에 있는 창문을 일일이 세고 애초에 그 유리를 끼우는 데 루이스 드 버그 경이 얼마나 큰돈을 썼는지 말했음에도 그다지 감탄하지 않았다.

그들이 현관을 향해 한 계단 한 계단 올라갈 때마다 머라이아의 두려움은 매 순간 커졌고, 윌리엄 경마저도 완전히 침착한 마음 상태가 아닌 것 같았다. 그러나 엘리자베스만큼은 용기를 잃지 않았다. 캐서린 영부인이 남다른 재능과 놀랄 만한 덕을 지녔다는 이야기를 들었다면 그녀를 경외하는 마음이 들 수도 있었겠지만, 단지 돈과 지위에서 오는 위세뿐이라면 그리 벌벌 떨 이유가 없다고 생각했다.

일행이 현관에 이르자 콜린스 씨는 그곳의 훌륭한 구조와 세련된 장식을 황홀해하는 어조로 지적했다. 거기서 그들은 하인들의 안내를 받아 대기실을 거쳐 캐서린 영부인과 영애 그리고 젠킨슨 부인이 앉아 있는 방으로 들어갔다. 캐서린 영부인은 자리에서 일어나 그들을 맞이하는 큰 친절을 베풀었다. 남편과 상의 끝에 콜린스 부인이 소개를 맡기로 해서, 그녀는 콜린스 씨라면 필요하다고 여겼을 변명이나 감사의 말을 생략한 채 적절하게 그 임무를 수행했다.

윌리엄 경은 세인트 제임스 궁에서 국왕을 알현한 사람임에도 주변의 당당한 위세에 완전히 압도된 나머지 깊이 허리를 굽혀 절했을 뿐 말은 한마디도 하지 못한 채 자리에 앉는 것이 고작이었다. 그의 딸은 두려움으로 정신이 나갈 지경이 되어 의자 끄트머리에 간신히 걸터앉아서는 시선을 어디 두어야 좋을지 몰라 쩔쩔맸다. 엘리자베스는 전혀 주눅 들지 않았으므로 앞에 앉은 세 귀부인을 침착하게 관찰할 수 있었다. 캐서린 영부인은 한때는 준수했을지도 모르는 뚜렷한 이목구비에 키도 몸집도 다 큰 여성이었다. 별로 부드러운 분위기가 아닌 데다 방문객들을 대하는 태도도 그들로 하여금 자신들의 낮은 신분을 의식하게 만들었다. 가만히 있어도 위엄이 풍기는 사람은 아니었고, 무슨 말을 하든 신분을 앞세우듯 위압적인 어조로 말해서 엘리자베스는 곧바로 위컴이 한 말이 떠올랐다. 그날 관찰한 것을 종합해 보건대 캐서린 영부인은 꼭 위컴이 묘사한 그대로라고 생각하게 되었다.

그녀는 영부인의 용모와 자태가 다아시 씨와도 닮은 데가 있음을 바로 알아볼 수 있었는데, 이어서 딸에게로 눈을 돌렸다가 너무나 마르고 너무나 자그마한 걸 보고 거의 머라이아만큼이나 놀랄 뻔했다. 모녀는 몸매로 보나 얼굴로 보나 닮은 데라고는 전혀 없었다. 드 버그 양은 창백하고 병약해 보였다. 그녀의 이목구비는 못생겼다고까지는 할 수 없었지만 그저 평범했다. 그녀는 젠킨슨 부인에게 귓속말을 할 뿐 거의 말을 하지 않았다. 젠킨슨 부인의 외양에는 특별히 눈에 띄는 점이 없었다. 그녀는 드 버그 양에게 귀를 기울이고 그녀의 눈앞에 있는 차단막을 적당한 방향으로 놓는 데에만 정신이 팔려 있었다.

잠시 앉아 있다가 모두들 전망을 감상하라는 권고를 받고 창가로 갔다. 콜린스 씨가 붙어 서서 전망의 아름다움을 설명했고, 캐서린 영부인은 여름에는 훨씬 더 볼만하다고 친절하게 일러 주었다.

정찬은 참으로 훌륭했고, 하인들이나 요리 모두 콜린스 씨가 일러 준 그대로였다. 콜린스 씨는 역시 그가 예견한 대로 캐서린 영부인의 청에 따라 식탁 맨 끝 주빈 자리에 앉았는데, 생애 최고의 순간을 맞은 사람처럼 보였다. 그는 기쁨에 넘치는 사람 특유의 경쾌한 동작으로 썰고 먹고 칭찬했다. 요리가 나올 때마다 그가 먼저 칭찬했고 다음으로 윌리엄 경이 칭찬했다. 윌리엄 경은 이제 약간 정신이 나는지 사위가 하는 말을 한마디 한마디 따라 했는데, 엘리자베스는 캐서린 영부인이 그런 태도를 참을 수 있는지 궁금했다. 그러나 캐서린 영부인은 그런 극찬에 기뻐하는 듯했고, 특히 그들이 식탁에 나온 어떤 음식을 난생처음 본다고 할 때면 대단히 너그러운 미소를 지어 보였다. 식탁에 둘러앉은 사람들은 대화를 많이 하지 않았다. 엘리자베스는 기회가 있으면 언제든지 대화에 참여할 용의가 있었으나 샬럿과 드 버그 양 사이에 앉아 있다 보니 여의치 않았다. 샬럿은 캐서린 영부인에게 귀를 기울이느라 여유가 없었고, 드 버그 양은 식사 시간 내내 그녀에게 한마디도 건네지 않았다. 젠킨슨 부인은 드 버그 양이 식사를 얼마나 조금 하는지 지켜보고 그녀가 한 가지 음식을 거절하면 다른 음식을 권하며 식욕이 없는 것을 걱정하는 데에만 신경을 썼다. 머라이아의 경우는 입을 떼는 것은 상상할 수도 없는 일이었고, 신사들은 음식을 먹고 칭찬하는 일 외에는 아무 것도 하지 않았다.

응접실로 돌아간 숙녀들은 캐서린 영부인의 말을 듣는 것 말고는 달리 할 일이 없었다. 캐서린 영부인은 커피가 올 때까지 쉬지 않고 모든 주제에 대해서 자기 생각을 말했는데, 다른 사람의 의견을 듣는 데 익숙하지 않은 사람 특유의 단정적인 태도였다. 샬럿의 집안 살림에 대해 자기 일이나 되는 듯 상세하게 물어보고는 그 모든 일을 어떻게 처리해야 하는지 일일이 조언해 주었다. 샬럿의 가족처럼 규모가 작은 경우에는 일을 관리하는 방식이 어떻게 달라야 하는지 가르쳐 주었고, 암소와 닭 등은 어떻게 돌보아야 하는지까지 지도했다. 엘리자베스가 보기에 남에게 명령할 기회만 된다면 어떤 주제도 이 위대한 귀부인이 챙기지 못할 바가 아니었다. 영부인은 콜린스 부인과 대화를 나누는 중간중간에 머라이아와 엘리자베스에게도 이런저런 질문을 했는데, 집안은 잘 모르겠지만 "그만하면 아주 얌전하고 참한 처녀"(샬럿이 전해 준 말이었다.)인 엘리자베스에게 더 관심이 있었다. 그녀는 엘리자베스에게 자매가 몇이냐, 그중 언니는 몇이고 동생은 몇이냐, 누가 곧 결혼을 하게 될 것 같으냐, 자매들의 인물이 좋으냐, 교육은 어디서 받았느냐, 아버지가 가진 마차는 무슨 종류냐, 어머니의 처녀 시절 성이 무엇이냐 등의 질문을 틈틈이 했다. 엘리자베스는 그런 질문들이 좀 무례하게 느껴졌으나 차분하게 대답했다. 그러자 캐서린 영부인이 이렇게 말했다.

"부친의 부동산이 콜린스 씨에게 한정 상속 된다지. 자네에게는 (샬럿을 향해 고개를 돌리면서) 기쁜 일이군. 그렇지만 그 점을 빼면 나로서는 여자들이 재산을 상속받지 못하게 할 이유가 어디 있는지 모르겠더군. 루이스 드 버그 경 집안에서는 그럴 필요를 못 느꼈지. 연주와 노래도 하나, 베넷 양?"

"조금 합니다."

"오호! 그러면 언제 한번 연주와 노래를 들려줘도 좋겠군. 우리 피아노는 굉장히 훌륭한 기야. 이디 내놔도 이보다 나은 건 아마…… 언니와 동생들도 연주와 노래를 하나?"

"하나가 합니다."

"왜 모두 배우지 않았지? 모두 배웠어야지. 웨브 씨네 딸들은 모두 연주를 하는데. 그 아버지는 수입이 아가씨 아버지만큼 많지도 않은데 말이야. 그림은 그리나?"

"아니요. 전혀 못 그립니다."

"뭐, 아무도?"

"아무도요."

"그것 참 희한한 일이군. 그렇지만 기회가 없었던 게지. 모친께서 봄마다 런던에 자식들을 데리고 가서 좋은 선생의 지도를 받게 했어야 하는데."

"어머니는 그렇게 하는 데 이의가 없으셨겠지만, 아버지께서 런던을 싫어하십니다."

"가정 교사는 이제 더는 안 쓰고?"

"저희 집에선 한 번도 가정 교사를 써 본 적이 없습니다."

"가정 교사를 쓴 적이 없다고! 어떻게 그럴 수 있지? 가정 교사도 없이 딸 다섯을 집에서 교육하다니! 그런 일은 한 번도 들어 본 적이 없어. 모친께서 자식들을 교육하느라 완전히 종살이를 했겠군."

엘리자베스는 그렇지 않다고 밝히면서 웃음 짓지 않을 수 없었다.

"그렇다면 누가 자식들을 가르쳤지? 누가 챙겨 주고? 가정 교사가 없었다면 틀림없이 방치되었을 텐데."

"다른 어떤 집안과 비교하면 방치되었다고 할 수도 있겠지요. 그러나 배우고 싶을 때 방법이 없어서 못 배운 적은 없답니다. 언제나 책을 읽도록 권장해 주셨고, 선생님이 필요한 경우에는 모두 구해 주셨지요. 물론 게으르게 지내고 싶다면야 그럴 수도 있었겠고요."

"그럼, 두말할 필요도 없지. 바로 그걸 막아 주는 사람이 가정 교사야. 내가 만일 아가씨네 모친을 알았더라면 가정 교사를 한 사람 고용하라고 단단히 일러 주었을 텐데. 꾸준하고 규칙적인 가르침 없이는 교육이 이루어질 수 없다는 게 내 지론이거든. 그런데 가정 교사 말고는 아무도 그걸 할 수 없단 말이야. 내가 얼마나 많은 집에 가정 교사를 구해 줬는지, 내가 생각해도 놀라워. 젊은 아이들에게 좋은 일자리를 구해 주는 건 언제나 즐거운 일이니까. 젠킨슨 부인의 조카딸 네 명도 다 나를 통해서 자리를 아주 잘 잡았지. 바로 며칠 전에도 우연히 누가 나한테 말해 준 젊은 아이 하나를 어느 집에 소개해 줬는데, 거기서 아주 만족해하고 있어. 콜린스 부인, 메트캐프 부인이 고맙다는 인사를 하려고 어제 들렀다고 얘기했던가? 포프 양이 보물이라고 하더라고. '캐서린 영부인, 저에게 보물을 하나 갖다주셨어요.' 하고 말하더군. 동생들 중에도 사교계에 선보인 아가씨가 있나, 베넷 양?"

"예, 영부인, 모두 나가고 있습니다."

"모두! 뭐라고, 다섯이 한꺼번에 나간다고? 참 별일이군! 아가씨가 겨우 둘짼데. 언니들이 결혼도 하기 전에 동생들이 사교계에 출입하다니! 동생들이 틀림없이 아주 어릴 텐데?"

"예, 막냇동생은 아직 열여섯이 안 됐답니다. 그 애의 경우에는 아무래도 너무 어린 게 사실이겠지요. 그렇지만 영부인, 사실 언니가 일찍 결혼할 능력이나 의향이 없는 경우 동생들이 자기 몫의 사교를 즐길 수 없다면, 너무 가혹한 일이라고 생각하는데요. 가장 나중에 태어난 사람이나 가장 먼저 태어난 사람이나 젊음을 즐길 권리가 있는 건 마찬가지니까요. 단지 나중에 태어났다는 이유만으로 그 권리를 미뤄야 한다니요! 그래서야 자매간의 우애도 서로 아끼는 마음도 길러지지 않으리라 생각합니다."

"원 세상에." 영부인이 말했다. "아가씨는 젊은 사람이 꽤 당돌하게 자기주장을 하는군. 도대체 나이가 몇인가?"

"다 자란 동생이 셋이나 있는데……." 엘리자베스가 미소를 지으며 대답했다. "설마 제가 그걸 밝히리라고 기대하지는 않으시겠지요."

캐서린 영부인은 바로 답변을 듣지 못하자 놀라는 기색이 역력했다. 엘리자베스는 자신이 그토록 주제넘고 오만한 그녀의 태도를 감히 농담으로 받아넘긴 첫 번째 인물이 아닐까 짐작했다.

"보아하니 스물이 넘지는 않았겠구먼. 그러니 나이를 감출 필요는 없네."

"스물한 살이 안 됐습니다."

이윽고 신사들이 합류해 함께 차를 마시고 나자 카드 테이블들이 준비되었다. 캐서린 영부인과 윌리엄 경 그리고 콜린스 씨 부부가 카드리유를 하려고 자리를 잡았다. 그리고 드 버그 양은 카지노[28]를 선택했으므로 두 아가씨들은 젠킨슨 부

---

28) 두 사람에서 네 사람이 하는 카드놀이로 카드리유보다 단순하다.

인을 도와 그녀와 한 팀을 구성하는 영광을 누리게 되었다. 그 테이블은 따분하기가 단연 최고였다. 카드놀이와 무관한 말은 단 한마디도 나오지 않았고, 오로지 젠킨슨 부인만 드 버그 양이 너무 덥거나 추우면 어떡하나, 혹은 그녀에게 불빛 이 너무 많이 가거나 안 가는 것이 아닌가 염려의 말을 할 뿐 이었다. 다른 쪽 테이블에서는 훨씬 많은 이야기가 오갔다. 캐 서린 영부인이 주로 말했는데, 다른 세 사람의 실수를 지적하 거나 자신이 겪은 일화를 이야기했다. 콜린스 씨는 영부인이 하는 말마다 맞장구를 치면서, 자신이 피시를 딸 때는 감사를 표하고 너무 많이 땄다고 생각될 때면 사과를 하는 데 열중했 다. 윌리엄 경은 말을 별로 하지 않았다. 귀족들의 이름과 일 화들을 기억해 두느라 여념이 없었기 때문이다.

캐서린 영부인과 그 딸이 실컷 카드놀이를 하고 나자 테이 블이 모두 치워졌고, 영부인이 콜린스 부인에게 마차를 내주 겠다고 했다. 감사 인사를 드리자 즉시 마차를 대령하도록 명 령이 내려졌다. 그런 뒤에는 다들 벽난로 주변에 둘러서서 캐 서린 영부인이 다음 날 날씨를 예견하는 것을 들어야 했다. 그 들이 이렇게 교시의 말씀을 듣고 있을 때 마차가 도착해 그들 을 불렀다. 콜린스 씨가 연신 감사 인사를 올리고, 윌리엄 경 이 콜린스 씨의 인사만큼 여러 차례 절을 올리는 가운데 그들 은 출발했다. 그들이 문 앞을 떠나자마자 콜린스 씨가 엘리자 베스에게 로징스를 방문한 소감이 어떠냐고 물어서, 그녀는 샬럿의 입장을 생각해 다소 과장된 찬사를 쏟아 냈다. 그러나 그녀의 칭찬이 꽤나 애쓴 것이었음에도 콜린스 씨를 만족시키

기에는 부족했고, 그는 이내 자신이 직접 영부인을 칭송하기
시작했다.

7

윌리엄 경은 헌스퍼드에 꼭 일주일 머물렀다. 그러나 그동
안 그는 딸이 편안하게 자리 잡았고, 보기 드물게 훌륭한 남
편에 보기 드물게 훌륭한 이웃까지 가졌다는 것을 충분히 확
인할 수 있었다. 윌리엄 경이 머무는 동안에는 콜린스 씨가 장
인을 자신의 이륜마차로 모시고 다니면서 이 고장을 구경시
켜 드리는 데 낮 시간을 바쳤으나, 그가 떠나자 온 가족이 일
상으로 돌아갔다. 엘리자베스는 그 변화로 사촌을 더 자주 봐
야 하는 것은 아님을 알고 감사하게 여겼다. 그가 아침 식사
를 마치고 정찬 때까지 대부분의 시간을 정원을 돌보거나 책
을 읽고 편지를 쓰거나 도로에 면해 있는 서재에서 창밖을 내
다보면서 지냈기 때문이다. 숙녀들이 지내는 방은 뒤쪽에 있
었다. 처음에 엘리자베스는 샬럿이 평소 사용하는 방으로 식
당을 겸한 넓은 응접실을 택하지 않다니 좀 이상하다고 생각
했다. 그 방은 더 넓고 전망도 더 좋았다. 그러나 엘리자베스
는 곧 그녀의 그런 결정에 그만한 이유가 있음을 알게 되었다.
만일 그들이 콜린스 씨의 방과 똑같이 쾌적한 방에서 지낸다
면 콜린스 씨가 자기 방에서 훨씬 더 적은 시간을 보냈을 것
은 보나 마나 한 일이었다. 그러니 그런 배치는 샬럿의 현명함

을 말해 주는 것이었다.

응접실에서는 집 앞에 난 좁은 길을 잘 볼 수 없었기 때문에 그 길로 어떤 마차가 지나갔는지, 특히 드 버그 양이 사륜마차를 타고 몇 번이나 지나갔는지는 콜린스 씨 덕분에 알게되었다. 드 버그 양의 사륜마차는 그 길을 거의 매일같이 지나갔음에도 콜린스 씨는 그때마다 빠뜨리지 않고 그들에게 알려 주곤 했다. 그녀가 목사관 앞에 마차를 세우고 샬럿과 잠깐 이야기를 나누는 일은 드물지 않았지만 아무리 들어오시라고 권유해도 마차에서 내리는 경우는 거의 없었다.

콜린스 씨는 로징스에 거의 매일 들르다시피 했고 그의 아내도 크게 다르지 않았다. 엘리자베스는 그 집안에서 배분해줄 봉록이 더 있을 수도 있다는 생각이 떠오르기 전까지는 그들이 도대체 왜 그렇게 많은 시간을 희생해야 하는지 이해할수 없었다. 그들은 이따금 영광스럽게도 캐서린 영부인의 방문을 받기도 했는데 그 방문 동안 방 안에서 눈에 띄는 어떤것도 그녀의 관찰을 벗어날 수 없었다. 그녀는 그들이 하고 있던 일을 챙기고, 짜고 있는 것을 살폈으며, 달리 해 보라고 조언도 했다. 또한 가구의 배치를 두고도 흠을 잡았고, 하녀가소홀히 한 것을 찾아내기도 했다. 그리고 어쩌다가 가벼운 식사라도 하게 되면, 그것은 오로지 콜린스 부인이 자기 가족에맞지 않게 너무 큰 고깃덩어리를 준비한다는 것을 적발해 내기 위한 것인 듯 보였다.

엘리자베스는 곧 이 대단한 귀부인이 정부로부터 이 고장의 치안 유지를 위임받지는 않았지만, 그럼에도 교구 안에서 대단히 활동적인 치안 판사 노릇을 하고 있다는 것을 알게 되었다. 교구의 아무리 사소한 일이라도 콜린스 씨를 통해 일일이 전달되었던 것이다. 그녀는 마을의 어떤 농군이 말썽을 부리려 한다든지, 불만을 갖고 있다든지 혹은 너무 가난하다든지 할 때는 언제나 마을로 출격해서 그들의 견해 차이를 조정하고, 불평을 잠재우며, 야단을 쳐서 서로 잘 지내도록 했다.

로징스에서 정찬을 즐기는 일은 일주일에 두 번 정도였다. 윌리엄 경이 빠지고 카드 테이블이 하나만 차려진다는 것을 제외하면, 그 식사에서 얻을 수 있는 즐거움이라고는 언제나 처음 방문했을 때와 별반 다르지 않았다. 그 외의 다른 교류는 거의 없다시피 하였다. 전반적인 생활 수준이나 방식이 콜린스 부부와는 너무 차이 났기 때문이다. 그러나 엘리자베스에게는 오히려 다행이었고, 덕분에 대체로 아주 편한 날들을 보냈다. 이따금 샬럿과 반 시간씩 즐거운 대화를 나눴고, 이른 봄치고는 날씨가 아주 좋았기 때문에 가끔씩 바깥에 나가는 것도 큰 즐거움이었다. 다른 사람들이 캐서린 영부인을 뵈러 가고 없는 동안 엘리자베스는 자신이 가장 좋아하는 산책로를 자주 거닐었다. 이 산책로는 장원의 한쪽 가장자리를 에워싸고 있는 탁 트인 관목 숲을 따라 나 있었고 거기에 기분 좋게 그늘진 오솔길이 있었다. 그녀 외에는 아무도 이 오솔길을 알아주지 않는 듯했고, 캐서린 영부인의 호기심도 거기까지는 미치지 않는 것 같았다.

이렇게 조용히 지내는 가운데 벌써 첫 두 주가 흘러갔다. 부활절이 다가오고 있었고, 부활절 바로 전 주에 로징스에 식구가 한 명 늘어날 예정이었다. 워낙 몇 명 되지 않는 사람들끼리 지내던 터라 중요한 변수가 생긴 셈이었다. 엘리자베스는 다아시 씨가 몇 주 사이에 방문할 것이라는 소식을 그곳에 도착한 직후 들었다. 엘리자베스에게 다아시 씨만큼 반갑지 않을 사람이 별로 없기는 했지만 어쨌든 그가 오면 로징스 모임에 비교적 새로운 볼거리가 생길 터였고, 나아가 캐서린 영부인이 배필로 점찍어 놓은 자신의 사촌을 대하는 그의 태도를 보고 빙리 양의 흑심이 얼마나 가망 없는지 확인하는 즐거움을 누릴 수 있을지도 몰랐다. 캐서린 영부인은 그의 방문 소식을 알리며 대단히 흐뭇해했고, 최대의 찬사를 동원해 다아시 씨에 대해 이야기했지만 루커스 양과 엘리자베스가 이미 여러 번 그를 만난 적이 있다는 사실을 알고는 거의 화가 난 것처럼 보였다.

그가 도착했다는 소식은 금세 목사관에 알려졌다. 그의 도착을 가장 먼저 확인하고 싶었던 콜린스 씨가 헌스퍼드로 가는 길목 쪽 오두막집들이 바라보이는 곳을 아침 내내 왔다 갔다 걷고 있었기 때문이다. 그는 마차가 장원 안으로 돌아 들어가는 순간 마차를 향해 절을 한 후, 그 굉장한 소식을 전하기 위해 부리나케 집으로 들어왔다. 다음 날 아침 그는 문안 인사차 서둘러 로징스로 갔다. 캐서린 영부인의 조카로서 문안 인사를 받아야 할 이는 둘이었는데, 다아시 씨가 외삼촌인 ○○ 성의 차남 피츠윌리엄 대령이라는 사람과 함께 왔기 때문이다. 콜린스 씨가 집으로 돌아올 때 두 신사가 그를 따라와 모두들 깜짝 놀랐다. 마침 남편의 방에 있던 샬럿이 그들이 길을 건너오는 것을 보고 즉시 엘리자베스와 머라이아가 있던 방으로 달려와 지금 영광스럽게도 어떤 분들이 오시는지 알려 주면서 덧붙였다.

"이런 대접을 받다니 너한테 고마워해야 할 것 같다, 일라이자. 내게 인사하기 위해서라면 다아시 씨가 절대로 이렇게 빨리 왔을 리 없으니까."

엘리자베스가 그런 감사의 말을 들을 자격이 없다고 손사래를 칠 새도 없이 벨이 울려 그들의 도착을 알렸고, 세 신사가 방으로 들어왔다. 피츠윌리엄 대령이 앞장섰는데, 그는 나이가 서른쯤 되어 보였고 미남은 아니지만 몸가짐이나 말하는 태도가 진짜 신사였다. 다아시 씨는 하트퍼드셔에서 보았을 때와 꼭 같은 모습이었고, 콜린스 부인에게 평소처럼 간략한 말로 인사했다. 그리고 콜린스 부인의 친구에게는 자신의 감정이야 어떻든 더없이 침착한 모습으로 대했다. 엘리자베스는 아무 말 없이 고개만 숙여 인사했다.

피츠윌리엄 대령은 예절 바른 신사답게 자연스럽고 편안한 태도로 곧장 대화를 시작해 매우 유쾌하게 이야기를 이끌어 갔다. 그러나 그의 사촌은 콜린스 부인에게 집과 정원에 대해 몇 마디 간단한 인사말만 건네고 한동안 아무에게도 말을 걸지 않고 앉아 있었다. 그러다가 마침내 다소 예의를 차려야겠다는 생각이 들었는지 엘리자베스에게 가족의 안부를 물었다. 그녀는 평소와 같은 태도로 대답하고는 잠시 쉬었다가 덧붙였다.

"언니가 지금 석 달째 런던에 머물고 있는데요, 거기서 혹시 마주친 적은 없으세요?"

그녀는 그가 언니를 만난 적이 없음을 분명히 알고 있었다. 그러나 그가 빙리 집안 남매들과 제인 사이의 일을 알고 있는지 무심결에 내보일 수도 있을 터였다. 그는 아쉽게도 베넷 양을 만나 뵈지 못했다고 답했는데, 그녀의 눈에는 그가 당황스러워하는 기색이 엿보였다. 더 이상의 이야기는 나오지 않았고, 곧이어 신사들은 떠났다.

8

목사관에서는 모두 피츠윌리엄 대령의 매너를 칭찬했고, 숙녀들은 그 덕분에 로징스의 저녁 모임이 꽤 재미있어질 것이라고 기대했다. 그러나 로징스로부터 초대 비슷한 것이라도 받기까지에는 며칠이 걸렸으니, 손님이 온 덕분에 그들이 필요하지 않았던 것이다. 겨우 부활절이 되어서야, 그러니까 신사들이 도착하고 거의 일주일이 지나서야 그런 배려를 받았으니 예배를 마치고 나오면서 기껏 저녁에 한번 들러 달라는 청을 하는 것이었다. 지난 한 주 동안 그들은 캐서린 영부인도 그 딸도 거의 보지 못했다. 그동안 피츠윌리엄 대령은 목사관을 두어 번 방문했지만, 다아시 씨는 교회에서 본 것이 전부였다.

그 초대는 물론 받아들여졌고, 그들은 적절한 시간에 캐서린 영부인의 응접실에서 그곳 사람들과 어울렸다. 영부인은 예의를 갖추어 그들을 맞았지만, 다른 손님이 없을 때만큼 그들이 달가운 존재가 아닌 것은 명백했다. 실제로 그녀는 거의 두 조카하고만 대화를 나누었는데, 그 방 안의 다른 누구보다도 다아시 씨에게 특히 많은 말을 건넸다.

피츠윌리엄 대령은 그들의 방문을 진심으로 반기는 것처럼 보였다. 로징스에 머물고 있다 보니 기분 전환이 된다면 어떤 일도 환영이었고, 콜린스 부인의 예쁜 친구가 꽤 마음에 들기도 했던 것이다. 그가 그녀 옆에 자리를 잡고는 매우 싹싹하게 켄트와 하트퍼드셔에 대해, 여행과 집에서의 생활에 대해, 그리고 새 책과 음악에 대해 이야기했기 때문에 엘리자베스로서는 전에는 그 방에서 그 반만큼도 즐거워 본 적이 없다고 느꼈다. 그들의 대화가 너무나 생기 넘치고 거침없어 다아시 씨뿐 아니라 캐서린 영부인의 관심까지 끌 정도였다. 다아시 씨는 진작부터, 그리고 여러 번 되풀이해서 그들 쪽으로 호기심에 찬 눈길을 보냈다. 영부인도 잠시 후에는 같은 심정임이 드러났으니 주저 없이 큰 소리로 이렇게 말했던 것이다.

"무슨 얘기를 하고 있는 거냐, 피츠윌리엄? 뭘 가지고 이야기하는 거지? 베넷 양에게 하고 있는 이야기가 뭐냐? 나도 좀 들어 보자."

"음악에 대한 이야기를 하고 있습니다, 이모님." 더 이상 대답을 피할 수 없게 되자 그가 말했다.

"음악에 대한 이야기라고! 그렇다면 큰 소리로 말해 봐. 그건 내가 제일 좋아하는 화제니까. 음악에 대한 이야기라면 나도 좀 끼어야겠다. 잉글랜드에서 나보다 더 제대로 음악을 즐기거나 더 뛰어난 음악적 감수성을 타고난 사람은 몇 안 될걸. 배울 기회만 있었더라면 나도 굉장한 대가가 되었을 텐데. 앤도 물론 그랬을 테고. 그 애의 건강만 허락했더라면 말이야. 앤은 틀림없이 훌륭한 연주자가 되었을 거야. 조지애나는 솜씨가 많이 늘었지, 다아시?"

다아시가 동생의 훌륭한 솜씨에 대해 애정이 넘치는 칭찬을 했다.

"그 애가 그렇게 좋은 평가를 받다니 아주 다행이구나." 캐서린 영부인이 말했다. "연습을 정말 많이 하지 않고는 뛰어나기를 기대할 수 없다고, 내가 그러더라고 좀 전해 주게."

"제가 보증하는데요, 이모님." 그가 대답했다. "그 애한테는 그런 충고 말씀이 필요하지 않답니다. 아주 꾸준히 연습하고 있으니까요."

"그렇다면 더욱 잘됐어. 연습은 많이 할수록 좋으니까. 다음 번에 내가 그 애한테 편지할 때도 어떤 이유로든 연습을 게을리해선 안 된다고 일러 줘야겠다. 나는 아가씨들한테 종종 음악적 성취는 꾸준한 연습 없이는 불가능하다고 말해 주거든. 베넷 양한테도 더 연습하지 않으면 절대 진짜로 훌륭한 연주는 할 수 없다고 여러 번 말했지. 콜린스 부인도 악기가 없긴 하지만 내가 항상 말했듯이 로징스에 매일 와서 젠킨슨 부인 방에 있는 피아노를 연주하는 건 언제든지 환영이야. 그 방에 있으면 알다시피 아무한테도 방해되지 않으니까 말이야."

다아시 씨는 아무 말도 하지 않았지만 이모의 무례한 태도를 다소 부끄러워하는 듯 보였다.

다과가 끝나사 피츠윌리엄 대령이 엘리자베스에게 약속한

연주를 해 달라고 부탁했다. 그녀는 곧장 피아노 앞에 앉았고, 그가 그녀 가까이로 의자를 당겨 앉았다. 캐서린 영부인은 연주곡을 반쯤 듣다가 방금 전처럼 다아시에게 말을 걸었다. 조금 있다 그는 영부인 곁을 떠나 평소의 조심스러운 태도로 피아노 쪽으로 옮겨 가 자리를 잡고 아름다운 연주자의 얼굴을 정면에서 바라보았다. 그의 움직임을 지켜본 엘리자베스는 연주 중간에 쉬는 곳에 이르자 짓궂은 미소를 띠고 그를 돌아보며 말했다.

"이렇게 위풍을 보이시며 제 연주를 들으러 오시다니, 다아시 씨, 제게 겁을 주려고 그러시는 거죠? 그렇지만 동생분이 그렇게 연주를 잘한다고 해서 제가 겁먹진 않을 거예요. 제게는 오기가 있어서 누가 겁주려고 하는 건 못 참거든요. 누가 겁박을 하면 할수록 용기가 솟아나곤 한답니다."

"굳이 아니라고 변명할 생각은 없습니다." 그가 대답했다. "제가 일부러 당신을 겁주려 했다고 설마 믿고 계실 리 없을 테니까요. 저도 당신을 알게 된 지 꽤 되다 보니 이제 가끔 본심과 달리 말하기를 즐긴다는 것쯤은 알게 되었지요."

엘리자베스는 자신에 대한 그런 묘사에 웃음을 터트리고 나서 피츠윌리엄 대령에게 말했다. "대령님 사촌께서 저에 대해서 꽤 근사하게 말해 주실 것 같네요. 제 말은 한마디도 믿지 말라고 가르쳐 줄 테니까요. 제가 정말 운이 없나 봐요. 다른 고장에 와서 그럭저럭 괜찮은 사람으로 지내 보려던 참에 하필이면 본색을 그렇게 잘 폭로할 수 있는 분을 만났으니 말이에요. 정말이지, 다아시 씨, 하트퍼드셔에서부터 알고 있던 제 약점을 모두 얘기하시다니 너무 야박하군요. 그런데 어찌 보면 자기 무덤을 판 셈이랄까요. 그런 말을 듣고도 복수를 안 할 수는 없으니까, 친척들이 들으시면 깜짝 놀랄 말씀을 드리지 않을 수 없군요."

"겁나지 않습니다." 그가 미소 지으며 말했다.

"자, 어서 다아시가 뭘 잘못했는지 들어 봅시다." 피츠윌리엄 대령이 외쳤다. "다아시가 처음 만나는 사람들 사이에서 어떻게 처신하는지 궁금하니까."

"그러시다면 들어 보세요. 너무너무 끔찍한 얘기를 들으실 각오를 해야 해요. 아시다시피 제가 하트퍼드셔에서 다아시 씨를 처음 뵌 건 무도회에서였어요. 그런데 그 무도회에서 저 분이 어떻게 하셨을 것 같으세요? 겨우 네 번밖에 춤을 안 추셨답니다! 이렇게 충격적인 말씀을 드려서 죄송해요. 그렇지만 진짜로 그러셨어요. 신사가 부족했는데도 겨우 네 번 춤을 추고 말았다니까요. 제가 분명히 기억하는데 아가씨들이 한 명도 아니고 여러 명이 파트너 없이 앉아 있었는데요. 이런 사실을 부인하실 순 없으시겠지요, 다아시 씨?"

"저는 당시 제 일행 외엔 거기 있던 어떤 아가씨도 아는 영광을 누리지 못했습니다."

"사실이에요. 무도회에서 사람을 새로 소개받기란 절대로 불가능하겠고요. 자, 피츠윌리엄 대령님, 다음에는 무슨 곡을 연주할까요? 제 손가락이 당신의 명령을 기다리고 있습니다."

"어쩌면……." 다아시가 말했다. "제가 소개를 부탁하는 편이 훨씬 더 현명했겠지요. 그렇지만 저는 처음 만난 사람들과 친해지는 데 소질이 없습니다."

"우리 한번 대령님의 사촌께 그 이유를 여쭤볼까요?" 여전히 피츠윌리엄 대령을 상대로 엘리자베스가 말했다. "지성과 교양을 갖추었으며, 세상 경험도 있는 분이 왜 처음 만난 사람들과 친해지는 일에 서투른지?"

"다아시에게 묻지 않고도 제가 대신 대답할 수 있습니다. 그런 수고를 하려고 하지 않기 때문이지요."

"여느 사람들한테 있는 재능이 저한테는 확실히 없습니다." 다아시가 말했다. "전에 만난 적 없는 사람들과 손쉽게 대화를 나누는 능력 말입니다. 다들 대화의 분위기에 맞추고 대화의 주제에 흥미 있는 것처럼 구는데, 저는 그게 잘 안 됩니다."

"제 손가락은 이 피아노 위에서 능란하게 움직이지 못해요." 엘리자베스가 말했다. "대개의 여성들은 능란하던데 말이에요. 제 손가락에는 그 여성들 같은 힘이나 날렵함도 없고, 그만한 표현력도 없어요. 하지만 전 그게 항상 제 잘못 때문이라고 생각해 왔거든요. 제가 열심히 연습하지 않았으니까요. 제 손가락이 다른 아가씨들의 손가락처럼 탁월한 연주를 할 능력이 없다고는 생각하지 않아요."

다아시가 미소 지으며 말했다. "그 말은 전적으로 옳습니다. 당신은 시간을 훨씬 더 유용하게 사용한 겁니다. 당신의 연주를 듣는 특전을 얻은 사람치고 누구도 그 연주에 부족함이 있다고 생각할 사람은 없으니까요. 당신은 모르는 사람들 앞에서 연주하지 않고, 나도 모르는 사람들과 어울리지 않습니다."

여기서 그들의 대화는 중단되었다. 캐서린 영부인이 큰 소리로 무슨 이야기를 하느냐고 물었기 때문이다. 엘리자베스는 즉시 연주를 다시 시작했다. 캐서린 영부인이 다가와 몇 분 동안 연주를 들은 후 다아시에게 말했다.

"베넷 양이 연습을 더 많이 하고 런던에 있는 선생들의 지도를 받았더라면 꽤 괜찮게 연주했을 텐데. 손가락 움직임이 아주 좋아. 표현력은 앤만 못하지만. 앤이 건강해서 피아노를 배우기만 했다면 아주 훌륭한 연주자가 되었을 거야."

엘리자베스는 사촌에 대한 칭찬에 다아시가 얼마나 열렬히 동의하는지 보려고 그를 바라보았다. 그러나 그 순간에도 다른 순간에도 사랑의 징후는 보이지 않았다. 드 버그 양에 대한 그의 전반적인 태도를 살펴본 뒤, 그녀는 빙리 양이 그의 친척이었더라면 그가 그녀와 결혼할 가능성도 드 버그 양과 결혼할 가능성 못지않았으리라는, 빙리 양이 안다면 위로가 될 결론에 도달했다.

캐서린 영부인은 엘리자베스의 연주를 잇달아 평하면서 수시로 연주법과 표현력에 대한 지도를 곁들였다. 엘리자베스는 오로지 예의를 지키기 위해 인내심을 발휘해 그것을 받아들였다. 그리고 영부인의 마차가 그들 모두를 집에 데려다주기 위해 대기할 때까지 신사들의 청에 따라 피아노 앞에 앉아 있었다.

9

　다음 날 아침 콜린스 부인과 머라이아는 볼일이 있어 마을로 갔고 엘리자베스는 혼자 앉아 제인에게 편지를 쓰고 있었다. 그때 뜻밖에도 현관에서 손님이 왔다는 신호임이 분명한 초인종 소리가 들려왔다. 마차 소리는 듣지 못했지만 캐서린 영부인이 아니라는 법이 없다 싶어 온갖 무례한 질문을 피하려고 반쯤 쓰다 만 편지를 치우고 있을 때 문이 열렸고, 정말 뜻밖에도 다아시 씨가, 그것도 혼자서 방으로 들어섰다.

　그 또한 그녀 혼자 집에 있다는 사실에 놀란 듯했는데, 숙녀분들이 모두 집에 계시는 줄 알았다며 예정에 없던 방문에 양해를 구했다.

　그들은 그런 뒤 자리에 앉았고, 그녀가 로징스 사람들에 대한 안부를 묻고 나서는 완전한 침묵에 빠질 위기에 처한 듯했다. 무어라도 할 말을 떠올려 어색한 상황을 벗어나야 했다. 궁하면 통한다고 그녀는 마침 하트퍼드셔에서 그를 마지막으로 보았을 때의 일을 기억해 내고 그가 자기 일행이 황급하게 떠난 것에 대해 뭐라고 할지 궁금해져서 이렇게 말했다.

　"지난 11월에는 다들 얼마나 갑자기 네더필드를 떠나셨는지요, 다아시 씨! 그렇게 금방 여러분 모두를 만나게 돼서 빙리 씨는 뜻밖이었을 것 같은데요. 제 기억이 맞는다면 빙리 씨는 바로 그 전날 가셨으니까요. 런던에 계시는 동안 그분과 누이들도 모두 잘 지내고 계시는 걸 보고 오셨겠지요."

　"아주 잘 지내고 있었습니다. 감사합니다."

잠깐 사이를 두었으나 더 이상 다른 대답이 나올 것 같지 않아서 그녀가 대화를 이어 갔다.

"빙리 씨가 다시 네더필드로 돌아올 생각이 별로 없으신 걸로 아는데요."

"빙리가 직접 그렇게 이야기하는 걸 들은 적은 없습니다. 그렇지만 앞으로 거기서 시간을 보낼 일이 거의 없을 것 같긴 합니다. 현재도 친구들이 많고, 지금 나이에는 친구들이나 사교계에서의 교제가 계속 늘어나니까요."

"그분이 네더필드에 별로 머물지 않을 작정이라면 아예 그 집을 포기하시는 편이 이웃에게 나을 텐데요. 그러면 다른 가족이 들어와 자리 잡고 살 수도 있으니까요. 하기는 빙리 씨가 이웃 좋으라고 그 집에 세를 드신 건 아닐 테고 어디까지나 본인을 위해서겠죠. 그러니 그 집에 계속 사시든 그 집을 떠나시든 본인의 뜻에 따라 결정되겠지요."

"어디 구입할 만한 적당한 집이 나타나기만 하면 그 친구가 바로 네더필드를 포기한다고 해도 놀라지 않을 겁니다." 다아시 씨가 말했다.

엘리자베스는 아무런 대답도 하지 않았다. 그의 친구에 대해 더 이상 이야기하기가 겁났던 것이다. 달리 할 얘기도 없었으므로 이번에는 그에게 화제를 찾는 고역을 넘겨주기로 작정했다.

그가 눈치를 채고 곧 말을 시작했다. "이 집은 아주 아늑해 보이는군요. 콜린스 씨가 처음 헌스퍼드에 오셨을 때 이모님께서 이 집에 신경을 많이 쓰신 걸로 알고 있습니다만."

"그러셨겠지요. 그리고 은혜를 베풀어 주셨을 때 콜린스 씨보다 더 고마워할 사람도 없을 거예요."

"콜린스 씨는 부인을 아주 잘 만나신 것 같더군요."

"예, 정말 그래요. 그분의 친구분들에게는 아주 기쁜 일이겠지요. 분별 있는 여자치고 그분의 청혼을 수락할 사람이 드물 테고 수락하더라도 그분을 행복하게 해 줄 사람도 드물 텐데, 바로 그렇게 드문 여자를 만났으니까요. 제 친구가 아주 생각이 깊거든요. 그 애가 콜린스 씨하고 결혼한 게 아주 현명한 일이었다고는 생각하지 않지만요. 그렇지만 본인이 무척 행복해하는 것 같고, 신중함이라는 관점에서 보자면 잘한 결혼인 것도 분명하고요."

"부인으로서는 친정 식구들이나 친구들과 이렇게 가깝게 사시게 되어서 아주 만족스러우실 겁니다."

"이걸 가깝다고 하시나요? 거의 50마일이나 되는데요."

"길만 좋다면 50마일이 별건가요? 반나절이 조금 넘는 거리인데요. 그렇습니다, 저라면 아주 가깝다고 하겠습니다."

"제 생각은 달라요. 50마일이나 되는 거리가 결혼을 잘한 이유 중에 하나라고는 생각할 수 없어요." 엘리자베스가 목소리를 높였다. "저라면 콜린스 부인이 친정 가까이에 정착했다고는 절대 말하지 않았을 거예요."

"그건 당신이 하트퍼드셔에 강한 애착을 갖고 계시다는 증거지요. 제가 보기엔, 롱본 바로 옆에 있지 않다면 어느 곳이라도 멀게 보이실 겁니다."

이 말을 할 때 미소라고 할 만한 표정이 슬쩍 비쳤는데, 엘리자베스는 그 의미를 알 듯했다. 자기 이야기를 제인과 네더필드를 염두에 두고 한 말로 생각하는 게 틀림없다고 추측한 엘리자베스는 얼굴을 붉힌 채 대답했다.

"여자가 결혼해서 살 때 친정에 가까이 살수록 좋다는 뜻으로 그런 말을 한 건 아니에요. 멀고 가까운 건 상대적이고, 그걸 결정하는 데 여러 가지 다양한 변수가 개입하지요. 재산이 엄청나게 많아서 여행 비용쯤 대수롭지 않다면 거리는 문제 될 게 없지요. 그러나 지금 샬럿의 경우는 그렇지 않거든요. 콜린스 씨 부부에게 안정된 수입이 있기는 하지만 여행을 자주 해도 될 정도는 아니지요. 제 친구가 친정에서 지금의 반도 안 되는 거리에 산다고 해도 자신이 친정 가까이에 산다고 말하지는 않을 거라고 보는데요."

다아시 씨가 의자를 그녀 쪽으로 약간 당기고 말했다. "당신이라면 고향에 대해서 그렇게 강한 애착을 가지실 수는 없을 겁니다. 언제까지나 롱본에서만 사실 수 있는 것도 아닐 테고."

엘리자베스는 느닷없는 말에 깜짝 놀란 표정이었다. 신사는 감정의 변화를 다소간 겪었는지 의자를 뒤로 물리고 탁자에서 신문을 집어 훑어본 뒤 냉랭해진 목소리로 말했다.

"켄트 지방은 마음에 드시는지요?"

이어 두 사람 모두 침착하고 간결하게 켄트 지방에 대해 대화를 주고받는 중에 산책에서 막 돌아온 샬럿 자매가 들어서는 바람에 이 내화는 곧 끝이 났다. 샬럿과 머라이아는 그들이 둘만 있었던 것에 놀랐다. 다아시 씨는 자기가 잘못 알고와 베넷 양을 방해했다고 말했고, 그런 뒤 누구와도 별 대화를 나누지 않은 채 몇 분 더 앉아 있다 가 버렸다.

"이게 무슨 뜻이겠니!" 그가 떠나자마자 샬럿이 말했다. "일라이자, 다아시 씨가 너한테 반한 게 틀림없어. 그렇지 않고서야 이렇게 허물없이 우리를 찾아왔을 리가 절대 없어."

그러나 엘리자베스가 그가 침묵을 지켰다고 이야기해 주니, 샬럿이 보기에도 아쉽지만 그럴 가능성은 별로 없는 듯했다. 여러 가지 추측 끝에 그들은 마침내 그가 달리 할 일이 없어서 왔다는 짐작으로 만족했다. 계절이 계절인 만큼 충분히 그럴 수 있는 일이었다. 야외에서의 사냥철은 이미 끝났고, 집 안에는 캐서린 영부인과 책과 당구대가 있었지만, 신사들이 항상 집 안에만 있을 수는 없는 일이었다. 그런 데다 목사관이 가까웠기 때문인지, 혹은 그리로 가는 산책로가 유쾌했기 때문인지, 아니면 그곳에 사는 사람들이 괜찮은 상대였기 때문인지 로징스의 두 사촌은 거의 매일 목사관을 향한 산책로를 거닐고 싶은 유혹을 느꼈다. 그들은 아침 식사 후에 아무 때나 때로는 제각기, 때로는 함께, 그리고 이따금씩은 자신들의 이모를 대동하고 찾아왔다. 피츠윌리엄 대령이 방문하는 것은 자신들과의 교제를 즐기기 때문임이 모두에게 분명했으며, 그렇기 때문에 당연히 모두 그를 더욱 좋아했다. 그리고 엘리자베스는 그가 자신에게 가진 명백한 호감뿐 아니라 그와 함께 있을 때 자신이 느끼는 만족감 때문에도 전에 좋아한 조지 위컴을 떠올렸다. 그리고 둘을 비교해 보면서 부드러운 태도로 사람의 마음을 사로잡는 힘은 피츠윌리엄 대령이 위컴보다 덜하지만, 박식함에서는 그를 따라갈 사람이 없지 않겠는가 하고 생각했다.

그렇지만 다아시 씨는 왜 그렇게 자주 목사관을 방문하는 것일까. 그것은 이해하기 힘들었다. 그가 사람을 만나는 게 즐거워서 방문한 것 같지는 않았다. 10분이 넘도록 입 한 번 안 떼고 앉아 있는 일이 허다했고, 말을 하더라도 하고 싶어서가 아니라 어쩔 수 없어서 하는 듯했다. 즉 예의를 차리기 위한 희생이지 즐거워서 하는 것이 아니었다. 그가 진짜로 생기 넘쳐 보이는 적도 거의 없었다. 콜린스 부인으로서는 그의 태도를 어떻게 이해해야 할지 알 길이 없었다. 다아시 씨에 대해 자신이 아는 것만으로는 짐작할 수 없었지만, 피츠윌리엄 대령이 가끔 그가 멍하니 있는다고 놀려 대는 것으로 보아 다아시 씨가 늘 그러지는 않는다는 걸 알 수 있었다. 샬럿은 그런 변화가 사랑 때문이고, 그 사랑의 대상은 자기 친구 일라이자라고 믿고 싶었으므로 작심하고 그 증거를 찾으려 애썼다. 그래서 자기 일행이 로징스를 찾아갔을 때나 그가 헌스퍼드에 왔을 때 언제나 주의 깊게 그를 지켜보았지만 별 성과는 없었다. 그가 자주 그녀의 친구를 바라보기는 했지만 그 표정은 확실하지 않았다. 진지하고 한결같은 표정이었지만 그 속에 숭모의 정이 얼마나 담겨 있는지는 의심스러웠고 때로는 단순히 방심한 상태일 뿐인 듯 보이기도 했다.

샬럿은 엘리자베스에게 다아시 씨가 그녀를 좋아할지도 모른다고 한두 번 넌지시 얘기해 보았지만, 엘리자베스는 언제나 웃어넘겼다. 콜린스 부인은 더 이상 이 문제를 캐지 않기로 했다. 결국 실망으로 끝날지 모를 일에 기대만 부풀게 할 우려가 있다고 보았기 때문이다. 샬럿은 엘리자베스가 다아시 씨에게 가진 혐오감은 그가 자신을 사랑한다는 것만으로도 일거에 사라질 것이 틀림없다고 여겼다.

엘리자베스가 잘되기를 바라서 이런저런 공상을 해 보는 가운데 샬럿은 가끔 엘리자베스와 피츠윌리엄 대령의 결혼도 괜찮으리라고 생각했다. 함께 있어 그보다 더 즐거운 사람은 없을 터였다. 그가 그녀를 좋아하는 것은 확실했고, 그의 자격 조건도 아주 적격이었다. 그러나 다아시 씨에게는 이 모든 것을 상쇄할 이점이 있었으니, 사촌에게는 전혀 없는 성직 임명권을 아주 많이 가지고 있다는 점이었다.

10

엘리자베스가 장원을 산책할 때 뜻밖에도 다아시 씨와 마주치는 일이 여러 차례 있었다. 그녀는 하필 여태까지 아무도 오지 않던 곳으로 그가 발길을 돌리다니 정말 운도 없다고 여겼다. 다시는 그런 일이 없게 할 요량으로 처음 그와 마주쳤을 때 그 길이 자신이 가장 즐겨 찾는 산책로라고 말해 주었다. 그러니 두 번째로 마주치자 대체 어떻게 된 까닭인지 이상하다는 생각이 문득 든 것이다! 그러나 그런 마주침은 두 번에 그치지 않고 세 번째까지 일어났다. 이것은 고의적인 심술이 아니면 자발적인 고행이 아닌가 여겨질 정도였다. 왜냐하면 이렇게 마주칠 때면 그가 형식적인 안부 인사만 건네고 어색한 침묵을 지키다가 가 버리지 않고 구태여 가던 걸음을 돌려서 그녀와 함께 걸었기 때문이다. 그는 별로 말이 없었고 그녀도 열심히 대화를 나눌 뜻이 그다지 없었다. 그러나 그들이 세 번째로 우연히 만났을 때 그녀는 그가 몇 가지 서로 관련 없는 묘한 질문을 한다는 생각이 들었다. 예컨대 그는 그녀에게 헌스퍼드 방문이 즐거운지, 혼자 산책하는 것을 좋아하는지, 그리고 콜린스 씨 부부의 행복에 대해 어떻게 생각하는지 등을 물었다. 그리고 로징스에 대해 이야기하면서 그녀가 아직 그 저택을 다 본 것은 아니라고 말했는데, 왠지 켄트에 올 때마다 거기서도 묵었으면 하고 기대하는 것도 같았다. 그런 뜻이 함축된 듯한 말을 했던 것이다. 혹 피츠윌리엄 대령을 염두에 두었을까? 굳이 헤아리자면 그녀와 피츠윌리엄 대령의 관계가 발전할 경우를 염두에 둔 것이라고 짐작해 볼 수밖에 없었다. 그런 생각으로 심란해하던 차에 목사관 맞은편 울타리 사이 입구에 이르자 다행이다 싶었다.

어느 날 그녀가 제인이 최근에 보낸 편지를 재차 음미하면서 언니가 의기소침해서 쓴 것으로 보이는 몇몇 구절을 두고 곰곰이 생각에 잠긴 채 산책하고 있을 때였다. 다아시 씨가 또 나타나 놀라게 하지는 않았지만, 고개를 드니 이번에는 피츠윌리엄 대령이 다가오고 있었다. 즉시 편지를 집어넣고 가까스로 미소를 띠며 그녀가 말했다.

"선에는 이 길을 산책하지 않으시더니요."

"장원 전체를 둘러보는 중이었습니다. 해마다 그렇게 해 왔거든요." 그가 대답했다. "다 둘러보고 목사관을 방문할 작정이었지요. 계속 이리로 가실 건지요?"

"아니에요, 저도 막 돌아서려던 참이었어요."

그러고 나서 그녀가 발걸음을 돌렸고, 그들은 함께 목사관을 향해 걸어갔다.

"토요일에 켄트를 떠나신다는 게 맞나요?" 그녀가 말했다.

"그렇습니다. 다아시가 또 떠나는 날짜를 연기하지 않는다면 말입니다. 저는 다아시가 하자는 대로 할 거니까요. 일정은 다아시 마음대로 조정하거든요."

"그렇다면 그분은 조정이 마음에 들지 않는다 해도 최소한 결정권을 가졌다는 데서 오는 쾌감은 맛볼 수 있겠네요. 자기 뜻대로 하는 권한을 다아시 씨보다 더 즐기는 분은 본 적이 없는 것 같아요."

"다아시가 자기 뜻을 관철하고 싶어 하긴 합니다." 피츠윌리엄 대령이 대답했다. "하지만 그러지 않는 사람이 어디 있나요? 다만 자기 뜻을 관철할 수 있는 수단이 다아시한테 더 많은 것뿐이지요. 다아시는 부자고 다른 사람들은 돈이 없으니까. 솔직히 말씀드리는 겁니다. 아시다시피 장남이 아니면 자기를 부정하고 남에게 의존하는 생활에 익숙해져야 하니까요."

"제 생각엔 백작의 차남쯤 되면 그런 의존적인 생활에 대해서 별로 아는 게 없으실 것 같은데요. 자, 어디 진솔하게 한번 말씀해 보세요. 자기 부정과 의존적인 생활에 대해 도대체 뭘 알고 계시는지? 돈이 없어 가고 싶은 곳에 못 가 보신 적이 있나요? 아니면 갖고 싶었는데 못 가지신 게 있거나?"

"정곡을 찌르시는군요. 제가 그런 곤란을 그다지 많이 겪었다고 할 수는 없겠지요. 그러나 이를테면 중대사에선 저도 돈이 없어서 고통을 겪을 수 있습니다. 장남이 아니면 좋아하는 사람과 결혼하는 게 불가능하니까요."

"상대방이 재산을 가진 여성이 아니라면 그렇겠지요. 그런데 실제로는 대개 재산 있는 여성을 좋아하는 것 같은데요."

"소비 습관도 우리를 지나치게 의존적으로 만들지요. 그러니 저 같은 처지의 남자 가운데 돈 문제를 웬만큼 고려하지 않고서 결혼할 여유가 있는 사람은 별로 많지 않습니다."

'이건 나를 염두에 둔 말일까?' 엘리자베스는 그런 생각에 얼굴을 붉혔다. 그러나 다시 마음을 가다듬고 쾌활한 어조로 말했다. "그렇다면 백작의 차남은 보통 값이 얼마쯤인데요? 형님이 아주 병약하지 않다면, 5만 파운드 이상은 요구하지 않을 것 같은데요."

그도 똑같이 농담조로 그녀의 말을 받았지만 그들은 곧 그런 이야기를 그만두었다. 침묵이 길어지면 상대가 지금까지 주고받은 대화 때문에 시무룩해졌다고 생각할지도 몰라서 그녀는 바로 이렇게 말했다.

"다아시 씨가 당신을 여기로 데리고 온 이유도 무엇보다 자기 마음대로 할 사람이 필요해서가 아닌가 싶군요. 그분으로선 아예 결혼을 해서 언제라도 자기 마음대로 할 사람을 확보해 두는 것도 괜찮을 듯한데요. 하지만 지금으로선 아마 여동생만으로도 충분할 테지요. 혼자서 동생을 돌보니까 뭐든 본인 마음대로 해도 되겠지요."

"그렇진 않습니다." 피츠윌리엄 대령이 말했다. "저하고 그 행운을 나누어 가져야 하니까요. 다아시와 함께 저도 다아시 양의 후견인으로 지정되어 있습니다.”

“어머나, 정말 그러세요? 그렇다면 후견인으로서 어떤 일을 하세요? 피후견인이 애를 많이 먹이지는 않나요? 그 또래의 아가씨들은 다루기가 쉽지만은 않을 텐데. 다아시 가문의 기질을 타고났다면 그 아가씨도 제멋대로 하는 걸 좋아할지도 모르겠고요.”

이 말을 하는 동안 엘리자베스는 피츠윌리엄 대령이 자기 얼굴을 유심히 바라보는 걸 느낄 수 있었다. 또한 그가 왜 다아시 양이 자신들을 힘들게 할 거라고 생각하느냐고 바로 묻는 것으로 보아 자기가 아픈 데를 건드렸나 보다 했다. 그녀는 지체 없이 대답했다.

“놀라실 필요 없어요. 그 아가씨에 대해 무슨 나쁜 소문을 듣고 그러는 건 아니니까요. 사실은 이 세상에서 가장 온순한 사람이기가 쉽겠지요. 제가 아는 숙녀분들도 그 아가씨를 굉장히 좋아하시던데요. 허스트 부인과 빙리 양 말이에요. 그러고 보니 그분들을 안다고 하신 적이 있는 것 같은데요.”

“조금은 압니다. 오빠 되는 이는 싹싹하고 신사다운 친구지요. 다아시와 절친한 사이고.”

“네! 그래요.” 엘리자베스가 아무렇지도 않은 목소리로 말했다. “다아시 씨는 빙리 씨를 각별하게 대하시는 것 같아요. 엄청 잘 챙겨 주시기도 하고.”

“챙겨 준다고요! 맞는 말씀입니다. 제가 보기에도 다아시가 그 친구를 아주 시의적절하게 챙겨 주는 것 같더라고요. 여기로 오는 도중에 다아시가 해 준 이야기로는 빙리가 다아시에게 큰 도움을 받은 것 같습니다. 뭐 꼭 빙리였다고 단정할 수는 없으니까, 자칫 실례를 범하는 꼴이 될 수도 있겠습니다만. 어디까지나 제 추측일 뿐입니다."

"무슨 일인데요?"

"다아시로선 소문이 퍼지기를 바라지 않을 만한 일입니다. 만일 그 아가씨의 가족이 알면 불쾌해할 테니까요."

"절대 다른 사람에게 말하지 않기로 약속할게요."

"그리고 그게 바로 빙리라고 단정할 이유도 없다는 걸 잊지 마시기 바랍니다. 다아시가 말해 준 건 단지 이것뿐이니까요. 자신이 얼마 전에 친구 하나가 아주 경솔한 결혼을 해 곤경을 자초할 뻔한 걸 구해 주었고, 그래서 정말 기쁘다는 거였어요. 그렇지만 이름이라든가 다른 세세한 이야기는 하지 않았지요. 제가 보기에 빙리라면 그런 곤경에 빠질 수 있는 성격인 것 같고, 또 작년 여름 내내 그 둘이 함께 지냈다는 걸 아니까 그게 빙리 얘기가 아닐까 추측해 본 것뿐입니다."

"다아시 씨가 왜 개입했는지 그 이유를 이야기하던가요?"

"그 아가씨 쪽에 한사코 반대할 만한 결함이 여럿 있었다고 알고 있습니다."

"그렇다면 그 둘을 갈라놓기 위해 대체 무슨 수를 썼을까요?"

"무슨 수를 썼는지 말하지 않았습니다." 피츠윌리엄이 미소 지으면서 말했다. "방금 말씀드린 것 외에는 아무 말도 안 했거든요."

엘리자베스는 아무 대답도 하지 않고 잠자코 걸어갔지만, 분노로 가슴이 터질 듯했다. 그녀를 잠시 지켜보다가 피츠윌리엄이 무슨 생각을 그렇게 골똘히 하느냐고 물어보았다.

"지금 하신 말씀에 대해 생각하고 있었어요." 그녀가 말했다. "다아시 씨의 행동이 제겐 좀 거슬리는군요. 왜 그분이 남의 일에 감 놔라 배 놔라 하지요?"

"다아시의 개입이 주제넘지 않았나 생각하는군요."

"다아시 씨가 무슨 자격으로 친구의 감정을 두고 옳으니 그르니 할 수 있는지, 그리고 무슨 이유로 자신의 판단만 앞세워서 이래야 행복하니 마니 결정하고 지시할 수 있는지 저로서는 이해가 안 가요." 그녀는 감정을 추스르고 나서 계속했다. "그렇다고 자세한 사정을 모르면서 그분을 비난하는 것도 공정하지는 않겠지요. 당사자들 사이에 애정이 깊지 않았다고 보는 게 옳겠지요."

"아무래도 그랬을 것 같긴 합니다." 피츠윌리엄이 말했다. "사실이 그렇다면 도대체 제 사촌이 무슨 신통한 일을 했다는 건지 더 모르겠군요."

그는 이 말을 농담으로 했지만, 엘리자베스는 그것이 다아시 씨를 정확하게 그려 내는 것 같아서 구태여 대꾸하고 싶지 않았다. 그래서 얼른 화제를 바꾸어 목사관에 도착할 때까지 줄곧 일상적인 대화만 나누었다. 그녀는 피츠윌리엄 대령이 목사관을 떠나자마자 자기 방에 틀어박혀 방금 들은 이야기를 누구의 방해도 받지 않고 하나하나 따져 보았다. 그 이야기의 주인공이 다른 사람들일 가능성은 거의 없었다. 다아시 씨가 그렇게 무한한 영향력을 행사할 수 있는 사람이 이 세상에 두 사람이나 존재할 리는 없지 않겠는가. 진작부터 빙리와 언니를 떼어 놓는 공작에 그가 관여했을 것이라고 확신하기는 했다. 그러나 여태까지는 빙리 양이 그런 일을 주도적으로 꾸미고 준비했으리라고 보았다. 그러나 그가 자신의 역할을 부풀린 게 아니라면 언니가 겪는 모든 고통의 원인은 바로 다아시 씨, 그의 오만과 변덕이었다. 바로 그가 이 세상에서 둘도 없이 다정하고 마음씨 고운 이에게서 모든 행복의 희망을 앗아 간 원흉이었다. 그가 끼친 해악이 얼마나 오래갈지는 아무도 모르는 일이었다.

"그 아가씨 쪽에 한사코 반대할 만한 결함이 여럿 있었다고 알고 있습니다."가 피츠윌리엄 대령의 말이었는데, 그 완강한 반대의 이유라는 것은 아마 이모부는 시골 사무 변호사이고 외삼촌은 런던에서 장사를 한다는 사실일 터였다.

"언니만 놓고 보면 반대할 이유가 있을 리 없어." 그녀가 외쳤다. "언니는 너무 사랑스럽고 착하니까! 머리가 좋고 교양도 충분히 갖추었고, 몸가짐은 또 얼마나 반듯하고 매력이 넘치냔 말이야. 아버지만 해도 괴팍하신 데가 있긴 하지만, 감히 다아시 씨 같은 사람이 넘보지 못할 높은 인격을 가진 분인데, 아버지 때문에 반대할 리도 절대 없고." 그러다 어머니한테 생각이 미치자 사실 자신감이 조금 수그러들기는 했다. 그러나 어머니의 사람 됨됨이가 다아시 씨가 반대하는 진짜 이유일 수는 없다고 생각했다. 그가 자존심에 상처받는다면 그것은 친구의 친인척이 될 사람들의 지각의 결핍보다는 지위의 결핍 때문이리라고 생각했다. 그리하여 마침내 이렇게 결론지었다. 다아시 씨가 반대한 이유가 한편으로는 그 같은 돼먹지 않은 오만 때문이고, 다른 한편으로는 자기 누이를 위해 빙리 씨를 챙겨 두려는 희망 때문이었다고.

그 문제를 생각하다 보니 흥분되고 눈물도 쏟아지면서 머리가 아파 왔다. 다아시 씨라면 보기도 싫던 차에 저녁 무렵에는 두통까지 더 심해졌으므로, 그녀는 사촌 부부와 함께 로징스에 가서 차를 마시기로 한 약속을 거르기로 마음먹었다. 콜린스 부인은 그녀가 정말로 몸이 안 좋은 것을 보고 굳이 권하지 않았으며, 남편의 강권도 힘닿는 대로 막아 주었다. 그러나 콜린스 씨는 그녀가 가지 않으면 캐서린 영부인이 언짢아하실지도 모른다는 걱정을 감추지 못했다.

11

그들이 나간 후, 엘리자베스는 다아시에게 있는 대로 화를 내기로 작정이나 한 듯 켄트에 머무는 동안 언니에게 받은 편지를 모두 꺼내 샅샅이 훑어보았다. 그 편지들에는 직접적인 불만을 토로하거나 과거의 일을 상기시킨다거나 현재의 고통을 토로하는 대목은 어디에도 없었다. 그러나 그 모든 편지에서, 그리고 거의 모든 행에서 언니 문체의 특징이던 쾌활함, 평안한 마음에서 비롯되어 모든 사람에게 전해지던 쾌활함, 여태껏 그늘져 본 적이라고는 거의 없던 그 쾌활함이 사라지고 없었다. 처음 편지를 받았을 때보다 훨씬 더 꼼꼼히 읽으면서 엘리자베스는 한 문장 한 문장에 다 근심이 서려 있음을 확인할 수 있었다. 다아시 씨가 부끄러운 줄도 모르고 자랑이라도 하는 것처럼 누군가를 비참하게 만들었다고 하더라는 말을 들은 뒤라 언니의 고통이 더욱 절절하게 느껴졌다. 그의 로징스 방문이 모레면 끝난다니 그나마 다행이다 싶었고, 더욱이 보름 후면 다시 언니를 만나 온갖 정성을 다해 기운을 북돋아 줄 수 있으리라는 생각으로 위안을 삼았다.

다아시가 켄트를 떠난다고 생각하자 자연히 그녀는 그의 사촌도 그와 함께 떠날 것이라고 했던 말이 떠올랐다. 그러나 피츠윌리엄 대령은 그녀에게 청혼할 생각이 없음을 분명히 했고, 그가 꽤 괜찮은 사람이기는 했지만 그녀도 그것 때문에 마음 아플 이유는 없었다.

그녀가 이렇게 생각을 정리하고 있을 때 갑자기 현관에서 초인종이 울렸다. 그녀는 방문객이 피츠윌리엄 대령일지도 모른다는 생각에 잠시 마음이 동요되었다. 전에도 한 번 그가 저녁 늦게 방문한 적이 있었으므로 아프다는 소식을 듣고 안부를 묻기 위해 찾아왔을지도 모르는 일이었다. 그러나 방에 들어선 이는 너무나 놀랍게도 다아시 씨였으므로 피츠윌리엄 대령 생각은 즉시 사라졌고, 그녀의 기분도 완전히 달라졌다. 그는 들어서자마자 무척 서두르는 태도로 몸은 좀 어떠냐고 물었고, 그녀가 나아졌는지 궁금해서 방문했다고 말했다. 그녀의 대답은 공손하지만 냉랭했다. 그는 잠시 자리에 앉았다가 곧 일어서서 방 안을 서성였다. 엘리자베스는 웬일인가 했지만 입을 떼지는 않았다. 몇 분 동안 침묵이 흐른 후 그가 다소 흥분된 태도로 그녀에게 다가와 이렇게 말을 시작했다.

"애를 써 보았지만 소용없습니다. 그래 봤자 안 될 것 같습니다. 제 감정을 억누를 수가 없습니다. 제가 당신을 얼마나 열렬히 사모하고 사랑하는지 말씀드려야겠습니다."

엘리자베스는 너무 놀라 아무 말도 할 수 없었다. 그녀는 그를 물끄러미 바라보다가 얼굴을 붉혔고, 귀를 의심했으며, 아무 말도 하지 못했다. 그는 이것을 충분한 격려로 간주하고, 즉시 자신이 그녀에 대해 현재 품고 있으며 오랫동안 품어 온 감정을 모두 고백하기 시작했다. 그의 말은 훌륭했다. 그러나 그는 가슴에서 우러나오는 사랑의 감정 말고 다른 감정에 대해서도 자세히 이야기했다. 애정에 대해서보다 자존심에 대해 말할 때 더 열변이었다. 그녀의 신분이 열등하고, 그런 결혼은 가문의 수치이고, 그녀의 가족도 장애 요인임을 하나하나 짚고서, 그런 생각을 하면 늘 이성이 감정에 제동을 걸었다고 했다. 이렇게 열심히 설명하는 것부터가 지금 자신이 손상시키고 있는 가문의 체통 때문인 듯했지만, 그의 청혼에는 도움이 될 것 같지 않았다.

그에 대한 뿌리 깊은 혐오감에도 불구하고, 그녀도 그런 사람의 사랑이라는 영예에 무심할 수는 없었다. 비록 그 청혼을 거절하려는 뜻은 한순간도 흔들리지 않았지만, 그럼에도 처음에는 그가 받게 될 고통을 생각하고 안됐다는 생각이 들기도 했다. 그러나 그녀의 동정심은 이어진 그의 언사로 인해 분노 속에 녹아 사라지고 말았다. 그래도 그녀는 그가 말을 마친 뒤 대답할 작정으로 꾹 참고 있었다. 이윽고 그는 온갖 노력에도 불구하고 자신의 사랑을 억누를 수 없었으니 그 사랑이 정말 강한 것이라며, 이제 자신의 구혼을 받아들임으로써 그녀가 그 사랑에 보답해 주기를 바란다면서 말을 마쳤다. 이 말을 하면서 그가 긍정적인 답변을 의심하지 않고 있음은 명백했다. 말로는 걱정이니 불안이니 했지만, 받아들여질 것을 추호도 의심하지 않는 표정이었다. 그것을 보고 있자니 더욱 화가 치밀었고, 그가 말을 마치자 그녀는 얼굴을 붉히며 이렇게 말했다.

"이런 경우에는, 지금 털어놓으신 감정과 아무리 거리가 먼 답변을 드리더라도 일단 고마움을 표하는 것이 관례인 줄 알고 있습니다. 고마움을 느껴 마땅한 일이겠고요. 그럴 수만 있다면 저도 감사를 표하고 싶습니다. 그러나 그럴 기분이 아니군요…… 저로서는 한 번도 당신의 호감을 원한 적이 없었습니다. 그리고 당신께서도 그야말로 마지못해 제게 호감을 품으신 셈이고요. 제가 누구에게든 고통을 주었다면 미안한 일입니다. 그렇지만 저로서는 전혀 의식하지 못한 일이에요. 아무쪼록 그 고통이 오래가지 않기를 바랍니다. 말씀하신 대로 저에 대한 호감을 선뜻 인정할 수 없게 만드는 감정도 있으신데다 제 설명도 들으셨으니 고통을 극복하시기 어렵지 않으실 거예요."

벽난로 선반에 기대선 채 그녀의 얼굴에 시선을 고정시키고 있던 다아시 씨는 그녀의 말 한마니 한마니에 놀라는 동시에 그만큼 분개하기도 한 표정이었다. 그의 안색은 분노로 창백해졌으며, 표정 하나하나에 당혹스러운 기색이 역력했다. 그는 냉정을 찾기 위해 엄청난 노력을 기울였고 스스로 냉정해졌다고 확신할 때까지 입을 열지 않기로 작정한 듯했다. 그 잠시 동안의 침묵이 엘리자베스에게는 너무나 끔찍했다. 마침내 가까스로 침착한 목소리를 짜내 그가 말했다.

"그러니까 고작 이것이 제가 받은 답변이로군요! 한 가지 여쭤보고 싶습니다. 왜 제 청혼을 거절하시는지, 왜 그렇게 예를 차리려고 애쓰지도 않으면서 거절하시는지 말입니다. 그리 중요한 건 아니겠지만."

"저야말로 여쭤보고 싶은 게 있어요." 그녀가 대답했다. "왜 저를 불쾌하게 하고 저에게 모욕이라는 걸 뻔히 알면서 굳이 자신의 의지에 반해서, 자신의 이성에 반해서, 그리고 심지어 자신의 인격까지 거슬러 가면서 저를 좋아한다고 말씀하신 거죠? 제가 만일 무례했다면 그게 어느 정도는 제 무례함에 대한 변명이 되지 않을까요? 그렇지만 다른 이유도 있어요. 당신도 당연히 아시는 이유지요. 제가 설사 당신에게 반감을 갖지 않았거나 별다른 감정이 없었다 해도, 아니 심지어 호의를 품었다 해도, 사랑하는 언니의 행복을 짓밟아 버린, 아마도 영원히 짓밟아 버린 장본인의 청혼을 어떻게 받아들일 수 있겠어요?"

그녀가 이렇게 말하는 동안 다아시 씨의 안색이 변했다. 그러나 마음의 동요는 잠시였고, 그녀가 말을 잇자 끼어들려 하지 않고 귀를 기울였다.

"저한테는 당신을 나쁘게 생각할 이유가 충분하고도 남아요. 당신이 저지른 부당하고 타기할 만한 행위에는 어떤 동기도 변명이 되지 않아요. 그 두 사람을 갈라놓음으로써 한 사람은 변덕스럽고 우유부단하다는 이유로 세상의 비난을 받게 만들고, 다른 한 사람은 희망이 좌절되었다는 이유로 세상의 웃음거리가 되게 했으며, 두 사람 모두를 너무나 뼈아픈 불행으로 몰아넣는 일을, 혼자서 꾸미지 않았는지 몰라도, 적어도 주동했다는 사실을 감히 부인하지는 않으시겠지요. 절대 그러지 못하실 거예요."

그녀는 말을 멈추었는데, 그가 조금도 미안해하는 기색 없이 태연하게 귀를 기울이는 것을 보자 화가 나기 시작했다. 그는 짐짓 무슨 말이냐는 표정으로 미소마저 띠며 그녀를 바라보았다.

"그런 일을 하셨다는 걸 부인할 수 있으세요?"

그러자 그는 애써 담담하게 대답했다. "제 친구를 당신의 언니로부터 떼어 놓기 위해 제가 할 수 있는 일을 다 했다는 걸, 그리고 그런 노력 끝에 성공을 거둬 다행으로 여긴다는 걸 부인하고 싶은 생각은 전혀 없습니다. 저 자신의 일은 어쩔 수 없게 되었지만, 친구의 처지에 더 마음을 쓴 것이 사실입니다."

엘리자베스는 이 마지막 말이 무슨 뜻인지 알아듣기는 했지만, 그런 내색을 하기 싫었고 그 때문에 화가 누그러지지도 않았다.

"그 일만이 아니에요." 그녀가 계속했다. "제가 당신을 싫어하는 이유는 더 있어요. 그 일이 있기 훨씬 전부터 당신에 대한 제 생각은 이미 정해져 있었어요. 몇 달 전에 위컴 씨 이야기를 듣고 당신이 어떤 사람인지 훤히 알게 됐어요. 그 문제에 대해선 무슨 말씀을 할 수 있으시죠? 있지도 않은 우정을 들먹이며 변명하실 건가요? 아니면 어떤 거짓 설명을 가지고 사람들을 기만하실 건가요?"

"그 사람의 문제에 꽤 관심이 많으시군요." 다아시 씨가 상기된 채 다소 불편한 어조로 말했다.

"그분이 겪은 불운한 일을 아는 사람이라면 어떻게 관심을 갖지 않을 수 있겠어요?"

"불운한 일이라!" 다아시 씨가 경멸조로 되풀이했다. "맞습니다. 그 사람은 정말 대단히 불운했지요."

"당신이 그렇게 만들었잖아요." 엘리자베스는 힘주어 말하며 목소리를 높였다. "바로 당신이 그분을 지금처럼 가난하다고 해도 좋을 형편에 빠뜨렸잖아요. 그분에게 가도록 정해져 있다는 걸 뻔히 알면서도 그런 수입원을 막아 버린 장본인이잖아요. 한창 나이에 받을 자격도 있고 그렇게 정해져 있기도 했던 재정적 독립을 박탈한 겁니다. 바로 당신이 한 일이지요! 그래 놓고도 그분이 불행하다는 말에 경멸과 조롱을 던질 수 있는 사람도 당신이고요."

"그래, 바로 이게 저에 대한 당신의 생각이로군요!" 다아시가 빠른 걸음으로 방을 가로질러 걸어가며 외쳤다. "바로 이게 저에 대한 당신의 평가고! 그렇게 상세하게 설명해 주셔서 고맙습니다. 그 평가에 따르면 제 잘못은 참으로 무겁군요! 하지만 어쩌면……." 그가 걸음을 멈추고 그녀 쪽으로 돌아서면서 덧붙였다. "당신은 그런 잘못들을 눈감아 줄 수 있었을지도 모릅니다. 제가 만일 이런저런 문제 때문에 청혼을 주저할 수밖에 없었다는 걸 솔직히 고백해서 당신의 자존심에 상처를 주지만 않았더라도 말입니다. 제가 만일 짐짓 제 심적 갈등을 감추고 얘기하지 않았더라면, 그래서 제가 이성적으로 따지고 깊이 성찰해 봐도 나무랄 데 없이 완벽한 사랑 때문에 청혼하는 거라고 믿게끔 당신의 비위를 맞춰 드렸더라면, 이런 신랄한 비난은 하지 않았을지도 모르지요. 그러나 저는 어떤 종류의 가식도 혐오합니다. 제가 말씀드린 착잡한 감정에 대해서도 부끄럽다고 생각지 않습니다. 그건 자연스럽고 정당했습니다. 제가 당신 집안이 열등하다는 사실을 기뻐하리라고 기대하셨나요? 제 집안보다 한참 떨어지는 집안과 인척 관계를 맺는다고 자축이라도 할 줄 아셨나요?"

엘리자베스는 그의 말에 순간순간 화가 치밀어 올랐으나 마음을 가라앉히려고 안간힘을 쓰면서 말했다.

"잘못 아셨습니다, 다아시 씨. 좀 더 신사다운 태도를 보이셨더라면 청혼을 거절할 때 미안한 감정을 느꼈을지는 몰라요. 그렇지만 당신의 태도 덕분에 그렇게 미안해하지 않아도 되었던 것 말고 결과가 달라졌으리라고 생각한다면 오해십니다."

그는 이 말을 듣고 흠칫 놀랐지만 입은 열지 않았고, 그녀가 계속했다.

"어떤 태도로 청혼하셨다 해도 받아들이고 싶은 마음이 들지 않았을 거예요."

그가 크게 놀라는 것이 확연히 눈에 보였다. 그는 믿을 수 없어 하면서도 당혹감이 가득 어린 표정으로 그녀를 바라보았다. 그녀는 계속했다.

"당신을 처음 알게 되었을 때, 처음 알게 된 바로 그 순간이라 해도 좋을 것 같군요. 저는 이미 당신의 태도를 보고 당신이 거만하고 잘난 체하며 자기 생각만 하면서 남의 감정은 무시하는 사람이라는 인상을 받았어요. 그 뒤로 다른 일들이 드러나면서 그런 좋지 않은 인상이라는 토대 위에 혐오감이 차곡차곡 쌓였다고 할까요. 그랬기 때문에 당신을 알게 된 지 한 달도 되지 않아 누가 뭐라고 해도 저는 당신 같은 사람과는 절대 결혼할 수 없을 거라고 생각했어요."

"말씀 충분히 잘 들었습니다, 엘리자베스 양. 당신의 감정을 완벽하게 이해하며, 지금은 다만 제 감정을 부끄러워할 일만 남았습니다. 시간을 너무 많이 빼앗은 것을 용서해 주십시오. 당신의 건강과 행복을 빌겠습니다."

그 말을 하고 그는 급히 방을 떠났고, 다음 순간 현관문을 열고 집을 나가는 소리가 들려왔다.

그녀의 마음속에서 회오리치는 동요는 이제 고통스럽도록 커졌다. 몸을 지탱할 수 없었고, 온몸에서 기운이 빠져나가 의자에 앉아 반 시간 동안이나 울었다. 방금 일어난 일을 하나하나 되새겨 볼수록 놀라움이 커져 갔다. 다아시 씨로부터 청혼을 받다니! 그가 그렇게 여러 달 동안이나 자신을 사모하고 있었다니! 그 사랑이 너무 강해서 그 모든 장애 요인들, 그로 하여금 자기 친구와 그녀의 언니가 결혼하는 것을 말리도록 만든 그 모든 장애 요인들, 자신한테도 최소한 자기 친구한테

만큼 부정적으로 여겨졌을 그 모든 장애 요인들에도 불구하고 그녀와 결혼하기를 원할 정도였다니, 거의 믿기지 않았다! 자신도 모르게 그렇게 강한 애정을 불러일으켰다고 생각하니 뿌듯하기는 했다. 그러나 그의 오만, 그 가증스러운 오만, 자신이 그녀의 언니에게 한 일을 인정할 때의 뻔뻔한 모습, 용납할 수 없는 당당한 태도로 딱히 변명도 하지 않고 자신이 한 일을 시인하던 것 그리고 위컴 씨에 대해 언급할 때 보인 냉혹한 태도, 그를 잔인하게 취급했다는 것을 부인하려 들지도 않던 것 등은 곧 그의 애정을 생각하는 동안 잠시 솟아난 그녀의 동정심을 압도해 버렸다.

그녀가 그런 생각에 잠겨 마음을 진정시키지 못하고 있는데, 캐서린 영부인의 마차 소리가 들려왔다. 샬럿이 이런 모습을 보면 이상하게 여길지도 모른다는 생각에 그녀는 서둘러 자기 방으로 향했다.

12

다음 날 아침 엘리자베스는 지난밤 겨우 눈을 감았을 때와 똑같은 생각, 똑같은 상념과 더불어 잠에서 깨어났다. 그녀는 아직도 어제 일로 인한 충격에서 벗어날 수 없었다. 다른 일을 생각하기란 불가능했고, 어떤 일도 손에 잡히지 않을 것 같아서, 아침 식사 후 바깥 공기를 쐬며 산책이나 하기로 마음먹었다. 곧장 자신이 즐겨 찾는 산책로 쪽으로 걸어가다가 그녀는 문득 다아시 씨도 가끔 그리로 온다는 생각이 나서 발걸음을 멈추었다. 그녀는 장원으로 들어서는 대신, 발길을 돌려 오솔길을 따라 큰길에서 더 멀리 떨어진 곳을 향했다. 장원의 울타리가 여전히 그 오솔길의 한쪽 경계를 이루고 있었고, 그녀는 곧 장원으로 들어가는 입구 하나를 지나쳤다.

오솔길의 그 구간을 두세 번 왔다 갔다 하다 보니, 아침 장원의 상쾌함이 그녀를 유혹해 그녀는 입구에 멈춰 서서 그 안을 들여다보았다. 그녀가 켄트에서 지낸 다섯 주 동안 주변 자연의 모습이 크게 변했고, 이르게 잎이 나오는 나무들은 하루가 다르게 더 푸르러졌다. 그녀가 막 발걸음을 다시 떼려 할 때, 장원의 가장자리를 둘러싸고 있는 키 작은 나무 울타리 사이로 한 신사의 모습이 얼핏 보였다. 누군가가 그녀 쪽으로 다가오고 있었다. 그가 다아시 씨일지도 모른다 싶어 그녀는 곧바로 되돌아서 나왔다. 그러나 그녀를 향해 다가오던 사람은 이제 그녀를 알아보기에 충분할 만큼 가까워졌고, 빠른 걸음으로 걸어오면서 그녀의 이름을 불렀다. 그녀는 이미 돌아서 있었으나, 자신을 부르는 소리를 듣자마자 그게 다아시 씨의 목소리임을 알았지만, 다시 장원 입구 쪽을 향했다. 그도 그때쯤 입구에 이르러 편지 한 통을 내밀었고, 그녀가 얼떨결에 그것을 받아 드는 사이에 도도하고도 침착한 표정으로 말했다. "당신을 만나 뵐 수 있을까 하고 한참 동안 숲속을 찾아다녔습니다. 이 편지를 읽어 주시면 영광이겠습니다." 그런 후 그는 가볍게 고개를 숙이고, 다시 돌아서서 숲속을 향했고, 곧 시야에서 사라졌다.

즐거움을 기대하지는 않았으나 강한 호기심을 느끼며 편지를 열어 보자, 더더욱 궁금하게도 빽빽한 필체로 가득 채워져 있는 편지지 두 장이 봉투 구실을 하는 겉장 안에 들어 있었으며, 겉장도 글씨로 가득 채워져 있기는 마찬가지였다. 오솔길을 따라 걸어가면서, 이윽고 그녀는 편지를 읽기 시작했다. 맨 윗줄에는 '로징스에서, 아침 여덟 시'라고 적혀 있었고 내용은 다음과 같았다.

이 편지를 받고 제가 지난밤 당신을 그토록 불쾌하게 한 감정을 다시 토로하거나 또다시 청혼할까 봐 지레 경계하지 마시기 바랍니다. 그런 희망을 늘어놓아서 당신께 고통을 주고 저자신을 초라하게 만들려고 이 편지를 쓰는 것은 절대 아닙니다. 지나간 희망은 엘리자베스 양이나 저를 위해서 되도록 빨리 잊는 것이 좋겠지요. 굳이 제가 이 편지를 써서 당신께 읽어 주십사 부탁드리게 된 것은 제 성격상 그냥 지나갈 수 없는 사안이 있다고 보았기 때문입니다. 그러므로 제 마음대로 이런 요청을 드리게 된 점 용서를 바랍니다. 당신이 이 편지를 기꺼이 읽어 줄 기분이 아니라는 건 잘 압니다. 그러나 공정하시리라 믿고 부탁드립니다.

어젯밤 당신은 성격이 아주 다르고 비중도 전혀 다른 두 가지 잘못을 범했다고 저를 비난하셨습니다. 첫 번째로 언급하신 것은 제기 빙리를 당신의 언니로부터 두 사람의 감정을 무시한 채 떼어 놓았다는 것이고, 다른 하나는 제가 위컴 씨에게서 여러모로 그의 당연한 권리인 보직을 빼앗음으로써 명예와 인륜을 저버리고, 그의 현재의 행복을 파괴했으며, 미래의 전망까지 박탈해 버렸다는 것이었습니다. 제가 만일 제 어린 시절의 친구이자 제 부친의 총아라고 널리 알려져 있던 젊은이, 우리의 후원 외에 달리 의지할 데라고는 없는 것이나 마찬가지이며, 그 후원을 기대하며 자란 젊은이를 고의로, 그리고 변덕스러운 기분에 따라 내팽개쳤다면 그것은 사악한 행위라고 해야 할 것입니다. 그런 악행과 겨우 두세 주 동안 애정을 키워 온 두 젊은이를 떼어 놓은 일은 비교가 안 되지요. 어쨌든 제 행동과 동기에 대한 이 편지의 설명을 읽으신 후에는 당신이 두 가지 일에 대해 더 이상 어제저녁 쏟아 내신 것 같은 심한 비난은 안 하시기를 바라고 있습니다. 그리고 제 입장에서 설명드리다 보면 불가피하게 당신이 불쾌해하실 감정이 언급될 수도 있는데, 그에 대해서는 죄송하다는 말씀을 드립니다. 불가피한 건 불가피한 것이니 더 이상 사과드린다면 오히려 우습겠지요. 빙리가 그 마을의 아가씨들 중 당신의 언니를 가장 좋아한다는 사실은 저도 다른 사람들과 마찬가지로 하트퍼드셔에 간 지 얼마 안 돼 알게 되었습니다. 그러나 제가 그의 감정이 진지한 애정일지도 모른다는 우려를 하게 된 것은 네더필드에서 무도회가 있던 저녁이었습니다. 그가 누구한테 반한 것은 전에도 더러 본 적이 있었기 때문입니다. 그 무도회에서 영광스럽게도 당신과 춤을 추는 동안 우연히 윌리엄 루커스 경의 말씀을 듣고서야 비로소 당신의 언니에 대한 빙리의 관심이 주변에 그들의 결혼에 대한 기대를 낳았음을 알게 되었습니다. 루커스 경은 그 두 사람의 결혼을 기정사실인 것처럼, 오로지 날을 잡는 일만 남은 것처럼 말씀하셨지요. 바로 그 순간부터 저는 빙리의 태도를 주시했습니다. 그리고 그가 제가 전에 본 다른 경우보다 훨씬 더 베넷 양을 좋아하고 있다는 걸 알게 되었습니다. 그래서 당신의 언니도 지켜보았습니다. 그분의 모습과 태도는 보통 때와 마찬가지로 솔직하고, 쾌활하며, 매력적이었지만, 빙리를 특별히 더 좋아한다는 느낌을 받을 수는 없었습니다. 따라서 그날 저녁 자세히 관찰한 결과 저는 당신의 언니가 빙리가 보이는 관심을 행복하게 받아들이고는 있지만, 같은 감정을 가지고 있는 건 아니라는 확신을 갖게 되었습니다. 이 점에 대해서는 당신이 잘못 보신 게 아니라면, 제가 잘못 본 게 틀림없겠지요. 언니분에 대해서는 당신이 훨씬 더 잘 아실 테니 아마도 후자일 가능성이 더 크겠습니다. 만일 그게 사실이라면, 만일 제 잘못된 판단으로 그분께 고통을 드린 게 사실이라면, 당신의 분개가 터무니없지 않을 겁니다. 그러나 제가 자신 있게 단언하건대 당신 언니의 표정과 태도가 워낙 차분했기 때문에 가장 정확한 관찰자가 봤어도 그분의 성품이 다정할지라도 마음을 쉽게 주는 사람은 아니라고 보았을 것입니다. 그분이 제 친구에게 무심하다고 믿고 싶은 마음이 없었다고는 하지 않겠습니다. 그러나 제 바람이나 염려가 제가 무엇을 조사하거나 결정할 때 영향을 미치는 일은 거의 없다는 점을 감히 말씀드리겠습니다. 그분이 무심하다고 믿은 건 제 바람 때문이 아닙니다. 저의 바람이 합리적인 근거에서 나온 만큼이나 그런 판난에도 그럴 만한 색관석인 근거가 있다고 생각했습니다. 제가 그 결혼에 반대한 이유는 어제저녁 말씀드린 이유, 세 경우 극도로 강렬한 열정 때문에 잊을 수 있었던 이유 때문만은 아닙니다. 제 친구의 경우에는 집안이 보잘것없다는 사실이 제 경우만큼 문제가 되지 않습니다. 그러나 그 결혼에 강하게 반대할 이유는 그것 말고도 또 있습니다. 현재도 해결되지 않은 채 엄연히 존재하고 제 친구 못지않게 제게도 문제가 되는 이유들이 있지만, 제 경우엔 당장의 일은 아닌지라 잊어버리려고 노력했지요. 바로 그 이유들을 간략하게라도 밝혀야겠습니다. 외가 쪽의 신분이나 지위도 문제라면 문제였지만, 그것은 당신의 어머님과 세 여동생이 그렇게 빈번히, 그렇게 한결같이 드러내 보인, 그리고 가끔은 당신의 부친께서조차 가세한, 완벽한 무교양에 비하면 아무것도 아니었습니다. 용서하십시오. 당신을 불쾌하게 해 드리자니 저도 고통스럽습니다. 그러나 당신 가족의 결점 때문에 속이 상하고 이런 이야기를 듣기가 불쾌하시더라도, 당신과 당신의 언니만큼은 그처럼 흠잡힐 행동을 전혀 하지 않아서 모든 이의 칭찬을 받았고, 그것이 두 분의 지성과 성품에 영예가 되었다는 걸 안다면 위안이 되실지 모르겠습니다. 그날 저녁에 살펴본 것을 기초로 저는 당신의 식구들에 대한 제 견해가 옳다는 걸 확인했고, 불행이 뻔히 예상되는 결혼으로부터 친구를 구해 내기 위해 가만있을 수 없다는 생각이 더욱 절실해졌습니다. 당신도 분명 기억하실 테지만, 그는 다음 날 곧 돌아올 계획으로 런던으로 떠났습니다. 이제 제가 한 일에 대해 설명드릴 차례입니다. 그의 누이들도 마음이 조마조마하기는 저와 마찬가지였고, 우리는 곧 서로 생각이 일치한다는 걸 알게 되었습니다. 한시라도 빨리 그를 떼어 놓아야 한다는 생각에 우리는 이내 그를 뒤

쫓아 런던에 가기로 결정했고, 그렇게 했습니다. 런던에서 저는 그런 결혼에 따르는 명백한 해악에 대해 제 친구에게 설명하는 임무를 기꺼이 맡았습니다. 그 해악을 설명하고, 열심히 주장했지요. 그렇지만 제 설득이 빙리를 주춤거리게 하고 그의 결심을 미루게 할 수는 있었겠지만, 만일 당신의 언니가 그를 좋아하지 않는다는 제 장담이 거기에 가세하지 않았더라면, 궁극적으로 결혼을 막지는 못했을 것이라고 생각합니다. 빙리는 그때까지 당신의 언니가 자신의 애정에 대해 똑같은 애정, 아니면 적어도 진실한 애정으로 답하고 있다고 믿었지요. 그러나 빙리는 타고난 겸손함으로 자신의 판단력보다는 제 판단력에 더 강하게 의존했습니다. 그런 까닭에 잘못 알고 있다고 그를 납득시키기는 그다지 어렵지 않았습니다. 일단 그런 확신을 주자, 그를 설득해 하트퍼드셔로 돌아가지 못하게 하기는 순식간이었습니다. 거기까지는 제가 딱히 잘못한 일이 없다고 생각합니다. 그모든 일을 돌이켜 볼 때 마음에 걸리는 건 단 한 가지, 빙리에게 당신의 언니가 런던에 있다는 사실을 이런저런 수단을 동원해 감춘 것이죠. 빙리 양이 그 사실을 알았듯이 저도 알았지만, 빙리는 지금까지도 모릅니다. 두 사람이 서로 만나는 것이 별문제 아니었을 수도 있습니다. 그러나 제가 보기엔 그가 베넷 양을 만나도 아무 위험이 없을 만큼 그의 애정이 완전히 꺼진 것은 아니었습니다. 그런 은폐와 가식은 아마도 제게 어울리지 않는 서열한 행위였을지 모르겠습니다. 이쨌든 저는 그렇게 하기로 했고, 최선의 결과를 위해 그렇게 했습니다. 그 문제에 대해서는 더 이상 드릴 말씀이 없으며, 더 이상의 사과도 드리지 않겠습니다. 제가 만약 당신 언니의 마음에 상처를 주었다면 그건 모르고 한 일입니다. 그리고 제 행동의 동기가 당신께는 당연히 충분치 않아 보일 수도 있겠지만, 저로서는 꼭 비난받을 일인지 아직 모르겠습니다.

위컴 씨에게 피해를 주었다는 더 심각한 비난에 대해서는, 그 사람과 제 가족의 관계를 모두 밝힘으로써만 반박할 수 있습니다. 그가 특별히 무엇을 두고 저를 비난했는지는 모르겠습니다. 그러나 제 이야기가 진실이라는 것에 대해서는 정직성을 의심할 수 없는 증인을 한 사람 이상 댈 수 있습니다. 위컴 씨의 부친은 아주 훌륭한 분이셨습니다. 그분은 펨벌리의 재산을 여러 해 동안 맡아 관리하셨는데, 자신의 임무를 훌륭하게 수행하셨기 때문에 제 부친께서는 당연히 그분에게 도움을 주고 싶어 하셨습니다. 그랬기 때문에 당신의 대자인 조지 위컴에게도 아낌없는 친절을 베푸셨지요. 제 부친께서는 그의 중등 교육과, 후에는 케임브리지에서의 학업도 지원하셨습니다. 이 도움은 그의 공부에 결정적이었는데, 아내의 낭비벽으로 언제나 가난하게 지낼 수밖에 없었던 그의 부친으로서는 그에게 신사가 되기 위한 교육을 시킬 형편이 못 되었기 때문입니다. 제 부친께서는 예의 바르고 매력적인 이 젊은이와 즐겨 대화를 나누셨을 뿐 아니라, 그를 무척 높이 평가하셔서 그가 성직자가 되기를 기대하면서 자리를 마련해 주실 생각이었습니다. 그러나 저는 꽤 여러 해 전부터 그를 제 부친과는 달리 보게 되었습니다. 그를 아끼는 제 부친의 눈에 띄지 않도록 주의하고 있던 그의 나쁜 면, 즉 원칙의 결여는 그와 거의 같은 나이의 젊은이고 제 부친과 달리 방심한 순간의 그를 볼 기회가 있었던 저의 관찰을 빠져나갈 수 없었지요. 여기서 다시 당신께 고통을 드리게 되는군요. 어느 정도의 고통일지는 저는 모르고 오직 당신만 아시겠지요. 그러나 위컴 씨가 당신께 어떤 감정을 불러일으켰든 제가 그 감정을 고려해서 그의 실제 성격에 대해 입을 다물 수는 없습니다. 오히려 밝혀야 할 이유가 하나 더 추가됐다고 해야겠지요. 제 훌륭한 부친께서는 5년 전쯤에 돌아가셨습니다. 위컴 씨에 대한 그분의 애정은 마지막까지 변함없어서, 제게 그가 직업이 허락하는 한 최고의 지위에 오르도록 도와주고 만약 그가 성직을 택한다면 수입이 좋은 자리가 나자마자 임명하라고 특별 유언을 남기셨습니다. 그 외에 따로 1000파운드의 유산도 남기셨지요. 그의 부친도 제 부친이 돌아가신 뒤 곧 돌아가셨는데, 그런 지 반년도 되지 않아 위컴 씨가 제게 편지를 보냈습니다. 그 편지에서 그는 자신은 성직자가 되지 않겠다고 최종적으로 결심했으며, 그러니 자신이 혜택을 못 보게 된 성직 우선권 대신 당장 쓸 수 있는 돈을 받으면 좋겠다고, 제가 그런 요구가 당치 않다고 여기지 않기를 바란다고 했습니다. 그러고 나서 법학을 공부하고 싶은데 1000파운드의 유산에 따르는 이자로는 그런 공부를 하는 데 충분치 않다는 걸 잘 알지 않느냐고도 덧붙였습니다. 그때 저는 그의 말이 진실하다고 믿었다기보다 그러기를 바란 편이었습니다. 그러나 어쨌든 그의 제안에 응할 용의는 충분히 있었습니다. 위컴 씨 같은 사람이 성직자가 되어서는 안 된다는 걸 잘 알고 있었으니까요. 따라서 그 일은 곧 잘 해결되었습니다. 그는 성직을 받을 상황이 발생하더라도 그에 대한 일체의 권리를 포기하는 대신 3000파운드를 받았습니다. 이제 저는 그와 더 이상 상관하지 않아도 되는 듯했습니다. 저는 그의 사람됨을 좋지 않게 생각했기 때문에 펨벌리로 그를 초대하거나 런던의 집으로 찾아오도록 허락하지 않았지요. 제가 알기로 그는 주로 런던에서 생활했지만 법학을 공부한다는 것은 구실에 지나지 않았고, 모든 제약으로부터 벗어나 나태와 방탕을 일삼으며 살았다고 합니다. 3년가량은 그에 대한 소식이 전혀 들려오지 않았습니다. 그러나 그가 목사직을 승계하기로 했던 교회의 목사님이 돌아가시자, 그는 다시 편지를 보내 그 자리를 자기에게 달라고 했습니다. 그는 자신이 극도의 곤경에 처해 있다고 했는데, 충분히 그럴 수 있었을 겁니다. 그리고 자신에게는 법률 공부가 잘 안 맞는다는 걸 깨달았으며, 이제는 목사가 되기로 단단히 결심했다고 했습니다. 물론 제가 그 자리에 그를 임명하는 경우에 가능한 이야기인데, 그는 자기가 임명될 것을 조금도 의심하지 않는다고 했습니다. 제가 그 자리에 앉힐 사람이 따로 있는 것도 아니고 존경하는 제 부친의 뜻이 무엇인지 알고 있지 않느냐는 것이었습니다. 그런 요구를 물리쳤다고 해서, 그가 여러 차례에 걸쳐 부탁했지만 들어주지 않았다고 해서 저를 비난하지는 못하실 겁니다. 그는 처지가 어려워질수록 더욱더 저를 원망했고, 제 앞에서 격하게 저를 비난하기도 했지만 다른 사람들에게도 그만큼 격하게 저를 매도했습니다. 그때 이후로 그와 저 사이에 일체의 교류가 끊겼습니다. 그가 어떻게 살았는지 저는 모릅니다. 그러나 지난여름 그는 제게 너무나 큰 고통을 주면서 다시 제

앞에 나타났습니다. 지금부터 말씀드리는 일은 그럴 수만 있다면 잊고 싶은 것입니다. 지금 같은 불가피한 상황만 아니라면 어느 누구에게도 이야기하지 않았을 것입니다. 이렇게 말씀드렸으니 당신이 비밀을 지켜 주시리라 믿어 의심치 않습니다. 제게는 저보다 열 살 이상 어린 여동생이 하나 있는데, 제 모친의 조카인 피츠윌리엄 대령과 제가 그 애의 후견인 역할을 맡고 있습니다. 1년가량 전 그 애가 학업을 마치자 우리는 런던에 집을 구해 살도록 했습니다. 지난여름 제 동생은 자신의 교육을 맡고 있던 부인과 함께 램스게이트에 갔습니다. 그리고 바로 그리로 다름 아닌 위컴 씨도 갔습니다. 그것이 계획적이었다는 건 의심의 여지가 없으니, 그와 영 부인이 벌써부터 아는 사이였다는 게 나중에 드러났기 때문이지요. 정말 불운하게도 영 부인한테 저희가 속았던 겁니다. 그는 그 부인의 묵인과 협조하에 조지애나의 호감을 사고, 그 애로 하여금 자기가 사랑에 빠졌다고 믿게 만들어 도피행에 동의하도록 설득해 냈습니다. 조지애나가 다정다감한 성격인 데다, 어릴 때 그가 자신에게 친절하게 대해 준 기억이 아직 생생하게 남아 있었던 거지요. 또한 그때 제 동생의 나이는 겨우 열다섯이었으니, 너무 어려 사리 판단을 잘못했던 탓이기도 합니다. 이렇게 경솔하기는 했지만, 불행 중 다행히 제게 그 사실을 알려 준 것도 동생이었습니다. 계획된 도피행이 있기 하루인가 이틀 전, 제가 예고 없이 동생이 있던 곳을 방문했는데, 그때 조지애나는 아버지와 다름없이 우러러보던 오빠를 슬프고 화나게 하리라는 생각을 견디지 못하고 제게 전모를 털어놓았습니다. 제가 어떤 기분이었고 어떤 행동을 취했는지는 쉽게 상상하실 수 있을 것입니다. 제 동생의 명예와 감정을 고려해 공개적으로 폭로하지는 않았지만, 위컴에게 편지를 썼고, 그는 즉각 그곳을 떠났지요. 물론 영 부인은 파면했습니다. 위컴 씨의 주된 목표가 3만 파운드에 달하는 제 동생의 재산이라는 데에는 의문의 여지가 없었지요. 그러나 저에 대한 복수심도 강한 유인이 되었을 거라고 추측하지 않을 수 없습니다. 그의 복수는 정말이지 완벽할 뻔했습니다. 엘리자베스 양, 이것으로 저는 이 사태의 자초지종을 충실하게 밝힌 셈입니다. 만일 제 말이 전적인 허위라고 생각하지 않으신다면 이제부터는 제가 위컴 씨한테 잔인한 짓을 했다는 비난에 대해서는 혐의를 벗겨 주셨으면 합니다. 위컴 씨가 어떻게, 어떤 거짓말로 당신을 속였는지는 모르겠습니다. 그러나 그의 거짓말이 성공했다는 사실이 아마 놀랄 일은 아닐 겁니다. 당신이 문제의 상황에 대해 아무것도 몰랐던 만큼, 거짓을 간파할 수도 없고 근거 없이 의심할 수도 없으셨겠지요. 이 모든 사실을 왜 어젯밤 당신께 말씀드리지 않았는지 의아해하실지도 모르겠습니다. 그러나 그때는 저 자신도 너무나 흥분해서 어디까지 진실을 밝힐 수 있고 밝혀야 하는지 갈피를 잡을 수 없었습니다. 제가 말씀드린 모든 내용의 사실 여부에 대해서는 누구보다도 피츠윌리엄 대령의 증언을 들어 보시라고 말씀드립니다. 그와는 가까운 친척으로서 계속 친하게 지내기도 했고, 더욱이 그가 제 부친의 유언 집행자의 한 사람으로서 불가피하게 그동안 있었던 모든 일을 세세히 알고 있기 때문입니다. 설혹 저에 대한 혐오감 때문에 제 말을 의심하시더라도, 제 사촌과 허심탄회한 대화를 나누는 데에는 지장이 없으시겠지요. 그리고 그를 만나 진위를 확인하실 수 있도록 이 편지가 오늘 오전 중 당신 손에 들어가도록 최선을 다하겠습니다. 신의 가호가 당신과 함께하기를 빕니다.

피츠윌리엄 다아시 드림

13

다아시 씨가 편지를 건네주었을 때, 엘리자베스는 설마 다시 청혼하랴 싶었을지언정 내용에 대해서는 도무지 짐작조차 못 했다. 그러나 그의 편지가 이런 내용을 담고 있었던 만큼, 그녀가 얼마나 열심히 읽어 내려갔을지, 그리고 얼마나 여러 상반되는 감정들에 휩싸였을지 짐작하기는 어렵지 않을 것이다. 편지를 읽어 내려가며 그녀가 느낀 감정은 한마디로 규정할 수 없이 착잡했다. 처음에는 도대체 변명할 말이 있다는 것부터 어이가 없었다. 변명이라야 부끄러움을 아는 사람이라면 차라리 입을 다물고 있을 설명밖에 더 있으랴 싶었다. 우선 무슨 소리를 하나 어디 한번 알아나 보자는 심정으로 네더필드에서의 일에 대한 그의 해명을 읽기 시작했다. 그런데 너무 열중하며 서두르는 바람에 세내로 다 이해하지 못한 채 넘어가기도 하고, 다음 문장이 어떻게 이어질지 조급한 마음에 바로 눈앞에 있는 문장의 뜻에 집중하지 못할 지경이었다. 언니가 무심해 보였다는 대목에서는 즉시 그것이 거짓이라고 규정했고, 그가 그 결혼에 반대한 가장 크고 실질적인 이유라고 내세운 것에 너무나 화가 나 그가 옳을 수도 있다는 생각조차 사라졌다. 그는 자신의 소행에 대해 그녀가 받아들일 만한 유감의 표현을 전혀 하지 않았다. 문체도 뉘우치는 투가 아니라 뻣뻣했다. 오만과 불손 그 자체였다.

그러나 곧 위컴 씨에 관련된 해명이 뒤따랐고, 그녀는 어느 정도 흥분을 가라앉히고 두 사람 사이에 얽힌 사연을 읽을 수 있었다. 만일 사실이라면 위컴의 인격에 대한 자신의 생각을 송두리째 뒤엎어 버릴 만한 내용인 데다 위컴이 제 입으로 말한 것과도 부합하는 대목들이 많아서 그녀는 더욱 고통스럽고 착잡하기 그지없는 감정을 맛보았다. 경악과 우려와 함께 공포심까지 들어 마음이 무거웠다. 그것이 전적으로 거짓이라 믿고 싶었고, 여러 차례 이렇게 외쳤다. "이건 분명 거짓말이야! 사실일 리 없어! 거짓말 중에서도 가장 비열한 거짓말이야!" 편지를 다 읽고 나서는, 맨 뒤 한두 쪽의 내용은 거의 파악조차 못 했으면서, 황급히 접어 놓고 다시는 안 볼 거라고, 다시는 거들떠보지도 않겠다고 다짐했다.

그녀는 이처럼 흥분한 채 갈피를 못 잡고 서성댔다. 그러나 그대로 넘어갈 일이 아니었다. 그래서 30초 정도 지났을까 그녀는 다시 편지를 펼쳤고, 최대한 마음을 가다듬고 위컴과 관련된 부분을 샅샅이 다시 읽는 굴욕적인 작업에 들어가서, 흥분을 달래 가며 한 문장 한 문장의 의미를 따져 보았다. 위컴과 펨벌리 집안의 관계에 대한 설명은 위컴의 말과 정확히 일치했다. 고 다아시 씨의 자별함이 실제로 어느 정도였는지 편지를 읽기 전에는 몰랐지만 위컴 자신의 말과 다르지 않았다. 거기까지는 두 사람이 서로 상대방의 이야기를 확인시켜 주는 셈이었다. 그러나 유언 문제에 이르자 차이는 엄청났다. 목사직에 대한 위컴의 이야기가 아직도 그녀의 기억에 선명했고 그가 쓴 단어를 하나하나 되살릴 수도 있는 터라, 둘 중 하나는 전적으로 거짓말을 한다고 볼 수밖에 없었다. 그리고 역시 자신이 사태를 잘못 본 것은 아닐 거라고 잠시 자위하기도 했다. 그러나 바로 다음 부분, 위컴이 성직에 대한 권리를 포기하는 대신 3000파운드라는 상당한 재산을 받았다는 대목을 주의 깊게 읽고 또 읽은 뒤에는 다시 한번 망설이지 않을 수 없었다. 그녀는 편지를 내려놓고 최대한 공정하게 생각하려고 노력하면서 모든 상황을 가늠해 보고 각 주장의 현실성 여부를 따져 보았지만 별로 소용이 없었다. 양쪽 모두 주장만 있을 뿐이었다. 그녀는 계속해서 편지를 읽어 내려갔다. 그녀는 다아시 씨의 행동은 어떤 교묘한 논리를 동원하더라도 파렴치하다고 할 수밖에 없다고 여겼더랬다. 그러나 자신의 믿음과 달리 한 줄 한 줄 읽을수록 이 모든 일에서 그에게는 한 점 잘못도 없다는 해석도 가능하다는 것이 더욱 뚜렷하게 드러났다.

위컴이 언제나 무절제하고 방탕하게 생활해 왔다고 다아시 씨가 조금도 주저하지 않고 비난한 것은 큰 충격이있다. 그녀로서도 그것이 부당한 비난이라고 할 만한 근거를 찾을 수 없었기에 더욱 그러했다. 그가 부대에 들어가기 전에 어떻게 살았는지 이야기하는 걸 한 번도 들어 본 적이 없었고, ○○부대에 들어간 것도 런던에서 우연히 한두 번 만난 젊은이의 소개에 따른 것이라는 설명 외에는 들은 게 없었다. 그의 과거 생활에 대해서는 그 스스로 이야기한 것 외에는 아무것도 하트퍼드셔에 알려져 있지 않았다. 그가 정말 어떤 사람인지 직접 알아볼 기회가 그녀에게 있었다 해도, 그래야 한다는 생각조차 하지 않았을 것이다. 그의 표정, 목소리, 몸가짐만 보고 그가 아주 괜찮은 사람이라고 성급히 단정했던 것이다. 그녀는 다아시 씨의 공격으로부터 그를 구해 줄 만한 무슨 선한 행동은 없었는지, 탁월하게 정직하거나 관대한 행동은 없었는지 기억해 보려고 애썼다. 그런 사례가 있다면 다아시 씨가 여러 해에 걸쳐 지속된 나태와 방종이라고 부른 잘못을 훌륭한 사람에게도 흔히 있을 수 있는 실수라고 우겨 볼 수도 있겠기 때문이었다. 그러나 그런 사례는 하나도 기억나지 않았다. 그의 매력적인 몸가짐이나 말하는 태도는 즉각적으로 눈앞에 그려졌지만, 이웃들이 대개 좋게 생각했다거나 뛰어난 사교술 덕분에 같이 식사하는 장교들 사이에서 인기가 많았다는 사실 외에 더 실질적인 미덕의 예를 기억해 낼 수 없었다. 이 대목에서 한동안 멈추었다가 그녀는 다시 계속 읽어 나갔다. 그러나 안타깝도다! 그가 재산을 노리고 다아시 양을 계획적으로 유혹했다는 대목은 바로 어제 아침 피츠윌리엄 대령과 나눈 대화의 내용과 일부 일치했다. 그리고 끝으로 다아시 씨는 바로 그 피츠윌리엄 대령에게 자기 말이 모두 맞는지 확인해 보라고 말했다. 피츠윌리엄 대령은 이미 자신이 사촌의 모든 일에 깊이 관여하고 있다고 말했는데, 그녀로서는 그의 인격에 대해 의심을 품을 근거가 전혀 없었다. 어디 한번 그에게 확인해 볼까 하는 생각이 잠시 스쳤으나 결국 접기로 했다. 그게 무척 어색한 일이라는 점도 그녀를 망설이게 했지만, 사촌이 자기 이야기를 뒷받침해 줄 거라는 자신이 없었으면 다아시 씨가 무모하게 그런 제안을 했을 리가 없겠기 때문이었다.

그녀는 필립스 이모부의 집에서 위컴과 처음 만난 날 저녁에 그와 나눈 대화를 하나도 빠짐없이 생생하게 기억하고 있었다. 그가 한 많은 이야기들이 아직도 귓가에 쟁쟁했다. 그 대화를 돌이켜 보니 처음 만난 사람에게 할 이야기로는 적절하지 않은 내용이 많았다는 것을 비로소 깨달았고, 지금까지 그런 생각이 떠오르지 않았다는 데 스스로도 놀랐다. 그가 자신을 내세우는 태도도 점잖지 못했고 말과 행동이 일치하지도 않았다. 그는 다아시 씨를 만나는 게 하나도 두렵지 않고, 다아시 씨가 자신을 피해 그 고장을 떠날지언정 자신은 당당하게 머무를 거라고 장담했다. 하지만 그는 바로 다음 주에 네더필드에서 열린 무도회를 피했다. 또 네더필드 사람들이 런던으로 떠나기 전에는 그녀에게만 자기 이야기를 했으나, 그들이 떠나자 어디서나 그 일에 대한 쑥덕공론이 있던 와중에 그도 조금도 망설이거나 주저하지 않고 다아시 씨의 평판을 떨어뜨리는 데 일조했던 것이 기억났고, 그런 행동은 다아시 씨의 부친에 대한 존경심 때문에 그분의 아들에게 창피를 주지는 않을 거라는 그의 다짐과 모순된다는 점에도 생각이 미쳤다.

그와 관련된 모든 일이 이제 얼마나 다르게 보이는지! 그가 킹 양에게 관심을 보인 것도 지금 와서 생각하니 혐오스럽게도 순전히 돈 때문이었다. 그녀의 유산이 대단한 것도 못 된다는 사실은 이제 그가 별 욕심 없는 사람임을 증명하는 것이 아니라 닥치는 대로 아무라도 붙잡으려 한다는 걸 말해 주었다. 급기야 그가 그녀에게 관심을 보인 동기도 의심스러워졌다. 그가 그녀의 재산에 대해서 잘못 알고 있었거나, 이제야 깨달았지만 그녀가 너무 조심성 없이 보인 호감을 부채질하여 허영심을 만족시키고 있었던 것이다. 그에게 유리하게 해석해 주려는 의지가 점점 더 약해졌다. 반면 다아시 씨의 말이 옳다는 걸 증명해 주는 예들은 잇달아 생각났다. 제인의 질문을 받은 빙리 씨는 진작부터 위컴과 관련된 일에서 다아시 씨가 잘못한 건 없다고 단언했다. 또한 그가 오만방자하기는 했지만, 그렇다고 그녀가 알고 지내는 동안 무원칙하거나 부정직한 사람 혹은 종교적으로나 도덕적으로 문제가 있는 사람이라고 볼 만하게 행동하는 걸 목격한 적은 한 번도 없었다. 최근에는 그를 아주 가까이에서 볼 기회가 많았고, 그가 어떤 사람인지 웬만큼 파악할 정도가 되었는데도 말이다. 적어도 자기 주변 사람들 사이에서 존경과 존중을 받는다는 데도 의문의 여지가 없었다. 위컴조차도 그가 오빠로서는 훌륭하다고 말했다. 그녀 자신부터 그가 누이를 두고 애정을 담뿍 담아 말하는 것을 보고서 이 사람에게도 누구를 사랑할 능력이 있기는 하구나 생각했다. 그가 만일 위컴이 말한 것처럼 행동한 게 사실이라면, 세상 사람들이 그렇게 파렴치하고 부당한 행위를 모르고 지나갈 리가 없었을 것이다. 그리고 그런 파렴치한 짓을 할 수 있는 사람과 빙리 씨처럼 선한 사람 사이의 우정이란 가능하지 않을 것이다.

이제 그녀는 자기 자신이 너무나 부끄러웠다. 다아시에 대해서든 위컴에 대해서든 자기가 눈이 멀었고 편파적이었으며 편견으로 가득 차고 어리석었음을 느끼지 않을 수 없었다. "내가 그렇게 한심하게 처신했다니!" 그녀가 외쳤다. "변별력만큼은 자부하고 있던 내가! 다른 건 몰라도 똑똑하긴 하다고 자랑스러워하던 내가! 때때로 언니가 너무 사람들을 좋게만 본다고 비웃으면서 쓸데없이 남을 의심함으로써 허영심을 만족시키던 내가! 이제야 깨닫다니 얼마나 창피한 일인가! 하지만 창피를 당해도 싸! 사랑에 빠져 있었다 해도 이보다 더 기막히게 눈이 멀 수는 없었을 거야. 그렇지만 내가 빠져 있던 건 사랑도 아니고 허영이었으니. 처음 만났을 때 한 사람은 나를 무시해서 기분이 나빴고, 다른 한 사람은 특별한 호감을 표시했기 때문에 기분이 좋아서, 난 어느 편에 대해서든 선입관과 무지를 따르고 이성을 쫓아낸 거야. 지금 이 순간까지 난 나 자신에 대해 모르고 있었어."

자신에서 제인으로, 제인에서 빙리로 이어지는 생각을 좇다가 그녀는 다아시 씨의 설명이 이 두 사람의 문제에 대해서만큼은 불충분하지 않나 하는 데 생각이 미쳤다. 그녀는 편지의 그 부분을 다시 읽어 보았는데 두 번째 정독의 결과는 아주 달랐다. 어떻게 한 부분은 옳다고 받아들이면서 다른 부분의 정당성은 부정할 수 있겠는가? 그는 언니의 애정을 전혀 눈치채지 못했다고 말했는데, 그 말과 관련해서 그녀는 샬럿의 지론을 떠올리지 않을 수 없었다. 또한 언니에 대한 그의 묘사가 공정하다는 것도 부인할 수 없었다. 언니의 감정은 열렬하기는 했어도 겉으로는 거의 드러나지 않은 게 사실이었다. 또한 평상시 언니의 태도가 딱히 큰 호감이 없더라도 누구에게나 사근사근한 것도 사실이었다.

편지를 읽어 가다가 자기 가족의 흠을 잡는 대목에 이르자, 분하기는 하지만 받아 마땅한 비난이라는 자각과 함께 그녀의 수치심은 더욱 커졌다. 그의 지적은 너무나 정당해서 그것을 부인할 도리가 없었다. 네더필드 무도회에서 그녀의 가족들이 보인 추태로 인해 다아시 씨가 역시 안 되겠다는 생각을 굳혔다지만, 그녀 자신도 그에 못지않게 곤혹스러움을 느낀 터였다.

그녀와 언니에 대한 칭찬도 괜한 것은 아니라고 느껴졌고 그것이 위로가 되기는 했다. 그러나 나머지 가족들이 앞다투어 경멸을 자초할 만한 짓을 함으로써 그녀의 마음에 입힌 상처는 그것으로 달래지지 않았다. 제인이 낙담하게 된 것도 실은 가장 가까운 가족들 탓이라는 것 그리고 자신과 언니에 대한 좋은 평가도 가족들의 경망스러운 처신 탓에 얼마든지 훼손될 수 있다는 것을 생각하자, 그녀는 전에 없이 마음이 무거워졌다.

오솔길을 두 시간가량 걸어 다니는 동안 온갖 생각이 다 들었다. 그동안 있었던 일을 하나하나 되짚어 보고, 이랬겠다 저랬겠다 일일이 머리를 굴려 보았다. 갑작스럽게 큰 변화가 일어난 셈이라 그것에 적응하기 위해 한껏 애쓰다 보니 피로가 엄습해 왔고, 산책이 너무 길어졌다는 생각도 들어 집을 향했다. 평소처럼 쾌활하게 보이기를 바라면서, 그리고 이제 대화를 해야 할 테니 이런 상념은 눌러 두어야겠다고 마음을 다지며 집으로 들어섰다.

집 안에 들어서자 로징스의 두 신사가 그녀가 없는 사이에 따로따로 찾아왔었다는 소식이 기다리고 있었다. 다아시 씨는 작별 인사를 하기 위해 몇 분 동안만 머물다 갔지만, 피츠윌리엄 대령은 한 시간 동안이나 그녀가 돌아오기를 기다렸고, 장원으로 찾아 나설 생각까지 했다고 한다. 그를 못 만나 안타까운 척하는 것이 엘리자베스가 보일 수 있는 반응의 전부였다. 실은 다행이었다. 피츠윌리엄 대령은 더 이상 그녀의 관심사가 아니었다. 그녀의 머릿속에는 편지밖에 없었다.

14

두 신사는 다음 날 아침 로징스를 떠났다. 작별 인사를 드리기 위해 소작인들의 오두막집 근처에서 기다리고 있던 콜린스 씨는 그분들이 건강한 모습이었고, 로징스에서 슬픈 이별의 인사를 막 나눈 걸 감안한다면 그분들의 기분도 그런대로 괜찮아 보였다는 반가운 소식을 가지고 집으로 돌아왔다. 그는 캐서린 영부인 모녀를 위로하기 위해 서둘러 로징스로 갔고, 영부인께서 너무나 울적하신 나머지 그들 모두와 함께 정찬을 하고 싶어 한다는 전갈을 가지고 대단히 흡족해하며 돌아왔다.

엘리자베스는 캐서린 영부인을 보자 자신이 마음만 먹었더라면 지금쯤 장래 조카며느리 자격으로 인사했을 거라는 생각을 떠올리지 않을 수 없었다. 또한 그녀가 얼마나 분개했을지 생각하니 웃음이 절로 나왔다. '뭐라고 말했을까? 어떤 식으로 대했을까?' 속으로 자문해보며 혼자 재미있어했다.

그들의 첫 번째 화제는 로징스의 식구가 줄었다는 것이었다. "정말 너무 허전해." 캐서린 영부인이 말했다. "누가 왔다 갔을 때 나만큼 허전해하는 사람도 없을 거야. 하지만 그 애들은 내가 특별히 더 아끼는 애들이니까. 걔들도 똑같이 나를 아낀다는 걸 알고! 이번엔 정말 너무나 가기 싫어들 하더라고! 하긴 언제나 그랬지. 대령은 그래도 끝까지 기운을 잃지 않았는데, 다아시는 정말 마음속 깊이 아쉬워하는 것 같더라고. 작년보다 더 심하게 말이야. 로징스에 대한 그 애의 애착이 해마다 더 커지는 게 눈에 보이더군."

콜린스 씨가 끼어들어 자신이 관찰한 바를 보태며 거들었고, 모녀가 친절한 미소로 답했다.

식사 후 캐서린 영부인은 베넷 양의 기분이 안 좋아 보인다며 돌아갈 날이 다가오니 아쉬운 모양이라고 멋대로 추측한 뒤 이렇게 덧붙였다.

"그러나 만일 그 때문이라면 모친께 편지를 써서 좀 더 머물게 해 달라고 말씀드려야지. 콜린스 부인도 분명 아가씨하고 함께 있는 걸 아주 좋아할 테니까."

"친절하신 말씀 정말 감사합니다." 엘리자베스가 대답했다. "하지만 일정 때문에 더 머물기는 어려운 사정이에요. 다음 토요일까지 런던에 가야 합니다."

"저런, 그렇다면 겨우 여섯 주 동안 머무는 셈이군. 두 달은 머물 거라고 기대했는데. 아가씨가 오기 전에 콜린스 부인에게 그렇게 말해 뒀고. 그렇게 빨리 돌아가야 할 이유가 있을 턱이 없지. 아가씨가 보름 더 있다 가도 베넷 부인께는 별문제가 아닐 테니 말이야."

"그렇지만 아버지는 다르시거든요. 지난주에도 편지에 빨리 오라고 쓰셨답니다."

"거참! 어머니에게 지장이 없다면 아버지에게야 두말할 나위도 없지. 아버지에게 딸들이 뭐 그리 중하다고. 그리고 만일 온전히 한 달을 더 머문다면 두 아가씨 중 하나를 내가 런던까지 데려다줄 수도 있을 거야. 6월 초에 거기 가서 일주일 정도 머물 생각이니까. 도슨이 바로시[29]의 마부석에 앉아 가면 되니까 아가씨들 중 하나가 탈 자리는 충분히 있을 거야. 만일 날씨만 시원하다면, 사실 아가씨들 몸집이 그렇게 크지 않으니 둘 다 태워도 되고."

"정말 친절한 말씀이십니다만, 역시 원래 일정대로 따라야 할 것 같습니다."

캐서린 영부인은 단념한 듯했다.

"콜린스 부인, 하인을 한 명 딸려 보내야 해. 내가 항상 솔

---

29) 바로시는 4인승 대형 쌍두 사륜 포장마차이며, 도슨은 하인의 이름이다.

직한 거 알고 있겠지만, 아가씨 둘이 자기들끼리만 역마차로 여행한다는 건 생각만 해도 못 참겠어. 그건 아주 점잖지 못한 짓이야. 누구든 딸려 보내도록 대책을 마련해야지. 그런 짓은 이 세상에서 내가 제일 싫어하는 거야. 젊은 아가씨들은 항상 신분에 맞는 적절한 보호와 시중을 받아야 해. 작년 여름 내 조카딸 조지애나가 램스게이트에 갈 때도 내가 하인 두 사람을 데리고 가라고 했지. 펨벌리의 고 다아시 씨와 앤 영부인의 영애로서 다아시 양이 하인들도 안 데리고 대중 앞에 나타나는 것은 격에 맞지 않아. 난 그런 일에 특별히 신경을 쓰지. 이 아가씨들한테 존을 딸려 보내게, 콜린스 부인. 때마침 일러 줄 수 있어 다행이군. 아가씨들끼리만 보낸다면 정말 자네 체면이 안 설 테니 말이야."

"제 외삼촌께서 하인 한 명을 보내실 예정이랍니다."

"오호! 아가씨 외삼촌이! 하인을 데리고 있나 보군, 그렇지? 가족 중에 그런 생각도 할 줄 아는 이가 있다니 다행이군. 말은 어디서 바꿀 건가? 아! 물론 브럼리에서겠군. 거기 있는 벨 식당에서 내 이름을 대면 잘해 줄 거야."

캐서린 영부인은 그들의 여행에 대해 이것저것 묻고는 자신이 먼저 답하곤 했지만, 그러지 않을 때도 있어서 주의를 기울여야 했다. 엘리자베스에게는 그게 오히려 다행스러웠다. 그렇지 않았더라면 편지에 대한 생각에 사로잡혀 자신이 어디 있는지도 잊어버릴 지경이었기 때문이다. 곰곰이 생각해 보는 일은 역시 혼자 있을 때를 위해 남겨 둘 수밖에 없었고, 그럴 때면 그녀는 그야말로 해방감을 느끼며 생각에 잠겼다. 하루라도 혼자 산책할 기회가 없던 적은 없었으니, 그 참에 불유쾌한 회상이 가져다주는 재미를 만끽했다고나 할까.

다아시 씨의 편지는 이제 거의 다 외울 지경이 되었다. 문장 하나하나를 차근차근히 뜯어보았는데, 편지를 쓴 사람에 대한 그녀의 감정은 때에 따라 크게 달랐다. 그가 청혼하던 말투를 떠올리면 아직도 불쾌했다. 그러나 자신이 얼마나 부당하게 그를 비난하고 질책했는지 생각하면 자신에게 화가 났고 그가 얼마나 낙심했을지를 생각하면 안됐다 싶었다. 그의 애정에는 감사하는 마음이, 그의 사람됨에 대해서는 존경하는 마음이 생겨났다. 하지만 그를 마음으로 받아들일 수는 없었다. 한순간도 그의 청혼을 거절한 걸 후회하지 않았고, 다시 그를 만나고 싶은 생각도 전혀 없었다. 과거 자신의 행위를 생각할 때마다 화도 치밀고 후회가 밀려왔고, 자기 가족의 딱한 결점으로 치면 그것은 더 한심할 뿐이었다. 고쳐질 가망도 없었다. 아버지는 어린 딸들의 경박하고 들뜬 행동을 제지하기 위한 노력은 전혀 하지 않고 그걸 비웃는 데 만족했다. 올바른 처신과는 거리가 먼 어머니는 문제가 있다는 것도 몰랐다. 엘리자베스와 제인이 자주 합심하여 캐서린과 리디아의 경박한 언행을 막아 보려고 노력하기는 했다. 그러나 어머니가 감싸고돌기만 하는 상황에서 무슨 개선의 여지가 있을까? 의지가 박약하고 성미가 급하며 리디아가 하자는 대로만 따라 하는 캐서린은 언니들이 충고라도 할라치면 언제나 발끈했다. 그리고 제멋대로인 데다 경솔한 리디아는 그들의 이야기를 귓등으로도 듣지 않았다. 그들은 무지하고 나태하며 허영만 가득

했다. 메리턴에 장교가 하나라도 있다면 그와 시시덕댈 터였고, 롱본에서 메리턴까지가 걸어갈 수 있는 거리인 한 영원히 메리턴에 놀러 갈 것이었다.

그녀가 사로잡혀 있던 또 하나의 감정은 언니의 일에 대한 안타까움이었다. 다아시 씨의 해명으로 빙리를 다시 좋게 생각하게 되었기 때문에 언니가 그렇게 좋은 사람을 잃은 게 더욱 속상했다. 그의 애정은 진지했음이 분명했고, 친구에 대한 맹목적 신뢰를 비난한다면 모를까 그의 행동도 전혀 비난할 점이 없었다. 언니가 어느 면으로 봐도 그렇게 바람직하고, 이점이 많으며, 행복할 가능성도 큰 결혼을 다름 아닌 식구들의 우매함과 무교양으로 인해 박탈당한 셈이니 그야말로 통탄스러운 일이 아니겠는가!

이렇게 심란한 생각에 위컴에게 속은 일까지 가세했으니 늘 긍정적이고 밝은 성격의 엘리자베스가 우울에 빠질 수밖에 없었던 것도 이상하지는 않을 법하다. 사실 그녀는 그럭저럭이나마 즐거운 것처럼 보이는 것조차 불가능할 정도로 심적 타격을 받았다.

마지막 주에 그들은 처음 도착했을 때만큼이나 자주 로징스를 방문했다. 떠나기 바로 전날도 거기서 저녁을 보냈는데, 영부인이 그들의 여행에 대해 꼬치꼬치 캐물었고, 짐을 싸는 가장 좋은 방법을 가르쳐 주었으며, 야회복을 꾸리는 데는 올바른 방법이 딱 하나 있으니 꼭 그렇게 해야 한다는 통에, 머라이아는 집에 가면 아침 내내 싼 걸 모두 풀고 여행 가방을 다시 꾸려야겠다고 생각할 정도였다.

헤어질 때 캐서린 영부인은 짐짓 베푸는 태도로 여행 잘하라는 인사말을 했고, 내년에 다시 헌스퍼드에 오라고 초대했다. 드 버그 양은 힘든 것도 마다하지 않고 무릎을 굽히며 인사한 뒤 두 사람에게 손을 내밀었다.

15

토요일 아침에는 엘리자베스와 콜린스 씨가 다른 사람들이 들어오기 몇 분 전에 식당에서 마주쳤다. 그는 이것이 작별 인사를 하기에 좋은, 절대로 놓쳐서는 안 될 기회라고 생각했다.

"엘리자베스 양." 그가 말했다. "누옥을 방문하는 친절을 베풀어 주신 데 대해 이미 제 아내가 감사의 인사를 드렸는지 모르겠군요. 그러나 떠나시기 전엔 틀림없이 제 아내한테서 감사의 인사를 들으실 겁니다. 여기 머물러 주신 데 대해 그동안 진심으로 감사하게 생각했습니다. 저희는 저희 거처가 초라하고 그리 매력적이지 않다는 걸 잘 아니까요. 생활 방식은 검소하고, 방은 좁으며, 하인도 별로 없는 데다, 사교계를 드나들 기회도 거의 없으니, 헌스퍼드에서 지내는 게 당신 같은 젊은 숙녀분께는 몹시 지루하셨을 게 틀림없습니다. 그러나 그럼에도 불구하고 저희를 찾아 주신 데 대해 감사하게 생각한다는 것, 당신이 무료하게 지내지 않도록 저희로서는 최선의 노력을 경주했다는 것을 믿어 주시기 바랍니다."

엘리자베스는 정말 고마웠고 너무나 즐겁게 지냈다고 진심으로 말했다. 지난 여섯 주 동안 대단히 즐거웠으며, 샬럿과 함께 있어 좋았고, 너무나 친절하게 배려해 주어서 감사해야 할 사람은 오히려 자신이라고 했다. 콜린스 씨는 그 말에 흡족해서 옅은 미소를 띤 채 엄숙하게 대답했다.

"그런대로 잘 지내셨다니 더없이 기쁩니다. 저희가 최선을 다한 건 분명한 사실입니다. 더욱이 정말 운 좋게도 귀한 분들께 당신을 소개해 드릴 수 있었고, 로징스와의 인연으로 보잘것없는 저희 집에서 그곳으로 자주 장소를 옮길 수 있었기 때문에 헌스퍼드 방문이 전적으로 따분하지만은 않으셨을 거라고 자부해도 괜찮지 않나 합니다. 캐서린 영부인의 가족과 이렇게 가까이 지내는 건 실로 아주 예외적인 이점이자 축복으로서 그런 관계를 자랑할 수 있는 사람은 아주 드물 것입니다. 저희가 그 댁과 얼마나 친밀한 관계인지, 얼마나 지속적으로 그 댁과 왕래하고 있는지 당신도 이제 아시겠지요. 사실 이 초라한 목사관에 부족한 점이 많겠지만, 여기 머물면서 로징스와의 친분을 함께 나눈 분이라면 결코 동정의 대상이 될 수는 없지 않나 합니다."

고양된 감정을 표현하기 위해 말로는 불충분한지 그는 방안을 왔다 갔다 서성거렸고, 그사이에 엘리자베스는 예의와 진심을 다 담을 만한 짧은 문장을 지어내느라고 애썼다.

"사실 하트퍼드셔에는 저희가 아주 잘 살고 있다고 전해 주셔도 무방할 겁니다, 친애하는 엘리자베스 양. 그러시는 데 별문제가 없을 것이라 자부합니다. 캐서린 영부인이 제 아내를 얼마나 각별히 배려하시는지 날마다 직접 확인하셨을 테니까

요. 여러모로 보아 저는 당신의 친구가 잘못된 선택을 했다고
는……. 그러나 이 점에 대해서는 아무 말도 하지 않는 게 좋
겠지요. 다만, 친애하는 엘리자베스 양, 당신도 결혼을 통해
저희처럼 복을 누리시기를 충심으로 바라 마지않습니다. 사랑
스러운 샬럿과 저는 오직 한마음 한뜻입니다. 성격이나 생각
이 모든 점에서 정말 신기하게 비슷하지요. 그야말로 천생연
분이 아닌가 합니다."

엘리자베스는 그러시다니 얼마나 대단한 행복이냐고 무난
하게 말할 수 있었고, 그의 가정이 복되다는 것을 확신하며
그걸 기쁘게 생각한다고 마찬가지로 무난하게 덧붙일 수 있었
다. 콜린스 씨는 자신이 얼마나 행복한지 그 내용을 일일이 나
열하려 했으나, 그 복덩어리인 아내가 들어오는 바람에 중단
해야 했다. 하지만 엘리자베스는 그게 하나도 아쉽지 않았다.
불쌍한 샬럿! 그녀를 그런 사람들 사이에 두고 가야 하다니
서글픈 일이었다. 그러나 그것은 그녀가 두 눈을 멀쩡히 뜨고
선택한 삶이었다. 그리고 그녀가 손님들이 떠나는 것을 서운
해하는 것은 분명했지만, 동정을 구하는 것 같지는 않았다. 그
녀의 집과 살림, 교구와 양계 그리고 그에 따르는 여러 일들이
아직은 매력을 잃지 않았던 것이다.

마침내 마차가 도착하자, 여행 가방들을 싣고 작은 짐들은
마차 안에 집어넣어 모든 준비가 끝났다. 샬럿과 애정 어린 작
별 인사를 나눈 후 엘리자베스는 콜린스 씨의 인내를 받으며
마차로 향했다. 정원을 따라 내려가는 동안, 그는 그녀의 가족
모두에게 최고의 경의와 함께 자신의 인사를 전해 달라고 부

탁했으며, 지난겨울 롱본에서 베풀어 주신 친절에 대한 감사와, 직접 알지는 못하지만 가디너 부부에 대한 인사말도 빼놓지 않았다. 그리고 나서 그는 엘리자베스와 머라이아가 마차에 올라타는 것을 도왔다. 그런 뒤 마차 문이 막 닫히려는 찰나 그가 갑자기 아차 큰일 날 뻔했다는 표정으로 그들이 로징스의 귀부인들에게 전할 말을 남기지 않았다고 상기시켜 주었다. 그러면서 이렇게 덧붙였다.

"그렇지만 물론 두 분은 여기 계시는 동안 그 댁에서 보여 주신 친절에 대한 심심한 감사 말씀과 안녕히 계시라는 인사를 전해 드리기를 원하시겠지요."

엘리자베스는 이의를 제기하지 않았다. 그제야 문을 닫는 것이 허용되었고, 마차가 출발했다.

"아이, 세상에!" 몇 분 동안 말이 없다가 머라이아가 외쳤다. "우리가 여기 온 지 겨우 하루 이틀밖에 안 된 것 같아! 그렇지만 얼마나 많은 일들이 있었는지!"

"정말 많은 일이 있기는 했어." 엘리자베스가 한숨을 쉬며 말했다.

"로징스에서 아홉 번이나 정찬을 했고, 그 외에도 두 번이나 다과 모임에 갔다니! 사람들에게 이야기해 줄 게 얼마나 많은지!"

엘리자베스가 속으로 덧붙였다. '그리고 난 감출 게 얼마나 많은지!'

가는 길에는 많은 대화가 오가지 않았고 특별히 위험한 일도 없었다. 헌스퍼드를 떠난 지 네 시간 만에 가디너 씨 집에 도착했는데, 며칠간 그곳에 머물 예정이었다.

제인은 좋아 보였는데, 외숙모가 신경을 써서 마련해 놓은 다양한 사교 모임들 때문에 엘리자베스가 언니의 기분을 자세히 살필 기회는 거의 없었다. 그러나 제인이 함께 롱본으로 돌아갈 예정이었고, 일단 집에 가면 찬찬히 지켜볼 시간은 충분할 터였다.

그사이 그녀는 롱본에 갈 때까지 다아시 씨가 청혼한 사실을 언니한테 말하고 싶은 걸 참느라 여간 힘들지 않았다. 제인이 들으면 기절할 만큼 놀랄 소식인 데다, 아직 완전히 떨쳐 내지 못한 자신의 허영심을 대단히 만족시킬 사안이니 말이다. 어디까지 말해야 할지 판단이 안 서기도 했거니와 그 이야기를 하다 보면 자연히 빙리에 대한 이야기로 넘어가 언니의 마음을 아프게 할 우려만 없었더라면, 청혼 사실을 말하고 싶은 유혹을 결코 떨칠 수 없었을 것이다.

16

5월 둘째 주, 세 명의 처녀들은 그레이스처치가에서 함께 출발하여 하트퍼드셔의 ○○읍으로 향했다. 베넷 씨의 마차가 마중 나오기로 되어 있던 여관으로 다가가자, 키티와 리디아가 2층의 식당에서 밖을 내다보고 있는 것이 바로 눈에 띄었다. 마부가 시간을 잘 지킨 모양이었다. 이 두 아가씨는 거기서 한 시간 넘게 기다리면서, 건너편의 여성용품 가게에 들르기도 하고 근무 중인 위병을 지켜보기도 하고, 샐러드와 오이를 섞기도 하는 등 즐거운 시간을 보낸 뒤였다.

언니들을 맞이하고 나서, 그들은 여관 식당에서 흔히 내놓는 냉육을 올려놓은 식탁을 의기양양하게 가리키며 큰 소리로 말했다. "근사하지 않아? 이렇게 한 상 차릴 줄은 몰랐지?"

"언니들 모두한테 한턱 쓸게." 리디아가 덧붙였다. "하지만 돈은 빌려주어야 해, 우리 돈은 저기 밖에 있는 상점에서 방금 다 써 버렸거든." 그러고는 산 물건들을 보여 주면서 말했다. "이것 봐, 나 이 보닛 샀다. 아주 예쁘지는 않지만, 그래도 사 두는 편이 낫겠다 싶었지, 뭐. 집에 가는 대로 다 뜯어서 더 예쁘게 만들어 보려고."

언니들이 모자가 흉하다고 하자, 그녀는 아랑곳하지 않고 이렇게 덧붙였다. "으응! 그렇지만 가게에는 훨씬 더 보기 싫은 것이 두세 개나 있었다고. 더 예쁜 색 새틴을 좀 사서 새로 장식하면, 그런대로 쓸 만해질 거야. 게다가 ○○부대가 메리턴을 떠나 버릴 텐데, 이번 여름에야 무얼 쓰고 다니면 어때. 보름 후에 떠난다나 봐."

"정말 떠난대?" 엘리자베스가 반색하면서 외쳤다.

"브라이턴 근처에 주둔할 거래. 여름에 아빠가 우리 모두 거기 데려가 주시면 정말 좋겠어! 너무너무 군침 도는 계획 아니야? 뭐, 별로 돈이 드는 것도 아닐 테고. 엄마도 만사 제쳐 놓고 가시려고 할걸! 그러지 않으면 이번 여름이 얼마나 지루할지 생각 좀 해 보라고!"

엘리자베스는 생각했다. '그래, 아무렴 즐거운 계획일 테지.

우리 모두한테 그렇게 안성맞춤인 일이 또 어디 있겠어? 맙소사! 우리한테 브라이턴이라고? 군인들이 온통 진을 치고 있다 이거지. 보잘것없는 민병대 하나 그리고 한 달에 한 번 열리는 메리턴의 무도회 정도에 벌써 한바탕 난리법석을 떤 우리한테 말이야.'

"근데 언니들한테 전할 소식이 좀 있어." 모두 식탁에 앉았을 때 리디아가 말했다. "무엇일 것 같아? 멋진 소식이야, 중대한 소식이기도 하고. 우리 모두가 좋아하는 어떤 사람에 관한 거야."

제인과 엘리자베스는 서로를 쳐다보고 나서, 가도 좋다며 종업원을 내보냈다. 리디아가 웃고 나서 말했다.

"에이, 언니들은 너무 격식을 차리고 조심성이 많다니까. 종업원이 들으면 안 된다는 건데, 무슨 관심이나 있다고! 내가 지금 하려는 말보다 더한 것도 숱하게 들을 텐데, 뭘. 그렇지만 못생기긴 했어! 가 버려서 다행이야. 저렇게 긴 턱은 보다 보다 처음이네. 그건 그렇고, 이제 무슨 소식인지 말할게. 위컴 이야기인데, 종업원이 듣기엔 아까울 정도로 멋지지 않아? 위컴이 메리 킹하고 결혼할 위험이 없다는 거야. 자, 어때! 그 여잔 리버풀에 있는 자기 삼촌한테 내려갔대. 아예 그곳에서 지낼 작정이래. 위컴은 안전해."

"그리고 메리 킹도 안전하지!" 엘리자베스가 덧붙였다. "재산을 생각하면 경솔한, 그런 관계를 맺지 않게 돼서 말이야."

"좋아하면서도 그렇게 가 버린다는 건, 정말 바보짓이야."

"그렇지만 양쪽 모두 별로 애정이 없다고 봐야 하지 않을까?"

제인이 말했다.

"그분 편에서는 없는 것이 분명해. 그 여자를 발가락의 때만큼도 여기지 않았다고. 그렇게 성격 고약하고 주근깨투성이인 꼬맹이를 누가 좋아하겠어?"

이 말을 듣고 엘리자베스는 충격을 받았다. 그런 험한 표현이야 쓰지 못했지만 감정이 험하기로 말하면 자신도 거의 다를 바 없지 않았던가! 그런 감정을 마음속에 품어 왔고 함부로 날뛰게 두지 않았나 하는 생각이 들어서였다!

모두들 식사를 마치고 언니들이 지불을 끝내자 바로 마차를 불렀다. 이리저리 정돈하니 다들 자리를 잡을 수 있었고 상자나 반짇고리, 짐 꾸러미, 거기다 키티와 리디아가 구입한 반갑잖은 물품까지 다 들어갔다.

"기가 막히게 꽉 죄어 앉았네!" 리디아가 소리 질렀다. "보닛을 사서 정말 기뻐. 모자 상자 하나를 더 보태는 재미밖에 없다 해도 말이야! 자, 그럼 우리 집에 가는 동안 아주 편안하게 자리 잡고, 웃고 얘기해요. 그럼 먼저 언니들이 떠난 이후로 어떤 일이 있었는지부터 듣자고. 괜찮은 남자들 좀 봤어? 연애 같은 거 안 했어? 돌아오기 전까지 언니들 가운데 누구라도 남편감을 얻었으면 하고 정말 바랐는데. 큰언니는 곧 노처녀가 될 거 아니냐고. 스물셋이 다 됐으니 말이야! 오, 하느님, 내가 스물셋에도 결혼하지 못하면 얼마나 창피할까! 필립스 이모가 언니들이 남편 얻길 얼마나 원하는지 짐작도 못 할거야. 이모는 리지 언닌 콜린스 씨의 청혼을 받아들였으면 좋았을 거래. 그렇지만 무슨 재미가 있었겠어? 아유! 언니들보다 내가 먼저 결혼해 버릴까. 그러면 어른 노릇을 하면서 무도회마다 언니들을 데려갈 텐데. 나 좀 봐! 저번에 포스터 대령 댁에서 참 재미있었어. 그날 낮에 미리 정한 대로 키티 언니와 둘이 거기 갔는데, 포스터 부인이 저녁에 작은 무도회를 열겠다고 약속했어. 포스터 부인하고 내가 그만큼 친해진 거 있지! 그래서 부인이 해링턴 댁 두 딸에게 오라고 청했는데, 글쎄 해리엇이 병이 나서, 펜이 혼자서 올 수밖에 없었어. 그래서 우리가 어떻게 했게? 챔벌레인³⁰한테 여자 옷을 입혀서 여자 행세를 시켰다고. 얼마나 재미있었겠는지 생각해 보라고! 대령이랑 포스터 부인, 키티 언니랑 나만 빼고 아무도 그걸 몰랐다니까, 글쎄. 아 참, 이모도 알았지. 이모 가운을 하나 빌려야 했거든. 얼마나 근사했는지 상상도 못 할 거야! 데니와 위컴, 프랫, 또 남자들 두세 명이 더 왔는데, 조금도 알아보지 못했어. 원, 세상에! 얼마나 웃었다고! 포스터 부인도 그랬고. 죽는 줄 알았다니까. 그 바람에 남자들이 뭐가 있구나 의심하게 돼서, 곧 밝혀지고 말았지.”

리디아는 파티라든가 멋진 농담이라든가 자신들이 겪은 이야기로 롱본으로 가는 내내 동행들을 즐겁게 해 주려고 애썼다. 키티도 힌트를 주거나 한두 마디 보태면서 거들었다. 엘리자베스는 대개 한 귀로 흘려 버렸지만, 위컴의 이름이 여러 번 언급되는 것을 듣지 않을 도리가 없었다.

집에서는 그들을 아주 다정하게 맞아 주었다. 베넷 부인은

---

30) 하인의 이름이다.

제인이 여전히 아름다운 것을 보고 기뻐했고, 식사 도중 베넷 씨는 두어 번 엘리자베스에게 같은 말을 했다.

"네가 돌아와서 기쁘다, 리지."

루커스 집안 식구들 대부분이 머라이아를 만나 소식을 들으려고 건너왔기 때문에 식당에 모인 사람들은 꽤 많았다. 화제도 가지가지였다. 루커스 부인은 식탁 맞은편에 앉은 머라이아에게 자기 맏딸의 안부라든가 가금(家禽)에 대해 물었고, 베넷 부인은 약간 아래편에 앉은 제인에게서 요사이 유행이 뭔지 알아 내서는 그것을 루커스 집안 어린 딸들한테 풀어놓느라고 이중으로 분주했고, 리디아는 누구보다도 더 큰 목소리로 아무한테나 아침나절의 여러 가지 즐거웠던 일들을 늘어놓았다.

"아유! 메리 언니." 그녀가 말했다. "언니도 우리하고 같이 갈걸 그랬어. 얼마나 재미있었다고! 글쎄, 가다가 말이야, 키티 언니하고 난 차양을 모두 내렸지 뭐야. 마차에 아무도 없는 것처럼 보이려고. 키티 언니만 멀미를 하지 않았다면, 내내 그러고 갔을 거야. 조지 여관에 갔을 땐 정말 멋있게 굴었지. 언니들 둘에 머라이아, 이렇게 세 사람한테 점심으로 세상에서 가장 훌륭한 냉육 요리를 대접했으니 말이야. 언니도 갔더라면 같이 대접했을 텐데. 그러고는 나왔는데, 정말 재미있었어! 마차에 다 못 들어갈 거라 생각했지. 우스워 죽겠더라니까. 그러고 나서 집에 오는 내내 너무 즐거웠어! 큰 소리로 이야기하고 웃고 해서 10마일 밖에서도 들렸을 거야!"

이 말을 듣고, 메리가 매우 진지하게 대답했다. "얘, 막내야,

나도 그런 즐거움을 평가 절하할 사람은 절대 아니야. 그런 것들은 여성들의 일반적인 심성과 분명히 합치할 테니 말이야. 그러나 나한테는 그런 게 전혀 매력이 없다는 걸 말해 두고 싶어. 난 책이 훨씬 더 좋단다."

그러나 리디아는 한마디도 듣지 않았다. 그녀는 워낙 누구의 말이라도 30초 이상 듣는 경우가 드물었고, 메리가 뭐라고 그러든 전혀 신경을 쓴 적이 없었다.

정찬을 마친 후 리디아와 나머지 처녀들은 메리턴으로 산책 가서 다들 어떻게 지내는지 보자고 성화였지만, 엘리자베스는 한사코 반대했다. 베넷 집안 딸들이 집에 온 지 반나절도 안 되어 장교들을 쫓아다닌다는 소리를 들을 거냐는 것이었다. 그녀의 반대에는 또 다른 이유도 있었다. 위컴을 다시만나기가 두려웠고, 될 수 있는 대로 피해 볼 작정이었다. 연대가 곧 이동한다는 소식은 그녀에게 정말 이루 말할 수 없는 위안이었다. 그들은 보름 후에 떠나게 되어 있었고, 일단 떠나고 나면 그 사람 때문에 성가실 일이 더 이상 없기를 바랐다.

집에 온 지 몇 시간 지나지 않아 그녀는 리디아가 여관에서 얼핏 언급한 브라이턴 계획을 두고 양친이 수시로 의논하고 있다는 것을 알았다. 엘리자베스는 아버지가 그것을 허락할 의사가 손톱만큼도 없다는 것을 바로 알았지만, 그의 답변이 워낙 애매모호하다 보니 어머니는 낙심하다가도 끝내 성공하리라는 희망을 버리지 않았다.

17

엘리자베스는 그간의 일을 제인에게 털어놓고 싶은 마음을 더 이상 억누를 수 없어서 다음 날 아침 우선 놀라지 말라고 운을 뗀 뒤 다아시 씨가 청혼한 이야기를 해 주었다. 언니도 관련 있는 부분은 일단 빼고서였다.

베넷 양은 경악했지만 곧 진정했다. 워낙 언니로서 동생과 우애가 돈독하다 보니 엘리자베스가 어떤 찬양을 받아도 아주 당연한 일이라고 여겼기 때문이다. 그야말로 뜻밖의 일로 여겨지기는 했지만 그것도 얼마 안 가 다른 감정들 속에 묻혀 버렸다. 그녀는 다아시 씨가 자신의 감정을 그렇게 서투르게 전하지 않았더라면 하고 안타까워했으나, 그보다는 동생의 거절 때문에 불행해진 그의 처지를 더욱 딱하게 여겼다.

"성공을 믿어 의심치 않은 것이 잘못이었어." 그녀가 말했다. "절대 그렇게 보여서는 안 됐는데. 그렇지만 그 때문에 실망도 더 컸을 거야."

"사실 그래." 엘리자베스가 말했다. "참 안됐어, 진심이야. 그렇지만 그분한테는 나에게 느끼는 호감을 금방 씻어 내 버릴 다른 감정들도 있으니까. 하여간 그분을 거절했다고 나무라지는 않겠지?"

"나무라다니! 원, 당치도 않아, 애."

"그렇지만 위컴을 두고 그렇게 화를 낸 것은 나무랄걸."

"아니야, 네가 뭘 잘못했다는 말인지 모르겠어."

"그렇다면 바로 그다음 날 일어난 일을 말해 줄게. 그럼 알게 될 거야."

그러고 나서 그녀는 그 편지 이야기를 했다. 내용 가운데 조지 위컴과 관련된 것은 하나도 빼지 않고 모두 말해 주었다. 이것이 가련한 제인한테 얼마나 큰 충격을 주었던가! 그녀로서는 이런 정도의 사악함이란 한 사람 속에서가 아니라 온 인류를 통틀어도 존재하지 않는다고 생각하면서, 기쁜 마음으로 세상을 살아갔을 테니 말이다. 다아시 씨의 오명이 벗겨진 것이 그녀에게는 그나마 기꺼웠지만 이런 발견에 대한 위로가 되지는 않았다. 그녀는 무슨 착오였음을 입증해 보려고, 한쪽을 개입시키지 않고 다른 한쪽을 해명해 보려고 무진 애를 썼다.

"소용없어." 엘리자베스가 말했다. "어떻게 해도 둘 다 좋은 사람이 되게 할 수는 없을 거야. 선택을 해야 해. 한 사람한테만 만족할 수밖에 없어. 두 사람 사이에는 꼭 그만큼의 미덕만 있어. 한 사람만 좋은 사람이 되게 할 만큼 말이야. 요즘 와선 그 미덕이 이쪽저쪽으로 마구 쏠리거든. 나야 그 미덕이 다 다아시 씨 것이라고 믿고 싶지만 언니는 언니대로 선택해."

그렇지만 제인에게는 당장은 미소 지을 여유조차 없었다.

"이보다 더 충격받은 적은 없는 것 같아." 그녀가 말했다. "위컴이 그렇게 나쁜 사람이라니! 믿어지지가 않을 정도야! 그리고 다아시 씬 정말 가엾어! 리지, 그분이 얼마나 고통스러웠을지 한번 생각해 보라고. 실망이 얼마나 컸을까! 네가 비난한다는 것도 알게 됐고! 자기 누이의 그런 불미스러운 일까지 말해야 했다니! 정말 너무 가슴 아픈 일이야. 너도 그렇게 느끼겠지만 말이야."

"아냐! 천만에. 언니가 후회와 동정심으로 가득 찬 걸 보니까 내 것은 모두 사라져 버리네. 언니가 그분 처지를 속속들이 다 알아주는 걸 보니 난 순간순간 더 무관심해지고 초연해지는걸. 언니가 펑펑 퍼 주니까 난 아끼게 되는 거지. 연민의 말을 있는 대로 늘어놔 봐, 그러면 내 마음은 깃털만큼 가벼워질 거야."

"위컴도 가엾어. 얼굴은 그렇게도 선한 표정인데! 또 얼마나 활달하고 신사다우니, 글쎄!"

"그 두 사람 교육에 뭔가 큰 잘못이 있었던 것이 분명해. 한 사람은 선함을 모두 가졌고, 다른 사람은 선함의 외양만 몽땅 가졌으니 말이야."

"다아시 씨가 네 생각처럼 외양에서 그렇게 딸려 보이지는 않는데."

"근데 난 말이야, 그분을 단호하게 싫어하는 것으로 남달리 똑똑한 척했던 거야. 아무 근거도 없이 말이야. 그만큼 혐오하는 마음을 가지고 있으면 천재를 발휘할 만한 힘찬 박차를 얻게 되고, 재치를 마음껏 펼칠 수 있는 자리가 마련되지. 욕만 바가지로 퍼붓고 옳은 말은 한마디도 못 할 수 있어. 하지만 계속 비웃다 보면 가끔씩은 뭔가 재치 있는 말이 언어걸릴 때가 있으니까."

"리지, 처음 편지를 읽었을 때는 너도 지금처럼 이 문제를 대하지 못했을 거야."

"그래, 사실이야. 아주 불편했지. 너무 불편, 아니 불행했다고 하는 편이 낫겠다. 내가 느낀 걸 전해 줄 사람 하나 없고, 언니처럼 위로하면서 네가 네 생각처럼 그렇게 나약하고 허영심 많고 엉터리는 아니었다고 말해 줄 사람 하나 없고 말이야! 아! 언니가 얼마나 필요했는지 몰라!"

"위컴 편을 들면서 다아시 씨를 그렇게 세게 몰아붙였다니 무슨 망신이니! 이제 그렇게 말할 일이 아니었다는 게 분명하게 드러났으니."

"맞아. 그러나 그렇게 지독한 말로 망신살이 뻗친 것도 자초한 일이지 뭐. 평소에 편견을 그렇게 키워 왔으니 말이야. 언니 조언을 듣고 싶은 것이 한 가지 있어. 주변 사람들한테 위컴이 진짜 어떤 인간인지 알려야 할지 말아야 할지 언니 생각을 듣고 싶어."

베넷 양은 잠시 있다가 대답했다. "그렇게 무참하게 폭로할 것까지야 있겠나 싶어. 네 생각은 어떤데?"

"내 생각도 그래. 다아시 씨는 자기가 한 말을 공개해도 좋다고 하진 않았어. 오히려 자기 누이와 관련된 상세한 내막은 가능한 한 나만 알고 있으라고 했지. 사람들한테 그 부분을 빼고 나머지 행실만 폭로하면 누가 날 믿겠어? 다아시 씨에 대한 일반적인 편견이 너무 심하다 보니, 섣불리 좋게 말했다가는 메리턴에 있는 선량한 주민 중 반 이상이 사생결단으로 달려들 거야. 그걸 감당할 자신은 없어. 위컴은 곧 떠나 버릴 테고, 그러면 그 사람 성품이 어떻든 이곳에선 아무한테도 별 의미가 없게 될 거야. 언젠가 모든 것이 밝혀질 테고, 그러면 우린 그것도 몰랐느냐고 사람들의 어리석음을 비웃을 수 있겠지. 지금으로선 아무 말도 않겠어."

"네 말이 옳아. 과오를 만천하에 알리면 그 사람을 영원히 파멸시킬지도 몰라. 그 스스로도 지금은 자기가 한 짓을 후회하고, 평판을 되살리고 싶어 하지 않을까. 그 사람을 절망에 빠뜨려선 안 돼."

엘리자베스의 마음속 소용돌이는 이 대화 덕에 가라앉았다. 그녀는 보름 동안 자기 마음을 짓누르던 비밀 두 가지를 이참에 털어 버렸고, 다시 말하고 싶어질 때는 언제라도 언니가 기꺼이 들어 주리라는 것이 분명해졌다. 그렇지만 신중을 기하느라 밝히지 못한 무언가가 아직 숨겨져 있었다. 그녀는 다아시 씨 편지의 나머지 반을 감히 말해 줄 수 없었고, 언니가 그의 친구에게 얼마나 소중한 존재였는지를 설명해 줄 수도 없었다. 그야말로 아무에게도 말할 수 없는 일이었다. 오직 당사자들 사이에 완전한 이해가 있을 때만 이 마지막 거추장스러운 비밀을 던져 버릴 수 있을 터였다. 그녀는 이렇게 생각했다. '거의 기대하기 힘들겠지만 그런 완전한 이해가 생겨난다면 그땐 구태여 내가 말할 필요도 없겠지. 빙리가 자기 입으로 훨씬 더 잘 말할 수 있을 테니까. 입을 열 자유가 생길 때에는 이미 그런 말이 아무 쓸모가 없어지는 형국이네!'

그녀는 이제 집에서 지내게 되자 언니의 속마음이 어떤지 살펴볼 여유가 생겼다. 제인은 행복하지 않았다. 아직까지 빙리를 깊이 사랑하고 있었다. 그 전에는 사랑에 빠졌다는 생각조차 해 본 적이 없었기 때문에, 그녀의 사랑은 온통 첫사랑의 뜨거움을 품고 있었고, 나이도 있고 성향도 그런지라 여느 첫사랑보다 더욱 일편단심이었다. 그녀는 정말 온 마음을 다해 그의 기억을 소중하게 간직하고 다른 어떤 남자보다 그를 낫게 여겼다. 그 때문에 회한에 빠져 자신의 건강이나 주변 사람들의 안정을 해치는 사태를 막기 위해서는 자신의 양식(良識)이라든가 주변 사람들을 배려하는 마음 씀씀이를 있는 대로 동원하지 않을 수 없었다.

"그런데 리지." 어느 날 베넷 부인이 말했다. "기가 막히는 네 언니 일을 지금은 어떻게 생각하니? 나는 누구한테도 다시는 그 얘기를 하지 않기로 작정했다. 저번에 네 이모한테도 그렇게 말해 두었어. 그런데 제인이 런던에서 그 사람 코빼기라도 봤는지 모르겠다. 나 원 참, 정말이지 형편없는 젊은이야. 이제 네 언니가 그 사람을 잡는 건 물 건너갔어. 여름에 네더필드로 온다는 말도 없더라. 알 만한 사람한테는 다 물어보았는데."

"네더필드에서 더 살 것 같지도 않던데요."

"뭐, 아무렴 어때! 그야 자기 마음이지. 그따위 인간 오는 거 아무도 원하지 않아. 하기야 그 작자가 내 딸한테 몹쓸 짓을 했다는 걸 두고두고 이야기하겠지만. 내가 네 언니라면 그냥 참고 있지 않았을 거야. 아무튼 그나마 위안이라면, 제인이 상심해서 죽을 게 뻔하고, 그러면 그 인간이 자기가 한 짓을 후회할 거라는 거겠지."

그러나 엘리자베스에게는 그런 예상이 어떤 위안도 될 수 없었기 때문에 그녀는 아무런 대꾸도 하지 않았다. 그러자 곧 어머니가 이렇게 말을 이었다.

"그런데 리지, 콜린스 댁은 아주 잘 살지? 으응, 뭐, 오래 그러면 좋으련만. 그런데 걔는 식탁을 어떻게 차리던? 샬럿은 훌륭한 살림꾼이니 말이야. 자기 어머니 반만큼만이라도 약다면 돈을 꽤 모을 거다. 그 인간들 살림하면서 헝겊 쪼가리 하나도 낭비하지 않을걸, 아마?"

"맞아요, 낭비라곤 일절 안 해요."

"아주 잘 꾸려 나가겠지, 틀림없고말고. 그래, 아무렴, 자기네 수입을 초과하지 않으려 애쓸 거야. 돈 때문에 곤란할 일은 없을 거다. 아무튼, 자기들한테야 그게 좋겠지! 그런데 음, 그 사람들 너희 아버지가 죽으면 롱본이 자기들 것이 될 거라는 말을 자주 주고받을걸? 그럴 때마다 롱본이 아주 자기들 것이 다 된 것처럼 여길 게 틀림없지?"

"제 앞에서야 그런 이야기를 못 하겠지요."

"그렇지. 그랬다면 이상했을 테지. 그렇지만 틀림없어, 자기들끼리는 자주 그런 말을 할 거야. 좋다고, 법적으로 자기 것도 아닌 재산을 챙기는 게 아무렇지도 않다면 그네들다운 일이니 잘됐지, 뭘. 나 같으면 겨우 한정 상속으로나 물려받는 그런 재산 따윈 수치스러울 텐데 말이다."

18

집으로 돌아온 후 첫 주는 금방 지나가고, 둘째 주가 시작되었다. 연대가 메리턴에 주둔하는 마지막 주인지라, 모름지기

인근의 모든 아가씨들은 급속도로 풀이 죽었다. 거의 누구나 낙담에 빠졌다. 베넷 집안의 맏딸과 둘째 딸만이 여전히 먹고 마시고 자며 여느 때와 다름없이 하던 일을 할 수 있었다. 이런 무감각 때문에 키티와 리디아의 비난이 잦았는데, 이들로 말하면 슬픔이 극도에 달한 터라 가족 가운데 이렇게 무정한 사람들이 있다는 것이 이해되지 않았던 것이다.

"맙소사! 우린 어떻게 되지? 어떻게 해야 하지?" 그들은 너무나 가슴 아픈 슬픔에 빠져 시도 때도 없이 소리를 지르곤 했다. "리지 언닌 어떻게 그렇게 웃을 수 있어?"

다정다감한 어머니도 그들과 슬픔을 나누었다. 그녀는 25년 전 자신도 비슷한 상황에서 괴로워한 기억을 되살렸다. 그녀는 이렇게 말했다.

"정말이지 그때 밀러 대령의 연대가 가 버리고 나서, 이틀을 그냥 울었단다. 가슴이 터지는 줄 알았지."

"정말 내 가슴이 터지고 말 거야." 리디아가 말했다.

"브라이턴으로 갈 수만 있다면 얼마나 좋을까!" 베넷 부인이 말했다.

"그러게 말이야! 브라이턴으로 갈 수만 있다면! 그렇지만 아빠 너무 까다로우셔."

"해수욕만 좀 해도 기운이 날 텐데 말이야."

"필립스 이모는 해수욕이 내게도 아주 좋을 거라고 하던걸." 키티가 받있다.

이런 유의 한탄들이 롱본 저택에서 끊임없이 울려 나왔다. 엘리자베스는 그런 한탄에 끼어들어 기분 전환이라도 할까

했으나, 즐거워지기는커녕 수치스럽기만 할 뿐이었다. 그녀는 새삼 다시 씨의 반대가 정당했고, 그가 친구의 앞날을 좌우할 일에 개입한 것을 용서하고 싶은 마음이 그 어느 때보다도 커지는 것을 느꼈다.

그러나 리디아의 전도를 어둡게 하던 구름은 얼마 안 가 깨끗이 걷혔다. 포스터 부인에게서 브라이턴으로 같이 가자고 초청받은 것이다. 이 소중하기 짝이 없는 친구는 아주 젊은 여자였고, 결혼한 지도 얼마 안 되었다. 활달하고 원기 왕성한 점이 닮아서인지, 그녀와 리디아는 서로 마음에 들어 했고, 서로 안 지 석 달 만에 둘도 없는 친구가 되었다.

이 소식을 접한 리디아의 환희, 포스터 부인에 대한 예찬, 베넷 부인의 기쁨, 키티의 울분 등은 거의 묘사하기도 어려울 정도이다. 넷째 언니의 기분에는 아랑곳 하지 않고 리디아는 기뻐 어쩔 줄 몰라 온 집 안을 뛰어다니면서 아무에게나 축하해 달라고 하고 어느 때보다 더욱 호들갑스럽게 웃고 지껄여 댔다. 반면 비운의 키티는 응접실에서 징징거리는 억양만큼이나 말도 안 되는 소리로 자신의 신세를 끝도 없이 한탄했다.

"포스터 부인이 리디아만 초대하고 나는 부르지 않다니 말도 안 돼. 아무리 특별한 친구가 아니라고 해도 말이야. 나도 리디아만큼은 초청받을 권리가 있다고. 아니, 더 많아, 두 살 위가 아니냐고."

엘리자베스가 타이르고 제인이 달래려 했지만 아무 소용이 없었다. 엘리자베스에게는 이 초대가 어머니와 리디아처럼 좋아 날뛸 일이 전혀 아니었다. 그녀는 오히려 이것을 리디아에게 한 가닥이나마 남아 있을지 모를 상식에 대한 사형 집행 통보서 정도로 여겼기 때문에, 자기 소행이 알려지면 미움을 받을 것이 분명했지만 아버지에게 그녀를 보내지 말라고 몰래 고언하지 않을 수 없었다. 그녀는 리디아가 워낙 품행이 바르지 못한 데다 포스터 부인 같은 여자와 사귀어서 득 될 것이 별로 없다는 점 그리고 브라이턴처럼 집에서보다 유혹거리가 많은 곳에서 그런 친구하고 같이 지내다 보면 분명 더욱 무분별해질 것이라는 점 등을 이유로 들었다. 아버지는 주의 깊게 듣고 나서 이렇게 말했다.

"리디아는 무도회장이든 어디든 뭇사람들의 눈길을 끌어야지 직성이 풀리는 아이다. 이번 경우처럼 가족한테는 돈도 안 들고 불편도 안 끼치기가 어디 쉽겠냐."

"리디아가 제멋대로 구는 꼴이 사람들 눈에 띄어서 우리 모두가 입을 피해는 어떡하고요. 아니, 벌써 피해를 당하고 있다고요. 그러니 이번 일은 달리 판단해 주시리라 믿어요."

"벌써 피해를 당했다!" 베넷 씨가 되뇌었다. "흠, 네 애인들 가운데 몇 녀석이 걔한테 놀라 달아나 버렸니? 우리 리지, 가엾기도 해라! 그렇지만 낙담 마라. 집안에 어리석은 사람이 좀 있다고 친척이 될 수 없다고 나올 만큼 까다로운 청년들이라면 아쉬워할 가치도 없다. 자, 리디아의 어리석음 때문에 물러서 버린 시시한 녀석들 명단이나 한번 보자."

"잘못 짚으셨어요. 제기 그런 피해를 받은 적은 없어요. 무슨 특정한 손해를 두고 하는 말이 아니라, 일반적으로 미치는 해악을 말하는 기예요. 제멋대로인 데다 뻔뻔스럽고 내놓고 절제를 우습게 아는 리디아의 성격 때문에 우리 가족의 지위라든가 평판이 영향을 받을 수밖에 없다고요. 죄송하지만, 터놓고 말씀드려야겠어요. 아버지께서 나서서 걔의 걷잡을 수 없는 성격을 단속하고, 그런 식으로 남자들을 쫓아다니면서 인생을 보낼 거냐고 타이르지 않으시면, 걔는 곧 다시 돌이킬 수 없는 지경에 빠질 거예요. 성격은 굳어 버릴 테고, 열여섯 나이에 자기 자신과 가족들을 웃음거리로 만드는 아주 호가 난 바람둥이가 될 거예요. 그것도 천박하기 짝이 없는 최악의 바람둥이요. 어리다는 것하고 몸매가 봐 줄 만하다는 것 말고는 매력도 전혀 없고, 찬미를 받고 싶어 날뛰어 대니 모두들 꼴같잖다고 할 텐데, 그렇게 무식하고 텅 빈 머리로 그런 경멸을 어디 조금이라도 줄일 수 있겠어요? 키티도 마찬가지로 위험해요. 걔는 리디아가 하는 대로 따라 할 거예요. 허영심이 가득하고, 무식하고, 게으르고, 완전히 제멋대로예요! 제발! 아버지, 대체 가능하다고 보세요? 걔들이 어디서나 욕먹고 멸시받고 다니지 않는 게, 손위인 저희까지 종종 그 치욕에 휩쓸리지 않는 게 가능하다고 생각하세요?"

베넷 씨는 그녀가 온통 이 문제에 사로잡혀 있다는 것을 알았다. 그래서 다정스럽게 손을 잡으면서 이렇게 대답했다.

"얘야, 너무 걱정하지 마라. 너나 제인은 어디 가나 대접받고 귀염받을 거다. 너희야 어리석은 동생 두엇, 아니 세 명이겠다, 있다고 해서 크게 손해 볼 일도 없을 거야. 리디아가 브라이턴으로 가지 않으면 롱본에 평화란 없을 게다. 그러니 보내 주자. 포스터 대령은 지각 있는 분이라, 무슨 일을 저지르지 못하게 지켜 줄 거다. 또 다행스럽게도 그 아이는 가진 게 없으니 누가 노리지도 않을 테고. 브라이턴에 가면 여기서 그랬던 정도의 보통 바람둥이급에도 못 낄 거야. 장교들은 더 관심을 둘 가치가 있는 여자를 찾을 테니까. 그러니 거기 가서 자신이 얼마나 초라한지 배우기를 기대하자꾸나. 하여간 더 나빠지면, 그땐 붙들어다가 평생 가두어 두어도 할 말 없을 거야."

이 대답으로 만족할 수밖에 없었지만 생각이 변한 것은 아니어서 엘리자베스는 실망하고 섭섭한 마음으로 물러 나왔다. 그렇지만 그녀는 괴로움을 곱씹으며 더욱더 괴로워하는 성격은 아니었다. 자기 의무는 다했다고 마음을 편히 먹었으니, 피치 못할 재난을 두고 안달하거나 불안으로 그것을 증폭시키는 것은 그녀의 성품과 거리가 멀었다.

리디아와 어머니가 그녀가 아버지와 나눈 대화의 내용을 알았다면, 둘의 수다를 다 합쳐도 그들의 분노를 제대로 표현할 길이 없었을 것이다. 리디아의 상상 속에서 브라이턴으로 간다는 것은 지상의 행복을 하나도 빼놓지 않고 다 누린다는 뜻이었다. 그녀는 환상에 사로잡혀 장교들로 가득한 즐거운 해수욕장의 거리들을 보았고, 자신이 아직은 알지 못하는 수십 명의 장교들에게 주목의 대상이 되는 것을 보았다. 또 그녀는 주둔지의 온갖 휘황한 광경들도 보았다. 아름답고 질서 정연하게 얼을 지이 늘어선 막사들에는 눈부시게 붉은 군복을 입은 젊고 유쾌한 군인들이 가득했다. 그리고 그녀는 자신이 한 막사 아래서 적어도 여섯 명의 장교와 동시에 시시덕거리는 모습을 상상함으로써 이 그림을 완성했다.

언니가 이런 기대와 이런 현실로부터 자신을 떼어 놓으려 했다는 것을 알았다면 기분이 어땠을까? 그 기분을 이해할 수 있는 사람은 오직 어머니뿐이었을 텐데, 어머니도 똑같이 느꼈을 것이다. 리디아가 브라이턴에 가는 것은 슬프게도 남편이 거기에 갈 생각이 전혀 없다는 것을 알게 된 그녀에게 유일한 위안거리였다.

그러나 그들은 아버지와 엘리자베스 사이에 그런 대화가 오갔다는 것을 꿈에도 몰랐다. 그 덕분에 그 둘의 환희는 리디아가 집을 떠나는 바로 그날까지 잠시도 그칠 줄 모르고 이어졌다.

엘리자베스는 위컴과 마지막으로 만났다. 돌아온 후 여러 번 위컴 씨와 어울릴 자리가 있었기 때문에 마음의 동요는 꽤 가라앉았고, 과거의 애정으로 인한 설렘은 완전히 사라졌다. 그녀는 애초에는 기쁨을 주었던 그의 싹싹함에서조차 가식이라든가 단조로움을 간파하게 되어 지겹고 혐오스러웠다. 더욱이 자신에 대한 그의 현재의 태도도 새삼 불쾌감을 불러일으켰다. 그들이 서로 처음 알게 되었을 때와 같은 관심을 되살려 보려고 살갑게 구는 모양이었으나 이후 많은 일을 겪은 그녀에게는 성가실 뿐이었다. 자신이 이렇게 의미 없고 경박한 연애질의 대상이 되었다고 생각하니 정나미가 떨어졌다. 그는 그녀에 대한 관심이 시들해진 이유가 무엇이건 얼마나 오랫동안 그랬건 간에 다시 관심을 주기만 하면 언제라도 그녀의 허영심을 만족시키고 애정도 확보할 수 있으리라고 믿는 것 같았다. 인정하기는 싫었지만 그녀는 그의 이런 믿음에는 자신의 책임도 있다는 것을 절감할 수밖에 없었다.

연대가 메리턴에 머무는 마지막 날, 그는 다른 장교 몇 명과 함께 롱본에서 정찬을 들었다. 딱히 좋게 헤어지고 싶은 마음이 없는 엘리자베스는 헌스퍼드에서 어떻게 지냈느냐는 그의 물음에, 피츠윌리엄 대령과 다아시 씨가 석 주 동안 로징스에서 머물렀다고 하며 대령님을 아느냐고 물어보았다.

그는 놀라면서 불쾌하고 당황한 표정을 지었다. 그러나 얼른 정신을 차리고 미소를 보내며 과거에 자주 만났다고 대답했다. 아주 신사다운 사람이라고 하고 나서, 만나 보니 어떻더냐고 그녀에게 물었다. 그녀는 정말 좋은 분이라고 대답했다. 그는 초연한 척하다가 곧 이렇게 덧붙였다.

"대령님이 로징스에 얼마 동안 계셨다고 했지요?"

"석 주 가까이 돼요."

"그분을 자주 보셨습니까?"

"네, 거의 매일 보았어요."

"태도가 자기 사촌하고는 아주 다를 겁니다."

"예, 아주 달라요. 그렇지만 다아시 씨도 자주 만나니까 나아지던데요."

"그런가요!" 위컴의 목소리가 커졌는데, 그녀는 그때의 표정을 놓치지 않았다. "그런데 한 가지 여쭤봐도 될까요?" 그가 얼른 자제하면서 한결 가벼운 어조로 덧붙였다. "말솜씨가 나아졌던가요? 평소의 매너에 무슨 정중함이라도 가미하던가요?" 그러고는 좀 더 진지하고 낮은 어조로 말을 이었다. "본질적인 면에서 나아졌으리란 기대는 아예 못 하겠으니까 말입니다."

"아, 맞아요!" 엘리자베스가 말했다. "본질적인 면에서는 거의 옛날 그대로라고 생각해요."

그녀의 말에 위컴은 기뻐해야 할지 속뜻을 의심해야 할지 헷갈리는 듯한 표정이었다. 그녀의 안색이 심상치 않아서 무언가 두렵고 불안한 심정으로 귀를 기울일 수밖에 없었던 것이다. 그녀가 이어서 이렇게 말했다.

"제가 자주 만나니까 나아졌다고 한 것은, 그분의 마음이나 태도 자체가 나아졌다는 말이 아니라 그분을 더 잘 알게 되니까 성격도 더 잘 이해할 수 있게 되었다는 말이었어요."

위컴은 이제 너무나 놀라서 얼굴이 벌겋게 달아오르고 시선을 어디에 둘지 몰라 허둥거렸다. 그는 몇 분 동안 침묵을 지켰다. 그러다가 당혹감을 떨쳐 내고서 다시 그녀에게로 고개를 돌려 더없이 부드러운 어조로 말했다.

"다아시 씨에 대한 제 감정이 어떤지 잘 아실 테니까, 그 사람이 현명하게도 겉으로나마 올바르게 처신한다면 저도 진심으로 반기는 입장이라는 것을 이해하실 겁니다. 그런 방향으로만 간다면, 그 사람의 오만함도 자기 자신에게는 아닐지라도 다른 많은 사람들한테 도움이 될 수는 있겠지요. 이제는 제가 당한 것같이 부당한 짓은 못 할 테니 말입니다. 제가 걱정하는 것은 방금 말씀하신 그런 조심성이 자기 이모를 방문할 때만 나타나는 것은 아닌가 하는 겁니다. 이모한테 잘 보이고 싶어서 전전긍긍하니까요. 제가 알기로는 이모 앞에서는 늘 어려워하는데, 그 사람이 노리는 것이 분명한 드 버그 양과의 결혼을 진척시키고 싶은 심산 탓이지요."

엘리자베스는 이 말에 고소를 금할 수 없었으나, 머리를 약
간 끄떡이는 것으로 대답을 대신할 뿐이었다. 그가 그의 해묵
은 앙심 쪽으로 화제를 끌어가려는 줄은 알았지만 그녀는 그
에게 동조할 기분이 아니었다. 그날 저녁의 나머지 시간 동안
그는 겉으로는 평소의 명랑함을 유지했으나, 더 이상 엘리자
베스에게 남달리 굴려고 들지는 않았다. 마침내 헤어질 때는
서로 예절을 지켰지만, 모르기는 해도 두 사람 다 다시는 서
로 만나고 싶지 않은 심정이었을 것이다.

모임이 파하자 리디아는 포스터 부인과 함께 메리턴으로
갔다. 다음 날 아침 일찍 그곳에서 바로 출발할 예정이었다.
그녀와 식구들 사이의 이별은 슬프다기보다는 차라리 시끄러
웠다. 눈물을 흘린 사람은 키티뿐이었지만, 그녀가 운 것은 속
상하고 시샘이 나서였다. 베넷 부인은 딸의 행복을 비는 말을
마구 쏟아 내고, 즐길 기회가 있으면 한껏 즐기라고 신신당부
했다. 이 당부에 그녀는 귀가 솔깃했을 것이 분명하다. 리디아
가 신이 나서 요란스럽게 작별을 고하는 통에, 그보다 한결 작
았던 언니들의 작별 인사는 묻히고 말았다.

19

엘리자베스의 결혼관이 전적으로 자신의 가족을 기반으로
형성되었다면 그녀는 결혼의 행복이나 가정의 안락에 대해 그

다지 즐거운 상을 갖지 못했을 것이다. 그녀의 아버지는 젊고 아름다운 데다 마음씨도 착해 보이는 (젊고 아름다우면 마음씨도 착해 보이게 마련이니까) 한 여자에게 반해 결혼했는데, 막상 결혼해 보니 머리도 나쁘고 성격도 불통인지라 그녀에 대한 애정은 결혼 초기에 진작 끝나 버렸다. 존경, 존중, 신뢰는 영원히 사라졌고, 가정의 행복에 대한 그의 생각들도 모두 깨져 버렸다. 그러나 베넷 씨는 누구 탓도 아닌 자신의 경솔함으로 초래된 실망을 보상하기 위해서 도락 같은 것에 빠질 사람이 아니었다. 대개 어리석거나 나쁜 짓을 한 결과 불행을 자초한 사람들이 흔히 그런 짓을 하는 데 반해 그는 전원과 책을 사랑했다. 그리고 주로 이런 취미에서 즐거움을 얻었다. 아내 덕을 본 것이라고는 무지와 어리석음으로 그의 즐거움에 기여한 것 외에는 없었다. 이것은 일반적으로 남편이 아내에게서 기대할 만한 행복은 아니지만, 다른 즐거움의 여지가 없는 처지라면 주어진 여건에서 얻을 것을 얻는 사람이 진정한 현자일 것이다.

그렇지만 엘리자베스는 아버지의 처신이 지아비로서 온당치 못하다는 것을 모르지 않았다. 그것을 볼 때마다 마음이 아팠다. 그러나 아버지의 재능을 존경하고 자신에게 베풀어 주는 애정이 고마웠기 때문에 도저히 간과할 수 없는 그 사실을 잊어버리려고 애썼다. 결혼의 의무와 예절이 일상적으로 깨지는 현실, 아내가 자식들에게 경멸당하도록 내버려 두는 심히 못마땅한 처사를 생각에서 아예 지우려고 했다. 그러나 그녀는 어울리지 않는 결혼이 자식들에게 끼치는 손해를 지금처럼 강렬하게 느낀 적이 없었고, 재능이 잘못 발휘된 결과로 비롯된 해악을 이토록 속속들이 느낀 적도 없었다. 재능을 올바로 쓰기만 했더라면 아내의 마음을 넓혀 주지는 못할망정 적어도 딸들만큼은 어디 내놓아도 부끄럽지 않게 키울 수 있었을 텐데 말이다.

엘리자베스는 위컴이 가 버린 것은 기뻤으나, 그것 말고는 연대가 떠난 데서 만족할 만한 이유를 별로 찾지 못했다. 밖에서의 파티가 전에 비해 줄어들었고, 집에서는 만사가 따분하다고 늘 투덜거리는 어머니와 동생 때문에 분위기가 어두웠다. 키티는 마음을 산란하게 하던 것들이 눈앞에서 없어져 이제 그럭저럭 제정신을 회복할 듯싶었지만, 성격으로 보아 더 큰 잘못을 저지를 우려가 있는 리디아 쪽은 해수욕장에다 군대 주둔지라는 이중의 위험에 처해서 어리석음과 뻔뻔스러움이 더 심해질 것 같았다. 따라서 전에도 가끔씩 느꼈지만, 전체적으로 보자면 조바심치며 기대하던 일이 일어나더라도 예상한 만큼의 만족을 다 얻지는 못한다는 것을 깨달았다. 결국 진짜 행복의 출발점으로 다른 시기를 지명하지 않을 수 없었다. 자신의 소망과 희망이 이루어질 그 시점을 정하고, 다시 그것을 기대하는 즐거움을 누림으로써 현재의 자신을 위로하고, 또 다른 실망에 대비하는 수밖에 없었다. 호수 지방으로의 여행은 이제 그녀의 가장 행복한 상념의 대상이 되었다. 어머니와 키티의 불만으로 불편해진 시간에는 그보다 더한 위안거리가 없었다. 이 계획에 제인을 포함시킬 수만 있었다면 모든 것이 완벽했을 것이다.

'그렇지만 뭔가 아쉬운 게 있으니 다행이야.' 그녀는 생각했다. '모든 계획이 완벽한 경우에는 막상 그때가 닥치면 실망하게 될 게 분명하니까. 그래, 언니가 같이 가지 않아 늘 아쉬운 마음이 떠나지 않을 테니 내가 기대하는 정도의 즐거움은 모두 실현될 거라고 생각해도 괜찮겠지? 만사가 다 즐거울 뿐인 계획은 성공할 리 없어. 전체적인 실망을 피하려면, 뭔가 작은 일로 속상해하는 것으로 방패막이를 삼는 수밖에 없어.'

리디아는 떠나면서 어머니와 키티한테 매우 상세한 편지를 자주자주 쓰겠다고 약속했다. 그러나 그녀의 편지는 늘 오래 기다려야 왔고, 늘 매우 짧았다. 어머니에게 보낸 편지에는, 일행이 방금 도서관에서 돌아오는 길인데 그곳에 이러저러한 장교들이 같이 있었고, 자신을 아주 광분하게 할 만큼 아름다운 장식물들을 보았다, 새 가운과 새 파라솔을 샀는데 더 자세히 설명하고 싶지만 포스터 부인이 불러서 급히 펜을 놓아야겠고, 부대로 가게 될 거다 하는 이야기밖에 없었다. 키티한테 보낸 편지에서는 더 건질 것이 없었다. 편지가 조금 더 길기는 했지만 단어들 밑에 줄을 잔뜩 쳐 내용은 공개할 수 없게 해 놓았기 때문이다.

리디아가 집을 떠난 지 두세 주 정도 지나자, 롱본에서는 건강과 활기와 명랑함이 되살아나기 시작했다. 모든 것이 한층 행복한 모습을 띠었다. 겨울 동안 런던에 가 있던 이웃의 가족들도 다시 돌아왔고, 여름 옷차림과 모임에 대한 이야기가 무성했다. 베넷 부인은 평시의 수다스러운 모습으로 안정을 되찾았고, 6월 중순경이 되자 키티도 눈물 없이 메리턴에 갈 수 있을 정도로 회복되었다. 이로써 엘리자베스는 키티가 오는 크리스마스 때쯤이면 장교 하나를 하루에 한 번 이상은 입에 올리지 않을 정도로 꽤 분별력이 생길지도 모른다는 행복한 기대를 하기도 했다. 다만 육군성이 심통을 부려 메리턴에 또 다른 연대를 주둔시키지 않는다면 말이지만.

북부 지방으로의 여행을 시작하기로 한 시간이 급속히 다가와 겨우 보름밖에 남지 않았을 때, 가디너 부인에게서 편지가 왔다. 출발을 연기하고 일정도 단축하게 되었다는 것이다. 가디너 씨가 업무 때문에 7월 들어 보름이 지나서야 출발할 수 있고, 한 달 내로 런던에 돌아와야 한다고 했다. 기간이 너무 짧아서 멀리까지 가면 계획한 대로 다 볼 수 없거나 적어도 여유를 가지고 편히 보기가 어렵게 되었기 때문에 호수 지방은 포기하고 일정을 단축할 수밖에 없었다. 달라진 계획대로라면 더비셔보다 더 북쪽으로는 가지 못하게 되었다. 그 지역에도 볼거리가 충분해서 거의 석 주가 걸릴 터였고, 가디너 부인이 특히 그곳에 가고 싶어 했다. 과거에 몇 년간 지낸 적이 있었고 이번에도 며칠 동안 묵게 될 그 지역의 한 소읍이 그녀에게는 분명 매틀록이나 채츠워스나 도브데일이나 피크 지방 등의 명승지만큼이나 커다란 호기심의 대상이었다.

엘리자베스는 이만저만 실망하지 않았다. 호수 지방을 보고 싶은 마음으로 부풀어 있었기 때문이다. 사정이 그렇더라도 시간이 충분할 수도 있을 텐데 하며 아쉬워했다. 그러나 그녀로서야 만족할 도리밖에 없었고, 행복해하는 게 그녀의 성격이기도 했다. 그래서 만사가 곧 다시 제자리를 찾았다.

더비셔라고 하니 연상되는 것이 많았다. 그녀로서는 그 말을 듣고 펨벌리와 그 주인을 생각하지 않을 수 없었다. "그러나 그분의 고장으로 들어간다고 처벌받는 것도 아니고, 그분에게 들키지 않고서 형석 몇 개 정도는 훔쳐 올 수 있을 거야." 그녀는 이렇게 혼잣말을 했다.

기다리는 시간이 이제 두 배로 늘어났다. 외삼촌과 외숙모가 오려면 넉 주나 지나야 했다. 그러나 그 기간도 지나갔고, 가디너 씨 부부는 마침내 네 명의 아이들을 데리고 롱본에 모습을 나타냈다. 아이들, 즉 여섯 살짜리와 여덟 살짜리 두 여자아이와 어린 남동생 둘은 그곳에 남고 사촌인 제인이 맡아서 보살피기로 되어 있었다. 아이들이 모두 제인을 가장 좋아하기도 했거니와, 제인은 늘 사리가 반듯하고 마음이 고와서 아이들을 가르치거나 예뻐해 주거나 놀아 주는 등 여러모로 아이들을 돌보는 데에는 아주 적격이었다.

가디너 씨 부부는 롱본에서 하룻밤만 묵었고, 다음 날 아침 엘리자베스와 함께 새로움과 즐거움을 찾아 출발했다. 한가지 즐거움만은 확실했으니, 마음이 잘 맞는 사람들끼리 함께 여행한다는 점이었다. 불편함을 견딜 수 있는 건강한 체질, 즐거움을 더해 주는 명랑한 성격, 밖에서 실망스러운 일이 있더라도 서로 간에 즐겁게 지낼 수 있는 애정과 슬기 같은 것들을 그들은 갖추고 있었다.

더비셔에 대해서나 그곳으로 가는 길에 있는 명승지에 대해 설명하는 것이 이 소설의 목적은 아니다. 옥스퍼드, 블레넘, 워릭, 케닐워스, 버밍엄 등등은 충분히 알려져 있다. 더비셔의 작은 부분만이 지금의 관심사이다. 그 고장의 주요 명승지를 모두 본 후에, 그들은 가디너 부인이 과거에 살던 곳이고 최근에 듣기로 아직도 아는 사람이 좀 남아 있는 램턴이라는 소읍으로 발길을 돌렸다. 엘리자베스는 외숙모로부터 램턴에서 5마일 안쪽에 펨벌리가 있다는 말을 들었다. 펨벌리는 가는 길목은 아니지만 길목에서 1, 2마일 이상 벗어난 곳도 아니었다. 전날 저녁 행선지에 대해 이야기를 나누면서, 가디너 부인은 그곳을 다시 가 보고 싶다고 했다. 가디너 씨도 좋다면서 엘리자베스에게 그러자고 했다. 외숙모가 이렇게 말했다.

"얘, 너 그렇게 귀에 못이 박히도록 들은 곳을 보고 싶지 않니? 네가 아는 여러 사람이 관련된 곳이기도 해. 너도 알 테지, 위컴도 자기 어린 시절을 죽 그곳에서 보냈어."

엘리자베스는 난처해졌다. 그녀는 펨벌리에서 아무 볼일도 없다고 느꼈고, 따라서 보고 싶지 않은 체할 수밖에 없었다. 대저택을 보는 데 싫증이 났고, 하도 여러 군데를 돌아보았더니 훌륭한 양탄자니 새틴 커튼이니 하는 것을 봐도 하나도 즐겁지 않다고 했다.

가디너 부인은 그녀가 뭘 몰라서 그런다고 핀잔을 주었다. "비싼 가구가 들어찬 훌륭한 집일 뿐이라면 나도 별 관심이 없을 거다만, 그 터가 아주 멋지거든. 이 고장에서 제일 훌륭한 숲이 여럿 있단다."

엘리자베스는 더 이상 아무 말도 하지 않았다. 그러나 마음속으로는 정말 내키지 않았다. 그곳을 보는 동안에 다아시 씨를 만날지도 모른다는 생각이 즉각 떠올랐다. 끔찍한 일일 거야! 그녀는 생각만으로도 얼굴이 달아올라, 그런 위험을 무릅쓰느니 외숙모한테 터놓고 말하는 편이 낫지 않을까 생각했다. 그러나 막상 그러려고 해도 걸리는 것이 많았다. 그래서 그녀는 결국 펨벌리의 식구들이 현재 부재중인지 몰래 알아보고, 혹시라도 그렇지 않다면 최후의 수단으로 외숙모한테 말하기로 마음먹었다.

밤에 자기 방으로 돌아갔을 때 그녀는 객실 하녀에게 펨벌리가 정말 훌륭한 곳인지, 소유주의 이름이 무엇인지, 그리고 적잖이 불안한 심정으로, 집안 식구들이 여름을 지내러 내려와 있는지 물어보았다. 이 마지막 질문에 대해서 아주 반갑게도 아니라는 대답이 나왔다. 이렇게 불안 요인이 사라지자 여유가 생기면서 그 저택을 보고 싶은 호기심이 크게 일었다. 그래서 다음 날 아침 외삼촌과 외숙모가 재차 펨벌리 방문 건을 꺼내면서 엘리자베스의 의향을 물었을 때는 시치미를 뚝 떼면서 그 계획이 특별히 싫을 건 없다고 선뜻 대답했다.

그리하여 그들은 펨벌리로 가게 되었다.

3부

1

마차를 타고 가면서 엘리자베스는 언제 펨벌리 숲이 나타나는지 조금은 떨리는 마음으로 내다보았고, 마침내 장원 입구의 수위실을 겸한 작은 주택을 지나 택지로 들어서자 마음이 몹시 설레기 시작했다.

장원은 무척 넓었고, 지형도 아주 다양했다. 그들은 그 가운데 가장 낮은 지역으로 들어서서 넓게 펼쳐진 아름다운 숲 가운데를 한참이나 달려갔다.

엘리자베스는 마음이 벅차오른 나머지 대화를 나눌 생각도 없이 눈길을 끄는 장소나 전망이 있는 곳을 놓치지 않고 보면서 그 아름다움을 즐겼다. 그들은 비스듬한 언덕배기를 반 마일 정도 올라가 꽤 높은 산마루에 도달했는데, 그곳에서 숲이 끝나면서 계곡 반대편에 자리 잡은 펨벌리 저택이 불현듯 눈에 들어왔다. 길은 그 계곡 안쪽으로 휘돌아 가며 굽어져 나 있었다. 저택은 크고 멋진 석조 건물로 오르막에 보기 좋게 자리 잡고 있었고, 뒤로는 숲이 우거진 구릉들이 받쳐 주었다. 또 저택 앞으로 개울이 흐르고 있었는데, 원래의 개울을 넓혀 놓은 것이지만 인공적이라는 느낌은 전혀 없었다. 둑들도 형식적으로 만든 것이 아니었고, 그렇다고 어쭙잖게 꾸며 놓지도 않았다. 엘리자베스는 기뻤다. 자연이 이토록 잘 녹아들어 있는 곳, 자연의 아름다움이 서툰 취향 탓에 훼손당하지 않고 이토록 살아 있는 곳은 한 번도 본 적이 없었다. 일행은 모두 열렬히 찬탄해 마지않았다. 그리고 그 순간 그녀는 느꼈다. 펨벌리의 안주인이 된다는 것이 대단한 일일 수도 있음을!

그들은 언덕을 내려가 다리를 건너 문을 향해 마차를 몰았는데, 저택을 더 가까이서 살펴보는 동안 그녀는 혹 집주인과 마주치면 어쩌나 하는 두려움이 다시 일었다. 여관의 객실 하녀가 잘못 안 것은 아닐까 걱정되었던 것이다. 일행이 집 구경을 부탁하자, 현관 안으로 안내를 받았다. 함께 하녀장을 기다리는 동안, 마음의 여유가 생긴 엘리자베스는 자신이 이곳에 와 있다는 사실이 새삼 신기했다.

하녀장이 왔는데, 점잖아 보이는 나이 지긋한 여자였다. 그녀는 엘리자베스가 예상했던 것보다는 수수하게 입었고 더 친절했다. 일행은 그녀를 따라 식당 겸 거실로 들어섰다. 가구들이 멋지게 배치되어 있는 넓고 균형이 잘 잡힌 방이었다. 엘리자베스는 쭉 훑어보고 나서 창가로 가 경치를 즐겼다. 그들이 방금 내려온 언덕은 위쪽이 숲으로 덮여 있고, 멀리서 보니 더 굴곡져 보여서 그 자체로 하나의 예술품이었다. 건물이 서 있는 터의 모양새도 모두 훌륭했다. 그녀는 강이라든가 둑 위에 드문드문 서 있는 나무들, 꾸불꾸불한 계곡 등 눈길이 미치는 모든 전경을 기쁨에 차서 바라보았다. 일행이 다른 방으로 들어서면 이런 경치는 달라졌지만, 어느 창문에서나 저마다 아름다운 볼거리가 있었다. 방들은 천장이 높고 멋있었으며, 가구를 비롯한 실내 장식은 주인의 재력에 어울렸으나 번지르르하지도 쓸데없이 치장되어 있지도 않아 엘리자베스는 그의 미적 안목에 감탄했다. 로징스의 가구들에 비해 화려하지는 않았지만 진정한 우아함이 깃들어 있었다.

'이런 곳의 안주인이 될 수도 있었지! 지금쯤에는 이런 방들에 친숙하게 되었을지도 몰라! 손님으로서 구경하는 대신에 내 것으로 즐기고 외삼촌과 외숙모를 방문객으로 응접할 수도 있었지.' 하고 그녀는 생각하다가 얼른 정신을 차렸다. '아냐, 아냐, 그런 일은 절대 불가능했을 거야. 외삼촌, 외숙모를 잃어버리고 말았겠지. 초청을 허락받지도 못했을 테니.'

이런 생각이 든 것은 천만다행이었다. 하마터면 후회 같은 것에 빠질 뻔했으니 말이다.

그녀는 하녀장에게 주인이 정말 부재중인지 물어보고 싶었으나, 그럴 용기가 없었다. 그러나 마침 외삼촌이 그 질문을 하는 바람에 그녀는 흠칫 놀라 고개를 돌리고 말았다. 레이놀즈 부인이 그렇다고 말하고 덧붙였다. "그렇지만 내일 친구분들을 여럿 모시고 오실 겁니다." 무슨 사정 때문이든 여행 일정이 하루 연기되지 않은 것이 이렇게 다행스러울 줄이야!

외숙모가 그때 그림을 하나 보라고 그녀를 불렀다. 다가가서 보니 벽난로 위 서너 개의 다른 세밀화들 사이에 위컴 씨의 초상화가 걸려 있었다. 외숙모는 웃는 얼굴로 그녀에게 그림이 어떠냐고 물었다. 하녀장이 나서서 이 그림은 작고하신 선대 주인의 집사의 아드님인 젊은 신사분 초상인데, 선대 주인께서 비용을 대서 이분을 길렀다고 말해 주었다. "지금은 군대에 가 있는데, 아주 방탕하게 사는가 봐요." 그녀가 덧붙였다.

가디너 부인은 미소를 띠며 자기 조카를 바라보았으나, 엘리자베스는 마주 웃을 수 없었다.

"그리고 저 그림이 저희 주인 나리세요. 꼭 그대로예요." 레이놀즈 부인이 다른 세밀화 하나를 가리키며 말했다. "저 그림과 같은 시기에 그린 것이지요. 한 8년 전쯤이랍니다."

"주인께서 훤칠하시다는 말은 많이 들었어요. 미남이시군요." 가디너 부인이 그림을 보면서 말했다. "리지, 너라면 저 그림이 닮았는지 안 닮았는지 말해 줄 수 있겠구나."

레이놀즈 부인은 엘리자베스가 자기 주인을 아는가 보다고 여겼는지 그녀를 다시 보는 것 같았다.

"저 아가씨께서 다아시 씨를 아시나요?"

엘리자베스가 얼굴을 붉히며 말했다. "조금요."

"그렇다면 그분이 아주 잘생긴 신사라고 생각하지 않으시나요, 이기씨?"

"네, 아주 잘생기셨어요."

"저는 그분만큼 잘생긴 사람은 없다고 확신해요. 그렇지만

2층 화랑에는 이것보다 더 멋지고 큰 그림이 있습니다. 이 방은 선대 주인이 좋아하시던 방이고, 이 세밀화들은 그때 그대로랍니다. 그분은 이 그림들을 아주 좋아하셨어요."

이 말을 듣고서 엘리자베스는 위컴 씨의 초상이 이 방에 있는 까닭을 이해할 수 있었다.

이어 레이놀즈 부인은 다아시 양의 초상 중 하나로 그들의 주의를 끌었는데, 불과 여덟 살밖에 안 됐을 때의 그림이었다.

"다아시 양도 오빠만큼 인물이 좋은가요?" 가디너 씨가 물었다.

"아! 그렇고말고요. 세상에서 가장 아름다운 분이고, 교양도 넘치세요! 하루 종일 연주하고 노래하시지요. 다음 방에 아가씨를 위해 방금 들여온 새 피아노가 있답니다. 주인 나리의 선물이지요. 아가씬 내일 주인 나리와 함께 오세요."

가디너 씨는 편하고 유쾌한 사람이라 질문도 하고 한마디씩 거들기도 해서 레이놀즈 부인이 신이 나서 말하게 부추겼다. 부인은 자부심에서건 애정에서건 자기 주인과 그 누이에 대해 말하기를 무척 좋아하는 것이 분명했다.

"주인께서는 연중 펨벌리에서 얼마나 지내십니까?"

"저는 주인께서 이곳에 더 오래 머무르셨으면 합니다. 그래도 그분 시간 가운데 반은 이곳에서 보내신다고 할 수 있어요. 다아시 양은 여름에는 언제나 내려오세요."

'램스게이트에 갈 때를 빼고 그러겠군.' 하고 엘리자베스는 생각했다.

"주인께서 결혼하시면 여기서 더 많이 지내실지도 모르겠군요."

"네, 그렇습니다. 그렇지만 그날이 언제가 될지 모르겠어요. 주인 나리께 어울릴 만큼 훌륭한 분이 어디 계셔야지요."

가디너 씨 부부는 미소를 지었다. 엘리자베스는 한마디 하지 않을 수 없었다. "그렇게 생각하신다니 그분이 아주 좋은 분이란 뜻이네요."

"저는 사실대로 말할 뿐이고, 그분을 아는 사람이라면 누구나 그렇게 말한답니다." 레이놀즈 부인이 답했다. 엘리자베스는 이 말은 좀 지나치다 싶었는데, 하녀장이 이렇게 덧붙이자 더욱 놀라면서 귀를 기울였다. "제 평생에 그분에게 싫은 소리 한번 들어보지 못했어요. 네 살 되던 때부터 죽 모시고 있었지만요."

이 찬사는 다른 찬사보다 더 의외였고, 그녀의 생각과는 너무나 동떨어져 있었다. 그가 성격이 좋은 사람은 아니라는 것이 그녀의 확고한 판단이었다. 관심에 불이 붙은 그녀가 더 듣고 싶던 차에 마침 외삼촌이 고맙게도 이렇게 말했다.

"그 정도로 칭송받는 사람은 별로 없을 겁니다. 그런 주인을 모시다니 운이 좋으십니다."

"네, 그렇습니다. 저도 알고 있답니다. 온 세상을 돌아다니더라도 더 나은 분을 만날 수는 없을 거예요. 어릴 때 선한 아이가 어른이 되어서도 선하다고들 하는데, 그분은 소년 시절에도 세상에서 가장 마음씨가 곱고 너그러우셨어요."

엘리자베스는 눈이 휘둥그레졌다. 그리고 '지금 이게 다아시 씨 얘기가 맞나!' 하고 생각했다.

"선친께선 훌륭한 분이셨지요." 가디너 부인이 말했다.

"그렇답니다, 부인. 정말 그러셨어요. 그리고 아드님도 그분과 꼭 같아지실 겁니다. 가난한 사람들을 잘 대해 주시지요."

엘리자베스는 귀 기울여 듣다가 의아해하고 의심하면서도 더 알고 싶어 몸이 달았다. 레이놀즈 부인의 다른 설명에는 흥미를 느낄 수 없었다. 부인은 그림의 주제라든가, 방의 크기라든가, 가구의 가격을 말했지만, 엘리자베스에게는 하나도 들리지 않았다. 팔이 안으로 굽는다고 주인을 과하게 칭찬하는 이런 식의 식구 편들기가 재미있는지 가디너 씨가 곧 화제를 그쪽으로 몰아갔다. 그러자 부인은 드넓은 계단을 같이 올라가면서 자기 주인의 좋은 점들을 열심히 늘어놓았다.

"지주로서도 주인 나리로서도 그렇게 훌륭한 분은 없을 거예요. 자기밖에 생각할 줄 모르는 요즘의 막돼먹은 젊은 사람들하고는 달라요. 그분의 소작인이나 하인치고 그분을 좋지 않게 말하는 사람은 없답니다. 그분이 거만하다고 하는 사람이 더러 있는데, 전 한 번도 그런 모습을 뵌 적이 없어요. 제 생각에는 그분이 다른 젊은이들처럼 떠벌리고 다니지 않아서 그런 소리를 듣는 거지 딴 이유가 없어요."

'이 말대로라면 정말 좋은 분이 되고 마네!' 엘리자베스는 생각했다.

"그 사람을 이렇게 멋지게 설명하니 우리 가엾은 친구에게 한 짓과는 영 안 맞는구나." 걷는 사이에 외숙모가 소곤소곤 말했다.

"우리가 잘못 알았는지도 모르지요."

"그런 것 같지는 않아. 우리 정보통도 아주 좋은 사람이었으니까."

위층의 널찍한 복도에 이르자마자 그들은 매우 아름다운 거실로 안내되었다. 최근에 아래층 방들보다 더 우아하고 밝게 꾸민 곳으로, 지난번 다아시 양이 펨벌리에 왔을 때 이 방을 마음에 들어 해서 동생을 기쁘게 하기 위해 새로 단장했다는 것이다.

"좋은 오빠인 것은 틀림없군요." 창문 쪽으로 걸어가면서 엘리자베스가 말했다.

레이놀즈 부인은 다아시 양이 방에 들어서며 기뻐할 거라고 말하면서 이렇게 덧붙였다. "그분은 늘 이런 식이세요. 동생이 좋아하는 일이라면 무슨 일이든 순식간에 하시지요. 동생을 위해서 못 하실 일이 없을 겁니다."

이제 더 구경할 곳은 화랑과 두세 개의 주 침실 정도였다. 화랑에는 좋은 유화가 많았다. 그러나 엘리자베스는 유화에 대해서는 아는 바가 없었기 때문에, 아래층에서 이미 여러 점 본 유화보다는 대체로 좀 더 흥미롭고 이해하기도 더 쉬운 주제를 담은 다아시 양의 크레용 그림들에 자연스럽게 눈길이 갔다.

화랑에는 이 집안사람들의 초상화가 여러 점 걸려 있었지만, 손님의 관심을 계속 붙잡아 둘 만한 것은 아니었다. 엘리자베스는 아는 얼굴을 찾아 계속 발길을 옮겼다. 마침내 그것이 눈에 띄었고, 그녀는 다아시 씨를 놀랄 만큼 닮게 그려 놓은 그림, 그가 자기를 바라볼 때 때때로 지었다고 기억되는 미소를 머금고 있는 그림을 쳐다보았다. 그녀는 그림 앞에 한동안 서서 골똘히 바라보았으며, 다 함께 화랑을 나오기 전 다시 한번 그 그림 앞으로 돌아갔다. 레이놀즈 부인은 그들에게 그 그림은 그의 선친께서 살아 계실 때 그린 초상화라고 알려 주었다.

이 순간 엘리자베스의 마음속에서는 이 그림의 모델에 대해 그들이 한창 만나던 때 느끼던 감정보다 더 부드러운 감정이 일었다. 레이놀즈 부인이 늘어놓은 그에 대한 찬사는 결코 하찮지 않았다. 총명한 하인의 칭찬보다 더 소중한 칭찬이 어디 있겠는가? 오라버니로서, 지주로서, 주인으로서 그가 얼마나 많은 사람의 행복을 지켜 주고 있는지! 그의 힘으로 베풀 수 있는 기쁨 혹은 끼칠 수 있는 고통은 얼마나 크며 그가 얼마나 큰 선 혹은 악을 행할 수 있는지! 이런 것들을 생각했다. 하녀장의 입을 통해 묘사된 그의 모습은 하나같이 그의 성격이 훌륭하다는 것을 말해 주었으니, 그가 그려진 화폭 앞에 서서 그의 눈길을 맞받으면서 그녀는 그의 호의에 대해 이전 어느 때보다 깊은 감사의 마음을 느꼈다. 그 열렬함을 기억했고, 부적절한 표현에 대해서도 마음이 누그러졌다.

저택에서 일반에게 공개할 수 있는 부분을 모두 보고 나서 그들은 다시 아래층으로 내려와 하녀장과 작별한 후, 현관에서 기다리던 정원사의 안내를 받았다.

일행과 잔디밭을 가로질러 강 쪽으로 걸어가다가, 엘리자베스는 다시 한번 저택을 보기 위해서 돌아섰다. 외삼촌과 외숙모도 멈추어 섰는데, 그녀가 건물이 언제 지어졌을까 짐작해 보고 있을 때, 바로 그 건물의 주인이 마구간 쪽으로 난 길에서 불쑥 나타났다.

두 사람의 거리가 20야드[31]가 채 안 되는 데다 상대가 너무 갑작스럽게 나타난 탓에 그의 시선을 피하는 것은 불가능했다. 곧 두 사람의 눈길이 마주쳤고, 둘의 뺨은 빨갛게 물들었다. 그는 너무 놀란 나머지 잠시 동안 그 자리에 굳어 버린 듯했다. 그러나 곧 정신을 차리고 일행에게로 다가와 아주 침착하다고 할 수는 없지만 적어도 아주 정중하게 엘리자베스에게 인사말을 건넸다.

그녀는 본능적으로 몸을 돌렸으나, 그가 다가오자 멈추어 서서 당황한 심정을 감추지 못한 채 인사를 받았다. 다른 두 사람은 설혹 그의 첫 출현을 보는 것만으로, 혹은 방금 보고 나온 그림과 닮았다는 것만으로는 지금 눈앞에 나타난 사람이 다아시 씨라는 것을 알아보기에 충분치 않았더라도, 정원사가 자기 주인을 보자마자 놀라는 표정만 봐도 그 사실을 즉각 알 수 있었을 것이다. 부부는 그가 조카에게 말하는 동안 약간 거리를 두고 서 있었는데, 엘리자베스는 놀라고 혼란스러운 나머지 감히 눈을 들어 그의 얼굴을 쳐다보지 못했고, 가족들의 안부를 묻는 그의 정중한 질문에 무슨 대답을 해야 할지도 모를 지경이었다. 지난번에 헤어진 이래 그의 태도가 달라진 데 놀란 그녀는 그가 한마디씩 할 때마다 점점 더 당황하게 되었다. 그리고 자신이 거기서 눈에 띄었다는 사실이 너무나 경우에 맞지 않는 일이라는 데 생각이 자꾸 미쳐

---

31) 약 18미터이다.

함께 서 있던 그 몇 분간보다 그녀의 일생에서 더 불편한 시간은 없었을 것이다. 상대도 아주 편해 보이지는 않았다. 말하는 동안 그의 억양에서 평소의 침착함이라고는 찾아볼 수 없었고, 롱본을 떠난 시기라든가 더비셔에는 언제까지 머물 것인지 자꾸 서둘러서 몇 번이고 물어보는 품이 그 역시 갈피를 못 잡고 있는 게 분명했다.

결국에는 아무 생각도 나지 않았던지 그는 잠시 말 한마디 없이 서 있다가 불현듯 정신을 차리고 작별을 고했다.

외삼촌과 외숙모가 그녀에게 와서 인물이 훤칠하다고 칭찬했으나 엘리자베스에게는 한마디도 귀에 들어오지 않았다. 그녀는 자신의 감정에 완전히 사로잡힌 채 묵묵히 그들 뒤를 따랐다. 수치심과 당황스러움이 그녀를 온통 사로잡았다. 그곳에 얼굴을 내민 것부터가 세상에서 가장 재수 없고 주책없는 일이었다! 그 사람에게 얼마나 이상하게 보일까! 그렇게 자만심이 큰 남자에게 얼마나 꼴불견으로 보일까! 내가 일부러 자기 앞에 다시 나타난 것처럼 보일지도 몰라! 아! 내가 왜 왔을까? 아니, 대체 왜 그는 예정보다 하루 앞당겨 왔단 말인가? 우리가 단 10분만 빨랐더라도 그의 눈에 띄지 않았을 텐데. 그 사람은 바로 그때 도착했고, 말이나 마차에서 막 내린 것이 분명하니까. 그녀는 그토록 꼬인 만남을 생각하면서 얼굴을 붉히고 또 붉혔다. 그런데 그의 태도는 그야말로 현저하게 변해 있었다. 도대체 어떻게 된 연유일까? 그가 먼저 말을 건 것부터가 놀라운 일이었다. 게다가 그렇게도 정중한 말투로 가족들의 안부까지 묻다니! 이 예기치 않은 만남에서만큼 그가 위엄을 부리지 않는 것을 그녀는 여태까지 본 적이 없었고, 말투가 그렇게 부드러웠던 적도 기억에 없었다. 로징스 파크에서 편지를 쥐여 주며 하던 지난번 말과 얼마나 대조되는가! 그녀는 도대체 어떻게 생각해야 할지, 이 사태를 어떻게 설명해야 할지 알 수 없었다.

일행은 이제 강가로 난 아름다운 산책로에 들어섰다. 한 걸음 나아갈 때마다 경사면의 수려함이 더해 가거나 그들이 다가가던 숲의 더 멋진 부분들이 나타났다. 그러나 엘리자베스는 한참 동안이나 그 어느 것도 의식하지 못했다. 외삼촌과 외숙모가 거듭 걸어오는 말에 기계적으로 대답하고, 그들이 가리키는 것들로 눈을 향하는 것 같았으나 그 어떤 경치도 실제로 보고 있지 않았다. 그녀의 생각은 펨벌리 저택의 한 장소, 어딘지는 몰라도 다아시 씨가 그 순간에 있을 곳에 온통 집중되어 있었다. 그녀는 그 순간 그가 마음속으로 무슨 생각을 하고 있는지, 자신을 어떻게 생각하는지, 만사를 불문하고 자신이 여전히 그에게 소중한지 그렇지 않은지 너무나 궁금했다. 혹 이제 마음이 편해졌기 때문에 정중했던 것은 아닐까. 그렇지만 그 사람 목소리에는 편하지만은 않은 무엇이 있었어. 그가 자신을 보고 어떻게 느꼈는지, 고통이 더했는지 기쁨이 더했는지 알 수 없었지만, 평온한 마음으로 그녀를 본 것이 아님은 분명했다.

그러나 마침내 농행들이 왜 그렇게 얼이 빠져 있냐고 한마디 하는 바람에 정신이 들어 그녀는 여느 때와 다름없는 모습을 보여야겠다고 생각했다.

일행은 숲으로 들어가서 잠시 동안 강과는 작별하고 더 높은 지대로 올라갔다. 나무들 사이로 계곡의 매력적인 경치와 숲이 넓게 펼쳐져 있는 맞은편 언덕들이 보였고, 가끔씩은 강줄기도 언뜻언뜻 눈에 들어왔다. 가디너 씨는 장원 전체를 돌아보고 싶다면서, 걷기에는 무리가 아닐지 걱정된다고 했다. 정원사가 자랑스러운 미소를 지으며 둘레가 10마일이라고 알려 주었다. 그것으로 그 생각은 접게 되었고, 그들은 집터 주위를 도는 순환로를 따라갔다. 조금 지나서 우거진 숲 사이로 내리막길이 나오고, 시내의 폭이 가장 좁은 곳에 다다르게 되었다. 그들은 풍경과 잘 어울리는 소박한 다리를 건넜는데, 그곳은 지금까지 들른 어느 곳보다 꾸밈이 없었고, 계곡도 이곳에서는 아주 좁아져서 시내와 그곳에 면한 무성한 덤불숲 사이로 난 좁은 산책로만 있을 뿐이었다. 엘리자베스는 그 구불구불한 굽이들을 다 답사해 보고 싶었다. 그러나 일행이 다리를 건너가서 저택과 제법 멀어졌다는 것을 알게 되자 별로 잘걷지 못하는 가디너 부인은 더 이상 가지 못했고, 되도록 빨리 마차로 돌아가고 싶어 했다. 사정이 그러니만큼 조카도 숙모의 뜻을 따를 수밖에 없었고, 일행은 지름길을 택해 강 맞은편에 있는 저택 쪽으로 발길을 돌렸다. 그러나 진행이 더뎠는데, 즐길 기회는 그리 많지 않았지만 낚시를 무척 좋아하는 가디너 씨가 물속에 가끔 나타나는 송어를 보면서 안내인과 이야기를 나누는 데 정신이 팔린 통에 좀처럼 앞으로 나아가지 못했던 것이다. 이렇게 느릿느릿 배회하다가 다아시 씨가 멀지 않은 거리에서 다가오고 있는 것을 보고서 그들은 다시 한번 놀랐고, 엘리자베스는 아까와 마찬가지로 크게 놀랐다. 이쪽의 산책로는 건너편에 비해 덜 가려져 있어서 마주치기 전에 그를 볼 수 있었다. 엘리자베스는 놀라기는 했지만 적어도 아까보다는 대면할 준비가 되어 그가 정말 자신들을 만나러 오는 것이라면 침착하게 행동하고 말하리라고 마음먹었다. 사실 잠시 그녀는 그가 분명히 다른 길로 접어들 것이라고 생각했다. 산책로의 한 모퉁이에 가려 그가 그들의 시야에서 사라진 내내 그렇게 짐작했다. 그러나 모퉁이를 지나자 곧바로 그들 앞에 서 있는 그와 마주쳤다. 그녀는 한눈에 그가 좀 전의 정중함을 조금도 잃지 않았음을 알았다. 처음에는 그의 공손함을 그대로 흉내 내어 만나자마자 그곳의 아름다움에 찬사를 보냈다. 그러나 "멋있군요."라거나 "매력적입니다."라는 말을 하자마자 곧 불운한 회상이 끼어들어 펨벌리를 칭찬하는 말이 악의로 해석될 수도 있다는 생각이 들었다. 그녀는 얼굴빛이 변했고, 더 이상 아무 말도 하지 않았다.

가디너 부인이 조금 뒤에 서 있었는데, 그녀가 말을 멈추자마자 그가 동행을 소개해 주지 않겠느냐고 청했다. 그녀로서는 전혀 예상치 못했던 뜻밖의 친절이었다. 그리고 그가 자신에게 청혼하며 자존심 상해 하던 바로 그 사람들과 이제 안면을 트려고 한다는 사실에 미소를 억누를 수 없었다. '이분들이 누구인지 알면 얼마나 놀랄까! 무슨 상류 사회 사람들로 아나 봐.' 하고 그녀는 생각했다.

그러나 엘리자베스는 곧 그들을 소개했다. 그들과 자신의 관계를 말해 주면서 그가 어떻게 나오는지 보려고 슬쩍 그의 표정을 살폈다. 이런 창피한 상대로부터 되도록이면 빨리 달아나지 않을까 하는 생각도 들었다. 그가 놀란 것은 분명했지만 꿋꿋하게 버티고 있었고, 가 버리기는커녕 돌아서서 가디너 씨와 대화를 나누기 시작했다. 엘리자베스는 기쁘고 자랑스럽지 않을 수 없었다. 자신에게 얼굴 붉힐 필요가 없는 친척이 있다는 것을 그가 알게 되었다는 사실에 위안이 되었다. 그녀는 두 사람 사이에 오가는 모든 말을 주의 깊게 경청했고, 지성과 안목과 예절 바름을 보여 주는 외삼촌의 표현 하나하나, 문장 하나하나에 자랑스러웠다.

화제는 곧 낚시로 옮아갔고, 그녀의 귀에는 다아시 씨가 더할 수 없이 정중하게 낚시 도구를 빌려드리겠다고 제의도 하고, 대개 고기가 가장 잘 잡히는 시내 언저리를 가리키기도 하면서 근처에 머무는 동안 얼마든지 거기서 낚시하라고 초대하는 소리가 들렸다. 엘리자베스와 팔을 끼고 걷고 있던 가디너 부인은 웬일인가 하는 시선을 그녀에게 던졌다. 엘리자베스는 아무 말도 하지 않았으나, 속으로는 굉장히 만족스러웠다. 자기 때문에 그런 호의를 베푸는 것이 틀림없을 테니까. 그러나 그녀 자신의 놀라움도 매우 커서 이렇게 거듭 자문했다. '왜 저이가 저렇게 달라졌지? 도대체 원인이 뭘까? 나 때문일리는 없어. 태도가 저렇게 부드러워진 게 나를 위해서는 아닐 거야. 헌스퍼드에서 내가 한 비난이 이런 변화를 초래했을 수야 없지. 저이가 여전히 나를 사랑한다는 건 불가능해.'

이렇게 여자들은 앞에서 남자들은 뒤에서 한동안 걷다가 기묘하게 생긴 어떤 수중 식물을 더 잘 보려고 강가로 내려갔다 온 후, 같이 걷는 상대가 달라졌다. 발단은 가디너 부인이었다. 부인은 한낮에 이렇게 걷다 보니 체력이 달려서 지친 나머지 엘리자베스의 팔에 의존하기에는 충분치 않아 남편의 팔을 더 원했다. 다아시 씨가 부인의 조카 옆자리를 차지했고, 두 사람은 함께 걷게 되었다. 잠시 침묵이 흐른 후, 여자 쪽에서 먼저 말을 꺼냈다. 그녀는 이곳에 오기 전에 그가 없다는 사실을 확인했음을 알리고 싶었고, 그래서 그의 도착이 무척 의외였다는 말부터 시작했다. "하녀장 되시는 분의 말로는 내일까지는 분명 여기 오시지 않을 거라고 했어요. 실은 베이크웰을 떠나기 전에 벌써 당신이 곧 이곳에 오시진 않을 거라고 알고 있었어요." 그녀가 덧붙였다. 그는 사실 그럴 예정이었지만 집사와 상의할 일이 좀 있어서 같이 여행하던 사람들보다 몇 시간 먼저 오게 되었다고 말했다. "그 사람들은 내일 아침 일찍 도착할 겁니다. 그리고 그 가운데는 당신과 안면 있는 분들도 있어요. 빙리 씨와 그 누이들이지요."

엘리자베스는 고개를 조금 숙여 답을 대신했다. 하지만 그녀의 생각은 빙리 씨의 이름이 그들 사이에서 마지막으로 언급되었던 때로 곧장 거슬러 올라갔다. 그리고 안색으로 봐서는 그의 생각도 아주 다른 것 같지 않았다.

"일행 중에는 또 다른 사람도 있는데……." 잠깐 뜸을 들였다가 그가 말을 이었다. "당신과 알게 되기를 무척 바라는 사람입니다. 저, 당신이 램턴에 머무는 동안 제 동생을 소개해 드리고 싶은데, 혹 지나친 바람일까요?"

이런 부탁은 사실상 굉장히 놀라웠다. 얼핏 어떻게 받아들여야 할지 혼란스러웠다. 자신을 알고 지내고 싶다는 다아시 양의 소망이란 오빠가 불어넣은 것임을 그녀는 직감했다. 더 생각할 것도 없이 만족스러운 일이었다. 그가 그녀에게 앙심을 품고 그녀를 나쁘게 생각하게 되지는 않았음을 알게 되어 그저 고마웠다.

두 사람은 이제 각자 깊은 생각에 빠져 묵묵히 걸었다. 엘리자베스는 마음이 편하지 않았다. 사실 편하기란 불가능했다. 그러나 우쭐해지고 기분이 좋기는 했다. 자기 동생을 소개해 주고 싶어 하는 그의 바람은 최상의 찬사였다. 그들은 이내 다른 두 사람과 거리를 벌렸고, 그들이 마차에 도착했을 때 가디너 씨 부부는 8분의 1마일이나 처져 있었다.

그러자 그는 집 안으로 들어가자고 청했다. 그러나 그녀가 피곤하지 않다고 해서 둘은 잔디밭에 서 있었다. 이런 때는 말을 많이 하는 것이 좋고, 침묵이란 어색한 법이다. 그녀는 무슨 말이든 하고 싶었으나, 어떤 주제에 대해서건 입 밖에 내지 않기로 협약이라도 한 것 같은 기분이었다. 결국에는 자신이 여행 중이라는 데 생각이 미쳐, 두 사람은 매틀록과 도브데일에 대해 간신히 이야기를 이어 갔다. 그러나 시간과 외숙모는 느리게 움직였다. 그리고 그녀의 인내심과 화제들도 그 둘만의 대면이 끝나기 전에 거의 바닥났다. 가디너 씨 부부가 나타나자마자 모두 집 안으로 들어가 시원한 것이라도 들자는 간곡한 권유를 받았으나 그들은 사양했고, 서로 정중하게 인사한 후 헤어졌다. 다아시 씨는 여자들이 마차에 오르는 것을 도와주었으며, 마차가 떠나자 그가 집을 향해 천천히 걸어

가는 모습이 엘리자베스의 눈에 들어왔다.

이제 외삼촌과 외숙모의 품평이 시작되었다. 두 사람은 그가 예상과는 다르게 비할 바 없이 훌륭하다고 입을 모았다. "사람이 행동거지 나무랄 데 없고, 예의 바르고, 겸손하더구나." 외삼촌이 말했다.

"약간 위엄을 차리려는 기색이 있긴 하더라만 인상이 그렇다는 말이고, 잘 어울리기도 해." 외숙모가 말을 받았다. "나도 이제 하녀장처럼 말할 수 있겠어. 더러는 그 사람을 두고 거만하다는 말도 하지만, 나는 그런 구석을 본 적이 없다고."

"그 사람이 우리한테 보인 태도에 아주 놀랐다. 그냥 정중한 것이 아니라 그 이상으로 정말 마음을 쓰더구나. 그렇게 마음 쓸 필요까지는 없었는데 말이야. 너와 안다지만 그리 대단한 것도 아닐 텐데."

"리지, 그 사람이 위컴만큼 미남은 아니야." 외숙모가 말했다. "아니 뭐, 외모가 위컴에는 못 미친다는 거지 이목구비야 아주 번듯하더구나. 그런데 넌 왜 그 사람이 그렇게 불쾌한 사람이라고 말했니?"

엘리자베스는 극구 변명하면서, 자신도 켄트에서 만났을 때는 전보다 더 낫게 보았고, 그 사람이 오늘 아침만큼 싹싹하게 구는 것은 처음 본다고 말했다.

"혹 언행에 좀 변덕스러운 데가 있는 사람인지도 모르지." 외삼촌이 말을 받았다. "신분 높은 사람들이 종종 그렇듯이 말이야. 그러니 낚시에 관한 그 사람 얘기는 곧이듣지 않을 거다. 요 다음번엔 마음이 변해서 자기 땅에서 나가라고 할지도 모르니 말이야."

엘리자베스는 두 분이 그의 성격을 아주 오해하고 있다고 느꼈으나, 아무 말도 하지 않았다. 가디너 부인이 말을 이었다.

"우리가 본 바로는 가엾은 위컴에게 한 것 같은 지독한 짓을 누구에게라도 했을 사람 같지가 않아. 악한 사람의 얼굴이 아니야. 정반대야. 말할 때는 입가에 상냥한 표정이 어려 있던 걸. 또 용모에 품위 같은 것이 있어. 심보가 틀려먹었다는 생각이 안 들게 말이야. 그렇지만 집을 구경시켜 준 그 부인은 너무 부풀려서 말한 게 분명해! 어떤 때는 소리 내서 웃을 뻔했다니까. 하여간에 너그러운 주인인 건 알 만하고, 하인의 눈으로 보면 그게 온갖 미덕을 다 포함하는 것이지 뭐겠니."

엘리자베스는 지금이야말로 위컴에 대한 그의 행동을 변호하는 무슨 말이라도 해야 할 때라고 느꼈다. 그래서 최대한 조심스럽게, 자신이 켄트에서 그의 친척에게 들은 이야기에 따르면, 그의 처신이 아주 달리 해석될 수 있고, 하트퍼드셔에서 그들이 생각했던 것만큼 그의 성격이 못된 것도 위컴의 성격이 좋은 것도 아니라는 점을 이해시켰다. 이를 입증하기 위해 그녀는, 구체적으로 누구에게 들었는지는 밝히지 않았지만 믿을 만한 사람에게 들은 이야기라며, 둘 사이에 있었던 금전상의 모든 거래들을 소상히 말해 주었다.

가디너 부인은 놀라고 걱정스러운 얼굴빛이었지만, 옛 시절 즐겁게 지내던 곳이 가까워지자 온갖 잡사를 잊어버리고 회상에 빠지고 말았다. 그녀는 남편에게 흥미로운 장소들을 하나하나 손으로 가리켜 보이느라 정신이 없어서 다른 일은 생각지도 못했다. 낮 동안의 산책으로 지쳐 있었지만, 부인은 함께 정찬을 마치자마자 옛 친구들을 찾아 나섰고, 여러 해 동안 끊어졌다가 다시 회복된 관계에 만족해하며 그날 저녁을 보냈다.

엘리자베스는 그날 일어난 일들에 마음이 온통 쏠려 있어서 새로 만난 사람들에게 관심을 기울일 여유가 없었다. 그녀는 다아시 씨의 예의 바른 태도를 어떻게 봐야 할지, 무엇보다도 자기 여동생과 알고 지냈으면 하는 그의 소망을 어떻게 받아들여야 할지 생각에 생각을 거듭하는 일 외에는 아무것도 할 수 없었다.

2

엘리자베스는 다아시 씨가 누이를 데리고 자신을 방문하려면 아무래도 그녀가 팸벌리에 도착한 다음 날이 되어야 하지 않을까 예상하고, 그날 아침나절에는 여관 근처를 벗어나지 않아야겠다고 마음먹었다. 그러나 그녀의 예상은 빗나갔다. 왜냐하면 그녀가 일행과 램턴에 돌아온 바로 다음 날 낮에 그들이 방문했기 때문이다. 엘리자베스 일행이 몇몇 새 친구들과 그곳 주변을 산책하다가 막 여관으로 돌아와 그 가족과 정찬을 하려고 옷을 갈아입고 있을 때였다. 마차 소리가 나서 창문으로 가 보니 신사와 숙녀를 한 명씩 태운 이륜마차가 길을 올라오고 있는 것이 보였다. 엘리자베스는 한눈에 하인의 복장을 알아보고 사태를 짐작해서, 친척들에게 곧 있을 영광스러운 일을 알려 주어 그들을 적잖이 반색하게 했다. 외삼촌과 외숙모는 놀라 마지않았다. 상황도 상황이지만 당황해하는 엘리자베스의 태도하며 전날 있었던 여러 가지 일들로 미루어 이 문제를 새로운 관점에서 보게 되었다. 전에는 낌새를 못 챘으나 이런 곳까지 찾아오는 것은 조카에 대한 사랑을 보여 주는 것이라고밖에 달리 설명할 도리가 없었다. 이들의 머릿속에 이런 생각들이 샘솟는 사이에 엘리자베스의 감정은 순간순간 점점 크게 동요했다. 그녀는 자신이 그렇게 불안해하는 데 스스로 놀랐다. 우선 오빠가 애정 때문에 누이에게 너무 좋게만 말해 놓은 것은 아닌지 두려움이 컸고, 잘 대접해야겠다는 마음이 평소보다 더 간절해진 나머지 완전히 일을 망쳐 버리면 어쩌나 하는 걱정까지 솟아났다.

그녀는 밖에서 보일까 봐 창문에서 물러섰다. 그러고는 방 안을 왔다 갔다 하며 마음을 진정시키려고 애썼는데, 외삼촌과 외숙모가 눈이 둥그레져서 궁금해 죽겠다는 표정으로 바라보는 바람에 더 정신이 없었다.

다아시 양과 그녀의 오빠가 나타났고, 두려워 마지않던 소개가 이루어졌다. 그런데 놀랍게도 엘리자베스는 상대가 적어도 자기만큼이나 당황해한다는 것을 알았다. 램턴에 온 이후 다아시 양이 거만하기 짝이 없다는 말을 들어 왔으나, 몇 분 정도만 봤는데도 단지 수줍기 짝이 없는 사람임을 분명히 알 수 있었다. 그녀에게서는 단음절짜리를 빼고는 제대로 된 단어 하나 끌어내기 어려웠다.

다아시 양은 키가 크고 몸집도 엘리자베스보다 컸다. 열여섯이 채 안 되었지만 다 자라 있었고 숙녀 티가 나는 고운 모습이었다. 그녀는 오빠보다 인물은 못했지만 얼굴에 총기와 선의가 비쳤고, 태도는 아주 겸손하고 부드러웠다. 엘리자베스는 그간 자신이 보아 온 다아시 씨처럼 동생도 날카롭고 침착한 관찰자려니 예상했다가 성격이 판이하다는 것을 알고 크게 안도했다.

함께 있은 지 얼마 지나지 않아 다아시는 빙리도 방문할 거라고 알려 주었는데, 그녀가 반가워하며 방문객을 맞을 준비도 채 하기 전에 벌써 빙리의 빠른 발걸음 소리가 계단에서 들렸고 곧이어 그가 방으로 들어섰다. 그에 대한 엘리자베스의 분노는 모두 진작 사라졌지만, 설혹 아직 얼마간 남아 있더라도 그녀를 보자마자 조금도 꾸밈없이 따뜻하게 대하는 모습에 계속 화를 내기도 어려웠을 것이다. 그는 의례적인 인사이기는 하지만 우정 어린 태도로 가족의 안부를 물었고, 눈길이라든가 말투가 늘 그랬던 것처럼 싹싹하고 편안했다.

엘리자베스 못지않게 가디너 씨 부부도 그에게 관심이 많았다. 그들은 오래전부터 그를 보고 싶어 했다. 실상 눈앞에 있는 모든 사람들이 그들에게 활발한 관심을 불러일으켰다. 다아시와 자기네 조카의 관계를 수상쩍게 보게 된 참이라 그들은 드러내지는 않았지만 세밀하게 둘을 관찰했다. 그 결과 그들은 곧 둘 중 한 사람은 석어도 사랑의 감정이 무엇인지 알고 있다고 십분 확신하게 되었다. 여자 편의 감정은 약간 미심쩍은 면이 없지 않았지만, 남자 쪽이 경모하는 마음으로 넘친다는 것은 너무나 분명했다.

엘리자베스로서도 할 일이 많았다. 그녀는 손님들 하나하나의 마음을 헤아리고, 자신의 감정을 가라앉히고, 모두에게 살갑게 대하고 싶었다. 그리고 잘못될까 봐 가장 걱정한 이 마지막 목표에서 그녀는 오히려 성공을 확신했다. 잘 대접하고 싶던 당사자들이 애초부터 자기편으로 기울어 있었기 때문이다. 빙리는 언제라도 즐거워할 태세가 되어 있었고, 조지애나는 즐거워하기를 간절히 원했으며, 다아시는 즐거워하기로 작정하고 있었다.

빙리를 보며 그녀의 생각은 자연히 언니에게로 날아갔다. 아! 그의 생각도 자신과 같은 쪽을 향해 있는지 알고 싶은 마음이 얼마나 간절했는지! 그가 전보다 말수가 줄었다는 생각이 가끔 들었고, 자신을 쳐다볼 때 닮은 점을 찾으려 한다는 생각에 기뻐한 적도 한두 번 있었다. 그러나 이런 생각이야 상상일지 몰라도, 언니의 경쟁자로 알려진 다아시 양에 대한 그의 태도에는 오해의 여지가 없었다. 어느 편에서건 특별한 호감을 보이는 기색은 전혀 없었다. 빙리 씨의 누이의 희망을 뒷받침해 줄 만한 일은 둘 사이에서 전혀 일어나지 않았다. 그점은 곧 안심할 수 있었다. 그리고 그들이 떠나기 전에 빙리 씨는 두어 번 정도, 그녀의 희망 섞인 해석이기는 하지만, 언니에 대한 애정이 깃든 듯한 추억을 얼핏 비치기도 했고, 언니의 이름이 나올 수 있는 대화를 계속했으면 하는 소망이 엿보이기도 했다. 다들 서로 대화를 나누는 틈을 타서 그가 회한이 묻어나는 어조로 "언니분을 뵙는 기쁨을 누린 지가 정말 오래됐습니다.”라고 말했던 것이다. 그리고 그녀가 미처 대답도 하기 전에 이렇게 덧붙였다. “여덟 달이 넘었지요. 다 함께 네더필드에서 춤을 춘 11월 26일 이후로 못 만났으니까요.”

엘리자베스는 그의 기억이 그렇게 정확하다는 것에 기뻤다. 그는 그 후에도 다른 사람들이 듣지 않는 사이에 기회를 잡아 모든 자매분들이 롱본에 있느냐고 물었다. 이 질문이나 앞서의 언급이나 별다른 내용은 없었지만, 표정이라든가 태도는 의미심장했다.

다아시 씨에게는 눈을 자주 돌릴 수 없었지만, 슬쩍 쳐다볼 때마다 표정이 온화했고 말투도 마찬가지여서 거만을 떨거나 남을 경멸하는 것과는 거리가 멀었다. 그러니까 어제 자신이 목격한 태도의 변화가 결국 일시적인 것으로 귀결될지라도 적어도 만 하루는 지속되는 셈이었다. 그가 수개월 전이라면 관계 맺는 것부터가 수치였을 사람들과 사귀고 그들에게 잘 보이려고 애쓰고 있었던 것이다. 자신에게는 물론이지만, 내놓고 업신여기던 바로 그 친척들에게도 공손한 그의 모습을 보면서 헌스퍼드 목사관에서 심하게 부딪쳤던 그 마지막 장면을 회상하니, 차이랄까 변화가 너무 크게 느껴져 그녀도 그저 놀라울 뿐이었다. 네더필드의 친구들이나 로징스의 고귀한 친척들과 함께 있을 때조차 그가 이토록 즐겁게 어울리고 싶어 하고, 자만심이나 고집스러운 과묵에서 벗어난 것을 본 적이 없었다. 더욱이 그런 노력이 성공한다고 해도 그가 얻을 것도 없거니와 친해져 봤자 네더필드와 로징스의 숙녀들로부터 조롱과 비난을 사게 될 상대와 말이다.

손님들이 반 시간 남짓 머물다가 떠나려고 일어섰을 때, 다아시 씨는 누이더러 가디너 씨 부부와 베넷 양이 이 고장을 떠나기 전에 펨벌리의 정찬에 한번 초대하자고 했다. 다아시 양은 초대하는 일에 별로 익숙하지 않은 탓에 쭈뼛거리기는 했지만, 기꺼이 오빠의 뜻에 따랐다. 가디너 부인은 이 초대의 주빈 격인 조카가 어떻게 생각하는지 알고 싶어서 쳐다보았으나 엘리자베스는 모르는 체했다. 그러나 조카가 의식적으로 눈길을 회피한 것은 그 제안이 싫어서가 아니라 일순 당황한 탓으로 보였고, 사교를 좋아하는 남편이 흔쾌하게 받아들이리라는 것을 알기에 그녀는 선뜻 가겠다고 약속했다. 날짜는 이틀 후로 정해졌다.

빙리는 아직 엘리자베스에게 할 얘기도 많고, 하트퍼드셔에서 알던 모든 이들에 대해 물어볼 것도 많기 때문에 다시 만날 수 있게 되어서 너무 기쁘다고 말했다. 엘리자베스는 이 말을 언니에 관해 듣고 싶다는 뜻이라고 해석하고서 기분이 좋았다. 다른 이유도 있었지만 바로 이 때문에 방문객들이 떠난 후 그들이 머물던 30분 동안을 흡족한 마음으로 돌아볼 수 있었다. 정작 같이 있는 동안에는 거의 즐기지 못했지만 말이다. 혼자 있고 싶기도 했거니와 외삼촌과 외숙모가 이것저것 묻고 넌지시 무슨 생각을 비칠까 겁도 나서 그녀는 빙리에 대한 칭찬이 나오는 것까지만 듣고 옷을 갈아입겠다고 하며 얼른 나가 버렸다.

그러나 그녀가 가디너 씨 부부의 호기심을 두려워할 필요는 없었다. 그들로서는 그녀에게 억지로 말을 시킬 생각이 없었기 때문이다. 조카가 자신들이 전에 생각하던 것보다 다아시 씨를 훨씬 더 잘 안다는 것은 분명했다. 또 그가 조카를 무척 사랑하고 있다는 것도 분명했다. 짐작되는 바는 많았지만 그렇다고 대놓고 물어볼 수는 없는 일이었다.

이제 그 두 사람은 다아시 씨를 좋게 생각하지 않고는 못배기게 되었다. 직접 사귀어 보니 흠잡을 데가 없었다. 그들은 그의 예절 바른 태도에 감명받지 않을 수 없었다. 다른 어떤 설명도 빌리지 않고 자신들의 느낌과 그가 부리는 사람의 말로 그의 성격을 그려 낸다면, 하트퍼드셔 사람들은 그것을 다아시 씨라고 받아들이지 않을 터였다. 하여간 이제 하녀장을 믿을 마음이 생겼고, 네 살 때부터 그를 알았을뿐더러 예절도 바른 아랫사람이 한 말을 섣불리 부정할 수 없다고 생각하게 되었다. 램턴에 사는 그들의 지인들 말을 들어 보아도 하녀장의 말을 에누리해서 받아들일 필요가 없었다. 지인들은 그가 자부심이 지나치다는 것밖에 비난할 것이 없었는데, 아닌 게아니라 자부심이 강한 것도 사실이고, 설혹 그렇지 않다 해도 그의 가족과 교류할 일이 없는 작은 저잣거리의 주민들은 분명 그렇게들 여길 터였다. 그러나 그가 너그러운 사람이며 빈민들에게 많은 선행을 했다는 점은 인정받고 있었다.

일행은 곧 위컴에 대한 그 지역의 평판이 별로 좋지 않다는 것도 알게 되었다. 그와 후원자의 아들 사이에 정작 무슨 일이 있었는지 자세한 내막이야 몰랐지만, 그가 여기저기 빚을 남긴 채 더비셔를 떠났고 결국 다아시 씨가 그 빚을 갚아 주었다는 사실은 잘 알려져 있었다.

엘리자베스는 지난밤보다 이날 밤에 펨벌리가 더 생각났다. 밤 시간이 길게 느껴졌으나 그 저택에 있는 한 사람을 향한 감정이 어떤지를 결정하기에는 모자랐다. 그녀는 꼬박 두 시간 동안 잠들지 못하고 자기 감정을 정리해 보려 애썼다. 그를 미워하지 않는 것은 확실했다. 아니, 미움이 사라짐과 거의 동시에 혐오감이라고 할 만한 감정에 휩싸였던 것 자체를 부끄러워하게 된 터였다. 그의 장점들을 확인하면서 존경심이 일었으나 처음에는 그것을 좀처럼 인정하고 싶지 않았다. 그러나 시간이 흐르면서 그 거부감마저 점차 사라졌다. 그리고 전날 겪어 보았다시피 주변 사람들에게 높이 평가될 뿐 아니라 성격이 좋은 면까지 도드라지자 그녀의 마음속에 존경심이 확고하게 자리 잡았다. 그러나 존경과 존중보다 더욱 간과할 수 없는 호감의 동기가 하나 있었으니, 그것은 감사였다. 자신을 사랑했다는 데 대한 것뿐 아니라 청혼을 거절하던 당시 화가 나서 거칠게 쏘아 대면서 퍼부은 모든 부당한 비난들을 용서해 줄 정도로 여전히 사랑하고 있다는 데 대한 감사였다. 그렇게 우연히 마주치면 마치 가장 큰 적이라도 본 듯 피해 버릴 사람인 줄 알았는데, 그는 오히려 친분을 유지하기를 바라 마지않는 듯했다. 둘 사이의 문제임에도 티 나게 자신에게만 관심을 집중하지 않고 동행한 친척들의 호감을 사려고 했으며 누이까지 소개하면서 세심하게 마음을 썼던 것이다. 자존심이 대단한 사람이 이렇게 변했다는 사실에 놀라울 뿐 아니라 감사하는 마음까지 생겼다. 사랑, 그것도 열렬한 사랑 때문임이 분명했다. 그런 변화가 눈앞에 닥쳤는데 그녀는 아직 자신의 감정을 꼭 집어 뭐라고 말할 수 없었다. 하지만 불쾌한 감정은 이제 흔적도 없이 사라졌고 무언가 마음이 부풀어 오르는 느낌이었다. 그녀는 그를 존경하고 높이 평가했으며, 그에게 감사했고, 그가 진정으로 행복하기를 바랐다. 이제 그녀는 진지하게 자문해 보았다. 그녀 자신은 그의 행복이 자기에게 달려 있기를 얼마나 원하는가, 그리고 그가 다시 청혼을 하게 할 만한 힘이 아직도 자신에게 있다면 그 힘을 행사하는 것이 얼마나 둘의 행복을 위한 일일까 하는 것이었다.

그날 저녁 외숙모와 조카는 이렇게 결론을 내렸다. 펨벌리에 도착해서 늦은 아침을 먹고 바로 그날 그들을 찾아 준 다아시 양의 파격적인 친절은 이편에서 아무리 예의를 차리려 해도 따라갈 수 없지만, 흉내는 내야 하지 않겠느냐는 것이었고, 그러니 다음 날 아침 펨벌리로 그녀를 방문하는 것이 가장 바람직하겠다는 것이었다. 일정도 그렇게 잡혔다. 엘리자베스는 기뻤다. 왜 그렇게 기쁜지 자문해 보아도 딱히 답변을 못찾을 터였지만 말이다.

가디너 씨는 아침 식사를 마치자 곧 나갔다. 그 전날 낚시 계획을 새로 짜서, 정오까지 펨벌리의 신사 몇 분을 만나러 가기로 약속이 되어 있었던 것이다.

3

엘리자베스는 자신이 펨벌리에 모습을 드러내는 것이 빙리 양에게 얼마나 달갑지 않은 일일지 가히 짐작할 수 있었다. 그녀가 자신을 싫어한 이유가 질투 때문임을 확실히 알게 되었기 때문이다. 이제 다시 교제가 시작되면 상대가 어느 정도 예를 차릴지 궁금했다.

저택에 도착하자 그들은 현관홀을 통해 응접실로 안내받았다. 그곳은 북향이어서 여름에는 쾌적했다. 마당 쪽으로 난 창문으로는 저택 뒤편의 나무가 우거진 높은 산과 중간 지대의 잔디밭에 여기저기 서 있는 아름다운 참나무와 스페인 밤나무가 시원스러운 경관을 연출하고 있었다.

그들은 응접실에서 다시 양의 영접을 받았다. 허스트 부인과 빙리 양 그리고 런던에서 다시 양과 함께 사는 부인이 같이 앉아 있었다. 조지애나가 그들을 영접하는 태도는 사뭇 정중했지만 어쩔 줄 몰라 하는 기색이 역력했다. 수줍은 성격에다 실수라도 저지르지 않을까 하는 두려움에서 나온 태도임에도 낮은 신분을 의식하는 사람들에게는 거만하고 붙임성 없는 사람으로 쉽게 오인될 법했다. 그러나 가디너 부인과 그녀의 조카는 그녀를 이해하고 안쓰러워했다.

허스트 부인과 빙리 양은 그저 예의상 아는 체를 하는 정도였다. 그들이 자리에 앉자 잠시 동안 침묵이 이어졌는데, 그런 침묵이 늘 그렇듯 어색했다. 먼저 이 침묵을 깬 것은 앤즐리 부인이었는데, 품위 있고 인상 좋은 이 부인은 무슨 이야기라도 시작해 보려는 태도로 보아 다른 두 사람보다는 훨씬 더 교양이 있어 보였다. 그래서 앤즐리 부인과 가디너 부인 사이에 대화가 이루어지고 가끔씩은 엘리자베스가 거들기도 했다.

다아시 양은 이 대화에 끼어들 만큼 용기가 있었으면 하는 표정이었고, 남에게 거의 들리지 않겠다 싶은 틈을 타서 이따금 짧게 한마디씩 하곤 했다.

엘리자베스는 곧 빙리 양이 자신을 자세히 관찰하고 있고, 특히 다아시 양에게 한마디라도 건넬라치면 촉각을 곤두세운다는 것을 알아차렸다. 대화하기에 불편한 거리에 앉아 있지만 않았어도 빙리 양이 지켜보고 있다고 다아시 양과 대화를 못 할 까닭은 없을 터였다. 하지만 마음속으로 골똘히 생각하는 것이 있던 터라 말을 할 필요가 줄어든다고 안타깝지 않았다. 그녀는 남자들이 어느 순간 불쑥 방으로 들어올지도 모른다고 생각했다. 그녀는 그들 가운데 이 저택의 주인도 포함되어 있기를 바라기도 하고 그러면 어쩌나 두렵기도 해서, 도대체 두 가지 감정 가운데 어느 쪽이 더 강한지 판단할 수 없을 지경이었다. 15분이 지나도록 빙리 양의 목소리는 듣지도 못한 채 앉아 있다가, 자기 가족의 안부를 묻는 그녀의 쌀쌀맞은 질문을 받고서야 정신이 들었다. 엘리자베스는 담담하게 짤막한 대구를 했고 상대는 더 이상 아무 말도 하지 않았다.

하인들이 냉육, 케이크, 제철에 난 온갖 싱싱한 과일들을 들고 들어오면서 이들의 방문에 변화가 일었다. 그러나 이런 변화도 앤즐리 부인이 다아시 양에게 주인의 역할을 상기시키기 위해 여러 번 의미심장한 시선과 미소를 던진 후에야 이루어졌다. 이세 모든 참석자들에게 할 일이 생겼다. 모두 대화할 수는 없었지만, 모두 먹을 수는 있었기 때문이다. 그리하여 그들은 모두 곧 포도, 승도복숭아, 복숭아를 피라미드처럼 아름답게 쌓아 올린 탁자 주변으로 모여들었다.

그렇게 먹는 동안에 다아시 씨가 방에 들어왔으니, 바야흐로 엘리자베스에게 자신이 다아시 씨의 등장을 바라는지 아니면 두려워하는지 판가름할 기회가 온 셈이었다. 그 순간의 느낌이 관건이었다. 직전까지만 해도 그가 나타나기를 바라는 마음이 더 크다고 믿었으나 막상 그가 들어서자 안 왔으면 좋았을 텐데 하는 생각이 들었다.

그는 저택에 와 있던 두세 명의 다른 신사들과 더불어 강가에서 낚시에 열중하던 가디너 씨와 얼마 동안 같이 있다가, 그날 아침 가디너 부인과 엘리자베스가 조지애나를 방문할 계획이더라는 말을 듣고서야 그와 헤어져 이곳으로 왔다. 그가 나타나자마자 엘리자베스는 현명하게도 아주 편하고 차분해지기로 마음을 다졌다. 이것은 꼭 필요한 결심이었으나 그렇다고 지키기 쉽지는 않았다. 모든 사람이 두 사람에 대해 의혹을 가지고 있는 상황이었고 그가 처음 방 안에 들어설 때 어떻게 하나 지켜보지 않는 눈이 하나도 없었다. 그 가운데서도 자못 강렬한 호기심이 감도는 빙리 양의 얼굴이 단연 눈에 띄었다. 그럼에도 그 호기심의 대상인 두 사람 가운데 남자 편에 말을 건넬 때에는 언제나 만면에 미소를 띠곤 했다. 아직 질투 때문에 필사적이 되지는 않았을뿐더러 다아시 씨에 대한 관심도 아주 끝나지 않았기 때문이다. 다아시 양은 오빠가 들어오자 입을 열려고 더 애썼다. 엘리자베스는 다아시 씨가 자기 누이와 그녀가 친해졌으면 하는 마음에 둘이 대화를 나누도록 온갖 배려를 하고 있음을 알 수 있었다. 빙리 양도 이런 상황을 알아챘다. 그녀는 화가 난 나머지 염치도 잃고서 말할 기회를 잡기가 무섭게 예의를 차리는 척하며 비꼬았다.

"저, 일라이자 양, ○○부대가 메리턴에서 이동했다면서요? 귀댁에는 큰 손실이겠어요."

다아시의 면전이라 감히 위컴의 이름을 들먹이지는 않았지만, 엘리자베스는 그녀가 그를 염두에 두었다는 것을 즉각 알아차렸다. 그와 관련된 여러 가지 기억들이 떠올라 일순 괴로움이 일었으나, 이 심술궂은 공격을 물리치기 위해 다시 기운을 내서 꽤 초연한 어조로 바로 답변했다. 말하면서 자기도 모르게 힐긋 보았더니 다아시가 상기된 표정으로 유심히 자신을 지켜보고 있었고, 그의 누이는 당황한 나머지 눈을 제대로 치켜뜨지도 못했다. 빙리 양이 만일 자신이 그녀의 소중한 친구에게 얼마나 큰 고통을 주는지 알았더라면 말할 나위도 없이 그런 말은 꺼내지 않았을 것이다. 그녀는 오로지 엘리자베스가 좋아하는 것처럼 보이는 한 남성의 이야기를 끄집어내서 심기를 건드려 놓을 생각이었다. 다아시에게 엘리자베스의 그런 감정은 달가울 리 없을 테니 말이다. 나아가서 그녀는 엘리자베스의 가족 중에 몇몇이 그 부대와의 접촉을 통해 저지른 온갖 어리석고 터무니없는 짓들을 그에게 환기시켜 주고자 했다. 그녀는 다아시 양의 불발된 도망 사건에 대해서는 아무것도 몰랐다. 엘리자베스는 예외가 되었지만, 그 사건은 원래 모르던 사람들에게는 일체 비밀로 했던 것이다. 다아시는 오빠로서 다른 누구보다도 빙리의 친척들에게 그 일을 감추려고 각별히 애썼는데, 엘리자베스가 오래전부터 의심한 것처럼 장차 누이를 빙리 집안의 일원이 되게 하려는 소망 때문이었다. 그에게 이런 계획이 있었던 것은 분명했다. 물론 그런 이유로 자기 친구를 베넷 양과 떼어 놓으려 애썼다고 할 것까지는 없겠지만, 그것이 친구의 행복을 진작하는 일이라고 여겼을 법했다.

그러나 엘리자베스의 침착한 처신이 곧 그를 진정시켰다. 또 빙리 양이 속도 상하고 낙심도 해서 위컴의 이름을 바로 들이댈 엄두를 못 낸 터라 조지애나도 곧 괜찮아졌다. 더 이상 입도 벙긋하지 못하게 되었지만 말이다. 오빠와 눈이 마주칠까 봐 두려워했지만, 정작 오빠는 동생이 그 언급과 연관되어 있다는 것을 거의 떠올리지도 못했다. 그의 생각을 엘리자베스로부터 돌려놓으려는 꿍꿍이로 그런 상황이 연출되었으나 바로 그 때문에 그의 마음은 더욱 확실하고 더욱 즐겁게 그녀에게 사로잡힌 모양새였다.

앞에서 말한 질문과 대답이 있은 후 얼마 지나지 않아 방문이 끝났다. 다아시 씨가 마차까지 그들을 배웅 나간 사이에, 빙리 양은 엘리자베스의 몸매며, 처신이며, 옷차림 등을 품평하면서 울분을 풀었다. 그러나 조지애나는 끼어들지 않으려 했다. 오빠의 추천만으로도 그녀 편이 되기에 충분했다. 오빠의 판단은 틀릴 리가 없는데 그가 엘리자베스를 사랑스럽고 상냥하다고 했으니, 조지애나는 그렇게 보지 않을 이유가 없었다. 다아시가 응접실로 돌아오자, 빙리 양은 그의 누이에게 한 말 가운데 일부를 다시 되풀이하고야 말았다.

"오늘 아침에 일라이자 베넷은 안색이 참 안 좋네요, 다아시 씨." 그녀가 소리 높여 말했다. "지난겨울 이래로 그렇게 변한 사람은 평생 처음 봐요. 아주 거무튀튀해지고 꺼칠해졌어요! 루이자와 전 다시 만나지 않는 편이 좋았을걸 하던 참이었어요."

다아시 씨는 이런 말을 듣고 기분이 좋을 리 없었지만, 자기로서는 좀 탄 것 외에는 달리 달라진 점을 모르겠고, 그야 여름철에 여행하다 보면 당연한 일 아니냐고 냉랭하게 대답하는 정도로 넘어갔다. 그러자 그녀가 대꾸했다.

"저는요, 한 번도 그 여자한테 예쁜 구석이 있다고 생각해 본 적이 없어요. 얼굴은 비쩍 말랐고, 안색에는 윤기가 없어요. 이목구비도 어디 한 군데 내세울 데가 없고요. 코는 개성이 없고, 콧날에도 아무 특징이 없잖아요. 치아는 그런대로 괜찮다 해도 그저 보통 정도고, 눈을 두고서 아주 예쁘다고들 하기도 하지만, 저로선 뭐 특별한 데가 있는지 모르겠어요. 날카롭고 심술궂은 눈빛인데, 전 그런 거 전혀 좋아하지 않아요. 더구나 몸가짐은 어떻고요. 품격도 없는 주제에 자만심은 있어서 정말 못 봐 주겠어요."

다아시가 엘리자베스를 사모한다는 것을 아는 빙리 양으로서는 이것이 자신을 내세우는 최상의 방법은 아니었다. 그러나 노한 사람이 늘 슬기로울 수는 없는 법이다. 그가 마침내 좀 자극받은 듯한 표정을 보였으니 그녀는 소기의 목적을 달성한 셈이었다. 그러나 그가 입을 꾹 다물고 있었기 때문에 어떻게든 입을 열게 하려고 그녀는 이렇게 계속했다.

"제 기억으로는, 우리가 하트퍼드셔에서 처음 그 여자를 알게 되었을 땐데, 미인이라고 소문난 여자임을 알고서 모두 얼마나 놀랐던지요. 어느 날 밤엔가 하신 말씀이 특히 기억나네요. 그 사람들이 네더필드에서 식사한 후였는데, '저 여자가 미인이라고! 차라리 저 여자 어머니를 재사(才士)라고 부르지.' 그런데 그 이후로 그 여자를 점점 잘 보시게 된 것 같더군요. 한때는 제법 예쁘다고 생각하신 것 같으니까요."

"무슨 말씀인지는 알겠습니다." 더 이상 참을 수 없어진 다아시가 대답했다. "그렇지만 그렇게 여긴 건 처음 그 사람을 알게 되었을 무렵뿐이었습니다. 그 이후로 여러 달 동안 내가 아는 이들 중에서 가장 아름다운 여인 중 하나라고 생각해 왔으니까요."

그런 후 그는 가 버렸고, 빙리 양은 다른 누구도 아니라 오로지 자신에게만 고통을 주는 그런 말을 억지로 하게 만들었다는 쓰디쓴 만족감을 온통 되씹어야 했다.

가디너 부인과 엘리자베스는 돌아가면서 방문 중에 있었던 일을 두고 대화를 주고받았지만, 둘 다 특히 관심을 가진 일 하나는 건드리지 않았다. 그 자리에 있던 사람들의 표정이라든가 행동거지들에 대해 이런저런 품평을 했지만, 그들의 주의를 가장 끈 인물은 제쳐 두었다. 그들은 그의 누이라든가 친구라든가 저택이라든가 과일이라든가, 하여간 당사자를 뺀 모든 것에 대해 이야기했다. 그러나 엘리자베스는 가디너 부인이 그를 어떻게 생각하는지 알고 싶었고, 가디너 부인도 조카가 그 이야기를 꺼냈더라면 무척 기뻤을 것이다.

4

엘리자베스는 램턴에 처음 도착했을 때 제인에게서 편지가 와 있지 않아 무척 실망했고, 이 실망은 거기서 아침을 맞을 때마다 두 번이나 더 되풀이되었다. 그러나 셋째 날 아침에 언니가 보낸 두 통의 편지를 한꺼번에 받게 되어 이런 불평은 끝났다. 그 가운데 하나에는 다른 곳으로 잘못 배달되었다는 딱지가 붙어 있었다. 제인이 주소를 제대로 쓰지 않은 터라 놀라운 일은 아니었다.

편지가 도착했을 때 모두들 산책을 준비하고 있었는데, 외삼촌 외숙모는 조용히 편지 읽기를 즐기라며 둘만 나갔다. 잘못 배달되었던 편지부터 먼저 읽었다. 닷새 전에 쓴 편지였다. 시작 부분에서는 작은 파티들이라든가 모임 약속들 등 마을에서 늘 있는 소식들을 시시콜콜히 전했지만, 하루 후의 날짜가 적힌 후반부는 동요하는 기색이 역력해서 더 바짝 정신을 차리고 읽어야 했다. 그 내용은 이랬다.

사랑하는 리지, 위의 글을 쓰고 나서 전혀 예상하지 못한 심각한 일이 일어났어. 놀라지는 마, 우린 모두 건강하니까. 내가 말하고자 하는 것은 딱한 리디아 이야기야. 모두들 잠자리에 들자마자 밤 열두 시에 속달이 왔어. 포스터 대령에게서 온 건데, 리디아가 그의 부하 장교와 스코틀랜드로 도망갔다는구나, 글쎄.[32] 터놓

---

32) 스코틀랜드에서는 미성년자도 부모 동의 없이 결혼할 수 있었다.

고 말해서 위컴하고 말이야! 우리가 얼마나 놀랐겠니. 그런데 키티는 이 일이 뜻밖이지만은 않은 모양이야. 난 너무너무 안쓰러워. 어느 편에서 보나 그렇게 무분별한 결혼이 어디 있니! 그렇지만 잘될 것이라고 생각해야지. 그리고 그 사람의 인격을 오해해 온 것이기를 바라야지. 그 사람이 생각 없고 신중하지 못하다는 것이야 누가 모르겠어. 그렇지만 이런 일을 저질렀다고 꼭 나쁘다고 볼 수는 없잖니.(그 점을 좋게 여기자꾸나.) 그 사람 선택에 최소한 사심은 없으니까. 아버지께서 리디아에게 한 푼도 줄 수 없다는 걸 알 테니 말이야. 어머닌 가련하게도 슬픔에 잠기셨어. 아버지는 훨씬 더 잘 견디시고. 그 사람에 대한 좋지 않은 이야기를 우리가 부모님께 전해 드리지 않은 것이 얼마나 다행인지 몰라. 우리도 그런 이야기는 잊어버려야겠지. 둘은 토요일 밤 열두 시쯤 출발한 모양이지만, 어제 아침 여덟 시까지는 아무도 몰랐대. 알자마자 곧장 속달을 보냈대거든. 리지, 글쎄 그 둘이 여기서 10마일도 안 되는 곳을 지나갔다니. 포스터 대령은 곧 이곳으로 찾아오겠다는 의사를 비치셨대. 리디아가 대령님 부인한테 자기네 계획에 관해 몇 줄 적어 놓고 간 모양이야. 이제 그만 줄여야겠구나. 가엾은 어머니를 혼자 오래 둘 수 있어야지. 어찌 된 일인지 모르겠지? 그렇지만 나도 내가 뭐라고 쓰고 있는지 잘 모르겠어.

생각해 볼 틈도 없이, 자기 감정 상태가 어떤지 거의 의식하지 못한 채 엘리자베스는 이 편지를 다 읽자마자 즉시 다른 편지를 집어 들고 부랴부랴 뜯어 다음 사연을 읽었다. 첫 편지의 뒷부분을 쓴 지 하루가 지나서 쓴 것이었다.

　사랑하는 동생아, 지금쯤에는 급히 쓴 내 편지를 받아 보았 겠지. 이 편지가 그것보다 좀 더 이해하기 쉬우면 좋겠다. 시간 이 제한된 것도 아니건만 어째 내 머릿속이 너무 혼란스러워서 얼마나 조리 있을지 모르겠어. 사랑하는 리지, 내가 뭘 쓰려는 지 모를 지경이지만, 나쁜 소식이 있어 지체할 수가 없구나. 위 컴 씨와 가련한 리디아 사이의 결혼이 아무리 분별없는 것이긴 해도, 우린 이제 결혼이 이루어지기라도 하기를 간절히 바라게 됐단다. 두 사람이 스코틀랜드로 안 간 게 아닌가 걱정되는 점 이 한두 가지가 아니기 때문이야. 포스터 대령은 그저께 브라 이턴을 떠나 어제 우리가 속달을 받은 지 몇 시간 지나지 않아 여기 오셨어. 대령 부인께 남긴 리디아의 짧은 편지로 둘이 그 레트나그린으로 간다고 생각했는데, 데니가 위컴이 거기 갈 생 각이 없고 리디아와 결혼할 의사도 없을 거라고 했다는 거야. 포스터 대령도 그 말을 듣고 깜짝 놀라서 두 사람을 뒤쫓을 생 각으로 브라이턴을 떠났대. 그분은 클래펌까지는 쉽게 추적할 수 있었지만, 더 이상은 추적하지 못했대. 그곳에 들어서자마 자 둘은 임대 마차로 갈아타고 엡섬부터 타고 간 마차를 돌려 보내 버린 모양이래. 이후로 알려진 거라곤 런던으로 가는 길에 서 눈에 띈 적이 있다는 것뿐이야. 뭘 어떻게 생각해야 할지 모 르겠어. 포스터 대령은 런던의 그 방면에서 온갖 탐문을 해 보 고서 하트퍼드셔로 오셨는데, 도로 통행세 받는 곳마다, 바넷과 햇필드의 여관들마다 수소문하고 다녔지만 헛수고였다는 거야.

그런 사람들이 지나가는 것을 본 사람이 없대. 친절하게도 롱본을 찾으셨는데, 정말 진심으로 걱정하시더라. 포스터 대령과 그 부인을 생각하면 정말 안됐어. 누가 두 분을 탓할 수 있겠니. 사랑하는 리지, 우리의 슬픔은 너무 크단다. 부모님은 최악의 사태를 생각하시지만, 난 그 사람을 그렇게 나쁘게 생각할 수는 없어. 여러 가지 사정으로 원래의 계획을 따르기보다 런던에서 비밀리에 결혼하는 편이 더 나아진 걸지도 몰라. 설마 그럴 리야 없겠지만, 그 사람이 리디아 같은 양갓집 처녀를 상대로 그런 음모를 꾸밀 수 있다 해도, 그 애가 그렇게까지 아무것도 모를 수가 있겠니? 말도 안 돼. 그렇지만 포스터 대령께서 두 사람이 결혼했으리라고 생각하시지 않는다는 걸 알고 나니 맥이 탁 풀려. 내가 내 바람을 말했더니 고개를 저으시면서, 위컴이 믿을 만한 사람이 아니라는 거야. 가련한 어머니께선 정말 병이 나서 방에만 틀어박혀 계셔. 원기를 차리시면 좋으련만 기대하기 어려울 것 같고. 아버지도 참 안타까워. 그분 마음이 그처럼 흔들리신 건 본 적이 없어. 딱하게도 키티에게는 둘의 애정을 숨겨 왔다고 불호령이 내리고. 하기야 내밀한 일이었으니 짐작하기가 쉽지 않지. 사랑하는 리지, 너라도 이런 비탄스러운 판국에서 벗어나 있으니 난 진심으로 기뻐. 그렇지만 이제 처음 들었을 때의 충격도 진정되었고 하니 네가 돌아오길 바라도 될까? 그렇지만 여의치 않으면 억지로 권하지는 않을게. 내 생각만 앞세울 순 없고. 잘 있어. 방금 내가 안 하겠다고 한 말을 하려고 다시 펜을 들었는데, 사정이 사정이니만큼 거기 계시는 분들 모두 가능한 한 빨리 이곳으로 와 주기를 간청하지 않을 수 없구나. 외삼촌과 외숙모의 성품을 아니 서슴없이 그런 부탁을 드릴 수 있어. 외삼촌께는 드릴 청이 더 있지만 말이야. 아버지께서 포스터 대령과 같이 그 애를 찾으러 즉시 런던으로 떠나실 거야. 뭘 어떻게 하시려는지 나로서야 모르지만, 극도로 슬픔에 빠져 계시다 보니 가장 안전한 최선의 방법으로 일을 처리하시지는 못할 것 같고, 포스터 대령은 내일 저녁때까지는 다시 브라이턴으로 돌아가셔야 한다는구나. 이런 위급한 때에 외삼촌의 충고와 도움보다 중요한 것은 없을 거야. 외삼촌은 내 마음을 바로 이해하고 도와주시리라 믿어.

"아! 외삼촌은 어디, 어디 계실까?" 그녀는 편지를 끝까지 읽자마자 외삼촌을 찾아 나서려고 의자에서 벌떡 일어났다. 그러나 문에 다다랐을 때 하인이 여는 문으로 다아시 씨가 나타났다. 그녀의 창백한 얼굴과 다급한 태도를 보고 흠칫 놀란 그가 정신을 차려 미처 입을 열기도 전에, 리디아가 처한 상황이 머리에 꽉 차 있던 그녀가 황급히 소리 질렀다. "실례인 줄 압니다만, 나가 봐야겠어요. 지체할 수 없는 일로 외삼촌을 바로 찾아야 해요. 한시가 급해요."

"아니, 대체! 무슨 일이십니까?" 예절보다는 감정이 앞서서 그가 소리 질렀다. 그러다 정신을 가다듬고 말했다.

"잠시도 지체시키자는 건 아닙니다. 그렇지만 가디너 부부를 찾는 일은 저나 하인에게 맡기십시오. 어디 편찮으신 것 같은데 혼자서는 못 가십니다."

엘리자베스는 망설였으나, 무릎이 덜덜 떨려서 그들을 쫓아가려고 해 봤자 별 소용이 없을 것임을 깨닫고 하인을 다시 불러서 스스로도 거의 알아듣지 못할 숨 가쁜 목소리로 즉시 주인 내외를 모셔 오라고 지시했다.

하인이 방을 나가자, 그녀는 몸을 가누지 못하고 의자에 앉았다. 안색이 너무 안 좋아 보여서 다아시는 그녀의 곁을 떠나지 못하고, 동정이 가득 담긴 부드러운 어조로 이렇게 말하지 않을 수 없었다. "하녀를 부르겠습니다. 무얼 좀 드시면 낫지 않을까요? 뭐 포도주 같은 거라도 한 잔 가져다드릴까요? 무척 편찮으신 것 같습니다."

"아니, 됐어요, 감사합니다." 기운을 차리려고 애쓰면서 그녀가 대답했다. "전 아무 일 없어요. 아주 좋아요. 롱본에서 방금 받은 끔찍한 소식 때문에 무척 속상할 뿐이에요."

그 일을 입 밖에 내자마자 눈물이 쏟아졌고, 이삼 분 동안이나 아무 말도 할 수 없었다. 다아시는 영문을 몰라 답답하고 안타까운 가운데 걱정을 표하는 말만 무엇이라고 중얼거리고는, 안쓰러운 마음으로 말없이 그녀를 지켜볼 수밖에 없었다. 마침내 그녀가 다시 입을 열었다. "제인 언니에게 방금 편지를 받았는데, 끔찍한 소식이 있어요. 감출 수도 없는 일이에요. 막내가 친구들과 친지들을 모두 저버리고, 아니 우리에게서 달아나 어떤 사람한테, 아니 위컴 씨한테 자신을 내던졌다는군요. 같이 브라이턴에서 사라졌답니다. 그 사람을 잘 아시니까 나머지도 분명히 짐작하시겠지요. 그 애는 돈도 없고, 내세울 친척도 없어요. 그 사람을 끌 만한 게 아무것도 없다고요. 그 애의 인생은 이제 영원히 끝장났어요."

다아시는 경악으로 몸이 굳는 듯했다. 훨씬 더 떨리는 목소리로 그녀가 덧붙였다. "제가 그걸 막을 수도 있었을 거라는 생각을 하면! 그가 어떤 인간인지 알았으니까요. 제가 아는 일부만이라도 가족들에게 설명해 주었더라면, 일부만이라도요! 그 사람의 성격을 알고만 있었어도 이런 일은 일어나지 않았을 텐데. 그렇지만 이제 너무, 너무 늦고 말았어요."

"정말 마음이 아픕니다." 다아시가 말했다. "마음 아프고 충격이 큽니다. 그렇지만 그게 확실한가요, 정말 확실한 일인가요?"

"아, 물론이에요! 두 사람은 일요일 밤에 브라이턴을 떠났고, 런던으로 가는 길까지 종적을 확인했는데, 그 이상은 확인이 안 되나 봐요. 두 사람이 스코틀랜드로 가지 않은 것은 분명해요."

"그렇다면 동생분을 찾기 위해서 어떤 일을 했답니까?"

"아버지께서 런던으로 가셨고, 언니가 외삼촌의 도움을 청하는 편지를 보내서, 아마도 저희는 30분 후엔 떠날 것 같아요. 그렇지만 아무런 방법도 없어요. 별도리가 없다는 것을 전 잘 알아요. 그런 사람을 어떻게 설득할 수 있겠어요? 도대체 찾을 수나 있을까요? 조금도 희망이 없어요. 이건 정말이지 너무 끔찍해요!"

다아시는 말없이 동의하며 머리를 가로저었다.

"그 사람의 진짜 성격을 획연히 알게 되었을 때, 아! 해야 마땅한 일, 용기를 내서 해야 할 일이 무언지 알았더라면! 그러나 전 몰랐어요. 그렇게까지 하기가 두려웠죠. 끔찍스러운,

끔찍스러운 실수예요!"

다아시는 대꾸하지 않았다. 그는 그녀의 말을 거의 듣지 않는 것 같았고, 깊은 생각에 빠져 방 안을 왔다 갔다 했다. 그는 미간을 찡그리고 어두운 표정을 하고 있었다. 엘리자베스는 곧 이를 보고 즉시 알아차렸다. 그녀의 매력과 그 영향력이 무너지고 있는 것이었다. 이런 가족의 약점과 엄청난 치욕이 드러난 지금 무너지지 않는 것은 없을 터였다. 이상할 것도 비난할 것도 없었다. 그러나 그가 사랑을 거두고 있다는 생각이 무슨 위안이 될 수는 없었고, 비통한 심정을 덜어 줄 수도 없었다. 오히려 자신이 무엇을 원하는지 깨닫게 하는 안성맞춤한 계기가 되었다. 그리고 모든 사랑이 소용없어진 지금만큼 거짓 없이 자신이 그를 사랑할 수 있었을 것이라고 느낀 적도 없었다.

자신에 대한 생각이 끼어들기는 했으나 그녀는 그것에 사로잡히지 않았다. 리디아, 아니 그녀가 그들에게 던져 준 수치와 비참함이 온갖 개인적인 걱정을 곧 삼켜 버렸다. 엘리자베스는 손수건으로 얼굴을 가린 채 몇 분 동안 그 외의 모든 일을 잊어버리고 있다가 같이 있던 사람의 목소리를 듣고서야 자신이 처한 상황을 다시 깨달았다. 그는 동정이 가득하지만 여전히 절제된 목소리로 이렇게 말했다. "당신이 아까부터 제가 이 자리에 없기를 바라시지 않는지 두렵고, 저 자신도 아무 소용 없지만 진심으로 걱정한다는 것밖에는 여기 머물러 있을 명분이 없지 않나 합니다. 이런 슬픈 일에 위안이 될 만한 무슨 말이나 행동을 제 편에서 해 드릴 수 있다면 얼마나 좋을까요. 그렇지만 일부러 공치사나 듣자는 것처럼 들릴지도 모를 쓸데없는 위로의 말로 당신을 괴롭히지는 않겠습니다. 이 불행한 일로 오늘 제 누이는 펨벌리에서 당신을 뵙지 못할 것 같군요."

"아, 그래요. 다아시 양께 저희를 대신해 사과해 주시겠지요. 급한 용무로 즉시 집으로 가게 되었다고 전해 주세요. 이 불행한 사실은 되도록 나중까지 숨겨 주세요. 오래 숨길 수는 없겠지만요."

그는 비밀을 지키겠다고 선뜻 약속했다. 그리고 그녀에게 닥친 이 슬픔에 마음 아프고 지금 바랄 수 있는 것보다 더 나은 결말이 나기를 빈다고 말하고서 그녀의 친척들에게 안부 인사를 전해 달라는 말과 함께 단 한 번 심각한 이별의 시선을 던지고는 방을 나갔다.

그가 방을 떠나자 엘리자베스는 더비셔에서 몇 번 만났을 때 그랬던 것같이 살가운 마음으로 서로 다시 만나기가 이제 어려워졌음을 절감했다. 모순과 변화로 가득 차 있던 그간의 교제가 주마등처럼 눈앞을 스쳐 지나가자 감정이 부리는 심술에 한숨지었다. 과거라면 그런 교제가 끝나는 것을 좋아했을 테지만 지금은 지속되기를 바라고 있으니 말이다.

감사와 존중이 애정의 좋은 기반이라면, 엘리자베스의 감정 변화는 있을 법하지 않은 일도 그릇된 일도 아닐 것이다. 그러나 만약 그게 아니라면, 만약 그런 원천에서 솟아 나온 호감이 첫 만남, 그것도 서로 두 마디도 주고받기 전에 일어난다고 묘사되곤 하는 사랑에 비해서 불합리하거나 부자연스럽다면, 엘리자베스를 변호하기는 쉽지 않을 것이다. 그녀가 위컴을 좋아하면서 두 번째 방법을 다소간 시험했다가 성공을 거두지 못하자 이와는 다르게 좀 덜 흥미로운 애정을 찾게 되었다는 식의 변명을 제외하고는 말이다. 하여간에 그녀는 떠나는 그의 모습을 서운한 심정으로 지켜보았다. 그리고 리디아의 수치스러운 행동으로 벌써부터 이렇게 피해를 입고 보니, 그 끔찍한 일을 생각하기가 더 괴로웠다. 제인의 두 번째 편지를 읽은 후 그녀는 위컴이 리디아와 결혼할 뜻이 있을 것이라는 희망을 한순간도 품지 않았다. 그녀가 보기에 언니 외에는 그런 기대로 마음을 달랠 사람은 아무도 없을 터였다. 사태가 이렇게 전개된 것은 전혀 놀랍지 않았다. 물론 첫 편지를 읽는 동안 그녀는 온통 놀란 마음뿐이었다. 위컴이 돈이 보장되지 않는 여자와 결혼할 수 있다는 사실이 너무나 놀라웠고, 리디아가 도대체 어떻게 그의 마음을 얻을 수 있었는지도 이해할 수 없었다. 그러나 이제 모든 것이 너무나 잘 설명되었다. 그런 식의 애정이라면 리디아에게는 그만한 매력이 충분히 있을 수 있었다. 또 설마 리디아가 결혼할 의사도 없이 도피 행각을 벌였을 리는 없겠지만 그 애의 도덕심으로 보나 이해력으로 보나 손쉬운 희생물이 되기에 손색이 없으리라는 생각이 들었다.

그녀는 연대가 하트퍼드셔에 주둔할 때에는 리디아가 그를 좋아하는지 전혀 눈치채지 못했으나, 상대방이 관심을 보이기만 하면 누구하고라도 사랑에 빠질 수 있는 아이이기는 했다. 자신에게 보이는 관심에 따라 점수를 높이 주면서 어떤 때는 이 장교, 또 어떤 때는 저 장교를 좋아했으니까. 그녀의 애정은 계속 오락가락했으나 대상이 없던 적은 없었다. 이런 애를 방치하고 오냐오냐한 잘못의 해악, 아! 그녀는 이제 그것을 통감했다.

그녀는 집에 돌아가고 싶어 미칠 지경이었다. 직접 듣고 보고 바로 그 현장에 있어야 할 것 같았고, 그처럼 발칵 뒤집힌 집에서 이제 온갖 집안일을 혼자 짊어지고 있을 것이 분명한 언니와 그 짐을 나누고 싶어 못 견딜 지경이었다. 아버지도 안 계시고, 어머니는 대처 능력이 없을 뿐 아니라 계속 보살핌을 받아야 하는 신세였다. 리디아를 위한 무슨 대책이 있을 수 있나 회의하다가도 외삼촌이 개입하는 것이 무척 중요할 듯싶었고, 그가 방으로 들어올 때까지 그녀의 초조하고 괴로운 심정은 극에 달했다. 가디너 씨 부부는 하인의 설명을 듣고 조카가 갑자기 병에 걸렸나 하고 놀라서 서둘러 돌아왔다. 그런 것이 아니라고 즉시 안심을 시키고서 그녀는 두 통의 편지를 소리 내어 읽고, 두 번째 편지의 추신을 떨리는 목소리로 힘주어 또박또박 읽으면서 그들을 부른 이유를 열심히 설명했다. 가디너 부부는 리디아를 특별히 좋아한 적은 없지만, 깊이 상심하지 않을 수 없었다. 리디아 하나만이 아니라 모두의 일이었다. 놀라고 기막혀서 탄성을 연발하더니, 가디너 씨는 힘닿는 대로 도와주겠다고 선뜻 약속했다. 엘리자베스는 그러시리라 예상은 했지만 눈물을 흘리며 감사를 표했다. 그리고 세 사람이 한마음으로 움직여서 그들의 여행과 관련된 모든 일이 신속히 결정되었다. 그들은 가능한 한 빨리 출발하기로 했다.

"그렇지만 펨벌리 일은 어떡하지?" 가디너 부인이 말했다. "존이 그러던데, 네가 우리를 부르러 보낼 때 다아시 씨가 여기 있었다며? 그랬니?"

"네, 이쪽에서 약속을 못 지키게 되었다고 말씀드렸어요. 그 일은 모두 해결되었어요."

"모두 해결되었다." 외숙모는 출발 준비를 하려고 자기 방으로 뛰어 들어가면서 이 말을 되뇌었다. "저 아이가 사실대로 다 털어놓을 정도의 관계란 말인데! 아유, 대체 어떻게 되어 가는지 알면 좋겠네!"

그러나 그런 희망은 아무 소용이 없었다. 고작해야 곧 이어진 분주하고 혼란스러운 시간 동안 그녀의 흥미를 북돋아 주는 정도였다. 엘리자베스도 한가하고 여유 있는 때라면 자기만큼 비참한 사람은 아무 일도 손에 잡히지 않는다는 것을 깨달았겠지만, 외숙모만큼이나 할 일이 많았고, 그 가운데에는 램턴에 있는 모든 지인들에게 갑작스럽게 떠나게 된 것을 거짓으로 변명하는 쪽지를 보내는 일도 있었다. 한 시간 안에 모든 일이 완료되었고, 가디너 씨가 그동안의 여관비를 정산하고 나자 이제 떠나는 일만 남았다. 그리고 그날 아침나절 내내 비참한 심정이었던 엘리자베스는 생각보다 빨리 마차에 앉아 롱본으로 가는 길에 올랐다.

5

"곰곰이 생각해 보았다만, 엘리자베스." 마차가 읍내를 벗어나자 외삼촌이 말했다. "사실 진지하게 생각해 보면, 전보다는 훨씬 더 네 언니의 판단이 맞겠다는 데로 기울어. 보호자나 친지가 없는 것도 아니고, 게다가 자기 상관 집에 머물고 있던 여자에게 어떤 젊은 남자라도 그런 흉계를 꾸민다는 건, 글쎄, 있을 법하지가 않아. 그래서 나는 좋은 쪽으로 생각하기로 했다. 그 친구도 그 애의 친지들이 나서지 않을 거라고 생각했겠니? 포스터 대령에게 그런 모욕을 주고도 다시 부대에서 받아들여지길 기대할 수 있겠어? 그런 위험을 감수하고 유혹했다는 건데 그건 아니겠지."

"정말 그렇게 생각하세요?" 엘리자베스의 목소리가 일순 밝아졌다.

"그렇고말고." 외숙모가 말했다. "나도 네 숙부와 같은 생각이 드는구나. 그 사람이 그런 죄를 저지른다면 체면이나 명예나 이해관계하고는 너무 상치되니까 말이야. 난 위컴을 그렇게까지 나쁘게는 안 본다. 리지, 네 생각은 어떠니? 그 사람이 그런 짓을 할 수 있다고까지 생각하지는 않겠지?"

"자기 이해관계야 무시하지는 않겠지요. 그러나 체면이나 명예 같은 것이라면 충분히 그럴 수 있는 사람이라고 봐요. 정말이지 말씀대로라면야! 그렇지만 전 기대하지 못하겠어요. 일이 그렇게 되었다면, 왜 두 사람이 스코틀랜드로 가지 않았을까요?"

"우선 두 사람이 스코틀랜드로 가지 않았다는 확실한 증거가 없어." 가디너 씨가 대답했다.

"아 참! 그렇지만 원거리용 마차를 버리고 삯마차로 갈아탄 것으로 미루어 본다면! 게다가 바넷으로 가는 길에서 두 사람의 흔적을 찾지 못했다잖아요."

"좋아, 그렇다면 두 사람이 런던에 있다고 가정해 보자. 숨으려는 목적으로, 뭐 달리 특별한 목적도 없으니까 말이야. 두 사람이 그곳에 있을 수도 있어. 어느 쪽이든 돈이 별로 풍족하지 않을 테니까, 스코틀랜드보다는 런던에서 결혼하는 편이 빨리 할 수는 없지만 더 경제적일 수 있다는 생각이 들었을지도 모르지."

"그렇다면 왜 이렇게 남몰래 해야 하지요? 발각될까 봐 겁낼 까닭이 뭐예요? 왜 아무한테도 알리지 않고 자기들끼리 결혼해야 해요? 아! 아니에요, 아니에요, 그렇지 않다고요. 언니 편지에도 적혀 있듯이, 그 사람과 각별한 친구가 그 애와 결혼할 생각이 없다고 본다잖아요. 위컴은 돈이 없는 여자하고는 절대 결혼하지 않을 거예요. 경제적으로 그럴 여유가 없어요. 리디아에게 젊고 건강하고 명랑하다는 것 말고 뭐가 있어요? 그 사람이 그 애를 택해서 조건 좋은 결혼으로 한몫 볼 기회를 그냥 날려 버릴 만한 가치라거나 특별한 이점 같은 것이 그 애한테 있냐고요. 부대에서 체면 깎이는 것도 생각해야 한다는 말씀이신데, 체면 손상이 두려워서 그 애하고의 불명예스러운 도망을 못 하리라는 건, 글쎄 정말이지 저로선 판단할 능력이 없네요. 이런 행동이 어떤 영향을 주는지 모르니까요.

그러나 외삼촌의 다른 반론은 별로 맞지 않아요. 리디아에게는 나설 만한 남자 형제도 없고요, 그 사람도 말이죠, 저희 아버지의 처신으로 봐서, 집안에서 장차 무슨 일이 일어나든 상관하지 않고 신경조차 안 쓰시는 걸 봐서, 아버지조차 수수방관할 거라고 여길지도 모르지요. 워낙 이런 일에 아버지들이 그러니까 말이에요."

"그렇지만 리디아가 자신의 사랑 하나에 모든 것을 걸고 있다고 생각할 수 있겠니? 결혼도 안 하고 다른 조건으로 그 사람하고 살기를 승낙할 정도로 말이야."

"이런 문제에서 동생의 몸가짐이나 정조 의식을 의심해야 한다니 정말 억장이 무너지는 것 같아요." 엘리자베스가 눈물을 글썽거리며 대답했다. "그렇지만 전 정말 뭐라고 드릴 말씀이 없어요. 아마 제가 동생을 잘못 보고 있을지도 몰라요. 그렇지만 걔는 너무 어리고, 진지한 문제에 대해 생각하는 것을 배운 적이 없어요. 지난 반년간, 아니, 1년 열두 달 동안 쾌락과 허영에만 몸을 내맡기다시피 해 왔어요. 정말 게으르고 경박하게 시간을 보냈고, 그야말로 천방지축 제멋대로였어요. ○○부대가 메리턴에 처음 주둔한 이후로는 사랑이니 남녀 간의 연애질이니 장교니 하는 것밖에는 머리에 들어 있지 않았어요. 그 애는 그런 것들만 생각하고 입에 담고 하면서 그렇지 않아도 활발한 감성을 타고난 애가, 뭐랄까, 점점 더 과도하게 감성 쪽으로 휩쓸려 들어간 거지요. 그리고 위컴이 여자를 사로잡을 만큼 인물이나 말솜씨가 좋다는 것이야 다 알고 있는 사실이고요."

"그렇지만 너도 알다시피 제인은 위컴을 그렇게까지 나쁘게 보지 않아. 그런 짓을 할 수 있을 사람이라고는 말이야." 외숙모가 말했다.

"언니가 누구를 나쁘게 생각한 적이 있나요? 과거 행실이 어땠든지 간에, 언니가 그런 짓을 하리라고 여긴 사람은 없잖아요? 백일하에 다 드러날 때까진 말이에요. 그렇지만 언니도 위컴이 정말 어떤 사람인지 저만큼 잘 알아요. 저희 둘 다그 사람이 문자 그대로 난봉꾼이라는 걸 알고 있거든요. 성실하지도 않고 염치가 없다는 것도요. 살살 남의 환심을 사기만 잘하지 거짓되고 기만적이라는 것도요."

"아니, 너 정말 잘 알고서 하는 소리니?" 그녀가 어떻게 이런 것을 알게 되었는지 호기심이 발동한 가디너 부인이 소리쳤다.

"네, 알고말고요." 얼굴을 붉히며 엘리자베스가 답했다. "언젠가 그 사람이 다아시 씨에게 한 파렴치한 행동을 말씀드린 적이 있잖아요. 그리고 외숙모도 지난번 롱본에서 그 사람이 자기한테 그렇게 참을성 있고 후하게 대해 준 사람을 어떤 식으로 말하는지 들었잖아요. 그리고 저로서는 마음대로 말하지 못할 다른 일들도 있어요. 말할 가치도 없는 일이지만요. 그렇지만 펨벌리 가문 사람들에 대한 그 사람의 거짓말은 끝이 없어요. 그 사람이 다아시 양에 대해 한 말을 듣고서 전 거만하고 뚱해 있는 불쾌한 여자를 보게 되겠다고 믿어 의심치 않았지요. 그렇지만 그 사람 자신은 정반대라는 걸 알고 있었어요. 다아시 양이 우리가 본 것처럼 상냥하고 가식 없는 사람이라는 걸 모를 리 없을 테니까요."

"그런데 리디아는 아무것도 모르니? 너와 제인이 그렇게 잘 아는 걸 걔가 어떻게 아주 모를 수 있니?"

"그럼요, 그럴 수 있어요! 그게, 바로 그게 가장 큰 문제예요. 켄트에서 다아시 씨와 그분의 친척인 피츠윌리엄 대령을 자주 보게 될 때까지는 저 자신도 그 사실을 전혀 몰랐어요. 제가 집으로 돌아갔을 때, ○○부대가 한두 주 내에 메리턴을 떠나게 되어 있었어요. 일이 그렇게 돼서, 제게 그 얘기를 들어서 다 아는 언니도 그렇고, 저도 그렇고, 우리가 아는 것을 사람들에게 다 알릴 필요가 없겠다고 생각한 거예요. 모든 이웃들이 그 사람을 좋게 생각해 왔는데 그때 가서 뒤집어 봐야 대체 누구한테 소용이 있었겠어요? 그리고 리디아가 포스터 대령 부인과 같이 가기로 정해졌을 때조차 그 사람의 진짜 성격을 알려 주어야겠다고 생각하지 않았어요. 그 애가 그런 사기에 걸려들 수 있다고는 상상조차 못 한 거예요. 외숙모는 절 금방 믿어 주시겠지만, 전 설마 일이 이렇게 되리라고는 꿈에도 생각하지 못했어요."

"그러니까 위컴과 리디아가 브라이턴에 갈 때까지만 해도 둘이 서로 좋아할 거라고 믿을 이유가 없었다는 얘기구나."

"손톱만큼도요. 어느 쪽에서든 애정의 징후는 전혀 없었던 걸로 기억해요. 그런 낌새가 보였다면 우리 가족이 그냥 넘겨 버렸을 리 없잖아요. 처음에 그 사람이 임관했을 무렵에 그 애도 그 사람을 아주 좋아했지요. 그렇지만 그땐 우리 모두가 그랬어요. 메리턴 시내든 변두리든 여자란 여자는 모두 처음 두 달 동안 그 사람이라면 정신이 없었지요. 그렇지만 그 사람이 리디아를 마음에 두고 특별한 관심을 보이지 않은 데다 터무니없이 미친 듯이 열광하던 시기가 어느 정도 지나자 그 사람을 향한 마음도 식었고, 자기를 좀 더 알아 주는 연대의 다른 사람들을 다시 좋아하게 되었지요."

아무리 되풀이 이야기해 보아도 그들의 걱정이나 희망이나 추측에 도움이 될 만한 새로운 사실은 없었지만, 워낙 중대한 관심사인지라 여행하는 내내 다른 이야기를 하다가도 금방 이 주제로 돌아가지 않을 수 없었던 것이 사실이다. 엘리자베스의 뇌리에서 이 문제는 한순간도 떠나지 않았다. 온갖 격심한 고통과 자책에 사로잡혀 있어서 마음을 편히 먹거나 잊어버릴 여유가 전혀 없었다.

그들은 가능한 한 신속하게 여행했다. 마차에서 하룻밤을 자면서 다음 날 저녁 식사 무렵에 롱본에 도착했다. 엘리자베스에게는 언니를 지칠 정도로 오래 기다리지 않게 한 것이 그나마 위안이었다.

그들이 마당으로 들어서니 가디너 집안 아이들이 마차가 다가오는 모습을 보느라고 정신이 팔린 채 집 계단에 서 있었다. 마차가 문 앞까지 당도하자 아이들은 너무나 반갑고 놀라서 얼굴이 환해지고 깡충거리며 뛰고 야단이었는데, 이것이 그들이 처음 받은 즐겁고도 본격적인 환영이었다.

엘리자베스는 뛰어내려 아이들 하나하나에게 얼른 입을 맞춘 후 서둘러 현관으로 들어갔는데, 어머니의 방에서 나와 계단을 달려 내려온 제인과 바로 마주쳤다.

둘은 눈물을 글썽거리며 애정 어린 포옹을 나누었고, 엘리자베스는 곧바로 도망간 사람들에 대한 무슨 소식이 없느냐고 물었다.

　"아직 없단다." 제인이 대답했다. "그렇지만 이제 외삼촌이 오셨으니, 다 잘될 거야."

　"아버지는 런던에 계셔?"

　"그래, 편지에도 썼지만 화요일에 가셨어."

　"소식은 종종 있어?"

　"한 번밖에 못 받았어. 아버지가 수요일에 몇 줄 적어 보내셨는데, 무사히 도착했다는 말씀하고 계시는 곳 주소를 주셨어. 내가 꼭 그렇게 하시라고 부탁을 드렸거든. 그 말 외에는 전할 만한 소식이 있을 때까지는 다시 편지 안 하겠다는 말씀만 덧붙이셨어."

　"그리고 어머닌, 어머닌 어떠셔? 모두들 어때?"

　"어머닌 그럭저럭 괜찮으셔. 크게 낙심하셨지만. 2층에 계시는데, 너나 외삼촌 내외분이 오신 걸 굉장히 반가워하실 거야. 아직도 침실 곁방에서 나오시질 않아. 메리와 키티는 아주 좋아. 정말 다행이지, 뭐!"

　"그런데 언니는, 언니는 어때?" 엘리자베스가 외쳤다. "얼굴빛이 안 좋은데. 너무너무 힘들었을 거야!"

　그러나 언니는 아주 건강하다고 그녀를 안심시켰고, 가디너 부부가 아이들을 살피는 동안 나누던 이 대화는 사람들이 모두 다가오자 끝났다. 제인은 외삼촌 외숙모에게 달려가 미소와 눈물을 뒤섞어 가며 두 사람에게 인사하고 고마움을 표했다.

　모두 거실로 들어가자, 당연한 일이지만 엘리자베스가 벌써 물어보았던 질문들이 다시 되풀이되고, 외삼촌 부부도 곧 제인에게 새로운 정보가 없다는 것을 알았다. 그렇지만 제인은 넓디넓은 마음에서 나온 낙관적 희망을 아직 버리지 않고 있었다. 그녀는 여전히 모든 일이 잘 마무리되리라고 생각하고, 아침마다 리디아에게서든 아버지에게서든 일이 어떻게 진행되는지 설명한다거나 결혼을 알리는 편지가 올 것이라고 기대하고 있었다.

　함께 몇 분 정도 대화를 나눈 후에 다들 베넷 부인의 방으로 갔는데, 예상대로의 영접을 받았다. 후회의 눈물을 쏟아 내고 한탄해 대고 위컴의 나쁜 짓을 마구 욕하며 자기 자신이 얼마나 괴롭고 힘들었는지 불평을 늘어놓았다. 정작 오냐오냐 해서 자기 딸의 실수를 초래한 장본인인 자신은 쏙 빼놓고 나머지 사람 모두를 비난했다.

　"내 말대로 온 가족이 함께 브라이턴으로 가자고 했을 때 갔으면 이런 일이 일어나지 않았을 거야." 그녀가 말했다. "불쌍한 우리 리디아를 돌봐 줄 사람이 아무도 없었던 거야. 포스터 부부는 도대체 그 아이를 안 지켜보고 뭘 했어? 그 사람들이 전혀 신경을 안 써서 그리된 것이 분명해. 잘 보살펴 주기만 했다면 그런 짓을 할 애가 아니야. 내 진작 그 사람들에게 그 아이를 맡기기는 적합하지 않다고 생각해 왔는데, 늘 그렇듯이 나는 뒤로 밀리고 말았어. 불쌍한 내 새끼! 이제 애들 아버지도 가 버렸고, 어디서든 위컴을 만나기만 하면 결투를 하실 텐데, 그러면 죽임을 당하고 말 텐데, 그럼 우리 모두 어떻게 되겠니? 무덤에서 몸이 채 식기도 전에 콜린스네가 우릴 쫓아낼 테고, 동생네마저 우릴 외면하면 우린 어떻게 될지 모르겠어."

모두들 입을 모아 그런 무서운 생각 마시라고 아우성을 쳤다. 가디너 씨는 누님과 누님 가족 모두에 대한 사랑을 확인시킨 후에, 바로 다음 날 자신이 런던으로 가서 베넷 씨를 도와 리디아를 구하는 일에 백방으로 나서 보겠다고 말했다. 그리고 이렇게 덧붙였다.

"괜스럽게 놀라지 마세요. 늘 최악의 사태에 대비하는 것이 옳겠지만, 그렇다고 단정 지을 필요는 없거든요. 두 사람이 브라이턴을 떠난 지 일주일도 채 되지 않았어요. 며칠 더 지나면 무슨 소식이 있을 겁니다. 두 사람이 결혼하지 않았고 결혼할 계획도 없다는 것이 드러나기 전까지는, 이제 다 틀렸다는 식으로 생각하지 마십시다. 런던에 가자마자 매형을 찾아 그레이스처치가에 있는 집으로 모시고 가서 어떻게 할지 같이 의논해 볼 수 있을 겁니다."

"아유! 그래, 얘." 베넷 부인이 대답했다. "바로 그게 내가 가장 원하던 바야. 그럼 런던에 도착하면 둘이 어디 있든 간에 찾아봐라. 그리고 그때까지 결혼 안 했으면, 결혼시켜. 결혼 예복 같은 것 때문에 기다리지 말게 하고, 리디아한테 결혼한 다음에 시고 싶은 대로 다 돈을 주겠다고만 해라. 그리고 무엇보다도 매형이 결투를 못 하도록 막아. 내가 지금 어떤 상태인지 말해 주고. 놀라서 정신이 아득한 데다 온몸은 와들와들

떨리지, 옆구리엔 경련이 일지, 또 두통에다 가슴은 마구 콩닥거리니 밤이고 낮이고 한시라도 편할 날이 있어야지. 그리고 리디아 걔한테는 나를 볼 때까지는 옷을 주문하지 말라고 해, 걘 어디가 가장 좋은 옷 가게인지 모르니까 말이야. 어이구, 얘야, 정말 친절하구나! 네가 다 잘 처리해 줄 줄 알았어."

가디너 씨는 열심히 노력하겠다고 재차 다짐했지만, 걱정을 하건 희망을 갖건 너무 지나치게 그러지는 말라고 한마디 하지 않을 수 없었다. 정찬이 차려질 때까지 이런 이야기를 하다가, 일행은 딸들이 없을 때 그녀를 보살펴 주는 가정부에게 넋두리를 다 쏟도록 남겨 두고 나왔다.

동생 부부는 그녀가 그렇게 가족과 떨어져 있어야 할 이유가 없다고 생각했지만, 굳이 반대하려고 하지는 않았다. 하인들이 식사 시중을 들 동안에 그녀가 하인들 앞에서 입 조심을 할 만한 분별력이 없다는 것을 알았고, 가장 신임할 수 있는 가정부 혼자서 이 문제에 대한 그녀의 걱정과 염려를 모두 받아 주는 편이 낫겠다고 판단했기 때문이다.

식당에서 그들은 곧 자기 방에서 각자의 일에 바빠 모습을 드러내지 못했던 메리와 키티를 만났다. 전자는 책을 보다 나왔고, 후자는 옷을 차려입다 나왔다. 그렇지만 얼굴은 둘 다 멀쩡한 편이었고, 변한 구석이라고는 하나도 보이지 않았다. 다만 자기가 좋아하던 동생을 잃어서인지, 아니면 그 일로 인해 화가 나서인지 키티의 억양이 평소보다 더 짜증스러워졌다는 점 정도만 예외랄까. 메리는 자못 어른스럽게 구느라고, 다들 식탁에 앉자마자 심각한 생각에 빠진 표정으로 엘리자베스에게 이렇게 속삭였다.

"이것은 아주 불행한 사건이고, 십중팔구는 꽤나 말들이 많을 거야. 그러나 우리는 악의의 물결을 저지하고, 서로의 상처 입은 가슴에 자매다운 위로의 향유를 부어야겠지."

그러고 나서 엘리자베스가 대꾸할 기미가 없음을 알고 이렇게 덧붙였다. "이 사건은 리디아에게는 불행한 일임에 틀림없지만, 우리는 여기서 유용한 교훈을 끌어낼 수 있어. 여성에게 정조의 상실은 회복 불능이라는 것. 한번 잘못 발을 들여놓으면 끝없는 파멸에 빠진다는 것. 여성의 평판이란 아름다움만큼이나 부서지기 쉽다는 것. 무가치한 남성 앞에서 여성은 아무리 몸가짐을 조심해도 지나치지 않다는 것."

엘리자베스는 저절로 눈꼬리가 올라갔으나 기가 막힌 나머지 뭐라고 대꾸도 못 했다. 그러나 메리는 뭐가 좋은지 집안에 닥친 불행에서 이런 종류의 도덕적 교훈들을 끝도 없이 끌어냈다.

정찬을 마친 후 베넷가의 맏딸과 둘째 딸은 반 시간 정도 둘만의 시간을 가질 수 있었다. 엘리자베스는 기회를 놓치지 않고 즉각 여러 가지 질문을 했고, 제인은 그에 못지않게 열심히 대답해 주었다. 엘리자베스는 이 사건이 끔찍한 결과로 이어질 것이 분명하다고 생각했고, 제인도 아주 부정하지는 못해서 둘은 함께 한숨을 지었다. 그러다 엘리자베스가 이렇게 말하면서 회제를 이어 나갔다. "그렇지만 이 일에 관해서 모든 걸 이야기해 줘. 내가 이미 들은 것 말고 말이야. 좀 더 상세히 말해 봐. 포스터 대령이 뭐라고 말했어? 도망치기 전에 무슨 낌새는 없었대? 늘 같이 있는 걸 봤을 텐데."

"포스터 대령은 특히 리디아 쪽에서 좋아하는 눈치가 종종 엿보이긴 했지만, 경계할 일은 전혀 없었다는 거야. 그분한텐 참 안됐어. 그분의 행동은 더할 나위 없이 주의 깊고 친절했어. 두 사람이 스코틀랜드로 가지 않았다고는 추호도 생각하지 않았을 때 이미 그분은 자신이 얼마나 마음을 쓰고 있는지 알려 주려고 여기로 오고 계셨던 거야. 그런 우려가 주변에서 나오자, 걸음을 재촉하셨고."

"또 데니가 위컴은 결혼하지 않을 거라고 단언했다며? 그 사람은 둘이 달아날 줄 알고 있었대? 포스터 대령은 데니를 직접 보셨대?"

"면담을 하셨대. 그렇지만 그분이 묻자, 데니는 두 사람의 계획에 대해서는 아무것도 모른다고 잡아떼면서 속내를 드러내지 않았나 봐. 둘이 결혼 안 할 거라고 했던 말을 뒤엎은 거지. 이것으로 미루어 봐서, 희망 사항이긴 하지만, 혹 그 사람이 전에 잘못 안 게 아닌가 싶어."

"포스터 대령이 직접 오시기 전까지 우리 집에서는 둘이 정말 결혼하지 않았을 수도 있다는 의심은 아무도 하지 않았어?"

"도대체 누군들 그런 생각을 떠올릴 수 있었겠니? 난 내 동생이 그 사람하고 결혼해서 행복할지 좀 신경 쓰였다고나 할까, 하여간 걱정이 되긴 했어. 그 사람 행동이 전에도 꼭 옳았던 건 아님을 알았으니까. 아버지와 어머닌 그런 것은 모르셨고, 이 결혼이 얼마나 경솔한가만 생각하셨어. 그때 키티가,

딴 식구들보다 잘 안다는 것이 자랑스러웠겠지, 무척 우쭐대며 하는 말이. 리디아의 마지막 편지를 보고 이렇게 될 줄 알았다는 거야. 걔는 둘이 여러 주 전에 서로 사랑하게 된 걸 알았나 보더라."

"그렇지만 브라이턴으로 가기 전부턴 아니었겠지?"

"그럼, 그렇진 않을 거야."

"포스터 대령도 위컴을 나쁜 사람으로 보시는 것 같았어? 그분은 그 사람의 진짜 성품을 아셔?"

"솔직히 말해서 전만큼 위컴을 좋게 말하진 않으셨어. 무분별하고 낭비벽이 심하다고 하시더라. 그리고 이 슬픈 일이 일어난 이후로, 그 사람이 메리턴에 빚을 잔뜩 남기고 떠났다는 말이 들려왔어. 사실이 아니길 바라지만."

"오, 언니, 우리가 너무 감추려고만 말고 아는 대로 다 말해 주었더라면, 이번 일은 일어나지 않을 수 있었을 텐데!"

"그랬으면 더 나았겠지." 언니가 대답했다. "그렇지만 꼭 그 사람이 아니라 누구더라도 지금의 마음이 어떤지 잘 알지도 못하면서 과거 잘못을 폭로하는 것은 도리에 어긋나는 일로 보였어. 우린 최대한 선의로 처신했어."

"포스터 대령이 리디아가 부인께 남긴 쪽지 내용을 상세히 말해 주셨어?"

"우리한테 보여 주려고 가져오셨어."

그러고 나서 세인은 수첩에서 편지를 꺼내 엘리자베스에게 건넸다. 내용은 이러했다.

해리엇 언니께

제가 어디로 가 버렸는지 아시면 언닌 웃음을 터뜨릴걸요. 그리고 저도 언니가 내일 아침 제가 사라진 걸 알고 놀라실 생각을 하면 웃음을 참을 수 없어요. 전 그레트나그린으로 가요. 그리고 언니가 제가 누구랑 있는지 짐작 못 하신다면, 언니를 바보 멍청이로 생각할 거예요. 왜냐하면 제가 사랑하는 사람은 이 세상에서 하나뿐이고, 그이는 천사예요. 전 그이 없이는 행복할 수 없고 그래서 집을 나가도 해로울 것이 없다고 생각해요. 마음이 내키지 않으신다면, 제가 갔다고 롱본에 전하실 필요는 없어요. 제가 직접 편지를 써 보내면 더욱 놀랄 테니까요, 리디아 위컴이라고 서명해서 말이에요. 너무너무 재미있을 거예요! 웃음이 나와서 편지를 못 쓰겠네요. 프랫에게 오늘 밤 춤 추기로 한 약속을 못 지키게 되어서 미안하다고 좀 전해 주세요. 모든 걸 알게 되면 이해가 갈 거라고, 다음 무도회에서 만나면 기꺼이 같이 추겠다고 말씀해 주세요. 롱본에 닿으면 옷을 가지러 보내겠어요. 그렇지만 샐리한테 말해서 짐을 꾸리기 전에 수놓아진 모슬린 가운의 터진 곳을 수선해 달라고 해 주세요. 안녕. 포스터 대령님께도 안부 전하시고요, 저희의 여행을 위해 축배를 들어 주세요.

언니의 다정한 벗
리디아 베넷

"이런, 철딱서니 없는 것!" 편지를 다 읽고서 엘리자베스가 소리쳤다. "무슨 편지가 이래, 그 와중에 썼는데 말이야. 그렇지만 적어도 이건 알 수 있네. 걔는 둘이 떠난 목적을 진지하게 여겼다는 것 말이야. 그 사람이 나중에 어떤 식으로 꼬드길지 모르지만, 걔 쪽에서 수치스러운 짓을 꾸민 건 아니었어. 불쌍한 아버지! 어떤 기분이셨을지!"

"그렇게 충격받은 모습은 누구에게서도 본 적이 없어. 꼬박 10분 동안이나 한마디도 못 하시더구나. 어머닌 금방 몸져누웠고, 온 집안이 그런 난리가 없었어!"

"아 참! 언니." 엘리자베스가 소리쳤다. "그날 하루가 지날 때까지 자초지종을 모른 하인이 있긴 했어?"

"모르겠어. 있었기를 바란다만, 그런 때 말이 안 나가게 조심하기가 보통 어려워야지. 어머니는 히스테리 상태였는데, 나 나름대로는 힘닿는 데까지 도와드리려고 갖은 애를 썼지만 늘 미진했던 것 같고! 하지만 무슨 일이 일어날지 끔찍해서 힘이 다 빠져 버렸지."

"어머니 보살펴 드리는 일은 언니 힘에 벅찼어. 언니도 안색이 안 좋은걸. 아! 내가 언니와 같이 있었더라면 좋았을 텐데. 언니 혼자서 간호와 걱정을 도맡았으니 말이야."

"메리와 키티는 아주 인정스러웠고, 온갖 힘든 일을 나누고 싶은 마음이었을 테지만, 걔들한테 부담 지우는 것이 옳다는 생각은 안 들었어. 키티는 여윈 데다 몸이 약하고, 메리는 너무 공부를 많이 하니까 쉬는 시간을 뺏어서야 되겠니. 필립스 이모가 아버지가 가신 후 화요일에 통본에 오셔서 친절하게도 목요일까지 함께 계셔 주셨어. 이모는 우리 모두에게 큰 도움과 위안이 되셨어. 또 루커스 부인께서 무척 친절을 베푸셨는데, 수요일 아침에 여기까지 걸어와 우리를 위로하시면서 소용이 닿는다면 자기나 자기 딸 중에 누구라도 돕겠다고 하셨어."

"그분은 그냥 댁에 계시는 게 나았는데." 엘리자베스가 목소리를 높였다. "뭐 딴 뜻이야 없었겠지만, 이렇게 불행한 일이 있을 때는 이웃들을 안 보는 게 상책이야. 도움을 받기는 불가능하고, 위로를 받는 것도 못 견딜 일이야. 멀리서 우릴 보면서 승리감을 만끽하면 됐지 말이야."

다음에 그녀는 아버지가 런던에 계시는 동안 딸을 찾아오기 위해서 대체 어떻게 하시려는지 물었다. 제인이 대답했다.

"내 생각에 아버지는 두 사람이 마지막으로 마차를 갈아탄 엡섬이란 곳에 가서 마부들한테 무슨 이야기를 들어 볼 수 있지 않을까 하시는 것 같았어. 클래펌에서 두 사람을 태운 마차의 번호를 알아내는 것이 주된 목표였어. 그 마차가 런던에서 오는 손님을 태우고 왔다던데, 아버진 남자와 여자 단둘이 한 마차에서 다른 마차로 갈아타는 장면이 눈에 띄었을 수도 있다고 생각해서서 클래펌에서 탐문해 보실 참이었던 것 같아. 어떻게든 마부가 어떤 집에 손님들을 내려 주었는지만 확인되면, 거기 가서 알아보기로 마음을 정하셨고 그 마차의 차고와 번호를 알아내는 것도 불가능한 일만은 아니라고 여기시는 것 같았어. 그 밖에 무슨 다른 계획을 하시는지는 모르겠어. 너무 서둘러 떠나며 허둥대시는 바람에 이 정도도 힘들게 알아낸 거야."

6

다음 날 아침 모두들 베넷 씨의 편지를 고대하였으나, 우체부는 단 한 줄의 전갈도 가져다주지 않았다. 가족들은 평소에 그가 편지 쓰는 일에 무척 게으르고 더디다는 것을 알고는 있었으나 때가 때인 만큼 좀 더 노력해 주기를 기대했었다. 하는 수 없이 무슨 좋은 소식이 없나 보다고 결론지었지만, 그것이나마 확인했으면 하는 심정이었다. 편지가 오기만 기다리던 가디너 씨는 바로 길을 떠났다.

그가 떠나자 다들 이제 적어도 일이 어떻게 되어 가는지는 전해 들을 수 있겠구나 싶었고, 떠나면서 그는 될 수 있는 대로 빨리 매형이 롱본으로 돌아오시도록 조처하겠다고 약속해서 누님을 안심시켰다. 베넷 부인은 그렇게 하는 것이 남편이 결투에서 살해당하지 않을 수 있는 유일한 길이라고 생각했기 때문이다.

가디너 부인은 자신이 있어 주는 것이 조카들에게 도움이 되리라고 생각해서 아이들과 같이 며칠 더 하트퍼드셔에 머물렀다. 그녀는 조카들이 베넷 부인을 돌볼 때는 같이 챙겼고, 그들이 쉴 때는 큰 위안을 주었다. 이모도 자주 그들을 찾아 주었다. 자기 말로는 늘 조카들을 위로하고 북돋아 주려는 생각이라지만, 올 때마다 위컴의 낭비벽이라거나 도를 벗어난 짓의 새로운 사례들을 전해 주는 바람에 이모가 다녀가면 대개 처음보다 더 기분이 울적해지곤 했다.

불과 석 달 전만 해도 거의 빛의 천사였던 사람을 먹칠하기에 온 메리턴이 여념이 없는 듯 보였다. 그가 그곳에서 빚을 지지 않은 상인이 없다는 것이며, 그의 흉계는 유혹이라는 영예로운 타이틀까지 달고 모든 상인들의 가족에게 뻗어 있었다는 것이다. 하나같이 그가 세상에서 가장 사악한 인간이라고 입을 모았고, 겉모습뿐인 그의 선함을 믿은 적이 없다고들 했다. 엘리자베스는 그런 말들을 반도 믿지 않았지만, 막내가 신세를 망친 것이라는 자신의 판단은 더 확고해졌다. 좀처럼 그런 말을 믿지 않던 제인마저 거의 희망을 잃기에 이르렀다. 전에는 그들이 스코틀랜드에 갔을 것이라는 생각을 완전히 버린 적이 없었는데, 그랬더라면 무언가 벌써 소식이 오지 않았을까 하는 시점이 닥쳐오니 더욱 절망스러웠다.

가디너 씨는 일요일에 롱본을 떠났는데, 그의 부인은 화요일에 그의 편지를 받았다. 편지에는 그가 도착하자마자 바로 매형을 찾아냈고, 매형을 설득해서 그레이스처치가로 모셔 왔다고 적혀 있었다. 자신이 도착하기 전에 매형이 엡섬과 클래펌에 갔으나 쓸 만한 정보는 하나도 얻지 못했으며, 이제 시내에 있는 주요 호텔들을 다 수소문해 볼 작정이라는 것이었다. 매형은 그들이 처음 런던에 와서 거처를 얻기 전에 호텔에 들렀을 수도 있다고 생각하시는데, 그런 식으로는 별 성과가 없을 것 같지만 매형이 워낙 열심이신지라 그렇게 하도록 도와드릴 생각이라고 했다. 그리고 매형이 지금으로서는 런던을 떠날 생각이 조금도 없는 것 같다고 덧붙이고서 곧 다시 편지하겠다고 약속했다. 또 이런 내용의 추신도 있었다.

내가 포스터 대령에게 편지를 써서, 가능하다면 연대에 있는 위컴의 친구들에게 그 청년이 시내 어디쯤 숨어 지내는지 알 만한 친척이나 친지가 있는지 알아봐 달라고 부탁했소. 그런 단서를 얻을 수 있는 누군가가 있어서 알아볼 수 있다면, 중요한 수확이 될 수도 있을 거요. 지금으로서는 어디 손닿는 데 하나 없으니 말이오. 포스터 대령은 모르긴 해도 이런 일이라면 힘 닿는 대로 도와주려 할 테니까. 또 이런 생각도 드는데, 혹 리지가 그의 친척 중에서 현재 살아 있는 사람이 누가 있는지 알 수도 있지 않을까 하는 거요.

엘리자베스는 자신이 믿을 만한 소식통으로 대접받는 연유가 무엇인지 이해하고도 남았지만, 그런 대접에 걸맞은 쓸 만한 정보를 제공할 능력은 없었다.

그녀는 여러 해 전에 돌아가신 양친을 제외하고는 그에게 친척이 있다는 말을 들은 적이 전혀 없었다. 그렇지만 ○○부대에 있는 그의 동료들 가운데는 더 많은 정보를 줄 수 있는 사람이 있을 수도 있었고, 그녀로서는 큰 기대를 걸지는 않았으나 그래도 한번 알아볼 만한 일이기는 했다.

이제 롱본에서는 이제나저제나 하는 초조한 나날이 계속되었다. 하루 가운데서도 가장 초조한 때는 우체부가 오는 시간이었다. 모두들 아침마다 편지가 오기를 학수고대했다. 좋은 소식이든 나쁜 소식이든 편지로 전달될 터여서, 다음 날이면 무슨 중요한 소식이 있겠지 하고 고대했다.

그러나 가디너 씨에게서 다시 소식을 듣기 전에, 다른 곳에서 아버지 앞으로 편지가 도착했다. 콜린스 씨가 보냈는데, 제인이 이 편지를 읽었다. 제인은 아버지가 안 계시는 동안 아버지한테 오는 편지를 모두 개봉하라는 지시를 받은 터였다. 엘리자베스는 그의 편지가 늘 그야말로 걸작이라는 것을 알았으므로 어깨 너머로 같이 읽었다. 그것은 이러했다.

　삼가 올립니다.

　어제 하트퍼드셔에서 온 편지를 보고 알았습니다만, 지금 처해 계시는 슬픈 고통에 심심한 위로를 드리는 것이 저희의 관계로 보나 제 처지로 보나 도리인 듯하여 이렇게 펜을 들었습니다. 저와 제 처는 어르신께서 겪으시는 고통에 대해서 어르신과 어르신의 가족 여러분께 진심으로 동정의 말씀을 올리는 바입니다. 이는 시간이 지나도 지워지지 않는 원인에서 생긴 고통인지라 이보다 더 쓰라린 경우도 없을 것입니다. 지독한 불행이 조금이나마 덜어진다면, 또 부모의 가슴에 그야말로 대못을 박는 일을 당하신 어르신에게 위로가 될 수 있다면 무슨 말이든 아끼지 않을 것입니다. 차라리 따님이 죽는 것이 더 복이었을 것입니다. 또한 제 처의 말을 들어 보면, 따님의 이런 방종한 행동은 그릇 애지중지한 데에서 생긴 일이라고 생각할 만한 이유가 있어 더더욱 통탄스럽습니다. 하나 동시에, 어르신과 아주머님께는 위안이 되겠습니다만, 저는 따님의 성정이 본래 나빠서 그렇다고 생각하고 싶습니다. 그렇지 않다면 그리 어린 나이에 어찌 그런 엄청난 일을 저지를 수 있었겠습니까? 어쨌거나 어르신이야 심심한 동정을 받아야 할 분이라는 데 대해서

는 제 처뿐 아니라 제가 이 일을 말씀드린 캐서린 영부인께서
나 영양께서도 동의하십니다. 그분들은 딸 하나가 이렇게 그릇
된 길로 들면 다른 딸 모두의 앞길에도 해악이 될 것이라는 제
말에 동의하시는바 영부인께서는 송구스럽게도 누가 그런 집안
과 인연을 맺으려 하겠는가 하는 말씀까지 하십니다. 그리고 이
런 생각을 하니 작년 11월 있었던 어떤 일을 더욱 흡족한 마음
으로 돌이켜 보게 됩니다. 일이 달리 되었더라면 저 또한 어르
신이 겪는 슬픔과 치욕에 끼었을 것이 분명하니 드리는 말씀입
니다. 그래서 저는 어르신께서 되도록 자중자애하시고 아무짝
에도 못 쓸 그런 아이와는 부녀의 인연을 끊어 버림으로써 자
기가 뿌린 해악의 열매를 스스로 거두게 내버려 두시기를 삼가
권유드립니다. 이만 총총.

가디너 씨는 포스터 대령에게 답장을 받고서야 다시 편지
를 보내왔지만, 반가운 소식은 하나도 없었다. 위컴이 관계를
유지해 온 친척이 한 명이라도 있는지 알려진 바 없고, 살아
있는 근친이 아무도 없는 것이 분명하다는 것이었다. 전에 알
던 사람은 많지만, 그가 입대한 이후로는 특별히 친하게 지내
는 사람이 아무도 없는 모양이었다. 따라서 그에 관한 무슨 소
식이든 전해 줄 만한 사람을 딱히 집어낼 수 없게 되었다. 리
디아의 친척에게 들키는 것도 들키는 것이지만, 그의 재정이
파산 지경이라는 것이 그가 몸을 숨긴 유력한 동기로 보였다.
알고 보니 그가 거액의 노름빚을 남기고 떠났던 것이다. 포스
터 대령은 브라이턴에서 진 그의 빚을 청산하려면 1000파운

드 이상이 필요할 것이라고 했다. 상인들에게 진 빚도 많지만, 신용으로 꾼 노름빚은 훨씬 더 엄청나다는 것이었다. 가디너 씨는 롱본의 가족들에게 이 소상한 사정을 구태여 감추려 하지 않았다. 제인은 이 사실을 듣고는 질려 버렸다. "도박꾼이라니!" 그녀가 소리 질렀다. "정말 너무나 뜻밖이야. 그런 줄은 생각조차 못 했어."

가디너 씨는 편지에서 그들의 부친이 다음 날 집에 가실 거라고 덧붙였는데, 다음 날이면 토요일이었다. 모든 노력이 허사가 되자 낙담하여 그는 더 이상 추적을 한다거나 하는 이후의 일처리는 자기에게 맡기고 가족에게 돌아가시라는 처남의 간곡한 권유에 따르기로 한 것이었다. 이 말을 전해 들은 베넷 부인은 남편의 생명을 근심해 마지않던 셈치고는 자식들의 예상만큼 기꺼워하지 않았다.

"뭐라고, 집에 돌아온다니! 불쌍한 리디아도 데려오지 않으면서 말이야!" 그녀가 소리쳤다. "두 사람을 찾아낼 때까지는 런던을 떠나지 않겠지, 암. 그 양반이 없어져 버리면 누가 위컴하고 결투해서 걔를 결혼시키겠니?"

가디너 부인은 이제 집으로 돌아가기를 원했고, 베넷 씨가 런던을 떠나는 시간에 맞춰 그녀와 아이들은 런던으로 출발하기로 했다. 그래서 마차가 그들을 첫 번째 역까지 데려다주고, 주인을 태우고 롱본으로 되돌아왔다.

가디너 부인은 엘리자베스와 그녀의 더비셔 친구의 관계에 대해 더비셔에서부터 품어 온 의혹을 조금도 풀지 못한 채 떠났다. 조카와 함께 있는 자리에서 조카가 먼저 그의 이름을 언급한 적이 없었고, 가디너 부인으로서는 그에게서 편지라도 오지 않겠느냐는 기대도 없지 않았지만 그것도 헛된 기대였다. 엘리자베스가 돌아온 이후로 펨벌리에서는 쪽지 한 장조차 오지 않았다.

엘리자베스의 기분이 침체된 것이야 현재 처해 있는 가족의 불행으로 얼마든지 설명될 수 있었다. 그러니 조카가 기운이 빠진 것만으로는 아무것도 추정할 수 없을 터였다. 엘리자베스 자신으로 말하면 자신의 현재 감정 상태를 웬만큼 알게되었다고 해야겠다. 그녀는 다아시란 사람을 몰랐더라면 리디아가 수치스러운 지경에 빠질지 모른다는 두려움을 조금은 더 잘 견딜 수 있었으리라고 절감했다. 그랬더라면 잠 못 이루는 밤이 반으로 줄었을 게 틀림없었다.

집에 도착한 베넷 씨는 겉보기에는 평소의 달관한 사람 같은 차분한 태도를 잃지 않고 있었다. 입을 거의 열지 않는 것도 예나 다름없었고, 집을 나서게 했던 일에 대해서 일언반구도 없었다. 딸들이 그 일을 입에 올릴 용기가 생긴 것은 한참이 지나서였다.

정찬을 마친 후 차 시간에 함께 자리했을 때에야 비로소 엘리자베스가 그 이야기를 꺼냈다. 아버지가 얼마나 고생하셨을지 생각하면 마음이 아프다고 한마디 던졌더니 그가 대답했다. "그런 말 하지 마라. 나 말고 누가 괴로워야 하겠니? 다 내책임이니 그래도 싸지."

"너무 자책하지 마세요." 엘리자베스가 대답했다.

"그것도 폐단이라면 폐단이겠지. 자책에 빠지기 쉬운 것이 인간의 본성이니 말이다! 하지만 리지, 내 평생에 한 번이라도 내 잘못이 얼마나 큰지 느끼게 해 다오. 자책감에 휩싸여 봤자 두렵지도 않다. 금방 사라지고 말 테니."

"두 사람이 런던에 있다고 생각하세요?"

"그래, 거기가 아니면 달리 어디서 그렇게 숨어 있을 수 있겠니?"

"게다가 리디아가 늘 런던에 가고 싶어 했으니." 키티가 덧붙였다.

"그럼 그 애는 행복하겠군." 아버지가 덤덤한 말투로 말했다. "이참에 런던에서 제법 오래 살 모양이니 말이다."

그러고 나서 잠시 말이 없다가 이렇게 계속했다. "리지, 지난 5월에 네가 한 충고가 그대로 맞아떨어졌다고 해서 널 고깝게 보진 않으마. 이번 일을 겪고 보니 네 생각이 깊다는 것을 알겠다."

제인이 어머니에게 가져다줄 차를 가지러 들어와서 그들의 대화는 중단되었다.

"너네 엄마 시위 한번 잘한다." 그가 언성을 높였다. "불행을 기회로 아주 고상을 떨고 있다니까! 다음번엔 나도 한번 똑같이 굴어야겠다. 나이트캡을 쓰고 화장용 가운을 입고 내 서재에 앉아서 한껏 말썽을 부려 대야겠어……. 아니, 모르긴 해도 키티가 달아날 때까지는 연기하는 것이 좋겠지."

"전 달아나지 않을 거예요, 아빠." 키티가 참지 못하고 말했다. "브라이턴에 가도 리디아보다는 얌전하게 처신할 거야."

"브라이턴에 간다고, 네가! 그 근처에 있는 이스트본까지도 믿고 보낼 수 없어, 50파운드를 준대도 어림없어! 안 돼, 키티, 아빠는 이제야 조심해야 한다는 걸 배웠다. 이제 너부터 적용할 거야. 이제 다시는 장교는 한 명도 내 집에 발을 들여놓지 못한다. 마을을 지나가는 것도 안 돼. 언니들하고 같이 춘다는 조건이 아니면, 무도회도 완전히 금지다. 또 매일 10분 동안 이성적으로 보냈다는 것을 입증하기 전에는 집 밖으로 한 발짝도 못 나가."

키티는 이 모든 으름장을 곧이곧대로 받아들여 울기 시작했다.

"괜찮아, 괜찮아, 그렇게 상심하진 마라." 그가 말했다. "앞으로 10년 동안 착하게 굴면, 그땐 내가 열병식[33]에 데려가 줄 테니."

7

베넷 씨가 돌아온 지 이틀 후에, 제인과 엘리자베스는 집 뒤의 관목 숲길을 걷다가 가정부가 자기들 쪽으로 오는 것을 보았다. 그들은 어머니가 부르나 보다 싶어서 다가갔다. 그러나 가까운 거리까지 오자 가정부는 어머니의 호출을 전하는 것이 아니라 베넷 양에게 이렇게 말했다. "아가씨, 방해해서 미안하지만, 런던에서 무슨 좋은 소식이 온 것 같아서 실례를

---

33) review. 재심에 부친다는 뜻도 있다.

무릅쓰고 여쭈어보려고요."

"무슨 말이세요, 힐? 우린 런던에서 아무 소식도 못 들었는데."

"아가씨." 힐 부인이 몹시 놀라서 소리쳤다. "가디너 씨가 주인님께 속달을 보내신 걸 모르세요? 배달원이 반 시간 전부터 여기 있었는데, 주인님이 편지를 받으셨어요."

두 사람은 달렸다. 너무 열심히 달려 말을 주고받을 시간도 없었다. 그들은 현관을 통과해 조찬실로 뛰어 들어갔다가, 거기서 다시 서재를 향해 달렸다. 아버지는 어디에도 안 계셨다. 아버지가 어머니와 같이 계시는가 싶어 2층으로 올라가려던 때, 그들과 마주친 집사의 말은 이랬다.

"주인 나리를 찾으신다면, 아가씨들, 작은 숲 쪽으로 걸어가셨습니다."

이 말을 듣자마자 그들은 다시 홀을 통과하고, 잔디밭을 가로질러 아버지를 뒤쫓아 뛰었다. 아버지는 마당 한쪽에 있는 작은 숲을 향해 천천히 걷고 있었다.

제인은 엘리자베스만큼 몸이 가볍지 않고 달리기에 익숙지도 않아 곧 뒤처졌고, 그사이 동생은 숨을 헐떡이면서 아버지를 따라잡고서 조바심치며 소리 질렀다.

"아휴, 아빠, 무슨 소식이에요? 무슨 소식이냐고요? 외삼촌한테서 무슨 소식이 왔어요?"

"왔다. 속달로 보냈구나."

"그런데 무슨 소식이 왔나요? 좋은 소식이에요, 아니면 나쁜 소식이에요?"

"무슨 좋은 소식이 있겠니?" 호주머니에서 편지를 꺼내면서 그가 말했다. "어쨌든 넌 읽어 보고 싶을 테지."

엘리자베스는 허겁지겁 편지를 낚아채다시피 했다. 제인도 이제 동생을 따라잡았다.

"소리 내서 읽어 보아라." 아버지가 말했다. "나도 당최 무슨 소린지 모르겠으니까."

그레이스처치가

8월 2일 월요일

존경하는 매형께

마침내 조카에 관해 소식다운 소식을 전해 드릴 수 있게 되었습니다. 그리고 매형께서도 대체로 만족하실 만한 것이라고 믿습니다. 매형이 토요일에 떠나신 후 바로, 다행히도 저는 그들이 런던 어느 지역에 있는지 알아냈습니다. 자세한 말씀은 만나서 드리겠습니다. 일단 두 사람이 발견되었다는 것만 알아 두시면 됩니다. 둘이 같이 있는 것을 직접 만나 확인했습니다.

"내가 바라던 대로야." 하고 제인이 소리쳤다. "둘은 결혼한 거야."

엘리자베스가 계속해서 읽었다.

둘이 같이 있는 것을 직접 만나 확인했습니다. 두 사람은 결혼한 상태가 아니고, 결혼할 의사가 있었는지도 모르겠습니다.

그렇지만 매형께서 제가 매형을 대신해서 한 약속대로 행하실 의사가 있다면, 두 사람은 머지않아 결혼할 거라고 봅니다. 매형이 해 주셔야 할 일은, 매형과 누님이 사망한 후에 자식들 몫으로 돌아갈 5000파운드에 대한 동등한 지분을 리디아에게도 증여 재산으로 분배하겠다고 보증하는 것입니다. 또 나아가 매형께서 살아 계시는 동안 매년 100파운드를 주겠다고 약속하시는 것입니다. 이상이 조건인데, 모든 것을 고려해 본 후 제게 그럴 만한 권한이 있다고 생각해서 매형을 대신하여 주저 없이 응했습니다. 지체 없이 답장을 보내 주실 수 있도록 속달로 편지를 보냅니다. 이런 사실로 미루어 보아 매형께서는 위컴 씨의 형편이 세상에 알려진 것만큼 절망적이지는 않다는 것을 쉽게 아실 수 있을 것입니다. 항간에서는 이 점을 잘못 알고 있습니다. 그리고 다행스럽게도 그의 빚을 모두 갚고 나서도 돈이 조금 남아서 조카의 재산에 보태려고 합니다. 당연히 그래 주실 거라고 생각하지만, 이 문제에 대해 매형을 대행할 전권을 제게 주신다면, 즉각 해거스턴에게 지시해서 적절한 양도 절차를 밟도록 조처하겠습니다. 다시 상경하실 일은 조금도 없으니, 저의 근면함과 책임감을 믿고 롱본에 그냥 머물러 계십시오. 가능한 한 빨리 답장을 보내 주시고, 분명한 의사를 전달하셔야 한다는 데 유의해 주십시오. 저희는 조카가 저희 집에서 머물며 결혼하는 것이 최선이라고 판단했는데, 매형도 동의하시리고 믿습니다. 그 아이는 오늘 저희한테 옵니다. 더 결정되는 것이 있는 대로 바로 다시 편지드리겠습니다. 총총.

에드워드 가디너 드림

"이럴 수가 있을까!" 다 읽고 나서 엘리자베스가 소리쳤다. "그 사람이 리디아와 결혼한다니 믿기지가 않아."

"그렇다면 위컴이 우리가 생각했던 것만큼 파렴치한 사람은 아닌가 봐." 언니가 말했다. "아버지, 축하드려요."

"그런데 답장은 보내셨어요?" 엘리자베스가 물었다.

"아니, 그렇지만 바로 보내야지."

그러자 그녀가 더 이상 시간을 낭비하지 말고 편지를 쓰시라고 채근하다시피 했다.

"아이! 아버지." 그녀가 소리 질렀다. "돌아가셔서 바로 편지 쓰세요. 이런 경우에 한시가 급하다는 걸 생각하셔야지요."

"제가 대신 쓸게요." 제인이 말했다. "쓰기 싫으시다면요."

"싫기야 무척 싫지만, 쓰긴 써야지." 그가 대꾸했다.

그런 후 그는 그들과 함께 몸을 돌려 집을 향해 걸었다.

"좀 여쭤봐도 돼요?" 엘리자베스가 말했다. "제 생각엔, 그 조건들은 들어주셔야 할 것 같은데요."

"들어주어야 할 것 같다니! 그렇게 적게 요구하는 것이 창피할 뿐이다."

"그리고 두 사람은 결혼해야 하고요! 그렇지만 그런 사람하고 해야 하다니!"

"그래, 그래. 두 사람은 결혼해야지. 달리 도리가 없지. 그렇지만 내가 무척 알고 싶은 것이 두 가지 있어. 하나는 너희 외삼촌이 일을 성사시키기 위해서 얼마나 많은 돈을 썼는지이고, 다른 하나는 내가 어떻게 그 돈을 갚느냐 하는 거다."

"돈이라고요! 외삼촌께서!" 제인의 목청이 높아졌다. "무슨 말씀이세요, 아버지?"

"내 말은, 제정신인 남자라면 내가 살아 있는 동안에는 연 100파운드, 죽고 나서는 연 50파운드라는 보잘것없는 유혹에 빠져 리디아와 결혼하지는 않을 거라는 뜻이다."

"맞는 말씀이세요, 그런 생각이 방금 전까진 떠오르지 않았지만요." 엘리자베스가 말했다. "빚을 다 갚고도 좀 남는다니요! 아하! 외삼촌이 떠안으신 것이 틀림없어요! 너그럽고 훌륭한 분이세요. 이번 일로 많이 힘드셨던 건 아닌지. 적은 금액으로는 어림도 없었을 텐데요."

"그렇지." 아버지가 말했다. "만 파운드에서 한 푼이라도 적게 받고 리디아를 데려간다면 위컴은 바보야. 이제 곧 장인이 될 텐데 사위를 바보로 만들어서야 면목이 안 서는 일이지."

"만 파운드라고요! 세상에! 그런 돈의 반이라도 어떻게 갚아요?"

베넷 씨는 대답하지 않았고, 각자 깊은 생각에 빠져서 집에 도착할 때까지 줄곧 침묵을 지켰다. 아버지는 편지를 쓰러 서재로 갔고, 딸들은 조찬실로 들어갔다.

"정말 결혼을 하게 되다니!" 둘이서만 있게 되자마자 엘리자베스가 소리쳤다. "뭐, 이런 일이 다 있어! 이따위 일에 우리가 감사해야 하다니. 행복할 가망이 거의 없는데도 결혼해야 하고, 남자의 성격이 형편없는데도 우린 기뻐해야 한다는 거지! 에이, 리디아 계집애!"

"난 이런 생각으로 위안을 삼고 싶어." 제인이 대꾸했다. "그 사람이 리디아를 진정으로 사랑하지 않는다면, 걔와 결혼하지 않을 것이 분명하다고 말이야. 우리 친절한 외삼촌께서 그 사람 빚을 청산하려고 무언가 하긴 하셨겠지만, 만 파운드나 그 비슷한 정도까지 대셨다고는 믿기지 않아. 외삼촌도 자식들이 있고 더 생길지도 모르는데. 만 파운드의 반이라도 어떻게 댈 수 있으셨겠어?"

"위컴이 빚을 얼마나 졌는지, 또 리디아의 지참금 조로 얼마를 요구했는지 알 수 있다면……." 엘리자베스가 말했다. "외삼촌이 두 사람을 위해 얼마를 내셨는지 정확히 알 수 있을 거야. 위컴은 자기 돈은 단돈 6펜스도 없으니까 말이야. 외삼촌과 외숙모가 베풀어 주신 은덕은 이루 다 갚을 수 없어. 그 애를 집으로 데려가서 보살펴 주고 뒷받침까지 해 주시는 것은 두고두고 감사해도 모자랄 희생이야. 지금쯤 걔는 두 분하고 같이 있을 테지! 이런 과분한 대접을 받고도 부끄러운 줄 모른다면 걔는 행복을 누릴 자격이 없어! 외숙모를 처음 뵐 때, 도대체 어떤 심정이었을까!"

"어느 쪽이든 두 사람에게 일어난 일들은 모두 잊어버리려 애써야지." 제인이 말했다. "난 둘이 여전히 행복하길 바라고 그러리라 믿어. 그 애와의 결혼을 수락한 것을 그 사람이 올바르게 생각하게 되었다는 증거라고 생각할 테야. 서로 사랑하는 마음이 둘을 바로잡아 줄 테고. 조용히 자리를 잡고 합리적으로 살게 되면, 과거의 지각없던 행동도 점점 잊히리라 보고 싶어."

"둘이 저지른 짓은 언니도, 나도, 어느 누구라도 도저히 묵과할 수 없는 거야." 엘리자베스가 대꾸했다. "말해 봤자 입만 아프지."

　이제 두 딸들은 어머니가 필시 아무것도 모르고 계시리라는 데 생각이 미쳤다. 그들은 서재로 가서 아버지께 어머니에게 알려도 괜찮은지 물어보았다. 그는 편지를 쓰고 있었는데, 머리도 들지 않고서 덤덤하게 대답했다.

　"너희 좋을 대로 해라."

　"외삼촌 편지를 가지고 가서 읽어 드려도 돼요?"

　"뭐든지 가지고 가 버려."

　엘리자베스가 책상에서 편지를 집어 들고, 둘은 함께 위층으로 올라갔다. 메리와 키티도 베넷 부인과 같이 있어서 모두에게 한꺼번에 전할 수 있었다. 희소식이라는 것을 먼저 알린 뒤 편지가 낭독되었다. 베넷 부인은 거의 가만있지 못했다. 제인이 외삼촌도 리디아가 곧 결혼하게 되리라고 생각한다는 대목을 읽자 환희가 터져 나왔고, 문장이 이어질 때마다 광분이 도를 더해 갔다. 그녀는 전에 놀라고 화가 나서 안달복달하던 만큼이나 이제 와서는 기쁨으로 어쩔 줄 몰라 했다. 딸이 결혼하게 되었다는 것으로 충분했다. 그녀는 딸의 행복에 대한 걱정 때문에 심란해하지도 않았고, 잘못된 소행을 돌이켜 보면서 남우세스러워하지도 않았다.

　"너무너무 사랑스러운 리디아!" 그녀가 소리쳤다. "정말 기쁘구나! 그 애가 결혼하게 되다니! 그 애를 다시 볼 수 있게 되다니! 열여섯에 결혼을 하다니! 착하고 친절한 내 동생 에드워드! 이렇게 될 줄 알았어. 역시 동생이 만사를 처리할 줄 알았어. 정말 우리 리디아 너무 보고 싶어! 또 우리 위컴도 말이야! 하여간 의상, 결혼 의상을 마련해야 할 텐데! 올케한테 바로 편지를 써 보내야겠어. 리지, 애야, 아버지한테 내려가서 그 애한테 얼마나 줄 수 있는지 여쭤봐라. 아니, 잠깐, 잠깐. 내가 직접 갈 거야. 키티, 벨을 울려서 힐 좀 불러. 옷을 금방 걸칠 테니까. 너무너무 사랑스러운 리디아! 이제 만나게 되면 얼마나 즐거울까!"

맏딸은 이런 광분에 가까운 황홀경을 얼마간 가라앉히려고, 그들 모두가 외삼촌에게 얼마나 큰 신세를 졌는지 어머니에게 환기시켰다.

"이렇게 행복한 결말이 난 것은 누가 뭐래도 외삼촌 덕택이에요." 그녀가 말했다. "외삼촌께서 돈을 대서 위컴 씨를 도우러 나서신 게 틀림없어요."

"그래, 아주 잘한 일이야." 어머니가 목청을 높였다. "외삼촌 아니면 누가 그런 일을 하겠니? 자기 가족만 없다면, 돈은 모두 나와 너희 차지가 되었을 것이 분명한데. 선물 몇 번 한 것 빼고 우리가 받은 것이라곤 이번이 처음이야. 아무튼 좋아! 너무 행복해. 얼마 안 있으면, 딸 하나를 시집보내는구나. 위컴 부인이라! 참 듣기 좋구나. 게다가 그 애는 지난 6월에야 열여섯이 되었지. 제인, 가슴이 너무 두근거려서 못 쓰겠구나. 내가 부를 테니 대신 받아 적으렴. 돈 문제는 네 아버지와 이 다음에 정하더라도 혼례복은 바로 주문해야겠어."

그러고 나서 그녀는 옥양목, 보슬린, 케임브릭 등 온갖 천들을 하나씩 주워섬겼다. 제인이 아버지가 틈이 나서 상의드릴 수 있을 때까지 기다리자고 간신히 설득하지 않았다면, 얼마 안 가서 매우 많은 주문 사항을 받아 적었을 것이다. 하루 정도 지체하는 것이야 어떻겠느냐는 딸의 말에 어머니도 여느 때만큼 고집을 부리지는 않았다. 너무나 행복에 취하기도 했거니와 다른 계획들이 머리에 떠오르기도 했던 까닭이다.

"옷을 차려입는 즉시 메리턴에 갈 거다." 그녀가 말했다. "가서 동생 필립스한테 이 희소식을 전해 주어야지. 그리고 돌아오는 길에 루커스 부인과 롱 부인에게도 들를 수 있겠고. 키티, 내려가 마차 좀 준비시켜라. 바람도 좀 쐬야겠고. 암 그렇고말고. 애들아, 메리턴에 가면 너희한테 뭘 사다 줄까? 아! 힐이 오네. 힐, 희소식 들었지? 리디아 아가씨가 결혼하게 된단다. 잔치 때 자네들한테도 모두 펀치 한 잔씩 돌릴게."

힐 부인은 즉각 축하의 말을 하기 시작했다. 엘리자베스도 식구들 사이에서 그녀의 축하를 받고 있다가 이런 바보짓에 신물이 나서 여유롭게 생각해 볼 요량으로 자기 방으로 피신했다.

불쌍한 리디아의 처지는 그야말로 좋을 것이 하나도 없지만 더 나빠지지 않았다는 것에 감사해야겠지. 그녀는 그런 기분이었다. 사실 동생의 앞날에는 정상적인 행복도 세속적인 번영도 기대하기 어려웠다. 그러나 단 두 시간 전까지도 파국을 두려워하던 것을 돌이켜 보면 그나마 이렇게라도 해결된 것에 감지덕지할 뿐이었다.

베넷 씨는 이 나이에 이르기 전에도 아이들과 아내가 자기보다 더 오래 살 것에 대비해 수입을 다 써 버리지 않고 매년 일정액을 저축하면 좋겠다는 생각을 종종 했다. 이제는 그 어느 때보다 그것이 더 절실해졌다. 사실 저축을 소홀히 하지만 않았어도 처남에게 빚을 지지 않고 리디아를 위해 명예든 신용이든 사 줄 수 있었을 터였다. 그랬다면 대영 제국에서 가장 가치 없는 청년 가운데 하나를 구워삶아 자기 딸의 남편으로 삼은 만족감을 제대로 맛보았을지도 모른다.

그는 아무에게도 아무짝에도 쓸모없는 그런 일을 처남의 부담만으로 치르게 된 것이 못내 마음에 걸려서, 가능하면 그가 도와준 액수가 얼마인지 알아보고 될 수 있는 대로 조속한 시일 내에 그 채무를 갚아야겠다고 결심했다.

베넷 씨의 결혼 초기에는 절약의 필요성을 전혀 느끼지 않았다. 당연히 아들을 둘 테고 그 아들이 성인이 되는 대로 한정 상속이 해제될 것이므로 미망인과 동생들을 부양하는 데 아무 문제가 없을 것이라고 여겼다. 그러나 딸만 줄줄이 다섯이 세상에 나왔고, 사내아이의 기별은 없었다. 베넷 부인은 리디아가 태어나고서도 여러 해 동안 사내아이를 낳을 수 있겠거니 기대했다. 그러나 결국 득남에 실패했을뿐더러 근검절약 생활을 하기에도 이미 늦어 버렸다. 베넷 부인은 절약에 진허소질이 없었으니, 오로지 남편의 자립심 덕택에 겨우 수입을 초과해 소비하는 것을 피할 정도였다.

결혼 약정서에는 베넷 부인과 자식들에게 5000파운드를 분배하도록 되어 있었다. 그러나 자식들 사이에 어떤 비율로 나누어 주느냐는 양친의 뜻에 달려 있었다. 리디아와 관련해서 최소한 이것만 확정하면 되었으니 베넷 씨는 처남의 제안을 따르는 데 주저할 까닭이 없었다. 아주 간결하긴 하지만 처남의 친절에 감사를 표하고 나서, 지금까지 취해진 모든 조처에 십분 동의하고, 자신을 대신해서 맺은 약속들을 기꺼이 이행하겠다고 편지에 적어 나갔다. 그는 위컴이 자기 딸과 결혼하게끔 설득해 낼 수 있다 하더라도 지금처럼 적은 부담이 지워지리라고는 생각조차 못 했다. 100파운드가 그들에게 지불되더라도 그가 1년에 손해 보는 금액은 고작 10파운드도 되지 않을 터였다. 왜냐하면 식비라든가 용돈, 또 어머니의 손을 통해 계속 흘러 들어가는 돈을 따지면, 리디아가 소비해 온 액수도 그 금액에 가까웠기 때문이다.

그가 웬 떡이냐 하게 된 또 다른 이유는 자기 쪽에서 이렇게 조금만 꿈쩍거리고도 일이 처리되었다는 데 있었다. 지금 그가 가장 바라는 바는 될 수 있는 대로 이 일 때문에 귀찮아지지 않는 것이었으니까. 처음에는 화가 머리끝까지 치밀어 이리저리 딸을 찾아다녔지만, 이제 그 분노도 사그라지고 보니 그는 자연스럽게 본래의 게으른 태도로 돌아왔다. 그의 편지는 즉시 발송되었다. 일을 손에 잡는 데는 느렸지만 처리는 신속했기 때문이다. 그는 처남에게 자신이 얼마나 빚을 졌는지 더 상세하게 알려 달라고 간곡하게 요청했지만, 리디아에게는 너무 화가 난 나머지 한마디도 전하지 않았다.

이 희소식은 온 집 안에 신속하게 퍼졌고, 이웃들에게도 자연스럽게 퍼져 나갔다. 이웃들은 이 소식을 시큰둥하게 받아들였다. 리디아 베넷 양이 (창녀라도 되어서) 런던시에 맡겨져 있다거나 했으면 분명 얘깃거리로는 더 나았을 것이다. 아니, (임신을 해서) 세상에서 멀리 떨어진 어느 농가에 숨어 있다거나 했으면 더욱더 신이 났을 것이다. 그러나 그녀의 결혼에 대해서도 이러쿵저러쿵 할 말은 많았다. 그리고 메리턴의 모든 입심 사나운 부인네들이 이전부터 토해 냈던 저 선의의 바람, 걔가 잘되면 좋겠다는 투의 인사치레는 상황이 이렇게 바뀌어도 그 기세를 별로 잃지 않았으니, 그런 남편이라면 그녀의 불행은 불 보듯 뻔하다고 생각했기 때문이다.

베넷 부인이 아래층에 내려오지 않은 지가 보름이나 되었지만, 이렇게 행복한 날인지라 그녀는 다시 식탁의 상석을 차지하고 앉았고 기운도 넘쳐 났다. 그녀의 의기양양한 모습에서는 부끄러움이라고는 털끝만큼도 엿보이지 않았다. 제인이 열여섯이 된 이후로 그녀의 제일 큰 소망이었던 딸의 결혼이 이제 바야흐로 실현되려는 판이라 그녀의 생각과 말들은 온통 우아한 혼례니, 훌륭한 모슬린이니, 새 마차니, 하인들이니 하는 쪽으로만 달려갔다. 이웃에 딸이 살기에 적절한 곳이 있는지 부지런히 알아보기도 하고, 딸 내외의 수입이 얼마나 될지 알지도 못하거니와 생각조차 하지 않고서 집이 작다느니 신통치 않다느니 하면서 벌써 여러 군데 퇴짜를 놓았다.

"헤이 파크라면 괜찮겠는데, 굴딩 집안이 이사를 갈 수 있다면 말이다." 그녀가 말했다. "아니면 스토크의 저택도 괜찮긴 한데 거실이 좀 더 넓어야지. 그렇지만 애시워스는 너무 멀어! 나하고 10마일 이상 떨어져 살 순 없는 일이야. 퍼비스 로지로 말하면 다락이 형편없고."

그녀의 남편은 하인들이 있는 동안에는 마음대로 지껄이도록 내버려 두었으나, 하인들이 물러가자 이렇게 말했다. "부인, 사위하고 딸한테 이런 집들 가운데 하나든 전부든 얻어 주기 전에 짚고 넘어갈 건 짚고 넘어갑시다. 이 근처에 있는 집에는 단 한 군데에도 들이지 않을 생각이오. 그 애들을 롱본에 받아들여 후안무치한 꼬락서니를 부추길 생각은 없소."

이 선언에 이어 긴 말다툼이 있었지만, 베넷 씨는 요지부동이었다. 이것이 곧 다른 다툼으로 이어졌고, 베넷 부인은 자기 남편이 딸에게 옷 살 돈을 한 푼도 내놓지 않을 것임을 알고 기가 막혀 입을 다물지 못했다. 그는 이 혼례를 맞아 그 아이는 자신에게서 어떤 애정의 표시도 받지 못할 것이라고 단언했다. 베넷 부인은 도무지 이해할 수 없었다. 아무리 화가 나도 그렇지 결혼 때가 아니면 누려 볼 수 없고, 그래서 그것 없이는 결혼이 성립된다고 볼 수 없는 특권조차 딸이 누리는 것을 거절하다니 그녀로서는 도저히 믿지 않았다. 그녀는 딸이 위컴과 달아나서 보름이나 동거한 뒤 결혼한다는 것이 수치스럽다기보다 딸의 결혼식에 입힐 새 옷이 없어서 망신스러울 것이 더 신경 쓰였다.

이제 엘리자베스는 당장의 슬픔 때문에 다아시 씨에게 동생에 대한 집안의 근심을 알려 준 것이 너무 속상했다. 그녀의 결혼으로 도피 행각에 곧 적절한 종지부가 찍힐 것이므로, 굳이 그 불리한 애초의 사건을 바로 그 현장에 있지 않았던 사람들에게까지 알려 줄 이유는 없을 터였다.

그의 입을 통해 이 사건이 더 퍼질 것이라는 걱정은 하지 않았다. 다아시 씨만큼 입이 무거운 사람도 없다는 것을 잘 알았기 때문이다. 그러나 한편 엘리자베스는 다아시 씨에게 동생의 잘못이 알려진 것이 다른 누구에게 알려진 것보다 더 한스러웠다. 그렇다고 개인적으로 자신에게 무슨 불이익이 있을까 하는 염려 때문은 아니었는데, 어쨌든 둘 사이에는 이제 건널 수 없는 심연이 가로놓여 있는 듯 보였기 때문이다. 설혹 리디아의 결혼이 가장 명예스러운 방식으로 마무리된다 해도 그와 맺어질 길은 이제 막힌 것처럼 보였다. 워낙 장애 요인들이 있는 데다 자신이 경멸해 마지않던 사람과 가장 가까운 인척 관계가 될 연을 맺는 일일 테니까.

엘리자베스로서는 그가 이런 연을 맺기를 기피한다고 해서 이상하게 볼 수는 없었다. 더비셔에서 자신의 애정을 얻고자 하는 그의 소망을 확인했지만, 이런 타격을 받고도 그 소망이 살아남으리라고 기대하기가 제정신으로는 어려웠다. 그녀는 자신이 초라하게 느껴졌고 슬펐다. 무얼 두고 그러는지 자기 자신도 딱히 몰랐지만, 후회도 했다. 이제 더 이상 그의 사랑을 기대할 수 없는 이 판국에 말이다. 그의 소식을 들을 기회조차 없어진 듯한 지금에 와서 오히려 그녀는 그의 소식을 듣고 싶었다. 이제 더 이상 만날 일이 없을 것 같은 지금에 와서 오히려 그와 함께라면 행복할 수 있었을 것이라고 믿게 되었다.

그녀는 종종 이런 생각을 했다. 불과 넉 달 전에 그녀가 오만하게 물리쳐 버린 그 청혼을 지금이라면 기쁘고도 고맙게 받아들일 것임을 알면, 그가 얼마나 의기양양해할 것인가! 그가 남성들 중에서도 가장 통이 크고 너그러운 사람임을 조금도 의심하지 않았지만, 그도 인간인 이상 승리감이야 느끼지 않겠는가.

그녀는 이제 그가 성품에서나 재능에서나 자신에게 가장 어울리는 남자임을 인정하기 시작했다. 그는 정신과 성향 면에서 자신과 다르기는 해도 그녀가 마음속으로 바라는 바를 모두 충족시켰을 것이다. 두 사람 모두에게 도움이 될 것이 분명한 결합이었다. 장난기 있는 그녀의 스스럼없는 태도로 그의 정신은 부드러워지고 매너는 나아졌을 것이며, 그의 판단력, 지식, 세상에 대한 식견을 통해 그녀는 더더욱 중요한 도움을 얻었을 것이다.

그러나 이미 물 건너간 일이었다. 행복한 결혼으로 그들을 찬양하는 무리에게 결혼의 진정한 행복이 무엇인지 가르쳐 줄 수 있었는데 말이다. 그러나 그런 가능성을 밀어내고서 그와는 방향이 사뭇 다른 결혼이 그들의 가족 사이에서 곧 이루어질 판이었다.

위컴과 리디아가 얼마나 독립적으로 남에게 의지하지 않고 살아갈 수 있을지 그녀는 상상할 수 없었다. 그러나 미덕보다 감정에 바탕을 두고 결합한 부부에게 영원한 행복이 올 리 없다는 것은 쉽게 추정할 수 있었다.

가디너 씨는 곧 다시 매형에게 편지를 썼다. 가족 모두에게 행복이 더해 가기를 바라마지 않는다는 말로 베넷 씨의 감사 표시에 간단히 답하고서, 부채니 뭐니 하는 말씀은 앞으로 다시는 꺼내시지 말라는 부탁으로 끝을 맺었다. 그의 편지의 주된 목적은 위컴 씨가 민병대를 떠나기로 했다는 소식을 알리는 것이었다. 그는 이렇게 덧붙였다.

결혼이 확정되는 대로 그렇게 해야 한다는 것이 저의 바람이었습니다. 그리고 그 부대를 떠나는 것이 그를 위해서나 조카를 위해서 무척 바람직하다고 생각하는데, 매형도 제 생각에 동의하시리라고 생각합니다. 위컴 군은 정규군에 들어가고자 하는데, 옛날 친구들 가운데는 아직 육군에서 그를 도와줄 능력과 용의가 있는 사람들이 좀 있다더군요. 현재 북부에 주둔하는 ○○ 장군 연대에서 기수직을 얻을 전망입니다. 이 지방과는 아주 많이 떨어져 있는 것도 이점이고요. 그가 흔쾌히 약속도 하고, 저도 희망하는 바인데, 사람들 사이에서 면목을 유지하고 살려면 둘 다 더 신중해져야겠지요. 포스터 대령에게도 편지를 보내서 현재 처리한 사항을 알려 주고, 브라이턴이나 그 근방에 있는 위컴 씨의 여러 채권자들에게 제가 신속한 청산을 보증할 터이니 안심하라고 말해 달라고 부탁했습니다. 매형도 성가시겠지만 메리턴에 있는 채권자들에게 비슷한 언약을 해 주시기 바랍니다. 채권자 명단은 그에게 알아봐서 뒤에 덧붙여 놓겠습니다. 그는 자기 빚을 모두 알려 주었는데, 이 문제에서야 우리를 기만하지 않았기를 바라야겠지요. 해거스턴에게 지시해 두었으니, 일주일이면 모든 처리가 끝날 것입니다. 그러면 둘은, 롱본에서 먼저 초대하지 않으신다면, 연대로 가게 됩니다. 제 안사람 말로는 조카가 남부를 떠나기 전에 식구들을 무척 보고 싶어 한다는군요. 그 아이는 몸성히 잘 있고 매형과 누님께 안부 전해 달라고 합니다. 총총.

E. 가디너 드림

베넷 씨와 딸들은 위컴이 ○○부대에서 나오는 것이 어느 모로 보나 나음을 가디너 씨만큼 잘 이해했다. 그러나 베넷 부인은 별로 좋아하지 않았다. 그녀는 둘을 하트퍼드셔에서 살게 하려는 계획을 포기할 수 없었고, 리디아를 곁에 둘 수 있다고 단정하고 무척 기뻐하고 자랑스러워하던 터라 딸이 북부에 정착할 것이라는 소식은 실망스럽기 그지없었다. 게다가 리디아가 모르는 사람이 없고 좋아하는 사람도 많은 연대에서 떠나야 한다는 것도 가슴 아픈 일이었다.

"그 애는 포스터 부인을 그렇게 좋아하는데." 그녀가 말했다. "헤어져야 한다니 정말 충격일 거야! 또 무척 좋아하는 청년들도 몇 명 있고 말이야. ○○ 장군 연대의 장교들은 그다지 재미없을지도 몰라."

북부로 출발하기 전에 가족의 품에 다시 받아들여 달라는 딸의 요청(요청이라고 보아야 할 테니까.)을 베넷 씨는 처음에는 단호하게 거절했다. 그러나 제인과 엘리자베스가 동생의 기분도 그렇고 체면도 있으니 부모님께 결혼 인사는 드리게 해야 하지 않겠냐는 데 뜻을 모으고 둘이 결혼하자마자 롱본에 동생과 그 남편을 받아들여야 한다고 너무나 열심히, 그렇지만 합리적이고도 부드럽게 조르는 바람에, 그도 딸들의 견해에 동의해 그들의 말을 따르게 되었다. 그리고 어머니는 딸이 북부로 추방되기 전에 이웃에게 결혼한 딸을 보여 줄 수 있게 되었다는 것을 알고서 흡족했다. 그래서 베넷 씨는 다시 처남에게 딸 부부의 방문을 허락한다는 편지를 보냈다. 식이 끝나자마자 롱본에 오기로 일정이 잡혔다. 그렇지만 엘리자베스는 위컴이 이런 계획을 수락했다는 것부터가 의외였다. 자기 기분에만 따른다면 그와 만나는 일이야말로 그녀가 가장 바라지 않는 것이었다.

9

동생의 결혼식 날이 왔다. 그리고 안쓰러운 심정은 정작 당사자보다 제인과 엘리자베스가 더 많이 느꼈다. 마차가 둘을 맞으러 ○○으로 갔고, 그들은 그 마차를 타고 정찬 시간에 맞춰 도착하기로 되어 있었다. 손위 언니 둘은 그들의 도착이 두려웠는데, 특히 제인이 더했다. 자신이 일을 저질렀다면 느꼈을 감정을 리디아가 느끼리라 여기고서 동생이 얼마나 힘들어할까 안쓰러워했다.

두 사람이 도착했다. 가족들은 그들을 맞이하기 위해 조찬실에 모여 있었다. 마차가 문 앞에 당도하자, 베넷 부인은 싱글벙글했다. 남편은 속을 알 수 없는 근엄한 표정이었고, 딸들은 신경이 곤두서서 긴장되고 불편한 듯 보였다.

리디아의 목소리가 현관에서 들렸다. 문이 왈칵 열리더니 그녀가 방 안으로 뛰어 들어왔다. 어머니가 앞으로 몇 걸음 걸어 나가 그녀를 껴안고 좋아서 어쩔 줄 몰라 하며 환영했고, 곧이어 자기 아내를 따라 들어온 위컴에게 애정을 담뿍 담아 미소 지으며 손을 내밀었다. 그러고는 한순간도 주저하지 않고 두 사람에게 축하를 쏟아 내서 그들의 행복을 믿어 의심치 않는 듯 보였다.

그들은 이어 베넷 씨에게로 몸을 돌렸는데, 그에게는 그다지 따뜻한 영접을 받지 못했다. 그의 표정은 더 굳어졌고 입도 거의 벙긋하지 않았다. 사실 젊은 부부가 스스럼없이 구는 꼴을 보고 더욱 화가 치밀었던 것이다. 엘리자베스는 비위가 상했고, 베넷 양조차 충격을 받았다. 리디아는 여전히 리디아였다. 길들여지지 않고, 부끄러운 줄 모르고, 함부로 굴고, 요란하고, 겁이 없었다. 이 언니 저 언니에게로 돌아다니며 축하해 달라고 졸랐고, 마침내 모두 자리에 앉자 방을 열심히 둘러보더니 "좀 바뀌었네." 하고는 활짝 웃으면서 참 오랜만에 온 것 같다고 했다.

곤혹스러워하는 기색이 없기는 위컴도 못지않았다. 그렇지만 그의 태도는 늘 싹싹해서, 만일 그의 성격과 결혼이 도리에 맞기만 했다면, 그가 친척답게 굴 때의 미소와 스스럼없는 언변이 그들 모두를 즐겁게 했을 것이다. 엘리자베스는 그가 이렇게까지 뻔뻔스러울 줄은 미처 생각하지 못했다. 그녀는 자리에 앉아서 후안무치한 인간의 후안무치에는 앞으로 한도를 두지 않아야겠다고 마음먹었다. 그녀의 얼굴이 붉어졌고,

제인도 얼굴을 붉혔다. 그러나 정작 남들을 당혹스럽게 한 장본인들의 뺨에서는 색조의 변화가 전혀 일어나지 않았다.

대화는 끊어지지 않고 이어졌다. 신부와 어머니는 그 이상 말을 빨리 하기 어려울 정도였고, 어쩌다 보니 엘리자베스 가까이 앉게 된 위컴은 기분 좋고 편안한 말투로 이웃에 사는 지인들의 안부를 묻기 시작했다. 엘리자베스는 도저히 그와 똑같이 편한 마음으로 대답해 줄 기분이 아니었다. 그들 신혼부부는 둘 다 세상에서 가장 행복한 기억들만 가지고 있는 것처럼 보였다. 과거의 일을 돌이켜 볼 때도 하나 괴로울 것이 없었다. 리디아는 언니들이 세상없어도 묻어 두고 싶은 화제를 자신이 먼저 꺼냈다.

"생각 좀 해 봐." 그녀가 큰 소리로 말했다. "내가 떠난 지 석 달이 지났다는 걸 말이야. 보름밖에 안 지난 것 같은데. 그렇지만 그사이에 많은 일이 일어나긴 했어. 아유, 세상에! 내가 떠날 때는 결혼한 몸으로 돌아오리라고는 짐작도 못 했어! 그렇게 되면 참 재미있겠다는 생각은 했지만 말이야."

아버지가 눈을 치켜떴다. 제인은 어쩔 줄 몰라 했고, 엘리자베스는 눈에 띌 정도로 리디아를 쏘아보았다. 그러나 그녀는 모르쇠 대기로 한 것에 대해서는 아무것도 듣지도 보지도 못하는 체질인지라 쾌활하게 말을 이어 갔다. "아 참! 엄마, 여기 사람들이 내가 오늘 결혼한 걸 알아? 모르면 어쩌나 했어. 오다가 윌리엄 굴딩의 이륜마차를 따라잡았는데, 그걸 알려 주어야지 작정하고서 그 사람 쪽 유리문을 내리고 장갑을 벗고 손을 창문턱에 척 내놓았지, 반지 좀 보라고 말이야. 그러고는 인사하고 활짝 웃어 주었지."

엘리자베스는 더 이상 참을 수 없었다. 자리에서 일어나서 방을 뛰쳐나갔다. 그랬다가 다들 홀을 통과해 식당으로 가는 소리를 듣고서야 돌아왔다. 합류하자마자 리디아가 보란 듯이 어머니의 오른편 자리를 차지하고는 큰언니더러 이렇게 말하는 소리가 들렸다. "아이! 제인 언니, 이제 내가 언니 자리를 차지할 테니 언닌 아랫자리로 내려가. 난 기혼 여성이니까 말이야."

리디아는 처음부터 거북해하는 기색이 추호도 없었는데 시간이 흐른다고 달라질 리도 없을 듯했다. 그녀의 스스럼없는 태도와 넘치는 기운은 증가 일로였다. 그녀는 필립스 부인과 루커스 집안 그리고 다른 이웃들을 모두 보고 싶어 했고, 그들에게서 일일이 '위컴 부인'이라는 호칭을 듣고 싶어 했다. 그리고 우선 식사를 마치자 힐 부인과 두 명의 하녀에게 반지를 보여 주며 결혼했다는 사실을 뽐냈다.

"근데, 엄마." 모두 조찬실로 돌아왔을 때 그녀가 말했다. "내 남편 어떻게 생각해? 매력 있는 남자 아냐? 언니들이 날 너무너무 부러워할걸. 언니들도 내 반만큼이라도 운이 좋았으면 해. 언니들도 모두 브라이턴에 가야 해. 남편감 얻는 곳으론 최고지. 엄마, 왜 모두 안 갔는지 모르겠어, 정말 유감이지 뭐야."

"그렇고말고. 내 뜻대로 했다면 다 갔을 텐데. 그런데 리디아, 너희가 먼 데로 가는 거 나 정말 싫다. 꼭 그래야 하니?"

"원, 세상에! 그래야지, 뭐. 대수로운 거 아니잖수. 난 너무 좋을 것 같아. 엄마, 아빠, 언니들 모두 우리 보러 와요. 우린 겨우내 뉴캐슬에 있을 테고, 무도회도 많이 열릴 거야. 무도회 때마다 언니들 모두에게 좋은 파트너를 주선해 줄게."

"그보다 좋은 일은 없지!" 어머니가 말했다.

"엄마가 왔다가 가실 때 언니 한둘을 두고 가. 겨울이 끝나기 전에 남편감을 구해 줄 테니까."

"나까지 배려해 줘서 고맙다만 난 그런 식으로 남편 구하는 것은 별로야." 엘리자베스가 말했다.

두 사람의 방문은 열흘을 넘지 못하게 되어 있었다. 위컴 씨가 런던을 떠나기 전에 임명받았고, 보름째 되는 날 연대에 들어가야 했던 것이다.

베넷 부인 빼고는 아무도 그들의 체류가 너무 짧다고 아쉬워하지 않았다. 그녀는 시간을 최대한 활용해 딸과 함께 이웃을 방문하거나 집에서 줄곧 파티를 열면서 보냈다. 이렇게 파티를 여는 것은 모두가 환영했다. 생각 없는 사람들보다 생각 있는 사람들이 가족끼리 있기를 피하는 것을 더 바람직하게 여겼다.

리디아에 대한 위컴의 애정은 엘리자베스가 예상한 그대로였다. 그에 대한 리디아의 애정과는 비교도 안 되었다. 그의 사랑이 아닌 동생의 사랑의 힘으로 도피 행각을 벌였다는 것이 사리에 맞을 터이므로, 굳이 확인할 필요조차 없었다. 빚에 쪼들리다 보니 그렇게 달아날 수밖에 없는 사정이었음을 몰랐다면, 그가 열렬히 사랑하지도 않으면서 대체 왜 리디아와 도피 행각을 벌였는지 이해할 수 없었을 것이다. 위컴은 그렇게 궁지에 몰린 상황에서 동행을 얻을 기회를 마다할 청년이 아니었다.

리디아는 그가 좋아 죽을 지경이었다. '내 사랑 위컴'이란 말을 입에 달고 살았다. 그와 견줄 만한 사람은 아무도 없었다. 그는 무슨 일이건 세상에서 제일 잘하는 사람이었고, 9월 1일 수렵 개시일에는 이 지방에서 누구보다도 많은 새를 잡을 것이라고 확신했다.

그들이 도착한 지 얼마 안 된 어느 날 아침, 손위 언니 둘과 같이 앉아 있다가 그녀가 엘리자베스에게 이렇게 말했다.

"리지 언니, 언니에겐 내 결혼식 이야기 안 해 줬지, 아마? 내가 엄마한테 말해 줄 때 언니만 없고 다 있었으니까. 어떻게 됐는지 알고 싶지 않아?"

"아니, 전혀." 엘리자베스가 대답했다. "그 이야긴 되도록 안 해 주었으면 해."

"어머! 참 이상하네! 그렇지만 뭐, 말해 줄게. 언니도 알겠지만, 우린 세인트 클리먼트 교회에서 결혼했거든, 위컴의 숙소가 그 교구에 있어서 말이야. 모두 열한 시까지 그 교회로 가게 되어 있었어. 외삼촌하고 외숙모 그리고 내가 함께 가고, 다른 사람들은 교회에서 만나기로 돼 있었지. 근데 말이야, 토요일 아침이 오니까 정신이 하나도 없어지는 거 있지! 무슨 일이 일어나서 연기되면 어떡하나 하고 말이야, 응. 그랬더라면 난 미치고 말았을 거야. 그리고 외숙모는 있잖아, 내가 옷을 입는 동안 내내 훈계 같은 걸 하는 거야, 설교문을 읽는 것 같았다니까. 그렇지만 나한텐 열 마디 중에 한 마디도 들리지 않았어, 언니들도 알 만하지? 내 사랑 위컴을 생각하고 있었으니까 말이야. 그이가 결혼식에 푸른색 코트를 입고 나올지 어쩔지 궁금해서 견딜 수가 있어야지.

응, 하여간 그래서 우린 평소처럼 열 시에 아침을 먹었어. 언제 끝이 나나 했어. 언니들도 알아야 해, 외삼촌과 외숙모 말이야, 내가 거기 있는 동안 끔찍할 정도로 마음에 안 들었어. 거짓말 하나 안 보태고 문밖으로 한 발자국도 내놓지 못했다니까. 보름이나 거기 있었는데 말이야. 파티도 한 번 없고, 무슨 계획 같은 것도 하나 없고. 확실히 런던이 좀 한산하긴 했지만, 그래도 소극장은 열려 있었는데 말이야. 응, 하여간 마차가 문에 당도했는데, 그때 막 외삼촌이 꼴도 보기 싫은 스톤씬가 뭔가 하는 사람[34]한테 불려 가 버린 거야. 그러고는 말이야, 응, 두 사람이 일단 만나니까 끝이 없는 거야. 그러니 참, 나는 너무 놀라서 어떻게 해야 할지 몰랐다니까. 외삼촌이 나를 신랑 손에 넘겨주어야 하는데, 시간 안에 못 가면 종일 결혼을 못 하게 될 테니까. 그렇지만 다행히도 외삼촌이 10분 만에 다시 돌아오셔서 우린 모두 출발했어. 근데 나중에 생각해 보니, 외삼촌이 못 가게 되셨어도, 결혼식은 연기할 필요가 없었더라고. 다아시 씨가 해 주셨을 테니까."

"다아시 씨라고!" 엘리자베스가 깜짝 놀라서 되뇌었다.

"그래, 그렇다니까! 그분이 위컴하고 같이 거기 오게 되어 있었던 거 언니들도 알잖아. 아 참, 내가 왜 이러지! 까맣게 잊

---

34) 앞서 나온 해거스턴을 지칭한다.

426

어버렸네! 그 일에 대해선 입도 벙긋 안 했어야 하는데. 꼭 그러겠다고 철석같이 약속했거든! 위컴이 뭐라고 할까? 이건 절대 비밀이었는데!"

"그게 비밀이라면 더 이상 그것에 대해선 한마디도 하지 마. 더 캐묻지 않을 테니까." 제인이 말했다.

"그럼, 그렇고말고." 호기심으로 얼굴이 달아올랐지만, 엘리자베스가 말했다. "우린 물어보지 않을 거야."

"고마워." 리디아가 말했다. "언니들이 물어보면, 난 다 말해 버릴 테고, 그러면 위컴이 화를 낼 테니까."

이렇게 물어보라는 부추김까지 받고 보니, 엘리자베스는 아예 자신이 그런 질문을 못 하도록 자리를 피해 버렸다.

그렇지만 도대체 무슨 사연인지 모르는 채로 지내기는 불가능했다. 아니면 적어도 알아보려고 하지 않기는 불가능했다고 할까. 다아시 씨가 동생의 결혼식에 왔다니. 그건 정말이지 사건인데, 그렇다면 무슨 볼일도 없을 테고 가고 싶지도 않을 곳에서 사람들 사이에 끼어 있었다는 말이 아닌가. 도대체 어떻게 된 셈인지 이런저런 추측이 빠르고 맹렬하게 그녀의 머릿속을 스쳤으나, 어느 하나 만족스럽지 않았다. 그중 그의 행동을 아주 고결하게 보는 추측이 가장 마음에 들었지만, 가장 있을 법하지 않았다. 그녀는 이런 불확실한 상황을 견딜 수 없어서 허겁지겁 편지지를 꺼내 외숙모에게 짧은 편지 한 통을 썼다. 비밀을 지키기로 한 것과 어긋나지 않는 범위 내에서 리디아가 얼핏 발설한 사태를 설명해 달라고 부탁하는 내용이었다. 그녀는 이렇게 덧붙였다.

외숙모는 금방 이해해 주시겠지요, 우리 가운데 누구와도 관계없는 사람이, 그리고 (따지자면 말입니다만) 우리 가족에게는 엄연히 남인 사람이 그런 시기에 어떻게 그 자리에 끼게 되었는지 제가 얼마나 궁금해하는지를요. 바로 답장 보내 주세요, 어떻게 된 일인지 저도 좀 알게요. 리디아의 태도가 그렇던데, 혹 꼭 비밀에 부쳐야 할 일이라면, 모르는 채로 넘어가려 노력해야겠지요.

"아냐, 난 그대로 못 넘어가." 편지를 다 쓰고 나서 그녀는 혼잣말로 덧붙였다. "사랑하는 외숙모, 체면을 지키신다고 제게 말씀 안 해 주시면, 창피하지만 온갖 술수와 책략을 동원해서라도 알아내고 말 거예요."

제인은 체면이 뭔지 잘 아는 사람인지라 리디아가 무심코 뱉은 말을 두고 엘리자베스와 따로 이야기하려고 하지 않았다. 엘리자베스로서는 다행이었다. 만족스러운 답신을 얻을 때까지는 마음 털어놓을 사람이 없는 편이 차라리 나았다.

10

엘리자베스는 고맙게도 기대할 수 있는 가장 빠른 답신을 받았다. 그녀는 답장을 손에 넣자마자 방해받을 염려가 거의 없는 작은 숲으로 가서 벤치에 앉아 행복해질 준비를 했다. 편지의 길이로 보아 알려 줄 수 없다는 내용이 아님을 확신했기 때문이다.

그레이스처치가

9월 6일

사랑하는 조카에게

방금 네 편지를 받고 오전 내내 답장을 쓰기로 했다. 한두 줄로는 해야 할 말을 다 전하지 못할 테니 말이다. 네가 그런 질문을 나한테 하다니 솔직히 말해서 놀랐다. 네가 그럴 줄은 몰랐구나. 그렇지만 내가 화가 났다고 생각하지는 마라. 내 말은 네 쪽에서 물어볼 필요가 있으리라고는 꿈에도 생각하지 못했다는 뜻이니까. 내가 무슨 말을 하는지 이해하지 못하겠다면, 주제넘은 소리를 용서해 주렴. 네 외삼촌도 나만큼 놀랐어. 오로지 네가 이 일에 관여하고 있다는 생각에 외삼촌이 그렇게 처신하신 거니까 말이다. 그러나 네가 정말로 아무것도 모른다면, 나도 더 분명히 말해야겠다. 내가 롱본에서 돌아온 바로 그날, 네 외삼촌은 의외의 손님을 맞이했다는구나. 다아시 씨가 방문해서 둘이서 서너 시간 동안 밀담을 나누었대. 내가 도착했을 때에는 모든 일이 끝난 터라 너처럼 그렇게 궁금증에 시달릴 필요는 없었지. 다아시 씨 말로는 자신이 네 동생과 위컴 씨가 어디에 있는지 알아냈고, 두 사람과 만나 보고 이야기도 해 봤다는 거야. 위컴하고는 여러 번, 네 동생하고도 한 번. 내가 아는 바로 그분은 우리가 떠난 바로 다음 날 더비셔를 떠나서 둘을 찾으려고 런던으로 왔대. 위컴이 무가치한 인간임을 만천하에 알려서 양갓집 젊은 여자분이 사랑하거나 믿게 되는 일이 없게끔 하지 못한 것이 자기 탓이라고 생각해서 그랬다더구나. 그분은 관대하게도 모든 것을 자신의 잘못된 자존심 탓으로 돌리면서, 전에는 그가 저지른 비행을 세상에 알리는 것이 체신 깎이는 일이라고 생각했다는 거야. 그의 성격이 저절로 폭로될 줄 알았대. 그러니 이번에 직접 나서서 본인 때문에 생긴 불상사를 시정하려고 노력하는 것이 자기 의무라고 했어. 그에게 또 다른 동기가 있다고 해도, 면목이 안 설 일은 아닐 것이라고 나는 믿어. 그분이 그들을 발견한 건 런던에서 며칠을 보낸 뒤인가 봐. 그렇지만 그분에게는 우리하고는 달리 그의 행방을 찾을 무슨 단서가 있었던 거지. 그것이 우리 뒤를 따르기로 결심하게 된 또 다른 이유였던 모양이야. 언젠가 다시 양의 가정 교사로 영 부인이라는 여자가 있었나 본데, 뭔지는 모르겠지만 불미스러운 일로 해고당했나 봐. 그 뒤에 그 여자는 에드워드가에 큰 저택을 사서 하숙을 치며 생계를 꾸려 왔다는구나. 그분은 이 영 부인이 위컴과 친밀하게 지낸다는 것을 알았던 거지. 그래서 런던에 도착하자마자 정보를 얻으려고 그 여자한테 갔어. 그렇지만 이삼 일이 지나서야 원하는 정보를 그 여자에게서 얻을 수 있었대. 그 여자는 순순히 말해 주지 않으려고 했다는데, 내 생각이지만, 매수라도 하지 않았나 싶어. 그 여자는 어디 가면 자기 친구를 찾을 수 있는지 실제로 알고 있었으니까. 사실 위컴은 런던에 도착하자마사 이 여자한테로 갔었대. 또 이 여자가 자기 집으로 받아들일 수만 있었다면, 두 사람은 그곳을 거처로 삼았을 테지. 그렇지만 결국 우리의 친절한 친구분이 원하던 주소를 얻었어. 두 사람은 ○○가에 있었어. 그는 위컴을 만났고, 후에 리디아를 만나고 싶다고 요구했어. 그분 말씀으론, 그분의 첫째 목적은 그 애를 설득해서 지금의 수치스러운 상황에서 벗어나 친지들에게 돌아오게 하는 것이었다는구나. 친지들이 받아 줄 마음이 되는 대로 그렇게 할 테고, 그 과정에서 자신이 할 수 있는 대로 도와주겠다고 하면서 말이야. 그러나 리디아가 그곳에 머물겠다는 마음이 확고하더라는 거야. 그 애는 친지들도 상관없다고 했고, 그의 도움도 원하지 않았고, 위컴을 떠나라는 말은 들으려 하지도 않았대. 그 애는 자신들이 언젠가 결혼할 것이라고 확신했고, 시기는 크게 중요치 않다고 했대. 그 애의 감정이 그러니, 남은 길은 결혼을 확정 짓고 서두르는 것뿐이라고 그분은 생각했는데, 위컴하고 처음 이야기를 나눌 때부터 애초에 그 사람이 결혼할 계획이 전혀 없었다는 것을 쉽사리 알 수 있었대. 그 사람은 자신이 연대를 떠난 것은 노름빚 독촉이 너무 심해서였다고 털어놓았고, 리디아가 도망쳐서 생긴 모든 후환은 전적으로 그 애의 어리석음 탓이라고 서슴없이 말하더라는 거지. 그 사람은 당장 장교직을 내놓을 생각이었고, 장래에 대해서는 거의 아무것도 모르겠다고 했다는 거야. 어딘가로 가긴 가야겠는데 어디로 갈지 몰랐고, 생계를 꾸려 갈 방도도 전무하다는 것을 본인도 알더라는구나. 다시 씨가 왜 네 동생하고 당장 결혼하지 않느냐고 물어보았대. 베넷 씨가 아주 부자는 아니지만 뭔가를 해 주실 수 있을 테고, 결혼으로 상황이 나아질 것이 분명하지 않느냐고 말이야. 그렇지만 위컴의 답변을 듣고서 그분은 그 사람이 어디 다른 지방에 가서 결혼을 통해 더 효과적으로 한밑천 잡을 희망을 여전히 품고 있다는 것을 알았대. 그렇지만 상황이 상황인지라 그 사람도 즉각 구제될 수 있다는 유혹을 이겨 내지 못한 것 같아. 의논할 것이 많다 보니 두 사람은 여러 번 만났어. 물론 위컴은 무리한 요구를 하기도 했지만, 끝내는 적당한 선에서 물러서고 말았다더구나. 둘 사이에 모든 일이 정해지자 다아시 씨가 다음으로 해야 할 일은 너희 외삼촌에게 알리는 일이었어. 그래서 내가 집에 오기 전날 저녁에 먼저 그레이스처치가를 방문했던 것이지. 그러나 네 외삼촌을 만나지는 못했고, 좀 더 알아보고 다아시 씨는 너희 아버지가 아직 외삼촌하고 같이 계시다는 것, 그렇지만 다음 날 아침이면 런던을 떠나시리라는 것을 알았어. 그분은 너희 아버지가 이런 일을 상의하기에 외삼촌만큼 적절한 상대가 아니라고 판단했고, 그래서 외삼촌을 만나는 일을 차라리 아버지가 떠난 이후로 연기하기로 했던 거야. 그분은 이름을 남기지 않고 갔기 때문에, 다음 날까지 어떤 신사분이 사업 관계로 방문했었다고만 알려져 있었어. 토요일에 그분이 다시 왔지. 너희 아버진 떠나셨고, 외삼촌은 집에 있었어. 그래서 내가 아까 말한 것처럼, 두 분이 함께 많은 이야기를 나눈 거야. 두 분은 일요일에 다시 만났단다. 그리고 그때는 나도 그분을 보았지. 월요일이 되어서야 모든 결정이 이뤄져서, 바로 롱본에 속달을 띄운 거야. 그렇지만 우릴 방문한 그분은 무척 고집이 셌어. 내 생각이다만, 리지, 그 고집스러움이 결국 그분 성격상의 결함이 아닐까 한다. 그분은 그동안 이런 결점이 있다느니 저런 결점이 있다느니 하며 비난받아 왔지만, 이것이야말로 진짜 결함이야. 자신이 나서서 해결하도록 해 주지 않는다면 아무것도 할 수 없다는 식이었으니 말이야. 그렇지만 나는 확신한단다. (그리고 인사받으려고 하는 말이 아니니 이에 대해선 아무 말도 하지 마라.) 너희 외삼촌도 다아시 씨가 양보만 했더라면 기꺼이 자기 힘으로 모든 일을 처리하셨을 거야. 두 사람은 오랫동안 옥신각신했어. 당사자인 그 두 사람을 생각하면 그야말로 과분하기만 한 일이지. 그러나 결국 너희 외삼촌이 지고 말았구나. 자기 조카를 실제로 돕는 것이 아니라 도움을 줬다는 그럴싸한 명예만 강요받고 말았으니 외삼촌으로선 너무 속상하고 성미에 안 맞는 일이었지. 오늘 아침 네 편지가 네 외삼촌한테는 큰 기쁨을 주었을 거야. 팬스럽게 생색내는 것을 걷어치우고 칭찬을 제자리로 돌리는 설명을 하게 되었으니 말이야. 그러나 리지, 이것은 너만 알고 아무한테도 말하지 마라. 제인한테야 어떻겠냐만 그 이상은 안 돼. 그 젊은이를 위해 어떤 일을 했을지 넌 잘 알리라고 생각한다. 내 생각으론 1000파운드도 족히 넘는 그의 빚을 갚아 주기로 하고, 리디아의 몫에다 가외의 1000파운드를 더 얹어 주고, 그의 장교 자리까지 사 주었어. 이 모든 일을 왜 그분이 혼자서 떠맡기로 했는지는 앞에서 내가 말한 대로야. 사람들이 위컴의 성격을 제대로 알지 못했고, 결과적으로 그가 지금처럼 받아들여지고 인정받게 된 것이 자기 탓이라는 거야. 자신이 말을 안 한 것도 그렇고, 생각이 짧았다는 것이지. 여기에 얼마간의 진실은 있을 테지. 그런데 난 그분이건 누구건 말 안 하고 가만히 있었다고 책임을 지울 일인지는 의심스러워. 그렇지만 리지, 이

모든 훌륭한 이야기들에도 불구하고 넌 십분 믿어도 좋을 거야. 우리가 이 일을 통해 그분에게 또 다른 이익을 얻게 해 준다고 생각하지 않았다면, 네 외삼촌이 절대 물러서지 않았으리라는 걸 말이다. 이 모든 일이 결정되자 그분은 아직 펨벌리에 머물고 있는 자기 친구들에게로 돌아갔어. 결혼식이 치러질 때 다시 런던에 와서 금전 문제를 그때 모두 마무리 짓기로 합의가 되어 있었지. 자, 이만하면 네게 모든 것을 이야기해 준 셈이구나. 넌 너무 뜻밖의 이야기라 놀랐다고 하겠지만, 최소한 무슨 불쾌감은 주지 않을 것이라고 기대한다. 리디아는 우리에게로 왔고, 위컴도 항상 집으로 올 수 있게 허락해 주었지. 그 사람은 내가 하트퍼드셔에서 알 때하고 조금도 달라진 데가 없더구나. 그렇지만 우리하고 같이 있을 때 리디아의 행동이 얼마나 못마땅했는지는 전하지 않을 생각이었지. 제인의 편지를 받고 집에 가서도 꼭 마찬가지였고 그러니 내 말이 새삼스럽지 않겠다는 걸 알기 전에는 말이다. 나는 그 아이한테 누차 아주 진지하게 이야기했단다. 그 아이가 한 짓이 얼마나 나쁜지, 가족들에게 얼마나 커다란 불행을 가져다주었는지 일러 주었어. 그런데 그 아이가 내 말을 귓등으로 흘리면서 듣지도 않으니, 마이동풍이 따로 없었지. 어떤 때는 정말 화가 치밀어 오르기도 했는데, 그런 때는 우리 제인과 엘리자베스를 생각하고, 언니들을 봐서 참는다고 삭였다. 다아시 씨는 약속한 때가 되자 돌아왔고, 리디아가 말해 준 것처럼 결혼식에 잠석했어. 그분은 다음 날 우리와 정찬을 함께 하고, 수요일인가 목요일에 다시 런던을 떠났어. 차제에 내가 그를 얼마나 좋아하는지 말하면(전엔 이런 말을 할 엄두도 못 냈지.) 리지, 내게 화를 낼 거니? 그분은 모든 면에서 더비셔에서만큼이나 상냥한 태도로 우리를 대했어. 그분의 판단력과 견해가 다 내 마음에 들어. 부족한 것이라고는 더 생기가 있었으면 하는 것뿐인데, 그 점은 그분이 결혼을 신중하게 한다면 부인이 가르쳐 줄지도 모르지. 내가 보기에 그분은 아주 능청이더라. 네 이름은 거의 입 밖에도 내지 않더구나. 그렇지만 요즘은 능청스러운 것이 유행인 것 같다. 내가 너무 주제넘었다면 용서해 다오. 아니면 최소한 나를 P[35])에서 추방하는 형벌은 내리지 마라. 그 장원을 다 둘러보기 전까지는 완전히 행복하다고 못 할 테니까. 작고 멋진 망아지 한 쌍이 끄는 나지막한 사륜마차면 그만이지, 뭐. 이제 더 이상 못 쓰겠다. 아이들이 반 시간 내내 나를 불러 대는구나. 이만 줄인다.

외숙모가

이 편지의 내용은 엘리자베스의 마음을 설레게 했지만 그녀의 가슴속에서 더 큰 자리를 차지하는 것이 기쁨인지 괴로움인지 단정 짓기는 어려웠다. 그동안 사태가 어떻게 돌아가는지 불확실했던 탓에, 혹 다아시 씨가 동생의 결혼을 추진하기 위해 무언가를 하지 않았을까 하는 막연하고 불안스러운 의심이 들기는 했다. 그러나 그렇다고 보기에는 친절이 너무 지나친 셈이라 있을 법하지도 않거니와 그렇게 신세를 지는 것이 두렵기도 했다. 그런데 그런 의심이 전부 사실로 드러

---

35) 펨벌리를 염두에 둔 말이다.

나고 말다니! 그는 런던까지 일부러 그들을 찾아갔고, 그런 일에 수반되는 갖은 수고와 굴욕을 감당했던 것이다. 그 과정에서 그가 혐오하고 경멸해 마땅한 여자에게 부탁도 해야 했고, 그가 늘 피하려고 해 왔고 그 이름을 입에 담는 것부터 형벌인 남자와 만나야 했다. 그것도 한두 번이 아니라 자주 만나서 경우를 따지고, 설득하고, 끝내는 매수까지 했다. 그는 호감도 존중심도 가질 수 없었던 한 여자아이를 위해 이 모든 일을 했던 것이다. 그녀의 마음이 속삭였다. 그가 자신을 위해 이 일을 했다고. 그러나 이러한 희망은 바로 다른 생각에 꺾이고 말았으니, 아무리 그녀가 헛된 자신감을 가졌다 해도, 자신에 대한 그의 사랑, 이미 그를 거부한 여성에 대한 사랑으로 위컴과 친척 관계를 맺기는 싫다는 너무나 자연스러운 감정을 이겨 낼 것이라고 기대할 수는 없었다. 위컴과 동서가 되다니! 자존심이란 자존심은 온통 들고 일어나 이런 관계는 받아들일 수 없다고 할 것이 틀림없었다. 그는 정말이지 대단한 일을 했다. 그것이 얼마나 대단한지 생각하면 그녀는 부끄러웠다. 그러나 그는 자신이 개입하게 된 이유를 밝혔고 그것을 못 믿을 까닭도 없었다. 자신에게 잘못이 있다는 말도 사리에 맞거니와 그에게는 금전적인 여유도 있고 일을 바로잡을 수단도 있었다. 그녀는 그의 주된 동기가 바로 자신이라고 내세울 생각은 없었지만, 혹 그녀에게 미련이 있다 보니 그녀의 마음에 실질적인 평화를 가져다주기 위해 그렇게 애쓴 것은 아닐까 하는 기대도 없지 않았다. 보답을 받으려 하지 않는 사람에게 신세 졌음을 안다는 것은 고통스러운, 정말이지 너무나 고통스러운 일이었다. 리디아를 되찾고 불명예를 씻은 것이 모두 그의 덕분이었다. 아! 그녀는 자신이 지금까지 품고 키운 온갖 배은망덕한 감정, 그를 향해 쏘아 댄 온갖 건방진 말들이 얼마나 가슴에 사무쳤는지! 자신이야 민망스러웠지만, 그를 생각하면 자랑스러웠다. 동정심과 명예를 위해 그가 스스로를 이겨 냈다는 점이 자랑스러웠다. 그녀는 그를 칭찬한 외숙모의 편지 구절을 읽고 또 읽었다. 그것으로는 미흡했지만 그래도 기뻤다. 그녀는 외숙모와 외삼촌 두 분이 다아시 씨와 자기 사이가 애정으로 친밀하게 맺어져 있다고 굳게 믿는다는 사실을 의식하자 은근한 기쁨조차 느꼈다. 물론 그 감정에 회한도 섞여 있었지만.

그녀는 누군가가 다가오는 바람에 자리에서 일어났고 상념에서도 깨어났다. 다른 길로 접어들기 전에 위컴이 따라왔다.

"혼자 산책을 즐기시는데 방해를 했나요, 처형?" 함께 걷기 시작하며 그가 말했다.

"바로 맞혔어요." 그녀는 웃음을 띠며 대꾸했다. "하지만 그렇다고 환영을 않겠다는 말은 아니에요."

"산책 방해한 건 정말 미안합니다. 우린 늘 좋은 친구였는데, 지금은 한 가족이 되었군요."

"그래요. 다른 사람들도 따라 나오나요?"

"모르겠어요. 장모님과 리디아는 마차를 타고 메리턴으로 갈 모양입니다. 그런데 저, 처형, 외삼촌 내외분 말씀을 들으니 처형이 직접 펨벌리에 가 보았다던데요."

그녀는 그렇다고 대답했다.

"처형이 부럽군요. 내 일정상 무리하지만 않다면야 나도 뉴 캐슬로 가는 길에 그런 즐거움을 누릴 수 있을 텐데 말입니다. 그런데 참, 나이 든 하녀장도 보셨겠지요? 가엾은 레이놀즈 부인, 그분은 항상 나를 좋아했지요. 그렇지만 물론 그분이 내 이야기를 하지는 않았겠지요."

"아니요, 했어요."

"뭐라고 하던가요?"

"제부가 군대에 들어갔는데, 뭐 결과가 나쁘다던가 하며 걱정하더군요. 거리가 그쯤 멀다 보면 이상한 이야기도 나오고 그러는 것 아니겠어요."

"물론 그렇지요." 그가 입술을 깨물면서 대답했다. 엘리자베스는 이것으로 입을 막았거니 했는데, 그가 곧바로 이렇게 말했다.

"지난달에 런던에서 다아시를 보고 놀랐습니다. 여러 번 서로 지나쳤지요. 대체 무슨 용건이 있었는지 모르겠습니다."

"드 버그 양하고의 결혼이라도 준비하나 보죠." 엘리자베스가 말했다. "올라갈 철도 아닌데 런던에 가다니 필시 무언가 특별한 일이 있었겠지요."

"그런 게 틀림없어요. 램턴에 갔을 때 그 사람을 보았습니까? 그러셨다는 이야기를 외삼촌 내외분께 들었습니다만."

"그래요. 그분이 자기 누이동생을 소개해 주셨어요."

"그렇군요. 마음에 드시던가요?"

"무척 마음에 들어요."

"뭐, 요 한두 해 사이에 아주 좋아졌다고는 들었습니다. 내가 마지막으로 봤을 때는 별로 전망이 없어 보였는데. 마음에 드셨다니 기쁩니다. 저도 그 아이가 잘되기를 바랍니다."

"잘되리라고 봐요. 가장 힘든 나이를 넘겼으니까요."

"킴프턴이라는 마을을 지났습니까?"

"기억이 안 나는군요."

"왜 그 마을 이야기를 하는가 하면, 바로 제가 살았어야 마땅한 곳이기 때문이지요. 아주 멋진 곳입니다! 훌륭한 목사관이고요! 모든 면에서 제게 맞았을 겁니다."

"과연 설교하는 것을 좋아하셨을까요?"

"그렇고말고요. 그걸 내 의무로 생각했을 테고, 그러면 곧 그런 일 정도야 별것 아니었을 겁니다. 불평을 하겠다는 건 아니지만, 뭐, 하여간 나한테는 정말 딱 어울리는 곳이었을 겁니다! 조용하고 유유자적하는 생활이야말로 내가 평소 바라던 행복을 가져다주었을 텐데 말입니다! 그렇지만 일이 그렇게 풀리지 않았습니다. 켄트에 머물 때 혹 다아시가 그런 정황에 대해서 말하던가요?"

"아주 믿을 만한 분한테서 들었는데, 그 자리는 조건부로 물려준 것이고, 현재 후원자의 뜻에 달린 거라고 하던데요."

"들었군요. 그렇습니다, 그런 내용도 있었지요. 처음부터 제가 그렇게 말씀드렸지요, 아마. 기억하실는지 모르지만."

"이런 말도 들었어요. 설교하는 일이 지금 생각하는 것보다 입맛에 안 맞는 때가 있었던 모양이고, 실제로 성직을 얻지 않겠다는 결심을 피력하셔서 그 일이 적당히 타결되었다고요."

"그렇게 들었군요! 뭐, 아주 근거 없는 얘기는 아닙니다. 우리가 처음 그것에 대해서 이야기를 나눌 때 제가 그 대목도 짚었는데 기억하실지 모르겠습니다."

어느새 그들은 거의 집 문 앞에 와 있었다. 그녀가 그를 떨쳐 버리려고 빨리 걸었던 까닭이다. 동생을 생각해서라도 그를 자극하지 않으려고 그녀는 상냥한 미소를 지으며 이렇게 대답했다.

"자, 제부, 우린 한 식구잖아요. 지난 일을 가지고 다투지 말아요, 우리. 앞으로는 늘 한마음이길 바랄게요."

그녀는 손을 내밀었고, 그는 눈을 어디다 두어야 할지 몰랐지만 다정하고 정중한 태도로 그 손에 입을 맞췄다. 그리고 두 사람은 집 안으로 들어갔다.

11

위컴 씨는 이 대화가 아주 흡족했기 때문에 그 주제를 꺼내서 다시 난감한 지경에 빠진다거나 자기 처형인 엘리자베스를 자극하는 짓은 하지 않았다. 그리고 그녀도 그 정도로 그의 입을 다물게 했음을 알고서 만족했다.

그와 리디아가 떠나는 날이 곧 다가왔다. 베넷 부인은 온 가족이 뉴캐슬을 방문하자는 자기 제안을 남편이 귓등으로도 듣지 않았기 때문에 적어도 열두 달은 지속될 것 같은 이별을 받아들여야만 했다.

"오! 얘, 리디아." 그녀가 울먹였다. "언제 다시 만나겠니?"

"아이, 정말! 내가 어떻게 아우. 이삼 년 안에는 만나지 못하겠지 뭐."

"자주자주 편지해라, 애야."

"되도록 자주 할게요. 그렇지만 엄마도 알 거야, 결혼한 여자들은 편지 쓸 시간이 별로 없잖아. 언니들이 나한테 편지 쓸 수 있을 거야. 따로 할 일도 없을 테니까."

위컴 씨의 작별 인사는 그의 처보다는 훨씬 더 다정했다. 그는 미소를 띠었고, 잘나 보였고, 듣기 좋은 말을 많이 했다.

"참, 저렇게 멋진 친구는 보다 보다 처음 본다." 두 사람이 집 밖으로 나가자마자 베넷 씨가 말했다. "그저 능글능글, 유들유들, 누구한테나 착착 달라붙는단 말이야. 난 저 사람이 자랑스러워 죽겠다. 윌리엄 루커스 경께서도 이보다 더 값나가는 사위를 구하진 못할 게다, 아마."

딸을 보내고 나자 베넷 부인은 며칠간 무척 울적해했다.

"이런 생각이 자꾸 드는구나. 같이 살 부대끼고 살던 사람하고 헤어지는 것보다 나쁜 일은 없는 것 같다고." 그녀가 말했다.

"딸을 시집보낸다는 게 다 이런 거예요, 어머니." 엘리자베스가 말했다. "나머지 딸 넷이 아직 미혼인 걸 더 좋게 생각하세요."

"그런 게 아니야. 리디아는 결혼한다고 날 떠날 애가 아니야. 어쩌다 남편 부대가 멀다 보니 그렇게 된 거지. 부대만 더 가까웠어도 그렇게 바로 떠나진 않았을 거다."

그러나 이 사건으로 비롯된 의기소침은 얼마 안 가 회복되었고, 그때 떠돌기 시작한 새로운 소식으로 그녀의 마음은 다시 요동치는 희망에 들떴다. 네더필드의 가정부가 주인 나리의 도착을 준비하라는 명령을 받았다는 것이다. 하루 이틀 내로 내려와 그곳에서 몇 주간 사냥한다는 거였다. 베넷 부인은 안절부절 어쩔 줄 몰랐다. 그녀는 제인을 바라보다가, 미소 짓다가, 머리를 흔들어 댔다.

"그래, 그래, 그래서 빙리 씨가 내려온단 말이지, 동생.(필립스 부인이 가장 먼저 소식을 가져왔으니.) 그래, 참 좋은 일이구나. 뭐, 내가 상관할 일은 아니지만. 그 사람 우리하고는 아무 관계가 없잖아. 그리고 난 말이야, 그 사람 다시 보고 싶지 않다고. 그렇지만 뭐, 자기가 좋다면 네더필드로 오는 거야 어쩌겠어. 그리고 무슨 일이 생길지 누가 알아? 그렇지만 그거야 우리하고는 아무 상관이 없어. 동생도 알다시피 우린 오래전에 그 일에 대해서는 한마디도 않기로 약속했어. 그런데 음, 정말 오기는 오는 거야?"

"틀림없다니까, 언니." 필립스 부인이 대답했다. "니콜스 부인이 어젯밤에 메리턴에 왔는데, 지나가는 것을 보고 그게 사실인지 알아보려고 내가 직접 나갔다니까. 그랬더니 사실이라고 말해 주더라고. 그 사람은 늦어도 목요일에는 내려올 텐데, 아마도 수요일에 오기 쉽다는 거야. 자신은 수요일에 맞추어 고기를 주문하려고 푸줏간에 가는 길인데, 잡기 딱 좋은 오리 여섯 마리를 구했나대."

베넷 양은 그가 온다는 말을 듣자 안색이 변하는 것을 어쩌지 못했다. 엘리자베스와 대화하면서도 그의 이름을 입에 올리지 않은 지 벌써 여러 달이 지났다. 그러나 이제 둘만 있게 되자 그녀가 이렇게 말했다.

"오늘 이모가 우리한테 이 소식을 전해 주었을 때, 리지, 너 나를 살펴보더구나. 나도 알아, 내가 힘들어 보였다는 걸. 그렇지만 그게 무슨 어리석은 일 때문에 그런 것이라고는 생각하지 말아 줘. 내가 주목의 대상이 되고 있구나 하는 느낌이 들어서 순간적으로 당황했을 뿐이야. 분명히 말해 두지만, 그 소식은 나한텐 기쁨도 고통도 주지 않아. 그분이 혼자 오신다는 거, 그것 한 가지는 기쁘다. 그분을 뵐 일이 별로 없을 테니까. 나 자신은 두렵지 않지만 다른 사람들이 이러쿵저러쿵하는 것이 겁나."

엘리자베스는 이 일을 어떻게 해석해야 할지 몰랐다. 그를 더비셔에서 보지 않았더라면, 그녀는 그가 알려진 대로 사냥을 하기 위해 그곳에 온다고 치부할 수도 있었을 것이다. 그러나 그녀는 그가 여전히 제인을 좋아한다고 생각했다. 그러니 정작 궁금한 것은 그가 자기 친구의 허락을 받고 오는지 아니면 대담하게 허락 없이 오는지, 어느 쪽이 더 가능성이 있을까 하는 것이었다.

'그렇지만 합법적으로 세 든 집에 오는 것인데, 그걸 가지고 이런 온갖 억측을 해 대는 건 심하지!' 때때로 그녀는 그런 생각도 들었다. '나라도 그냥 내버려 둬야지.'

언니가 아무렇지 않다고 공언도 했거니와 속마음도 그렇다고 믿는 듯했지만, 엘리자베스는 그가 온다는 기대로 그녀가 크게 설레고 있음을 쉽게 간파할 수 있었다. 언니의 기분은 평소보다 더 흔들리고 불안정했다.

열두 달 전에 양친 사이에 뜨거운 논란을 야기한 주제가 이제 다시 대두했다.

"빙리 씨가 오는 즉시 방문해야 마땅해요, 여보." 베닛 부인이 말했다.

"아니, 그러지 않을 거요. 작년에 억지로 방문하게 하면서 당신이 약속했잖소, 내가 그 사람을 보기만 하면 그가 우리 딸 중 하나하고 결혼할 거라고 말이오. 그런데 아무 성과도 없었으니 다시는 그런 바보 광대 짓은 안 하겠소."

그의 부인은 그가 네더필드로 돌아오면 이웃 남자들이 그런 예의 정도는 차려야 하지 않겠냐고 했다.

"내가 경멸하는 것이 바로 그러한 예절이오." 그가 말했다. "우리하고 사귀길 원한다면 자기가 찾아오라고 해요. 우리가 사는 곳을 아니까. 이웃들이 가 버렸다가 돌아올 때마다 쫓아다니느라고 시간을 허비하고 싶진 않소."

"하여간 난 이것만은 안다고요, 당신이 그 사람을 방문하지 않는 게 굉장히 무례한 짓이란 걸요. 하지만 그렇다고 우리 집 정찬에 초대하지 않거나 하지는 않을 거니까. 이미 마음을 굳혔어요. 롱 부인하고 굴딩 씨 부부도 곧 한번 대접해야 하고. 그러면 우리하고 열셋인데, 식탁에 그 사람 자리가 하나 딱 남네그래."

그녀는 이런 결심으로 마음을 달래니 남편의 무례함을 더 잘 참을 수 있었다. 그렇지만 이웃들 모두가 자기네들보다 먼저 빙리 씨를 만날지도 모른다고 생각하면 정말 속이 상했다.

그의 도착 날이 다가오자 제인은 동생에게 이렇게 말했다.

"나 이제 그분이 온다는 게 싫어지기 시작해. 아무 일도 아닐 테고, 아주 무관심하게 그분을 볼 수도 있어. 그렇지만 어머니가 이렇게 자꾸 그 사람 얘기만 하는 건 정말 못 참겠어. 어머니야 무슨 딴 뜻이 있겠어. 그렇지만 당신이 하는 말 때문에 내가 얼마나 괴로운지 모르실 거야. 아니, 누가 알 수 있겠니. 그분이 네더필드를 완전히 떠나면, 난 정말 행복할 거야!"

"언니를 위로할 만한 말이 있으면 좋으련만." 엘리자베스가 대답했다. "그렇지만 내 힘으로는 어떻게 할 수 없어. 언니도 그걸 느끼겠지. 대개 괴로운 사람한테는 인내를 설교하는 걸로 만족하게 되는데, 그게 안 통하네. 언니는 늘 그저 참으면서 살고 있으니 말이야."

빙리 씨가 도착했다. 베넷 부인은 하인들의 도움을 받아서 그 소식을 가장 먼저 입수했지만, 그래 봤자 자기 쪽에서의 불안과 초조의 기간을 최대한 늘리는 꼴이었다. 그녀는 초대장을 보내기까지 며칠이나 남았는지 헤아려 보았다. 그 전에 그를 만날 수 있으리라고는 생각도 못 했다. 그러나 그가 하트퍼드셔에 도착한 지 사흘째 되던 아침에, 그녀는 자신의 옷 방 창문을 통해서 그가 마당으로 들어서서 집 쪽으로 말을 모는 것을 보았다.

그녀는 환희를 함께 나누기 위해 성화를 치며 딸들을 불러 댔다. 제인은 꿋꿋하게 탁자의 자기 자리를 지키고 있었으나, 엘리자베스는 어머니를 배려해서 창문으로 갔다. 창문 밖을 내다보다가 그와 함께 다시 씨가 보이자 다시 언니 곁에 앉아 버렸다.

"그분 옆에 남자 한 분이 같이 있어요, 엄마." 키티가 말했다.
"대체 누굴까?"

"뭐 아는 사람이거나 그렇겠지, 애. 난 모르겠구나."

"저것 봐요!" 키티가 대꾸했다. "전에 그분과 같이 있곤 하던
남자 같아. 이름이 뭐더라. 그 키 크고 거만한 남자 말이야."

"원, 세상에! 다아시 씨야! 그래, 분명해. 뭐, 빙리 씨의 친구
라면 누구라도 늘 환영이지만, 그것만 아니라면 난 저 사람 꼴
도 보기 싫구나."

제인은 놀라움과 걱정을 담은 눈으로 엘리자베스를 바라보
았다. 그녀는 더비셔에서 두 사람이 만난 일에 대해서는 거의
알지 못했기 때문에 그의 해명 편지를 받은 후 처음으로 그를
만나게 된 동생이 얼마나 어색해할까 해서 안쓰러웠던 것이
다. 자매는 둘 다 정말 마음이 편치 않았다. 각자 서로에게 마
음이 쓰였고, 스스로에 대해서도 물론이었다. 어머니가 자신
은 다아시 씨를 싫어하지만 빙리 씨의 친구니 예절을 차려야
겠다고 다짐했지만, 둘의 귀에는 들리지도 않았다. 그러나 엘
리자베스에게는 제인으로서는 도저히 짐작하지 못할 불편함
도 한구석에 있었다. 언니에게 외숙모의 편지를 보여 주거나
다아시에 대한 자신의 감정 변화를 말해 줄 용기가 없었던 탓
이다. 제인에게 그는 동생에게 청혼을 거부당한, 동생이 별로
좋게 생각하지 않는 사람이을 뿐일 테지만, 더 많은 것을 아
는 엘리자베스에게 그는 온 가족이 큰 은덕을 입은 사람이었
다. 그에 대한 자신의 관심은 제인이 빙리에게 느끼는 수준의

감정까지는 아닐지라도 적어도 합당하기로는 그에 못지않다고 해야 할 터였다. 그녀는 그가 온 것이, 네더필드에 와서는 롱본까지 찾아온 것이, 그렇게 자발적으로 다시 그녀를 찾아온 것이 너무나 놀라웠다. 더비셔에서 그의 태도가 달라진 것을 처음 목격했을 때와 거의 진배없이 놀라웠다.

그녀의 얼굴에서 사라졌던 혈색이 30초 동안에 다시 열기를 뿜으며 돌아왔고, 그 짧은 사이에 그의 사랑과 소망이 여전히 흔들리지 않았다는 확신이 든 까닭에 기쁨의 미소가 그녀의 두 눈에 광채를 더했다. 그러나 그녀는 이제 됐다고 마음을 놓고 싶지는 않았다. 그녀는 이렇게 마음을 다잡았다.

'먼저 저이가 어떻게 나오는지 지켜봐야겠어. 그때 가서 예상을 해도 늦지 않을 거야.'

그녀는 자리에 앉아서 손에 든 뜨개질거리에 열중하며 침착해지려고 애썼다. 감히 눈을 들지도 못하다가 하인이 문을 열려고 다가갈 때, 호기심을 참을 수 없어 언니의 얼굴을 쳐다보았다. 제인은 평소보다 약간 창백해 보였지만 엘리자베스의 예상보다는 아주 차분했다. 신사들이 나타나자 얼굴은 붉혔지만 그런대로 편안하게, 섭섭한 기색도 일절 없거니와 그렇다고 과도하게 공손하지도 않은 태도로 그들을 맞아들였다.

엘리자베스는 예의에 어긋나지 않는 선에서 되도록 말을 줄였고, 다시 앉아 뜨개질거리를 손에 잡았는데 전에 없이 열심이었다. 그녀는 위험을 무릅쓰고 꼭 한 번 다아시를 힐긋 쳐다보았다. 그는 평소처럼 진지해 보였다. 펨벌리보다는 하트퍼드셔에서 본 표정에 더 가깝다고 그녀는 생각했다. 그러나 아마도 어머니 앞이라 외삼촌 외숙모를 대하던 때하고 같을 수 없을 테지. 괴로운 추측이긴 했으나 터무니없지는 않았다.

그녀는 마찬가지로 빙리도 살짝 보았는데, 그 짧은 순간에 즐거우면서도 어쩔 줄 몰라 하는 그의 표정이 보였다. 그는 베넷 부인에게 아주 칙사 대접을 받았는데 그의 친구에 대한 차갑고 의례적인 인사와는 달리 공손 그 자체여서 두 딸들은 창피했다.

엘리자베스는 어머니가 애지중지하는 딸을 씻을 수 없는 오명에서 구해 준 은인을 몰라보고 이렇게 차별 대우를 하는 것을 보고 애가 탈 지경이었다.

다아시가 가디너 씨 부부의 안부를 물었는데, 그녀는 대답하면서도 좀 당황스러웠다. 하여간 이 질문 이후로 그는 거의 아무 말도 하지 않았다. 그의 자리는 그녀의 옆자리가 아니었는데, 아마 그것이 침묵의 이유일 수도 있겠다 싶었다. 그러나 더비셔에서는 이렇지 않았다. 거기서는 자신과 대화할 수 없을 때는 외삼촌 부부에게 말을 걸지 않았던가. 그런데 지금은 몇 분이 지났는데도 그의 목소리는 들리지 않았다. 가끔씩 호기심을 억누를 수가 없어서 눈을 들어 그의 얼굴을 보았더니, 자신을 보는 만큼은 제인도 보고 있었고, 막연하게 방바닥만 내려다보고 있을 때도 많았다. 지난번에 만났을 때보다 더 생각에 잠겨 있었고, 유쾌하게 어울릴 뜻이 별로 없다는 것이 역력히 드러났다. 그녀는 실망했고 실망한 것에 대해 스스로에게 화가 났다.

'달리 어떻게 될 수 있다고 생각했다니!' 그녀는 생각했다. '그

렿지만 대체 왜 왔지?'

그녀는 그를 빼놓고는 아무하고도 대화를 나눌 기분이 아니었다. 그렇지만 그에게 말을 붙일 용기는 나지 않았다.

그에게 누이동생의 안부를 묻고는 더 이상 아무 말도 할 수 없었다.

"빙리 씨, 오랜만에 뵙네요." 베넷 부인이 말했다.

그는 그렇다고 바로 대답했다.

"혹시 다시 돌아오지 않으시면 어떡하나 했답니다. 사람들이 그러대요, 미카엘 축일에 이곳을 아주 뜨실 생각이었다고요. 그렇지만 전 사실이 아니길 바라요. 떠난 후에 이웃에 참 많은 변화가 일어났어요. 루커스 양이 결혼해서 가정을 이루었고, 제 딸 가운데 하나도요. 들었을 거라고 생각하는데, 아 그래, 신문에서 보셨겠다. 《타임스》하고 《쿠리어》에 났으니까. 뭐, 나올 것이 다 나오진 않았지만 말이에요. 이렇게만 나왔어요. '최근 조지 위컴 님과 리디아 베넷 양 화촉'이라고요. 아버지가 누구고 사는 데가 어디고 하는 것은 한마디도 없고 말이에요. 이게 다 내 동생이 작성한 것인데, 일을 어떻게 그렇게 이상하게 처리했는지 모르겠어요. 보셨나요?"

빙리는 보았다고 대답하고, 축하한다고 말했다. 엘리자베스는 차마 눈을 들지 못했다. 그래서 다아시 씨의 표정이 어땠는지 알 수 없었다.

"딸을 좋은 데로 시집보내는 것은 정말 즐거운 일이에요." 어머니가 계속했다. "그렇지만 빙리 씨, 딸을 이런 식으로 빼앗기니 참 속이 쓰려요. 그 애들은 뉴캐슬로 가 버렸는데, 아주 북쪽 끝에 있는 모양이에요. 거기 머물 거라는데, 얼마나 오래 있을지도 모르고요. 사위의 부대가 거기 있거든요. 사위가 그 전에 있던 데서 나와 정규군에 들어갔다는 것은 들으셨겠지요. 세상에, 다행이지! 그래도 친구들이 꽤 있어서 도와줬으니까. 뭐, 사람 됨됨이로 봐서야 친구도 더 많아야 마땅하겠지만 말이에요."

엘리자베스는 이 말이 다아시 씨를 겨냥하는 것을 알았기 때문에 비참할 정도로 창피해서 자리를 지키고 앉아 있기가 힘들 지경이었다. 그렇지만 상황이 상황인지라 그냥 있지 못하고 억지로라도 말을 할 수밖에 없었다. 빙리에게 이번에는 여기서 얼마 동안 계실 거냐고 물어보았더니 몇 주 있을 것 같다는 대답이었다. 그러자 어머니가 말했다.

"빙리 씨, 그쪽에 있는 새를 다 쏘고 나면 여기로 오세요. 와서 베넷 씨의 장원에서 마음대로 사냥하세요. 우리 주인 양반도 얼마든지 좋다고 할 테고, 댁을 위해서 가장 좋은 자고새 떼를 남겨 드릴 거예요."

이렇게 불필요하고 이렇게 공연한 배려를 베풀어 대니 엘리자베스의 비참함은 더 커졌다! 1년 전 그들의 마음을 부풀게 한 것과 똑같이 유망한 기대가 생겨난다 해도 모든 것이 전과 똑같이 황당한 결말을 향해 치닫고 말리라. 그 순간 그녀는 느꼈다. 수년의 행복한 세월로도 제인한테든 자기 자신한테든 이렇게 고통스럽고도 당황스러운 순간들을 보상해 주지 못할 것이라고.

그녀는 생각했다. '정말이지 이 두 사람 중 누구하고도 다시는 더 어울리고 싶지 않아. 이분들과 교제해 봐야 무슨 즐거움이 있어서 이런 비참한 심정을 보상해 주겠어! 어느 편이건 간에 다시는 보지 말았으면!'

그러나 수년의 행복으로도 보상받지 못할 것이라고 여기던 그 비참함도 얼마 안 가 곧 실질적인 위안을 얻게 되었으니, 언니의 아름다움이 과거 연인의 사랑에 얼마나 열렬한 불을 다시 붙였는지 보게 된 것이다. 처음 그가 들어왔을 때는 언니에게 말을 걸지 않다시피 했지만, 그녀에 대한 그의 관심은 5분이 지날 때마다 새록새록 커지는 듯했다. 그는 그녀가 작년만큼이나 아름답고, 말이 그때만큼 많지는 않으나 한결같이 상냥하고 꾸밈없다는 것을 알게 되었다. 제인은 자신에게서 달라진 점이 조금도 드러나지 않도록 신경썼고, 실제로 평소만큼 말을 했다고 믿었다. 그러나 그녀의 마음은 갖가지 생각으로 꽉 차서 자신이 언제 침묵을 지키는지 늘 의식하지는 못했다.

신사들이 가려고 일어섰을 때, 베넷 부인은 예법을 빙자해 수일 내에 롱본에서 정찬을 들자고 초대했고 약속도 받았다.

"빙리 씨, 우리한테 방문 한 번을 빚졌어요." 그녀가 덧붙였다. "왜 지난겨울에 런던으로 떠날 때, 돌아오자마자 우리 가족하고 식사하기로 약속했잖아요. 난 잊지 않고 있답니다. 돌아오지도 않고 약속도 지키지 않아서 무척 실망했더랬어요."

빙리는 이 말에 좀 멍한 표정이었으나, 일이 생겨서 그렇게 됐노라고 사과의 말을 했다. 그러고 나서 그들은 떠났다.

베넷 부인은 그날 당장이라도 두 사람을 붙들어서 정찬을 들자고 청하고 싶은 생각이 굴뚝같았으나, 늘 식탁이 풍성하기는 해도 두 가지 코스뿐인 음식으로는 사위로 점찍은 남자에게 충분하지 않기도 하고, 연 수입 만 파운드가 되는 사람의 식욕과 자부심을 충족시키지 못할 것이라고 생각했다.

12

그들이 떠나자마자 엘리자베스는 기운을 차리려고 밖으로 산책을 나갔다. 아니, 오히려 더 기운 빠지게 할 것이 뻔한 문제들을 방해받지 않고 곰곰이 생각해 보려고 나갔다고 하는 편이 더 정확하겠다. 다아시 씨의 태도는 그녀를 놀라게도 하고 화가 나게도 했다.

"그렇게 입을 꾹 다물고 엄숙한 표정으로 무덤덤하게 굴려면, 도대체 뭐 하러 온 거야?" 그녀는 혼잣말을 했다.

아무리 궁리해 봐도 속 시원한 해답을 찾을 수 없었다.

"런던에서 외삼촌, 외숙모에게는 사근사근하고 유쾌하게 굴기도 했다더니만, 왜 나한테는 안 그러지? 내가 겁난다면, 여긴 왜 왔어? 나를 더 이상 좋아하지 않는다면, 입 다물고 있을 건 뭐야? 골치 아픈 사람이야, 정말! 이제 그 사람에 대해선 생각도 하지 말아야지."

그녀의 다짐이 잠시라도 지켜진 것은 언니가 즐거운 표정으로 다가온 덕분이었다. 표정으로 보아 언니는 방문객들에 대해 엘리자베스보다는 더 만족하는 눈치였다.

"첫 대면이 끝나니까 아주 마음이 편해." 그녀가 말했다. "내가 참 강하다는 걸 알게 되기도 했고. 이제는 다시 그분이 오더라도 절대 당황하지 않을 거야. 화요일에 여기 와서 정찬을 들기로 해서 다행이야. 그때는 모두들 우리 둘이 서로 무관한 사이로 만난다는 것을 알게 될 테니까."

"그럼, 아주 무관한 사이지." 엘리자베스가 웃으며 말했다. "아, 언니, 조심하라고."

"리지, 이제 또 위험에 처할 정도로 내가 나약하다고 여기지는 않겠지."

"내 생각에는 언니가 그분을 사랑에 빠뜨릴 위험에 처해 있기는 전이나 마찬가지인 것 같은데."

그들은 화요일이 되어서야 그 신사들을 다시 만났다. 그사이 베넷 부인은 반 시간의 방문에서 보여 준 빙리의 명랑함과 평소와 다름없는 예절 바른 모습에 크게 고무되어 다시 온갖 행복한 계획들을 짜기에 바빴다.

화요일에 롱본에는 많은 사람들이 모였다. 그리고 가장 마음 졸이며 기다린 두 사람은 사냥꾼답게 시간을 엄수해 제시간에 도착했다. 그들이 식당에 들어서자 엘리자베스는 빙리가 이전에 모임이 있을 때마다 그랬듯이 언니 옆자리를 차지할지 눈여겨 보았다. 눈치가 빠른 그녀의 어머니도 같은 생각을 하고 있던 차라 그를 자기 옆에 앉히고 싶은 마음을 억눌렀다. 그는 막 방에 들어온 순간에는 잠시 머뭇거리는 듯했다. 그러나 제인이 주위를 둘러보며 미소 짓는 모습을 보았고, 그것으로 상황은 종료되었다. 그는 그녀의 옆자리에 앉았다.

엘리자베스는 의기양양한 기분으로 그의 친구 쪽을 바라보았다. 그는 점잖은 태도로 초연한 표정을 짓고 있었다. 그녀는 불안한 웃음을 머금은 빙리의 눈도 다아시 씨 쪽을 향해 있는 것을 보지 않았더라면, 빙리가 행복해도 좋다는 재가를 받은 모양이라고 생각할 뻔했다.

식사 시간 내내 그가 언니에게 보인 태도에는 전보다 더 조심스러워지기는 했지만 그녀를 사랑하고 있음이 역력해서, 엘리자베스가 보기에 본인에게 전적으로 맡겨 놓는다면 제인의 행복 그리고 빙리 자신의 행복은 금방이라도 손에 잡힐 것 같았다. 물론 그런 결과를 장담할 수는 없었지만, 그의 태도를 지켜보는 것만으로도 즐거웠다. 자신은 전혀 즐거운 기분이 아니다 보니 여기서나마 생기를 얻었던 셈이다. 다아시 씨는 식탁을 사이에 두고 그녀로부터 가장 먼 거리에 앉아 있었다. 어머니의 한쪽 옆자리였다. 이런 자리 배치는 두 사람 어느 쪽에도 즐거움을 주지 않을 테고 어느 편에도 득 될 것 없을 게 뻔했다. 그녀는 두 사람의 대화가 들리지 않는 거리에 있었으나, 서로 거의 말을 건네지 않거나 대화를 나누어도 지극히 형식적이고 냉랭한 태도라는 것은 알 수 있었다. 어머니가 이렇게 배은망덕하게 구는 탓에 자기 가족이 그에게 빚지고 있다는 생각이 그녀를 더 고통스럽게 했다. 그녀는 그의 친절을 식구들 모두가 모르거나 느끼지 못하는 것은 아니라고 말해 줄 수만 있다면 무슨 희생인들 감수 못 하라 싶기까지 했다.

그녀는 저녁이 되면 둘이서 만날 기회가 오지 않을까 기대했다. 처음 들어왔을 때 나눈 의례적인 인사 이상의 어떤 대화도 못 해 보고 방문이 끝나 버리지는 않겠지. 초조하고 불안한 나머지 신사들이 들어오기 전에 거실에서 보내는 시간이 너무 지겹고 따분해서 몸이 뒤틀릴 지경이었다. 그녀는 그날 저녁의 즐거움을 누릴 기회가 온통 바로 그 순간에 달려 있기나 한 것처럼 그들의 입장을 고대했다.

"이번에도 내게로 안 온다면, 그땐 난 그이를 영원히 포기할 테야." 그녀는 이렇게 혼잣말을 하기도 했다.

신사들이 들어왔다. 그리고 처음에는 그가 자신의 희망에 부응하는가 보다 했다. 그러나 애석하도다! 제인이 차를 만들고 엘리자베스가 커피를 따르고 있던 탁자 주변에 여자들이 무슨 공모라도 하듯 우글우글 모여 있었기 때문에, 그녀 옆에는 의자 하나 들여놓을 빈 공간조차 없었다. 그리고 신사들이 다가오자 한 아가씨가 그녀에게 바싹 다가와서는 이렇게 속삭였다.

"남자들이 우릴 떼어 놓지 못하게 할 거야. 남자들 필요 없잖아, 그렇지?"

다아시는 방의 다른 곳으로 걸어가 버렸다. 그녀는 눈으로 그를 좇으며 그가 말을 건네는 사람마다 부러워하고, 수긋하게 누구에게 커피를 따라 주기도 어려워졌고, 급기야 그토록 바보같이 굴고 있는 자기 자신에게 화가 치밀었다!

'한 번 거절당한 남자인데! 그이의 사랑이 되살아나기를 기대하다니, 이런 바보가 어디 있어? 같은 여자한테 두 번씩이나 청혼하는 쓸개 빠진 인간이 어디 있을라고? 남자들에게는 그렇게 심정 상하는 모욕도 없을 거다!'

그렇지만 그녀는 그가 자기 커피 잔을 직접 가져오자 약간 기운이 났다. 그녀는 기회를 놓치지 않고 말을 건넸다.

"누이동생분은 아직 펨벌리에 있어요?"

"네, 거기서 크리스마스까지 있을 겁니다."

"그럼 혼자 있겠네요? 같이 지내던 분들이 모두 떠났을 텐데요?"

"앤즐리 부인이 함께 있어요. 다른 사람들은 석 주쯤 전에 스카버러[36]에 갔습니다."

그녀는 더 이상 할 말이 생각나지 않았다. 그렇지만 그가 대화할 뜻이 있었다면 얼마든지 가능했을 터인데도, 몇 분간이나 아무 말 없이 옆에 서 있더니 끝내 아까의 그 젊은 여자가 엘리자베스에게 다시 소곤거리자 걸어가 버렸다.

차 도구들이 치워지고 카드 테이블이 들어서자 여자들은 모두 일어났고, 엘리자베스는 이제 곧 그와 자리를 함께하겠거니 했다. 그러나 이런 기대는 물거품이 되고 말았다. 휘스트 놀이에서 사람 수를 채우려는 자기 어머니의 탐욕에 제물이 된 그가 조금 후에 그 패에 섞여 앉는 것을 보았기 때문이다. 그녀는 이제 즐거울 일이 아예 없겠구나 싶었다. 그들은 저녁내내 각자 다른 테이블에 붙잡혀 있었고, 그녀로서는 기대할 것이 이제 아무것도 없었다. 그의 눈길이 자주 자기 편으로 향해서 그도 자기만큼이나 카드놀이를 제대로 못했으면 하는 것 말고는 말이다.

---

36) 잉글랜드 북부의 휴양지.

베넷 부인은 두 네더필드 신사를 저녁 식사 때까지 붙잡아 둘 속셈이었으나, 운이 없게도 그들의 마차가 다른 사람들 마차보다 먼저 오는 바람에 지체시킬 기회를 놓쳐 버렸다.

"자, 애들아." 자기들만 남자마자 그녀가 말했다. "오늘 어땠니? 모든 것이 아주 잘되었다는 게 내 생각이다만, 아무렴 그렇고말고. 정찬이 그렇게 잘 차려진 적도 없었지. 사슴 고기도 알맞게 구워졌고. 다들 그러더라, 그렇게 두툼한 뒷다리와 허리 살은 본 적이 없다고 말이야. 수프는 지난주 루커스 댁에서 먹은 것보다 쉰 배는 더 잘되었고. 다아시 씨까지도 자고새 요리가 훌륭하다고 인정하지 않았니. 그 댁에는 프랑스인 요리사가 적어도 두셋은 될 텐데 말이다. 그리고 얘, 제인, 네가 그렇게 아름다워 보인 적이 없구나. 내가 그렇지 않느냐고 물으니까 롱 부인도 그렇다고 하더라. 그 밖에 또 뭐라고 한 줄 아니? '아, 베넷 부인, 드디어 따님을 네더필드에서 보게 되겠군요.' 정말 이랬다는 거 아니냐. 롱 부인만큼 좋은 분은 세상에 없을 거야. 그리고 부인의 조카들도 아주 조신한 아이들이고. 인물이야 없지만서도. 난 그 아이들이 너무너무 좋아."

한마디로 말해 베넷 부인은 기분이 날아갈 듯했다. 그녀는 빙리가 제인을 대하는 태도를 보고서 마침내 그를 얻게 되었구나 확신한 것이다. 기분이 좋은 나머지 자기 가족에 유리한 쪽으로 예상하는 것이 정도를 지나쳐서 바로 다음 날 그가 청혼하러 오지 않자 아주 낙담을 하는 것이었다.

"아주 기분 좋은 날이었어." 베넷 양이 엘리자베스에게 말했다. "사람들도 잘 골라서 초대했고, 서로 잘 어울렸어. 우리

자주 다시 만나면 좋겠어."

엘리자베스는 미소를 지었다.

"리지, 너 그러면 안 돼. 날 의심하면 못 써. 그러면 난 억울해. 분명히 해 두는데, 나 이제 그분의 말씀을 기분 좋고 양식 있는 한 청년의 것으로 즐기는 법을 배웠어, 그 이상의 무슨 바람 없이 말이야. 지금 그분 태도로 봐서 내 애정을 얻으려는 마음 같은 건 없었다는 걸 분명하게 알 수 있었어. 단지 다른 남자분들보다 말씀을 아주 사근사근 잘하고, 누구에게나 다 잘하려는 마음이 강할 뿐이야."

"언닌 너무 잔인해." 동생이 말했다. "나보고 웃지 말라고 해 놓고 시도 때도 없이 웃기기만 하니 말이야."

"아무리 믿어 달라고 해도 도저히 안 되는 경우도 있네!"

"아예 불가능한 경우도 있다고!"

"하지만 넌 왜 내가 인정하는 이상의 감정을 가지고 있다고 설득하려 야단이니?"

"그건 나도 어떻게 대답해야 할지 잘 모르는 질문이야. 사람들이 그러잖아, 왜. 아무짝에도 쓸모없는 것만 가르칠 수 있는 주제에 한사코 가르쳐 주려고 들지. 나 좀 봐줘. 그리고 그렇게 무관심하다고 우기겠다면 내게 속마음을 털어놓을 생각은 하지 마."

13

이 방문이 있고 며칠 후에 빙리 씨가 다시 방문했는데, 혼자였다. 그의 친구는 그날 아침 런던으로 떠나서 열흘 후에나 돌아온다는 것이었다. 그는 그들과 한 시간 넘게 앉아 있었고 아주 기분이 좋았다. 베넷 부인이 같이 정찬을 들자고 청했으나, 누누이 미안하다면서 선약이 있다고 털어놓았다.

"다음번에 오실 때는 우리에게도 기회를 주세요." 그녀가 말했다.

그는 언제라도 기쁘게 응하겠다느니 운운했다. 그리고 허락하신다면 빨리 방문할 기회를 얻고 싶다고 했다.

"내일 올 수 있어요?"

그럼요, 내일 아무 약속이 없다는 것이다. 그녀의 초대는 시원스럽게 받아들여졌다.

그가 왔는데, 워낙 시간을 잘 지켜서 여자들은 아무도 옷을 갖추어 입지 못한 터였다. 베넷 부인은 화장용 가운을 입은 채 머리 손질도 하다 말고 딸 방으로 뛰어 들어가 소리를 질렀다.

"얘, 제인, 빨리 서둘러서 내려가. 그 사람이 왔단 말이야, 빙리 씨가 왔다고. 정말 왔단 말이다. 빨리빨리 서둘러. 새라, 지금 당장 여기 베넷 아가씨 드레스 입는 것 좀 도와드려. 리지 아가씨 머릴랑 신경 쓰지 말고."

"되도록 빨리 내려갈게요." 제인이 말했다. "그렇지만 키티가 우리보다 빠를 거예요. 반 시간 전에 위층에 올라갔으니까."

"어이구! 키티는 무슨 얼어 죽을! 걔가 무슨 상관이야? 빨리 해, 빨리! 얘, 너 허리띠는 어딨니?"

그러나 어머니가 가고 나자, 제인은 동생 가운데 누구라도 같이 가야지 혼자서는 내려가지 않으려 했다.

빙리와 제인 단둘만 있게 하려는 어머니의 안달은 저녁에도 눈에 훤히 보일 정도였다. 차 시간이 끝나자 베넷 씨는 습관대로 서재로 물러갔고, 메리는 피아노를 치려고 위층으로 올라갔다. 다섯 가운데 두 장애물이 이렇게 제거되자, 베넷 부인은 꽤 오랫동안 엘리자베스와 캐서린을 바라보며 눈을 껌뻑였지만, 이렇다 할 효과가 없었다. 엘리자베스는 아예 어머니 쪽을 쳐다보지도 않았고, 마침내 알아차린 키티는 순진하게도 이렇게 말했다. "무슨 일이야, 엄마? 왜 날 보고 눈을 깜빡거리고 그래? 뭘 어떻게 하라고?"

"아무것도 아니다, 얘, 아무것도. 너한테 눈 안 깜빡였어." 그러고는 5분 더 앉아 있더니 이런 소중한 시간을 낭비할 수 없었는지 불쑥 일어나 키티에게 "이리 와, 애야, 네게 할 말이 있어."라고 말하면서 방 밖으로 끌고 가 버렸다. 제인은 순간적으로 엘리자베스에게 시선을 던졌는데, 그 시선에는 짜 놓은 듯 이렇게 돌아가는 상황에 난처해하면서 너만은 그런 계략에 넘어가지 말라는 간청이 담겨 있었다. 몇 분 후에 베넷 부인이 문을 반쯤 열고서 딸을 불러냈다.

"리지, 너하고 할 말이 있단다."

엘리자베스는 가지 않을 수 없었다.

"자기들끼리 남겨 두는 게 좋잖아, 응." 그녀가 홀로 나가자마자 어머니가 말했다. "키티하고 나는 2층에 가서 내 옷 방에 앉아 있으련다."

엘리자베스는 어머니하고 가타부타하지는 않았으나, 홀에 가만히 있는 척하다가 어머니와 키티가 시야에서 사라지자 거실로 다시 들어갔다.

베넷 부인의 이날 계획은 불발이었다. 빙리가 모든 면에서 다 마음에 들게 굴었으나, 자기 딸의 연인임을 공언하지는 않았던 것이다. 그가 편안하고 명랑한 태도로 끼어듦으로써 그들의 저녁 모임은 아주 유쾌해졌다. 그는 어머니가 주책없이 나서는 것을 참아 주었고, 아무런 내색도 하지 않고 온갖 어리석은 소리들을 들어 주었으니, 맏딸은 그렇게 고마울 수가 없었다.

그에게는 저녁 식사 때까지 머물러 달라고 청할 필요조차 없었다. 그리고 떠나기 전에는 자신도 원하고 어머니의 뜻도 그래서 다음 날 아침 베넷 씨와 같이 사냥하기로 약속했다.

이날 이후 제인은 무관심이니 하는 소리를 더 이상 하지 않았다. 두 자매 사이에는 빙리에 관해서는 한마디도 오가지 않았지만, 엘리자베스는 만약 다아시 씨가 예정보다 먼저 돌아오는 일만 없다면, 만사가 신속하게 마무리되리라는 행복한 믿음을 품고서 잠자리에 들었다. 그렇지만 터놓고 말하자면 그녀의 속내는 이 모든 일이 틀림없이 다아시 씨의 동의 아래 이루어지고 있다는 쪽으로 상당히 기울었다.

빙리는 시간에 맞춰 왔고, 그와 베넷 씨는 약속한 대로 아침나절을 함께 보냈다. 베넷 씨는 빙리 씨의 예상보다는 훨씬 무던했다. 빙리에게는 그의 조롱기를 자극하거나 역겨워서 입을 닫게 할 만큼 주제넘은 구석이나 어리석은 면이 전혀 없었다. 그래서 그는 빙리가 그간 보아 왔던 것에 비하면 더 많은 대화를 주고받았고 그리 괴팍하게 굴지도 않았다. 물론 빙리는 그와 함께 정찬 시간에 맞춰 돌아왔다. 그리고 그날 저녁이 되자 그와 맏딸만 남겨 두고 다른 사람은 모두 치워 버리려는 베넷 부인의 작전이 다시 가동되었다. 엘리자베스는 쓸 편지가 있던 터라 차 시간이 끝나자 바로 조찬실로 들어갔다. 다른 사람들이 모두 카드놀이를 하려고 앉으려던 참이라 굳이 어머니의 계획을 방해하는 데 낄 필요가 없었던 것이다.

그러나 편지를 다 쓰고 거실로 돌아온 그녀는 너무나 놀랍게도 자신이 과연 어머니의 영리함을 도저히 따라가지 못했음을 인정하지 않을 수 없었다. 문을 열자마자 언니와 빙리가 무슨 진지한 대화에 몰두해 있는 것처럼 난로 앞에 같이 서 있는 모습이 눈에 들어왔다. 이것으로 의심을 품지 못한다 해도, 화급하게 돌아보며 서로 떨어질 때 둘의 얼굴이 모든 것을 말해 주었을 것이다. 그 두 사람이 처한 상황도 어색했지만 엘리자베스의 생각에는 자신의 처지가 훨씬 더 안 좋았다. 같이 자리에 앉았지만 어느 쪽도 입을 떼지 않았고, 엘리자베스가 다시 나가려던 찰나 빙리가 불쑥 일어나 언니에게 몇 마디 소곤거리고는 황급히 방 밖으로 나갔다.

제인은 털어놓아서 즐거울 일이면 엘리자베스에게 숨기지 못했는데, 즉시 그녀를 끌어안으며 감정에 북받쳐서 자신이 세상에서 제일 행복한 사람이라고 말했다.

"너무나 벅차!" 그녀가 덧붙였다. "정말 너무 벅차. 너무 과분해. 아! 왜 모두들 나만큼 행복하지 않은 걸까?"

엘리자베스는 말만으로는 이루 다 표현하기 어려운 진실하고 뜨겁고 기쁨에 가득 찬 축하를 건넸다. 따뜻한 말 한마디마다 제인은 새로운 행복감에 젖어 들었다. 그러나 그녀는 지금 당장은 동생하고 같이 있을 여유도 나머지 이야기를 마저할 짬도 없었다.

"바로 어머니께 가야겠어." 그녀가 소리쳤다. "어머니가 애면글면하실 텐데 조금도 소홀히 해선 안 되지. 다른 사람을 통해서가 아니라 내 입으로 직접 전해 드리고 싶어. 그이는 벌써 아버지한테로 갔어. 오! 리지, 내가 가족들에게 이렇게 큰 즐거움을 줄 수 있게 되었다니! 너무나 벅차고 행복해서 가슴이 터질 것 같아!"

그러고 나서 그녀는 서둘러 어머니에게 갔는데, 어머니는 카드 모임을 일부러 진작 작파하고 키티와 위층에 앉아 있었다.

엘리자베스는 혼자 남게 되자 그렇게 여러 달에 걸쳐 마음 졸이며 애태우던 일이 되려고 하니 이렇게 신속하고도 수월하게 마무리되는구나 하며 미소 지었다.

'흠, 그분의 친구가 이것저것 재면서 온갖 걱정을 해 대던 일이 이렇게 끝나는군!' 그녀는 생각했다. '이건 또 그분의 누이의 온갖 거짓과 책략의 종말이기도 하고! 가장 행복하고 현명하고 합리적인 결말이지, 뭘!'

얼마 지나지 않아 빙리가 들어왔는데, 아버지와의 면담은 짧았지만 잘 끝난 모양이었다.

"언니는 어디 있습니까?" 그가 문을 열면서 다급히 물었다.

"위층에 어머니하고 같이요. 아마 곧 내려올걸요."

그러자 그는 문을 닫고 그녀 쪽으로 다가와서 처제로서 축하의 말을 들려 달라고 했다. 엘리자베스는 이런 관계가 맺어져서 정말 기쁘다고 솔직히, 그리고 진심으로 말했다. 그들은 마음에서 우러나오는 악수를 나누었다. 그런 후 언니가 내려오기까지 그가 쏟아 놓는 말을 모두 들어야 했는데, 요는 그자신은 너무 행복하고 제인은 너무 완벽한 여자라는 것이었다. 엘리자베스는 그가 사랑에 빠져 있는 것은 사실이지만, 행복에 대한 그의 온갖 기대가 튼튼하고 현실적인 바탕 위에 세워져 있음을 믿어 의심치 않았다. 제인의 탁월한 이해심, 탁월이라는 말로는 모자랄 성품 그리고 그녀와 빙리 사이의 감정과 취향이 전반적으로 비슷하다는 점 등이 뒷받침했기 때문이다.

모든 가족에게 그야말로 특별히 기쁜 저녁이었다. 베넷 양의 얼굴에는 행복감으로 달콤하고도 생기 넘치는 광채가 어렸고, 그녀의 아름다움은 그 어느 때보다 빛났다. 키티는 연신 벙글거리면서 곧 자기 차례도 오기를 희망했다. 베넷 부인으로 말하면 아무리 열렬한 말로 승낙이라거나 승인을 해도 자신의 감정을 다 표현하기에는 부족했다. 그녀는 빙리를 상대로 반 시간 내내 같은 소리를 하고 또 했다. 그리고 저녁 식사에 합류한 베넷 씨의 목소리와 태도로 보아 그도 행복을 만끽하고 있음을 알 수 있었다.

베넷 씨는 밤이 깊어 방문객이 작별을 고할 때까지 일언반구도 하지 않다가 그가 가자마자 딸에게 돌아서서 말했다.

"제인, 축하한다. 넌 아주 행복한 아내가 될 거다."

제인은 바로 그에게로 다가가 뺨에 입을 맞추며 감사를 표했다.

"넌 착한 아이야." 그가 말했다. "네가 그렇게 행복하게 자리 잡게 될 걸 생각하면 정말로 기쁘구나. 아버진 너희가 잘 살 거라는 걸 조금도 의심하지 않아. 너희 기질은 다른 데가 하나도 없다. 둘 다 귀가 여리니 아무것도 결정되는 것이 없을 테고, 너무 쉽게 넘어가니 하인들마다 속이려 들 테고, 너무 손들이 크니 늘 수입을 초과하게 될 게다."

"전 그러지 않길 바라요. 금전 문제에서 경솔하거나 무분별하다든가 하는 것은 저로서는 용납할 수 없을 거예요."

"수입을 초과한다고요! 아니, 여보." 아내가 언성을 높였다. "무슨 말씀을 하시는 거예요? 아니, 그 사람 연 수입이 사오천이고, 더 많을 것이 분명한데." 그러고선 딸에게 이렇게 말했다. "아유! 제인, 이것아, 어민 정말 행복하구나! 오늘 밤엔 한잠도 자지 못할 거다. 이렇게 될 줄 알았어. 결국에는 이렇게 되고 말 거라고 늘 그랬잖니. 예쁘게 태어난 값을 할 거라고 확신했어. 그 사람이 작년에 처음 하트퍼드셔에 들어왔을 때가 기억에 선하구나. 난 그 사람을 보자마자 생각했단다. 너하고 짝이 될 사람이라고 말이다. 아무렴! 그 사람보다 잘생긴 청년은 없다고!"

위컴과 리디아는 까맣게 잊혔다. 제인은 두말할 나위 없이 가장 사랑스러운 자식이었다. 그녀는 그 순간에만큼은 다른 자식들에게 아무 관심이 없었다. 동생들은 그녀에게 장차 무슨 혜택을 얻어 보려고 곧바로 이런저런 청탁을 하기 시작했다.

메리는 네더필드의 서재를 이용하게 해 달라고 부탁했고, 키티는 그곳에서 겨울마다 몇 차례 무도회를 열어 달라고 졸라 댔다.

빙리는 물론 이 시간 이후로 롱본에 매일같이 드나들었다. 아침 식사 전에 오는 일도 자주 있었고, 늘 저녁 식사 후까지 머물러 있었다. 아무리 얄미워해도 시원치 않을 염치없는 이웃이 그를 정찬에 초대해서 하는 수 없이 받아들이기로 하는 경우를 제외하면 말이다.

엘리자베스는 이제 언니하고 대화할 시간이 거의 없어졌다. 그가 와 있는 동안 제인은 다른 누구에게도 관심을 가질 수 없었으니까. 그러나 둘이 가끔씩 떨어져 있는 동안에 그녀는 자신이 두 사람 모두에게 상당히 쓸모 있다는 사실을 깨달았다. 제인이 없으면 빙리는 제인에 대해 이야기하는 재미로 늘 엘리자베스에게 달라붙어 있었고, 빙리가 가고 나면 제인 또한 한결같이 엘리자베스에게서 똑같이 위안을 얻었다.

"그이의 말을 들으니 참 행복해." 어느 날 저녁 그녀가 말했다. "이런 말을 하는 거야, 글쎄. 지난봄에 내가 런던에 있다는 걸 전혀 몰랐대! 그럴 수 있다고는 생각지도 못했는데."

"나는 그럴 거라고 생각했지." 엘리자베스가 대답했다. "그런데 그 일을 두고 뭐라고 해?"

"누이들이 그랬던 거지, 뭐. 내가 그이와 사귀는 것이 분명

못마땅했을 거야. 이상할 것도 없잖아, 그이는 여러 면에서 훨씬 더 나은 상대를 선택할 수 있었을 테니까. 그렇지만 자기네 오빠가 나하고 행복하게 사는 걸 보면 아마도 생각이 달라질 거라고 봐. 그럼 우린 다시 좋은 관계가 될 거야. 예전 같은 관계에야 미치지 못하겠지만 말이야."

"언니한테 들어 본 말 가운데서는 그래도 꽤나 야박한 소리네." 엘리자베스가 말했다. "착하기도 하시지! 언니가 빙리 양의 거짓 우정에 다시 속아 넘어가는 걸 보면 나 정말 속상할 것 같아."

"리지, 넌 믿을 수 있겠니? 그이가 지난 11월에 런던에 갔을 당시에 정말 나를 사랑하고 있었는데 내가 자기에게 관심이 없는 줄 알았대. 다시 내려오지 않은 것도 바로 그 때문이라는 거야!"

"좀 잘못 짚으신 셈이긴 하지. 그렇지만 그게 겸손하다는 말도 되겠고."

그러자 제인에게서는 그가 조심성이 많다든가 자신의 장점을 하찮게 여긴다든가 하는 찬사가 줄줄이 이어져 나왔다.

엘리자베스는 빙리가 자기 친구의 개입 사실을 밝히지 않았다는 것을 알고 다행으로 여겼다. 비록 제인의 마음이 하해같이 넓다지만, 이것만큼은 그에 대한 편견을 갖도록 하기에 딱 좋은 상황임을 알고 있었던 까닭이다.

"난 세상 누구보다 운 좋은 사람임이 분명해!" 그녀가 외쳤다. "오! 리지, 우리 식구들 가운데서 나만 이렇게 특별히 선택되어서 누구보다도 가장 큰 축복을 받다니! 너도 나만큼 행복해지는 걸 보았으면! 그이 같은 남자가 또 있다면 말이지만!"

"언니가 그런 남자를 마흔 명 준다 해도 내가 언니만큼 행복해질 수는 없을 거야. 언니의 품성, 선량함을 갖기 전에는 언니가 누리는 행복감을 느낄 수 없을 테니까. 아냐, 아냐, 내 힘으로 어떻게 해 봐야지. 누가 알아, 운이 좋다면 제2의 콜린스 씨라도 나타나게 될지."

롱본 가족에게 일어난 일이 오래 비밀로 남아 있을 수는 없었다. 베넷 부인은 필립스 부인에게 소곤대는 특권을 누렸고, 필립스 부인은 허락도 받지 않고 메리턴의 모든 이웃들에게 똑같이 했다.

불과 수주일 전 리디아가 처음 달아났을 때만 해도 불운하다고 널리 알려졌던 베넷 집안은 단기간에 이제 세상에서 가장 복받은 집안이라는 소리를 듣게 되었다.

14

제인과 빙리가 약혼한 지 일주일 정도 지난 어느 날 아침, 그와 이 집안 여자들이 식당에 같이 앉아 있을 때, 마차 소리가 들리는 바람에 모두의 주의가 창문으로 쏠렸다. 사두마차 한 대가 잔디밭을 올라오고 있었다. 방문객이 오기에는 너무 이른 아침이기도 하고, 게다가 마구라거나 장비도 이웃에서 못 보던 것이었다. 말은 역마였고, 마차나 마부석에 앉아 있는 하인의 제복도 그들의 눈에는 낯설었다. 그렇지만 누군가가

오고 있는 것은 분명했으므로, 빙리는 즉시 베넷 양에게 이렇게 예고 없이 찾아온 손님에게 붙잡히지 않도록 잡목 숲으로 산책을 나가자고 했다. 그 두 사람은 나가 버렸고, 남은 세 사람은 아무리 추측해 봐도 누구인지 감조차 잡을 수 없었다. 그때 문이 열리면서 방문객이 들어왔다. 바로 캐서린 드 버그 영부인이었다.

다들 뭔가 뜻밖의 일을 대면할 각오는 하고 있었지만, 이렇게까지 깜짝 놀라게 될 줄은 예상하지 못했다. 베넷 부인과 키티는 그녀가 누구인지 전혀 몰랐지만, 엘리자베스보다 더 놀랐다.

그녀는 평소보다 더욱 무례한 태도로 방에 들어와서 엘리자베스의 인사에는 머리만 까닥할 뿐 달리 답하지 않았고, 말한마디 없이 자리에 앉았다. 엘리자베스는 영부인이 들어오자 소개를 부탁받지는 못했지만 어머니에게 그녀의 이름을 일러주었다.

베넷 부인은 이렇게 지체 높은 분을 손님으로 맞은 것이 뿌듯하기는 했지만 너무나 놀란 터라 최대한 공손한 말로 그녀를 맞았다. 잠시 말없이 앉아 있다가 그녀가 엘리자베스에게 아주 뻣뻣한 말투로 말했다.

"잘 있겠지요, 베넷 양. 저 부인은 어머닌가 본데."

엘리자베스는 그렇다고 짤막하게 대답했다.

"그리고 저기는 동생 중의 하나인가 보고."

"그렇답니다, 영부인." 캐서린 영부인에게 말을 건네게 된 것을 기뻐하며 베넷 부인이 말했다. "저 아이는 끝에서 둘째 딸이랍니다. 막내는 최근에 결혼했고, 맏딸은 곧 한 가족이 될 청년하고 마당 어딘가를 산책 중입니다."

"여긴 장원이 아주 작군." 잠시 말이 없다가 캐서린 영부인이 대답했다.

"송구스러운 말씀이지만, 로징스에 비하면 아무것도 아닙니다, 영부인. 그렇지만 윌리엄 루커스 경 댁 장원보다는 훨씬 넓은 줄로 압니다."

"이 방은 여름 저녁을 보내기에는 아주 불편한 거실이로군. 창문이 정서향이니 말이오."

베넷 부인은 정찬 후에는 거실을 이용하지 않는다고 한 뒤, 이렇게 덧붙였다.

"영부인께서 떠나오실 때 콜린스 씨네는 잘 지내고 있던지 여쭈어봐도 될지요?"

"그렇소. 아주 잘 있어요. 그저께 밤에 봤지."

엘리자베스는 이제 그녀가 샬럿이 자기한테 보낸 편지를 꺼내리라고 예상했다. 그녀의 방문 동기로 그 외의 다른 것을 떠올릴 수 없었던 것이다. 그러나 편지는 나오지 않았고, 엘리자베스로서도 의아해지고 말았다.

베넷 부인은 아주 정중하게 영부인께 뭐라도 좀 간단히 들기를 권했으나, 캐서린 영부인은 예의를 차리는 말을 일체 생략하고 딱 잘라서 아무것도 먹지 않겠다고 거절했다. 그런 후 일어나면서 엘리자베스에게 말했다.

"베넷 양, 잔디밭 한쪽에 아담한 야생림 같은 게 보이던데. 동행해 준다면 그곳을 한번 돌아보고 싶군."

"가 봐라, 애야." 어머니가 큰 소리로 말했다. "모시고 가서 영부인께 산책로를 이곳저곳 보여 드리렴. 부인께서 한적한 잡목림 쪽을 보시면 좋아하실 게다."

엘리자베스는 시키는 대로 자기 방으로 달려가 양산을 가지고 나와 귀한 손님을 모시러 아래층으로 내려갔다. 홀을 지나갈 때 캐서린 영부인은 식당과 거실로 통하는 문들을 열어 보고는 잠시 살펴본 뒤 꽤 괜찮아 보이는 방들이라고 하며 계속 걸어갔다.

그녀의 마차는 계속 문 앞에 서 있었는데, 안에 시녀가 타고 있는 것이 보였다. 그들은 작은 숲으로 이어진 자갈길을 따라 말없이 걸었다. 엘리자베스는 평소보다 더 무례하고 불쾌하게 구는 사람과 구태여 대화를 나누려고 애쓸 필요는 없다고 마음을 다잡고 있었다.

'이런 여자를 어떻게 자기 조카하고 닮았다고 생각할 수 있었을까?' 영부인의 얼굴을 쳐다보며 그녀는 생각했다.

두 사람이 작은 숲으로 들어서자마자 캐서린 영부인이 이렇게 말을 시작했다.

"베넷 양, 내가 여기 온 연유를 모른다고 잡아뗄 수는 없을 테지. 아가씨 자신의 마음, 자신의 양심이 내가 왜 왔는지 말해 줄 테니."

엘리자베스는 놀라서 대체 무슨 말씀인가 하는 표정으로 바라보았다.

"저, 잘못 아셨습니다, 영부인. 저는 여기서 영부인을 뵙게 된 이유를 전혀 짐작도 못 하겠습니다."

"베넷 양." 영부인이 노기 띤 어조로 대답했다. "나를 우습게 봐서는 안 된다는 걸 명심해야지. 아가씨가 아무리 얼렁뚱땅 넘어가기로 작정했더라도 나는 그리 쉽게 넘어가지 않는 사람이야. 내 성격은 진지하고 솔직하다고 정평이 나 있어. 지금 경우에도 마찬가지야. 내 바로 말하지. 아주 놀라운 소문이 이틀 전에 내 귀에 들리더군. 내가 듣기로는 곧 언니가 아주 유리한 결혼을 하게 될 모양일 뿐만 아니라, 바로 엘리자베스 베넷 양, 아가씨도 내 조카인 다아시하고 곧 맺어질 거라고 하던데. 이것이 추문에 가까운 허위가 분명하다는 것을 내 모르지는 않지만, 또 도대체 사실일 수 있다는 생각부터가 조카를 욕되게 하는 셈이 되겠지만, 그래도 즉시 이곳으로 와서 내 기분이 어떤지 아가씨에게 알려야겠다고 결심했지."

"사실일 수 없다고 믿으신다면······." 엘리자베스는 놀라움과 경멸감으로 얼굴을 붉히며 말했다. "왜 이렇게 멀리까지 오시는 수고를 마다하지 않으셨는지 모르겠습니다. 도대체 뭘 어쩌자는 말씀이신지요?"

"그런 소문이 터무니없다는 것을 당장 만천하에 알리려는 거지."

"저와 제 가족을 만나러 롱본에 오신 것으로 오히려 소문이 사실로 확인될 텐데요. 만약에 정말로 그런 소문이 돌고 있다면 말씀입니다만." 엘리자베스가 냉정하게 말했다.

"만약에라고! 그럼 모른다고 시치미 뗄 작정인가? 그게 아가씨가 본인 입으로 열심히 퍼뜨린 소문이 아니라는 건가? 세상에 다 퍼져 있는 그런 소문을 모른다고?"

472

"들어 본 적 없습니다."

"그래, 그렇다면 그게 근거 없는 소문이라고도 분명히 말할 수 있겠지?"

"저는 영부인만큼 솔직하다고는 말씀드리지 못하겠습니다. 질문을 하시는 것은 자유시지만 제가 꼭 대답해 드린다고는 못 하겠군요."

"이거 정말 참을 수가 없군그래. 베넷 양, 난 알아야겠어. 그래, 그 사람이, 내 조카가 청혼하던가?"

"영부인께서 그건 불가능하다고 이미 잘라 말씀하셨지요."

"그래야지, 암. 그 애가 이성이란 걸 지니고 있는 한, 그렇고말고. 그렇지만 아가씨가 온갖 교활한 기술로 유혹하면 얼이 빠져서 자기 자신과 가문에 대한 의무를 망각할 수도 있어. 아가씨가 그 애를 꾀었을 수는 있다고."

"설령 그랬다면 제가 자백할 리가 더욱 없지요."

"베넷 양, 내가 누군 줄 아나? 난 그따위 말을 듣는 데에 익숙지 않아. 난 이 세상에서 그 애와 가장 가까운 친척이고, 그 애한테 중요한 일은 모두 알 권리가 있어."

"그렇지만 영부인께 제 일까지 아실 권리는 없습니다. 더구나 이런 태도로는 결코 제게서 한마디도 못 들으실 겁니다."

"내 말 잘 들어. 아가씨가 주제넘게 넘보는 이 결혼은 성사될 수 없어. 없지, 없고말고. 다아시는 내 딸하고 약혼한 사이니까. 그래, 할 말 있나?"

"한 가지만 말씀드리지요. 그게 사실이라면, 영부인께서 그분이 제게 청혼할 거라고 생각하실 이유가 없으실 텐데요."

캐서린 영부인은 잠시 망설이다가 이렇게 대답했다.

"그 애들의 약혼은 특별한 경우지. 어린 시절부터 짝 지어 주기로 되어 있었던 거야. 내 소망이기도 했고, 그 애 어머니의 소망이기도 했지. 그 애들이 요람에 있을 때부터 우린 연분을 맺기로 계획했어. 그런데 이제, 두 자매의 소망이 그 애들의 결혼으로 실현되려는 순간에, 태생도 천하고 사회적 지위도 없고, 가문하고도 아무 연고가 없는 젊은 여자 하나가 방해하고 나서다니! 아가씨는 그 사람 친지들의 소망을 존중하지 않나? 그 사람이 내 딸과 맺은 무언의 언약도? 법도를 지킨다든가 품위를 갖춘다든가 하는 건 다 팽개쳐 버린 건가? 그 사람이 아주 어릴 때부터 사촌하고 맺어지기로 되어 있었다는 내 말을 들은 적이 없나?"

"아니요, 전에 들었습니다. 그렇지만 그게 저와 무슨 상관인지요? 만일에 제가 영부인 조카분하고 결혼하는 데 다른 문제가 없다면, 그분 모친과 이모가 드 버그 양하고 결혼하길 원했다는 것을 안다고 해서 그것 때문에 물러서진 않을 거예요. 두 분께선 결혼을 계획하는 데까지는 할 만큼 하셨어요. 그 결혼이 성사되느냐 마느냐는 당사자들한테 달려 있지요. 만약에 다아시 씨가 명예로나 애정으로나 사촌분에게 매여 있지 않다면, 어째서 다른 선택을 하면 안 된다는 건지요? 그리고 만에 하나 제가 선택된다면, 어째서 제가 그분을 받아들이면 안 된다는 건지요?"

"왜냐하면 명예, 예의범절, 분별, 아니야, 이해관계가 그걸 금하기 때문이지. 그래, 베넷 양, 이해관계란 거야. 만약에 아가씨가 고집을 부려서 모든 사람의 뜻에 거스르는 행동을 하면, 그의 가족이나 친지들한테 인정받을 생각은 말아야 하니까. 아가씨는 그와 관계된 모든 사람들에게 비난받고, 무시당하고, 경멸당할 거야. 아가씨와의 혼인은 수치일 테고, 우리 가운데 누구도 아가씨 이름을 입 밖에 내지 않을 거라고."

"대단한 불행이로군요." 엘리자베스가 대답했다. "하지만 다아시 씨의 부인 자리쯤 되면 남달리 좋은 일들이 생기게 마련일 테니, 전체적으로 봐서 후회할 이유는 없을 것 같군요."

"이런 쇠고집, 고얀 것 같으니! 내가 다 창피하군그래! 지난봄에 내가 베풀어 준 친절에 대한 감사가 고작 이것인가, 응? 그 점에서 내게 빚진 것이 아무것도 없나?

자, 앉아, 베넷 양, 내가 목표를 관철시키고자 단단히 작심하고 여기 왔다는 걸 꼭 명심해. 생각을 바꾸지도 않을 거고. 난 남의 변덕에 따라 내 생각을 바꿔 본 적이 없어. 실망하는 일, 나 참고 못 보는 사람이야."

"그러시다면 현재로선 영부인의 입장이 더욱 딱해지시겠네요. 그렇다고 제가 그것에 좌우될 일은 아닙니다."

"내가 말할 때는 끼어들지 말아야지. 잠자코 듣고 있으란 말이다. 내 딸하고 조카는 서로 천생연분이야. 두 사람 다 외가 쪽은 똑같은 귀족 가문 출신이고, 친가 쪽은 작위는 없지만 점잖고 명예로우며 유서 깊은 가문이지. 양가 모두 재산도 굉장하지. 각자의 집안사람들이 모두 입을 모아서 서로 맺어져야 한다는데, 무엇이 둘을 갈라놓는다는 건가? 가문도 친척도 재산도 변변찮은 젊은 여자 하나가 건방지게 튀어나와 가지고. 이걸 그냥 두고 봐야겠냐고! 그래서는 안 되지, 안 되고말고. 아가씨한테 무엇이 득인지 알고나 있다면, 자신이 자라 온 테두리를 벗어나길 원치 않을 텐데."

"영부인의 조카와 결혼한다고 해서, 제가 그 테두리를 벗어난다고는 생각지 않습니다. 그분은 신사고, 저도 신사의 딸이니까요. 그 점에서 우리는 동등합니다."

"그야 그렇지. 아가씬 신사의 딸이지. 그렇지만 아가씨 어머니는 어떻느냐? 외삼촌 부부와 이모 부부는 어떻고? 내가 그 사람들 신분을 모른다고 생각하지는 않겠지."

"제 친척들이 무슨 일을 하든 영부인의 조카분이 이의가 없다면, 영부인하고야 아무 상관 없는 일이지요." 엘리자베스가 말했다.

"여러 말 할 것 없이, 그 애하고 약혼했느냐?"

엘리자베스는 캐서린 영부인의 이 질문에 꼭 답변을 해야 한다고 생각하지는 않았지만, 잠시 숙고한 후에 이렇게 말할 수밖에 없었다.

"안 했습니다."

캐서린 영부인은 기뻐하는 듯했다.

"그럼 약속해 줄 수 있겠나, 그런 약혼은 안 하겠다고?"

"그런 약속은 드릴 수 없습니다."

"베넷 양, 정말 놀랍고 기가 막히는군그래. 좀 더 분별 있는 처녀인 줄 알았는데. 그렇지만 내가 물러설 거라고 속단하진 마. 내가 요구하는 확답을 얻을 때까지 가지 않을 터이니."

"분명히 말씀드리지만, 전 절대로 그런 확답을 드릴 수 없어요. 으름장을 놓으신다고 해서 이치에 닿지도 않는 일을 받아들일 수는 없습니다. 영부인께서는 다아시 씨가 따님과 결혼하기를 원하시지만, 설혹 제가 원하시는 약속을 해 드린다고 해서 그 두 사람의 결혼이 성사될 가능성이 더 높아지겠어요? 그분이 절 사랑한다면 제가 그분의 청혼을 거절한다고 해서 사촌한테 청혼하고 싶어지겠어요? 외람된 말씀이지만, 캐서린 영부인, 도대체 이런 요구 자체가 잘못된 것일뿐더러 그이유란 걸 들어 봐도 빈약하기 이를 데 없군요. 제게 이런 식의 설득이 통할 수 있다고 생각하신다면, 저를 잘못 보아도 한참 잘못 보신 겁니다. 조카분이 영부인께서 자기 문제에 끼어드는 것을 어느 정도 용납하실지 모르겠지만요, 제 일에 관여할 권리는 분명 없으십니다. 그러니까 제발 이 문제로 더 이상절 성가시게 하지 말아 주십시오."

"그렇게 서두를 건 없어. 내 말은 아직 끝나지 않았으니까. 지금까지 말한 모든 이유들 외에도 이 결혼에 반대하는 다른이유가 하나 있어. 난 아가씨 막냇동생의 수치스러운 도피 행각을 속속들이 알고 있는 사람이야. 전모를 다 파악하고 있어. 그 청년이 막내하고 결혼한 것은 아가씨 부친과 삼촌이 돈을 써서 적당히 수습한 덕분이라는 것도 말이야. 그런데 그런 여자가 내 조카의 처제가 된다고? 그 여자의 남편, 작고한 부친의 집사 아들과 동서가 된다고? 원, 세상에! 도대체 생각이 있기나 한 거냐? 펨벌리의 영령들께 그렇게 오명을 씌워 드려도되겠느냐고?"

"이젠 더 할 말 없으시겠지요." 엘리자베스가 분개하며 대꾸했다. "부인께선 갖은 방법을 동원해서 저를 모욕하셨어요. 이제 집으로 돌아가도 되겠습니까?"

이 말과 함께 그녀는 일어섰다. 캐서린 영부인도 일어섰고, 그들은 돌아섰다. 영부인은 화가 몹시 나 있었다.

"그렇다면 아가씨는 내 조카의 명예와 평판은 아무래도 좋다는 거지! 무정하고 이기적인 여자로군! 아가씨하고 관계를 맺는 것은 모든 사람의 면전에서 그 애의 명예에 먹칠하는 일이라는 생각은 안 드나?"

"캐서린 영부인, 전 더 이상 할 말이 없습니다. 제 생각은 이미 알고 계시니까요."

"그래, 그 애를 차지하기로 작정했다 이 말이지?"

"전 그런 말 한 적 없습니다. 단지, 저 자신의 의견에 따라, 영부인이든 누구든 저하고 상관없는 사람의 의견은 개의치 않고, 제 행복을 위해 행동할 작정일 뿐입니다."

"좋아. 그럼 내 말을 안 듣겠다 그거로군. 아가씬 의무와 명예와 감사에 따르기를 거절하는 거야. 그 애가 친지들 사이에서 온통 망신을 당하게 하고, 세상의 경멸거리가 되게 하려고 작정한 거라고."

"이 일에서는 의무니 명예니 감사니 하는 것이 저를 구속할 수는 없습니다." 엘리자베스가 대꾸했다. "또 제가 다아시 씨하고 결혼한다고 해서 그런 원칙이 위반된다고 생각하지도 않고요. 그분 가족의 분개라거나 세상의 분노라고 하셨는데, 설령 가족이 그분이 저와 결혼한 것에 분노한다 해도 저는 눈 하나 깜짝하지 않을 겁니다. 그리고 세상 사람들도 양식이라는 것이 있다면 그런 조소에 동참하지는 않을 것입니다."

"그래, 이것이 아가씨의 속내로군! 이것이 최종 결심이란 말이지! 아주 좋아. 이제 어떻게 해야 할지 알겠어. 베넷 양, 아가씨 야심이 충족될 것이라는 기대는 접으라고. 난 한번 시험해 보러 온 거야. 말귀를 알아듣지 못한다면 할 수 없지. 반드시 내 뜻을 관철할 테니 그리 알아 둬."

캐서린 영부인이 이런 식으로 계속 퍼붓는 사이에 둘은 어느새 마차 문 앞에 도착했다. 영부인은 조급하게 뒤를 돌아보며 이렇게 덧붙였다.

"베넷 양, 작별 인사는 않겠어. 아가씨 모친한테도 인사 차리지 않겠고. 자네들은 그런 대접을 받을 가치가 없는 사람들이야. 심히 불쾌하군."

엘리자베스는 대답하지 않았다. 그리고 영부인에게 집 안으로 들자고 권할 생각도 전혀 없어서 자기 혼자 묵묵히 걸어 들어갔다. 그녀가 층계를 오를 때 마차가 달려 나가는 소리가 들렸다. 어머니가 옷방 문 앞에서 초조하게 그녀를 맞으며, 캐서린 영부인께서 왜 다시 들어오셔서 쉬다 가지 않느냐고 물었다.

"그러고 싶지 않으셨던 거예요." 딸이 말했다. "부득부득 가시겠다더군요."

"아주 멋지게 생긴 분이셔! 여기까지 방문해 주시다니 정말 친절하시기도 하지! 콜린스 내외가 잘 지낸다고 알려 주려고 들르신 거겠지. 어디 가시던 길에 메리턴을 지나가게 되어서 널 찾아볼까 하신 걸 거야. 리지, 너한테 별말씀 없으시던?"

이런 질문을 받으니 엘리자베스는 약간의 거짓말을 할 수밖에 없었다. 두 사람 사이에 오간 대화를 알려 줄 수는 없는 노릇이니까.

15

이 뜻밖의 방문이 엘리자베스의 마음에 야기한 혼란은 쉽게 가라앉지 않았다. 그 생각이 몇 시간이고 머리를 떠나지 않았다. 캐서린 영부인이 오직 자신이 다아시 씨와 했을지도 모를 약혼을 깨뜨려야겠다는 일념으로 로징스에서 이곳까지 오는 여행의 수고를 마다하지 않았다는 것인데……. 영부인이야 그러고도 남을 사람이기는 하지! 그러나 엘리자베스는 그들의 약혼 소문이 어디서 나온 것인지 처음에는 도무지 상상조차 되지 않았다. 한 가지 짚이는 것은 있었다. 그 사람이 빙리의 친구이고 자신이 제인의 동생이니까, 혼사 하나가 이루어질 것 같으니 다들 또 다른 혼사도 있을 것이라고 기대할 수는 있었다. 그녀 자신도 언니가 결혼하면 아무래도 어울릴 기회가 더 많아질 것이라고 생각했으니까 말이다. 그런지라 루커스 로지 사람들도(그들이 콜린스 집안과 편지를 주고받는 과정에서 소문이 캐서린 영부인에게 닿았다는 것이 그녀의 결론이었다.) 엘리자베스 본인은 언젠가 징래에나 가능하리라고 기내한 그 일을 거의 확정적이고 임박한 것으로 단정 지었던 것이 아닐까.

그러나 캐서린 영부인의 표현을 되씹다 보니, 그녀는 기어코 관여하겠다는 부인의 기세가 어떤 결과를 가지고 올지 일말의 불안을 느끼지 않을 수 없었다. 그들의 결혼을 막겠다는 결심까지 피력했으니 분명 조카에게 무슨 소리를 할 것이 분명했고, 자신과 맺어질 때 수반되는 해악들이 그런 식으로 제시된다면 그가 정작 어떻게 받아들일지 속단하기 힘들었다. 이모에 대한 그의 애정이나 이모의 판단력에 대한 그의 신뢰가 어느 정도인지 정확히는 알 수 없었으나, 자신보다는 영부인을 훨씬 더 높이 볼 것은 당연한 일이었다. 그의 이모는 상대적으로 너무 처지는 집안사람과 결혼할 때 닥칠 불행들을 낱낱이 열거하면서 분명히 그의 가장 약한 구석을 찌르고 나올 것이었다. 체통을 중시하는 그의 사고방식으로 보아 엘리자베스에게는 빈약하고 우스꽝스러워 보인 주장들이 대단한 양식과 단단한 논리를 갖추고 있다고 느낄 수도 있었다.

이전에도 그는 어떻게 하면 좋을지 망설였고 실제로 그런 망설임을 드러낸 적도 적지 않았는데, 이제 이렇게 가까운 친척이 충고하고 간청하면 그도 모든 의심을 거두고 가문에 먹칠하는 일만은 삼가자는 쪽으로 돌아설지도 몰랐다. 그렇게 된다면 그는 다시 돌아오지 않을 것이다. 캐서린 영부인은 런던을 지나는 길에 그를 만날지도 모른다. 그러면 네더필드로 다시 오겠다는 빙리와의 약속은 물 건너가 버리겠지.

'그러니까 친구에게 약속을 지키지 못하게 되었다는 변명이 며칠 내에 온다면, 일이 어떻게 돌아갈지는 안 봐도 뻔해.' 그녀는 생각을 이어 갔다. '그땐 어떤 기대도, 그가 변함없으리라는 희망도 말끔히 버릴 거야. 마음만 먹으면 나의 사랑을 얻을 수도 있을 순간에, 좀 아까운 여자였다는 선으로 물러선다면, 나도 곧 그이를 아쉬워하지 않게 되겠지.'

방문객이 누구였는지 알게 된 다른 가족들도 무척 놀랐다. 그러나 그들도 베넷 부인의 호기심을 진정시킨 것과 똑같이 추측했고, 다행히도 그렇거니 여기고 말았다. 덕분에 엘리자베스는 가족들의 성가신 질문에 시달리지 않았다.

다음 날 아침 아래층으로 내려갔을 때 그녀는 손에 편지 한 통을 들고 서재에서 나오는 아버지와 마주쳤다.

"리지, 마침 널 찾으러 가던 중이다. 내 방으로 들어오너라." 그가 말했다.

그녀는 아버지를 따라 들어갔다. 왜 찾으셨는지 무척 궁금했고, 아버지가 들고 있는 편지와 상관있나 하는 생각 때문에 더더욱 그랬다. 혹 그 편지가 캐서린 영부인에게서 온 것은 아닐까 하는 생각도 문득 뇌리를 스쳤다. 그리고 이제 구구절절 해명해야 하나 하고 심란해졌다.

그녀는 아버지를 따라 벽난로 앞까지 갔다. 두 사람이 자리에 앉자 아버지가 말했다.

"오늘 아침에 편지 한 통을 받고 너무 놀랐구나. 일차적으로는 너하고 관계되는 것이니, 너도 내용을 알아 두어라. 내가 미처 몰랐구나, 딸이 둘씩이나 결혼 직전에 있다는 걸 말이다. 축하부터 해야겠다. 아주 굉장한 사람의 마음을 잡았더구나."

그 편지가 이모가 아니라 조카에게서 온 것이라는 생각이 번쩍 들면서 엘리자베스의 뺨은 확 달아올랐다. 그녀는 그가 청혼의 뜻을 밝힌 것을 기뻐해야 할지, 편지가 자기에게 오지 않은 것에 화를 내야 할지 마음을 정하지 못하고 있는데, 아버지가 이렇게 계속했다.

"알고 있다는 표정이구나. 젊은 여자들은 이런 문제라면 통찰력이 대단하다니까. 그렇지만 네가 아무리 영민하다 해도 너를 숭배하는 사람의 이름은 못 맞힐 거다. 이 편지는 콜린스 씨한테서 왔어."

"콜린스 씨라고요! 그 사람이 무슨 할 말이 있다고요?"

"물론 할 말이야 상당히 많지. 다가오는 만딸의 결혼식을 축하하는 말로 시작하는데, 실없이 수다 떨기 좋아하는 루커스 집안 누군가에게서 소식을 들은 모양이다. 그에 대해 이 사람이 뭐라고 하는지 읽어 줘서 네가 짜증 내는 걸 봐도 재미있겠지만, 그럴 생각은 없고……. 너하고 관계된 대목은 다음이야. '이렇게 귀댁의 경사에 대한 제 처와 저의 심심한 축하 말씀을 드리면서, 이제 다른 일에 대해 간단히 언급드릴까 합니다만, 이 또한 같은 데서 들은 바입니다. 따님 엘리자베스도 언니가 베넷이라는 성을 버린 후 얼마 안 가 성을 버리게 될 것으로 사료되고, 선택된 운명의 동반자는 이 나라에서도 으뜸가는 인물 가운데 한 분이라고 보아 마땅한 분입니다.'

리지, 누굴 말하는지 짐작할 수 있겠니? '이 젊은 신사분은 인간의 마음이 바라 마지않는 모든 것, 즉 굉장한 재산, 고귀한 친척, 광범위한 목사직 수여권이라는 모든 복을 받은 특별한 분입니다. 그렇지만 이 모든 탐나는 조건들에도 불구하고, 제 사촌 엘리자베스와 어르신께 이 신사분의 청혼을 경솔하게 받아들였다가 자초할지도 모를 불상사에 대해서 외람되나마 경고 삼아 알려 드리는 바입니다. 물론 어르신께서는 목전의 이익을 취하고 싶으실 것입니다만.'

이 신사분이 누구인지 모르겠니, 리지? 그렇지만 이제 나올 거다.

'어르신께 주의를 드리게 된 동기는 다음과 같습니다. 그분의 이모이신 캐서린 드 버그 영부인께서 이 결혼을 곱게 보지 않으신다고 생각할 만한 이유가 있기 때문입니다.'

다아시 씨가 바로 그 사람이다, 알겠니! 자, 리지, 이제 놀랐겠지. 콜린스 씨든 루커스 집안이든 참 대단도 하다. 이름만 들어도 새빨간 거짓말임이 이보다 더 확연해지는 사람을 어디서 또 찾겠니? 다아시 씨라, 어떤 여자를 보더라도 반드시 흠을 찾아내고야 말고, 너한테 평생토록 눈길 한 번 준 적이 없지 않았더냐! 참 희한한 일이로구나!"

엘리자베스는 아버지의 익살에 장단을 맞추려고 했으나, 쓴웃음밖에 나오지 않았다. 그가 내쏘는 재치가 이렇게 유쾌하지 않은 건 이번이 처음이었다.

"재미없니?"

"어머! 아니에요. 계속 읽어 주세요."

"'지난밤 영부인께 이 결혼이 사실인 듯하다고 여쭈었더니, 여느 때처럼 황송하게도 그 일에 대한 소회를 즉시 피력해 주셨습니다. 제 사촌 쪽의 몇 가지 가족 문제로 인하여 그렇게 치욕스러운 결혼은 승인하지 않을 거라고 하셨습니다. 저는 이 사실을 사촌에게 조속히 양지시킴으로써 사촌과 사촌의 고귀하신 숭배자가 바야흐로 하려는 행동의 의미를 깨닫고 적절히 허가받지 못한 결혼을 서두르지 않도록 하는 것이 저의 의무라고 생각했습니다.' 콜린스 씨는 이런 말까지 했구나. '저는 사촌 리디아의 애석한 일이 무난히 무마된 점을 진심으로 기뻐하는 바이며, 다만 걱정스러운 것은 결혼 전에 동거했다는 사실이 너무 널리 알려질까 하는 것입니다. 그러나 저는 어르신께서 그 젊은 부부가 결혼하자마자 그들을 집으로 받아들이셨다는 소식을 듣고, 목사로서의 지위에 수반되는 의무를 저버릴 수가 없어 저의 놀라움을 말씀드리지 않을 도리가 없습니다. 그런 일은 악덕을 장려하는 것이니, 제가 롱본의 교구 목사였다면 있는 힘을 다해 반대했을 것입니다. 기독교인으로서는 그들을 용서해야겠으나, 눈에 띄지도 못하게 해야 하고 이름이 귀에 들리게 해서도 안 될 것입니다.' 이 사람이 생각하는 기독교적 용서란 이런 것이군! 편지 나머지 부분은 자기 처 샬럿이 지금 임신 중이고, 자기가 애아버지가 될 거라는 이야기뿐이다. 그런데 리지, 넌 이게 별로 재미없는 것 같구나. 너 새침을 떨면서 허황된 소문에 기분 상한 척하면 안 된다. 이웃들에게 놀림감이 되었다가 다음번에 또 우리가 비웃어 주고 하는 재미라도 없으면 무슨 낙으로 살겠니?"

"아이!" 엘리자베스가 외쳤다. "정말 재미있어요. 그렇지만 참 이상해요!"

"그렇지. 그러니까 재미있지. 사람들이 딴 남자를 찍었다면야 그럴 수도 있겠다 했겠지. 그런데 너무 재미있는 것이, 그 사람은 널 소 닭 보듯 하는 데다, 넌 그 사람을 벌레보다 싫어하니 도대체 당키나 한 소리냐! 편지 쓰기야 정말 싫다만, 콜린스 씨하고는 무슨 일이 있어도 서신 왕래를 포기하지 않으련다. 아냐, 그 사람 편지를 읽을 때면 위컴보다도 더 좋아지지 않을 수 없더라. 내 사위의 뻔뻔함과 위선도 무척 높이 평가하지만 말이다. 그런데 참, 리지, 캐서린 영부인은 이 소문에 대해서 뭐라고 하더냐? 승인하지 않겠다는 소리 하려고 여기까지 행차한 거냐?"

이 질문에 대해 딸은 웃음으로 답할 뿐이었다. 추호도 의심이 담기지 않은 질문이어서 아버지가 재차 물었지만 당황하지는 않았다. 그렇지만 속마음을 드러내지 않으려고 이렇게까지 애를 먹은 적은 없었다. 울어도 시원치 않을 판에, 웃지 않으면 안 되었던 것이다. 아버지는 다아시 씨의 무관심 운운하는 말로 딸에게 가장 잔인한 상처를 준 셈이었다. 그녀는 어쩌면 이렇게도 까맣게 모르실까 의아하다가도, 혹 아버지가 보는 눈이 너무 없다기보다 자신이 너무 무리한 생각을 하고 있는 것은 아닐까 두렵기도 했다.

16

엘리자베스의 예상과는 반대로 다아시는 빙리 씨에게 못 돌아오게 되었다는 앙해 편지를 보내기는커녕 캐서린 영부인이 다녀간 지 며칠 지나지 않아 친구와 함께 롱본에 나타났다. 신사들은 일찍 도착했다. 엘리자베스는 베넷 부인이 다아시 씨에게 그의 이모를 뵈었다는 이야기를 할까 봐 조마조마해하며 앉아 있었는데, 그럴 새도 없이 제인과 단둘이 있고 싶었던 빙리가 다 함께 산책를 나가자고 제안했고 다들 동의했다. 베넷 부인은 산책하는 습관이 없었고 메리는 시간을 낼 수 없었기 때문에, 나머지 다섯이 같이 나섰다. 그렇지만 빙리와 제인은 곧 다른 사람들이 자신들을 추월하게 하고 진작 뒤로 처져 버려서, 엘리자베스, 키티, 다아시 셋이서 함께 걷게 되었다. 셋 다 거의 말이 없었다. 키티는 너무 어려워서 입을 떼지 못했고, 엘리자베스는 남몰래 필생의 결의를 다지고 있었고, 아마도 그도 그러고 있었을 법하다.

키티가 머라이아를 만나 보고 싶다고 해서, 그들은 루커스 댁 쪽으로 방향을 잡았다. 꼭 셋이 같이 갈 필요까지 없다고 생각한 엘리자베스는 키티와 헤어진 후 큰마음 먹고 다아시와 단둘이서 걸었다. 바야흐로 결심을 실행할 때가 왔으니, 용기가 솟아나는 틈을 타 그녀는 즉시 이렇게 말했다.

"다아시 씨, 전 무척 이기적인 사람이에요. 제 마음이 편해지기만 하면 당신의 마음이 상하더라도 괘념치 않으니까요. 보잘것없는 제 동생에게 다시없는 친절을 베풀어 주신 것에 감사하지 않을 수 없어요. 그 사실을 안 이후로, 제가 얼마나 고맙게 여기는지 말씀드리고 싶어 못 견딜 지경이었어요. 다른 식구들도 알았다면 유독 저만 감사의 마음을 전해 드릴 일은 아니겠지만요."

"미안합니다, 정말 미안합니다." 다아시가 놀라고 감정이 실린 어조로 대답했다. "받아들이기에 따라서는 불편해질 수도 있는 그런 일을 알게 되셨다니요. 가디너 부인께서 그렇게 믿지 못할 분인 줄은 몰랐습니다."

"제 외숙모를 탓하지 마세요. 리디아가 경솔하게도 당신이 이 일에 관련 있다는 것을 먼저 누설했으니까요. 물론 제가 상세한 내용을 알기까지는 그냥 있지 못했던 탓도 있고요. 가족 모두를 대신해서 그토록 넓은 아량에 거듭거듭 감사드려요. 두 사람을 찾아내기 위해 너무 많은 수고를 하시고 여러 가지 굴욕까지 감수하셨으니 말이에요."

"군이 감사 인사를 하시려면 혼자 하는 것으로 하십시오." 그가 대답했다. "그렇게 한 데에는 다른 동기도 있었습니다만, 당신을 행복하게 해 드리려는 소망이 크게 작용한 걸 부정하지 않겠습니다. 그러나 당신의 가족은 제게 빚진 것이 없습니다. 그분들을 무척 존경은 합니다만, 저는 당신만 생각했습니다."

엘리자베스는 너무나 당황하여 한마디도 할 수 없었다. 잠시 침묵을 지키다가 다아시가 이렇게 덧붙였다. "당신은 마음이 넓은 분이니 이런 말씀 드린다고 타박하진 않으시겠지요. 당신의 감정이 지난 4월 그대로라면 당장 그렇다고 말씀해 주십시오. 제 애정과 소망은 변함없습니다만, 당신의 한마디면 저는 영원히 그 문제에 대해 입을 다물겠습니다."

엘리자베스에게는 그의 태도가 평소와 달리 너무나 어색하고 긴장되어 있다는 것이 느껴졌고, 이제 자신의 속마음을 밝혀야겠다고 결심했다. 그래서 말이 술술 나오지는 않았지만, 그가 언급한 지난 4월 이래로 자신의 감정이 근본적인 변화를 겪어서 지금은 그가 한 말을 고맙고도 기쁘게 받아들이게 되었다는 뜻을 바로 알렸다. 이 대답이 가져다준 행복감은 그가 일찍이 한 번도 느껴 보지 못한 것이었으니, 그는 열렬한 사랑에 빠진 남자답게 열정적이고도 뜨겁게 그 행복감을 드러냈다. 엘리자베스가 그의 눈을 마주 볼 수 있었다면, 마음에서 우러나온 기쁨으로 그의 얼굴이 환하게 빛나는 것을 보았을 것이다. 그러나 볼 수는 없었지만 들을 수는 있었으니, 자신의 마음을 전하는 그의 말을 통해 그녀가 그에게 얼마나 소중한 사람인지 알 수 있었고 아울러 그의 애정도 순간순간 더욱 소중해졌다.

그들은 어디로 가는지도 의식하지 못한 채 마냥 걸었다. 생각하고 느끼고 말할 것이 너무 많아서 다른 것에는 관심을 기울일 수 없었다. 그녀는 곧 두 사람이 이렇게 서로를 이해하게 된 것이 그의 이모의 공임을 알게 되었다. 그의 이모가 런던을 지나가면서 그를 방문해 롱본에 갔다 온 일을 전하면서, 그 동기가 무엇이고, 엘리자베스와 대화한 내용이 무엇인지 시시콜콜 이야기했던 것이다. 엘리자베스가 얼마나 고집스럽고 뻔뻔한지 잘 보여 준다고 여긴 표현 하나하나를 들먹이며 말했는데, 이렇게 고해바치면 그녀가 못 하겠다고 거절한 약속을 조카에게서 받아 내는 데 도움이 되리라 믿었던 까닭이다. 영부인으로서야 땅을 칠 노릇이지만 그 효과는 정반대였다.

"희망을 가져도 되겠구나 싶었습니다." 그가 말했다. "그때까지만 해도 그런 희망을 품을 꿈조차 꾸지 못했는데 말입니다. 제가 아는 당신의 성격으로는 나를 거부하기로 했다면 이모님에게 솔직하게 터놓고 말했을 테니까요."

엘리자베스는 얼굴을 붉히고 웃으며 대답했다. "그래요, 제가 솔직한 것을 알고 계시니 그렇게 생각하신 것도 무리는 아니지요. 당신의 면전에서 그렇게 볼썽사납게 욕을 해 댔으니, 어떤 친척 앞에서든 당신 욕을 하는 것을 꺼리지는 않았겠지요."

"저에 대해 하신 말씀, 하나라도 그른 것이 있었던가요? 물론 애초에 사실을 잘못 알고 한 비난이지만, 당시 당신에 대한 제 행동은 무슨 질책을 들어도 할 말이 없는 것이었습니다. 용서할 수 없는 것이었지요. 그 생각을 하면 모골이 송연합니다."

"우리 그날 저녁에 누구 잘못이 더 컸는지를 두고 다투지는 말기로 해요." 엘리자베스가 말했다. "엄격하게 따져 보면 어느 쪽의 행동도 비난을 면할 수 없을 거예요. 그렇지만 그 후로 우리 두 사람 다 예의범절이 나아졌다고나 할까요."

"전 그 정도로 쉽게 넘어가지 못하겠습니다. 그날 저녁 제가 한 말, 태도, 표현을 돌이켜 보면서 지금까지 이루 말할 수 없이 괴로웠고, 사실 지금도 그렇습니다. 당신의 비난은 어떻고요. 너무나 정곡을 찔러서 결코 잊을 수 없습니다. 당신은 '좀 더 신사다운 태도를 보이셨더라면'이라고 말씀하셨어요. 그 말이 얼마나 저를 괴롭혔는지 모르실 겁니다. 아마 상상조차 못 하실 겁니다. 그 말씀이 옳다는 것을 시인할 정도로 사리분별이 생긴 것도 솔직히 한참 지나서였습니다."

"제 말이 그렇게 강한 인상을 주었을 줄은 짐작조차 못 했어요. 그렇게 괴로워하실 줄은 꿈에도 몰랐고요."

"그러실 겁니다. 그때 당신은 제가 바른 마음이라고는 눈 씻고 봐도 없는 사람이라고 생각했으니까요. 그렇게 생각하신 것, 제가 압니다. 어떤 말로 청혼했어도 받아들일 수 없다고 말씀하시던 때의 그 표정은 앞으로도 절대 잊지 못할 겁니다."

"아! 그때 제가 드린 말씀 되풀이 마세요. 돌이켜 봤자 아무런 도움이 되지 않을 거예요. 분명히 해 둘게요, 그때 일 정말 마음 깊이 부끄러워해 온 지 오래예요."

다아시는 그의 편지 이야기를 꺼냈다. "그 편지를 읽고 바로 절 괜찮은 사람으로 생각하게 됐던 겁니까? 막 그 편지를 읽고 나서 그 내용을 조금이라도 믿었습니까?"

그녀는 그 편지가 자신에게 어떤 영향을 주었고, 이전에 가졌던 편견들을 어떻게 하나하나 제거했는지 설명했다.

"제 글이 고통을 주리라는 걸 알았지만 어쩔 수 없었습니다." 그가 말했다. "그 편지를 진작 없애 버렸기를 바랍니다. 특히 한 대목은, 서두 부분 말입니다만, 혹 당신이 다시 읽으실까 봐 두렵습니다. 당신의 미움을 사도 마땅할 내용이나 표현이 기억납니다."

"그 편지는 꼭 태워 버릴게요. 그게 사라져야 제 사랑이 유지될 것이라고 생각하신다면요. 제 생각이란 게 바뀔 수도 있다는 건 당신이나 저나 아는 바이지만, 그렇다고 지난 편지 몇 줄 때문에 쉽게 바뀌는 것도 아니잖아요."

"그 편지를 쓸 때는 아주 담담하고 차분한 마음이라고 믿었는데, 나중에야 끔찍스러울 정도로 기분이 상한 채 썼다는 걸 깨달았습니다." 다아시가 대답했다.

"아마 시작은 그러셨겠지만 끝은 그렇지 않았어요. 작별의 말은 너그럽기 그지없었어요. 그렇지만 그 편지 생각은 그만 해요. 쓴 사람의 마음도 받은 사람의 마음도 이제 완전히 달라졌으니, 그 편지에 따라오는 불쾌한 상황은 모두 잊어야지요. 제 철학 가운데에는 이런 것이 있어요. 기억하기에 즐거운 과거만 생각하라는 것."

"그런 종류의 철학이라면 전 신뢰하지 못하겠습니다. 당신이야 아무리 되짚어 보아도 비난받을 행동을 한 적이 없으니, 만족감은 철학(앎)이 아니라 무지에서 나오는 것이지요. 이 경우에는 앎보다 차라리 무지가 훨씬 낫습니다. 그렇지만 저는 사정이 다릅니다. 물리칠 수도 없고 물리쳐서도 안 되는 고통스러운 기억들이 개입되어 있으니까요. 평생토록 저는 원칙에서는 아닐지라도 현실에서는 이기적인 인간이었습니다. 어린 시절에 무엇이 옳다는 가르침은 받았지만, 제 성격을 고치라는 가르침은 못 받았어요. 훌륭한 원칙들을 가지게 되었지만 오만과 자만심으로 똘똘 뭉쳐 있었습니다. 불행하게도 외아들이었던 까닭에(여러 해 동안 하나뿐인 자식이기도 했고요.) 부모님이 버릇없이 키우신 것이지요. 그분들은 참 좋은 분들이셨지만(특히 제 부친은 더할 나위 없이 자비롭고 따뜻한 마음씨를 가지셨는데), 제가 이기적이고 거만한 사람이 되도록 내버려 두고 부추기고 심지어 가르치기까지 하셨습니다. 저 자신의 가문과 혈족 외에는 아랑곳하지 않도록, 세상 사람들은 죄다 천하다고 생각하도록, 적어도 그들의 생각과 가치가 제 것에 비해서 비천하다고 생각하도록 말입니다. 여덟 살 때부터 스물여덟 살에 이르기까지 저는 그런 사람이었습니다. 그리고 사랑하는 그대 엘리자베스가 아니었다면 여전히 그랬을 것입니다! 당신에게 진 빚을 어찌 말로 다 할까요! 당신은 처음에는 그야말로 가혹했지만 다시없이 유익한 교훈을 제게 주셨습니다. 당신 덕분에 저는 겸손해졌습니다. 제가 당신께 청혼하러 갔을 때 전 승낙을 조금도 의심치 않았습니다. 사랑받을 자격이 있는 여자를 기쁘게 해 줄 모든 조건을 갖추고 있다고 자임했지요. 그런데 당신은 제가 얼마나 모자라는 인간인지를 알려 주었습니다."

"당시 제가 당연히 수락할 것이라고 생각했나요?"

"물론입니다. 제 허영심을 어떻게 생각하십니까? 당신이 제 청혼을 원하고, 기대하고 있다고 믿었습니다."

"제 태도에는 분명 잘못된 점이 있었어요. 그렇지만 고의는 아니었다고 말씀드리겠어요. 당신을 속일 생각은 전혀 없었지만, 발랄하게 굴다 보니 잘못된 신호를 주기도 한 것 같아요. 그날 저녁 이후로 제가 미웠겠지요?"

"미워하다니요! 처음에는 화가 난 게 사실일 겁니다. 그렇지만 제 분노는 곧 방향을 제대로 잡았습니다."

"펨벌리에서 만났을 때 저를 어떻게 생각하셨는지 지금도 묻기가 두려울 정도예요. 제가 간 걸 속으로 흉보셨지요?"

"아니요, 전혀. 단지 놀랐을 뿐입니다."

"놀랐다 하시지만 그런 곳에서 눈에 띈 저보다는 덜했을 거예요. 언감생심 무슨 특별 대우를 기대할 수는 없었거니와 예의를 차리시더라도 제가 한 짓이 있으니 기껏 그것에 맞추는 정도일 거라고 여겼어요."

"당시 저의 목적은……." 하고 다아시가 받았다. "제 힘이 닿는 대로 예의를 갖춰 제가 과거 일로 앙심을 품는 소인배가 아님을 보여 드리는 것이었습니다. 당신의 비난을 달게 받아들였다는 것을 보여 드림으로써 용서를 얻고 저에 대한 악감도 줄이기를 바랐던 겁니다. 당신의 사랑을 얻었으면 하는 다른 소망이 솟아난 것이 언제쯤인지 말씀드리긴 어렵지만, 뵌지 대략 반 시간 지나서이지 않나 합니다."

이어서 그는 조지애나가 그녀와 알게 되어 얼마나 기뻐했는지, 갑작스럽게 만남이 중단되어 얼마나 실망스러워했는지 말해 주었다. 자연히 이야기가 그 발단이 된 사건으로 이어졌고, 엘리자베스는 곧 그가 여관에 있을 때 이미 동생을 찾으러 더비셔에서부터 자신을 따라오기로 마음먹었다는 것을 알게 되었다. 여관에서 그가 무언가 심각하게 생각에 빠져 있었던 것도 그 일에 따를 이런저런 문제들을 궁리해 보던 까닭이었다.

그녀는 다시 고마움을 표했으나, 두 사람 모두에게 고통스러운 주제인지라 그 정도로 그치고 더 길게 이야기하지는 않았다.

이렇게 대화에 여념 없이 천천히 몇 마일을 걸은 후 시계를 보고야 비로소 집에 가 있어야 할 시간임을 알게 되었다.

'빙리 씨와 언니는 어떻게 하고 있을까!' 궁금해하다가 그들은 자연히 두 사람 이야기를 하게 되었다. 다아시는 그들의 약혼에 기뻐했다. 빙리가 가장 먼저 약혼 소식을 전한 것도 바로 그였다.

"놀라셨는지 물어봐야겠죠?" 엘리자베스가 말했다.

"전혀요. 여길 떠날 때, 곧 그리될 거라고 직감했습니다."

"다시 말해서, 허락을 하셨단 말이군요. 저도 그렇게 짐작했답니다." 허락이라는 말에 그가 고개를 저었지만, 그녀는 역시 짐작처럼 되었다는 것을 알게 되었다.

"런던에 가기 전날 저녁에 그 친구한테 솔직히 털어놓았습니다." 그가 말했다. "사실 오래전에 그랬어야 하는 일이지요. 이전에 내가 그 친구 일에 개입한 것이 결국 터무니없고 주제넘은 짓이었다는 것을 다 말해 주었습니다. 빙리는 굉장히 놀라더군요. 추호도 그런 의심을 하지 않았다는 겁니다. 게다가 당신의 언니가 무관심하다는 내 판단이 착오라고 생각한다는 말도 했습니다. 언니분에 대한 그 친구의 애정이 조금도 약해지지 않은 것을 쉽게 알 수 있었기 때문에, 둘이 함께라면 틀림없이 행복하리라고 느꼈습니다."

엘리자베스는 그가 자기 친구를 너무나 손쉽게 다루면서 영향력을 미치는 것에 미소 짓지 않을 수 없었다.

"언니가 그분을 사랑한다는 말씀은 직접 관찰하신 결과인가요, 아니면 지난봄 제가 한 말만 믿고 하신 거예요?"

"전자입니다. 최근에 두 번 이곳을 방문하는 동안에 언니분을 유심히 관찰했습니다. 그분의 애정을 확인했지요."

"그러니까 그런 보증 덕분에 친구분도 즉각 확신했군요."

"그렇습니다. 빙리는 꾸밈없이 아주 겸손한 친구입니다. 워낙 소심한 성격이다 보니 이렇게 몹시 마음 졸일 일은 자신의 판단에 의존하지 않습니다. 제 판단에 맡겨 버리면 만사가 편해지니까요. 한 가지 털어놓지 않으면 안 될 일이 있었는데, 빙리도 그 일에 대해서만은 한동안 기분이 상했고, 그럴 만도 했습니다. 언니분이 지난겨울 석 달 동안 런던에 있었는데 제가 알고도 입을 다물고 있었다는 사실을 숨길 수는 없었습니다. 화를 내더군요. 그렇지만 그 친구의 분노는 언니분의 애정에 대한 의심이 풀리자 사라졌습니다. 이제는 나를 진심으로 용서했습니다."

엘리자베스는 빙리 씨가 참 좋은 친구라고, 그렇게 쉽게 친구의 말을 믿어 주니 이루 헤아릴 수 없이 소중한 친구가 아니냐고 놀려 주고 싶었으나, 일단 자제했다. 다아시 씨야말로 앞으로 남의 비웃음을 더 당해 보아야 할 사람이라고 생각했지만, 아직은 시기상조였다. 다아시는 자신의 행복보다야 못하겠지만 빙리도 행복할 거라고 했고, 그런 이야기를 주고받는 사이에 그들은 집에 도착했다. 그들은 계단 복도에서 헤어졌다.

17

"얘, 리지, 너 대체 어딜 갔었니?" 엘리자베스가 방에 들어서자마자 제인이 물었고, 식탁에 앉자 모두들 일제히 같은 질문을 했다. 그녀는 둘이서 돌아다니다 보니 자기도 모르는 사이에 그리됐다고만 대답했다. 그러면서 얼굴을 붉혔으나, 아무도 수상쩍게 여기는 낌새는 없었다.

그날 저녁은 별일 없이 조용히 지나갔다. 공인된 연인들은 이야기하며 웃었고, 공인되지 않은 연인들은 침묵하고 있었다. 다아시는 행복하다고 해서 기뻐서 어쩔 줄 모르는 성격은 아니었고, 엘리자베스는 아직 마음이 덜 진정되어서, 자신의 행복을 제대로 실감하지 못했다. 당장의 상황도 곤혹스럽지만 앞으로 힘든 고비가 그녀 앞에 기다리고 있었기 때문이다. 자신의 약혼 사실이 알려지면 가족들이 어떻게 반응할지 그녀는 짐작하고도 남았다. 제인 빼고는 아무도 그를 좋아하는 사람이 없다는 것을 알았고, 다들 그의 모든 재산과 지위로도 지울 수 없는 혐오감을 가지고 있지 않나 하는 걱정조차 들 지경이었다.

밤이 되어서야 그녀는 약혼 사실을 제인에게 털어놓았다. 남을 의심하는 것은 워낙 베넷 양의 평소 습관하고는 거리가 멀었지만, 이번에는 그녀조차 믿지 못했다.

"무슨 뚱딴지같은 소리야, 리지. 말도 안 돼! 다아시 씨하고 결혼을 약속했다니! 아냐, 아냐, 난 안 넘어가. 말도 안 되는 일이라는 거 안다고."

"시작부터 이건 정말 너무한데! 언니만은 믿어 줄 거라고 생각했는데. 언니마저 안 믿어 주면 아무도 믿지 않을 거야. 그렇지만 나 농담하는 거 아냐. 사실만 말하고 있다고. 그분은 여전히 나를 사랑하고 우리는 결혼을 약속했어."

제인은 의심으로 가득 찬 눈길로 그녀를 쳐다보았다. "오, 리지! 그럴 리가 없어. 네가 그분을 얼마나 싫어하는지 내가 아는데.”

“언니는 몰라도 한참 몰라. 그건 다 지난 일이 되었어. 그이를 늘 지금처럼 사랑하지는 않았겠지. 그렇지만 이 경우에는 기억력이 좋다는 것이 용서가 안 돼. 나로서도 그런 기억은 이번으로 끝이야.”

베넷 양의 얼굴에는 아직도 미심쩍어하는 표정이 역력했다. 엘리자베스는 다시 한번, 더욱 진지하게, 그것이 사실임을 확인시켜 주었다.

“세상에! 정말 그럴 수가 있다니! 그렇지만 이제 널 믿어야겠구나.” 제인이 외쳤다. “얘, 리지, 축하하고 싶고, 아니 축하하고 말고, 그렇지만 확신하니? 이런 질문 하는 거 용서해 줘, 너 그분과 행복할 수 있다고 정말 확신하니?”

“그 점은 한 치도 의심하지 않아. 우리끼리는 벌써 얘기가 끝났어. 세상에서 제일 행복한 짝이 되자고 말이야. 그렇지만 언니는 기뻐? 제부감으로 어때?”

“너무너무 좋아. 빙리나 나한테 그렇게 기쁜 일도 없을 거야. 사실 우리도 생각해 보고 얘기도 해 봤지만, 불가능하다는 거였지. 그런데 너 정말 그분을 사랑하는 거니? 오, 리지! 애정 없는 결혼만큼은 하지 말아야 해. 둘이 정말 결혼할 만큼 사랑한다고 확신하니?”

“그럼, 물론이고말고! 모두 얘기해 주고 나면, 언닌 내가 결혼할 정도만이 아니라 그 이상으로 사랑하고 있다고 생각하게 될 거야.”

“무슨 말이니?”

"음, 고백해야겠지, 내가 빙리 씨보다 그분을 더 사랑한다고. 언니가 화낼까 걱정이지만."

"애, 애, 제발 좀 진지해져 봐. 아주 진지하게 대화하고 싶어. 딴소리 말고 내가 알아야 할 걸 모두 얘기해 줘, 어서. 언제부터 그분을 사랑하게 된 거니?"

"아주 서서히 일어난 일이라 나도 언제부터였는지 모르겠어. 그렇지만 내 생각에는 펨벌리에서 그분의 아름다운 영지를 처음 보았을 때부터가 아닌가 해."

그렇지만 진지해지라는 또 한 번의 간청이 있자 그녀는 곧 정색을 하고 자신이 사랑을 확신하게 된 과정을 이야기해 주었다. 진실한 사랑임을 확인하게 되자, 베넷 양은 더 이상 바랄 것이 없었다.

"자, 이제 난 정말 행복해." 그녀가 말했다. "너도 나만큼 행복할 테니 말이야. 난 늘 그분을 좋은 분이라고 생각해 왔어. 그분이 너를 사랑한다는 이유만으로도, 난 늘 그분이 존경스럽고 좋았어. 그런데 빙리의 친구인 데다 곧 너의 남편이 될 테니, 그분보다 더 소중한 사람이라고는 빙리하고 너밖에 없다. 그렇지만 리지, 너 정말 엉큼했어, 나한테도 입을 꼭 다물고 말이야. 펨벌리와 램턴에서 무슨 일이 있었는지 대체 얘기해 준 게 뭐야! 내가 알게 된 것도 네가 아니라 다른 분을 통해서였잖아."

엘리자베스는 비밀로 한 연유가 무엇인지 말해 주었다. 당시로서는 빙리에 대해 언급하고 싶지 않았고, 자신의 감정이 불확실한 터라 그의 친구인 다아시의 이름도 마찬가지로 피하고 싶었다. 그러나 이제 다아시가 리디아의 결혼을 위해 한 역할을 더 이상 언니에게 감출 이유가 없었다. 모든 것을 이야기해 주었고, 그날 밤의 절반은 대화로 지새웠다.

"맙소사!" 다음 날 아침 창문에 서 있던 베넷 부인이 소리를 질렀다. "저 보기 싫은 다아시 씨가 제발 우리 예쁜 빙리하고 같이 안 올 수 없을까! 지겹게도 오는데 도대체 뭘 어쩌자는 거야? 사냥을 가거나 뭐라도 다른 걸 하지 왜 그 사람하고 붙어 다녀서 우릴 성가시게 하는지 모르겠어. 저 인간을 어떻게 처리하지? 리지, 네가 다시 저 인간하고 산책이나 가서 빙리를 훼방 놓지 못하게 해라."

엘리자베스는 그렇게 시의적절한 제안에 웃지 않을 수 없었다. 그렇지만 어머니가 그의 이름 앞에 늘 그런 형용사를 붙이는 것에 정말 화가 났다.

두 신사가 들어왔는데 빙리는 들어오자마자 의미심장한 눈길로 엘리자베스를 쳐다보고는 너무나 열렬하게 악수해서, 이미 약혼 사실을 알고 있음을 역력히 드러냈다. 그러고 나서 곧 큰 소리로 말했다. "베넷 부인, 리지가 오늘 또 길을 잃을 만한 오솔길이 주변에 더 없습니까?"

"다아시 씨, 리지, 키티는 말이에요……." 베넷 부인이 말했다. "오늘 아침에는 오컴 언덕으로 산책 가는 것이 좋겠어요. 산책하기에 아주 괜찮은 곳이에요. 다아시 씨는 그 경치를 못 봤을 테니까."

"두 사람한테야 좋겠지만." 빙리 씨가 대꾸했다. "키티한테는 좀 무리가 아닐까 하는데. 안 그래, 키티?"

키티는 차라리 집에 있겠다고 했다. 다아시는 오컴 언덕의 전망이 무척 궁금하다고 했고, 엘리자베스는 말없이 동의했다. 그녀가 준비하러 2층으로 올라갈 때, 베넷 부인이 따라와서 이렇게 말했다.

"정말 미안하다, 리지. 저 보기 싫은 인간을 너한테만 맡겨 두다니 말이다. 그렇지만 괜찮겠지, 다 제인을 위해서 이러는 거니까. 가끔씩 한두 마디 받아 주면 그만이야. 그러니 너무 부담스럽게 생각하지 마라."

산책하는 동안 그들은 저녁에 베넷 씨의 허락을 얻기로 했다. 어머니의 동의를 얻는 일은 엘리자베스가 맡기로 했다. 그녀는 어머니가 이 일을 어떻게 받아들일지 판단이 안 섰다. 그의 굉장한 재산과 지위가 과연 그녀의 혐오감을 물리칠 수 있을지 가끔 의심이 갔다. 그러나 그녀가 이 결혼에 맹렬하게 반대를 하건, 맹렬하게 기뻐 날뛰건 간에 그녀의 태도가 양식과는 한참 거리가 멀 것임은 분명했다. 그녀는 어머니가 이 말을 듣고 안 된다고 펄펄 뛰는 모습도, 좋아하며 날뛰는 모습도 다아시 씨에게 보여 주기는 정말 싫었다.

저녁에 베넷 씨가 서재로 물러나자 다아시 씨도 바로 일어나 그를 따라가는 것이 보였고, 엘리자베스는 마음이 몹시 불안해졌다. 아버지의 반대가 염려되는 것은 아니었으나, 혹 아버지가 불행해하지나 않으실까 걱정이었다. 자기 때문에, 가장 아끼는 자식인 자신의 선택 때문에 슬퍼하시고, 그녀의 결혼 문제 때문에 애를 태우게 되신다면 어쩌나 걱정이 태산이었다. 안절부절못하며 앉아 있는데, 마침내 다아시 씨가 나타났다. 그의 얼굴에 어린 미소를 보고서 약간 안심이 되었다. 잠시 후에 키티와 함께 앉아 있는 탁자로 그가 다가와서는 키티의 자수 솜씨를 칭찬하는 척하다가 속삭였다. "아버지께 가 봐요, 서재에서 기다리십니다." 그녀는 바로 나갔다.

아버지는 무겁고 걱정스러운 표정으로 방을 왔다 갔다 하고 있었다. "리지, 도대체 어떻게 된 셈이냐?" 그가 말했다. "이 남자의 청혼을 받아들이다니 제정신이냐? 늘 미워했잖니?"

그 순간 그녀는 과거 자신의 생각이 더 합리적이었기를, 그리고 자신의 언사가 더 온건했기를 얼마나 절실하게 바랐는지 모른다! 그랬더라면 이토록 어색하기 짝이 없이 구구절절 설명해야 하는 처지에 빠지지는 않았을 것이다. 그렇지만 어차피 쏟아진 물인지라 좀 난처해하며 다아시 씨를 사랑하고 있다고 분명히 말했다.

"그래, 한마디로 그 사람을 택하기로 결심했단 말이군. 부자인 거야 말할 것도 없지, 그러니 넌 제인보다 더 훌륭한 옷이랑 마차를 갖게 될 터이지. 그러나 그런 것이 너를 행복하게 해 줄까?"

"제가 싫어한다고 생각하시는 것 외에 달리 반대하는 이유는 없으세요?" 엘리자베스가 말했다.

"없다마다. 그 사람이 거만하고 불쾌한 사람인 거야 누구나 안다만, 네가 정말 좋아한다면 그거야 아무것도 아니겠지."

"좋아해요, 좋아한다고요." 그녀가 눈물을 글썽기리며 대답했다. "전 그이를 사랑해요. 그이는 턱없이 거만한 사람이 아니에요. 사실은 너무나 좋은 사람이에요. 그이의 사람 됨됨이를 아버진 모르세요. 그러니 제발 그런 말씀으로 절 괴롭히지 말아 주세요."

"리지, 난 그 사람한테 승낙했다." 아버지가 말했다. "그런 사람이 그렇게 몸소 청을 하는데, 내가 어떻게 감히 거절하겠니? 네가 정히 그 사람을 택하기로 결심했다면 이제 너한테도 허락하마. 그렇지만 잘 생각해 보라는 충고는 해야겠다. 리지, 내가 아는 네 성품으로 봐서 넌 진심으로 남편 되는 이를 존중하지 않으면, 너보다 나은 사람으로 존경하지 않으면, 행복해질 수도 유복해질 수도 없어. 워낙 총기 발랄한 성격이니 안 어울리는 결혼을 했다가는 아주 큰 위험에 빠질 수도 있어. 불명예와 고통을 자초할 수도 있고. 애야, 네가 일생의 반려자를 존경하지 않는 모습을 보게 된다면 아비는 가슴이 미어질 거다. 네가 무슨 짓을 하려는 것인지 스스로 모르고 있구나."

엘리자베스는 도저히 그냥 넘어갈 수 없겠다고 느끼고 정색하면서 진지하게 대답했다. 그리고 마침내 다아시 씨가 정말로 자신이 선택한 대상이라는 것을 거듭 확인해 주었다. 그에 대한 평가가 어떻게 서서히 변화해 왔는지 설명하고, 그의 애정이 하루 이틀이 아니라 모든 것이 불확실한 상황에서 여러 달에 걸쳐 검증된 것임을 보증하고, 그의 모든 장점들을 힘주어 누누이 설명했다. 결국 아버지도 못 미더워하던 마음, 불신을 떨쳐 내고 이 결혼을 진심으로 받아들이게 됐다.

"그렇다면, 애야." 그녀가 말을 그치자 그가 말했다. "나는 더 할 말이 없다. 그런 경우라면 그 사람은 네 배필이 될 자격이 있지. 그 정도 가치가 없는 사람한테는 널 줄 수 없었을 거다. 리지."

엘리자베스는 다아시의 좋은 인상을 확고하게 하고자 마지막으로 다아시 씨가 리디아를 위해 자발적으로 한 일을 얘기해 드렸고, 아버지는 깜짝 놀랐다.

"정말 놀라움으로 가득한 저녁이로구나! 그래, 그 모든 걸 다아시가 했다는 거지. 결혼을 성사시키고, 돈을 주고, 그 친구의 빚을 가려 주고, 장교 자리를 얻어 주고! 그렇다면 더더욱 좋지. 돈을 아끼고 애써야 하는 곤경에서 나를 구해 줄 테니 말이다. 네 외삼촌이 한 일이었다면, 갚아야 하고 갚았을 것이다만, 열렬하게 사랑에 빠진 젊은이들이 자기 멋대로 한 일이라니. 내일 그 사람한테 돈을 갚겠다는 말을 던져 보마. 그러면 그 사람은 너를 사랑해서 한 일이라느니 하면서 난리를 치겠지. 그걸로 그 일은 마무리되는 거야."

그러고 나서 그는 며칠 전 콜린스 씨의 편지를 읽을 때 그녀가 얼마나 난처했을지 상기하고서 한참을 웃은 후에 마침내 나가도 좋다고 했다. 그녀가 방을 나갈 때 그는 이렇게 말했다. "메리나 키티를 찾는 젊은이가 오면 들여보내, 난 지금 한가하니까."

엘리자베스는 이제 아주 무거운 짐을 내려놓은 기분이었다. 반 시간 동안 자기 방에서 조용히 생각에 잠긴 후에, 그녀는 꽤 침착하게 다른 사람들과 어울릴 수 있었다. 일의 큰 매듭이 막 지어진지라 미처 기뻐할 겨를도 없었지만, 그날 저녁은 조용히 지나갔다. 이제는 넘어야 할 고비가 디는 없었고, 때가 되면 편하고 단란한 기쁨이 올 터였다.

어머니가 밤에 옷 방으로 올라갔을 때 그녀는 따라가서 그 중대사를 알렸다. 그 효과는 아주 별스러웠다. 처음 그 말을 들은 베넷 부인은 그저 가만히 앉아 입도 벙긋하지 못했다. 그리고 몇 분이 지나도 자신이 무슨 소리를 들었는지 이해하지 못했다. 자기 식구한테 이로운 일이라거나, 딸들의 연인이란 형태로 등장하는 행운을 받아들이는 데 평소 뜸을 들이는 편이 아님에도 말이다. 그러다 어느 순간 그녀는 본디 모습으로 돌아오기 시작해, 앉은자리에서 몸을 이리 들썩 저리 들썩 하더니 벌떡 일어섰다가는 다시 앉았다 하며 놀람을 감추지 못하면서 이 뜻밖의 행운에 감격했다.

"이럴 수가! 하나님도 고마우셔라! 생각해 보렴! 세상에! 다시 씨라고! 누가 그럴 줄 알았겠니! 그런데 정말로 사실이라고? 오, 예쁜 내 새끼, 리지! 엄청난 부자가 되는 데다 신분은 또 얼마나 높아지겠니! 용돈이다, 보석이다, 마차다 얼마든지 갖겠지! 거기다 대면 제인 것은 아무것도 아니지, 아니고말고. 어미는 정말 기쁘다, 정말로 행복해. 그렇게 매력적인 남자가! 그렇게 잘생겼고! 키도 훤칠하고! 오, 귀여운 리지! 전에 내가 그 사람 그렇게 싫어한 것 제발 미안하다고 좀 전해 다오. 그런 것쯤 아무렇지도 않게 넘길 거야, 그 사람. 리지, 리지! 런던에도 저택이 있고! 멋있는 것은 모조리 갖췄잖아! 딸 셋이 결혼하다니! 1년에 만 파운드! 오, 하나님! 이러다 나 어떻게 되겠다. 정신이 나가겠어."

이것으로 그녀의 승낙은 의심할 필요도 없다는 것이 입증

되고도 남았다. 엘리자베스는 이런 격렬한 반응을 자기 혼자서만 목격한 것을 다행스러워하며 얼른 방을 나갔다. 그러나 그녀가 자기 방에 들어간 지 채 3분도 되지 않아 어머니가 따라 들어왔다.

"애야." 그녀가 소리를 질렀다. "다른 생각은 할 수가 없구나! 연 수입 만 파운드에, 그 이상일 것 같다니! 귀족과 다름없지 뭐냐! 게다가 특별 허가란 것도 있고. 넌 특별 허가를 받아서 결혼해야 되고 그렇게 할 거다.[37] 그건 그렇고 얘, 얘, 다아시 씨가 특별히 좋아하는 음식이 뭔지 좀 말해 다오, 내일 마련하려고 그런다."

이것은 그 신사에게 어머니가 어떤 태도로 나올지 알려 주는 슬픈 전조였다. 그 덕분에 엘리자베스는 그의 뜨거운 사랑도 확보했고 양친의 허락도 얻었지만, 아직도 모자라는 것이 있음을 절감했다. 그러나 다음 날은 예상 이상으로 잘 지나갔다. 베넷 부인이 다행스럽게도 장래의 사위를 무척 어려워하는 바람에, 말도 잘 못 붙이고 고작 상냥하게 대한다거나 그의 말에 경의를 표한다거나 하는 데 그쳤기 때문이다.

엘리자베스는 아버지가 그와 친해지려고 애쓰는 것을 보고 만족했다. 베넷 씨는 곧 그녀에게 시간이 갈수록 그 사람을 더 높이 평가하게 된다고 알려 주었다.

"난 내 세 사위가 다 대단해 보인다." 그가 말했다. "가장 아

---

37) 캔터베리 대주교로부터 받는 결혼 허가. 보통 귀족 집안에만 주어졌으므로 사회적 지위와 신분을 말해 주는 지표 구실을 했다.

끼는 사위는 위컴이 되겠지만, 네 남편도 제인 남편만큼 좋아
하게 될 것 같다."

18

엘리자베스는 금방 기가 살아 다시 발랄해졌다. 그녀는 다
아시 씨에게 어떻게 자신과 사랑에 빠지게 되었는지 말해 달
라고 했다. "어떻게 시작됐어요?" 그녀가 말했다. "일단 시작되
고 나서는 멋지게 지속하신 것 알아요. 그렇지만 처음에 어떻
게 시작된 거예요?"

"시작 시점이라든가, 장소라든가, 표정이든가, 말이라든가
하는 것을 꼭 집을 수는 없습니다. 벌써 오래전 일이네요. 내
가 사랑하고 있구나 깨달았을 때는 벌써 한참 지났더군요."

"제 미모는 처음부터 인정 안 하셨고, 태도도 그래요. 당신
에 대한 제 행동으로 말하면 늘 가까스로 무례를 면했다고나
할까요. 말을 건넸다 하면 그냥 넘기는 법 없이 고통을 주려고
들었으니까요. 이제 어디 속마음을 털어놔 보세요. 제 건방진
점 때문에 제가 마음이 드셨나요?"

"생기 넘치는 성격 때문이었겠지요."

"건방지다고 해도 무방해요. 거의 그랬으니까요. 어디 한번
진상을 밝혀 볼까요, 당신은 예절이라든가 경의라든가 팬스러
운 친절 같은 것이 지긋지긋했던 거죠. 말을 건네건 바라보건
생각하건 늘 당신의 인정을 받기만을 바라는 여자들에게 염

증이 나 있었어요. 제가 그런 여자들과는 달라도 너무 달라서 당신은 화들짝 놀라 흥미가 생겼던 거죠. 당신이 진정으로 좋은 분이 아니었다면, 절 미워했을 거예요. 애써 자신을 감추어 왔지만 당신의 마음은 늘 고귀하고 정당했어요. 당신에게 잘 보이려고 기를 쓰는 사람들을 내심 경멸해 마지않았던 거지요. 자, 어때요, 설명하는 수고를 제가 덜어 드린 셈인데. 이리 살피고 저리 살펴도 정말이지 아주 합리적인 설명이라는 생각이 들어요. 제가 장담하는데 당신은 저한테서 좋은 점을 하나도 찾지 못했어요. 그렇지만 사랑에 빠지면 그런 거야 문제 될 것 없을 테지요."

"당신 언니가 네더필드에서 병이 났을 때 보여 준 당신의 다정한 태도 정도면 좋은 점이라고 꼽아도 되지 않을까요?"

"아, 언니 말씀이라면야! 우리 언니를 위해서라면 그 정도 못 할 사람이 어디 있겠어요? 하지만 하여간에 그걸 미덕으로 생각하세요, 그럼. 제 장점은 모두 당신에게 맡겨 드릴 테니까 마음껏 과장해도 좋아요. 그러면 그에 대한 보답으로 저는 사사건건 싸움을 걸 만한 일을 찾아볼게요. 자, 단도직입적으로 묻는 데서 시작할게요. 무엇 때문에 결국에는 하고 말 일을 그렇게 마지못해 했나요? 처음 방문했을 때 왜 절 그렇게 피했어요? 그리고 그 후에 여기서 정찬을 할 때도? 부러 찾아오기까지 하셨으면서 왜 저한테는 관심이 없는 것처럼 굴었어요?"

"당신이 무거운 표정으로 침묵을 지키고 있어서 용기가 안 났어요."

"그렇지만 전 당황했던 거예요."

"저도 그랬습니다."

"정찬 자리에서는 그래도 말을 더 많이 건네실 수 있었을 텐데요."

"사랑하는 마음이 저보다 강하지 않은 경우라면 그랬겠죠."

"당신은 이치에 맞는 대답을 마련해 두어야 하고, 저도 그걸 받아들일 만큼 이치에 맞기만 해야 하니, 참 운도 없네요! 그렇지만 그냥 내버려 두었더라면, 얼마나 오랫동안 그러시고 있었을까 싶기도 해요. 제가 묻지 않았다면, 언제 말을 꺼냈을지 모르겠다고요! 리디아에 대한 친절에 감사드려야겠다고 마음먹은 것이 효과가 있었네요. 실은 너무 나간 것 같기도 해요. 그 이야기는 꺼내지 말았어야 했는데 말이에요. 약속을 어겼더니 그것이 도리어 우리에게 행복을 가져다준 셈이라면, 이제 도덕은 설 자리가 없겠어요. 이래선 안 될 텐데."

"그렇게 걱정하실 필요는 없습니다. 도덕에 조금도 흠이 간 건 아니니까요. 제 의심을 깨끗이 지워 준 것은 부당하게도 우리를 갈라놓으려는 캐서린 이모님의 노력이었습니다. 지금의 제 행복은 감사를 표하고 싶어 한 당신의 조바심 덕분이 아닙니다. 당신이 입을 열어 줄 때까지 기다릴 만한 마음이 아니었습니다. 이모가 전하는 말로 희망을 얻어서 당장 확인해 보아야겠다고 결심했던 겁니다."

"그렇게 무한한 도움을 베푸셨으니 캐서린 영부인께선 행복하시겠어요. 그분은 남을 돕는 것을 좋아하시니까요. 그래도 말해 주세요, 왜 네더필드로 내려오셨지요? 말 타고 롱본으로 와서 당황하는 모습을 보여 주시려고요? 아니면 더 중요한 무슨 결과를 바랐나요?"

"제 진정한 목적은 당신을 만나 보고, 당신의 사랑을 바랄 수는 있는지 판단해 보려는 것이었습니다. 표면적으로 내세운 목적은, 아니 실은 저 자신에게 내세운 목적이겠습니다만, 당신의 언니가 아직도 빙리를 사랑하는지 살피자는 것이고, 그것만 확인되면 그 친구에게 다 털어놓을 작정이었습니다. 이미 그렇게 했고요."

"앞으로 닥칠 일을 캐서린 영부인께 통고할 용기가 있으신가요?"

"부족한 건 용기가 아니라 시간일 듯합니다, 엘리자베스. 그렇지만 어차피 해야 할 일이니, 종이 한 장만 주신다면 바로 실행에 옮기겠습니다."

"저도 쓸 편지가 있어 망정이지 그렇지 않다면 언젠가 어떤 여자분이 그랬듯이 당신 옆에 앉아서 고른 글씨체를 칭찬해 드릴 텐데요. 그렇지만 제게도 더 이상 소홀히 해서는 안 될 외숙모가 계세요."

다아시 씨와 자신의 친분이 과장되어 있다고 밝히기가 좀 걸려서 엘리자베스는 가디너 부인의 긴 편지에 아직 답장을 하지 않고 있었다. 그러나 큰 환영을 받을 일이 생긴 지금도 외삼촌과 외숙모가 벌써 사흘간이나 이 행복한 소식을 접하지 못하고 있다는 생각에 부끄럽기까지 해서 그녀는 즉시 이렇게 썼다.

사랑하는 외숙모, 진작 상세한 내용을 담아 길고 친절하게

써 주신 편지에 감사드렸어야 마땅한데, 편지를 쓰기가 난처했어요. 외숙모께선 사실 이상으로 상상하셨거든요. 그렇지만 이젠 마음대로 상상하셔도 돼요. 공상을 마음대로 풀어놓으시고, 이 일에 대해서 온갖 상상의 날개를 모두 펼치세요. 실제로 결혼했다는 것만 아니면, 크게 틀리지 않을 테니까요. 다시 편지하실 때는 지난번보다 훨씬 더 그이를 칭찬하셔야 해요. 호수 지방으로 가지 않기로 하신 것 거듭거듭 감사드려요. 거길 가고 싶어 했다니, 저도 참 엄청난 바보였어요! 망아지가 끄는 사륜마차를 타고 장원을 둘러보자고 하셨는데 참 좋은 생각이에요. 우리 매일 장원을 돌아다녀요. 전 세상에서 제일 행복한 사람이에요. 아마 다른 사람들도 그런 말을 많이들 했겠지만, 저만큼 말 그대로인 경우는 없을 거예요. 전 심지어 제인 언니보다 더 행복해요. 언니는 미소만 짓지만, 전 함빡 웃으니까요. 다아시 씨가 세상의 모든 사랑을 두 분께 보낸답니다. 제게서 빼낼 수 있는 범위 내에서 말이지만요. 두 분 모두 크리스마스에 펨벌리로 오셔야 해요. 그럼 이만 줄일게요.

캐서린 영부인에게 보내는 다아시 씨의 편지는 형식이 조금 달랐고, 지난번 콜린스 씨에게 받은 편지에 대한 베넷 씨의 답장은 두 사람 모두의 것과 아주 달랐다.

축하를 받기 위해 한 번 더 편지를 쓰니 양해하게나. 엘리자베스는 곧 다아시 씨의 부인이 될 것이네. 될 수 있는 대로 캐서린 영부인을 위로해 주시게. 그러나 나라면 조카 편에 서겠네. 그쪽이 가진 것이 더 많으니까.

　그럼 이만.

　오빠의 결혼을 앞두고 빙리 양이 오빠에게 보낸 축하 편지는 다정하기는 했지만 진심이 담겨 있지 않았다. 그녀는 제인에게도 편지를 보냈는데, 기쁘다는 말과 함께 전처럼 온갖 친애의 말을 되풀이했다. 제인은 속아 넘어가지는 않았으나 마음이 움직였다. 그래서 믿음이 가지 않았음에도 분에 넘치게 친절한 답장을 써 보내지 않을 수 없었다.

　다아시 양이 같은 소식을 듣고 나타낸 기쁨은 그 소식을 전한 오빠만큼이나 진심이었다. 한량없는 기쁨과 새언니에게 사랑받고 싶은 열렬한 소망을 모두 담기에 편지지 네 면도 모자랄 정도였다.

　콜린스 씨한테서 답장이 오거나 그의 부인이 엘리자베스에게 보내는 축하 인사가 오기 전에, 당사자들이 루커스 로지로 와 있다는 소식이 전해졌다. 그들이 이렇게 갑자기 오게 된 이유는 곧 밝혀졌다. 캐서린 영부인이 조카의 편지를 받고 극도로 분노해서, 이 결혼을 진심으로 기뻐하던 샬럿은 폭풍이 지나갈 때까지 잠시 피해 있기를 원했던 것이다. 때마침 친구가 오니 엘리자베스는 진심으로 기뻤다. 하지만 두 친구가 만나는 동안 다아시 씨가 콜린스 씨의 온갖 지나치고 과장된 친절에 노출되어 있는 것을 보니 친구를 만나는 기쁨이 비싼 대가를 치르고 있다는 생각이 때때로 들기도 했다. 그렇지만 그는 탄복할 만큼 침착하게 그 시련을 견뎌 냈다. 심지어 윌리엄 루

512

커스 경이 그가 이 마을에서 제일 빛나는 보석을 데려간다는 찬사의 말과 함께 모두 세인트 제임스 궁에서 자주 만나게 되길 희망한다며 매우 점잔을 부리면서 말할 때조차 귀를 기울여 주었다. 그가 어깨를 움찔한 것은 윌리엄 경이 시야에서 사라진 뒤였다.

필립스 부인의 무례함은 그가 참아 내야 할 또 다른, 그리고 아마도 더욱 커다란 시련이었다. 비록 필립스 부인은 자기 언니와 마찬가지로 그를 너무 어려워해서 상냥한 빙리를 대하는 것처럼 친숙한 태도로 말을 걸지는 못했지만, 일단 말을 붙였다 하면 어쩔 수 없이 저속해지고 말았다. 그에 대한 존경심 때문에 조금 덜 수다스러워졌지만 그렇다고 품위까지 높아지지는 않았다. 엘리자베스는 그가 이 두 사람의 눈에 자주 띄지 않도록 최선을 다했고, 자기 자신 아니면 식구들 가운데 그가 굴욕감 없이 대화를 나눌 수 있을 사람들에게 그를 묶어 두려고 노심초사했다. 이런 불편한 일들을 겪다 보니 약혼 기간의 즐거움이 반감된 기분이었지만, 한편으로는 미래에 대한 희망이 증폭되기도 했다. 그녀는 두 사람에게 별로 달갑지 않은 교제에서 벗어나 편안하고도 우아한 펨벌리의 가족 모임으로 옮겨 가게 될 날을 즐거운 마음으로 고대했다.

19

가장 자랑스러워하는 두 딸의 혼사를 치르는 날 베넷 부인은 어머니로서 최상의 행복을 누렸다. 후에 그녀가 얼마나 뿌듯하고 즐거운 마음으로 빙리 부인을 방문했고 다아시 부인에 대해 말했는지는 짐작할 만하다. 그녀의 식구들을 위해서 하는 말이지만, 자식들을 좋은 데로 시집보내고 싶은 열렬한 소망이 그렇게 실현되었으니 그녀가 남은 인생을 지각 있고 상냥하고 유식한 여자로 살게 되었다고 말할 수 있으면 참 좋겠다. 그런 식의 가정의 행복을 별로 즐기지 못했을 그녀의 남편에게는 부인이 여전히 가끔씩 신경 타령을 하고 변함없이 어리석은 편이 더 낫겠지만 말이다.

베넷 씨는 둘째 딸이 없어서 너무 아쉬웠다. 무슨 일이 따로 없더라도 딸에 대한 애정 때문에 그는 자주 집을 떠났다. 특히 방문을 전혀 예상할 수 없는 때를 골라서 펨벌리로 가는 재미가 쏠쏠했다.

빙리 씨와 제인은 네더필드에서 열두 달만 살았다. 장모와 메리턴의 친척들과 너무 가까운 곳에 산다는 것은 그의 성품이 아무리 좋고 그녀의 마음이 아무리 상냥해도 그리 견디기 쉬운 일이 아니었다. 결국 그가 더비셔와 이웃한 지역에 저택을 구입해서 누이들의 염원을 충족시켜 주었다. 제인과 엘리자베스는 달리도 행복했지만 서로 30마일 내에 살게 되는 가외의 복까지 누렸다.

키티는 주로 두 언니들과 시간을 보낸 것이 실질적으로 큰 도움이 되었다. 그동안 알던 사람들보다 더 나은 사람들과 지내다 보니, 교양이 크게 향상되었다. 그녀는 리디아처럼 통제 불능이지는 않아서, 리디아의 영향에서 벗어나 적절한 관심과 감독을 받자 덜 조급하고 덜 무식하고 덜 무미해졌다. 물론 더 이상 리디아와 어울리는 불상사를 겪지 않게 조심스럽게 보살핌을 받았다. 위컴 부인이 무도회니 젊은 남자니 하면서 자기 집에 와 있으라고 거듭 초청해도, 아버지가 절대 허락하지 않았던 것이다.

메리는 집에 남아 있는 유일한 딸이 되었다. 그녀는 혼자 있지 못하는 베넷 부인 때문에 공부에 방해를 받지 않을 수 없었다. 메리는 세상 사람들과 더 섞여야 했지만 매일 아침나절에 이웃을 방문할 때마다 여전히 도덕군자연할 수 있었다. 그리고 이제 더 이상 언니들과 미모를 비교당해 속을 끓일 필요가 없게 되었으므로, 아버지가 보기에는 그녀가 별 거부감 없이 변화를 받아들이는 듯했다.

위컴과 리디아로 말하자면 그들의 성격은 언니들의 결혼으로 크게 달라지지 않았다. 위컴은 엘리자베스가 전에는 자신의 배은망덕한 행동이나 거짓을 몰랐더라도 이제 알게 되었으리라고 짐작했지만, 현명하게도 하는 수 없다고 여기고 넘어갔다. 그는 그간의 온갖 우여곡절에도 불구하고 아직도 다아시를 구슬리면 한 재산 마련할 수 있을지 모른다는 희망을 아주 버리지는 않고 있었다. 엘리자베스의 결혼을 맞아 리디아가 보낸 축하 편지를 보면 그 자신이 직접 밝힌 것은 아니지만 적어도 그의 부인의 입으로는 그런 바람이 여전하다는 것을 알 수 있었다. 편지는 이랬다.

리지 언니에게

결혼을 축하해요, 언니. 언니가 내가 내 사랑 위컴을 사랑하는 반만큼이라도 다아시 씨를 사랑한다면, 정말정말 행복할 거야. 언니가 그렇게 부자가 되어서 너무 좋아. 달리 할 일이 없을 때는 우리 생각도 좀 해 줘요. 위컴이 궁정에 자리를 얻고 싶어 한다는 걸 언니도 잘 알 테고, 우리는 남의 도움 없이 살 만큼 충분한 돈을 벌지 못할 테니까. 1년에 삼사백 파운드 정도면 어떤 자리라도 괜찮겠지만, 형부한테 말하고 싶지 않으면 하지 않아도 돼요.

그럼 이만.

엘리자베스는 그렇게 하지 않기로 작정하고 있었기 때문에 답장에서 그런 종류의 청탁이나 기대 같은 것은 일절 하지 말라고 단속했다. 그렇지만 자기 용돈에서 이리저리 아껴 쓴다거나 해서 자기 힘으로 마련할 수 있는 구원 자금은 수시로 보내 주었다. 씀씀이가 너무 헤픈 데다 장래를 생각하지 않는 두 사람에게 맡겨져 있는 한, 그들의 수입으로는 생활비를 감당하기에 부족하리라는 것은 안 봐도 훤했다. 그들이 숙소를 옮길 때마다 제인에게든 그녀에게든 빚을 청산하는 데 도움을 좀 달라는 요청이 반드시 날아들었다. 이들의 생활 방식은 다시 평화가 찾아와 제대 후 가정을 꾸린 다음에도 극도로 불안정했다. 그들은 늘 싼 곳을 찾아 이곳저곳으로 이사를 다녔고, 늘 한도 이상으로 소비했다. 그녀에 대한 위컴의 사랑은 곧 무관심으로 변해 버렸고, 리디아의 사랑도 그보다 조금 더 지속되었을 뿐이다. 어린 데다 처신이 그러함에도 그녀는 결혼한 여성으로서의 사회적 지위는 지위대로 누렸다.

다아시는 위컴을 펨벌리에 받아들일 수는 없었지만, 엘리자베스를 생각해서 그가 일자리를 얻도록 도와주었다. 리디아는 남편이 런던이나 바스에 혼자 즐기러 가고 없을 때 가끔씩 그곳을 방문했다. 빙리 가족의 집에는 두 사람 다 오래 머무는 일이 잦아서, 사람 좋은 빙리조차 견디지 못하고 이제가 주면 좋겠다고 넌지시 말하게까지 되었다.

빙리 양은 다아시의 결혼에 속이 뒤집혔으나 펨벌리를 방문할 권리를 유지하는 편이 낫겠다 싶었는지 모든 앙심을 버렸다. 전보다 더 조지애나를 좋아하게 되었고, 다아시에게는 지금까지와 거의 다름없이 싹싹했고, 엘리자베스에게는 밀린 빚을 갚듯 뒤늦게 예의를 차렸다.

조지애나는 이제 펨벌리에서 살게 되었다. 그리고 다아시가 바라던 대로 올케와 시누이는 서로를 사랑했다. 그들은 애초부터 그럴 마음이었지만, 실제로도 서로를 좋아했다. 조지애나는 엘리자베스를 높이 우러러보았다. 처음에는 발랄하고 장난스러운 말투로 자기 오빠를 대하는 것을 보고 거의 경악하다시피 했지만 말이다. 경외감이 앞선 나머지 자신의 애정조차 제대로 표현하지 못하던 오빠가 터놓고 농담할 수 있는 대상이 되는 것을 눈앞에서 본 것이다. 이제 그녀도 예전 같으면 꿈에도 해 보지 못하던 생각들을 하게 되었다. 엘리자베스의 태도를 보고, 그녀는 여자도 남편에게 얼마든지 무람없이 굴 수 있다는 것을 이해하기 시작했다. 열 살 이상이나 손위인 오라비가 누이동생에게 항시 그런 자유를 허용하지는 않겠지만 말이다.

캐서린 영부인은 조카의 결혼에 격노했다. 그리고 결혼식 일정을 알리는 편지에 대한 답신에서 솔직하기 짝이 없는 평소의 성격을 한껏 발휘해 지극히 모욕적인, 특히 엘리자베스에 대해 모욕적인 말을 쏟아 놓았기 때문에 얼마 동안 일체의 교류가 끊어졌다. 그러나 엘리자베스의 설득으로 다아시는 그 무례함을 눈감아 주고 화해를 구했다. 그리고 이모 편에서는 조금 더 고집을 부렸지만, 그에 대한 애정 때문이든 아니면 그의 아내가 어떻게 하고 있는지 보고 싶은 호기심 때문이든 그녀의 앙심도 수그러들었다. 그리하여 몸소 펨벌리로 행차해 그들을 만나기까지 했다. 그런 여주인의 존재만이 아니라 런던의 상가 지역에 사는 외삼촌 내외의 방문으로 말미암은 그곳 수풀의 오염을 무릅쓰면서 말이다.

가디너 내외와 그들은 언제나 더없이 친밀한 관계를 유지했다. 엘리자베스는 물론이고 다아시도 그들을 진심으로 사랑했다. 그리고 엘리자베스를 더비셔로 데려와 그들을 맺어 주는 매개가 된 두 분에 대해 두 사람 다 언제나 더없이 고마운 마음을 지녔다.

제인 오스틴의 삶과 문학 그리고 『오만과 편견』

1 제인 오스틴의 생애

『오만과 편견』의 저자인 제인 오스틴은 1775년 12월 16일 영국 햄프셔주의 스티븐턴이라는 작은 마을에서 교구 목사인 아버지 조지 오스틴과 어머니 커샌드라 리 오스틴 사이의 6남 2녀 중 일곱째 자식이자 둘째 딸로 태어났다. 외과 의사의 아들로 태어나 어려서 고아가 된 제인 오스틴의 아버지는 형제와 친척 들의 도움으로 옥스퍼드 대학을 마친 뒤 먼 친척의 영지인 스티븐턴에서 교구 목사직을 지내면서 학생들을 맡아 개인 지도를 하는 등 빠듯한 시골 양반의 살림을 꾸리며 전형적인 하층 양반 계급(gentry)의 삶을 산 사람이었다. 기록에 의하면 그는 잘생기고 가정적이며 자식들에게 너그러운 아버지로서, 교구 목사의 책무를 수행하는 한편으로 농사를 관장하고 독서를 즐겼다고 한다. 역시 양반 계급인 목사의 딸로 태어난 제인 오스틴의 어머니는 시를 즐겨 지었으며 당대 주부에게 흔했던 우울증에 시달린 것으로 알려져 있다. 제인의 형제들은 뇌성마비를 앓았던 둘째 오빠 조지와, 아버지의 교구 목사직을 마련해 주었던 나이트 씨 집안의 양자로 가서 막대한 영지와 재산을 물려받은 셋째 오빠 에드워드를 제외하면 모두 부모와 마찬가지로 물려받은 재산이 없는 양반가 자녀들의 전형적 진로(뒤에 더 설명하겠지만, 둘째 이하의 아들은 목사나 군인이 되고, 딸은 시집을 가거나 부모나 다른 형제들에게 얹혀살면서 노처녀로 늙거나 가정 교사로 일하는 것이 관례였다.)를 밟았다. 첫째인 제임스는 아버지의 교구를 물려받은 목사였고, 다섯째인 프랜시스와 막내인 찰스는 해군 제독을 지냈으며, 넷째이자 제인 오스틴과 가장 가까운 오빠였던 헨리는 목사가 되기 위한 교육을 받은 뒤 민병대원, 실패한 은행가를 거쳐 결국 목사가 되었다. 제인의 두 살 위 언니인 커샌드라는 목사인 약혼자가 서인도 제도에서 열병으로 죽은 뒤 노처녀로 살았고 제인 또한 노처녀로 살면서 집안 살림을 돌보는 틈틈이 작품을 집필한 것으로 알려져 있다.

오빠들이나 남동생이 옥스퍼드와 왕립 해군 사관 학교에서 목사나 장교가 되는 정식 직업 교육을 받은 것과 달리 제인은 언니 커샌드라와 함께 일곱 살 때부터 열 살 때까지 약 3년 동안 근처의 기숙 학교에 다닌 것이 공식 교육의 전부였다. 거기서 양반가의 아내에게 요구되는 과목인 음악, 미술, 자수, 외국어 등을 배웠는데, 티푸스의 유행으로 그것마저 그만두고 학교를 옮기는 등 우여곡절을 겪었다. 오늘날에 비해 훨씬 변변치 않았던 학교 교육마저도 이렇게 조금밖에 받지 못했지만 제인은 독서와 예술을 즐기는 가정 분위기의 영향을 받으며 자랐다. 1782년에서 1789년까지 거의 매년 형제자매와 친척, 친지 들이 함께 모여 토머스 프랭클린의 『마틸다』(1775), 리처드 B. 셰리든의 『경쟁자들』(1775), 헨리 필딩의 『비극 중의 비극 혹은 엄지 왕자의 삶과 죽음』(1731) 등 당대의 대표적인 희곡들을 공연한 것이 기록으로 남아 있다. 또한 큰오빠인 제임스는 넷째인 헨리의 도움을 받아 1789년에서 1790년까지 목사직 안수를 받기 전 1년 남짓 옥스퍼드 대학에서 《한가한 산보자(The Loiterer)》라는 주간지를 60회에 걸쳐 편집, 발행한 바 있다. 사실 여부는 불분명하지만 일설에 의하면 십 대의 제인이 여기에 독자 편지 형식의 기고를 했다고도 한다. 제인은 당대의 낭만적 소설, 새뮤얼 존슨 박사의 산문, 윌리엄 쿠퍼의 시 등을 즐겨 읽었으며, 프랑스인과 결혼한 사촌의 영향으로 프랑스 계몽주의, 낭만주의 문학도 접한 것으로 보인다. 타고난 재능에 이런 집안 분위기 덕분으로 제인은 열한 살 때인 1787년부터 풍자 희곡이나 로맨스 등 다양한 장르의 단편을 써서 그때그때 가족들에게 읽어 발표했다고 하는데, 1787년에서 1793년까지 제인이 쓴 습작을 모은 세 권의 작품집이 그녀가 죽은 뒤에 출판된 바 있다.

열여섯 살 때인 1792년 처음 사교계에 선을 보인 제인은 가정 교사가 되거나 노처녀로 부모나 형제에게 얹혀살기를 면하는 유일한 해결책인 결혼에도 한동안 적극적이었다고 한다. 그런 면모는 가령 당대 작가로서 제인을 가까이서 관찰할 기회가 있었던 메리 러셀 미트퍼드가 그녀를 자신이 기억할 수 있는 한 가장 예쁘고, 가장 어리석고, 가장 내숭 떠는 남편 사냥 나비라고 부른 것에서 엿볼 수 있다. 그러나 제인의 자신만만하고 적극적이며 낙천적인 결혼관은 이런저런 직간접 경험을 거치면서 점차 현실의 복잡성을 인식하는 것으로 변한다. 그 가장 큰 계기로는 1795년 제인이 스무 살 되던 해에 절친하게 지내던 이웃의 친척인 아일랜드 출신 톰 르프로이와 청혼 직전까지 갔던 관계가 제인보다 재산이나 배경이 좋은 여자와 결혼하기를 바랐던 남자 쪽 집안의 방해로 무산된 일을 꼽을 수 있다. 그와의 관계가 급진전되어서 언니에게 보낸 편지에 "다음 무도회에서 그이한테 청혼을 받을 것 같아. 그렇지만 그 하얀색 코트를 다시는 안 입겠다고 약속하지 않으면 거절할 거야." 하고 농담을 할 정도로 자신만만해했던 관계였던 만큼 충격이 컸으리라 짐작되기 때문이다. 제인에게는 결혼할 기회가 한 번 더 있었다. 제인이 스물여섯 살 때인 1802년, 오랫동안 알고 지내던 친구의 오빠로서 많은 재산의 상속자이지만 매력이나 사랑을 느낄 수 없었던 해리스 비그위더의 청혼을 수락했다가 다음 날 아침 철회한 사건이 그것이다. 이때 사랑이 없음에도 불구하고 제인이 일단 청혼을 수락한 배경에는 바로 전해 교구를 장남에게 물려주고 살림을 줄여 번화한 대도시 바스로 이사한 아버지를 따라 원하지 않던 도시 생활을 해야 했던 처지가 작용했을 것으로 짐작된다. 하지만 제인은 사랑 없는 결혼보다는 노처녀의 삶을 선택했다. 그리고 그런 탓으로 1801년 아버지가 은퇴한 뒤에는 부모와 언니, 1805년 아버지의 사망 후에는 어머니와 언니와 함께, 1809년 나이트 집안의 상속자인 에드워드 오빠가 고향인 햄프셔의 초턴에 작은 집을 마련해 줄 때까지 바스의 작은 아파트와 친척 집 등을 전전하면서 지내야 했다. 이 기간 동안, 그리고 1817년에 사망할 때까지 제인은 우울증에 시달리는 어머니 대신 언니 커샌드라와 함께 수입이 변변치 않은 양반가의 살림을 꾸리고, 여러 명의 올케가 아기를 낳을 때마다 불려가 도와주는 등 형제와 친척의 도움으로 사는 당대 노처녀의 전형적인 생활을 한 것으로 전해진다. 제인이 언니에게 보낸 편지는 굴뚝 청소부터 손님 접대용 고기에 대한 걱정 등에 이르기까지 소소한 살림살이에 대한 언급으로 가득 차 있고, 작가로 등단한 뒤 쓴 한 편지에서는 당대의 다른 여류 작가가 살림에 매달리는 한편 글을 써낸 것을 감탄하면서, 자기 같으면 양고기 덩어리와 장군풀 소스로 꽉 찬 머리로는 창작이 불가능한 것 같다고 토로한 바 있다.

열한 살 때부터 이미 습작을 시작한 제인은 열여섯 살 무렵인 1791~1792년에 희곡 『찰스 그랜디슨 경』을 쓰기 시작하고, 열여덟 살 무렵인 1793~1795년에 미완성 장편 『수전 마님』을 시작한다. 이어 제인은 열아홉 살 무렵인 1795년에는 『이성과 감성』으로 개작되어 출판된 장편 소설 『엘리너와 메리앤』을 완성하고, 스물한 살 때인 1797년에는 후에 『오만과 편견』으로 개작한 장편 소설 『첫인상』을 완성한다. 이때 『첫인상』이 출판 가능성이 있는 작품임을 알아본 아버지가 런던의 유명 출판사인 커델과 데이비스에 접촉을 시도했으나 일언지하에 거절당한 기록이 남아 있다. 제인은 이런 거절에도 낙담하지 않고 그해에 바로 『엘리너와 메리앤』을 개작하기 시작해 다음 해인 1798년 『이성과 감성』이라는 새로운 작품으로 완성하고, 같은 해에 사후 『노생거 사원』이라는 제목으로 발표된 『수전』을 집필하기 시작해서 다음 해인 1799년 완성한다. 이 『수전』의 판권이 1803년 10파운드에 제인의 작품으로는 처음으로 런던의 출판사인 리처드 크로스비에 팔렸으나 바로 출판으로 이어지지 않아, 결국 『이성과 감성』, 『오만과 편견』, 『에마』 등의 작품을 통해 작가로서 입지를 확보한 1816년에 제인 스스로 판권을 되사서 1817년 사후에야 출판된다.

1802년 바스로 이사한 후 친척 집을 전전하던 제인은 1809년 초턴의 작은 집으로 이사하고 나서야 생활의 안정을 되찾은 듯하다. 이사한 해와 다음 해에 걸쳐 10년 전에 쓴 『이성과 감성』을 다시 개작해, 이 작품이 1811년 토머스 에거턴 출판사에서 인세를 받는 조건으로 제인의 작품으로는 최초로, 그러나 익명으로 출판된다. 이런 성공에 이어 제인은 그해와 다음 해에 걸쳐 『첫인상』을 『오만과 편견』으로 개작해서 이번에는 판권을 같은 출판사에 110파운드에 판다. 『오만과 편견』은 1813년에 출판되는데, 같은 해 『이성과 감성』과 『오만과 편견』이 함께 매진되어 재판을 찍게 되었고 『이성과 감성』의 초판은 제인에게 140파운드의 수입을 가져다준다. 다음 해인 1814년에는 1811년에 시작해서 1813년에 완성한 『맨스필드 파크』를 출판해 역시 매진되었으며 310~350파운드가량의 수익을 얻은 것으로 전해진다. 이듬해에는 1814년에 시작해서 같은 해에 끝낸 『에마』를 출판하며, 『에마』 출간을 위한 런던 방문 중 제인 작품의 애독자였던 섭정 동궁을 알현할 기회를 갖고 『에마』를 그에게 헌정한다. 죽기 바로 전해인 1816년 『설득』을 완성하고, 1817년 1월에는 『샌디턴』을 쓰기 시작했으나 암으로 추정되는 병으로 작업을 중단하고 7월 18일 마흔한 살의 일기로 8남매 중 가장 먼저, 그리고 작가로서 본격적인 활약을 향한 화려한 도정에서 안타까이 생을 마감한다.

2 작가로서의 제인 오스틴

제인 오스틴은 이렇게 작가로서 한창 활약하던 중에 병으로 갑자기 세상을 떠났기 때문에 더 오래 활약하고 세속적 성공을 누린(제인 생전에 출판된 작품의 수입으로 그녀의 손에 들어온 것은 전부 700파운드 남짓이었다.) 작가들과는 달리 개인의 전기적인 사실이나 작가 자신의 작품 외적 견해 등을 직접 기록으로 남긴 것이 별로 없는 편이다. 제인의 생활이나 견해의 면면을 가장 잘 드러내 주는 자료로는 가까운 이들에게 보낸 편지나 작가 지망생이던 몇몇 조카들이 쓴 그녀의 전기밖에 없는데, 이런 자료들 또한 여러 사정으로 충분하거나 정확하지 않다. 가령 제인은 어머니가 "커샌드라가 목을 매달면 제인도 따라 할 것"이라고 했을 만큼 가까운 사이였던 언니와 떨어져 있는 동안이면 거의 매일 그날그날 일어난 일들을 써서 보냈지만, 커샌드라는 그 편지들이 사적이기 때문에 공개되어서는 안 된다고 생각해 제인이 죽은 뒤에 그것들을 상당량 없애 버렸다. 제인의 조카들 또한 자신들이 살았던 빅토리아조 특유의 근엄한 도덕주의 기준에 맞는 사실만을 모아 전기를 써, 그녀 사후 100여 년 동안 제인은 요절한 성녀로 알려졌다. 다행히 1920년대 옥스퍼드 대학에서 제인 오스틴 작품의 정본을 확립해 출간한 채프먼이 1932년 기왕에 출간된 서간집에서 누락되었던 상당수의 편지를 추가해 서간집을 새로 출간하고, 제인의 습작과 미완성작들 또한 계속 출간되어 오늘날 우리는 제인 오스틴의 다양한 면모를 더 풍부하게 접할 수 있게 되었다.

추가된 자료들을 통해 볼 때 제인 오스틴은 빅토리아조의 기준에 맞는 요조숙녀나 '성녀'라기보다는 지적이고 활력이 넘치며 개성이 강한 인물로서 풍자에 능한 작가답게 주변 사람들의 어리석음과 속물주의에 대한 비판과 조소를 삼가지 않았다. 가령 제인이 언니에게 보낸 편지에는 새로 사귄 사람들의 속물주의를 지적하는 구절이 있다. "그 사람들 아주 멋지게 살고 있고 부자인데, 그 여자는 돈 많은 걸 즐기는 것 같더라고. 그래서 우린 다르다고 해 줬더니 과연 우리하고 사귈 가치가 있는지 의심하는 눈치야." 이렇게 날카로운 비판력과 개성을 지닌 인물이었기 때문에 가족들과의 관계도 늘 조화롭지만은 않았던 듯하다. 부자 오빠인 에드워드의 아내로 아이들을 열한 명이나 낳이 늘 친척들의 도움을 필요로 한 엘리자베스가 제인보다 커샌드라의 도움을 선호했다는 사실이 잘 알려져 있다. 또한 제인의 어머니는 1797년 새 며느리인 메리로이드를 반기면서 노년에 커샌드라는 슈롭셔에, 제인은 하나님이나 아실 곳에 가고 없을 때 "네가 있어 외롭지 않을 거라 생각하니 다행"이라고 말한 적이 있다고 한다. 어머니가 제인의 개성적인 면을 불편해한 만큼 제인 또한 어머니와 자신의 성격이 맞지 않음을 의식하고 있었던 것 같다. 제인이 커샌드라에게 보낸 편지 구절 중에는 "나는 그 옷이 아주 마음에 들었는데, 어머니는 그 옷이 아주 꼴사납다고 생각하셔."와 같은 구절이 있다. 이 문장 중 '아주'라는 말이 두 상반된 술어를 반복해서 수식하는 데에서 제인과 어머니 사이의 작지만은 않았던 차이가 강조된다. 또한 조카인 메리앤 나이트는 제인이 "에드워드 오빠의 집 벽난로 곁에서 일하다 혼자 웃음을 터뜨리거나 갑자기 책상으로 가서 글을 쓰고 다시 제자리로 돌아온" 기억을 기록으로 남겼다.

작가로서의 제인 오스틴에 대해서는 몇 가지 통념이 있다. 그중 하나는 그녀의 작품이 살림을 꾸리는 동안 틈틈이 수다를 떨듯 쓴 게 어쩌다 성공작이 되었다는 것이다. 그러나 이것은 사실과 전혀 다르다. 제인 오스틴이 1811년 『이성과 감성』으로 등단하기까지 긴 습작 시기를 거쳤다는 점은 앞서도 언급한 바 있지만, 더 중요한 것은 그녀의 작품들이 여러 차례의 개작 과정을 거쳐 나온 공들인 예술품들이라는 사실이다. 앞서 잠시 언급했듯이 1811년 출판된 데뷔작 『이성과 감성』의 경우 일찍이 1795년 『엘리너와 메리앤』이라는 제목으로 서간체로 썼던 것을 두 번에 걸쳐 완전히 새로 써서 발표한 것이다. 두 번째 발표작이자 가장 널리 사랑을 받아 온 『오만과 편견』역시 1796년에 『첫인상』이라는 제목으로 완성했던 것을 15년 뒤 완전히 새로 써서 발표한 것이다. 제인 오스틴이 맨 마지막으로 완성한 작품인 『설득』의 경우 마지막 두 장(章)의 개작 과정과 내용이 1920년대 채프먼에 의해 자세히 밝혀진 바 있다. 또한 제인 오스틴의 작품이 장인 정신으로 갈고 닦은 산물임은 작품으로 발표된 것과 비슷한 이야기들을 편지에 쓴 것을 비교할 때 문체가 현격히 차이 나는 데에서도 알 수 있다. 제인 오스틴이 단순한 개인적 취미 생활의 일환으로 작품을 쓴 것이 아님을 알 수 있는 또 다른 증거는, 그녀가 1797년 아버지를 내세워 『첫인상』의 출판을 시도했다가 거절당한 이래 끈질기게 다른 작품들의 출판을 시도하고 전문 작가로서의 등단을 추구한 사실이다. 제인 오스틴이 1803년 『수전』의 판권을 사 놓고 계속 출판을 미룬 크로스비 출판사에 1809년 'Mrs. Ashton Dennis'라고 서명해 장난기가 넘치지만 분노를 표시한(Mrs. Ashton Dennis의 첫 자를 조합하면 화가 났다는 뜻의 'MAD'가 된다.) 항의의 편지를 보낸 일은 유명하다. 이 작품은 결국 제인이 판권을 되사서 다른 출판사에서 출판되었는데, 이런 집념에서도 우리는 작가 제인 오스틴의 직업적 자부심을 읽을 수 있다. 이런 작가 정신과 자부심의 일단을 우리는 『노생거 사원』의 서문에 피력한 아래와 같은 '소설론'에서도 발견할 수 있다. 냉정하고 절제된 언어가 특징인 제인 오스틴이 소설 장르론을 펼치면서 형용사마다 최상급을 사용한 것에서 우리는 그녀가 소설가로서 가졌던 자부심이 무척 컸다는 것을 알 수 있다.

소설에는 인간 정신의 가장 위대한 힘이 표현됩니다. 인간 본성에 대한 **가장 완벽한** 지식, 인간 본성의 다양한 모습에 대한 **가장 행복한** 묘사, **재치와 유머의 가장 활력 있는** 토로가 최고로 정제된 언어로 세상에 전달되는 것입니다.(강조는 필자의 것.)

작가로서 제인 오스틴에 대한 또 다른 통념은 오스틴이 시골 양반가 규수의 제한된 공간을 벗어나 본 적이 없는 탓에 작품의 소재나 주제가 동시대의 남성 작가들의 경우와는 달리 소소한 가정사와 남녀 간의 사랑과 결혼이라는 사소한 영역에 한정되어 있다는 것이다. 과연 많은 평자들의 지적대로 제인 오스틴의 소설에는 남성들끼리의 대화나 정치와 경제 등 남성 작가들이 많이 다룬 소재 혹은 성적인 소재에 대한 직접적 언급이 거의 없다. 이런 주장에 대해서는 두 가지 사실을 지적할 필요가 있다. 하나는 그런 소재의 부재가 제인 오스틴의 무지에서 비롯되었다기보다는 이유 있는 선택의 결과라는 것이며, 다른 하나는 그녀의 소재가 언뜻 보기와는 달리 당대의 정치, 경제, 사회적 변화와 밀접하게 연관되어 있다는 점이다. 먼저 제인 오스틴은 혁명과 반혁명의 반전을 거듭한 프랑스의 정치 상황이나 식민지 개척에 활발하게 나선 영국의 경제 등에 대해 가족과 친척의 진로와 생애를 통해 긴밀한 개인적 지식을 갖고 있었다. 다섯째 오빠와 남동생이 해군 장교로서 서인도와 미 대륙, 인도와 중국에 이르는 세계 전역으로 뻗어 나간 영국 식민지 경영의 수호자로서 일익을 담당했다는 점은 앞서도 언급한 바 있다. 제인이나 오스틴 가족은 이 두 형제가 식민지 경영의 일꾼으로서 계속 승진의 가도를 달릴 때 그들의 활약상을 편지로, 혹은 직접 대화로 자세히 접하고 있었다. 또 고모 중의 한 사람은 단신으로 인도에 가서 동인도 회사의 외과 의사와 결혼했고, 그 사이에 난 딸로 제인 오스틴의 사촌이자 나중에 오빠인 헨리와 재혼한 일라이자의 첫 남편은 프랑스 왕당파의 군인으로 단두대의 이슬로 사라졌다. 제인 오스틴은 일라이자가 혁명의 위험을 피해 오스틴 집안에 피신해 있는 동안 그녀를 통해 프랑스 문학과 문화를 접했고 그녀와 계속 친밀한 관계를 유지한 것으로 알려져 있다. 언니인 커샌드라의 약혼자 역시 서인도 제도의 도시인 생도맹그에서 열병으로 사망했다. 양반가 규수의 한정된 공간과는 거리가 먼 제인 오스틴의 경험 중에는 부유한 그녀의 이모가 포목 상인과의 다툼 때문에 절도 혐의로 8개월간 감옥 생활 끝에 재판을 받고 무죄 판결을 받은 일도 포함된다. 이때 이모가 받은 절도 혐의는 옷감 가격으로 인해 유죄 판결 시 사형이나 식민지 유형에 처해지는 중죄였다. 결혼을 하지 않고 노처녀로 죽은 제인 오스틴이 성적인 문제에 무지해서 작품에서 그런 소재를 다루지 않았다는 말도 사실과는 거리가 멀다. 제인 오스틴이 살았던 18세기 말 19세기 초는 아직 빅토리아조의 근엄하고 이중적인 성도덕이 정착하기 전이었고, 그런 흔적은 제인 오스틴의 편지에 산재해 있다. 가령 그녀는 언니에게 보낸 편시에서 한 이웃이 아들을 낳고, 다른 이웃인 귀족은 첩을 두었다는 소식을 한 문장으로 간단히 언급하며, 자신이 '간통한 여자'를 쉽게 알아보는 눈을 가진 것을 자랑하기도 한다. 또한 그녀는 역시 언니에게 보낸 한 편지에서 중년의 남자 하인을 고용해서 그가 중년의 여자 요리사에게는 남편 노릇을, 동시에 젊은 처녀인 하녀에게는 애인 노릇을 하도록 시킬 예정인데, 어느 쪽이든 아이는 허용하지 않겠다는 농담을 아무렇지도 않게 하고 있다.

제인 오스틴은 자신의 소설 쓰기를 "섬세한 붓으로 2인치의 상아에 작업하는 일"이라고 규정하기도 했는데, 소재를 한정시킨 것은 작가의 경험의 폭을 감안할 때 남녀 간의 결혼을 둘러싼 풍속도가 정치, 경제 등에 못지않게 중요한 주제라는 인식에 기반을 둔 의식적 선택의 결과라고 보는 편이 더 타당하다. 그런 판단을 뒷받침하는 증거 중의 하나는 제인 오스틴이 작가 지망생인 조카 애나에게 한 다음과 같은 충고이다. "인물들을 즐겁게 선택하고 있구나. 이제 그들을 생활의 활력이 존재하는 바로 그 중심, 그러니까 시골 마을의 서너 가족의 일원으로 만드는 것이야말로 네가 성취해야 할 과제란다." 당대 영국 사회에서 양반가 자녀들의 결혼은 귀족, 양반 중심의 봉건적 질서에서 시민 중심의 근대적 질서로 사회와 가치관이 변화하는 모습을 핵심적으로 담고 있었다. 이런 사실은 영국 특유의 전통적인 상속 제도와도 밀접한 관계가 있으니, 대륙에서 양반가의 자녀들이 대개 어느 정도 동등한 상속의 권한을 누렸다면, 영국은 장남에게 전 재산을 물려줌으로써 부모 대에서 자식 대로 같은 재산과 지위가 계승되는 것이 원칙이었다. 또한 많은 경우 한정 상속이라 하여 재산과 지위의 상속이 집안의 남자를 통해서만 이루어지도록 상속을 한

정시키는 법적 장치가 있었다. 그 결과 차남 이하의 아들들은 전통적으로 군인이나 목사가 되는 것이 넉넉하지 않으나마 양반의 지위와 생계를 유지할 수 있는 유일한 길이었다. 아울러 한정되지 않은 재산의 상속녀와 결혼하는 정략결혼이 재산과 지위를 얻는 중요한 수단이었다. 또한 장자 상속 및 한정 상속으로 인해 상속 재산이 없는 딸들의 경우에는 결혼만이 재산과 지위를 획득할 수 있는 수단이었다. 앞서도 언급한 것처럼 결혼을 못 한 노처녀는 형제나 친척에게 얹혀살며 천덕꾸러기 신세가 되거나, 하녀나 다름없는 가정 교사 노릇이 유일한 자립 수단이었다. 이렇게 지위와 재산에 대한 고려로 인해 차남 이하의 아들들은 상속 재산을 가진 여자와, 상속 재산이 없는 딸들은 어느 정도의 재산과 지위를 가진 남자와 결혼해야 할 필요성이 절실한 상황에서 전통적으로 결혼은 개인의 성격이나 사랑을 고려하기보다는 재산과 지위를 우선시하는 정략결혼이 규범이 될 수밖에 없었다. 하지만 개인 중심의 근대 시민 사회로 넘어오면서 이런 규범은 많은 개인들에게 질곡으로 느껴지고 결혼 시장에 나선 개인들은 '계산이냐 사랑이냐'라는 어려운 선택을 강요당하게 된다. 이런 사정은 최소한 재산과 지위를 유지할 수 있는 직업의 가능성이 있던 남자들과는 달리, 상속 재산이 없고 직업의 가능성이 차단된 여성에게 더욱 가혹했다. 결혼 시장에 나선 여성들은 사랑과 무관하게 조건만 괜찮다면 결혼을 받아들일 수밖에 없었기 때문이다. 제인 오스틴 자신도 바로 이런 '사랑이냐 조건이냐'의 불합리한 선택의 국면에서 사랑은 좌절되고, 사랑 없는 조건은 본인이 거부하는 어려운 상황을 직접 체험했고, 그런 체험을 통해 전근대적인 사회 제도와 규범의 불합리성을 뼈저리게 느낀 듯하다. 어쨌든 바로 이런 이유로 해서 양반 계층의 젊은 남녀 간의 결혼은 더 큰 사회적인 이슈와 무관한 여자들끼리의 수닷거리가 아니라, 전근대에서 근대로 이행하는 사회의 핵심적인 가치관의 변동을 읽고 감지할 수 있는 장이며 척도였던 것이다.

3 『오만과 편견』에 대하여

제인 오스틴의 작품 중 가장 널리 독자들의 사랑을 받아 온 『오만과 편견』은 작가 스스로 "이 작품은 너무 가볍고 밝고 반짝거려서 그늘이 필요하다."라고 말했을 만큼 그녀의 작품 중에서 가장 밝은 작품으로 알려져 있다. 하지만 정작 이 작품의 전신인 『첫인상』 집필 당시 제인 오스틴은 그 전해인 1795년에 있었던 톰 르프로이와의 결혼이 좌절된 사건 이후 개인적으로 어렵고 힘든 시기를 보내고 있었다. 집필을 시작한 지 1년여 만인 1797년 탈고한 원고가 10년 이상 사장되어 있다가 1811~1812년에 현재의 형태로 완전히 새로 쓰여 1813년 발표되는데, 바로 그해에 매진되어 연말에 재판의 인쇄에 들어갔다. 출판 당시의 이런 인기는 현재까지 200여 년 동안 큰 변동 없이 유지되고 있으니, 그간 꾸준히 학문적 연구의 대상이 되어 온 것은 물론 여러 작가들에 의해 다양한 형태의 속

편이 쓰이기도 하고, 수차례 영화화되기도 했다.(이 작품의 모티프를 활용해서 현대화한 영화 「브리짓 존스의 일기」도 인기를 얻었다.) 그렇다면 『오만과 편견』이 200여 년 동안 이렇게 변함없이 독자들의 사랑을 받아 온 이유는 무엇일까? 우선 눈에 띄는 것은 물론 이 작품의 소재가 젊은 남녀의 연애와 사랑 이야기, 특히 본인의 실수나 현실의 여건으로 인한 난관을 넘어 사랑을 성취한 이야기로서 보편적인 호소력을 갖는다는 사실이다. 더욱이 재산은 없어도 뛰어난 미덕을 지닌 두 여주인공이 행복하게도 사랑과 조건이 일치하는 결혼에 성공하는 '신데렐라적인 플롯'이 많은 이들의 소망을 대리 충족하는 기능을 했을 것은 짐작하기 어렵지 않다. 그러나 이 작품이 단순히 대다수 독자들의 신데렐라적 꿈에 호소한 덕분에 성공했다고만은 볼 수 없다. 작중 현실은 여자가 착하고 아름답기만 하면 온갖 악인들의 방해를 물리치고 왕자와 결혼하게 되는 단순한 구도와는 거리가 멀기 때문이다.

무엇보다도 제인과 엘리자베스의 '신데렐라'적인 결혼은 작중에서 예외적인 현실이다. 두 여주인공 주변에 있는 다수의 여성들은 이런저런 이유로 사랑과 조건이 행복하게 일치하는 결혼의 가능성에서 근원적으로 차단되어 있다. 더욱이 신데렐라 이야기에서와는 달리 이런 현실은 여성 인물들의 미덕과 단순한 비례 관계에 있는 것이 아니다. 엘리자베스의 친한 친구로서 훌륭한 심품과 판난력의 소유자인 샬럿의 결혼은 당대 양반가 여성이 처한 곤경을 전형적으로 잘 보여 준다. 샬럿이 베넷 가 재산 상속자시만 터무니없이 우둔하고 젠체하는 콜린스 씨와의 결혼을 선택하는 이유는 미모나 재산이 받쳐 주지 않는 자신의 조건 때문인 것이다. 이는 또한 여성 해방 운동의 부분적인 성과에도 불구하고 아직도 자립이 용이하지 않고 사회 전반적으로 열등한 지위를 면하지 못하고 있는 오늘날 여성의 처지와도 무관하지 않다. 샬럿의 선택과는 정반대인 것이 엘리자베스의 막냇동생 리디아의 경우다. 즉 그녀는 이성적 계산보다 본능적 충동을 앞세운 사랑의 도피 행각을 벌였는데, 리디아와 위컴의 결혼은 기존의 규범에 대한 단순한 반발은 손쉬울지 모르나 바람직한 해결책은 아님을 보여 준다. 이런 예들에서 대다수 여성들의 처지를 더 전형적으로 대표하는 샬럿이나 리디아의 선택은 물론 부분적으로는 그들의 성격이나 자질과 연관된다. 그러나 더 근본적인 요인은 여성들에게 사랑과 조건 사이의 선택을 강요하는, 그들이 사회, 경제적으로 무능력하다는 조건이다.

제인과 엘리자베스의 성공도 자세히 보면 그들의 미덕 덕분만은 아니고, 우연의 영향이 크다. 그리고 그들의 미덕은 미모와 착한 성품 같은 전통적인 미덕이 아니라, 지성과 활력 같은 근대적인 미덕이다. 가령 제인은 미모나 착한 성품이 전통적인 신데렐라적 여성상에 가깝지만, 바로 그런 착한 성격 때문에 사랑을 이루지 못할 뻔했다. 그녀와 빙리의 결혼은 엘리자베스나 다아시 등 가까운 사람의 도움을 통해서만 가능했고, 그 과정에서 우연도 무시 못 할 역할을 했다. 제인 오스틴이 활자화된 인물 중 가장 유쾌한 인물로 자부하면서 그녀를 최소한 좋아하기라도 하지 않는 사람을 어떻게 참아 줄지 모르겠다고 한 엘리자베스의 경우는 신데렐라적 꿈의 성취가 미모나 착한 성품이 아닌 그녀의 지력과 재치, 활력 덕분이다. 물론 엘리자베스가 결국 다아시와 결혼하기 때문에, 이 관계는 결혼을 여성의 성취로 보는 전통적인 역할을 인정하는 것같이 보이기도 한다. 그러나 결혼을 하는 시점에서 다아시와 엘리자베스는 어느 한쪽이 다른 한쪽을 일방적으로 지배하는 관계가 아니라 서로의 장점을 인정하고 약점을 보완하는 동등한 파트너의 관계다. 그러니까 얼핏 보아 신데렐라의 꿈을 그리고 있는 듯한 이 작품은 여성 인물들의 성격, 그들이 결혼하기까지 겪어야 하는 우여곡절, 그러고도 예외적으로밖에 주어지지 않는 사랑과 조건이 일치하는 결혼 등을 통해 근대의 여성이 처한 부당한 처지, 그 사회가 겪고 있던 전통적인 가치와 새로운 가치의 충돌 등을 자세하고 진실되게 보여 주는 것이다. 또한 바로 이처럼 전통적인 가치관으로부터 근대적인 가치관을 향한 이행을 가능케 해 줄 토대가 충분치 않은 상황이 정도나 양상의 차이는 있지만 여전히 지속되고 있기 때문에 『오만과 편견』이 발표된 이후 200여 년 동안 지속적으로 많은 독자의 공감을 얻을 수 있었다고 하겠다.

사랑과 결혼의 문제에서 외적 조건을 중시하는 전통적인 규범과 개인의 성품과 선택을 중시하는 새로운 개인주의적 가치관의 충돌, 그 사이에 낀 여성들의 곤경으로 나타나는 시대적 변화로 인해 삭중 인물의 됨됨이가 계층과는 무관한 것으로 그려진다. 남자 주인공인 다아시가 귀족 집안과의 연관이나 막대한 재산에도 불구하고 오만함을 버리고 진정한 자부심을 배운 뒤에야 사랑을 성취할 수 있듯, 재산이나 지위가 자동적으로 사람의 가치와 연결되지는 않는다. 귀족 계급 중에도 다아시의 이모인 캐서린 영부인의 권위주의는 공소하거나 가증스럽고, 윌리엄 경은 우둔하다. 재산가인 빙리 집안에서도 빙리 한 사람만이 사람 됨됨이가 괜찮을 뿐 그의 두 누이는 속에 든 것도 없으면서 오만하기만 하다. 변호사업이나 상업에 종사하기 때문에 베넷 집안보다 지위가 떨어지는 필립스 씨 부부나 가디너 씨 부부는 같은 시민 계급이라 하더라도 전자는 경망스럽고, 후자는 오히려 참다운 양반 계급의 미덕을 지닌 것으로 그려져 있다. 귀족 계급과 시민 계급의 중간쯤에 위치하는 베넷가의 가족도 아버지는 비교적 합리적인 인물인 반면 어머니는 우둔하고 제인과 엘리자베스는 지성과 활력을 겸비한 인물이지만 동생인 메리, 키티 그리고 특히 리디아는 지각없는 인물이다. 이런 인물들의 배치를 통해서 우리는 작가 제인 오스틴이 기존의 계급 중심의 질서에서 계급과는 무관한 개인의 자질과 성품을 중시하는 새로운 질서로 이동하는 사회의 모습을, 어느 한쪽을 일방적으로 미화하거나 단순화하지 않은 채 균형 잡힌 시각으로 제시하고자 한 것을 알 수 있다. 이런 제인 오스틴의 태도는 전통적인 질서와 가치 중에서 보존할 것은 보존하고 버릴 것은 버리며, 새로운 가치의 경박성을 경계하되 그 진취적인 정신은 받아들이는 영국적 '중용' 내지는 '타협'의 정신에 가깝다. 이런 태도는 물론 단순히 좋은 게 좋은 것이라는 식의 손쉬운 타협과 현실에 안주하는 태도가 아니라 현실의 문제점에 대한 근본적인 비판과 성찰의 태도다. 작품에 그려진 것과 같은 '타협'의 예외성이 다양한 인물의 배치와 플롯을 통해 솜씨 있게 제시되어 있는 것이다. 이 작품이 서구 소설 가운데서도 가장 고전적인 교양 소설로 평가받고 있는 것도 이런 까닭이다.

2003년 8월

전승희

제인 오스틴을 향한 첫걸음

우리 두 사람이 『오만과 편견』의 번역에 착수한 것은 지금으로부터 10년 전인 1993년 무렵이다. 워낙 영문학의 고전으로 알려진 작품인지라 당시에도 이미 번역본이 여러 종 나와 있었지만, 번역서만으로 작품의 정확한 뜻과 정취를 느끼기에 부족함이 많았다. 대학에서 여러 번에 걸쳐 이 작품을 강의하면서 학생들이 제대로 참조할 수 있는 번역이 나왔으면 좋겠다는 생각을 해 왔고, 아울러 널리 대중에게 사랑받고 있는 이 작품이 될 수 있는 대로 본모습에 충실하게 전달되어야 하지 않겠느냐는 전공자로서의 의무감도 한몫을 하였다. 알 만한 사람은 다 아는 일이지만, 비단 영문학 작품뿐 아니라 외국 문학 작품 번역의 상당수가 일어 번역의 중역이었고, 그 후에 나온 번역서들도 그것을 토대로 작업한 것이 적지 않았다.

번역을 진행하는 동안에도 새로운 번역이 몇몇 나왔지만 이 때문에 번역의 의무감에서 해방된 것이 아니라 오히려 필요성을 더 절감하게 됐다는 것이 솔직한 심정이다.

하기는 책임감도 책임감이지만 우리 두 사람은 이 작품에 대해서 각자 각별한 애정을 가지고 있던 터였다. 둘 다 이런저런 계기로 여러 차례 이 작품을 읽었고, 특히 전승희는 영문학을 공부하면서 처음 원어로 읽은 영문 소설인 데다 사랑과 결혼이라는 중요한 인생의 과제를 둘러싼 인간관계와 심리의 움직임을 섬세하게 그려 나가는 뛰어난 솜씨에 매료되어 당시의 짧은 영어 실력으로 끝까지 독파했던 작품이라 애정이 남달랐다.

그러나 막상 번역 작업은 수월치가 않았다. 오랫동안 벼르던 일인지라 잘 번역해야겠다는 욕심도 만만치 않아서 초고 자체가 조금 늦어진 데다, 두어 차례 바꿔 보면서 서로 협의하고 완벽을 기하려고 애쓰는 사이 이런저런 사적이고 공적인 일들이 겹치기도 하여 또다시 수년의 세월이 흘렀다. 번역 기간이 길어지다 보니 원래 출판을 맡기로 했던 출판사의 방침과 사정이 바뀌어 출판사를 옮기게 되었는데, 선뜻 출판을 맡아 주신 민음사 편집부에 감사드린다.

번역은 채프먼이 1813년에 출판된 초판본에 근거해서 1932~1934년에 수립한 정본을 그대로 사용한 노턴 비평본(Donald Gray Ed., *Pride and Prejudice*, New York: Norton, 1993)을 대본으로 했다. 전체 분량을 반으로 나누어 초고를 작성했지만, 이후 전체를 각자 수차례 검토하면서 협의했기 때문에 명실상부한 공역이라고 해야 할 것이다. 작가가 즐겨 쓰는 '묘출 화법' 등의 문체를 최대한 살리고자 했으며, 인명이나 지명 같은 고유 명사는 규정된 외래어 표기법을 따르되 필요한 경우에는 원음에 충실하게 표기했다. 원문 중 이탤릭체로 강조된 부분은 번역을 통해 그 강조점을 소화했으며, 오늘날 한국의 독자에게 생소한 사항에 대해서는 노턴본의 각주 및 다른 비평서의 연구 성과를 참조해서 주석을 달았다. 또 관심 있는 독자의 편의를 위해 제인 오스틴 생애의 주요 사건들과 작품의 집필, 개작, 출판 연도를 밝힌 연보를 덧붙였다.

역자들로서는 기왕의 번역본들보다 요사이 언어 감각에 더 잘 맞고 더 정확한 번역을 내놓으려고 애썼다. 이 역서가 두고 두고 독자들의 사랑을 받고, 독자들을 제인 오스틴의 다른 작품들로 인도할 수 있기를 기대한다. 번역을 진행하는 동안에 훌쩍 세월이 지난 만큼이나 번역을 끝낸 마당에 여러 가지 감회가 새롭다. 이 자리에서 모두 말할 수는 없지만, 우리 두 사람 사이에 공역의 가교를 놓아 준 김영희 교수, 학생과 선생, 활동가를 겸한 바쁜 엄마를 사랑하며 잘 자라 준 전승희의 두 아이 민과 진 그리고 일일이 다 거명할 수 없는 가족과 친우, 선후배, 스승 들께도 감사를 표한다.

2003년 8월
윤지관·전승희

설레는 마음으로 띄우는 새로운 돛단배

우리 두 사람이 번역에 뜻을 모으고 공역으로 『오만과 편견』을 출간한 지도 어언 이십 년 가까운 세월이 흘렀다. 이 작품의 번역에 착수하던 때는 둘 다 삼십 대 중반의 비교적 젊은 영문학자들이었다. 『오만과 편견』은 강의에서 자주 다루던 작품이었는데 당시 나와 있던 번역본들로는 미흡한 점이 많아서 학생들을 위해 좋은 한국어 번역본을 만들어야 한다는 어떤 책임감도 있었다. 번역 기간이 예상보다 길었지만 우리는 즐거운 마음으로 협업했고, 결과도 좋았다. 이 번역본이 나온 후 많은 독자들의 사랑을 받았고, 그와 함께 작가 오스틴에 대한 관심도 높아졌나. 특히 1990년대 이후 오스틴의 작품 세계가 대중들의 주목을 받는 '오스틴 현상'이 부각되면서 우리 번역본도 스테디셀러로 자리 잡았다.

그렇게 과분한 사랑을 받으면서 우리에게는 언제부터인가 더 나은 번역으로 이 작품을 독자들에게 전달하고 싶은 욕구가 생겨나기 시작했다. 추천할 만한 좋은 번역본이라는 주변의 평을 들으면 한편으로 뿌듯하면서도 다른 한편으로는 부족한 부분들이 눈에 걸렸다. 재미있게 읽었다는 중학생 독자의 이메일에서부터 강의에서 이 번역본을 사용했다는 여러 교수들의 전언까지 보람을 느끼게 하는 순간들도 있었지만, 읽기에 어색한 부분이나 내용이 달리 전달된 대목들을 지적받고 또 확인하게 되면 얼굴이 화끈거리기도 했다. 그러는 동안 우리 두 사람은 각자 오스틴의 다른 소설들을 번역하게 되어(윤지관은 『이성과 감성』 『에마』 『노생거 사원』, 전승희는 『설득』) 작가의 문체에 더 익숙해지고 번역 경험을 축적하게 되면서 오래 전에 출간된 이 작품을 한번 손보고자 하는 마음을 품고 있던 차에, 민음사 측의 뜻과도 맞아서 이번에 개정 작업을 진행하게 되었다.

기존의 판본을 면밀하게 검토해 본 결과 우리는 단순한 수정 차원을 넘어서 개역이라고 할 수 있는 새로운 번역본을 내는 것이 옳다고 판단하였다. 큰 오역은 드물다 해도 사소한 것처럼 보이지만 원작의 의미나 뉘앙스를 살리지 못한 곳들은 수두룩하게 눈에 들어왔고, 번역의 문투도 원작을 곧이곧대로 옮겨서 우리말로 어색하고 어려워진 대목들도 있었다. 특히 상당한 부분을 차지하는 대화의 번역에는 원작의 맛을 제대로 살리지 못한 장면들이 여기저기 나왔다. 우리는 부족한 곳은 과감하게 손질하고 어떤 대목들은 거의 새로 번역하기도 하면서 문장 하나하나를 점검하는 기분으로 개정 작업을 해나갔고, 두 사람의 작업을 다시 종합하고 조정하여 좀더 '완벽한' 번역을 지향하고자 하였다. 초판 발간 이후 많은 세월이 흐르다 보니 우리 사회의 언어 감각도 어느 정도 변한 것이 사실인데, 번역에서도 될수록 이같은 변화를 반영하고자 했고, 민음사의 젊은 편집자들의 의견이나 제안도 여기에 일조하였다. 이 자리를 빌려 감사를 전한다.

번역에서 완벽함이란 늘 손에 잡히지 않는 이상향과 같은 것이지만, 이번 개정판에서 우리는 최대한 원작에 충실하면서도 가독성이 높은 번역의 이상을 지향했다는 점만은 독자 여러분들에게 말씀드리고 싶다. 또 번역이란 정확한 옮김만이 아니라 언어 사이의 창조적인 교섭이라고 할 수 있는데, 우리에게 이번 개역 작업은 번역에 어느 정도의 창조 활동이 동반되고 있음을 새삼스럽게 인식하는 기회가 되기도 했다. 역자들로서는 최선을 다한다고 했지만, 늘 그렇듯이 어디에 숨어 있는지 모를 잘못들이 언제라도 튀어나올 수 있는 것이 번역이기도 하다. 이 개정본을 독자들에게 선보이면서 보람과 함께 어떤 두려움이 함께하고 있음도 고백해야겠다.

설레는 마음으로 이 새로운 돛단배를 세상에 띄워 보낸다.

2021년 가을, 역자를 대표하여
윤지관

작가 연보

1775년   12월 16일 영국 햄프셔주 스티븐턴 마을에서 교
              구 목사인 아버지 조지 오스틴과 어머니 커샌드
              라 리 오스틴 사이에서 8남매 중 일곱째이자 둘째
              딸로 태어났다.

1783~1786년   언니 커샌드라와 함께 간헐적인 기숙 학교 생활을
              했다.

1787~1793년   습작 생활(사후 세 권으로 출판).

1793~1795년   『수전 마님』 집필.

1795년   『엘리너와 메리앤』 집필.

1795~1796년   톰 르프로이와 청혼 직전까지 간 관계가 남자 쪽
              집안의 반대로 무산되었다.

1796~1797년   『첫인상』 집필. 런던의 한 출판사에 가져갔으나 거

절당했다.

1797~1798년	『엘리너와 메리앤』을 『이성과 감성』으로 개작했다.
1798~1799년	『수전』 집필.
1799~1800년	1791~1792년경 시작한 것으로 추정되는 희곡 『찰스 그랜디슨 경』을 완성했다.
1801년	아버지가 은퇴하고 장남인 제임스가 교구를 물려받은 뒤 어머니, 언니와 함께 서머싯주의 도시인 바스로 이사했다.
1802년	해리스 비그위더의 청혼을 수락 후 번복했다.
1803년	『수전』의 판권을 런던의 크로스비 출판사에 10파운드에 팔았다.
1803~1804년	『왓슨가 사람들』 집필.
1805년	아버지 별세.
1806~1809년	바스를 떠나 약 3년 동안 형제, 친척, 친구 집을 전전했다.
1809년	나이트 집안의 상속자인 에드워드 오빠가 마련해 준 햄프셔주 초턴의 작은 집으로 이사했다. 『수전』의 판권만 사 놓고 출판이 지연되자 크로스비 출판사에 항의 편지 보냈다. 『이성과 감성』 개작 지속.
1811년	『이성과 감성』을 출판했다(140파운드 수익). 『맨스필드 파크』 집필 시작.
1811~1812년	『첫인상』을 『오만과 편견』으로 개작했다.
1813년	『오만과 편견』을 출판했다(110파운드 수익). 『맨스

필드 파크』를 완성했다.『이성과 감성』과『오만과 편견』이 완판되며 재판을 찍었다.

1814년 　　　『맨스필드 파크』가 출판되어 완판(310~350파운드 수익).

1814~1815년 　『에마』집필.

1815년 　　　『에마』(섭정 동궁을 알현한 뒤 이 책을 그에게 헌정)를 출판하여 다음 해 완판(221파운드 수익).『설득』집필 시작.

1816년 　　　『수전』의 판권을 되샀다.『맨스필드 파크』재판 인쇄(인세로 계약했기 때문에 183파운드 손해를 보았다).『설득』완성.

1817년 　　　『샌디턴』(당시 가제『형제들』) 집필을 시작한 뒤 병으로 인해 중단했다. 7월 18일 새벽 4시 30분경 세상을 떠났다. 12월『노생거 사원』(『수잔』을 개제한 것)과『설득』이 출판되었다.『오만과 편견』의 재판도 완판되었다.

1871년 　　　『수전 마님』,『왓슨가 사람들』,『설득』의 교정 전원고 등이 출판되었다.

1884년 　　　『제인 오스틴의 편지』가 두 권으로 출판되었다.

1922년 　　　『사랑과 우정』(제인 오스틴의 습작 중 2권)이 출판되었다.

1923년 　　　채프먼 편집,『제인 오스틴 소설 전집』이 다섯 권으로 옥스퍼드에서 출판되었다.

1925년 　　　채프먼 편집,『샌디턴』과『수전 마님』이 출판되었다.

1926년	채프먼 편집,『설득의 마지막 두 장과 다양한 기록에서 추정되는 소설 계획서』가 출판되었다.
1927년	채프먼 편집,『왓슨가 사람들』이 출판되었다.
1932년	채프먼 편집,『제인 오스틴이 언니 커샌드라와 다른 사람들에게 보낸 편지』가 두 권으로 출판되었다.
1933년	채프먼 편집,『습작』1권이 출판되었다.
1940년	『세 편의 저녁 기도』가 출판되었다.
1951년	채프먼 편집,『습작』3권이 출판되었다.
1954년	전집에서 제외된 작품들을 모아 옥스퍼드 전집의 6권으로 출판되었다.
1975년	『샌디턴』의 원고가 출판되었다.
1980년	『제인 오스틴의 찰스 그랜디슨 경』이 출판되었다.
1995년	『제인 오스틴의 편지』3판이 인쇄되었다.
1996년	『제인 오스틴: 시 전집과 오스틴 가족의 시』가 출판되었다.

세계문학전집 **88**

오만과 편견

1판 1쇄 펴냄 2003년 9월 20일
1판 96쇄 펴냄 2021년 8월 9일
2판 1쇄 펴냄 2021년 11월 30일
2판 9쇄 펴냄 2024년 9월 10일

지은이 제인 오스틴
옮긴이 윤지관, 전승희
발행인 박근섭, 박상준
펴낸곳 (주)민음사

출판등록 1966. 5. 19. (제 16-490호)
서울특별시 강남구 도산대로1길 62(신사동) 강남출판문화센터 5층 (우편번호 06027)
대표전화 02-515-2000 팩시밀리 02-515-2007
www.minumsa.com

ISBN 978-89-374-6088-3 04800
ISBN 978-89-374-6000-5 (세트)

* 잘못 만들어진 책은 구입처에서 교환해 드립니다.

세계문학전집 목록

세계문학전집은 계속 간행됩니다.